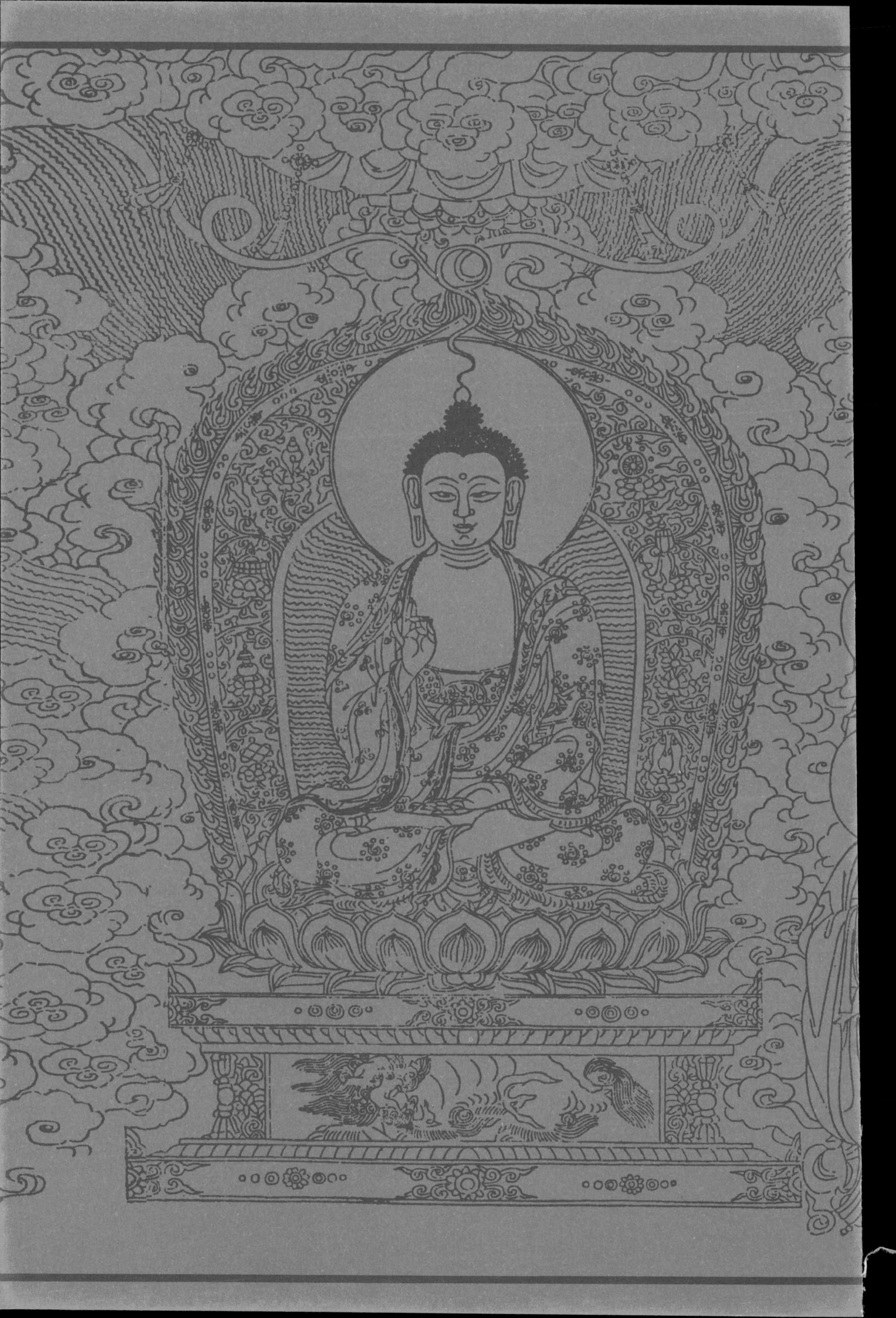

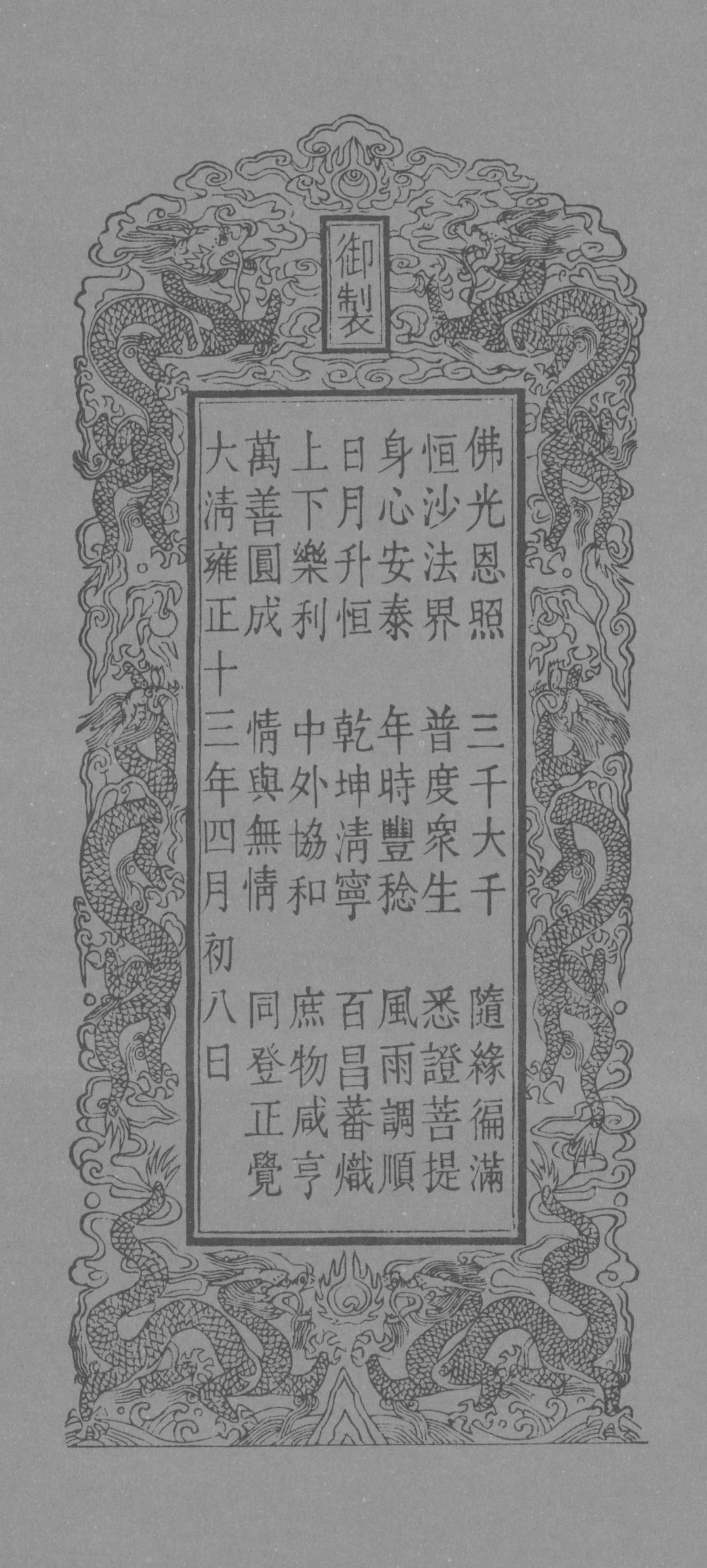
御製
佛光恩照 三千大千 隨緣徧滿
恒沙法界 普度衆生 悉證菩提
身心安泰 年時豐稔 風雨調順
日月升恒 乾坤清寧 百昌蕃熾
上下樂利 中外協和 庶物咸亨
萬善圓成 情與無情 同登正覺
大清雍正十三年四月初八日

第一五册　大乘經　般若部（一五）

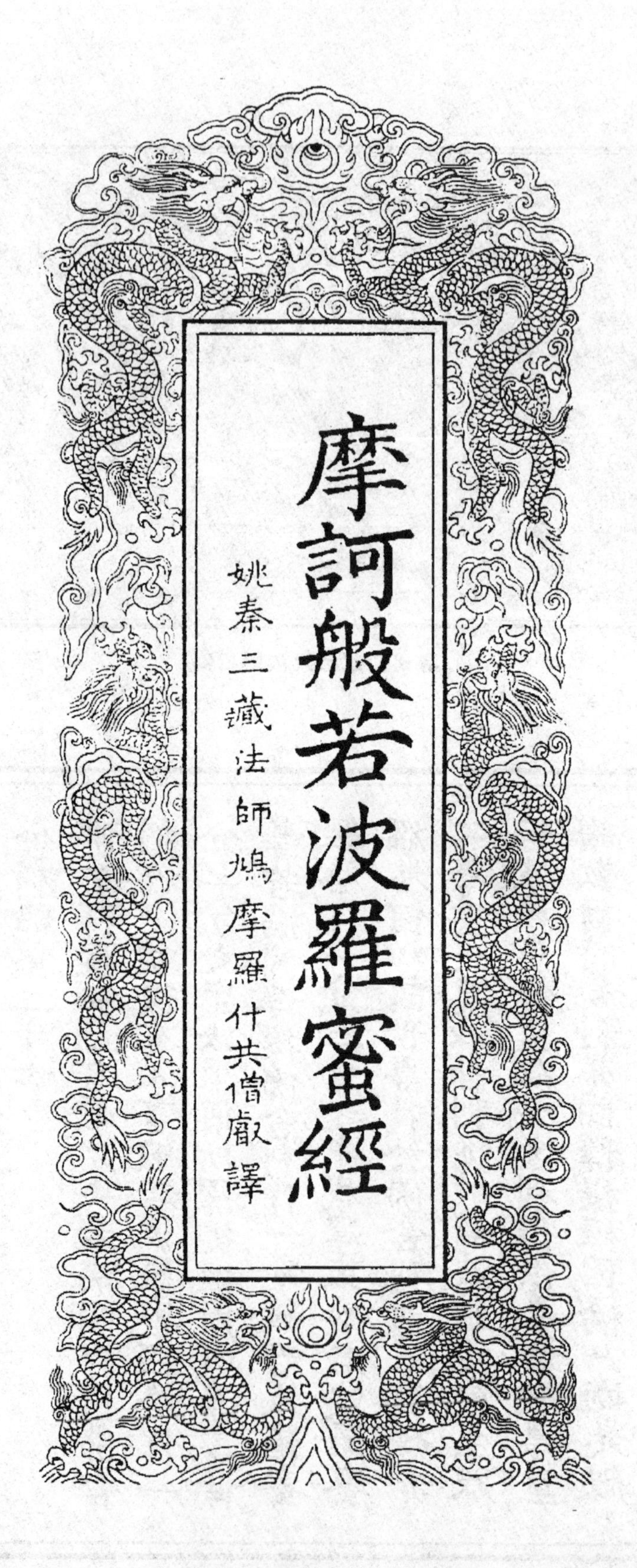
摩訶般若波羅蜜經
姚秦三藏法師鳩摩羅什共僧叡譯

清刻龍藏佛說法變相圖

摩訶般若波羅蜜經卷第十一

姚秦三藏法師鳩摩羅什共僧叡譯

舍利品第三十七

佛告釋提桓因言憍尸迦若滿閻浮提佛舍利作一分復有人書般若波羅蜜經卷作一分二分之中汝取何所釋提桓因白佛言世尊若滿閻浮提佛舍利作一分般若波羅蜜經卷作一分二分之中我寧取般若波羅蜜經卷何以故世尊我於佛舍利非不恭敬非不尊重世尊以舍利從般若波羅蜜中生般若波羅蜜修熏故是舍利得供養恭敬尊重讚歎爾時舍利弗問釋提桓因憍尸迦是般若波羅蜜不可取無色無形無對一相所謂無相汝云何欲取何以故是般若波羅蜜不爲取故出不爲捨故出不爲增減聚散損益

垢淨故出是般若波羅蜜不與諸佛法不捨凡人法不與辟支佛法阿羅漢法學法不捨凡人法不與無爲性不捨有爲性不與内空乃至無法有法空不與四念處乃至一切種智不捨凡人法釋提桓因語舍利弗如是如是舍利弗若有人知是般若波羅蜜不與諸佛法不捨凡人法乃至不與一切種智不捨凡人法是菩薩摩訶薩能行般若波羅蜜能修般若波羅蜜何以故般若波羅蜜不行二法相故不二法相是般若波羅蜜不二法相是禪波羅蜜乃至檀波羅蜜爾時佛讚釋提桓因言善哉善哉憍尸迦如汝所說般若波羅蜜不行二法相故不二法相是般若波羅蜜不二法相是禪波羅蜜乃至檀波羅蜜憍尸迦若人欲得法性二相者是人爲欲得般若波羅蜜二相何以故憍尸迦法性般若波羅蜜無二無別乃至檀波羅蜜亦如是若人欲得實際不可思議性二相者是人爲欲得般若波羅蜜二相何以故般若波羅蜜不可思議性無二無別釋提桓因白佛言世尊一切世間人及諸天阿脩羅應禮拜供養般若波羅蜜何以故諸菩薩摩訶薩般若波羅蜜中學得阿耨多羅三藐三菩提世尊我常在善法堂上坐若我不在座時諸天子來供養我故爲我坐處作禮繞竟還去諸天子作是念釋提桓因在是處坐爲諸三十三天說法故如是世尊在所處書是般若波羅蜜經卷受持讀誦爲他演說是處十方世界中諸天龍夜叉乾闥婆阿脩羅迦樓羅緊那羅摩睺羅伽皆來禮拜般若波羅蜜供養已去何以

故是般若波羅蜜中生諸佛及生一切衆生樂具故諸佛舍利亦是一切種智住處因縁以是故世尊二分中我取般若波羅蜜復次世尊我若受持讀誦般若波羅蜜深心入法中我是時不見怖畏相何以故世尊是深般若波羅蜜無相無貌無言無説世尊無相無貌無言無説是般若波羅蜜乃至是一切種智世尊般若波羅蜜若當有相非無相者諸佛不應知一切法無相無貌無言無説得阿耨多羅三藐三菩提爲弟子説諸法亦無相無貌無言無説世尊以般若波羅蜜實是無相無貌無言無説故諸佛知一切諸法無相無貌無言無説得阿耨多羅三藐三菩提爲弟子説諸法亦無相無貌無言無説以是故世尊是般若波羅蜜一切世間諸天人阿脩羅應恭敬供養尊重讃歎香華瓔珞乃至旛蓋復次世尊若有人受持般若波羅蜜親近讀誦説正憶念及書供養華香乃至旛蓋是人不墮地獄畜生餓鬼道中不墮聲聞辟支佛地乃至得阿耨多羅三藐三菩提常見諸佛從一佛國至一佛國供養諸佛恭敬尊重讃歎華香乃至旛蓋復次世尊滿三千大千世界佛舍利作一分書般若波羅蜜經卷作一分是二分中我故取般若波羅蜜何以故世尊是般若波羅蜜中生諸佛舍利以是故舍利得供養恭敬尊重讃歎是善男子善女人供養恭敬舍利故受天上人中福樂常不墮三惡道如所願漸以三乘法入涅槃是故世尊若有見現在佛若見般若波羅蜜經卷等無異何以故世尊是般若波羅蜜與佛無

二無別故復次世尊如佛住三事示現說十
二部經修多羅祇夜乃至優波提舍復有善
男子善女人受持誦說是般若波羅蜜等無
異何以故世尊是般若波羅蜜中生三事示
現及十二部經修多羅乃至優波提舍故復
次世尊十方諸佛住三事示現說十二部經
修多羅乃至優波提舍復有人受般若波羅
蜜爲他人說等無異何以故般若波羅蜜中
生諸佛亦生十二部經修多羅乃至優波提
舍復次世尊若有供養十方如恒河沙等世
界中諸佛恭敬尊重讚歎華香乃至旛蓋復
有人書般若波羅蜜經卷恭敬尊重讚歎華
香乃至旛蓋其福正等何以故十方諸佛皆
從般若波羅蜜中生復次世尊善男子善女
人聞是般若波羅蜜受持讀誦正憶念亦爲
他人說是人不墮地獄道畜生餓鬼道亦不
墮聲聞辟支佛地何以故當知是善男子善
女人正住阿惟越致地中故是般若波羅蜜
遠離一切苦惱衰病復次世尊若有善男子
善女人書是般若波羅蜜經卷受持親近供
養恭敬尊重讚歎是人離諸恐怖世尊譬如
負債人親近國王供給左右債主反更供養
恭敬是人是人不復畏怖何以故世尊此人
依近於王憑恃有力故如是世尊諸佛舍利
般若波羅蜜修熏故得供養恭敬世尊當知
般若波羅蜜如王舍利如負債人負債人依
王故得供養舍利亦依般若波羅蜜修熏故
得供養世尊當知諸佛一切種智亦以般若
波羅蜜修熏故得成就以是故世尊二分中
我取般若波羅蜜何以故世尊般若波羅蜜

中生諸佛舍利三十二相般若波羅蜜中亦生佛十力四無所畏四無礙智十八不共法大慈大悲世尊般若波羅蜜中生五波羅蜜便得波羅蜜名字般若波羅蜜中生諸佛一切種智復次世尊所在三千大千世界中若有受持供養恭敬尊重讚歎般若波羅蜜是處若人若非人不能得其便是人漸漸得入涅槃世尊般若波羅蜜爲大利益如是於三千大千世界中能作佛事世尊在所處有般若波羅蜜則爲有佛世尊譬如無價摩尼珠寶在所住處非人不得其便若男子女人有熱病以是珠著身上熱病即時除愈若有風病若有冷病若有雜熱風冷病以珠著身上皆悉除愈若闇中是珠能令明熱時能令涼寒時能令温珠所住處其地不寒不熱時節和適其處亦無諸餘毒螫若男子女人爲毒蛇所螫以珠示之毒即除滅復次世尊若男子女人眼痛膚翳盲瞽以珠示之即時除愈若有癩瘡惡腫以珠著身上病即除愈復次世尊是摩尼珠寶所在水中水隨作一色若以青物裹著水中水色則爲青若黄赤白紅縹物裹著水中水隨作黄赤白紅縹色如是等種種色物裹著水中水隨作種種色世尊若水濁以珠著水中水即爲清是珠其德如是爾時阿難問釋提桓因言憍尸迦是摩尼珠寶爲是天上寶爲是閻浮提寶釋提桓因語阿難言是天上寶閻浮提人亦有是寶但功德相少不具足天上寶清淨輕妙不可以譬喻爲比復次世尊是摩尼寶若著篋中舉出其功德熏篋故人皆愛敬如是世尊在所

處有書般若波羅蜜經卷是處則無衆惱之患亦如摩尼寶所著處則無衆難世尊佛般涅槃後舍利得供養皆是般若波羅蜜力禪波羅蜜乃至檀波羅蜜内空乃至無法有法空四念處乃至十八不共法一切智法相法住法位法性實際不可思議性一切種智是諸功德力善男子善女人作是念是佛舍利一切智一切種智大慈大悲斷一切結使及習常捨行不錯謬法等諸佛功德住處以是故舍利得供養世尊舍利是諸功德寳波羅蜜住處不垢不淨波羅蜜住處不生不滅波羅蜜不入不出波羅蜜不增不損波羅蜜不來不去不住波羅蜜是佛舍利是諸法相波羅蜜住處以是諸法相波羅蜜熏修故舍利得供養復次世尊置三千大千世界滿中舍利如恒河沙等諸世界滿其中舍利作一分有人書般若波羅蜜經卷作一分二分之中我取般若波羅蜜何以故是般若波羅蜜中生諸佛舍利是般若波羅蜜修熏故舍利得供養世尊若有善男子善女人供養舍利恭敬尊重讚歎其功德報不可得邊受人中天上福樂所謂刹利大姓婆羅門大姓居士大家四天王天處乃至他化自在天中受福樂亦以是福德因緣故當得盡苦若受是般若波羅蜜讀誦説正憶念是人能具足禪波羅蜜乃至能具足檀波羅蜜能具足四念處乃至能具足十八不共法過聲聞辟支佛地住菩薩位住菩薩位已得菩薩神通從一佛國至一佛國是菩薩爲衆生故受身隨其所應成就衆生若作轉輪聖王若作刹利大姓若

作婆羅門大姓成就衆生以是故世尊我不爲輕慢不恭敬故不取舍利以善男子善女人供養般若波羅蜜則爲供養舍利故復次世尊有人欲見十方無量阿僧祇諸世界中現在佛法身色身是人應聞受持般若波羅蜜讀誦正憶念爲他人演説如是善男子善女人當見十方無量阿僧祇世界中諸佛法身色身是善男子善女人行般若波羅蜜亦應以法相修念佛三昧復次善男子善女人欲見現在諸佛應當受是般若波羅蜜乃至正憶念復次世尊有二種法相有爲諸法相無爲諸法相云何有爲諸法相所謂内空中智慧乃至無法有法空中智慧四念處中智慧乃至八聖道分中智慧佛十力四無所畏四無礙智十八不共法中智慧善法中不善法中有漏法中無漏法中世間法中出世間法中智慧是名有爲諸法相云何名無爲諸法相若法無生無滅無住無異無垢無淨無增無減諸法自性云何名諸法自性諸法無所有性是諸法自性是名無爲諸法相爾時佛告釋提桓因如是如是憍尸迦過去諸佛因是般若波羅蜜得阿耨多羅三藐三菩提過去諸佛弟子亦因般若波羅蜜得須陀洹道乃至阿羅漢辟支佛道未來現在世十方無量阿僧祇諸佛因是般若波羅蜜得阿耨多羅三藐三菩提未來現在諸佛弟子亦因是般若波羅蜜得須陀洹道乃至辟支佛道何以故般若波羅蜜中廣説三乘義以無相法故無生無滅法故無垢無淨法故無作無起不入不出不增不損不取不捨法故以俗

法故非第一義何以故是般若波羅蜜非此非彼非高非下非等非不等非相非無相非世間非出世間非有漏非無漏非有爲非無爲非善非不善非過去非未來非現在何以故憍尸迦般若波羅蜜不取聲聞辟支佛法亦不捨凡人法釋提桓因白佛言世尊菩薩摩訶薩行般若波羅蜜知一切衆生心亦不得衆生乃至知者見者亦不得是菩薩不得色不得受想行識不得眼乃至意不得色乃至法不得眼觸因緣生受乃至意觸因緣生受不得四念處乃至十八不共法不得阿耨多羅三藐三菩提不得諸佛法不得佛何以故般若波羅蜜不爲得法故出何以故般若波羅蜜性無所有不可得所用法不可得處亦不可得佛告釋提桓因如是如是憍尸迦如汝所説菩薩摩訶薩長夜行般若波羅蜜阿耨多羅三藐三菩提不可得何況菩薩及菩薩法爾時釋提桓因白佛言世尊菩薩摩訶薩但行般若波羅蜜不行餘波羅蜜耶佛告釋提桓因言憍尸迦菩薩盡行六波羅蜜法以無所得故行檀波羅蜜不得施者不得受者不得財物行尸羅波羅蜜不得戒不得持戒人不得破戒人乃至行般若波羅蜜不得智慧不得智慧人不得無智慧人憍尸迦菩薩摩訶薩行布施時般若波羅蜜爲作明導能具足檀波羅蜜菩薩摩訶薩行持戒時般若波羅蜜爲作明導能具足尸羅波羅蜜菩薩摩訶薩行忍辱時般若波羅蜜爲作明導能具足羼提波羅蜜菩薩摩訶薩行精進時般若波羅蜜爲作明導能具足毗梨耶波

羅蜜菩薩摩訶薩行禪那時般若波羅蜜爲作明導能具足禪波羅蜜菩薩摩訶薩觀諸法時般若波羅蜜爲作明導能具足般若波羅蜜一切法以無所得故所謂色乃至一切種智憍尸迦譬如閻浮提諸樹種種葉種種華種種果種種色其陰無差別諸波羅蜜入般若波羅蜜中至薩婆若無差別亦如是以無所得故釋提桓因白佛言世尊般若波羅蜜大功德成就世尊般若波羅蜜一切功德成就世尊般若波羅蜜無量功德成就無邊功德成就無等功德成就世尊若有善男子善女人書是般若波羅蜜經卷恭敬供養尊重讚歎華香乃至旛蓋如般若波羅蜜所說正憶念復有善男子善女人書般若波羅蜜經卷與他人其福何所爲多佛告釋提桓因憍尸迦我還問汝隨汝意報我若有善男子善女人供養諸佛舍利恭敬尊重讚歎華香乃至旛蓋若復有人分舍利如芥子許與他人令供養恭敬尊重讚歎華香乃至旛蓋其福何所爲多釋提桓因白佛言世尊如我從佛聞法中義有善男子善女人自供養舍利乃至旛蓋若復有人分舍利如芥子許與他人令供養其福甚多世尊佛見是福利衆生故入金剛三昧中碎金剛身作末舍利何以故有人佛滅度後供養佛舍利乃至如芥子許其福報無邊乃至盡苦佛告釋提桓因如是如是憍尸迦若善男子善女人書般若波羅蜜經卷供養恭敬華香乃至旛蓋若復有人書般若波羅蜜經卷與他人令學是男子女人其福甚多復次憍尸迦善男子善女人

如般若波羅蜜中義爲他人説開示分別令易解是善男子善女人勝於前善男子善女人功德所從聞般若波羅蜜當視其人如佛亦如高勝梵行人何以故當知般若波羅蜜即是佛般若波羅蜜不異佛佛不異般若波羅蜜過去未來現在諸佛皆從般若波羅蜜中學得阿耨多羅三藐三菩提及高勝梵行人高勝梵行人者所謂阿惟越致菩薩摩訶薩亦學是般若波羅蜜當得阿耨多羅三藐三菩提聲聞人學是般若波羅蜜得阿羅漢道求辟支佛道人學是般若波羅蜜得辟支佛道菩薩學是般若波羅蜜得入菩薩位以是故憍尸迦善男子善女人欲供養現在佛恭敬尊重讃歎華香乃至旛蓋當供養般若波羅蜜我見是利初得阿耨多羅三藐三菩提時作是念誰有可供養恭敬尊重讃歎依止住者憍尸迦我於一切世間中若天若魔若梵若沙門婆羅門中不見與我等何況有勝者又自思念我所得法自致作佛我供養是法恭敬尊重讃歎當依止住何等是法所謂般若波羅蜜憍尸迦我自供養是般若波羅蜜恭敬尊重讃歎已依止住何況善男子善女人欲得阿耨多羅三藐三菩提而不供養般若波羅蜜恭敬尊重讃歎華香瓔珞乃至旛蓋何以故般若波羅蜜中生諸菩薩摩訶薩諸菩薩摩訶薩中生諸佛以是故憍尸迦善男子善女人若求佛道若求辟支佛道若求聲聞道皆應供養般若波羅蜜恭敬尊重讃歎華香乃至旛蓋

十善品第三十八

佛告釋提桓因言憍尸迦若有善男子善女人教一閻浮提人行十善道於汝意云何以是因緣故得福多不答言甚多世尊佛言不如善男子善女人書持般若波羅蜜經卷與他人令讀誦說得福多何以故是般若波羅蜜中廣說諸無漏法善男子善女人從是中學已學今學當學入正法位中已入今入當入得須陀洹果已得今得當得乃至阿羅漢果求辟支佛道亦如是諸菩薩摩訶薩求阿耨多羅三藐三菩提入正法位中已入今入當入得阿耨多羅三藐三菩提已得今得當得憍尸迦何等是無漏法所謂四念處乃至八聖道分四聖諦內空乃至無法有法空佛十力乃至十八不共法善男子善女人學是法得阿耨多羅三藐三菩提已得今得當得

憍尸迦若有善男子善女人教一人令得須陀洹果是人得福德勝教一閻浮提人行十善道何以故憍尸迦教一閻浮提人行十善道不離地獄畜生餓鬼苦憍尸迦教一人得須陀洹果離三惡道故乃至阿羅漢辟支佛道亦如是憍尸迦若善男子善女人教一閻浮提人令得須陀洹果斯陀含果阿那含果阿羅漢果辟支佛道不如善男子善女人教一人令得阿耨多羅三藐三菩提得福多何以故憍尸迦以菩薩因緣故生須陀洹乃至阿羅漢辟支佛以菩薩因緣故生諸佛以是因緣故憍尸迦當知善男子善女人書般若波羅蜜經卷與他人令書持讀誦說得福多何以故是般若波羅蜜中廣說諸善法是善法中學便出生剎利大姓婆羅門大姓居士

大家四天王天乃至非有想非無想天便有四念處乃至一切種智便有須陀洹乃至阿羅漢辟支佛便有諸佛憍尸迦置一閻浮提人若有善男子善女人教四天下國土中衆生令行十善道於汝意云何是人以是因緣故得福多不答言甚多世尊佛言不如善男子善女人書般若波羅蜜經卷與他人令書持讀誦説得福多餘如上説憍尸迦置四天下國土中衆生若教小千國土中衆生令行十善道亦如是憍尸迦置小千國土中衆生若教二千中國土中衆生令行十善道若有善男子善女人書般若波羅蜜經卷與他人令書持讀誦説是人得福多餘如上説憍尸迦置二千中國土中衆生若教三千大千國土中所有衆生令行十善道復有人書般若

波羅蜜經卷與他人令書持讀誦説是人福德多憍尸迦置三千大千國土中衆生若教如恒河沙等國土中所有衆生令行十善道若復有人書般若波羅蜜經卷與他人令書持讀誦其福多餘如上説復次憍尸迦有人教一閻浮提衆生令立四禪四無量心四無色定五神通於汝意云何是善男子善女人福德多不釋提桓因言甚多世尊佛言不如善男子善女人書般若波羅蜜經卷與他人令書持讀誦説得福多何以故是般若波羅蜜中廣説諸善法餘如上説憍尸迦置閻浮提中衆生復置四天下國土中衆生小千國土中衆生二千中國土中衆生三千大千國土中衆生憍尸迦若有人教十方如恒河沙等國土中衆生令立四禪四無量心四無色

定五神通於汝意云何是人福德多不答言甚多世尊佛言不如善男子善女人書般若波羅蜜經卷與他人令書持讀誦說得福多何以故是般若波羅蜜中廣說諸善法餘如上說復次憍尸迦若有善男子善女人受是般若波羅蜜持讀誦說正憶念是人福德勝教閻浮提人行十善道立四禪四無量心四無色定五神通正憶念者受持親近般若波羅蜜乃至正憶念不以一法不以不二法受持親近禪波羅蜜毗梨耶波羅蜜羼提波羅蜜尸羅波羅蜜檀波羅蜜乃至正憶念不以二法不以不二法爲阿耨多羅三藐三菩提正憶念內空乃至一切種智不以二法不以不二法復次憍尸迦若有善男子善女人爲他人種種因緣演說般若波羅蜜義開示分別令易解憍尸迦何等是般若波羅蜜義憍尸迦般若波羅蜜義者不應以二相觀不應以不二相觀非有相非無相不入不出不增不損不垢不淨不生不滅不取不捨不住非不住非實非虛非合非散非著非不著非因非不因非法非不法非如非不如非實際非不實際憍尸迦若善男子善女人能以是般若波羅蜜義爲他人種種因緣演說開示分別令易解是善男子善女人所得福德甚多勝自受持般若波羅蜜親近讀誦說正憶念復次憍尸迦善男子善女人自受持般若波羅蜜親近讀誦說正憶念亦爲他人種種因緣演說般若波羅蜜義開示分別令易解是善男子善女人所得功德甚多釋提桓因白佛言世尊善男子善女人應如是演說般若

波羅蜜義開示分別令易解佛語釋提桓因言如是憍尸迦是善男子善女人應如是演說般若波羅蜜義開示分別令易解憍尸迦善男子善女人如是演說般若波羅蜜義開示分別令易解得無量無邊阿僧祇福德若有善男子善女人供養十方無量阿僧祇諸佛盡其壽命隨其所須恭敬尊重讚歎華香乃至旛蓋供養若復有善男子善女人種種因緣爲他人廣說般若波羅蜜義開示分別令易解是善男子善女人功德甚多何以故諸過去未來現在佛皆於是般若波羅蜜中學得阿耨多羅三藐三菩提已得今得當得復次憍尸迦若善男子善女人於無量無邊阿僧祇劫行檀波羅蜜不如善男子善女人以般若波羅蜜爲他人演說其義開示分別令易解其福甚多以無所得故云何名有所得憍尸迦若菩薩摩訶薩用有所得故布施布施時作是念我與彼受所施者物是名得檀不得波羅蜜我持戒此是戒是名得戒不得波羅蜜我忍辱爲是人忍辱是名得忍辱不得波羅蜜我精進爲是事勤精進是名得精進不得波羅蜜我修禪那所修是禪那是名得禪那不得波羅蜜我修慧所修是慧是名得慧不得波羅蜜憍尸迦是善男子善女人如是行者不得具足檀那波羅蜜尸羅波羅蜜羼提波羅蜜毗梨耶波羅蜜禪那波羅蜜般若波羅蜜釋提桓因白佛言世尊菩薩摩訶薩云何修具足檀那波羅蜜尸羅波羅蜜羼提波羅蜜毗梨耶波羅蜜禪那波羅蜜般若波羅蜜佛告釋提桓因菩薩摩訶薩布

施時不得與者不得受者不得所施物是人得具足檀那波羅蜜乃至修般若波羅蜜時不得智不得所修智是人得具足般若波羅蜜憍尸迦是爲菩薩摩訶薩具足檀那波羅蜜乃至般若波羅蜜善男子善女人如是行般若波羅蜜當爲他人演說其義開示分別令易解禪那波羅蜜毗梨耶波羅蜜羼提波羅蜜尸羅波羅蜜檀那波羅蜜演說其義開示分別令易解何以故憍尸迦未來世當有善男子善女人欲說般若波羅蜜而說相似般若波羅蜜有善男子善女人發阿耨多羅三藐三菩提心聞是相似般若波羅蜜失正道善男子善女人應爲是人具足演說般若波羅蜜義開示分別令易解釋提桓因白佛言世尊何等是相似般若波羅蜜

摩訶般若波羅蜜經卷第十一

音釋

螫（施隻切蟲毒也）盲瞽（盲莫耕切目無童子也瞽公土切目無明也）腫（之隴切脹也）縹（匹沼切帛之青白色者故謂之縹）篋（苦協切箱篋也）薩婆若（梵語也此云一切智若爾者切）

摩訶般若波羅蜜經卷第十二

姚秦三藏法師鳩摩羅什共僧叡譯

十善品第三十八之餘

佛言有善男子善女人說有所得般若波羅蜜是爲相似般若波羅蜜釋提桓因白佛言世尊云何善男子善女人說有所得般若波羅蜜是爲相似般若波羅蜜佛言善男子善女人說有所得般若波羅蜜是爲相似般若波羅蜜者說色無常作是言能如是行是行般若波羅蜜行者求色無常是爲行相似般若波羅蜜說受想行識無常作是言能如是行是行般若波羅蜜行者求受想行識無常是爲行相似般若波羅蜜說眼無常乃至說意無常說色無常乃至說法無常說眼界無常色界眼識界無常乃至說意界法界意識界無常說地種無常乃至說識種無常說眼識界無常乃至說意識界無常說眼觸無常乃至說意觸無常說眼觸因緣生受無常乃至說意觸因緣生受無常廣說如五陰說色苦乃至說意觸因緣生受苦說色無我乃至說意觸因緣生受無我皆如五陰說行者行檀波羅蜜時爲說色無常苦無我乃至意觸因緣生受說無常苦無我尸羅波羅蜜乃至般若波羅蜜亦如是行四禪四無量心四無色定爲說無常苦無我行四念處爲說無常苦無我乃至行薩婆若時爲說無常苦無我作如是教能如是行者是爲行般若波羅蜜憍尸迦是名相似般若波羅蜜復次憍尸迦若是善男子善女人當來世說相似般若波羅蜜作是言汝善男子善女人修行般若波

羅蜜汝修行般若波羅蜜時當得初地乃至當得十地禪波羅蜜乃至檀波羅蜜亦如是行者以相似有所得以總相修是般若波羅蜜憍尸迦是名相似般若波羅蜜復次憍尸迦善男子善女人欲說般若波羅蜜作是言汝善男子善女人修行般若波羅蜜已當過聲聞辟支佛地是名相似般若波羅蜜復次憍尸迦善男子善女人爲求佛道者如是說汝善男子善女人修行般若波羅蜜已入菩薩位得無生法忍得無生忍已便住菩薩神通從一佛國至一佛國供養諸佛恭敬尊重讃歎如是說者是名相似般若波羅蜜復次憍尸迦善男子善女人爲求佛道者如是說汝善男子善女人學是般若波羅蜜受持讀誦說正憶念當得無量無邊阿僧祇功德如是說者是名相似般若波羅蜜復次善男子善女人爲求佛道者如是說如過去未來現在諸佛功德善本從初發心至成得佛都合集迴向阿耨多羅三藐三菩提如是說者是名相似般若波羅蜜釋提桓因白佛言世尊云何善男子善女人爲求佛道者不說相似般若波羅蜜佛言若善男子善女人爲求佛道者說般若波羅蜜善男子汝修行般若波羅蜜莫觀色無常何以故色色性空是色性非法若非法即名爲般若波羅蜜般若波羅蜜中色非常非無常何以故是中色尚不可得何況常無常憍尸迦善男子善女人如是說者是名不說相似般若波羅蜜受想行識亦如是復次憍尸迦善男子善女人爲求佛道者說汝善男子修行般若波羅蜜於諸法

莫有所過莫有所住何以故般若波羅蜜中無有法可過可住所以者何一切法自性空自性空是非法若非法即是般若波羅蜜般若波羅蜜中無有法可入可出可生可滅憍尸迦是善男子善女人如是說是名不說相似般若波羅蜜廣說如上與相似相違是名不說相似般若波羅蜜如是憍尸迦善男子善女人應如是演說般若波羅蜜義若如是說般若波羅蜜義所得功德勝於前者復次憍尸迦閻浮提中所有衆生皆教令得須陀洹於汝意云何是人得福多不答言甚多世尊佛言不如是善男子善女人以般若波羅蜜爲他人種種因緣演說其義開示分別令易解如是言善男子善女人汝來受是般若波羅蜜勤讀誦說正憶念如般若波羅蜜中所說行何以故是般若波羅蜜中出生諸須陀洹憍尸迦置閻浮提中衆生復置四天下衆生小千國土二千中國土三千大千國土衆生若有人教十方如恒河沙等國土中衆生盡教令得須陀洹於汝意云何是人得福多不答言甚多世尊佛言不如是善男子善女人以般若波羅蜜爲他人種種因緣演說其義開示分別令易解如是言善男子善女人汝來受是般若波羅蜜勤讀誦說正憶念如般若波羅蜜中所說行何以故是般若波羅蜜中出生諸須陀洹復次憍尸迦若有善男子善女人教閻浮提中人令得斯陀含阿那含阿羅漢於汝意云何是人得福多不答言甚多世尊佛言不如是善男子善女人以般若波羅蜜爲他人種種因緣演說其義開

示分别令易解如是言善男子汝來受是般若波羅蜜勤讀誦説正憶念如般若波羅蜜中所説行何以故般若波羅蜜中出生諸斯陀含阿那含阿羅漢故乃至十方如恒河沙等國土中衆生亦如是復次憍尸迦若善男子善女人教一閻浮提中衆生令得辟支佛道於汝意云何是人得福多不荅言甚多世尊佛言不如是善男子善女人以般若波羅蜜爲他人種種因縁演説其義開示分别令易解如是言汝來善男子受是般若波羅蜜勤讀誦説正憶念如般若波羅蜜中所説行何以故般若波羅蜜中生出諸辟支佛道故四天下乃至十方如恒河沙等國土中衆生亦如是復次憍尸迦善男子善女人教一閻浮提中衆生令發阿耨多羅三藐三菩提心於汝意云何是人得福多不荅言甚多世尊佛言不如是善男子善女人以般若波羅蜜爲他人種種因縁演説其義開示分别令易解亦如是言汝當隨般若波羅蜜中學當得一切智法汝若得一切智法汝便得修行般若波羅蜜增益具足若得修行般若波羅蜜增益具足汝當得阿耨多羅三藐三菩提何以故憍尸迦般若波羅蜜中生諸初發意菩薩摩訶薩故乃至十方如恒河沙等國土亦如是復次憍尸迦善男子善女人教一閻浮提中衆生令住阿惟越致地於汝意云何是人福德多不荅言甚多世尊佛言不如是善男子善女人以般若波羅蜜爲他人種種因縁演説其義開示分别令易解如是言汝來善男子受是般若波羅蜜乃至如般若波羅

蜜中所說行汝便得一切智法得一切智法已乃至便得阿耨多羅三藐三菩提何以故般若波羅蜜中生諸菩薩摩訶薩阿惟越致地故乃至十方如恒河沙等國土亦如是復次憍尸迦一閻浮提中衆生發意求阿耨多羅三藐三菩提若有善男子善女人爲是人廣說般若波羅蜜及其義解開示分別如是言汝來善男子受是般若波羅蜜乃至如般若波羅蜜中所說行學已汝當得阿耨多羅三藐三菩提復有人爲一阿惟越致菩薩演說般若波羅蜜及其義解開示分別汝來受是般若波羅蜜乃至如般若波羅蜜中所說行學已汝當得阿耨多羅三藐三菩提是善男子所得功德甚多乃至十方如恒河沙等國土中亦如是復次憍尸迦若有一閻浮提

中衆生皆得阿惟越致阿耨多羅三藐三菩提復有善男子善女人以般若波羅蜜爲是人演說其義於是中有一菩薩疾欲得阿耨多羅三藐三菩提若有善男子善女人爲此菩薩說般若波羅蜜及其義解是人功德最多乃至十方如恒河沙等國土亦如是釋提桓因白佛言世尊如菩薩摩訶薩轉轉近阿耨多羅三藐三菩提者如是應轉轉教行檀波羅蜜尸羅波羅蜜羼提波羅蜜毗梨耶波羅蜜禪波羅蜜般若波羅蜜應教內空乃至無法有法空四念處乃至八聖道分佛十力四無所畏四無礙智十八不共法亦應供養衣服卧具飲食湯藥隨其所須是善男子善女人法施財施供養是菩薩所得功德勝於前者何以故世尊是菩薩摩訶薩疾得阿耨

多羅三藐三菩提故爾時慧命須菩提語釋提桓因言善哉善哉憍尸迦汝爲聖弟子安慰諸菩薩摩訶薩爲阿耨多羅三藐三菩提者以法施財施利益法應爾何以故菩薩中生諸佛聖衆若菩薩不發阿耨多羅三藐三菩提心者是菩薩不能學六波羅蜜乃至十八不共法若不學六波羅蜜乃至十八不共法不能得阿耨多羅三藐三菩提若不能得阿耨多羅三藐三菩提者則無聲聞辟支佛以是故憍尸迦諸菩薩摩訶薩學六波羅蜜乃至十八不共法學六波羅蜜乃至十八不共法時得阿耨多羅三藐三菩提得阿耨多羅三藐三菩提故斷地獄畜生餓鬼道世間便有刹利大姓婆羅門大姓居士大家四天王天乃至非有想非無想天乃至檀波羅蜜尸羅波羅蜜羼提波羅蜜毗梨耶波羅蜜禪波羅蜜般若波羅蜜内空乃至無法有法空四念處乃至十八不共法出現於世聲聞乘辟支佛乘佛乘皆現於世

隨喜品第三十九

爾時彌勒菩薩摩訶薩語慧命須菩提有菩薩摩訶薩隨喜福德與一切衆生共之迴向阿耨多羅三藐三菩提以無所得故若聲聞辟支佛福德若一切衆生福德若布施若持戒若修定若隨喜是菩薩摩訶薩隨喜福德與一切衆生共之迴向阿耨多羅三藐三菩提其福最上第一最妙無上無與等何以故聲聞辟支佛及一切衆生布施持戒修定隨喜爲自調爲自淨爲自度故起所謂四念處乃至八聖道分空無相無作菩薩隨喜福德

迴向阿耨多羅三藐三菩提持是功德爲調一切衆生爲淨一切衆生爲度一切衆生故起爾時慧命須菩提白彌勒菩薩言諸菩薩摩訶薩念十方無量無邊阿僧祇國土中無量無邊阿僧祇諸滅度佛從初發心乃至得阿耨多羅三藐三菩提入無餘涅槃乃至法盡於其中間諸善根應六波羅蜜及諸聲聞人善根若布施福德持戒修定福德及諸學人無漏善根無學人無漏善根諸佛戒衆定衆慧衆解脱衆解脱知見衆一切智大慈大悲及餘無量阿僧祇諸佛法及諸佛所説法是法中學得須陀洹果乃至得阿羅漢果辟支佛道入菩薩摩訶薩位及餘衆生種諸善根是諸善根一切和合隨喜功德迴向阿耨多羅三藐三菩提最上第一最妙無上無與等如是隨喜已持是隨喜福德迴向阿耨多羅三藐三菩提若有善男子行菩薩乘者作是念我是心迴向阿耨多羅三藐三菩提是生心緣事若善男子取相迴向阿耨多羅三藐三菩提如所念可得不彌勒菩薩語須菩提是善男子行菩薩乘迴向阿耨多羅三藐三菩提心是緣事若善男子取相不得如所念須菩提語彌勒菩薩若諸緣諸事無所有是善男子行菩薩乘者取相於十方諸佛諸善根從初發心乃至法盡及聲聞諸善根學無學善根一切和合隨喜功德迴向阿耨多羅三藐三菩提以無相故是菩薩將無顛倒無常謂常想顛倒心顛倒見顛倒不淨謂淨苦謂爲樂無我謂我想顛倒心顛倒見顛倒若如緣如事爲阿耨多羅三藐三菩提亦如

是迴向心亦如是檀那波羅蜜尸羅波羅蜜羼提毗梨耶禪那般若波羅蜜乃至十八不共法亦如是若爾者何等是緣何等是事何等是阿耨多羅三藐三菩提何等是善根何等是隨喜心迴向阿耨多羅三藐三菩提彌勒菩薩語須菩提若諸菩薩摩訶薩久行六波羅蜜多供養諸佛種善根與善知識相隨善學自相空法是諸菩薩是緣是事諸佛諸善根隨喜福德不取相迴向阿耨多羅三藐三菩提以不二法非不二法非相非不相非可得法非不可得法非淨非垢不生不滅法是名迴向阿耨多羅三藐三菩提若諸菩薩不久行六波羅蜜不多供養諸佛不種善根不與善知識相隨不善學自相空法是諸菩薩是諸緣是諸事諸佛諸善根隨喜福德諸心取相迴向阿耨多羅三藐三菩提是不名迴向須菩提如是般若波羅蜜義乃至一切種智義所謂內空乃至無法有法空不應爲新學菩薩說何以故是菩薩所有少許信樂恭敬清淨心皆忘失當在阿毗跋致菩薩摩訶薩前說若有爲善知識所護若久供養諸佛種諸善根應爲是人說如是般若波羅蜜義乃至一切種智義所謂內空乃至無法有法空是人聞是法不沒不驚不畏不怖須菩提菩薩摩訶薩隨喜福德應如是迴向阿耨多羅三藐三菩提所謂菩薩用心隨喜福德迴向阿耨多羅三藐三菩提是心盡滅變離是緣是事是諸善根亦盡滅變離是中何等是隨喜心何等是諸緣何等是諸事何等是諸善根隨喜迴向阿耨多羅三藐三菩提二

心不俱是心性亦不可得迴向菩薩云何隨喜心迴向阿耨多羅三藐三菩提若菩薩摩訶薩行般若波羅蜜時如是知是般若波羅蜜無有法乃至檀波羅蜜亦無有法色無有法受想行識乃至阿耨多羅三藐三菩提無有法菩薩摩訶薩應如是隨喜功德迴向阿耨多羅三藐三菩提若能如是迴向是名隨喜功德迴向阿耨多羅三藐三菩提爾時釋提桓因語須菩提言新發意菩薩聞是事將無驚懼怖畏須菩提云何新發意菩薩作諸善根迴向阿耨多羅三藐三菩提復云何隨喜福德迴向阿耨多羅三藐三菩提須菩提語釋提桓因若新發意菩薩行般若波羅蜜不受是般若波羅蜜以無所得故無相故乃至檀那波羅蜜亦如是多信解内空乃至多信解無法有法空多信解四念處乃至十八不共法常與善知識相隨是善知識爲説六波羅蜜義開示分別如是教授令常不離般若波羅蜜乃至得入菩薩法位終不離般若波羅蜜乃至不離檀那波羅蜜不離四念處乃至十八不共法亦教語魔事聞種種魔事已不增不減何以故是菩薩摩訶薩不受一切法故是菩薩亦常不離諸佛乃至得菩薩位於中種善根以是善根故生菩薩家乃至得阿耨多羅三藐三菩提終不離是善根復次新發意菩薩摩訶薩於過去十方無量無邊阿僧祇國土中諸佛斷生死道斷諸戲論道盡棄重擔滅聚落刺斷諸有結正智得解脱及弟子所作功德於是中若剎利大姓婆羅門大姓居士大家四天王天乃至淨居天

所種善根是一切和合稱量以隨喜心最上第一最妙無上無與等應隨喜隨喜已迴向阿耨多羅三藐三菩提爾時彌勒菩薩語須菩提若新發意菩薩摩訶薩念諸佛及弟子諸善根隨喜功德最上第一最妙無上無與等隨喜已應迴向阿耨多羅三藐三菩提云何菩薩不墮想顛倒心顛倒見顛倒須菩提言若菩薩摩訶薩念諸佛及僧於是中不生佛相不生僧相無善根相用是心迴向阿耨多羅三藐三菩提是心中亦不生心相菩薩如是迴向想不顛倒心不顛倒見不顛倒若菩薩摩訶薩念諸佛及僧善根取相取相已迴向阿耨多羅三藐三菩提菩薩如是名爲想顛倒心顛倒見顛倒若菩薩摩訶薩用是心念諸佛及僧諸善根是心念時即知盡滅若盡滅是法不可得迴向所用迴向心亦是盡滅相所迴向處是法亦如是相若如是相迴向是名正迴向非邪迴向菩薩摩訶薩應如是迴向阿耨多羅三藐三菩提復次若菩薩摩訶薩過去諸佛善根及弟子善根是中凡夫人聞法種善根若諸天龍夜叉乾闥婆阿脩羅迦樓羅摩睺羅伽聞法種善根若剎利大姓婆羅門大姓居士大家四天王天乃至阿迦尼吒天聞法種善根發阿耨多羅三藐三菩提心是一切福德和合稱量隨喜功德最一第一最妙無上無與等迴向阿耨多羅三藐三菩提是時菩薩若如是知是諸法盡滅所迴向處及法亦自性空能如是迴向是名眞迴向阿耨多羅三藐三菩提復次若菩薩如是知無有法能迴向法何以故一切

法自性空故若如是迴向是名正迴向阿耨多羅三藐三菩提如是菩薩摩訶薩行般若波羅蜜乃至檀那波羅蜜不隨想顛倒心顛倒見顛倒何以故菩薩不著是迴向亦不見以諸善根迴向菩提心處是名菩薩摩訶薩無上迴向復次若菩薩摩訶薩知所起福德離五陰十二入十八界亦知般若波羅蜜是離相乃至檀那波羅蜜是離相内空乃至無法有法空是離相四念處乃至十八不共法是離相如是菩薩摩訶薩隨喜心起福德名迴向阿耨多羅三藐三菩提復次若菩薩摩訶薩隨喜福德知隨喜福德自性離亦知諸佛離佛性諸善根亦離善根性菩提心菩提心性亦離迴向迴向性亦離菩薩菩薩性亦離般若波羅蜜般若波羅蜜性亦離禪那波羅蜜毗梨耶波羅蜜羼提波羅蜜尸羅波羅蜜檀那波羅蜜檀那波羅蜜性亦離乃至十八不共法十八不共法性亦離菩薩摩訶薩應如是行離相般若波羅蜜是名菩薩摩訶薩般若波羅蜜中生隨喜福德復次菩薩摩訶薩過去滅度諸佛諸善根若欲迴向應如是迴向作是念如諸佛滅度相諸善根相亦如是滅度法相亦如是我用心迴向是心相亦如是若能如是迴向當知是迴向阿耨多羅三藐三菩提如是迴向不墮想顛倒心顛倒見顛倒若菩薩摩訶薩行般若波羅蜜時取諸佛善根相迴向阿耨多羅三藐三菩提是不名為迴向何以故諸過去佛及善根非相緣非無相緣若菩薩摩訶薩作如是取相是不名善根迴向阿耨多羅三藐三菩提如

是菩薩摩訶薩隨想顛倒心顛倒見顛倒若菩薩摩訶薩諸佛及諸善根及諸心不取相是名以諸善根迴向阿耨多羅三藐三菩提如是菩薩摩訶薩不隨想顛倒心顛倒見顛倒爾時彌勒菩薩問須菩提云何菩薩摩訶薩於諸善根不取相能迴向阿耨多羅三藐三菩提須菩提言以是事故當知菩薩摩訶薩所學般若波羅蜜中應有般若波羅蜜方便力若是福德離般若波羅蜜不得迴向阿耨多羅三藐三菩提何以故般若波羅蜜中諸佛不可得諸善根不可得迴向阿耨多羅三藐三菩提心亦不可得於是中菩薩摩訶薩行般若波羅蜜時應如是思惟過去諸佛及弟子身皆滅諸善根亦滅我今取相分別諸佛諸善根及諸心以是取相迴向阿耨多羅三藐三菩提諸佛所不許何以故取相有所得故所謂於過去諸佛取相分別是故菩薩摩訶薩欲以諸善根迴向阿耨多羅三藐三菩提不應有得不應取相如是迴向若有得取相迴向諸佛不說有大利益何以故是迴向雜毒故譬如美食雜毒雖有好色好香爲人所貪而其中雜毒愚癡之人食之歡喜貪其好色香美可口飯欲消時受若死若死等苦若善男子善女人不諦受不諦取相不諦讀誦不解中義如是教他言汝善男子過去未來現在十方諸佛從初發意以來至得阿耨多羅三藐三菩提入無餘涅槃乃至法盡於其中間行般若波羅蜜時作諸善根行禪那波羅蜜毗梨耶波羅蜜羼提波羅蜜尸羅波羅蜜檀那波羅蜜時作諸善根修四禪

四無量心四無色定四念處乃至八聖道分佛十力乃至修十八不共法時作諸善根淨佛國土成就衆生作諸善根及諸佛戒衆定衆慧衆解脱衆解脱知見衆一切種智無錯謬法常捨行及諸弟子是中所種善根及諸佛所記當作辟支佛是中諸天龍阿脩羅迦樓羅緊那羅摩睺羅伽等所種善根是諸福德稱量和合隨喜迴向阿耨多羅三藐三菩提是迴向以取相得法故如雜毒食得法者終無正迴向何以故是得法雜毒有相有動有戲論若如是迴向則爲謗佛不隨佛教不隨法説是善男子善女人求佛道應如是學過去未來現在諸佛從初發意乃至法盡及弟子行般若波羅蜜時作善根乃至修一切種智如上説云何諸善根迴向阿耨多羅三藐三菩提正迴向有求佛道善男子善女人行般若波羅蜜不欲謗諸佛者修諸福德應如是迴向如諸佛所知以無上智慧是諸善根相是諸善根性我亦如是隨喜如諸佛所知我亦如是迴向阿耨多羅三藐三菩提求菩薩道善男子善女人應如是迴向阿耨多羅三藐三菩提若如是迴向則爲不謗佛如佛所教如佛法説是菩薩摩訶薩迴向則無雜毒復次求佛道善男子善女人行般若波羅蜜時諸善根應如是迴向如色不繫欲界不繫色界不繫無色界不繫法者不名過去不名未來不名現在如受想行識不繫欲界不繫色界不繫無色界不繫法者不名過去未來現在十二入十八界亦如是如般若波羅蜜不繫欲界不繫色界不繫無色界不繫

法者不名過去未來現在禪那波羅蜜乃至檀那波羅蜜亦如是內空乃至無法有法空亦如是如四念處不繫欲界不繫色界不繫無色界不繫法者不名過去未來現在乃至八聖道分亦如是佛十力乃至十八不共法亦如是如如如法性法相法住法位實際不可思議性戒定慧解脫解脫知見衆一切種智無錯謬法常捨行不繫欲界不繫色界不繫無色界不繫法者不名過去未來現在是迴向所迴向處行者不繫皆亦如是是諸佛亦不繫諸善根亦不繫是諸聲聞辟支佛善根亦不繫不繫法者不名過去未來現在若菩薩摩訶薩行般若波羅蜜時如是知色不繫三界不繫法者不名過去未來現在若法不名過去未來現在者不可以取相有所得法迴向阿耨多羅三藐三菩提何以故是色無生若法無生則無法無法中不可迴向受想行識亦如是檀那波羅蜜乃至般若波羅蜜四念處乃至無錯謬法常捨行不繫三界不繫法者亦非過去未來現在若非過去未來現在法者不可以取相有所得法迴向阿耨多羅三藐三菩提何以故是法無生若無生則無法無法中不可迴向菩薩摩訶薩如是迴向則無雜毒若求佛道善男子善女人以取相得法以諸善根迴向阿耨多羅三藐三菩提是名邪迴向若邪迴向諸佛所不稱譽用是邪迴向不能具足檀那波羅蜜乃至般若波羅蜜不能具足四念處乃至八聖道分內空乃至無法有法空佛十力乃至無錯謬法常捨行不能具足淨佛國土成就衆生

若不能淨佛國土成就衆生則不能得阿耨多羅三藐三菩提何以故是迴向雜毒故復次菩薩摩訶薩行般若波羅蜜時應作是念如諸佛所知諸善根迴向是眞迴向我亦應以是法相迴向是名正迴向爾時佛讃須菩提善哉善哉如汝所爲爲作佛事爲諸菩薩摩訶薩説所應迴向法以無相無得無出無垢無淨無法性自相空常自性空如法性如實際故須菩提若三千大千國土中衆生皆行十善道四禪四無量心四無色定五神通於須菩提意云何是衆生得福多不甚多世尊佛言不如是善男子善女人於諸善根心不著迴向阿耨多羅三藐三菩提須菩提是善男子善女人福德最上第一最妙無上無與等復次須菩提若三千大千國土中衆生皆得須陀洹乃至阿羅漢辟支佛若有善男子善女人盡形壽供養恭敬尊重讃歎衣服飲食卧具醫藥供給所須於須菩提意云何是善男子善女人是因緣故得福德多不甚多世尊佛言不如是善男子善女人於諸善根心不著迴向阿耨多羅三藐三菩提最上第一最妙無上無與等

摩訶般若波羅蜜經卷第十二

摩訶般若波羅蜜經卷第十三

姚秦三藏法師鳩摩羅什共僧叡譯

隨喜品第三十九之餘

復次須菩提若三千大千國土中衆生皆發阿耨多羅三藐三菩提心十方如恒河沙等國土中一一衆生如恒河沙等劫恭敬尊重讚歎供養是菩薩衣服飲食卧具醫藥供給所須於須菩提意云何是善男子善女人是因緣故得福多不甚多世尊無量無邊阿僧祇不可以譬喻爲比世尊若是福德有形者十方如恒河沙等國土所不受佛告須菩提善哉善哉如汝所言雖爾不如善男子善女人於諸善根心不著迴向阿耨多羅三藐三菩提最上第一最妙無上無與等是無著迴向功德比前功德百倍千倍百千萬億倍乃至筭數譬喻所不能及何以故是善男子善女人取相得法行十善道四禪四無量心四無色定五神通取相得法供養須陀洹恭敬尊重讚歎衣服飲食卧具醫藥供給所須乃至取相供養菩薩故爾時四天王天與二萬諸天子合掌禮佛作是言世尊菩薩摩訶薩最大迴向以方便力故以無所得故以無相法故以無覺法故諸善根迴向阿耨多羅三藐三菩提如是迴向不墮二法爾時釋提桓因亦與無數百千億三十三天及餘諸天子持天華瓔珞擣香澤香天衣旛蓋鼓天妓樂以供養佛作是言世尊菩薩摩訶薩最大迴向以方便力故以無所得故以無相法故以無覺法故諸善根迴向阿耨多羅三藐三菩提如是迴向不墮二法須夜摩天王與千天

子删兜率陀化樂他化自在諸天王各與千天子俱供養佛已作是言世尊菩薩摩訶薩最大迴向以方便力故以無所得故以無相法故以無覺法故諸善根迴向阿耨多羅三藐三菩提如是迴向不墮二法爾時諸梵天與無數百千億那由他諸天俱詣佛所頭面禮佛足發大音聲作是言未曾有也世尊菩薩摩訶薩爲般若波羅蜜所護以方便力故勝前善男子善女人取相有所得者光音天乃至阿迦尼吒天與無數百千億那由他諸天俱詣佛所頭面禮佛足發大音聲作是言未曾有也世尊菩薩摩訶薩爲般若波羅蜜所護以方便力故勝前善男子善女人取相有所得者爾時佛告四天王天乃至阿迦尼吒諸天子若三千大千國土中所有衆生皆

發阿耨多羅三藐三菩提心是一切菩薩念過去未來現在諸佛及聲聞辟支佛諸善根從初發意乃至法住於其中間所有善根并餘一切衆生所有善根所謂布施持戒忍辱精進一心智慧檀那波羅蜜乃至般若波羅蜜戒衆定衆慧衆解脱衆解脱知見衆如是等諸餘無量佛法一切和合隨喜隨喜已迴向阿耨多羅三藐三菩提以取相有所得故復有善男子善女人發阿耨多羅三藐三菩提心念過去未來現在諸佛及聲聞辟支佛從初發意乃至法住於其中間所有善根并餘一切衆生所有善根所謂布施持戒忍辱精進一心智慧檀那波羅蜜乃至無量諸佛法一切和合稱量以無所得故無二法故無相法故不著法故無覺法故是最上隨喜第

一最妙無上無與等隨喜隨喜已迴向阿耨多羅三藐三菩提是善男子善女人功德勝前善男子善女人功德百倍千倍百千萬億倍乃至算數譬喻所不能及爾時須菩提白佛言世尊世尊說善男子善女人和合諸善根稱量隨喜迴向最上第一最妙無上無與等世尊云何名隨喜最上乃至無與等佛言若善男子善女人於過去未來現在諸法不取不捨不念非不念不得非不得是諸法中亦無有法生者滅者若垢若淨諸法不增不減不來不去不合不散不入不出如過去未來現在諸法相如如相法性法住法位我亦如是隨喜隨喜已迴向阿耨多羅三藐三菩提如是迴向最上第一最妙無上無與等須菩提是隨喜法比餘隨喜百倍千倍百千萬億倍乃至算數譬喻所不能及復次須菩提求佛道善男子善女人於過去未來現在諸佛及聲聞辟支佛從初發心乃至法住於其中間所有善根若布施乃至智慧檀那波羅蜜乃至無量諸佛法及餘一切衆生所有善根若欲隨喜者應如是隨喜作是念布施與解脫等戒忍精進禪智與解脫等色與解脫等受想行識亦與解脫等內空與解脫等乃至無法有法空亦與解脫等四念處與解脫等乃至八聖道分亦與解脫等佛十力與解脫等乃至一切種智亦與解脫等戒衆定衆慧衆解脫衆解脫知見衆亦與解脫等隨喜與解脫等過去未來現在諸法與解脫等十方諸佛與解脫等諸佛迴向與解脫等諸佛與解脫等諸佛滅度與解脫等諸佛弟子聲

聞辟支佛與解脫等諸佛弟子滅度與解脫等諸佛佛法相與解脫等諸聲聞辟支佛佛法相與解脫等一切諸法相亦與解脫等我以是諸善根相隨喜功德迴向阿耨多羅三藐三菩提亦與解脫等不生不滅故須菩提是名諸菩薩摩訶薩隨喜功德最上第一最妙無上無與等須菩提菩薩成就是隨喜功德當疾得阿耨多羅三藐三菩提復次須菩提十方如恒河沙等現在諸佛及諸弟子若有求佛道善男子善女人盡形壽供養是諸佛及弟子一切所須供養恭敬尊重讚歎衣服飲食卧具醫藥是諸佛滅度後晝夜勤修供養恭敬尊重讚歎花香乃至旛蓋妓樂以取相有所得故持戒忍辱精進禪定智慧以取相有所得故復有善男子善女人發意求阿耨多羅三藐三菩提行檀那波羅蜜尸羅波羅蜜羼提波羅蜜毗梨耶波羅蜜禪那波羅蜜般若波羅蜜以不取相無所得法方便力諸善根迴向阿耨多羅三藐三菩提是福德最上第一最妙無上無與等勝前福德百倍千倍百千萬億倍乃至筭數譬喻所不能及如是須菩提菩薩摩訶薩行檀那波羅蜜尸羅波羅蜜羼提波羅蜜毗梨耶波羅蜜禪那波羅蜜般若波羅蜜時以方便力故諸善根應迴向阿耨多羅三藐三菩提以不取相無所得法故

照明品第四十

爾時慧命舍利弗白佛言世尊是般若波羅蜜佛言是般若波羅蜜世尊般若波羅蜜能照一切法畢竟淨故世尊應禮般若波羅蜜

世尊般若波羅蜜不著三界世尊般若波羅蜜除諸闇冥一切煩惱諸見除故世尊般若波羅蜜一切助道法中最上世尊般若波羅蜜安隱能斷一切怖畏苦惱故世尊般若波羅蜜能與光明五眼莊嚴故世尊般若波羅蜜能示導墮邪見衆生離二邊故世尊般若波羅蜜是一切種智一切煩惱及習斷故世尊般若波羅蜜是諸菩薩摩訶薩母能生諸佛法故世尊般若波羅蜜不生不滅自相空故世尊般若波羅蜜遠離生死非常非滅故世尊般若波羅蜜無救者作護施一切珍寶故世尊般若波羅蜜具足力無能破壞故世尊般若波羅蜜能轉三轉十二行法輪一切諸法不轉不還故世尊般若波羅蜜能示諸法性無法有法空故世尊應云何供養般若波羅蜜佛言當如供養世尊禮般若波羅蜜當如禮世尊何以故世尊不異般若波羅蜜般若波羅蜜不異世尊世尊則是般若波羅蜜般若波羅蜜則是世尊是般若波羅蜜中出生諸佛菩薩辟支佛阿羅漢阿那含斯陀含須陀洹般若波羅蜜中生十善道四禪四無量心四無色定五神通内空乃至無法有法空四念處乃至八聖道分是般若波羅蜜中生佛十力十八不共法大慈大悲一切種智爾時釋提桓因心念何因緣故舍利弗問是事念已語舍利弗何因緣故問是事舍利弗語釋提桓因言憍尸迦諸菩薩摩訶薩爲般若波羅蜜守護以漚惒拘舍羅力故於過去未來現在諸佛從初發心乃至法住於其中間所作善根一切和合隨喜迴向阿耨多

羅三藐三菩提以是因緣故我問是事憍尸迦菩薩摩訶薩般若波羅蜜勝檀那波羅蜜尸羅波羅蜜羼提毗梨耶禪那波羅蜜譬如生盲人若百若千若百千而無前導不能趣道入城憍尸迦五波羅蜜亦如是離般若波羅蜜如盲無導不能趣道不能得一切種智憍尸迦若五波羅蜜得般若波羅蜜將導是時五波羅蜜名爲有眼般若波羅蜜將道得波羅蜜名字釋提桓因語舍利弗如所言般若波羅蜜將導五波羅蜜故得波羅蜜名字舍利弗若無檀那波羅蜜助五波羅蜜不得波羅蜜名字若無尸羅波羅蜜羼提波羅蜜毗梨耶波羅蜜禪那波羅蜜五波羅蜜不得波羅蜜名字若爾者何以故獨讚般若波羅蜜舍利弗言如是如是憍尸迦無檀那波羅蜜五波羅蜜不得波羅蜜名字無尸羅波羅蜜羼提波羅蜜毗梨耶波羅蜜禪那波羅蜜五波羅蜜不得波羅蜜名字但菩薩摩訶薩住般若波羅蜜中能具足檀那波羅蜜尸羅波羅蜜羼提波羅蜜毗梨耶波羅蜜禪那波羅蜜以是故憍尸迦般若波羅蜜於五波羅蜜中最上第一最妙無上無與等舍利弗白佛言世尊云何應生般若波羅蜜佛告舍利弗色不生故般若波羅蜜生受想行識不生故般若波羅蜜生檀那波羅蜜不生故般若波羅蜜生乃至禪那波羅蜜不生故般若波羅蜜生内空乃至無法有法空四念處乃至八聖道分佛十力乃至一切智一切種智不生故般若波羅蜜生如是諸法不生故般若波羅蜜應生舍利弗言世尊云何色不生故

般若波羅蜜生乃至一切諸法不生故般若波羅蜜應生佛言色不起不生不得不失故乃至一切諸法不起不生不得不失故般若波羅蜜生舍利弗白佛言如是生般若波羅蜜與何等法合佛言無所與合以是故得名般若波羅蜜世尊不與何等法合佛言不與不善法合不與善法合不與世間法合不與出世間法合不與有漏法合不與無漏法合不與有罪法合不與無罪法合不與有爲法合不與無爲法合何以故般若波羅蜜不爲得諸法故生以是故於諸法無所合爾時釋提桓因白佛言世尊是般若波羅蜜亦不合薩婆若佛言如是憍尸迦般若波羅蜜亦不合薩婆若亦不得釋提桓因言世尊云何般若波羅蜜亦不合薩婆若亦不得佛言般若波羅蜜不如名字不如相不如起作法合釋提桓因言今云何合佛言若菩薩摩訶薩如不取不受不住不著不斷如是合亦無所合如是憍尸迦般若波羅蜜一切法合亦無所合爾時釋提桓因白佛言未曾有也世尊是般若波羅蜜爲一切法不起不生不得不失故生須菩提白佛言世尊若菩薩摩訶薩行般若波羅蜜時作是念般若波羅蜜若一切法合若不合是菩薩摩訶薩則捨般若波羅蜜遠離般若波羅蜜佛告須菩提復有因緣菩薩摩訶薩捨般若波羅蜜遠離般若波羅蜜若菩薩摩訶薩作是念是般若波羅蜜無所有空虛不堅固是菩薩摩訶薩則捨般若波羅蜜遠離般若波羅蜜須菩提以是因緣故捨離般若波羅蜜須菩提白佛言世尊信

般若波羅蜜爲不信何法佛告須菩提信般若波羅蜜則不信色不信受想行識不信眼乃至意不信色乃至法不信眼界乃至意識界不信檀那波羅蜜尸羅波羅蜜羼提波羅蜜毗梨耶波羅蜜禪那波羅蜜不信内空乃至無法有法空不信四念處乃至八聖道分不信佛十力乃至十八不共法不信須陀洹果斯陀含果阿那含果阿羅漢果辟支佛道不信菩薩道不信阿耨多羅三藐三菩提乃至一切種智須菩提白佛言世尊云何信般若波羅蜜時不信色乃至一切種智佛告須菩提色不可得故信般若波羅蜜不信色乃至一切種智不可得故信般若波羅蜜不信一切種智以是故須菩提信般若波羅蜜時不信色乃至不信一切種智須菩提白佛言

世尊是般若波羅蜜名爲摩訶波羅蜜須菩提何因緣故是般若波羅蜜名爲摩訶波羅蜜須菩提言世尊是般若波羅蜜不作色大不作色小受想行識不作大不作小眼乃至意色乃至法眼識界乃至意識界不作大不作小檀那波羅蜜乃至禪那波羅蜜不作大不作小内空乃至無法有法空不作大不作小四念處乃至阿耨多羅三藐三菩提不作大不作小諸佛法不作大不作小諸佛不作大不作小是般若波羅蜜不作色合不作色散受想行識不作合不作散乃至諸佛不作合不作散不作色無量不作色非無量乃至諸佛不作無量不作非無量不作色廣不作色狹乃至諸佛不作廣不作狹不作色有力不作色無力乃至諸佛不作有力不作無力

世尊以是因縁故是般若波羅蜜名摩訶波羅蜜世尊若新發意菩薩摩訶薩若不遠離般若波羅蜜不遠離禪那波羅蜜不遠離毗梨耶波羅蜜不遠離羼提波羅蜜不遠離尸波羅蜜不遠離檀波羅蜜如是念是般若波羅蜜不作色大不作色小乃至諸佛不作大不作小色不作合不作散不作色無量不作色非無量不作色有力不作色無力乃至諸佛不作有力不作無力世尊菩薩摩訶薩若如是知是爲不行般若波羅蜜何以故是非般若波羅蜜相所謂作色大小乃至諸佛作大小色有力無力乃至諸佛有力無力世尊是菩薩摩訶薩用有所得故有大過失所謂行般若波羅蜜時作色大作色小乃至諸佛作有力作無力何以故有所得相者無阿耨多羅三藐三菩提所以者何衆生不生故般若波羅蜜多不生乃至佛不生故般若波羅蜜不生衆生性無故般若波羅蜜性無色性無故般若波羅蜜性無乃至佛性無故般若波羅蜜性無衆生非法故般若波羅蜜非法色非法故般若波羅蜜非法乃至佛非法故般若波羅蜜非法衆生空故般若波羅蜜空色空故般若波羅蜜空乃至佛空故般若波羅蜜空衆生離故般若波羅蜜離色離故般若波羅蜜離乃至佛離故般若波羅蜜離衆生無有故般若波羅蜜無有色無有故般若波羅蜜無有乃至佛無有故般若波羅蜜無有衆生不可思議故般若波羅蜜不可思議色不可思議故般若波羅蜜不可思議乃至佛不可思議故般若波羅蜜不可思議衆生

不滅故般若波羅蜜不滅色不滅故般若波羅蜜不滅乃至佛不滅故般若波羅蜜不滅衆生不可知故般若波羅蜜不可知色不可知故般若波羅蜜不可知乃至佛不可知故般若波羅蜜不可知衆生力不成就故般若波羅蜜力不成就色力不成就故般若波羅蜜力不成就乃至佛力不成就故般若波羅蜜力不成就世尊以是因緣故諸菩薩摩訶薩般若波羅蜜名爲摩訶波羅蜜

信毀品第四十一

爾時慧命舍利弗白佛言世尊有菩薩摩訶薩信解是般若波羅蜜者從何處終來生是間發阿耨多羅三藐三菩提心來爲幾時爲供養幾佛行檀那波羅蜜尸羅波羅蜜羼提波羅蜜毗梨耶波羅蜜禪那波羅蜜般若波羅蜜來爲幾時能隨順解深般若波羅蜜義佛告舍利弗是菩薩摩訶薩供養十方諸佛來生是間是菩薩發阿耨多羅三藐三菩提心來無量無邊阿僧祇百千萬億劫是菩薩摩訶薩從初發心常行檀那波羅蜜尸羅波羅蜜羼提波羅蜜毗梨耶波羅蜜禪那波羅蜜般若波羅蜜供養無量無邊不可思議阿僧祇諸佛來生是間舍利弗是菩薩摩訶薩若見若聞般若波羅蜜作是念我見佛從佛聞法舍利弗是菩薩摩訶薩能隨順解深般若波羅蜜義以無相無二無所得故須菩提白佛言世尊是般若波羅蜜可聞可見耶佛告須菩提是般若波羅蜜無有聞者無有見者般若波羅蜜無聞無見諸法鈍故禪那波羅蜜毗梨耶波羅蜜羼提波羅蜜尸羅波羅

蜜檀那波羅蜜無聞無見諸法鈍故內空無聞無見諸法鈍故乃至無法有法空無聞無見諸法鈍故四念處無聞無見諸法鈍故乃至八聖道分無聞無見諸法鈍故佛十力乃至十八不共法無聞無見諸法鈍故須菩提佛及佛道無聞無見諸法鈍故須菩提白佛言世尊是菩薩幾時行佛道能習行如是深般若波羅蜜佛告須菩提是中應分別說須菩提有菩薩摩訶薩初發意習行深般若波羅蜜禪那波羅蜜毗梨耶波羅蜜羼提波羅蜜尸羅波羅蜜檀那波羅蜜以方便力故於法無所破壞不見諸法無利益者亦終不遠離行六波羅蜜亦不遠離諸佛從一佛世界至一佛世界若欲以善根力供養諸佛隨意即得終不生母人腹中終不離諸神通終不生諸煩惱及聲聞辟支佛心從一佛世界至一佛世界成就衆生淨佛國土須菩提如是等諸菩薩摩訶薩能習行深般若波羅蜜須菩提有菩薩摩訶薩多見諸佛若無量百千萬億劫從諸佛所行布施持戒忍辱精進一心智慧皆以有所得故是菩薩聞說深般若波羅蜜時便從衆中起去不恭敬深般若波羅蜜及諸佛是菩薩今在此衆中坐聞是甚深般若波羅蜜不樂故便捨去何以故是善男子善女人等先世聞深般若波羅蜜時棄捨去今世聞深般若波羅蜜亦棄捨去身心不和是人種愚癡因緣業種是愚癡因緣罪故聞說深般若波羅蜜呰毀呰毀深般若波羅蜜故即是呰毀過去未來現在諸佛一切智一切種智是人呰毀三世諸佛一切智故

起破法業破法業因緣集故無量百千萬億歲墮大地獄中是破法人輩從一大地獄至一大地獄若火劫起時至他方大地獄中生在彼間從一大地獄至一大地獄彼間若火劫起時復至他方大地獄中生在彼間從一大地獄至一大地獄如是遍十方彼間若火劫起故從彼死破法業因緣未盡故還來是間大地獄中生此間亦從一大地獄至一大地獄受無量苦此間火劫起時復生十方他國土生畜生中受破法罪業苦如地獄中說重罪轉薄或得人身生生盲人家生旃陀羅家生除廁擔死人種種下賤家若無眼若一眼若眼瞎無舌無耳無手所生處無佛無法無佛弟子處何以故種破法業積集厚重具足故受是果報爾時舍利弗白佛言世尊五逆罪與破法罪相似耶佛告舍利弗不應言相似所以者何若有人聽說是甚深般若波羅蜜時毀呰不信般若波羅蜜作是言不應學是法是非法非善非佛教諸佛不說是語是人自毀呰般若波羅蜜亦教他人毀呰般若波羅蜜自壞其身亦壞他人身自飲毒殺身亦飲他人毒自失其身亦失他人身自不知不信毀呰深般若波羅蜜亦教他人令不信不知舍利弗如是人我不聽聞其名字何況眼見共住何以故當知是人名爲汙法人爲墮衰濁黑性如是人若有聽其言信用其語亦受如是苦舍利弗若人破般若波羅蜜當知是名爲壞法人舍利弗白佛言世尊世尊說壞法之人所受重罪不說是人所受身體大小佛告舍利弗不須說是人受身大小

何以故是破法人若聞自所受身體大小便當吐熱血若死若近死若是破法人聞如是身有如是重罪是人便大愁憂如箭入心漸漸乾枯作是念破法罪故得如是大醜身受如是無量苦以是故佛不聽舍利弗問是人所受身體大小舍利弗白佛言願佛說之爲未來世作明戒令知破法業積集故得如是大醜身受如是苦佛告舍利弗後世人若聞是破法業積集厚重具足受大地獄中久久無量苦聞是久久無量苦時足爲未來世作明戒舍利弗白佛言世尊若白淨性善男子善女人聞是法足作依止寧失身命不破法自念我若破法當受如是苦爾時須菩提白佛言世尊善男子善女人應好攝身口意業無受如是諸苦或不見佛或不聞法或不親近僧或生無佛國土中或生人中墮貧窮家或人不信受其言須菩提白佛言世尊以積集口業故有如是破法重罪耶佛告須菩提以積集口業故有是破法重罪須菩提是愚癡人在佛法中出家受戒破深般若波羅蜜毀呰不受須菩提若破般若波羅蜜毀呰般若波羅蜜則爲破十方諸佛一切智一切智破故則爲破佛寶破佛寶故破法寶破法寶故破僧寶破三寶故則破世間正見破世間正見故則破四念處乃至破一切種智法破一切種智法故則得無量無邊阿僧祇罪得無量無邊阿僧祇罪已則受無量無邊阿僧祇憂苦須菩提白佛言世尊是愚癡人毀呰破壞是深般若波羅蜜有幾因緣佛告須菩提有四因緣是愚癡人毀呰破是深般若波

羅蜜須菩提言世尊何等四是愚癡人爲魔所使故欲毀呰破壞深般若波羅蜜是名初因縁是愚癡人不信深法不信不解心不得清淨是第二因縁故是愚癡人欲毀呰破壞深般若波羅蜜是愚癡人與惡知識相隨心没懈怠堅著五受陰是第三因縁故是愚癡人欲毀呰破壞深般若波羅蜜是愚癡人多行瞋恚自高輕人是第四因縁故是愚癡人欲毀呰破壞深般若波羅蜜須菩提以是四因縁故愚癡人欲破壞深般若波羅蜜須菩提白佛言世尊是深般若波羅蜜不勤精進種不善根惡友相得人難信難解佛言如是如是須菩提是深般若波羅蜜不勤精進種不善根惡友相得人難信難解須菩提白佛言世尊是般若波羅蜜云何甚深難信難解

須菩提色不縛不解何以故無所有性是色受想行識不縛不解何以故無所有性是受想行識檀那波羅蜜不縛不解何以故無所有性是檀那波羅蜜尸羅波羅蜜不縛不解何以故無所有性是尸羅波羅蜜羼提波羅蜜不縛不解何以故無所有性是羼提波羅蜜毗梨耶波羅蜜不縛不解何以故無所有性是毗梨耶波羅蜜禪那波羅蜜不縛不解何以故無所有性是禪那波羅蜜般若波羅蜜不縛不解何以故無所有性是般若波羅蜜須菩提内空不縛不解何以故無所有性是内空乃至無法有法空不縛不解何以故無所有性是無法有法空四念處不縛不解何以故無所有性是四念處乃至一切智一切種智不縛不解何以故無所有性是一切

智一切種智須菩提色本際不縛不解何以故本際無所有性是色受想行識乃至一切種智本際不縛不解何以故本際無所有性是一切種智須菩提色後際不縛不解何以故後際無所有性是色受想行識乃至一切種智後際不縛不解何以故後際無所有性是一切種智須菩提現在色不縛不解何以故現在無所有性是色受想行識乃至現在一切種智不縛不解何以故現在無所有性是一切種智須菩提白佛言世尊是般若波羅蜜不勤精進不種善根惡友相得懈怠少進喜忘無巧便慧如此之人實難信難解如是如是須菩提是般若波羅蜜不勤精進不種善根惡友相得繫屬於魔懈怠少進喜忘無巧便慧如此之人實難信難解何以故色

淨果亦淨受想行識淨果亦淨乃至阿耨多羅三藐三菩提淨果亦淨復次須菩提色淨故即般若波羅蜜淨般若波羅蜜淨即色淨受想行識淨即般若波羅蜜淨般若波羅蜜淨即受想行識淨乃至一切種智淨即般若波羅蜜淨般若波羅蜜淨即一切種智淨色淨般若波羅蜜淨無二無別無斷無壞乃至一切種智淨般若波羅蜜淨無二無別無斷無壞復次須菩提不二淨故色淨不二淨故乃至一切種智淨何以故是不二淨色淨乃至一切種智淨無二無別故我淨衆生淨乃至知者見者淨故色淨受想行識淨乃至一切種智淨色淨乃至一切種智淨故我衆生乃至知者見者淨何以故是我衆生乃至知者見者淨色淨乃至一切種智淨不二不別

無斷無壞復次須菩提婬淨故色淨乃至一切種智淨何以故婬淨色淨乃至一切種智淨不二不別瞋癡淨故色淨乃至一切種智淨何以故瞋癡淨色淨乃至一切種智淨不二不別復次須菩提無明淨故諸行淨諸行淨故識淨識淨故名色淨名色淨故六入淨六入淨故觸淨觸淨故受淨受淨故愛淨愛淨故取淨取淨故有淨有淨故生淨生淨故老死淨老死淨故般若波羅蜜淨般若波羅蜜淨故乃至檀那波羅蜜淨檀那波羅蜜淨故内空淨内空淨故乃至無法有法空淨無法有法空淨故四念處淨四念處淨故乃至一切智淨一切智淨故一切種智淨何以故是一切智淨一切種智淨不二不別無斷無壞復次須菩提般若波羅蜜淨故色淨乃至般若波羅蜜淨故一切智淨是般若波羅蜜淨一切智淨不二不別故須菩提禪那波羅蜜淨故乃至一切智淨毗梨耶波羅蜜羼提波羅蜜尸羅波羅蜜檀那波羅蜜淨故乃至一切智淨内空淨故乃至一切智淨四念處淨故乃至一切智淨復次須菩提一切智淨故乃至般若波羅蜜淨如是一一如先説復次須菩提有爲淨故無爲淨何以故有爲淨無爲淨不二不別無斷無壞故復次須菩提過去淨故未來現在淨未來淨故過去現在淨現在淨故過去未來淨何以故現在淨過去未來淨不二不別無斷無壞故

摩訶般若波羅蜜經卷第十三

音釋

漚惒拘舍羅 梵語也此云方便漚烏侯切惒音和

呰毀 呰將此切亦毀也又譏也毀許委切謗也

瞎 許轄切目盲也

摩訶般若波羅蜜經卷第十四

姚秦三藏法師鳩摩羅什共僧叡譯

歎淨品第四十二

爾時舍利弗白佛言世尊是淨甚深佛言畢竟淨故舍利弗言何法淨故是淨甚深佛言色淨故是淨甚深受想行識淨故四念處淨故乃至八聖道分淨故佛十力淨故乃至十八不共法淨故菩薩淨佛淨故一切智一切種智淨故是淨甚深世尊是淨明佛言畢竟淨故舍利弗言何法淨故是淨明佛言般若波羅蜜淨故是淨明乃至檀那波羅蜜淨故是淨明四念處乃至一切智淨故是淨明世尊是淨不相續佛言畢竟淨故舍利弗言何法不相續故是淨不相續佛言色不去不相續故是淨不相續乃至一切種智不去不相續故是淨不相續世尊是淨無垢佛言畢竟淨故舍利弗言何法無垢故是淨無垢佛言色性常淨故是淨無垢乃至一切種智性常淨故是淨無垢世尊是淨無得無著佛言畢竟淨故舍利弗言何法無得無著故是淨無得無著佛言色無得無著故是淨無得無著乃至一切種智無得無著故是淨無得無著世尊是淨無生佛言畢竟淨故舍利弗言何法無生故是淨無生佛言色無生故是淨無生乃至一切種智無生故是淨無生世尊是淨不生欲界中佛言畢竟淨故舍利弗言云何是淨不生欲界中佛言欲界性不可得故是淨不生欲界中世尊是淨不生色界中佛言畢竟淨故舍利弗言云何是淨不生色界中佛言色界性不可得故是淨不生色界中

世尊是淨不生無色界中佛言畢竟淨故舍利弗言云何是淨不生無色界中佛言無色界性不可得故是淨不生無色界中世尊是淨無知佛言畢竟淨故舍利弗言云何是淨無知佛言諸法鈍故是淨無知世尊色無知是淨淨佛言畢竟淨故舍利弗言云何色無知是淨淨佛言色自性空故色無知是淨淨世尊受想行識無知是淨淨佛言畢竟淨故舍利弗言云何受想行識無知是淨淨佛言受想行識自性空故無知是淨淨世尊一切法淨故是淨淨佛言畢竟淨故舍利弗言云何一切法淨故是淨淨佛言一切法不可得故一切法淨是淨淨世尊是般若波羅蜜於薩婆若無益無損佛言畢竟淨故舍利弗言云何般若波羅蜜於薩婆若無益無損佛言法常住故般若波羅蜜於薩婆若無益無損世尊是般若波羅蜜淨於諸法無所受佛言畢竟淨故舍利弗言云何般若波羅蜜淨於諸法無所受佛言法性不動故是般若波羅蜜淨於諸法無所受爾時慧命須菩提白佛言世尊我淨故色淨佛言畢竟淨故須菩提言以何因緣我淨故色淨畢竟淨佛言我無所有故色無所有畢竟淨世尊我淨故受想行識淨佛言畢竟淨須菩提言何因緣故我淨受想行識淨畢竟淨佛言我無所有故受想行識無所有畢竟淨世尊我淨故檀那波羅蜜淨我淨故尸羅波羅蜜淨我淨故羼提波羅蜜淨我淨故毗梨耶波羅蜜淨我淨故禪那波羅蜜淨世尊我淨故般若波羅蜜淨世尊我淨故四念處淨世尊我淨故乃至八

聖道分淨世尊我淨故佛十力淨世尊我淨故乃至十八不共法淨佛言畢竟淨故須菩提言何因緣故我淨檀那波羅蜜淨我淨乃至十八不共法淨佛言我無所有故檀那波羅蜜無所有淨乃至十八不共法無所有故淨世尊我淨故須陀洹果淨我淨故斯陀含果淨我淨故阿那含果淨我淨故阿羅漢果淨我淨故辟支佛道淨我淨故佛道淨佛言畢竟淨須菩提言何因緣故我淨須陀洹果淨斯陀含果淨阿那含果淨阿羅漢果淨辟支佛道淨佛道淨佛言自相空故世尊我淨故一切智淨佛言畢竟淨故須菩提言何因緣故我淨故一切智淨佛言無相無念故世尊以二淨故無得無著佛言畢竟淨須菩提言何因緣故以二淨故無得無著是淨畢竟淨佛言無垢無淨故世尊我無邊故色淨受想行識淨佛言畢竟淨須菩提言何因緣故我無邊故色淨受想行識淨佛言畢竟空無始空故須菩提白佛言世尊若菩薩摩訶薩能如是知是名菩薩摩訶薩般若波羅蜜佛言畢竟淨故須菩提言何因緣故若菩薩摩訶薩能如是知是名菩薩摩訶薩般若波羅蜜佛言知道種故世尊菩薩摩訶薩行般若波羅蜜以方便力故作是念色不知色受想行識不知受想行識過去法不知過去法未來法不知未來法現在法不知現在法佛言菩薩摩訶薩行般若波羅蜜以方便力故不作是念我施與彼人我持戒如是持戒我修忍如是修忍我精進如是精進我入禪如是入禪我修智慧如是修智慧我得福德如是

得福德我當入菩薩法位中我當淨佛國土成就衆生當得一切種智須菩提是菩薩摩訶薩行般若波羅蜜以方便力故無諸憶想分别内空外空内外空空空大空第一義空有爲空無爲空畢竟空無始空散空性空諸法空自相空故須菩提是名菩薩摩訶薩行般若波羅蜜以方便力故無所礙爾時釋提桓因問須菩提云何是求菩薩道善男子礙法須菩提報釋提桓因言憍尸迦有求菩薩道善男子善女人取心相所謂取檀那波羅蜜相取尸羅波羅蜜相羼提波羅蜜相毗梨耶波羅蜜相禪那波羅蜜相般若波羅蜜相取内空相外空内外空乃至無法有法空相取四念處相乃至八聖道分相取佛十力相乃至十八不共法相取諸佛相取於諸佛種善根相是一切福德和合取相迴向阿耨多羅三藐三菩提憍尸迦是名求菩薩道善男子善女人礙法用是法故不能無礙行般若波羅蜜何以故憍尸迦是色相不可迴向受想行識相不可迴向乃至一切種智相不可迴向復次憍尸迦若菩薩摩訶薩示教利喜他人阿耨多羅三藐三菩提應示教利喜一切諸法實相若求菩薩道善男子善女人行檀那波羅蜜時不應作是分别言我施與我持戒我忍辱我精進我入禪定我修智慧我行内空外空内外空乃至我行無法有法空我修四念處乃至我行阿耨多羅三藐三菩提善男子善女人應如是示教利喜他人阿耨多羅三藐三菩提若如是示教利喜阿耨多羅三藐三菩提自無錯謬亦如佛所説法示

教利喜令是善男子善女人遠離一切礙法

爾時佛讚須菩提善哉善哉如汝爲諸菩薩說諸礙法須菩提汝今更聽我說微細礙相汝須菩提一心好聽佛告須菩提有善男子善女人發阿耨多羅三藐三菩提心取相念諸佛須菩提所可有相皆是礙相又於諸佛從初發意乃至法住於其中間所有善根取相憶念取相憶念已迴向阿耨多羅三藐三菩提須菩提所可有相皆是礙相又於諸佛及弟子所有善根及餘衆生善根取相迴向阿耨多羅三藐三菩提須菩提所可有相皆是礙相何以故不應取相憶念諸佛亦不應取相憶念諸佛善根須菩提白佛言世尊是般若波羅蜜甚深佛言一切法常離故須菩提言世尊我當禮般若波羅蜜佛告須菩提是般若波羅蜜無起無作故無有能得者須菩提言世尊一切諸法亦不可知不可得佛言一切法一性非二性須菩提是一法性是亦無性是無性即是性是性不起不作如是須菩提菩薩摩訶薩若知諸法一性所謂無性無起無作則遠離一切礙相須菩提白佛言世尊是般若波羅蜜難知難解佛言如所言是般若波羅蜜無見者無聞者無知者無識者無得者世尊是般若波羅蜜不可思議佛言如所言是般若波羅蜜不從心生不從色受想行識生乃至不從十八不共法生

無作品第四十三

須菩提白佛言是般若波羅蜜無所作佛言作者不可得故色不可得乃至一切法不可得故世尊若菩薩摩訶薩欲行般若波羅蜜

應云何行佛告須菩提菩薩摩訶薩欲行般若波羅蜜不行色是行般若波羅蜜不行受想行識是行般若波羅蜜乃至不行一切種智是行般若波羅蜜不行色常無常是行般若波羅蜜乃至一切種智不行常無常是行般若波羅蜜不行色若苦若樂是行般若波羅蜜乃至不行一切種智若苦若樂是行般若波羅蜜不行色是我非我是行般若波羅蜜乃至不行一切種智是我非我是行般若波羅蜜不行色淨不淨是行般若波羅蜜乃至不行一切種智淨不淨是行般若波羅蜜何以故是色無所有性云何有常無常苦樂我無我淨不淨受想行識亦無所有性云何有常無常乃至淨不淨乃至一切種智無所有性云何有常無常乃至淨不淨復次須菩提菩薩摩訶薩行般若波羅蜜時不行色不具足是行般若波羅蜜不行受想行識不具足是行般若波羅蜜乃至不行一切種智不具足是行般若波羅蜜何以故色不具足者是不名色如是亦不行是行般若波羅蜜受想行識不具足者是不名識如是亦不行是行般若波羅蜜乃至不行一切種智不具足者是不名一切種智如是亦不行是行般若波羅蜜須菩提白佛言未曾有也世尊善説求菩薩道善男子善女人礙不礙相佛言如是如是須菩提佛善説求菩薩道善男子善女人礙不礙相復次須菩提若菩薩摩訶薩行般若波羅蜜時不行色不礙是行般若波羅蜜不行受想行識不礙是行般若波羅蜜不行眼不礙是行般若波羅蜜不行耳鼻舌

身不礙是行般若波羅蜜不行意不礙是行般若波羅蜜不行檀那波羅蜜不礙是行般若波羅蜜不行尸羅波羅蜜不礙是行般若波羅蜜不行羼提波羅蜜不礙是行般若波羅蜜不行毗梨耶波羅蜜不礙是行般若波羅蜜不行禪那波羅蜜不礙是行般若波羅蜜不行般若波羅蜜不礙是行般若波羅蜜乃至不行一切種智不礙是行般若波羅蜜須菩提菩薩摩訶薩如是行般若波羅蜜時知色是不礙知受想行識是不礙乃至知一切種智是不礙知須陀洹果不礙知斯陀含果不礙知阿那含果不礙知阿羅漢果不礙知辟支佛道不礙知阿耨多羅三藐三菩提道不礙爾時慧命須菩提白佛言未曾有也世尊是甚深法若說亦不增不減若不說亦

不增不減佛語須菩提如是如是是甚深法若說亦不增不減若不說亦不增不減譬如佛盡形壽若讃若毀如虛空讃時亦不增不減毀時亦不增不減須菩提如幻人若讃時不增不減毀時亦不增不減讃時不喜毀時不憂須菩提諸法法相亦如是若說亦如本不異若不說亦如本不異須菩提白佛言世尊諸菩薩摩訶薩所爲甚難修行是般若波羅蜜時不憂不喜而能習般若波羅蜜於阿耨多羅三藐三菩提亦不轉還何以故世尊修般若波羅蜜如修虛空如虛空中無般若波羅蜜無禪那無毗梨耶無羼提無尸羅無檀那波羅蜜如虛空中無色無受想行識亦無内空外空内外空乃至無法有法空無四念處乃至無八聖道分無佛十力乃至無十

八不共法無須陀洹果斯陀含果阿那含果阿羅漢果無辟支佛道無阿耨多羅三藐三菩提修般若波羅蜜亦如是世尊應禮是諸菩薩摩訶薩能大誓莊嚴世尊是人爲衆生大誓莊嚴勤精進如爲虛空大誓莊嚴勤精進世尊是人欲度衆生如欲度虛空世尊是諸菩薩摩訶薩大誓莊嚴如爲虛空等衆生大誓莊嚴世尊是人大誓莊嚴欲度衆生爲如擧虛空世尊諸菩薩摩訶薩得大精進力欲度衆生故發阿耨多羅三藐三菩提心世尊諸菩薩摩訶薩大誓莊嚴欲度衆生故發阿耨多羅三藐三菩提心世尊諸菩薩摩訶薩大勇猛爲度如虛空等衆生故發阿耨多羅三藐三菩提心何以故世尊若三千大千國土滿中諸佛譬如竹葦甘蔗稻麻叢林諸佛若一劫若減一劫常說法一一佛度無量無邊阿僧祇衆生令入涅槃世尊是衆生性亦不減亦不增何以故衆生無所有故衆生離故乃至十方國土中諸佛所度衆生亦如是世尊以是因緣故我如是說是人欲度衆生故發阿耨多羅三藐三菩提心爲欲度虛空是時有一比丘作是言我當禮般若波羅蜜般若波羅蜜中雖無法生無法滅而有戒衆定衆慧衆解脫衆解脫知見衆而有諸須陀洹諸斯陀含諸阿那含諸阿羅漢諸辟支佛諸佛而有佛寶法寶比丘僧寶而有轉法輪爾時釋提桓因語須菩提若菩薩摩訶薩習般若波羅蜜爲習何法須菩提語釋提桓因言憍尸迦是菩薩摩訶薩習般若波羅蜜爲習空釋提桓因白佛言世尊若善男子善

女人受持是般若波羅蜜親近讀誦說正憶念我當作何等護爾時須菩提語釋提桓因言憍尸迦汝頗見是法可守護者不釋提桓因言不也須菩提我不見是法可守護者須菩提言憍尸迦若善男子善女人如般若波羅蜜中所說行即是守護所謂常不遠離如所說般若波羅蜜行是善男子善女人若人若非人不得其便當知是善男子善女人不遠離般若波羅蜜憍尸迦若人欲護行般若波羅蜜菩薩爲欲護虛空憍尸迦於汝意云何汝能護夢焰影響幻化不釋提桓因言不能護若人欲護行般若波羅蜜諸菩薩摩訶薩亦如是徒自疲苦憍尸迦於汝意云何能護佛所化不釋提桓因言不能護若人欲護行般若波羅蜜諸菩薩摩訶薩亦如是憍尸迦於汝意云何能護法性實際如不可思議性不釋提桓因言不能護若人欲護行般若波羅蜜諸菩薩摩訶薩亦如是爾時釋提桓因問須菩提云何菩薩摩訶薩行般若波羅蜜知見諸法如夢如焰如影如響如幻如化諸菩薩摩訶薩如所知見故不念夢不念是夢不念用夢不念我夢焰影響幻化亦如是須菩提言憍尸迦若菩薩摩訶薩行般若波羅蜜不念色不念是色不念用色不念我色是菩薩摩訶薩亦能不念夢不念是夢不念用夢不念我夢乃至化亦不念化不念是化不念用化不念我化受想行識亦如是乃至一切智不念一切智不念是一切智不念用一切智不念我一切智是菩薩摩訶薩亦能不念夢不念是夢不念用夢不念我夢乃至

化亦如是如是憍尸迦菩薩摩訶薩知諸法如夢如焰如影如響如幻如化爾時佛神力故三千大千國土中諸四天王天三十三天夜摩天兜率陀天化樂天他化自在天梵身天梵輔天梵衆天大梵天少光天乃至淨居天是一切諸天以天栴檀香遥散佛上來詣佛所頭面禮佛足却住一面爾時四天王天釋提桓因及三十三天梵天王乃至諸淨居天佛神力故見東方千佛說法亦如是相如是名字說是般若波羅蜜品諸比丘皆字須菩提問難般若波羅蜜品者皆字釋提桓因南西北方四維上下亦如是各千佛現爾時佛告須菩提彌勒菩薩摩訶薩得阿耨多羅三藐三菩提時亦當於是處說般若波羅蜜賢劫中諸菩薩摩訶薩得阿耨多羅三藐三菩提時亦當於是處說般若波羅蜜須菩提白佛言世尊彌勒菩薩摩訶薩得阿耨多羅三藐三菩提時用何相何因何義說是般若波羅蜜義佛告須菩提彌勒菩薩摩訶薩得阿耨多羅三藐三菩提時色非常非無常當如是說法色非苦非樂色非我非無我色非淨非不淨當如是說法色非縛非解當如是說法受想行識非常非無常乃至非縛非解當如是說法色非過去色非未來色非現在當如是說法受想行識亦如是色畢竟淨當如是說法受想行識畢竟淨當如是說法乃至一切智畢竟淨當如是說法須菩提白佛言世尊是般若波羅蜜清淨佛言色清淨故般若波羅蜜清淨受想行識清淨故般若波羅蜜清淨世尊云何色清淨故般若波羅蜜

清淨云何受想行識清淨故般若波羅蜜清淨佛言若色不生不滅不垢不淨是名色清淨受想行識不生不滅不垢不淨是名受想行識清淨復次須菩提虚空清淨故般若波羅蜜清淨世尊云何虚空清淨故般若波羅蜜清淨佛言虚空不生不滅故清淨般若波羅蜜亦如是復次須菩提色不汙故般若波羅蜜清淨受想行識不汙故般若波羅蜜清淨世尊云何色不汙故般若波羅蜜清淨受想行識不汙故般若波羅蜜清淨佛言如虚空不可汙故虚空清淨世尊云何如虚空不可汙故虚空清淨佛言虚空不可取故虚空清淨故般若波羅蜜清淨復次須菩提虚空可說故般若波羅蜜清淨世尊云何虚空可說故般若波羅蜜清淨佛言因虚空中二聲出般若波羅蜜亦如虚空可說故清淨須菩提虚空不可說故般若波羅蜜清淨世尊云何虚空不可說故般若波羅蜜清淨佛言如虚空無可說故般若波羅蜜清淨復次如虚空不可得故般若波羅蜜清淨世尊云何如虚空不可得故般若波羅蜜清淨佛言如虚空無所得故般若波羅蜜亦如虚空無所得故清淨復次須菩提一切法不生不滅不垢不淨故般若波羅蜜清淨世尊云何一切法不生不滅不垢不淨故般若波羅蜜清淨佛言一切法畢竟清淨故般若波羅蜜清淨須菩提白佛言世尊若善男子善女人受持是般若波羅蜜親近正憶念者終不病眼耳鼻舌身亦終不病身無形殘亦不衰老終不横死無數百千萬諸天四天王天乃

至淨居諸天悉皆隨從聽受六齋日月八日二十三日十四日二十九日十五日三十日諸天衆會善男子善女人爲法師者在所說般若波羅蜜處皆悉來集是善男子善女人在大衆中說是般若波羅蜜得無量無邊阿僧祇不可思議不可稱量福德佛告須菩提如是如是善男子善女人若六齋日月八日二十三日十四日二十九日十五日三十日在諸天衆前說是般若波羅蜜義是善男子善女人得無量無邊阿僧祇不可思議不可稱量福德何以故須菩提般若波羅蜜是大珍寶何等是大珍寶是般若波羅蜜能拔地獄畜生餓鬼及人中貧窮能與剎利大姓婆羅門大姓居士大家能與四天王天處乃至非有想非無想處能與須陀洹果斯陀含果阿那含果阿羅漢果辟支佛道阿耨多羅三藐三菩提何以故是般若波羅蜜中廣說十善道四禪四無量心四無色定四念處乃至八聖道分檀那波羅蜜尸羅波羅蜜羼提波羅蜜毗梨耶波羅蜜禪那波羅蜜般若波羅蜜廣說內空乃至無法有法空廣說佛十力乃至一切種智從是中學出生剎利大姓婆羅門大姓居士大家出生四天王天三十三天夜摩天兜率陀天化樂天他化自在天梵身天梵輔天梵衆天大梵天光天少光天無量光天光音天淨天少淨天無量淨天遍淨天阿那婆伽天得福天廣果天無想天阿浮阿那天不熱天快見天妙見天阿迦尼吒天虛空無邊處天識無邊處天無所有處天非有想非無想處天是法中學得須陀洹果

斯陀含果阿那含果阿羅漢果得辟支佛道得阿耨多羅三藐三菩提以是故須菩提般若波羅蜜多名爲大珍寶珍寶波羅蜜中無有法可得若生若滅若垢若淨若取若捨珍寶波羅蜜亦無有法若善若不善若世間若出世間若有漏若無漏若有爲若無爲以是故須菩提是名無所得珍寶波羅蜜須菩提是珍寶波羅蜜無有法能染汙何以故所用染法不可得故須菩提以是故名無染珍寶波羅蜜須菩提若菩薩摩訶薩行般若波羅蜜時亦如是不知亦如是不分別亦如是不可得亦如是不戲論是爲能修行般若波羅蜜亦能禮覲諸佛從一佛國至一佛國供養恭敬尊重讃歎諸佛遊諸佛剎成就衆生淨佛國土須菩提是般若波羅蜜於諸法無有力無非力亦無受亦無與不生不滅不垢不淨不增不減是般若波羅蜜亦非過去非未來非現在不捨欲界不住欲界不捨色界不住色界不捨無色界不住無色界是般若波羅蜜不與檀那波羅蜜亦不捨不與尸羅波羅蜜亦不捨不與羼提波羅蜜亦不捨不與毗梨耶波羅蜜亦不捨不與禪那波羅蜜亦不捨不與般若波羅蜜亦不捨不與內空亦不捨乃至不與無法有法空亦不捨不與四念處亦不捨乃至不與八聖道分亦不捨不與佛十力亦不捨乃至不與十八不共法亦不捨不與須陀洹果亦不捨乃至不與阿羅漢果亦不捨不與辟支佛道亦不捨乃至不與一切智亦不捨是般若波羅蜜不與阿羅漢法不捨凡人法不與辟支佛法不捨阿羅

漢法不與佛法不捨辟支佛法是般若波羅蜜亦不與無爲法不捨有爲法何以故若有諸佛若無諸佛是諸法相常住不異法相法住法位常住不謬不失故爾時諸天子虛空中立發大音聲踊躍歡喜以漚鉢羅華波頭摩華拘物頭華分陀利華而散佛上作如是言我等於閻浮提見第二法輪轉是中無量百千天子得無生法忍佛告須菩提是法輪轉非第一轉非第二轉是般若波羅蜜不爲轉不爲還故出無法有法空故須菩提白佛言世尊云何無法有法空故般若波羅蜜不爲轉不爲還故出佛言般若波羅蜜般若波羅蜜相空乃至檀那波羅蜜檀那波羅蜜相空內空內空相空乃至無法有法空無法有法空相空四念處四念處相空乃至八聖道分八聖道分相空佛十力佛十力相空乃至十八不共法十八不共法相空須陀洹果須陀洹果相空斯陀含果斯陀含果相空阿那含果阿那含果相空阿羅漢果阿羅漢果相空辟支佛道辟支佛道相空一切種智一切種智相空須菩提白佛言世尊諸菩薩摩訶薩般若波羅蜜是摩訶波羅蜜何以故雖一切法自性空而諸菩薩摩訶薩因般若波羅蜜得阿耨多羅三藐三菩提亦無法可得轉法輪亦無法可轉亦無法可還是摩訶波羅蜜中亦無有法可見何以故是法不可得若轉若還一切法畢竟不生故何以故是空相不能轉不能還無相相不能轉不能還無作相不能轉不能還若能如是說般若波羅蜜教詔開示分別顯現解釋淺易有能如是教

者是名清淨説般若波羅蜜亦無説者亦無受者亦無證者若無説無受無證亦無滅者是説法中亦無畢定福田

百波羅蜜遍歎品第四十四

爾時慧命須菩提白佛言世尊無邊波羅蜜是般若波羅蜜佛言如虚空無邊故世尊等波羅蜜是般若波羅蜜佛言諸法等故世尊離波羅蜜是般若波羅蜜佛言畢竟空故世尊不壞波羅蜜是般若波羅蜜佛言一切法不可得故世尊無彼岸波羅蜜是般若波羅蜜佛言無名無身故世尊空種波羅蜜是般若波羅蜜佛言入出息不可得故世尊不可説波羅蜜是般若波羅蜜佛言覺觀不可得故世尊無名波羅蜜是般若波羅蜜佛言受想行識不可得故世尊不去波羅蜜是般若波羅蜜佛言一切法不來故世尊無移波羅蜜是般若波羅蜜佛言一切法不可伏故世尊盡波羅蜜是般若波羅蜜佛言一切法畢竟盡故世尊不生波羅蜜是般若波羅蜜佛言一切法不滅故世尊不滅波羅蜜是般若波羅蜜佛言一切法不生故世尊無作波羅蜜是般若波羅蜜佛言作者不可得故世尊無知波羅蜜是般若波羅蜜佛言知者不可得故世尊不到波羅蜜是般若波羅蜜佛言生死不可得故世尊不失波羅蜜是般若波羅蜜佛言一切法不失故世尊夢波羅蜜是般若波羅蜜佛言乃至夢中所見不可得故世尊響波羅蜜是般若波羅蜜佛言聞聲者不可得故世尊影波羅蜜是般若波羅蜜佛言鏡面不可得故世尊焰波羅蜜是般若波

羅蜜佛言水流不可得故世尊幻波羅蜜是般若波羅蜜佛言術事不可得故世尊不垢波羅蜜是般若波羅蜜佛言諸煩惱不可得故世尊無淨波羅蜜是般若波羅蜜佛言煩惱虛誑故世尊不汙波羅蜜是般若波羅蜜佛言處不可得故世尊不戲論波羅蜜是般若波羅蜜佛言一切戲論破故世尊不念波羅蜜是般若波羅蜜佛言一切念破故世尊不動波羅蜜是般若波羅蜜佛言法性常住故世尊無染波羅蜜是般若波羅蜜佛言知一切法妄解故世尊不起波羅蜜是般若波羅蜜佛言一切法無分別故世尊寂滅波羅蜜是般若波羅蜜佛言一切法相不可得故世尊無欲波羅蜜是般若波羅蜜佛言欲不可得故世尊無瞋波羅蜜是般若波羅蜜佛言瞋恚不實故世尊無癡波羅蜜是般若波羅蜜佛言無明黑闇滅故世尊無煩惱波羅蜜是般若波羅蜜佛言分別憶想虛妄故世尊無衆生波羅蜜是般若波羅蜜佛言衆生無所有故世尊無斷波羅蜜是般若波羅蜜佛言諸法不起故世尊無二邊波羅蜜是般若波羅蜜佛言離二邊故世尊不破波羅蜜是般若波羅蜜佛言一切法不相離故世尊不取波羅蜜是般若波羅蜜佛言過聲聞辟支佛地故世尊不分別波羅蜜是般若波羅蜜佛言諸妄想不可得故世尊無量波羅蜜是般若波羅蜜佛言諸法量不可得故世尊虛空波羅蜜是般若波羅蜜佛言一切法無所有故世尊無常波羅蜜是般若波羅蜜佛言一切法破壞故世尊苦波羅蜜是般若波

羅蜜佛言一切法苦惱相故世尊無我波羅蜜是般若波羅蜜佛言一切法不著故世尊空波羅蜜是般若波羅蜜佛言一切法不可得故世尊無相波羅蜜是般若波羅蜜佛言一切法不生故世尊内空波羅蜜是般若波羅蜜佛言内法不可得故世尊外空波羅蜜是般若波羅蜜佛言外法不可得故世尊内外空波羅蜜是般若波羅蜜佛言内外法不可得故世尊空空波羅蜜是般若波羅蜜佛言空空法不可得故世尊大空波羅蜜是般若波羅蜜佛言一切法不可得故世尊第一義空波羅蜜是般若波羅蜜佛言涅槃不可得故世尊有爲空波羅蜜是般若波羅蜜佛言有爲法不可得故世尊無爲空波羅蜜是般若波羅蜜佛言無爲法不可得故世尊畢竟空波羅蜜是般若波羅蜜佛言諸法畢竟不可得故世尊無始空波羅蜜是般若波羅蜜佛言諸法無始不可得故世尊散空波羅蜜是般若波羅蜜佛言散法不可得故世尊性空波羅蜜是般若波羅蜜佛言有爲無爲性不可得故世尊諸法空波羅蜜是般若波羅蜜佛言一切法不可得故世尊無所得空波羅蜜是般若波羅蜜佛言無所有故世尊自相空波羅蜜是般若波羅蜜佛言諸法自相離故世尊無法空波羅蜜是般若波羅蜜佛言無法不可得故世尊有法空波羅蜜是般若波羅蜜佛言有法不可得故世尊無法有法空波羅蜜是般若波羅蜜佛言無法有法不可得故世尊念處波羅蜜是般若波羅蜜佛言身受心法不可得故世尊正勤波羅

蜜是般若波羅蜜佛言善不善法不可得故世尊如意足波羅蜜是般若波羅蜜佛言四如意足不可得故世尊根波羅蜜是般若波羅蜜佛言五根不可得故世尊力波羅蜜是般若波羅蜜佛言五力不可得故世尊覺波羅蜜是般若波羅蜜佛言七覺分不可得故世尊道波羅蜜是般若波羅蜜佛言八聖道分不可得故世尊無作波羅蜜是般若波羅蜜佛言無作不可得故世尊空波羅蜜是般若波羅蜜佛言空相不可得故世尊無相波羅蜜是般若波羅蜜佛言寂滅相不可得故世尊背捨波羅蜜是般若波羅蜜佛言八背捨不可得故世尊定波羅蜜是般若波羅蜜佛言九次第定不可得故世尊檀那波羅蜜是般若波羅蜜佛言慳貪不可得故世尊尸羅波羅蜜是般若波羅蜜佛言破戒不可得故世尊羼提波羅蜜是般若波羅蜜佛言忍不忍不可得故世尊毗梨耶波羅蜜是般若波羅蜜佛言懈怠精進不可得故世尊禪那波羅蜜是般若波羅蜜佛言定亂不可得故世尊般若波羅蜜是般若波羅蜜佛言癡慧不可得故世尊十力波羅蜜是般若波羅蜜佛言一切法不可伏故世尊四無所畏波羅蜜是般若波羅蜜佛言道種智不沒故世尊無礙智波羅蜜是般若波羅蜜佛言一切法無障無礙故世尊佛法波羅蜜是般若波羅蜜佛言過一切法故世尊如實說波羅蜜是般若波羅蜜佛言一切語如實故世尊自然波羅蜜是般若波羅蜜佛言一切法中自在故世尊佛波羅蜜是般若波羅蜜佛言知一

切法一切種智故

摩訶般若波羅蜜經卷第十四

摩訶般若波羅蜜經卷第十五

姚秦三藏法師鳩摩羅什共僧叡譯

經耳聞持品第四十五

爾時釋提桓因作是念若善男子善女人得聞般若波羅蜜經耳者是人於前世佛作功德與善知識相隨何況受持親近讀誦正憶念如說行當知是善男子善女人多親近諸佛能得聽受乃至正憶念如說行能問能荅當知是善男子善女人於前世多供養親近諸佛故聞是深般若波羅蜜不驚不怖不畏當知是人亦於無量億劫行檀那波羅蜜尸羅波羅蜜羼提波羅蜜毗梨耶波羅蜜禪那波羅蜜般若波羅蜜爾時舍利弗白佛言世尊若有善男子善女人聞是深般若波羅蜜不驚不怖不畏聞已受持親近如說習行當知是善男子善女人如阿惟越致菩薩摩訶薩何以故世尊是般若波羅蜜甚深若先世不久行檀那波羅蜜尸羅波羅蜜羼提波羅蜜毗梨耶波羅蜜禪那波羅蜜般若波羅蜜終不能信解深般若波羅蜜世尊若有善男子善女人呰毀深般若波羅蜜者當知是人前世亦呰毀深般若波羅蜜何以故是善男子善女人聞說深般若波羅蜜時無有信樂心不清淨是善男子善女人先世不難不問諸佛及弟子云何應行檀那波羅蜜尸羅波羅蜜羼提波羅蜜毗梨耶波羅蜜禪那波羅蜜般若波羅蜜云何應修內空乃至云何應修無法有法空云何應修四念處乃至云何應修八聖道分云何應修佛十力乃至云何應修十八不共法釋提桓因語舍利弗是深

般若波羅蜜若有善男子善女人不久行檀
那波羅蜜尸羅波羅蜜羼提波羅蜜毗梨耶
波羅蜜禪那波羅蜜般若波羅蜜不行內空
外空乃至無法有法空不行四禪四無量心
四無色定不行四念處乃至八聖道分不行
佛十力乃至十八不共法如是人不信解是
般若波羅蜜有何可怪大德舍利弗我禮般
若波羅蜜禮般若波羅蜜是禮一切智佛告
釋提桓因言如是如是憍尸迦禮般若波羅
蜜是禮一切智何以故憍尸迦諸佛一切智
皆從般若波羅蜜生一切智即是般若波羅
蜜以是故憍尸迦善男子善女人欲住一切
智當住般若波羅蜜若善男子善女人欲生
道種智當習行般若波羅蜜欲斷一切諸結
及習當習行般若波羅蜜善男子善女人欲
轉法輪當習行般若波羅蜜善男子善女人
欲得須陀洹果斯陀含果阿那含果阿羅漢
果當習行般若波羅蜜欲得辟支佛道當習
行般若波羅蜜欲教衆生令得須陀洹果斯
陀含果阿那含果阿羅漢果辟支佛道當習
行般若波羅蜜若善男子善女人欲教衆生
令得阿耨多羅三藐三菩提若欲總攝比丘
僧當習行般若波羅蜜釋提桓因白佛言世
尊菩薩摩訶薩欲行般若波羅蜜時云何名
住般若波羅蜜禪那波羅蜜毗梨耶波羅蜜
羼提波羅蜜尸羅波羅蜜檀那波羅蜜云何
住內空外空乃至無法有法空云何住四禪
四無量心四無色定五神通云何住四念處
乃至八聖道分云何住佛十力乃至十八不
共法世尊菩薩摩訶薩云何習行般若波羅

蜜乃至檀那波羅蜜内空乃至十八不共法佛語釋提桓因言善哉善哉憍尸迦汝能樂問是事皆是佛神力憍尸迦若菩薩摩訶薩行般若波羅蜜時若不住色中爲習行般若波羅蜜若不住受想行識中爲習行般若波羅蜜眼耳鼻舌身意色聲香味觸法眼界乃至意識界亦如是憍尸迦若菩薩摩訶薩不住般若波羅蜜中爲習般若波羅蜜不住禪那波羅蜜中爲習禪那波羅蜜不住毗梨耶波羅蜜中爲習毗梨耶波羅蜜不住羼提波羅蜜中爲習羼提波羅蜜不住尸羅波羅蜜中爲習尸羅波羅蜜不住檀那波羅蜜中爲習檀那波羅蜜如是憍尸迦是名菩薩摩訶薩不住般若波羅蜜中爲習般若波羅蜜憍尸迦不住内空中爲習内空乃至不住無法有法空中爲習無法有法空不住四禪中爲習四禪不住四無量心中爲習四無量心不住四無色定中爲習四無色定不住五神通中爲習五神通不住四念處中爲習四念處乃至不住八聖道分中爲習八聖道分不住佛十力中爲習佛十力乃至不住十八不共法中爲習十八不共法何以故憍尸迦是菩薩不得色可住可習處乃至十八不共法不得十八不共法可住可習處復次憍尸迦菩薩摩訶薩不習色若不習色是名習色受想行識乃至十八不共法亦如是何以故是菩薩摩訶薩色前際不可得中際不可得後際不可得乃至十八不共法亦如是舍利弗白佛言世尊是般若波羅蜜甚深佛言色如甚深故般若波羅蜜甚深受想行識如甚深故

般若波羅蜜甚深乃至十八不共法亦如是舍利弗言世尊是般若波羅蜜難可測量佛言色難可測量故般若波羅蜜難可測量受想行識乃至十八不共法難可測量故般若波羅蜜難可測量世尊是般若波羅蜜無量佛言色無量故般若波羅蜜無量受想行識乃至十八不共法無量故般若波羅蜜無量佛告舍利弗若菩薩摩訶薩行般若波羅蜜時不行色甚深爲行般若波羅蜜不行受想行識乃至不行十八不共法甚深爲行般若波羅蜜何以故色甚深相爲非色受想行識乃至十八不共法甚深相爲非十八不共法如是不行爲行般若波羅蜜舍利弗若菩薩摩訶薩行般若波羅蜜時不行色難測量爲行般若波羅蜜不行受想行識乃至不行十八不共法難測量爲行般若波羅蜜何以故色難測量相爲非色受想行識乃至十八不共法難測量相爲非十八不共法舍利弗若菩薩摩訶薩行般若波羅蜜時不行色無量爲行般若波羅蜜不行受想行識乃至不行十八不共法無量爲行般若波羅蜜何以故色是無量相爲非色受想行識乃至十八不共法無量相爲非十八不共法舍利弗白佛言世尊是般若波羅蜜甚深甚深相難見難解不可思量不應在新發意菩薩前說何以故新發意菩薩聞是甚深般若波羅蜜或當驚怖心生疑悔不信不行是甚深般若波羅蜜當在阿惟越致菩薩摩訶薩前說是菩薩聞是甚深般若波羅蜜不驚不怖心不疑悔則能信行釋提桓因問舍利弗若在新發意

菩薩摩訶薩前說是深般若波羅蜜有何等過舍利弗報釋提桓因言憍尸迦若在新發意菩薩前說是深般若波羅蜜或當驚怖呰毀不信是新發意菩薩或有是處若新發意菩薩聞是深般若波羅蜜毀呰不信種三惡道業是業因緣故久久難得阿耨多羅三藐三菩提釋提桓因問舍利弗頗有未受記菩薩摩訶薩聞是深般若波羅蜜不驚不怖者不舍利弗言如是憍尸迦若有菩薩摩訶薩聞是深般若波羅蜜不驚不怖當知是菩薩得受阿耨多羅三藐三菩提記不久不過一佛兩佛佛告舍利弗如是如是是菩薩摩訶薩久發意行六波羅蜜多供養諸佛聞是深般若波羅蜜不驚不怖不畏聞即受持如般若波羅蜜中所說行爾時舍利弗白佛言世尊我欲說譬喻如求菩薩道善男子善女人夢中修行般若波羅蜜入禪定勤精進具足忍辱守護於戒行布施修行內空外空乃至坐於道場當知是善男子善女人近阿耨多羅三藐三菩提何況菩薩摩訶薩欲得阿耨多羅三藐三菩提覺時實修行般若波羅蜜入禪定勤精進具足忍辱守護於戒行布施而不疾成阿耨多羅三藐三菩提坐於道場世尊善男子善女人善根成就得聞般若波羅蜜受持乃至如說行當知是菩薩摩訶薩久發意種善根多供養諸佛與善知識相隨是人能受持般若波羅蜜乃至正憶念當知是人近受阿耨多羅三藐三菩提記當知是善男子善女人如阿惟越致菩薩摩訶薩於阿耨多羅三藐三菩提不動轉能得深般若

波羅蜜得已能受持讀誦乃至正憶念世尊譬如人欲過百由旬若二百三百四百由旬曠野險道先見諸相若放牧者若壃界若園林如是等諸相故知近城邑聚落是人見是相已作是念如我所見相當知城邑聚落不遠心得安隱不畏賊難惡蟲飢渴世尊菩薩摩訶薩亦如是若得是深般若波羅蜜受持讀誦乃至正憶念當知近受阿耨多羅三藐三菩提記不久當知是菩薩摩訶薩不應畏墮聲聞辟支佛地是諸先相所謂甚深般若波羅蜜得聞得見得受持乃至正憶念故佛告舍利弗如是如是汝更樂說者便說世尊譬如人欲見大海發心往趣不見樹相不見山相是人雖未見大海知大海不遠何以故大海處平無樹相無山相故如是世尊菩薩

摩訶薩聞是深般若波羅蜜受持乃至正憶念時雖未佛前受劫數之記若百劫千劫百千萬億劫是菩薩自知近受阿耨多羅三藐三菩提記不久何以故我得聞是深般若波羅蜜受持讀誦乃至正憶念故世尊譬如初春諸樹故葉已墮當知此樹新葉華果出在不久何以故見是諸樹先相故知今不久華葉果出是時閻浮提人見樹先相皆悉歡喜世尊菩薩摩訶薩得聞是深般若波羅蜜受持讀誦乃至正憶念如說行當知是菩薩善根成就多供養諸佛是菩薩應作是念先世善根所追趣阿耨多羅三藐三菩提以是因緣故得見得聞是深般若波羅蜜受持讀誦乃至正憶念如說行是中諸天子曾見佛者歡喜踊躍作是念言先諸菩薩摩訶薩亦有

如是受記先相今是菩薩摩訶薩受阿耨多羅三藐三菩提記亦不久世尊譬如母人懷妊身體苦重行步不便坐起不安眠食轉少不喜語言猒本所習受苦痛故有異母人見其先相當知產生不久菩薩摩訶薩亦如是種善根多供養諸佛久行六波羅蜜與善知識相隨善根成就得聞深般若波羅蜜受持讀誦乃至正憶念如說行諸人亦知是菩薩摩訶薩得阿耨多羅三藐三菩提記不久佛告舍利弗言善哉善哉汝所樂說皆是佛力爾時須菩提白佛言希有世尊諸多陀阿伽度阿羅訶三藐三佛陀善付諸菩薩摩訶薩事佛告須菩提諸菩薩摩訶薩發阿耨多羅三藐三菩提心安隱多衆生令無量衆生得樂憐愍饒益諸天人故是諸菩薩行菩薩道時以四事攝無量百千衆生所謂布施愛語利益同事亦以十善道成就衆生自行初禪亦教他人令行初禪乃至自行非有想非無想處亦教他人令行乃至非有想非無想處自行檀那波羅蜜亦教他人令行檀那波羅蜜自行尸羅波羅蜜亦教他人令行尸羅波羅蜜自行羼提波羅蜜亦教他人令行羼提波羅蜜自行毗梨耶波羅蜜亦教他人令行毗梨耶波羅蜜自行禪那波羅蜜亦教他人令行禪那波羅蜜自行般若波羅蜜亦教他人令行般若波羅蜜是菩薩得般若波羅蜜以方便力教衆生令得須陀洹果自於內不證教衆生令得斯陀含果阿那含果阿羅漢果自於內不證教衆生令得辟支佛道自於內不證自行六波羅蜜亦教無量百千萬諸

菩薩令行六波羅蜜自住阿維越致地亦教他人住阿維越致地自淨佛國土亦教他人淨佛國土自成就衆生亦教他人成就衆生自得菩薩神通亦教他人令得菩薩神通自淨陀羅尼門亦教他人淨陀羅尼門自具足樂說辯才亦教他人具足樂說辯才自受色成就亦教他人受色成就自成就三十二相亦教他人成就三十二相自成就童眞地亦教他人成就童眞地自成就佛十力亦教他人令成就佛十力自行四無所畏亦教他人行四無所畏自行十八不共法亦教他人令行十八不共法自行大慈大悲亦教他人行大慈大悲自得一切種智亦教他人令得一切種智自離一切結使及習亦教他人令離一切結使及習自轉法輪亦教他人轉法輪

須菩提白佛言希有世尊諸菩薩摩訶薩大功德成就所謂爲一切衆生行般若波羅蜜欲得阿耨多羅三藐三菩提世尊云何諸菩薩摩訶薩具足修行般若波羅蜜佛告須菩提若菩薩摩訶薩行般若波羅蜜時不見色增相亦不見減相不見受想行識增相亦不見減相乃至一切種智不見增相亦不見減相菩薩摩訶薩是時具足般若波羅蜜復次須菩提菩薩摩訶薩行般若波羅蜜時不見是法是非法不見是過去法是未來現在法不見是善法不善法有記法無記法不見是有爲法無爲法不見欲界色界無色界不見檀那波羅蜜尸羅波羅蜜羼提波羅蜜毗梨耶波羅蜜禪那波羅蜜般若波羅蜜乃至不見一切種智如是菩薩摩訶薩具足修行般

若波羅蜜何以故諸法無相故諸法空欺誑無堅固無覺者無壽命者須菩提言世尊世尊所說不可思議佛告須菩提色不可思議故所說不可思議受想行識不可思議故所說不可思議六波羅蜜不可思議故所說不可思議乃至一切種智不可思議故所說不可思議須菩提若菩薩摩訶薩行般若波羅蜜時知色是不可思議受想行識是不可思議乃至知一切種智是不可思議是菩薩則不能具足般若波羅蜜須菩提白佛言世尊是深般若波羅蜜誰當信解者佛言若有菩薩摩訶薩久行六波羅蜜種善根多親近供養諸佛與善知識相隨是菩薩能信解深般若波羅蜜須菩提白佛言世尊云何菩薩摩訶薩久行六波羅蜜種善根多親近供養諸佛與善知識相隨佛言若菩薩摩訶薩不分別色不分別色相不分別色性不分別受想行識不分別識相不分別識性眼耳鼻舌身意色聲香味觸法眼界乃至意識界亦如是不分別欲界色界無色界不分別三界相性不分別檀那波羅蜜乃至般若波羅蜜內空乃至無法有法空四念處乃至八聖道分佛十力乃至十八不共法不分別十八不共法不分別十八不共法相不分別十八不共法性不分別道種智相性不分別一切種智不分別一切種智相不分別一切種智性何以故須菩提色不可思議受想行識不可思議乃至一切種智不可思議如是須菩提是名菩薩摩訶薩久行六波羅蜜種善根多親近供養諸佛與善知識相隨須菩提白佛言世

尊色甚深故般若波羅蜜甚深受想行識甚深乃至一切種智甚深故般若波羅蜜甚深世尊是般若波羅蜜珍寶聚有須陀洹果實故有斯陀含果阿那含果阿羅漢果辟支佛道阿耨多羅三藐三菩提寶故有四禪四無量心四無色定五神通四念處乃至八聖道分佛十力四無所畏四無礙智大慈大悲十八不共法一切智一切種智寶故世尊是般若波羅蜜清淨聚色清淨故般若波羅蜜清淨聚受想行識清淨乃至一切種智清淨故般若波羅蜜清淨聚須菩提言世尊甚可怪說是般若波羅蜜時多有留難佛言如是如是須菩提是甚深般若波羅蜜多有留難以是事故善男子善女人若欲書是般若波羅蜜時應當疾書若讀誦思惟說正憶念修行時亦應疾修行何以故是甚深般若波羅蜜若書讀誦思惟說正憶念修行時不欲令諸難起故善男子善女人若能一月書成當應勤書若二月三月四月五月六月七月若一歲書成亦當勤書讀誦思惟說正憶念修行若一月得成就乃至一歲得成就應當勤成就何以故須菩提是珍寶中多有難起故須菩提言世尊是甚深般若波羅蜜中惡魔喜作留難故不得令書不得令讀誦思惟說正憶念修行佛告須菩提惡魔雖欲留難是深般若波羅蜜令不得書讀誦思惟說正憶念修行亦不能破壞是菩薩摩訶薩書般若波羅蜜乃至修行爾時舍利弗白佛言世尊誰力故令惡魔不能留難菩薩摩訶薩書深般若波羅蜜乃至修行佛言是佛力故惡魔不

能留難菩薩摩訶薩書深般若波羅蜜乃至修行舍利弗亦是十方國土現在諸佛力故是諸佛擁護念是菩薩故令魔不能留難菩薩摩訶薩令不書成般若波羅蜜乃至修行何以故十方國土中現在無量無邊阿僧祇諸佛擁護念是菩薩書深般若波羅蜜乃至修行法應爾亦無能作留難舍利弗善男子善女人應當作是念我書是深般若波羅蜜乃至修行皆是十方諸佛力舍利弗言世尊若有善男子善女人書是深般若波羅蜜乃至修行皆是佛力故當知是人是諸佛所護佛言如是如是舍利弗當知若有善男子善女人書是深般若波羅蜜乃至修行皆是佛力故當知亦是諸佛所護舍利弗言世尊十方現在無量無邊阿僧祇諸佛皆識皆以佛眼見是善男子善女人書深般若波羅蜜時乃至修行時佛言如是如是舍利弗十方現在無量無邊阿僧祇諸佛皆識皆以佛眼見是善男子善女人書深般若波羅蜜時乃至修行時舍利弗是中求菩薩道善男子善女人若書是深般若波羅蜜受持讀誦正憶念如說修行當知是人近阿耨多羅三藐三菩提不久舍利弗善男子善女人書是深般若波羅蜜受持讀誦乃至正憶念是人於深般若波羅蜜多信解相亦供養恭敬尊重讚歎是深般若波羅蜜華香瓔珞乃至旛蓋供養舍利弗諸佛皆識皆以佛眼見是善男子善女人是善男子善女人供養功德當得大利益大果報舍利弗是善男子善女人以是供養功德因緣故終不墮惡道中乃至阿維越

致地終不遠離諸佛舍利弗是善男子善女人是善根因緣故乃至阿耨多羅三藐三菩提終不遠離六波羅蜜終不遠離內空乃至無法有法空終不遠離四念處乃至八聖道分終不遠離佛十力乃至阿耨多羅三藐三菩提舍利弗是深般若波羅蜜佛般涅槃後當至南方國土是中比丘比丘尼優婆塞優婆夷當書是深般若波羅蜜當受持讀誦思惟說正憶念修行以是善根因緣故終不墮惡道中受天上人中樂增益六波羅蜜供養恭敬尊重讚歎諸佛漸以聲聞辟支佛佛乘而得涅槃舍利弗是深般若波羅蜜從南方當轉至西方所在處是中比丘比丘尼優婆塞優婆夷當書是深般若波羅蜜當受持讀誦思惟說正憶念修行以是善根因緣故終不墮惡道中受天上人中樂增益六波羅蜜供養恭敬尊重讚歎諸佛漸以聲聞辟支佛佛乘而得涅槃舍利弗是深般若波羅蜜從西方當轉至北方所在處是中比丘比丘尼優婆塞優婆夷當書是深般若波羅蜜當受持讀誦思惟說正憶念修行以是善根因緣故終不墮惡道中受天上人中樂增益六波羅蜜供養恭敬尊重讚歎諸佛漸以聲聞辟支佛佛乘而得涅槃舍利弗是深般若波羅蜜是時北方當作佛事何以故舍利弗我法盛時無有滅相舍利弗我已念是善男子善女人受是深般若波羅蜜乃至修行是善男子善女人能書是深般若波羅蜜恭敬供養尊重讚歎華香乃至旛蓋舍利弗是善男子善女人以是善根因緣故終不墮惡道中受

天上人中樂增益六波羅蜜供養恭敬尊重讚歎諸佛漸以聲聞辟支佛佛乘而得涅槃何以故舍利弗我以佛眼見是人我亦稱譽讚歎十方國土中無量無邊阿僧祇諸佛亦以佛眼見是人亦稱譽讚歎舍利弗白佛言世尊是深般若波羅蜜後時當在北方廣行耶佛言如是如是舍利弗是深般若波羅蜜後時在北方當廣行舍利弗後時於北方是善男子善女人若聞是深般若波羅蜜若書受持讀誦思惟說正憶念如說修行當知是善男子善女人久發大乘心多供養諸佛種善根久與善知識相隨舍利弗白佛言世尊後時北方當有幾所善男子善女人求佛道書深般若波羅蜜乃至如說修行佛告舍利弗後時北方雖多有求佛道善男子善女人少有聞是深般若波羅蜜不沒不驚不怖不畏何以故是人多親近供養諸佛多諮問諸佛是人必能具足般若波羅蜜禪那波羅蜜毗梨耶波羅蜜羼提波羅蜜尸羅波羅蜜檀那波羅蜜具足四念處乃至具足十八不共法舍利弗是善男子善女人善根純熟故能多利益衆生爲阿耨多羅三藐三菩提何以故我今爲是善男子善女人說應薩婆若法過去諸佛亦爲是善男子善女人說應薩婆若法以是因緣故是人後生時續得阿耨多羅三藐三菩提心亦爲他人說阿耨多羅三藐三菩提法是善男子善女人皆一心和合魔若魔民不能沮壞阿耨多羅三藐三菩提心何況惡行人毀呰行深般若波羅蜜者能壞其阿耨多羅三藐三菩提心舍利弗是求

菩薩道諸善男子善女人聞是深般若波羅蜜得大法喜法樂亦立多人於善根爲阿耨多羅三藐三菩提是善男子善女人於我前立誓願我行菩薩道時當度無數百千萬億衆生令發阿耨多羅三藐三菩提心示教利喜乃至阿維越致地受記我知其心我亦隨喜是善男子善女人亦於過去諸佛前立誓願我行菩薩道時當度無數百千萬億衆生令發阿耨多羅三藐三菩提心示教利喜乃至阿維越致地受記諸過去佛亦知其心而隨喜舍利弗是諸善男子善女人所爲心大所受色聲香味觸法亦大亦能大施能大施已種大善根種大善根已得大果報爲攝衆生故受能於衆生中捨内外所有物以是善根因縁發願欲生他方國土現在諸佛說深般若波羅蜜處於諸佛前聞是深般若波羅蜜已亦於彼示教利喜百千萬億衆生令發阿耨多羅三藐三菩提心舍利弗白佛言希有世尊佛於過去未來現在法無法不知無法如相不知衆生之行無事不知今佛悉知過去諸佛及菩薩聲聞亦知今現在十方諸佛國土菩薩及聲聞亦知未來諸佛及菩薩聲聞世尊未來世有善男子善女人勤求六波羅蜜受持讀誦乃至修行有得有不得佛告舍利弗若善男子善女人一心精進勤求當得應六波羅蜜諸經舍利弗白佛言善男子善女人如是勤行者當得是應六波羅蜜深經耶佛語舍利弗是善男子善女人得是應六波羅蜜深經何以故善男子善女人爲阿耨多羅三藐三菩提故與衆生說法示教

利喜令住六波羅蜜以是因緣故是善男子善女人後身轉生易得應六波羅蜜深經得已如六波羅蜜所說修行精勤不息乃至淨佛國土成就衆生得阿耨多羅三藐三菩提

魔事品第四十六

爾時慧命須菩提白佛言世尊是善男子善女人發阿耨多羅三藐三菩提心行六波羅蜜成就衆生淨佛國土佛已讚歎說其功德世尊云何是善男子善女人求於佛道生諸留難佛告須菩提樂說辯不即生當知是菩薩魔事須菩提言世尊何因緣故樂說辯不即生是菩薩魔事佛言有菩薩摩訶薩行般若波羅蜜時難具足六波羅蜜以是因緣故樂說辯不即生是菩薩魔事復次須菩提樂說辯卒起當知亦是菩薩魔事世尊何因緣故樂說辯卒起復是魔事佛言菩薩摩訶薩行檀那波羅蜜乃至般若波羅蜜著樂說法以是因緣故樂說辯卒起當知是菩薩魔事復次須菩提書是般若波羅蜜經時偃僿傲慢當知是菩薩魔事復次須菩提書是經時戲笑亂心當知是菩薩魔事復次須菩提若書是經時輕笑不敬當知是菩薩魔事復次須菩提若書是經時心亂不定當知是菩薩魔事復次須菩提書是經時各各不和合當知是爲菩薩魔事復次須菩提善男子善女人作是念我不得是經中滋味便棄捨去當知是爲菩薩魔事復次須菩提受持般若波羅蜜讀誦說若正憶念時偃僿傲慢當知是爲菩薩魔事復次須菩提若受持般若波羅蜜經時親近正憶念時轉相形笑當知是爲

菩薩魔事復次須菩提若受持般若波羅蜜經讀誦正憶念修行時共相輕懱當知是爲菩薩魔事若受持般若波羅蜜讀誦乃至正憶念時散亂心當知是爲菩薩魔事若受持般若波羅蜜讀誦乃至正憶念時心不和合當知是爲菩薩魔事須菩提白佛言世尊世尊說善男子善女人作是念我不得經中滋味便棄捨去當知是爲菩薩魔事世尊何因緣故菩薩不得經中滋味便棄捨去佛言是菩薩摩訶薩前世不久行般若波羅蜜禪那波羅蜜毗梨耶波羅蜜羼提波羅蜜尸羅波羅蜜檀那波羅蜜是人聞說是般若波羅蜜便從座起作是念言我於般若波羅蜜中無記心不清淨便從座起去當知是爲菩薩魔事須菩提白佛言世尊何因緣故不與授記

聞說是般若波羅蜜時便從座起去佛告須菩提若菩薩未入法位中諸佛不與授阿耨多羅三藐三菩提記復次須菩提聞說般若波羅蜜時菩薩作是念我是中無名字心不清淨當知是爲菩薩魔事須菩提言何因緣故是深般若波羅蜜中不說是菩薩名字佛言未受記菩薩諸佛不說名字復次須菩提是菩薩摩訶薩作是念是般若波羅蜜中無我生處名字若聚落城邑是人不欲聽聞般若波羅蜜便從會中起去是人如所起時念念却一劫甫當更勤精進求阿耨多羅三藐三菩提復次須菩提菩薩學餘經棄捨般若波羅蜜終不能至薩婆若善男子善女人爲捨其根而攀枝葉當知是爲菩薩魔事須菩提白佛言世尊何等是餘經善男子善女人

所學不能至薩婆若佛言是聲聞所應行經所謂四念處四正勤四如意足五根五力七覺分八聖道分空無相無作解脫門善男子善女人住是中得須陀洹果斯陀含果阿那含果阿羅漢果是名聲聞所行不能至薩婆若如是善男子善女人捨般若波羅蜜親近是餘經何以故須菩提般若波羅蜜中出生諸菩薩摩訶薩成就世間出世間法須菩提菩薩摩訶薩學般若波羅蜜時亦學世間出世間法須菩提譬如狗不從大家求食反從作務者索如是須菩提當來世間善男子善女人棄深般若波羅蜜而攀枝葉取聲聞辟支佛所應行經當知是爲菩薩魔事須菩提譬如有人欲得見象見已反觀其跡須菩提於汝意云何是人爲黠不須菩提言爲不黠佛言諸求佛道善男子善女人亦復如是得深般若波羅蜜棄捨去取聲聞辟支佛所應行經須菩提當知是爲菩薩魔事須菩提譬如人欲見大海反求牛跡水作是念大海水能與此等不須菩提於汝意云何是人爲黠不須菩提言爲不黠佛言當來世有求佛道善男子善女人亦如是得深般若波羅蜜棄捨去取聲聞辟支佛所應行經當知是亦菩薩魔事須菩提譬如工匠若工匠弟子欲擬作帝釋勝殿而揆則日月宮殿須菩提於汝意云何是人爲黠不須菩提言爲不黠如是須菩提當來世有薄福德善男子善女人求佛道者得是深般若波羅蜜便棄捨去於聲聞辟支佛所應行經中求薩婆若須菩提於汝意云何是人爲黠不須菩提言爲不黠佛

言當知亦是菩薩魔事須菩提譬如有人欲見轉輪聖王見而不識後見諸小國王取其相貌如是言轉輪聖王與此何異須菩提於汝意云何是人爲黠不須菩提言爲不黠須菩提當來世有薄福德善男子善女人求佛道者得是深般若波羅蜜棄捨去取聲聞辟支佛所應行經持求薩婆若須菩提於汝意云何是人爲黠不須菩提言爲不黠當知是亦菩薩魔事須菩提譬如飢人得百味食棄捨去反食六十日穀飯須菩提於汝意云何是人爲黠不須菩提言爲不黠佛言當來世有求佛道善男子善女人得聞深般若波羅蜜棄捨去取聲聞辟支佛所應行經持求薩婆若於汝意云何是人爲黠不須菩提言爲不黠當知是亦菩薩魔事須菩提譬如人得

無價摩尼珠反持比水精珠須菩提於汝意云何是人爲黠不須菩提言爲不黠佛言當來世有求佛道善男子善女人得聞深般若波羅蜜棄捨去取聲聞辟支佛所應行經持求薩婆若是人爲黠不須菩提言爲不黠當知是亦菩薩魔事復次須菩提是求佛道善男子善女人書是深般若波羅蜜時樂說不如法事不得書成般若波羅蜜所謂樂說色聲香味觸法樂說持戒禪定無色定樂說檀那波羅蜜乃至般若波羅蜜樂說四念處乃至阿耨多羅三藐三菩提何以故須菩提是般若波羅蜜中無樂說相須菩提般若波羅蜜不可思議相般若波羅蜜不生不滅相般若波羅蜜不垢不淨相般若波羅蜜不亂不散相般若波羅蜜無說無示相般若波羅蜜

無言無義相般若波羅蜜無所得相何以故須菩提般若波羅蜜中無是諸法須菩提若有善男子善女人求菩薩道者書是般若波羅蜜經時以是諸法散亂心當知是亦菩薩魔事須菩提白佛言世尊是般若波羅蜜可書耶佛言不可書何以故般若波羅蜜自性無故禪那波羅蜜毗梨耶波羅蜜羼提波羅蜜尸羅波羅蜜檀那波羅蜜乃至一切種智自性無故若自性無是不名爲法無法不能書無法須菩提若求菩薩道善男子善女人作是念無法是深般若波羅蜜當知即是菩薩魔事世尊是求菩提道善男子善女人用字書般若波羅蜜自念我書是般若波羅蜜以字著般若波羅蜜當知是亦菩薩魔事何以故世尊是般若波羅蜜無文字禪那波羅

蜜毗梨耶波羅蜜羼提波羅蜜尸羅波羅蜜檀那波羅蜜無有文字世尊色無文字受想行識無文字乃至一切種智無文字世尊若求菩薩道善男子善女人著無文字般若波羅蜜乃至著無文字一切種智當知是亦菩薩魔事讀誦說正憶念如說修行亦如是復次須菩提求佛道善男子善女人書是般若波羅蜜時若國土念起聚落念起城郭念起方念起若聞謗毀其師起念起念父母及兄弟姊妹諸餘親里若念賊若念旃陀羅若念衆女若念婬女如是等種種諸餘異念留難惡魔復益其念破壞書般若波羅蜜破壞讀誦說正憶念如說修行須菩提當知是亦菩薩魔事復次須菩提求佛道善男子善女人得名譽恭敬布施供養所謂衣被飲食卧床

病藥種種樂具善男子善女人書是般若波羅蜜經受持讀誦乃至正憶念時愛著是事不得書成般若波羅蜜乃至正憶念當知是亦菩薩魔事復次須菩提求佛道善男子善女人書般若波羅蜜乃至如說修行時惡魔方便持諸餘深經與是菩薩摩訶薩有方便力者不應貪著惡魔所有諸餘深經何以故是經不能令人至薩婆若故是中無方便菩薩摩訶薩聞是諸餘深經便捨深般若波羅蜜須菩提我於是般若波羅蜜中廣說諸菩薩摩訶薩方便道諸菩薩摩訶薩應當從是中求須菩提若善男子善女人求菩薩道捨是深般若波羅蜜於魔所與聲聞辟支佛深經中求方便道當知亦是菩薩魔事

摩訶般若波羅蜜經卷第十五

音釋

壃界 壃居良切亦界也 懷妊 妊汝鴆切懷孕也 偃僂 偃於幰切僂紀偃切偃僂驕傲也 輕㒇 㒇彌結切輕㒇謂輕易陵㒇也 揆則 揆求癸切度也

摩訶般若波羅蜜經卷第十六

姚秦三藏法師鳩摩羅什共僧叡譯

兩不和合過品第四十七

復次須菩提聽法人欲書持般若波羅蜜讀誦問義正憶念說法者懈惰不欲爲說當知是爲菩薩魔事須菩提說法之人心不懈惰欲令書持般若波羅蜜聽法者不欲受之二心不和當知是爲魔事復次須菩提聽法人欲書持般若波羅蜜讀誦乃至正憶念說法者欲至他方當知是爲魔事須菩提說法人欲令書持般若波羅蜜聽法者欲至他方二心不和當知是爲魔事復次須菩提說法人貴重布施衣服飲食臥具醫藥資生之物聽法人少欲知足行遠離行攝念精進一心智慧兩不和合不得書持般若波羅蜜讀誦問義正憶念當知是爲魔事須菩提說法人少欲知足行遠離行攝念精進一心智慧聽法者貴重布施衣服飲食臥具醫藥資生之物兩不和合不得書持般若波羅蜜讀誦問義正憶念當知是爲魔事復次須菩提說法者受十二頭陀一作阿練若二常乞食三納衣四一坐食五節量食六中後不飲漿七塚間住八樹下住九露地住十常坐不臥十一次第乞食十二但三衣聽法人不受十二頭陀不作阿練若乃至不受但三衣兩不和合不得書持般若波羅蜜讀誦問義正憶念當知是爲魔事須菩提聽法者受十二頭陀作阿練若乃至受但三衣說法人不受十二頭陀不作阿練若乃至不受但三衣兩不和合不得書持般若波羅蜜讀誦問義正憶念當知

是爲魔事復次須菩提說法者有信有善欲書受深般若波羅蜜乃至正憶念聽法者無信破戒惡行不欲書受深般若波羅蜜乃至正憶念當知是爲魔事須菩提聽法者有信有善說法者無信破戒惡行兩不和合當知是爲魔事復次須菩提說法者能一切施心不悋惜聽法者悋惜不捨當知是爲魔事須菩提聽法者一切能施心不慳惜說法者悋法不施兩不和合不得書持般若波羅蜜乃至正憶念當知是爲魔事復次須菩提聽法者欲供養說法人衣服飲食卧具醫藥資生所須說法者不欲受之當知是爲魔事須菩提說法者欲供給聽法人衣服乃至資生所須聽法者不欲受之兩不和合不得書持般若波羅蜜乃至正憶念當知是爲魔事復次須菩提說法者易悟聽法人闇鈍當知是爲魔事須菩提聽法者易悟說法人闇鈍兩不和合不得書持般若波羅蜜乃至正憶念當知是爲魔事復次須菩提說法者知十二部經次第義所謂修多羅乃至優波提舍聽法者不知十二部經次第義當知是爲魔事聽法者知十二部經次第義說法人不知十二部經次第義兩不和合不得書深般若波羅蜜乃至正憶念當知是爲魔事復次須菩提說法者成就六波羅蜜聽法人不成就六波羅蜜兩不和合不得書深般若波羅蜜乃至正憶念當知是爲魔事聽法者有六波羅蜜說法人無六波羅蜜兩不和合不得書深般若波羅蜜乃至正憶念當知是爲魔事復次須菩提說法者於六波羅蜜有方便力聽法

人於六波羅蜜無方便力兩不和合不得書深般若波羅蜜乃至正憶念當知是爲魔事聽法者於六波羅蜜有方便力説法人於六波羅蜜無方便力兩不和合不得書深般若波羅蜜乃至正憶念當知是爲魔事復次須菩提説法者得陀羅尼聽法人無陀羅尼兩不和合不得書深般若波羅蜜乃至正憶念當知是爲魔事聽法者得陀羅尼説法者無陀羅尼兩不和合不得書深般若波羅蜜乃至正憶念當知是爲魔事復次須菩提説法者欲令書持般若波羅蜜讀誦乃至正憶念聽法人不欲書持般若波羅蜜讀誦乃至正憶念兩不和合不得書深般若波羅蜜乃至正憶念當知是爲魔事聽法者欲書讀誦説般若波羅蜜説法者不欲令書般若波羅蜜乃至不欲令説兩不和合不得書深般若波羅蜜乃至正憶念當知是爲魔事復次須菩提説法者離貪欲瞋恚睡眠掉悔疑聽法人貪欲瞋恚睡眠掉悔疑當知是爲魔事聽法者離貪欲瞋恚睡眠掉悔疑説法人貪欲瞋恚睡眠掉悔疑兩不和合不得書深般若波羅蜜乃至正憶念當知是爲魔事復次須菩提書是深般若波羅蜜乃至正憶念時或有人來説三惡道中苦劇汝何不於是身盡苦入涅槃何用是阿耨多羅三藐三菩提爲兩不和合不得書深般若波羅蜜乃至正憶念當知是爲魔事復次須菩提書是深般若波羅蜜受持讀誦説正憶念時或有人來讚四天王諸天讚三十三天夜摩天兜率陀天化樂天他化自在天梵天乃至非有想非無

想天讚初禪乃至非有想非無想定作是言善男子欲界中受五欲快樂色界中受禪生樂無色界中受寂滅樂是事亦無常苦空無我變相盡相散相離相滅相汝何不於是身中取須陀洹果斯陀含果阿那含果阿羅漢果辟支佛道何用是世間生死中受種種苦求阿耨多羅三藐三菩提爲兩不和合不得書深般若波羅蜜乃至正憶念當知是爲魔事復次須菩提說法者一身無累自在無礙聽法人多將人衆兩不和合不得書深般若波羅蜜乃至正憶念當知是爲魔事聽法者一身無累自在無礙說法者多將人衆兩不和合不得書深般若波羅蜜乃至正憶念當知是爲魔事復次須菩提說法者如是言汝能隨我意者當與汝般若波羅蜜令書讀誦說正憶念若不隨我意者則不與汝兩不和合不得書深般若波羅蜜讀誦說正憶念當知是爲魔事復次須菩提聽法者欲得追隨知其意說法者不聽兩不和合不得書深般若波羅蜜乃至正憶念當知是爲魔事復次須菩提說法者欲得財利故與般若波羅蜜令書持乃至正憶念聽法者以是因緣故不欲從受兩不和合不得書深般若波羅蜜乃至正憶念當知是爲魔事聽法者爲財利故欲書深般若波羅蜜讀誦說法者以是因緣故不欲與兩不和合不得書深般若波羅蜜讀誦說當知是爲魔事復次須菩提說法者欲至他方危命之處聽法者不欲隨去兩不和合不得書深般若波羅蜜乃至正憶念當知是爲魔事聽法者欲至他方危命之處說

法者不欲去兩不和合不得書深般若波羅蜜乃至正憶念當知是爲魔事復次須菩提說法者欲至他方飢餓穀貴無水之處聽法者不欲隨去兩不和合不得書深般若波羅蜜乃至正憶念當知是爲魔事聽法者欲至他方飢餓穀貴無水之處說法者不欲去兩不和合不得書深般若波羅蜜乃至正憶念當知是爲魔事復次須菩提說法者欲至他方豐樂之處聽法者欲隨從去說法者言善男子汝爲利養故追隨我汝善自思惟若得若不得無令後悔以是少因緣故兩不和合聽法者聞之心猒作是念是爲拒逆不欲與我相隨便即止不去兩不和合不得書深般若波羅蜜乃至正憶念當知是爲魔事復次須菩提說法者欲過曠野賊怖旃陀羅怖獵師怖惡獸毒蛇怖聽法者欲隨逐去說法者言善男子汝何用到彼彼中多有諸怖賊怖乃至毒蛇怖聽法者聞之知其不欲與般若波羅蜜書持乃至正憶念心猒不欲追隨以是少因緣故兩不和合當知是爲魔事復次須菩提說法者多有檀越數往問訊以是因緣故語聽法者我有因緣應往到彼聽法人知其意便止不去兩不和合不得書深般若波羅蜜乃至正憶念當知是爲魔事復次須菩提惡魔作比丘形像來方便破壞般若波羅蜜不得令書持讀誦說正憶念須菩提白佛言世尊何因緣故惡魔作比丘形像方便破壞般若波羅蜜不得令書持乃至正憶念佛言惡魔作比丘形像來壞善男子善女人心令遠離般若波羅蜜作是言如我所說經

即是般若波羅蜜此經非般若波羅蜜須菩提是中破壞諸比丘時有未受記菩薩便墮疑惑墮疑惑故不書深般若波羅蜜不受不持乃至不作正憶念不和合不得書成般若波羅蜜乃至正憶念當知是爲魔事復次須菩提惡魔作比丘身到菩薩所如是言若菩薩行般若波羅蜜於實際作證得須陀洹果斯陀含果阿那含果阿羅漢果得辟支佛道以是不和合不得書般若波羅蜜乃至正憶念當知是爲魔事復次須菩提說是深般若波羅蜜時多有魔事起留難般若波羅蜜是爲魔事菩薩摩訶薩應當覺知知已遠離須菩提言世尊何等是魔事留難菩薩應當覺知知已遠離佛言似般若波羅蜜諸魔事起似禪那波羅蜜似毗梨耶波羅蜜似羼提波羅蜜似尸羅波羅蜜似檀那波羅蜜魔事起菩薩應當覺知知已遠離復次須菩提聲聞辟支佛所應行經是菩薩摩訶薩魔事應當覺知知已遠離之復次須菩提內空外空乃至無法有法空四念處乃至八聖道分空無相無作解脫門用是法得須陀洹果斯陀含果阿那含果阿羅漢果辟支佛道如是等諸經惡魔作比丘形像方便與菩薩摩訶薩以是不和合故不得書深般若波羅蜜乃至正憶念當知是爲魔事復次須菩提惡魔作佛身金色丈光到菩薩所是菩薩貪著貪著因緣故耗減薩婆若是不和合故不得書般若波羅蜜乃至正憶念當知是爲魔事復次須菩提惡魔作佛身及比丘僧到菩薩前是菩薩起貪著意作是念我於當來世亦當如是

從比丘僧爲説法是菩薩貪著魔身故耗減薩婆若不得書成般若波羅蜜當知是爲魔事復次須菩提惡魔化作無數百千萬億菩薩行檀那波羅蜜尸羅波羅蜜羼提波羅蜜毗梨耶波羅蜜禪那波羅蜜般若波羅蜜指示善男子善女人善男子善女人見已貪著貪著故耗減薩婆若不得書深般若波羅蜜乃至正憶念當知是爲魔事何以故是深般若波羅蜜中無有色無有受想行識乃至無阿耨多羅三藐三菩提須菩提是般若波羅蜜若無有色乃至無阿耨多羅三藐三菩提是中無佛無聲聞無辟支佛無菩薩何以故一切諸法自性空故復次須菩提善男子善女人書是深般若波羅蜜受讀誦説正憶念時多有留難起須菩提譬如閻浮提中珍寶

金銀瑠璃硨磲碼碯珊瑚等多難多賊如是須菩提善男子善女人書是深般若波羅蜜乃至正憶念時多有怨賊多留難起須菩提白佛言如是世尊閻浮提中珍寶金銀瑠璃硨磲碼碯珊瑚等多賊多難世尊善男子善女人亦如是書是深般若波羅蜜乃至正憶念時多有怨賊多留難起多有魔事何以故是愚癡人爲魔所使善男子善女人書是深般若波羅蜜乃至正憶念時破壞令遠離世尊是愚癡人少智少慧是善男子善女人書深般若波羅蜜乃至正憶念時破壞令遠離是愚癡人心不樂大法是故不書是深般若波羅蜜不受不讀不誦不正憶念不如説修行亦壞他人令不得書深般若波羅蜜乃至如説修行佛言如是如是須菩提新發大乘

意善男子善女人爲魔所使不種善根不供養諸佛不隨善知識故不書深般若波羅蜜乃至不正憶念而作留難是善男子善女人少智少慧心不樂大法是故不能書是深般若波羅蜜乃至正憶念魔事起故須菩提若善男子善女人能書是深般若波羅蜜乃至正憶念時魔事不起能具足禪那波羅蜜乃至檀那波羅蜜能具足四念處乃至一切種智須菩提當知佛力故是善男子善女人能書是深般若波羅蜜乃至正憶念亦能具足禪那波羅蜜乃至檀那波羅蜜具足內空乃至無法有法空具足四念處乃至八聖道分佛十力乃至一切種智須菩提十方現在無量無邊阿僧祇諸佛亦助是善男子善女人令得書是深般若波羅蜜乃至正憶念十方阿毗跋致諸菩薩摩訶薩亦擁護祐助是善男子善女人書深般若波羅蜜乃至正憶念

佛母品第四十八

佛告須菩提譬如母人有子若五若十若二十若三十若四十若五十若百若千母中得病諸子各各勤求救療作是念我等云何令母安隱無諸患苦不樂之事風寒冷熱蚊寅蛇虺侵犯母身是我等憂其諸子等常求樂具供養其母所以者何生育我等示我世間如是須菩提佛常以佛眼視是深般若波羅蜜何以故是深般若波羅蜜能示世間相十方現在諸佛亦以佛眼常視是深般若波羅蜜何以故是深般若波羅蜜能生諸佛能與諸佛一切智能示世間相以是故諸佛常以佛眼視是深般若波羅蜜又以般若波羅蜜

能生禪那波羅蜜乃至檀那波羅蜜能生内空乃至無法有法空能生四念處乃至八聖道分能生佛十力乃至一切種智如是般若波羅蜜能生須陀洹斯陀含阿那含阿羅漢辟支佛諸佛須菩提所有諸佛已得阿耨多羅三藐三菩提今得當得皆因深般若波羅蜜因緣故得須菩提若求佛道善男子善女人當書是深般若波羅蜜乃至正憶念諸佛常以佛眼視是人須菩提是求菩薩道善男子善女人諸十方佛常守護令不退阿耨多羅三藐三菩提須菩提白佛言如世尊所說般若波羅蜜能生諸佛能示世間相世尊般若波羅蜜云何能生諸佛云何能示世間相云何諸佛從般若波羅蜜生云何諸佛說世間相佛告須菩提是深般若波羅蜜中生佛十力乃至十八不共法一切種智須菩提得是諸法因緣故名爲佛須菩提以是故深般若波羅蜜能生諸佛須菩提諸佛說五陰是世間相須菩提言世尊云何深般若波羅蜜中說五陰相云何深般若波羅蜜中示五陰相須菩提般若波羅蜜不示五陰破不示五陰壞不示生不示滅不示垢不示淨不示增不示減不示入不示出不示過去不示未來不示現在何以故空相不破不壞無相無作相不破不壞不起法不生法無所有法性法不破不壞相如是示如是須菩提佛說深般若波羅蜜能示世間相復次須菩提諸佛因般若波羅蜜悉知無量無邊阿僧祇衆生心所行須菩提是深般若波羅蜜中無衆生無衆生名無色無色名無受想行識無受想

行識名無眼乃至意無眼識乃至無意識無眼觸乃至無意觸乃至無一切種智無一切種智名如是須菩提是深般若波羅蜜能示世間相須菩提是深般若波羅蜜亦不示色不示受想行識乃至不示一切種智何以故須菩提是深般若波羅蜜中尚無般若波羅蜜何況色乃至一切種智復次須菩提所有衆生名數若有色若無色若有想若無想若非有想若非無想若此間國土若遍十方國土是諸衆生若攝心若亂心是攝心是亂心佛如實知須菩提云何佛知衆生攝心亂心相以法相故知用何等法相故知須菩提是法相中尚無法相相何況有攝心亂心須菩提以是法相故佛知衆生攝心亂心復次須菩提佛知衆生攝心亂心云何知須菩提以盡相故知以無染相故知以滅相故知以斷相故知以寂相故知以離相故知如是須菩提佛因般若波羅蜜知衆生攝心亂心復次須菩提佛因般若波羅蜜知衆生染心如實知染心瞋心癡心如實知瞋心癡心須菩提白佛言世尊云何佛知衆生染心如實知染心瞋心癡心如實知瞋心癡心佛告須菩提染心如實相則無染心相何以故如實相中心心數法尚不可得何況當得染心不染心須菩提瞋心癡心如實相則無瞋心相無癡心相何以故如實相中心心數法尚不可得何況當得瞋心不瞋心癡心不癡心如是須菩提佛因般若波羅蜜衆生染心如實知染心瞋心癡心如實知瞋心癡心復次須菩提佛因般若波羅蜜衆生無染心如實知無染

心無瞋心無癡心如實知無瞋心無癡心須菩提白佛言世尊云何衆生無染心如實知無染心無瞋心如實知無瞋心無癡心如實知無癡心佛告須菩提是心無染相中染相不染相不可得何以故須菩提二心不俱故如是須菩提佛因般若波羅蜜衆生無染心如實知無染心須菩提是無瞋心無癡心相中癡心不癡心不可得何以故二心不俱故如是須菩提佛因般若波羅蜜衆生無瞋心無癡心如實知復次須菩提佛因般若波羅蜜是衆生廣心如實知廣心須菩提白佛言世尊云何佛因般若波羅蜜是衆生廣心如實知廣心須菩提佛知諸衆生心相不廣不狹不增不減不來不去心相離故是心不廣不狹乃至不來不去何以故是心性無故誰作廣誰作狹乃至來去如是須菩提佛因般若波羅蜜是衆生廣心如實知廣心復次須菩提佛因般若波羅蜜是衆生大心如實知大心須菩提白佛言世尊云何佛因般若波羅蜜是衆生大心如實知大心佛告須菩提佛因般若波羅蜜不見衆生心來相去相不見衆生心生相滅相住相異相何以故是諸心性無故誰來誰去誰生滅住異如是須菩提佛因般若波羅蜜是衆生大心如實知大心復次須菩提佛因般若波羅蜜衆生無量心如實知無量心須菩提白佛言世尊云何佛因般若波羅蜜衆生無量心如實知無量心佛告須菩提佛因般若波羅蜜知是衆生心不見住不見不住何以故是無量心相無依止故誰有住不住處如是須菩提佛因般

若波羅蜜衆生無量心如實知無量心復次
須菩提佛因般若波羅蜜衆生不可見心如
實知不可見心須菩提白佛言世尊云何佛
因般若波羅蜜衆生不可見心如實知不可
見心佛告須菩提衆生心是無相佛如實知
無相自相空故復次須菩提佛知衆生心五
眼不能見如是須菩提佛因般若波羅蜜衆
生不可見心如實知不可見心復次須菩提
佛因般若波羅蜜衆生心數出沒屈伸如實
知世尊云何佛因般若波羅蜜衆生心數出
沒屈伸如實知佛言一切衆生心數出沒屈
伸等皆依色受想行識生須菩提佛於是中
知衆生心數出沒屈伸所謂神及世間常是
事實餘妄語是見依色神及世間無常是事
實餘妄語是見依色神及世間常亦無常是

事實餘妄語是見依色神及世間非常非無
常是事實餘妄語是見依色神及世間常是
事實餘妄語是見依受神及世間無常是事
實餘妄語是見依受神及世間常亦無常是
事實餘妄語是見依受神及世間非常非無
常是事實餘妄語是見依受神及世間常是
事實餘妄語是見依想神及世間無常是事
實餘妄語是見依想神及世間常亦無常是
事實餘妄語是見依想神及世間非常非無
常是事實餘妄語是見依想神及世間常是
事實餘妄語是見依行神及世間無常是事
實餘妄語是見依行神及世間常亦無常是
事實餘妄語是見依行神及世間非常非無
常是事實餘妄語是見依行神及世間常是
事實餘妄語是見依識神及世間無常是事

實餘妄語是見依識神及世間常亦無常是事實餘妄語是見依識神及世間非常非無常是事實餘妄語是見依識神及世間常是事實餘妄語是見依色世間有邊是事實餘妄語是見依色世間無邊是事實餘妄語是見依色世間有邊無邊是事實餘妄語是見依色世間非有邊非無邊是事實餘妄語是見依色依受想行識亦如是神即是身是見依色神異身異是見依色依受想行識亦如是死後有如去是事實餘妄語是見依色死後無如去是事實餘妄語是見依色死後或有如去或無如去是事實餘妄語是見依色死後非有如去非無如去是事實餘妄語是見依色依受想行識亦如是如是須菩提佛因般若波羅蜜衆生出没屈神如實知復次須菩提佛知色相云何知色相如如不壞無分別無相無憶無戲論無得色相亦如是須菩提佛知受想行識相云何知受想行識相如如相不壞無分別無相無憶無戲論無得受想行識相亦如是如是須菩提佛知衆生如相及衆生心數出没屈伸如相五陰如相諸行如相即一切法如相何等是一切法如相所謂六波羅蜜如相六波羅蜜如相即是三十七品如相三十七品如相即是十八空如相十八空如相即是八背捨如相八背捨如相即是九次第定如相九次第定如相即是佛十力如相佛十力如相即是四無所畏四無礙智大慈大悲乃至十八不共法如相十八不共法如相即是一切種智如相一切種智如相即是善法不善法世間法出世間

法有漏法無漏法如相有漏法無漏法如相即是過去未來現在諸法如相過去未來現在諸法如相即是有爲法無爲法如相有爲法無爲法如相即是須陀洹果如相須陀洹果如相即是斯陀含果如相斯陀含果如相即是阿那含果如相阿那含果如相即是阿羅漢果如相阿羅漢果如相即是辟支佛道如相辟支佛道如相即是阿耨多羅三藐三菩提如相阿耨多羅三藐三菩提如相即是諸佛如相諸佛如相皆是一如相不二不別不盡不壞是名一切諸法如相佛因般若波羅蜜得是如相以是因緣故般若波羅蜜能生諸佛能示世間相如是須菩提佛知一切法如相非不如相不異相得是如相故佛名如來須菩提白佛言世尊是諸法如相非不如相不異相甚深世尊諸佛用是如爲人說阿耨多羅三藐三菩提世尊誰能信解是者惟有阿毗跋致菩薩及具足正見人漏盡阿羅漢何以故是法甚深故佛告須菩提是如無盡相故甚深須菩提言何法無盡相故甚深佛言一切法無盡故如是須菩提佛得是一切諸法如已爲衆生說

問相品第四十九

爾時三千大千國土中所有欲界天子色界天子遥散華香來至佛所頂禮佛足却一面住白佛言世尊所說般若波羅蜜甚深何等是深般若波羅蜜相佛告欲界色界諸天子諸天子空相是深般若波羅蜜相無相無作無起無生無滅無垢無淨無所有法無相無所依止虛空相是深般若波羅蜜相諸天子

如是等相是深般若波羅蜜相佛爲衆生用世間法故說非第一義諸天子是諸相一切世間天人阿脩羅不能破壞何以故是一切世間天人阿脩羅亦是相故諸天子相不能破相相不能知相相不能知無相無相不能知相是相是無相相無相皆無所知謂知者知法皆不可得故何以故諸天子是諸相非色作非受想行識作非檀那波羅蜜作非尸羅波羅蜜羼提波羅蜜毗梨耶波羅蜜禪那波羅蜜般若波羅蜜作非内空作非外空作非内外空作非無法空作非有法空作非無法有法空作非四念處作乃至非一切種智作諸天子是相非人所有非非人所有非世間非出世間非有漏非無漏非有爲非無爲佛復告諸天子譬如有人問何等是虛空相此人爲正問不諸天子言世尊此不正問何以故世尊是虛空無相可說虛空無爲無起故佛告欲界色界諸天子有佛無佛相性常住佛得如實相性故名爲如來諸天子白佛言世尊世尊所得諸相性甚深得是相故得無礙智住是相中以般若波羅蜜集諸法自相諸天子言希有世尊是深般若波羅蜜是諸佛常所行道處行是道得阿耨多羅三藐三菩提得阿耨多羅三藐三菩提已通達一切法相若色相若受想行識相乃至一切種智相佛言如是如是諸天子惱壞相是色相佛得是無相覺者受相取者想相起作者行相了別者識相佛得是無相能捨者檀那波羅蜜相無熱惱者尸羅波羅蜜相不變異者羼提波羅蜜相不可伏者毗梨耶波羅蜜相

攝心者禪那波羅蜜相捨離者般若波羅蜜相佛得是無相心無所嬈惱者是四禪四無量心四無色定相佛得是無相出世間者三十七品相佛得是無相苦者無作脫門相離者空脫門相寂滅者無相脫門相佛得是無相勝者十力相不恐怖者無所畏相遍知者四無礙智相餘人無得者十八不共法相佛得是無相慈念衆生者大慈大悲相實者無錯謬相無所取者常捨相現了知者一切種智相佛得是無相如是諸天子佛得一切諸法無相以是因緣故佛名無礙智爾時佛告須菩提般若波羅蜜是諸佛母般若波羅蜜能示世間相是故佛依止法住供養恭敬尊重讚歎是法何等是法所謂般若波羅蜜諸佛依止般若波羅蜜住恭敬供養尊重讚歎是般若波羅蜜何以故是般若波羅蜜出生諸佛佛知作人若人正問知作人者正答無過於佛何以故須菩提佛知作人故佛所乘來法佛所從來道得阿耨多羅三藐三菩提是乘是道佛還恭敬供養尊重讚歎受持守護須菩提是名佛知作人復次須菩提佛知一切法無作相作者無所有故一切法無起相形事不可得故須菩提佛因般若波羅蜜知一切法無作相亦以是因緣故佛知作人復次須菩提佛因般若波羅蜜得一切法不生以無所得故以是因緣故般若波羅蜜能生諸佛能示世間相須菩提言世尊若一切法無知者無見者云何般若波羅蜜能生諸佛能示世間相佛告須菩提如是如是一切法實無知者無見者云何無知者無見者一

切法空虛誑不堅固是故一切法無知者無見者復次須菩提一切法云何無知者無見者一切法無依止無所繫以是故一切法無知者無見者如是須菩提般若波羅蜜能生諸佛能示世間相不見色故示世間相不見受想行識故示世間相乃至不見一切種智故示世間相如是須菩提般若波羅蜜能生諸佛能示世間相須菩提言世尊云何不見色故般若波羅蜜示世間相不見受想行識乃至一切種智故示世間相佛告須菩提若不緣色生識是名不見色相故示不緣受想行識生識乃至不緣一切種智生識是名不見一切種智相故示如是須菩提是深般若波羅蜜能生諸佛能示世間相復次須菩提般若波羅蜜云何能生諸佛能示世間相須菩提般若波羅蜜示世間空云何示世間空示五陰世間空示十二入世間空示十八界世間空示十二因緣世間空示我見根本六十二見世間空示十善道世間空示四禪四無量心四無色定世間空示三十七品世間空示六波羅蜜世間空示內空世間空示外空世間空示內外空世間空示無法空世間空示有法空世間空示無法有法空世間空示有爲性世間空示無爲性世間空示佛十力世間空示十八不共法世間空乃至示一切種智世間空如是須菩提般若波羅蜜能生諸佛能示世間相復次須菩提佛因是般若波羅蜜示世間空知世間空覺世間空思惟世間空分別世間空如是須菩提般若波羅蜜能生諸佛能示世間相復次須菩提般

若波羅蜜示佛世間空云何示佛世間空示五陰世間空乃至示一切種智世間空如是須菩提般若波羅蜜能生諸佛能示世間相復次須菩提般若波羅蜜示佛世間不可思議云何示世間不可思議示五陰世間不可思議乃至示一切種智世間不可思議復次須菩提般若波羅蜜示佛世間離云何示世間離示五陰世間離乃至示一切種智世間離如是須菩提般若波羅蜜示佛世間離復次須菩提般若波羅蜜示佛世間寂滅云何示世間寂滅示五陰世間寂滅乃至示一切種智世間寂滅復次須菩提般若波羅蜜示佛世間畢竟空云何示世間畢竟空示五陰世間畢竟空乃至示一切種智世間畢竟空復次須菩提般若波羅蜜示佛世間性空云何示世間性空示五陰世間性空乃至示一切種智世間性空復次須菩提般若波羅蜜示佛世間無法空云何示世間無法空示五陰世間無法空乃至示一切種智世間無法空復次須菩提般若波羅蜜示佛世間有法空云何示世間有法空示五陰世間有法空乃至示一切種智世間有法空復次須菩提般若波羅蜜示佛世間無法有法空云何示世間無法有法空示五陰世間無法有法空乃至示一切種智世間無法有法空復次須菩提般若波羅蜜示佛世間獨空云何示世間獨空示五陰世間獨空乃至示一切種智世間獨空如是須菩提般若波羅蜜能生諸佛能示佛世間相須菩提是深般若波羅蜜示世間相所謂不生今世後世相何以故諸

法無可用生今世後世相故須菩提白佛言世尊是般若波羅蜜爲大事故起世尊是般若波羅蜜爲不可思議事故起世尊是般若波羅蜜爲不可稱事故起世尊是般若波羅蜜爲無量事故起世尊是般若波羅蜜爲無等等事故起佛言如是如是須菩提般若波羅蜜爲大事故起爲不可思議事故起爲不可稱事故起爲無量事故起爲無等等事故起須菩提云何是般若波羅蜜爲大事故起須菩提諸佛大事者所謂救一切衆生不捨一切衆生須菩提云何是般若波羅蜜爲不可思議事故起須菩提不可思議事者所謂諸佛法如來法自然人法一切智人法以是故須菩提諸佛般若波羅蜜爲不可思議事故起須菩提云何般若波羅蜜爲不可稱事故起須菩提一切衆生中無有能思惟稱量佛法如來法自然人法一切智人法以是故須菩提般若波羅蜜爲不可稱事故起須菩提云何般若波羅蜜爲無量事故起須菩提一切衆生中無有能量佛法如來法自然人法一切智人法以是故須菩提般若波羅蜜爲不可量事故起須菩提云何般若波羅蜜爲無等等事故起須菩提一切衆生中無有能與佛等者何況過以是故須菩提般若波羅蜜爲無等等事故起須菩提白佛言世尊但佛法如來法自然人法一切智人法不可思議不可稱無有量無等等事起耶佛告須菩提如是如是佛法如來法自然人法一切智人法不可思議不可稱無有量無等等色亦不可思議不可稱無有量無等等受想行

識亦不可思識不可稱無有量無等等乃至一切種智法性法相不可思議不可稱無有量無等等是中心心數法不可得復次須菩提色不可得故不可思議乃至色不可得故無等等受想行識不可得故不可思議乃至識不可得故無等等乃至一切種智不可得故不可思議乃至一切種智不可得故無等等須菩提白佛言世尊何因緣色不可得故不可思議乃至無等等受想行識不可得故不可思議乃至無等等乃至一切種智不可得故不可思議乃至無等等佛告須菩提色無能量故不可得受想行識無能量故不可得乃至一切種智無能量故不可得須菩提白佛言世尊何因緣色無能量故不可得乃至一切種智無能量故不可得佛告須菩提色相不可思議故無能量乃至色相無等等故無能量乃至一切種智相不可思議故無能量乃至一切種智相無等等故無能量須菩提於汝意云何不可思議乃至無等等中寧可得不色受想行識乃至一切種智寧可得不須菩提言世尊不可得以是故須菩提一切法不可思議乃至無等等亦如是須菩提是諸佛法不可思議不可稱無有量無等等須菩提是名諸佛法不可思議乃至無等等須菩提是諸佛法不可思議過思議故不可稱過稱故無有量過量故無等等過等等故須菩提是因緣故一切法亦不可思議乃至無等等須菩提不可思議名是義不可思議不可稱名是義不可稱無有量名是義不可量無等等名是義無等等須菩提是諸佛

法不可思議乃至無等等不可思議如虛空不可思議不可稱如虛空不可稱無有量如虛空無有量無等等如虛空無等等須菩提是名諸佛法不可思議乃至無等等佛法如是無量一切世間天人阿脩羅無能思議籌量者說是諸佛法不可思議不可稱無有量無等等品時五百比丘一切法不受故漏盡心得解脫得阿羅漢二十比丘尼亦不受一切法故漏盡得阿羅漢六萬優婆塞三萬優婆夷諸法中遠塵離垢諸法中法眼生二十菩薩摩訶薩得無生法忍於是賢劫中當受記

摩訶般若波羅蜜經卷第十六

音釋

阿練若 梵語也此云閑靜處若尒者切

悋惜 悋良刃切靳惜也惜思積切悋也愛也

蛇虺 蛇石遮切虺許偉切蝮虺也似蛇而小曰虺

摩訶般若波羅蜜經卷第十七

姚秦三藏法師鳩摩羅什共僧叡譯

大事起成辦品第五十

爾時須菩提白佛言世尊是深般若波羅蜜爲大事故起不可思議事故起不可稱事故起無有量事故起世尊是深般若波羅蜜無等等事故起佛告須菩提如是如是是深般若波羅蜜爲大事故起乃至無等等事故起何以故般若波羅蜜中含受五波羅蜜般若波羅蜜中含受內空外空乃至無法有法空含受四念處乃至八聖道分是深般若波羅蜜中含受佛十力乃至一切種智譬如灌頂王國土中尊諸有官事皆委大臣國王無事安樂自恣如是須菩提所有聲聞辟支佛法若菩薩法若佛法一切皆在般若波羅蜜中般若波羅蜜能成辦其事以是故須菩提般若波羅蜜爲大事故起乃至無等等事故起復次須菩提是般若波羅蜜不取色不著色故能成辦受想行識不取不著故能成辦乃至一切種智不取不著故能成辦須陀洹果乃至阿羅漢果辟支佛道乃至阿耨多羅三藐三菩提不取不著故能成辦須菩提白佛言云何色不取不著故般若波羅蜜能成辦云何受想行識乃至阿耨多羅三藐三菩提不取不著故般若波羅蜜能成辦佛告須菩提於汝意云何頗見是色可取可著不須菩提言不也世尊須菩提於汝意云何頗見受想行識乃至阿耨多羅三藐三菩提可取可著不須菩提言不也世尊佛言善哉善哉須菩提我亦不見是色可取可著不見故不取

不取故不著我亦不見受想行識乃至阿耨多羅三藐三菩提及一切種智可取可著不見故不取不取故不著須菩提我亦不見佛法如來法自然人法一切智人法可取可著不見故不取不取故不著以是故須菩提諸菩薩摩訶薩色亦不應取不應著受想行識乃至佛法如來法自然人法一切智人法亦不應取不應著爾時欲色界諸天子白佛言世尊是般若波羅蜜甚深難見難解不可思惟比類知微妙善巧智慧寂滅者可知能信是般若波羅蜜者當知是菩薩多供養諸佛多種善根與善知識相隨能信解深般若波羅蜜世尊若三千大千國土中所有衆生皆作信行法行人八人須陀洹斯陀含阿那含阿羅漢辟支佛若智若斷不如是菩薩一日行深般若波羅蜜忍欲思惟籌量何以故是信行法行人八人須陀洹斯陀含阿那含阿羅漢辟支佛若智若斷即是菩薩摩訶薩無生法忍佛告欲色界諸天子如是如是諸天子若信行法行人八人須陀洹乃至阿羅漢辟支佛即是菩薩摩訶薩無生法忍諸天子若善男子善女人聞是深般若波羅蜜書持受讀誦説正憶念是善男子善女人疾得涅槃勝求聲聞辟支佛乘善男子善女人遠離深般若波羅蜜行餘經若一劫若減一劫何以故是深般若波羅蜜中廣説上妙法是信行法行人八人須陀洹斯陀含阿那含阿羅漢辟支佛所應學菩薩摩訶薩亦所應學學已得阿耨多羅三藐三菩提是時欲色界諸天子俱發聲言世尊是般若波羅蜜名摩訶

波羅蜜世尊是般若波羅蜜名不可思議不可稱無有量無等等波羅蜜信行法行人八人學是深般若波羅蜜得成就須陀洹斯陀含阿那含阿羅漢辟支佛學是深般若波羅蜜得成菩薩摩訶薩是深般若波羅蜜中學得阿耨多羅三藐三菩提是深般若波羅蜜亦不增亦不減是時欲色界諸天子頂禮佛足遶佛而去去是不遠忽然不現各還本處須菩提白佛言世尊若菩薩摩訶薩聞是深般若波羅蜜即時信解者從何處終來生是間佛告須菩提若菩薩摩訶薩聞是深般若波羅蜜即時信解不沒不却不難不疑不悔歡喜樂聽聽已憶念不遠離是深般若波羅蜜若行若住若坐若卧終不廢忘常隨法師譬如新生犢子不離其母菩薩摩訶薩亦如是為聞深般若波羅蜜故終不遠離法師乃至得是深般若波羅蜜口誦心解正見通達須菩提當知是菩薩從人道中終還生是間人中何以故是求佛道者前世時聞深般若波羅蜜書持恭敬尊重讚歎華香乃至旛蓋供養以是因緣故人中命終還生人中聞是深般若波羅蜜即時信解須菩提白佛言世尊頗有菩薩摩訶薩如是功德成就他方世界供養諸佛於彼命終來生是間聞深般若波羅蜜即時信解書持讀誦正憶念有是者不佛言有菩薩如是功德成就他方世界供養諸佛於彼命終來生是間聞是深般若波羅蜜即時信解書持讀誦正憶念何以故是菩薩摩訶薩從他方諸佛所聞是深般若波羅蜜信解書持讀誦說正憶念於彼間終來

生此間當知是人是先世功德成就復次須菩提有菩薩從彌勒菩薩摩訶薩聞是深般若波羅蜜以是善根因緣故來生此間須菩提復有菩薩摩訶薩前世時雖聞深般若波羅蜜不問中事來生人中聞是深般若波羅蜜心有疑悔難悟須菩提如是菩薩當知先世雖聞是深般若波羅蜜不問故今續疑悔難悟須菩提若菩薩先世雖聞禪那波羅蜜不問中事今世聞般若波羅蜜時不問故續生疑悔須菩提若菩薩先世雖聞毗梨耶波羅蜜不問中事今世聞般若波羅蜜不問故續復疑悔須菩提若菩薩先世雖聞羼提波羅蜜不問中事今世聞般若波羅蜜不問故續復疑悔須菩提若菩薩先世雖聞尸羅波羅蜜不問中事今世聞般若波羅蜜不問故續復疑悔須菩提若菩薩先世雖聞檀那波羅蜜不問中事今世聞般若波羅蜜不問故續復疑悔復次須菩提菩薩摩訶薩先世雖聞内空外空内外空乃至無法有法空不問中事來生人中聞是深般若波羅蜜不問故續復疑悔難悟復次須菩提菩薩摩訶薩先世雖聞四念處乃至八聖道分四禪四無量心四無色定五神通佛十力乃至一切種智不問中事來生人中聞是深般若波羅蜜不問故續復疑悔難悟復次須菩提菩薩摩訶薩先世聞深般若波羅蜜問中事而不行捨身生時聞是深般若波羅蜜若一日二日三日四日五日其心堅固無能壞者若離所聞時便退失何以故先世聞是深般若波羅蜜時雖問中事不如說行是人或時欲聞或時

不欲聞心輕不固志亂不定譬如輕毛隨風東西須菩提當知是菩薩發意不久不與善知識相隨不多供養諸佛先世不書是深般若波羅蜜不讀不誦不正憶念不學般若波羅蜜不學禪那波羅蜜不學毗梨耶波羅蜜不學羼提波羅蜜不學尸羅波羅蜜不學檀那波羅蜜不學内空乃至無法有法空不學四念處乃至八聖道分不學四禪四無量心五神通佛十力乃至不學一切種智如是須菩提當知是菩薩摩訶薩新發大乘意少信少樂故不能書是深般若波羅蜜不能受持讀誦説正憶念須菩提若求佛道善男子善女人不書是深般若波羅蜜不受持讀誦不説不正憶念亦不爲深般若波羅蜜所護乃至不爲一切種智所護是人亦不如説行深般若波羅蜜乃至不如説行一切種智是人或墮二地若聲聞地若辟支佛地何以故是善男子善女人不書是深般若波羅蜜不讀不誦不説不正憶念是人亦不爲深般若波羅蜜所護亦不如説行以是故是善男子善女人於二地中當墮一地

譬喻品第五十一

佛告須菩提譬如大海中船破壞其中人若不取木不取器物不取浮囊不取死屍須菩提當知是人不到彼岸沒海中死須菩提若船破時其中人取木取器物浮囊死屍當知是人終不沒死安隱無礙得到彼岸須菩提求佛道善男子善女人亦復如是若但有信樂不依深般若波羅蜜不書不讀不誦不正憶念不依禪那波羅蜜毗梨耶波羅蜜羼提

波羅蜜尸羅波羅蜜檀那波羅蜜不書不讀不誦不正憶念乃至不依一切種智不書不讀不誦不正憶念須菩提當知是善男子中道衰耗是人未到一切種智於聲聞辟支佛地取證須菩提若有求佛道善男子善女人爲阿耨多羅三藐三菩提故有信有忍有淨心有深心有欲有解有捨有精進是人依深般若波羅蜜書持讀誦說正憶念是善男子善女人爲阿耨多羅三藐三菩提故有諸信忍淨心深心欲解捨精進爲深般若波羅蜜所護乃至爲一切種智所護爲深般若波羅蜜守護故乃至爲一切種智守護故終不中道衰耗過聲聞辟支佛地能淨佛國土成就衆生當得阿耨多羅三藐三菩提須菩提譬如男子女人持坏瓶取水若河若井若池若泉當知是瓶不久爛壞何以故是瓶未熟故還歸於地如是須菩提善男子善女人雖有爲阿耨多羅三藐三菩提心有信有忍有淨心有深心有欲有解有捨有精進不爲般若波羅蜜方便力所守護不爲禪那波羅蜜毗梨耶波羅蜜羼提波羅蜜尸羅波羅蜜檀那波羅蜜所守護不爲内空乃至無法有法空四念處乃至八聖道分佛十力乃至一切種智所守護須菩提當知是人中道衰耗墮聲聞辟支佛地須菩提譬如男子女人持熟瓶取水若河若井若池若泉當知是瓶持水安隱何以故是瓶成熟故如是須菩提善男子善女人求阿耨多羅三藐三菩提有諸信忍淨心深心欲解捨精進爲般若波羅蜜方便力所守護爲禪定精進忍辱持戒布施乃至

一切種智所守護須菩提當知是人不中道衰耗過聲聞辟支佛地能淨佛國土成就衆生得阿耨多羅三藐三菩提須菩提譬如大海邊船未莊治便持財物著上須菩提當知是船中道壞没人船財物各在一處是賈客無方便力故亡其重寶如是須菩提是求佛道善男子善女人雖有爲阿耨多羅三藐三菩提心有信忍淨心深心欲解捨精進不爲般若波羅蜜方便力所守護乃至不爲一切種智所守護故當知是人中道衰耗失大珍寶大珍寶者所謂一切種智衰耗者墮聲聞辟支佛地須菩提譬如人有智方便莊治海邊大船然後推著水中持財物著上上船而去當知是船不中道没壞必得安隱到所至處如是須菩提善男子善女人爲阿耨多羅

三藐三菩提有信忍淨心深心欲解捨精進爲般若波羅蜜方便力所守護爲禪定精進忍辱持戒布施乃至一切種智所守護故當知是菩薩得到阿耨多羅三藐三菩提不中道墮聲聞辟支佛地須菩提譬如有人年百二十歲年耆根熟又有風冷熱病若雜病須菩提於汝意云何是人能從牀起不須菩提言不能佛言是人或有能起者云何須菩提言是人雖能起不能遠行若十里若二十里以其老病故如是須菩提善男子善女人雖有爲阿耨多羅三藐三菩提心有信忍淨心深心欲解捨精進不爲般若波羅蜜方便力所守護乃至不爲一切種智所守護故當知是人中道墮聲聞辟支佛地何以故不爲般若波羅蜜方便力所守護故須菩提如向老

人百二十歲年耆根熟又有風冷熱病若雜病是人而欲起行有兩健人各扶一腋語老人言莫有所難隨所欲至我等二人終不相捨如是須菩提若善男子善女人爲阿耨多羅三藐三菩提有信忍淨心深心欲解捨精進爲般若波羅蜜方便力所護乃至爲一切種智所護故當知是人不中道墮聲聞辟支佛地能到是處所謂阿耨多羅三藐三菩提爾時佛復讚須菩提言善哉善哉須菩提汝爲諸菩薩摩訶薩問佛是事須菩提若有求佛道善男子善女人從初發意已來以我我所心布施持戒忍辱精進禪定智慧是善男子善女人布施時作是念我是施主我施是人我施是物我持戒我修忍我精進我入禪定我修智慧是善男子善女人念有是施是我施乃至念有是慧是我慧何以故檀那波羅蜜中無如是分別遠離此彼岸是檀那波羅蜜相尸羅波羅蜜羼提波羅蜜毗梨耶波羅蜜禪那波羅蜜般若波羅蜜中無如是分別何以故遠離此彼岸是般若波羅蜜相是人不知此岸不知彼岸是人不爲檀那波羅蜜乃至不爲一切種智所護故墮聲聞辟支佛地不能到薩婆若須菩提云何求佛道人無方便須菩提求佛道人從初發心已來無方便行布施持戒忍辱精進禪定修智慧是人作如是念我布施施是人用是物施我持戒修忍勤精進入禪定修智慧如是修智慧是人念有是施是我施以是施自高念有是戒是我戒以是戒自高念有是忍是我忍以是忍自高念有是精進是我精進以是精進

自高念有是禪定是我禪定以是禪定自高念有是智慧是我智慧以是智慧自高何以故檀那波羅蜜中無如是分別遠離此彼岸是檀那波羅蜜相遠離此彼岸是尸羅波羅蜜相遠離此彼岸是羼提波羅蜜相遠離此彼岸是毗梨耶波羅蜜相遠離此彼岸是禪那波羅蜜相遠離此彼岸是般若波羅蜜相何以故般若波羅蜜中無是憶念分別是求佛道善男子善女人不知此岸不知彼岸是人不爲檀那波羅蜜所護不爲尸羅波羅蜜羼提波羅蜜毗梨耶波羅蜜禪那波羅蜜般若波羅蜜所護乃至不爲一切種智所護故或墮聲聞道中或墮辟支佛道中不能得到薩婆若如是須菩提菩薩摩訶薩不爲般若波羅蜜方便力所守護故或墮聲聞地或墮辟支佛道中須菩提云何菩薩摩訶薩爲般若波羅蜜方便力所護故不墮聲聞辟支佛道中疾得阿耨多羅三藐三菩提須菩提菩薩從初已來以方便力布施無我我所心布施乃至無我我所心修智慧是人不作是念我有是施是我施不以是施自高乃至般若波羅蜜亦如是是菩薩不念我布施不念我施是人用是物施不念我持戒有是戒不念我忍辱有是忍辱不念我精進有是精進不念我禪定有是禪定不念我修智慧有是智慧何以故是檀那波羅蜜中無如是分別遠離此彼岸是檀那波羅蜜相遠離此彼岸是尸羅波羅蜜相遠離此彼岸是羼提波羅蜜相遠離此彼岸是毗梨耶波羅蜜相遠離此彼岸是禪那波羅蜜相遠離此彼岸是般若

波羅蜜相何以故是般若波羅蜜中無如是憶念分別是菩薩摩訶薩知此岸知彼岸是人爲檀那波羅蜜所護爲尸羅波羅蜜所護爲羼提波羅蜜所護爲毗梨耶波羅蜜所護爲禪那波羅蜜所護爲般若波羅蜜所護乃至爲一切種智所護故不墮聲聞辟支佛地得到薩婆若如是須菩提菩薩摩訶薩爲般若波羅蜜方便力所護故不墮聲聞辟支佛地疾得阿耨多羅三藐三菩提

善知識品第五十二

爾時慧命須菩提白佛言世尊新學菩薩摩訶薩云何應學般若波羅蜜禪那波羅蜜毗梨耶波羅蜜羼提波羅蜜尸羅波羅蜜檀那波羅蜜佛告須菩提新學菩薩摩訶薩若欲學般若波羅蜜禪那精進忍辱持戒檀那波羅蜜先當親近供養善知識能說是深般若波羅蜜者是人作是教汝善男子所有布施一切迴向阿耨多羅三藐三菩提善男子所有持戒忍辱精進禪定智慧一切迴向阿耨多羅三藐三菩提汝莫以色是阿耨多羅三藐三菩提莫以受想行識是阿耨多羅三藐三菩提莫以檀那波羅蜜是阿耨多羅三藐三菩提莫以尸羅波羅蜜羼提波羅蜜毗梨耶波羅蜜禪那波羅蜜般若波羅蜜是阿耨多羅三藐三菩提莫以內空乃至無法有法空是阿耨多羅三藐三菩提莫以四念處四正勤四如意足五根五力七覺分八聖道分是阿耨多羅三藐三菩提莫以四禪四無量心四無色定五神通是阿耨多羅三藐三菩提莫以佛十力乃至十八不共法是阿耨多

羅三藐三菩提所以者何不取色便得阿耨多羅三藐三菩提不取受想行識便得阿耨多羅三藐三菩提不取檀那波羅蜜乃至般若波羅蜜便得阿耨多羅三藐三菩提不取内空乃至無法有法空四念處乃至十八不共法便得阿耨多羅三藐三菩提善男子行是深般若波羅蜜時莫貪色何以故善男子是色非可貪者莫貪受想行識何以故受想行識非可貪者善男子莫貪檀那波羅蜜尸羅波羅蜜羼提波羅蜜毗梨耶波羅蜜禪那波羅蜜般若波羅蜜莫貪内空乃至無法有法空莫貪四念處乃至八聖道分莫貪四禪四無量心四無色定五神通莫貪佛十力乃至一切種智何以故一切種智非可貪者善男子莫貪須陀洹果乃至阿羅漢果莫貪辟支佛道莫貪菩薩法位莫貪阿耨多羅三藐三菩提何以故阿耨多羅三藐三菩提非可貪者所以者何諸法性空故須菩提白佛言世尊諸菩薩摩訶薩能爲難事於一切性空法中求阿耨多羅三藐三菩提欲得阿耨多羅三藐三菩提佛言如是如是須菩提菩薩摩訶薩能爲難事於一切性空法中求阿耨多羅三藐三菩提欲得阿耨多羅三藐三菩提須菩提諸菩薩摩訶薩爲安隱世間故發阿耨多羅三藐三菩提心爲樂世間故爲救世間故爲世間歸故爲世間依處故爲世間洲故爲世間將導故爲世間究竟道故爲世間趣故發阿耨多羅三藐三菩提心須菩提云何菩薩摩訶薩爲安隱世間故發阿耨多羅三藐三菩提心須菩提菩薩摩訶薩得阿

耨多羅三藐三菩提時拔出六道衆生著無畏岸涅槃處須菩提是爲菩薩摩訶薩爲安隱世間故發阿耨多羅三藐三菩提心云何菩薩摩訶薩爲樂世間故發阿耨多羅三藐三菩提心須菩提菩薩摩訶薩得阿耨多羅三藐三菩提時拔出衆生種種憂苦愁惱著無畏岸涅槃處須菩提是爲菩薩摩訶薩爲樂世間故發阿耨多羅三藐三菩提心云何菩薩摩訶薩爲救世間故發阿耨多羅三藐三菩提心須菩提菩薩摩訶薩得阿耨多羅三藐三菩提時救衆生生死中種種苦亦爲斷是苦故而爲說法衆生聞法漸以三乘而得度脫須菩提是爲菩薩摩訶薩爲救世間故發阿耨多羅三藐三菩提心云何菩薩摩訶薩爲世間歸故發阿耨多羅三藐三菩提心須菩提菩薩摩訶薩得阿耨多羅三藐三菩提時拔出衆生生老病死相憂悲愁惱法著無畏岸涅槃處須菩提是爲菩薩摩訶薩爲世間歸故發阿耨多羅三藐三菩提心云何菩薩摩訶薩爲世間依處故發阿耨多羅三藐三菩提心須菩提菩薩摩訶薩得阿耨多羅三藐三菩提時爲衆生說一切法無依處須菩提是爲菩薩摩訶薩爲世間依處故發阿耨多羅三藐三菩提心須菩提白佛言世尊云何一切法無依處佛言色不相續即是色無生色無生即是色不滅色不滅即是色無依處受想行識乃至一切種智亦如是須菩提是爲菩薩摩訶薩爲世間依處故發阿耨多羅三藐三菩提心云何菩薩摩訶薩爲世間究竟道故發阿耨多羅三藐三菩提

心須菩提菩薩摩訶薩得阿耨多羅三藐三菩提時爲衆生說如是法色究竟相非是色受想行識乃至一切種智究竟相非是一切種智須菩提如究竟相一切法相亦如是須菩提言世尊若一切法如究竟相者云何諸菩薩摩訶薩皆應得阿耨多羅三藐三菩提何以故世尊色究竟相中無有分別受想行識究竟相中無有分別乃至一切種智究竟相中無有分別所謂是色是受想行識乃至是一切種智佛告須菩提如是如是色究竟相中無有分別受想行識乃至一切種智究竟相中無有分別所謂是色乃至是一切種智須菩提是爲菩薩摩訶薩難事如是觀諸法寂滅相而心不沒不却何以故菩薩摩訶薩作是念是諸深法我應如是知得阿耨多羅三藐三菩提如是寂滅微妙法當爲衆生說是爲菩薩摩訶薩爲世間究竟道故發阿耨多羅三藐三菩提心云何菩薩摩訶薩爲世間洲故發阿耨多羅三藐三菩提心須菩提若江河大海四邊水斷是名爲洲須菩提色亦如是前後際斷受想行識前後際斷乃至一切種智前後際斷以是前後際斷故一切法亦斷須菩提是一切法前後際斷故即是寂滅即是妙寶所謂空無所得愛盡無餘離欲涅槃須菩提若菩薩摩訶薩得阿耨多羅三藐三菩提時以寂滅微妙法爲衆生說須菩提是爲菩薩摩訶薩爲世間洲故發阿耨多羅三藐三菩提心云何菩薩摩訶薩爲世間將導故發阿耨多羅三藐三菩提心須菩提菩薩摩訶薩得阿耨多羅三藐三菩提

時為衆生說色不生不滅不垢不淨說受想行識不生不滅不垢不淨說十二入十八界四念處乃至八聖道分四禪四無量心四無色定五神通不生不滅不垢不淨說須陀洹果乃至阿羅漢果辟支佛道不生不滅不垢不淨說佛十力乃至一切種智不生不滅不垢不淨須菩提是為菩薩摩訶薩為世間將導故發阿耨多羅三藐三菩提心云何菩薩摩訶薩為世間趣故發阿耨多羅三藐三菩提心須菩提菩薩摩訶薩得阿耨多羅三藐三菩提時為衆生說色趣空說受想行識趣空乃至說一切種智趣空為衆生說色非趣非不趣何以故是色空相非趣非不趣說受想行識相非趣非不趣何以故是受想行識空相非趣非不趣乃至一切種智非趣非不趣何以故是一切種智空相非趣非不趣如是須菩提菩薩摩訶薩為世間趣故發阿耨多羅三藐三菩提心何以故一切法趣空是趣不過何以故空中趣非趣不可得故須菩提一切法趣無相是趣不過何以故無相中趣非趣不可得故須菩提一切法趣無作是趣不過何以故無作中趣非趣不可得故須菩提一切法趣無起是趣不過何以故無起中趣非趣不可得故須菩提一切法趣無所有不生不滅不垢不淨是趣不過何以故無所有不生不滅不垢不淨中趣非趣不可得故須菩提一切法趣夢是趣不過何以故夢中趣非趣不可得故須菩提一切法趣幻趣響趣影趣化是趣不過何以故是化等中趣非趣不可得故須菩提一切法趣無量無邊

是趣不過何以故無量無邊中趣非趣不可得故須菩提一切法趣不與不取是趣不過何以故不與不取中趣非趣不可得故須菩提一切法趣不舉不下是趣不過何以故不舉不下中趣非趣不可得故須菩提一切法趣不增不減是趣不過何以故無增無減中趣非趣不可得故須菩提一切法趣不來不去是趣不過何以故不來不去中趣非趣不可得故須菩提一切法趣不入不出不合不散不著不斷是趣不過何以故不著不斷中趣非趣不可得故須菩提一切法趣我衆生壽命人起使起作使作知者見者是趣不過何以故我乃至知者見者畢竟不可得云何當有趣非趣須菩提一切法趣常是趣不過何以故常畢竟不可得云何當有趣非趣須菩提一切法趣樂淨我是趣不過何以故樂淨我畢竟不可得云何當有趣非趣須菩提一切法趣無常苦不淨無我是趣不過何以故無常苦不淨無我畢竟不可得云何當有趣非趣須菩提一切法趣欲事是趣不過何以故欲事畢竟不可得云何當有趣非趣須菩提一切法趣瞋事癡事見事是趣不過何以故瞋事癡事見事畢竟不可得云何當有趣非趣須菩提一切法趣如是趣不過何以故如中無來無去故須菩提一切法趣法性實際不可思議性是趣不過何以故法性實際不可思議性中無來無去故須菩提一切法趣平等是趣不過何以故平等中趣非趣不可得故須菩提一切法趣不動相是趣不過何以故不動相中趣非趣不可得故須菩

提一切法趣色是趣不過何以故色畢竟不可得云何當有趣非趣須菩提一切法趣受想行識是趣不過何以故受想行識畢竟不可得云何當有趣非趣十二入十八界亦如是須菩提一切法趣檀那波羅蜜是趣不過何以故檀那畢竟不可得云何當有趣非趣須菩提一切法趣尸羅波羅蜜是趣不過何以故尸羅畢竟不可得云何當有趣非趣須菩提一切法趣羼提波羅蜜是趣不過何以故羼提畢竟不可得云何當有趣非趣須菩提一切法趣毗梨耶波羅蜜是趣不過何以故毗梨耶畢竟不可得云何當有趣非趣須菩提一切法趣禪那波羅蜜是趣不過何以故禪那畢竟不可得云何當有趣非趣須菩提一切法趣般若波羅蜜是趣不過何以故般若畢竟不可得云何當有趣非趣須菩提一切法趣內空是趣不過何以故內空畢竟不可得云何當有趣非趣須菩提一切法趣外空是趣不過何以故外空畢竟不可得云何當有趣非趣須菩提一切法趣內外空是趣不過何以故內外空畢竟不可得云何當有趣非趣乃至一切法趣無法有法空是趣不過何以故無法有法空畢竟不可得云何當有趣非趣須菩提一切法趣四念處乃至八聖道分是趣不過何以故四念處乃至八聖道分畢竟不可得云何當有趣非趣須菩提一切法趣佛十力乃至一切種智是趣不過何以故一切種智中趣非趣不可得故須菩提一切法趣須陀洹果斯陀含果阿那含果阿羅漢果辟支佛道是趣不過何以故須

陀洹果乃至辟支佛道中趣非趣不可得故須菩提一切法趣阿耨多羅三藐三菩提是趣不過何以故阿耨多羅三藐三菩提中趣非趣不可得故須菩提一切法趣須陀洹乃至佛是趣不過何以故須陀洹乃至佛中趣非趣不可得故須菩提白佛言世尊是深般若波羅蜜誰能信解者佛告須菩提有菩薩摩訶薩先於諸佛所久行六波羅蜜善根純熟供養無數百千萬億諸佛與善知識相隨是輩人能信解是深般若波羅蜜須菩提白佛言世尊能信解是深般若波羅蜜者有何等性何等相何等貌佛言欲瞋癡斷離是性相貌是菩薩摩訶薩則能信解深般若波羅蜜

趣一切智品第五十三

須菩提白佛言世尊是諸菩薩摩訶薩解深般若波羅蜜者當趣何所佛告須菩提是菩薩摩訶薩解深般若波羅蜜當趣一切種智須菩提白佛言世尊是菩薩摩訶薩能趣一切種智者則爲一切衆生所歸趣修般若波羅蜜故世尊修般若波羅蜜即是修一切法世尊無所修是修般若波羅蜜不受修壞修是修般若波羅蜜佛告須菩提何法壞故般若波羅蜜爲壞修世尊色壞故般若波羅蜜爲壞修受想行識十二入十八界壞故般若波羅蜜爲壞修我乃至知者見者壞故般若波羅蜜爲壞修世尊檀那波羅蜜壞故般若波羅蜜爲壞修乃至般若波羅蜜壞故般若波羅蜜爲壞修內空乃至無法有法空四念處乃至十八不共法須陀洹果乃至一切種

智壞故般若波羅蜜爲壞修佛言如是如是須菩提色壞故般若波羅蜜爲壞修乃至一切種智壞故般若波羅蜜爲壞修爾時佛告須菩提是深般若波羅蜜中阿毗跋致菩薩摩訶薩應當驗知若菩薩摩訶薩於是深般若波羅蜜中不著當知是阿毗跋致禪那波羅蜜乃至檀那波羅蜜中不著四念處乃至一切種智中不著當知是阿毗跋致若阿毗跋致菩薩摩訶薩行深般若波羅蜜時不以他語爲堅要亦不隨他教行阿毗跋致菩薩摩訶薩不爲欲心瞋心癡心所牽若阿毗跋致菩薩摩訶薩不遠離六波羅蜜若阿毗跋致菩薩摩訶薩聞說深般若波羅蜜時心不驚不没不怖不畏不悔歡喜樂聞受持讀誦正憶念如說行須菩提當知是菩薩先世已聞是深般若波羅蜜中事已受持讀誦說正憶念何以故是菩薩摩訶薩有大威德故聞是深般若波羅蜜心不驚不怖不畏不没不悔歡喜樂聞受持讀誦正憶念須菩提白佛言世尊若菩薩摩訶薩聞深般若波羅蜜不驚不怖乃至正憶念世尊是菩薩摩訶薩云何行是般若波羅蜜佛言隨順一切種智心是菩薩摩訶薩應如是行般若波羅蜜世尊云何名隨順一切種智心是菩薩摩訶薩應如是行般若波羅蜜佛言以空隨順是爲菩薩摩訶薩行深般若波羅蜜以無相無作無所有不生不滅不垢不淨隨順是菩薩摩訶薩應如是行般若波羅蜜以如夢幻焰響化隨順是行般若波羅蜜須菩提白佛言佛說以空隨順乃至如夢如幻隨順應如是行般

若波羅蜜世尊是菩薩摩訶薩行何法若色若受想行識乃至一切種智佛告須菩提菩薩摩訶薩不行色不行受想行識乃至不行一切種智何以故是菩薩行處無作法無壞法無所從來亦無所去無住處是法不可數無有量若無數無量是法不可得不可以色得乃至不可以一切種智得何以故色即是薩婆若薩婆若即是色乃至一切種智即是薩婆若薩婆若即是一切種智若色如相乃至一切種智如相皆是一如無二無別色如相薩婆若如相一如無二無別乃至一切種智亦如是

摩訶般若波羅蜜經卷第十七

音釋

坏瓶 坏鋪杯切瓶蒲丁切未燒瓦瓶也

腋 夷益切左右肘脇之間曰腋

摩訶般若波羅蜜經卷第十八

姚秦三藏法師鳩摩羅什共僧叡譯

大如品第五十四

爾時欲界諸天子色界諸天子以天末栴檀香以天青蓮華赤蓮華紅蓮華白蓮華遥散佛上來至佛所頂禮佛足一面住白佛言世尊諸佛阿耨多羅三藐三菩提甚深難見難解不可思惟知微妙寂滅智者能知一切世間所不能信何以故是深般若波羅蜜中如是說色即是薩婆若薩婆若即是色乃至一切種智即是薩婆若薩婆若即是一切種智色如相薩婆若如相是一如無二無別乃至一切種智如相薩婆若如相一如無二無別佛告欲色界諸天子如是如是諸天子色即是薩婆若薩婆若即是色乃至一切種智即是薩婆若薩婆若即是一切種智色如相乃至一切種智如相一如無二無別諸天子以是義故佛初成道時心樂默然不樂說法何以故是諸佛阿耨多羅三藐三菩提法甚深難見難解不可思惟知微妙寂滅智者能知一切世間所不能信何以故阿耨多羅三藐三菩提無得者無得處無得時是名諸法甚深相所謂無有二法諸天子如虚空甚深故是法甚深如甚深故是法甚深法性甚深實際甚深不可思議無邊甚深故是法甚深無來無去甚深故是法甚深不生不滅無垢無淨無知無得甚深故是法甚深諸天子我甚深乃至知者見者甚深故是法甚深諸天子色甚深受想行識甚深故是法甚深檀那波羅蜜甚深乃至般若波羅蜜甚深故是法甚

深内空乃至無法有法空甚深故是法甚深四念處甚深乃至一切種智甚深故是法甚深爾時欲色界諸天子白佛言世尊是所説法一切世間所不能信世尊是甚深法不爲受色故説不爲捨色故説不爲受受想行識故説不爲捨受想行識故説不爲受須陀洹果故説不爲捨須陀洹果故説乃至不爲受一切種智故説不爲捨一切種智故説諸世間皆受著行所謂色是我是我所受想行識是我是我所乃至十八不共法是我是我所須陀洹果是我是我所乃至一切種智是我是我所佛告諸天子如是如是諸天子是法非爲受色故説非爲捨色故説乃至非爲受一切種智故説非爲捨一切種智故説諸天子若有菩薩爲受色故行乃至爲受一切種智故行是菩薩不能修行般若波羅蜜不能修行禪那波羅蜜毗梨耶波羅蜜羼提波羅蜜尸羅波羅蜜不能修行檀那波羅蜜乃至不能修行一切種智須菩提白佛言世尊是法隨順一切法云何是法隨順一切法是法隨順般若波羅蜜乃至隨順檀那波羅蜜是法隨順内空乃至隨順無法有法空是法隨順四念處乃至隨順一切種智是法無礙不礙於色不礙受想行識乃至不礙一切種智諸天子是法名無礙相如虚空等故如法性法住實際不可思議性等故空無相無作等故是法不生相色不生不可得故受想行識不生不可得故乃至一切種智不生不可得故是法無處色處不可得故受想行識處不可得故乃至一切種智處不可得故是時欲

色界諸天子白佛言世尊須菩提是佛子隨佛生何以故須菩提所說皆與空合爾時須菩提語諸天子汝等言須菩提是佛子隨佛生云何爲隨佛生諸天子如相故須菩提隨佛生何以故如來如相不來不去須菩提如相亦不來不去是故須菩提隨佛生復次須菩提從本以來隨佛生何以故如來如相即是一切法如相一切法如相即是如來如相是如相中亦無如相是故須菩提爲隨佛生復次如來如常住相須菩提如亦常住相如來如相無異無別須菩提如相亦無異無別是故須菩提爲隨佛生如來如相無有礙處一切法如相亦無礙處是如來如相一切法如相一如無二無別是如相無作終不不如是故是如相一如無二無別是故須菩提爲隨佛生如來如相一切處無念無別須菩提如相亦如是一切處無念無別如來如相不異不別不可得須菩提如相亦如是以是故須菩提爲隨佛生如來如相不遠離諸法如相是如終不不如是故須菩提如不異故爲隨佛生亦無所隨復次如來如相不過去不未來不現在諸法如相亦不過去不未來不現在是故須菩提爲隨佛生復次如來如不在過去如中過去如不在如來如中如來如不在未來如中未來如不在如來如中如來如不在現在如中現在如不在如來如中過去未來現在如如來如一如無二無別色如如來如受想行識如如來如是色如受想行識如如來如一如無二無別我如乃至知者見者如如來如一如無二無別檀那波羅蜜

如乃至般若波羅蜜如内空如乃至無法有法空如四念處如乃至一切種智如如來如一如無二無別須菩提菩薩摩訶薩得是如故名爲如來說是如相品時是三千大千世界大地六種震動東涌西没西涌東没南涌北没北涌南没中央涌四邊没四邊涌中央没是時諸欲天子諸色天子以天末栴檀香散佛上及散須菩提上白佛言未曾有也世尊須菩提以如來如隨佛生須菩提復爲諸天子說言諸天子須菩提不從色中隨佛生亦不從色如中隨佛生不離色隨佛生亦不離色如隨佛生須菩提不從受想行識中隨佛生亦不從受想行識如中隨佛生不離受想行識隨佛生亦不離受想行識如隨佛生乃至不從一切種智中隨佛生亦不從一切種智如中隨佛生不離一切種智中隨佛生亦不離一切種智如中隨佛生須菩提不從無爲中隨佛生亦不從無爲如中隨佛生不離無爲中隨佛生亦不離無爲如中隨佛生何以故是一切法皆無所有不可得無隨生者亦無隨生法爾時舍利弗白佛言世尊是如實不虛法相法住法位甚深是中色不可得色如不可得何以故色尚不可得何況色如當可得受想行識不可得受想行識如不可得何以故受想行識尚不可得何況受想行識如當可得乃至一切種智不可得一切種智如不可得何以故一切種智尚不可得何況一切種智如當可得佛告舍利弗如是如是舍利弗是如實不虛法相法住法位甚深是中色不可得色如不可得何以故色尚

不可得何況色如當可得乃至一切種智不可得一切種智如不可得何以故一切種智尚不可得何況一切種智如當可得舍利弗說是如相時二百比丘不受一切法故漏盡得阿羅漢五百比丘尼遠塵離垢諸法中得法眼生天人中五千菩薩摩訶薩得無生法忍六千菩薩諸法不受故漏盡心得解脫成阿羅漢舍利弗是六千菩薩先世值五百佛親近供養於五百佛法中行布施持戒忍辱精進禪定無般若波羅蜜無方便力故行別異相作是念是布施是持戒是忍辱是精進是禪定無般若波羅蜜無方便力故布施持戒忍辱精進禪定行異別相行別異相故不得無異相不得無異相故不得入菩薩位不得入菩薩位故得須陀洹果乃至得阿羅漢果舍利弗菩薩摩訶薩雖行菩薩道若空若無相若無作法遠離般若波羅蜜無方便力故便於實際作證取聲聞乘舍利弗白佛言世尊何因緣故俱行空無相無作法遠離方便力故於實際作證取聲聞乘菩薩摩訶薩亦修空無相無作法有方便力故得阿耨多羅三藐三菩提佛告舍利弗有菩薩遠離薩婆若心修空無相無作法無方便力故取聲聞乘舍利弗復有菩薩摩訶薩不遠離薩婆若心修空無相無作法有方便力故入菩薩位得阿耨多羅三藐三菩提舍利弗譬如有鳥身長百由旬若二百若三百由旬而無有翅從三十三天自投閻浮提舍利弗於汝意云何是鳥中道作是念欲還上三十三天能得還不不得也世尊舍利弗是鳥復作是願

到閻浮提欲使身不痛不惱舍利弗於汝意云何是鳥得不痛不惱不舍利弗言不得也世尊是鳥到地若痛若惱若死若死等苦何以故世尊是鳥身大而無翅故舍利弗菩薩摩訶薩亦如是雖如恒河沙等劫修布施持戒忍辱精進禪定發大事生大心爲得阿耨多羅三藐三菩提故受無量願是菩薩遠離般若波羅蜜方便力故若墮阿羅漢若墮辟支佛道何以故是菩薩遠離薩婆若心布施持戒忍辱精進禪定無般若波羅蜜無方便力故墮聲聞地若辟支佛道中舍利弗若菩薩摩訶薩雖念過去未來現在諸佛持戒禪定智慧解脫解脫知見取相受持是人不知不解諸佛戒定慧解脫解脫知見但聞空無相無作名字聲而取名字聲迴向阿耨多羅三藐三菩提菩薩摩訶薩若如是迴向住聲聞辟支佛地中不能得過何以故遠離般若波羅蜜方便力持諸善根迴向阿耨多羅三藐三菩提故舍利弗有菩薩摩訶薩從初發意巳來不遠離薩婆若心行布施持戒忍辱精進禪定不遠離般若波羅蜜方便力故不取相於過去未來現在諸佛戒定慧解脫解脫知見不取空解脫門相不取無相無作解脫門相舍利弗當知是菩薩摩訶薩不墮聲聞辟支佛道直至阿耨多羅三藐三菩提何以故是菩薩摩訶薩從初發心巳來行布施不取相持戒忍辱精進禪定不取相過去未來現在諸佛戒定慧解脫解脫知見不取相舍利弗是名菩薩方便力以離相心行布施持戒忍辱精進禪定乃至離相心行一切種

智舍利弗白佛言世尊如我解佛所說義若菩薩摩訶薩不遠離般若波羅蜜方便力當知是菩薩近阿耨多羅三藐三菩提何以故是菩薩摩訶薩從初發心已來無法可知若色若受想行識乃至一切種智世尊有求菩薩道善男子善女人遠離般若波羅蜜及方便力當知是人於阿耨多羅三藐三菩提或得或不得何以故世尊是求菩薩道善男子善女人所有布施皆取相所有持戒忍辱精進禪定皆取相以是故是善男子善女人於阿耨多羅三藐三菩提不定世尊以是因緣故菩薩摩訶薩欲得阿耨多羅三藐三菩提不應遠離般若波羅蜜方便力是菩薩摩訶薩住般若波羅蜜方便力中以無得無相心應布施持戒忍辱精進禪定乃至以無得無相心應修一切種智爾時欲色界諸天子白佛言世尊阿耨多羅三藐三菩提難得何以故是菩薩摩訶薩應知一切諸法已得阿耨多羅三藐三菩提是法亦不可得佛言如是如是諸天子阿耨多羅三藐三菩提難得我亦得一切法一切種智已得阿耨多羅三藐三菩提亦無所得無能知無所知無知者何以故諸法畢竟淨故須菩提白佛言世尊如佛所說阿耨多羅三藐三菩提難得如我解佛所說義我心思惟是阿耨多羅三藐三菩提易得何以故無有得阿耨多羅三藐三菩提者亦無可得法一切法一切法相空無法可得無能得者何以故一切法空故亦無法可增亦無法可減所謂布施持戒忍辱精進禪定乃至一切種智是法皆無可得者無能

得者世尊以是因緣故我意謂阿耨多羅三藐三菩提爲易得何以故世尊色色相空受想行識識相空乃至一切種智一切種智相空舍利弗語須菩提若一切法空如虛空虛空不作是念我當得阿耨多羅三藐三菩提若菩薩摩訶薩信解一切諸法空如虛空是阿耨多羅三藐三菩提易得者今如恒河沙等諸菩薩摩訶薩求阿耨多羅三藐三菩提何以退還須菩提以是故知阿耨多羅三藐三菩提不易得須菩提語舍利弗於意云何色於阿耨多羅三藐三菩提退還不舍利弗言不受想行識於阿耨多羅三藐三菩提退還不舍利弗言不乃至一切種智於阿耨多羅三藐三菩提退還不舍利弗言不離色有法於阿耨多羅三藐三菩提退還不舍利弗言不離受想行識有法於阿耨多羅三藐三菩提退還不舍利弗言不乃至離一切種智有法於阿耨多羅三藐三菩提退還不舍利弗言不舍利弗於意云何色如相於阿耨多羅三藐三菩提退還不舍利弗言不受想行識如相乃至一切種智如相於阿耨多羅三藐三菩提退還不舍利弗言不離色如相有法於阿耨多羅三藐三菩提退還不舍利弗言不離受想行識如相乃至離一切種智如相有法於阿耨多羅三藐三菩提退還不舍利弗言不舍利弗於意云何如於阿耨多羅三藐三菩提退還不舍利弗言不法性法住法位實際不可思議性於阿耨多羅三藐三菩提退還不舍利弗言不舍利弗於意云何離如有法於阿耨多羅三藐三菩提退還不

舍利弗言不離法性法住法位實際不可思議性有法於阿耨多羅三藐三菩提退還不舍利弗言不須菩提語舍利弗若諸法畢竟不可得何等法於阿耨多羅三藐三菩提退還舍利弗語須菩提如須菩提所說是法忍中無有菩薩於阿耨多羅三藐三菩提退還者若不退還佛說求道者有三種阿羅漢道辟支佛道佛道是三種爲無分別如須菩提所說獨有一菩薩摩訶薩求佛道是時富樓那彌多羅尼子語舍利弗應當問須菩提爲有一菩薩乘不爾時舍利弗問須菩提須菩提爲欲說有一菩薩乘不須菩提語舍利弗於諸法如中欲使有三種乘聲聞乘辟支佛乘佛乘耶舍利弗言不也舍利弗三乘分別中有如可得不舍利弗言不也舍利弗是如有若一相若二相若三相不舍利弗言不也舍利弗汝欲於如中乃至有一菩薩不舍利弗言不也如是四種中三乘人不可得舍利弗云何作是念是求聲聞乘人是求辟支佛乘人是求佛乘人舍利弗菩薩摩訶薩聞是諸法如相心不驚不怖不悔不疑是名菩薩摩訶薩能成就阿耨多羅三藐三菩提爾時佛讃須菩提言善哉善哉須菩提汝所說者皆是佛力須菩提若菩薩摩訶薩聞說是如無有諸法別異心不驚不怖不畏不難不没不悔當知是菩薩能成就阿耨多羅三藐三菩提舍利弗白佛言世尊成就何等菩提佛言成就佛阿耨多羅三藐三菩提須菩提白佛言世尊若菩薩摩訶薩欲成就阿耨多羅三藐三菩提應云何行佛言應起等心於一

切衆生亦等心與語無有偏黨於一切衆生中起大慈心亦以大慈心與語於一切衆生中下意亦以下意與語於一切衆生中應生安隱心亦以安隱心與語於一切衆生中應生無礙心亦以無礙心與語於一切衆生中應生無惱心亦以無惱心與語於一切衆生中應生愛敬心如父如母如兄如弟如姊妹如兒子如親族如知識亦以愛敬心與語是菩薩摩訶薩應自不殺生亦教人不殺生讚歎不殺生法歡喜讚歎諸不殺者乃至自行不邪見亦教人行不邪見讚歎不邪見法歡喜讚歎不邪見者如是須菩提菩薩摩訶薩欲成就阿耨多羅三藐三菩提當如是行復次須菩提菩薩摩訶薩欲成就阿耨多羅三藐三菩提應自行初禪亦教人行初禪讚歎行初禪法歡喜讚歎行初禪者二禪三禪四禪亦如是復次須菩提菩薩摩訶薩欲成就阿耨多羅三藐三菩提應自行慈心亦教人行慈心讚歎行慈心法歡喜讚歎行慈心者悲喜捨心亦如是自行虛空處亦教人行虛空處讚歎行虛空處法歡喜讚歎行虛空處者識處無所有處非有想非無想處亦如是自具足檀那波羅蜜亦教人具足檀那波羅蜜讚歎具足檀那法歡喜讚歎具足檀那波羅蜜者尸羅羼提毗梨耶禪那般若波羅蜜亦如是復次菩薩摩訶薩欲成就阿耨多羅三藐三菩提自行內空亦教人行內空讚歎行內空法歡喜讚歎行內空者乃至無法有法空亦如是自行四念處亦教人行四念處讚歎行四念處法歡喜讚歎行四念處者乃

至八聖道分亦如是自修空三昧無相無作三昧亦教人修空無相無作三昧讚歎修空無相無作三昧法歡喜讚歎修空無相無作三昧者自行八背捨亦教人行八背捨讚歎行八背捨法歡喜讚歎行八背捨者自行九次第定亦教人行九次第定讚歎行九次第定法歡喜讚歎行九次第定者自具足佛十力亦教人具足佛十力讚歎具足佛十力法歡喜讚歎具足佛十力者自行四無所畏四無礙智十八不共法大慈大悲亦教人行四無所畏乃至大慈大悲讚歎行四無所畏乃至大慈大悲法歡喜讚歎行四無所畏乃至大慈大悲者自逆順觀十二因緣亦教人逆順觀十二因緣讚歎逆順觀十二因緣法歡喜讚歎逆順觀十二因緣者須菩提菩薩摩訶薩欲成就阿耨多羅三藐三菩提應如是行復次須菩提菩薩摩訶薩欲成就阿耨多羅三藐三菩提自應知苦斷集證滅修道亦教人知苦斷集證滅修道讚歎知苦斷集證滅修道法歡喜讚歎知苦斷集證滅修道者自生須陀洹果證智而不證實際亦教人著須陀洹果中讚歎須陀洹果法歡喜讚歎得須陀洹果者斯陀含果阿那含果阿羅漢果亦如是自生辟支佛道證智而不證辟支佛道亦教人著辟支佛道中讚歎辟支佛道法歡喜讚歎得辟支佛道者自入菩薩位亦教人入菩薩位讚歎入菩薩位法歡喜讚歎入菩薩位者自淨佛國土成就衆生亦教人淨佛國土成就衆生讚歎淨佛國土成就衆生法歡喜讚歎淨佛國土成就衆生者自起菩

薩神通亦教人起菩薩神通讚歎起菩薩神通法歡喜讚歎起菩薩神通者自生一切種智亦教人生一切種智讚歎生一切種智法歡喜讚歎生一切種智者自斷一切結使習亦教人斷一切結使習讚歎斷一切結使習法歡喜讚歎斷一切結使習者須菩提菩薩摩訶薩欲成就阿耨多羅三藐三菩提應如是行復次須菩提菩薩摩訶薩欲成就阿耨多羅三藐三菩提自取壽命成就亦教人取壽命成就讚歎取壽命成就法歡喜讚歎取壽命成就者自成就法住亦教人成就法住讚歎成就法住法歡喜讚歎成就法住者須菩提菩薩摩訶薩欲成就阿耨多羅三藐三菩提應如是行亦應如是學般若波羅蜜方便力是菩薩如是學如是行時當得無礙色

得無礙受想行識乃至得無礙法住何以故是菩薩摩訶薩從本已來不受色不受受想行識乃至不受一切種智何以故色不受者爲非色乃至一切種智不受者爲非一切種智說是菩薩行品時二千菩薩得無生法忍

阿毗跋致品第五十五

須菩提白佛言世尊以何等行何等類何等相貌知是阿毗跋致菩薩摩訶薩佛告須菩提若菩薩摩訶薩能知凡夫地聲聞地辟支佛地佛地是諸地如相中無二無別亦不念亦不分別入是如中聞是事直過無疑何以故是如中無一無二相故是菩薩摩訶薩亦不作無益語但說利益相應語不視他人長短須菩提以是行類相貌知是阿毗跋致菩薩摩訶薩須菩提言世尊復以何行類相貌

知是阿毗跋致菩薩摩訶薩佛告須菩提菩薩摩訶薩能觀一切法無行無類無相貌當知是名阿毗跋致菩薩摩訶薩須菩提白佛言世尊若一切法無行無類無相貌菩薩於何等法轉名不轉佛言若菩薩摩訶薩色中轉受想行識中轉是名菩薩不轉復次須菩提菩薩摩訶薩檀那波羅蜜中轉乃至般若波羅蜜中轉内空中乃至無法有法空中轉四念處中乃至十八不共法中轉聲聞辟支佛地中轉乃至阿耨多羅三藐三菩提中轉當知是名菩薩摩訶薩不轉何以故須菩提色性無是菩薩何所住乃至阿耨多羅三藐三菩提性無是菩薩何所住復次須菩提菩薩摩訶薩不觀外道沙門婆羅門面貌言語不作是念是諸外道若沙門若婆羅門實知實見若說正見無有是事復次菩薩不生疑不著戒取不墮邪見亦不求世俗吉事以爲清淨不以華香瓔珞旛蓋妓樂禮拜供養餘天須菩提以是行類相貌當知是名阿毗跋致菩薩摩訶薩復次須菩提阿毗跋致菩薩摩訶薩常不生下賤家乃至不生八難之處常不受女人身須菩提以是行類相貌當知是名阿毗跋致菩薩摩訶薩復次須菩提是菩薩摩訶薩常行十善道自不殺生不教人殺生讚歎不殺生法歡喜讚歎不殺生者乃至自不邪見不教人邪見不讚歎邪見法不歡喜讚歎行邪見者須菩提以是行類相貌當知是名阿毗跋致菩薩摩訶薩復次須菩提菩薩摩訶薩乃至夢中亦不行十不善道以是行類相貌當知是名阿毗跋致菩薩摩

訶薩復次須菩提菩薩摩訶薩爲益一切衆生故行檀那波羅蜜乃至爲益一切衆生故行般若波羅蜜須菩提以是行類相貌當知是名阿毗跋致菩薩摩訶薩復次須菩提菩薩摩訶薩所有諸法受讀誦說正憶念所謂修多羅乃至優波提舍是菩薩法施時作是念是法施因緣故滿一切衆生願以是法施功德與一切衆生共之迴向阿耨多羅三藐三菩提須菩提以是行類相貌當知是名阿毗跋致菩薩摩訶薩復次須菩提菩薩摩訶薩於甚深法中不疑不悔須菩提言世尊菩薩於甚深法中何因緣故不疑不悔佛言是阿毗跋致菩薩都不見有法可生疑悔處若色受想行識乃至阿耨多羅三藐三菩提不見是法可生疑悔處須菩提以是行類相貌當知是名阿毗跋致菩薩摩訶薩復次須菩提菩薩摩訶薩身口意業柔輭須菩提以是行類相貌當知是名阿毗跋致菩薩摩訶薩復次須菩提菩薩摩訶薩以慈身口意業成就須菩提以是行類相貌當知是名阿毗跋致菩薩摩訶薩復次須菩提菩薩摩訶薩不與五蓋俱婬欲瞋恚睡眠掉悔疑須菩提以是行類相貌當知是名阿毗跋致菩薩摩訶薩復次須菩提菩薩摩訶薩一切處無所愛著須菩提以是行類相貌當知是名阿毗跋致菩薩摩訶薩復次須菩提菩薩摩訶薩出入去來坐卧行住常念一心出入去來坐卧行住舉足下足安隱庠序常念一心視地而行須菩提以是行類相貌當知是名阿毗跋致菩薩摩訶薩復次須菩提菩薩摩訶薩所

著衣服及諸卧具人不惡穢好樂淨潔少於疾病須菩提以是行類相貌當知是名阿毗跋致菩薩摩訶薩復次須菩提常人身中有八萬户蟲侵食其身是阿毗跋致菩薩摩訶薩身無是蟲何以故是菩薩功德出過世間以是故是菩薩無是户蟲是菩薩功德增益隨其功德得身清淨得心清淨須菩提以是行類相貌當知是名阿毗跋致菩薩摩訶薩須菩提白佛言世尊云何菩薩摩訶薩得身清淨得心清淨佛言菩薩摩訶薩隨其所得增益善根滅除心曲心邪須菩提是名菩薩摩訶薩身清淨心清淨以是身心清淨故能過聲聞辟支佛地入菩薩位中須菩提以是行類相貌當知是名阿毗跋致菩薩摩訶薩復次須菩提菩薩摩訶薩不貴利養雖行十二頭陀不貴阿練若法乃至不貴但受三衣法須菩提以是行類相貌當知是名阿毗跋致菩薩摩訶薩復次須菩提菩薩摩訶薩常不生慳貪心不生破戒心瞋動心懈怠心散亂心不生愚癡心不生嫉妬心須菩提以是行類相貌當知是名阿毗跋致菩薩摩訶薩復次須菩提菩薩摩訶薩心住不動智慧深入一心聽受所從聞法及世間事皆與般若波羅蜜合是菩薩摩訶薩不見產業之事不入法性者是事一切皆見與般若波羅蜜合以是因緣故須菩提是名阿毗跋致菩薩摩訶薩阿毗跋致相復次須菩提若惡魔於阿毗跋致菩薩前化作八大地獄一一地獄中有千億萬菩薩皆被燒煮受諸辛酸苦毒語菩薩言是諸菩薩皆是阿毗跋致佛所授記

墮大地獄中汝若爲佛授阿毗跋致記者當入是大地獄中佛爲授汝地獄記汝不如還捨菩薩心可得不墮地獄得生天一須菩提若是菩薩見是事聞是事心不動不疑不驚作是念阿毗跋致菩薩若墮地獄畜生餓鬼中終無是處須菩提以是行類相貌當知是名阿毗跋致菩薩摩訶薩復次須菩提惡魔化作比丘被服來至菩薩所語菩薩言汝先聞應如是淨修六波羅蜜乃至應如是淨修得阿耨多羅三藐三菩提是事汝疾悔捨汝先於過去未來現在諸佛所從初發心乃至法住於其中間所作善根隨喜迴向阿耨多羅三藐三菩提是一切事汝亦疾放捨若汝疾捨我當語汝眞佛法汝先所聞皆非佛法非佛教皆是文飾合集作耳我所説是眞佛

法若是菩薩聞作是説心驚疑悔當知是菩薩未得諸佛授記未定住阿毗跋致性中若是菩薩心不動不驚不疑不悔隨順依止無作無生法不信他語不隨他行行六波羅蜜時不隨他語乃至行阿耨多羅三藐三菩提時亦不隨他語須菩提譬如漏盡阿羅漢不信他語不隨他行現見諸法實相惡魔不能轉如是須菩提阿毗跋致菩薩摩訶薩亦如是求聲聞道辟支佛道人不能破壞不能折伏其心須菩提是菩薩摩訶薩必定住阿毗跋致地中不隨他語乃至佛語不直信取何況求聲聞辟支佛人及惡魔外道梵志語終無是處何以故是菩薩不見有法可隨信者所謂若色若受想行識若色如乃至識如乃至不見若阿耨多羅三藐三菩提阿耨多羅

三藐三菩提如須菩提以是行類相貌當知是名阿毗跋致菩薩摩訶薩復次須菩提惡魔作比丘身來到菩薩所語菩薩言汝所行者是生死法非薩婆若道汝今身取苦盡證是時惡魔爲菩薩用世間行說似道法此似道法是三界繫所謂骨相若初禪乃至非有想非無想語善男子用是道用是行當得須陀洹果乃至當得阿羅漢果汝用是道今世苦盡汝用受生死中種種苦惱爲今是四大身尚不用受何況當更受來身須菩提若是菩薩摩訶薩心不驚不疑不悔作是念是比丘益我不少爲我說似道法行是似道法不得至須陀洹果證不得至阿羅漢辟支佛道證何況得至阿耨多羅三藐三菩提是菩薩摩訶薩益復歡喜作是念是比丘益我不少爲我說障道法我知是障道法是障學三乘道是時惡魔知菩薩歡喜作是言善男子汝欲見是菩薩摩訶薩供養如恒河沙等諸佛衣被飲食卧具醫藥資生所須亦於如恒河沙等諸佛所行檀那波羅蜜尸羅波羅蜜羼提波羅蜜毗梨耶波羅蜜禪那波羅蜜般若波羅蜜亦親近如恒河沙等諸佛諮問菩薩摩訶薩道世尊菩薩摩訶薩云何住菩薩摩訶薩乘云何行檀那波羅蜜尸羅波羅蜜羼提波羅蜜毗梨耶波羅蜜禪那波羅蜜般若波羅蜜四念處乃至大慈大悲是菩薩摩訶薩如佛所教如是住如是行如是修是菩薩摩訶薩如是教如是學尚不得阿耨多羅三藐三菩提不得薩婆若何況汝當得阿耨多羅三藐三菩提若菩薩摩訶薩聞是事心不

異不驚益復歡喜作是念是比丘益我不少爲我説障道法是障道法不得須陀洹道乃至不得阿羅漢辟支佛道何況得阿耨多羅三藐三菩提是時惡魔知是菩薩心不没不驚即於是處化作多比丘語菩薩言此皆是發意求佛道菩薩今皆住阿羅漢地是輩尚不能得阿耨多羅三藐三菩提汝云何能得若菩薩摩訶薩即作是念此是惡魔説相似道法菩薩摩訶薩行般若波羅蜜不應轉阿耨多羅三藐三菩提心亦不應墮聲聞辟支佛道中復作是念行檀那波羅蜜尸羅波羅蜜羼提波羅蜜毗梨耶波羅蜜禪那波羅蜜般若波羅蜜乃至一切種智不得阿耨多羅三藐三菩提無有是處須菩提以是行類相貌當知是名阿毗跋致菩薩摩訶薩復次須菩提菩薩摩訶薩作是念若菩薩能如佛所説不遠離般若波羅蜜心乃至一切種智是菩薩終不退阿耨多羅三藐三菩提若菩薩覺知魔事亦不失阿耨多羅三藐三菩提以是行類相貌當知是名阿毗跋致菩薩摩訶薩相須菩提白佛言世尊於何法轉名爲不轉佛言於色相轉於受想行識相轉於十二入相十八界相婬欲瞋恚愚癡相邪見相四念處相乃至聲聞辟支佛相乃至佛相轉以是故名爲不退轉菩薩摩訶薩相何以故是阿毗跋致菩薩摩訶薩以是自相空法入菩薩位得無生法忍何以故名無生法忍是中乃至少許法不可得不可得故不作不作故不生是名無生法忍菩薩摩訶薩以是行類相貌當知是名阿毗跋致菩薩摩訶薩

摩訶般若波羅蜜經卷第十八

摩訶般若波羅蜜經卷第十九

姚秦三藏法師鳩摩羅什共僧叡譯

轉不轉品第五十六

復次須菩提惡魔到菩薩所壞其心作是言薩婆若與虛空等無所有相諸法亦與虛空等空無所有相是虛空等諸法空無所有相中無有得阿耨多羅三藐三菩提者亦無有不得者是諸法皆如虛空無所有相汝唐受勤苦汝所聞阿耨多羅三藐三菩提皆是魔事非佛所說汝當放捨是願汝莫長夜受是不安隱憂苦墮惡道中是諸善男子善女人聞是呵時應如是念是惡魔事壞我阿耨多羅三藐三菩提心諸法雖如虛空無所有自相空而衆生不知不見不解我亦以如虛空等無所有自相空大誓莊嚴得一切種智爲衆生說法令得解脱得須陀洹果斯陀含果阿那含果阿羅漢果辟支佛道阿耨多羅三藐三菩提須菩提菩薩摩訶薩從初發意已來聞如是法應堅固其心不動不轉菩薩摩訶薩以是堅固心不動不轉心行六波羅蜜當入菩薩位須菩提白佛言世尊不轉故名阿毗跋致轉故名阿毗跋致佛言不轉故名阿毗跋致轉故亦名阿毗跋致須菩提白佛言世尊云何不轉故名阿毗跋致轉故亦名阿毗跋致佛告須菩提若菩薩摩訶薩於聲聞地辟支佛地不轉是故名不轉若菩薩摩訶薩於聲聞地辟支佛地轉是故亦名不轉須菩提以是行類相貌當知是名阿毗跋致菩薩摩訶薩相以是行類相貌故惡魔不能壞其意令離阿耨多羅三藐三菩提復次須

菩提阿毗跋致菩薩摩訶薩若欲入初禪第二第三第四禪乃至滅受想定禪即得入復次須菩提阿毗跋致菩薩摩訶薩若欲修四念處乃至八聖道分空無相無作三昧乃至五神通即能修是菩薩雖修四念處乃至五神通是人不受四念處果雖修諸禪不受諸禪果乃至不受滅受想定禪果不證須陀洹果乃至不證辟支佛道是菩薩故爲衆生受身隨其所應而利益之須菩提以是行類相貌當知是名阿毗跋致菩薩摩訶薩復次須菩提阿毗跋致菩薩摩訶薩常憶念阿耨多羅三藐三菩提終不遠離薩婆若心不遠離薩婆若心故不貴色不貴相不貴聲聞辟支佛不貴檀那波羅蜜尸羅波羅蜜羼提波羅蜜毗梨耶波羅蜜禪那波羅蜜般若波羅蜜不貴四禪四無量心四無色定不貴五神通不貴四念處乃至八聖道分不貴佛十力乃至十八不共法不貴淨佛國土不貴成就衆生不貴見佛不貴種善根何以故一切法自相空不見可貴法能生貴心者何以故是一切法與虛空等無所有自相空須菩提是阿毗跋致菩薩摩訶薩成就是心於四種身威儀中出入來去坐卧行住一心不亂須菩提以是行類相貌當知是阿毗跋致菩薩摩訶薩復次須菩提阿毗跋致菩薩摩訶薩若在居家以方便力爲利益衆生故受五欲布施衆生須食與食須飲與飲衣服卧具乃至資生所須盡給與之是菩薩自行檀那波羅蜜教人行檀那讚歎行檀那法歡喜讚歎行檀那波羅蜜者尸羅波羅蜜乃至般若波羅蜜

亦如是須菩提阿毗跋致菩薩摩訶薩在家時能以滿閻浮提珍寶施與衆生乃至三千大千世界滿中珍寶給施衆生亦不自爲常修梵行不陵易虜掠他人令其憂惱須菩提以是行類相貌當知是名阿毗跋致菩薩摩訶薩復次須菩提阿毗跋致菩薩摩訶薩執金剛神王常隨逐作是願是菩薩摩訶薩當得阿耨多羅三藐三菩提我常隨逐乃至五性執金剛神常隨守護以是故若天若魔若梵若餘世間大力者不能破壞是菩薩摩訶薩薩婆若心乃至得阿耨多羅三藐三菩提須菩提是名菩薩摩訶薩阿毗跋致相復次須菩提菩薩摩訶薩常具足菩薩五根信根精進根念根定根慧根是名阿毗跋致相復次須菩提阿毗跋致菩薩摩訶薩爲上人不爲下人須菩提白佛言世尊云何爲上人佛告須菩提若菩薩摩訶薩一心行阿耨多羅三藐三菩提心不散亂是名上人以是行類相貌當知是爲阿毗跋致相復次須菩提阿毗跋致菩薩一心常念佛道爲淨命故不作呪術合和諸藥不呪鬼神令著男女問其吉凶男女祿相壽命長短何以故須菩提是菩薩摩訶薩知諸法自相空不見諸法相故不行邪命而行淨命須菩提以是行類相貌當知是名阿毗跋致菩薩摩訶薩相復次須菩提今當更説阿毗跋致菩薩摩訶薩行類相貌一心諦聽佛告須菩提菩薩摩訶薩行般若波羅蜜常不遠離阿耨多羅三藐三菩提心故不説五陰事不説十二入事不説十八界事何以故常念觀五陰空相十二入十八

界空相故是菩薩摩訶薩不好說官事何以故是菩薩諸法空相中住不見法若貴若賤不好說賊事何以故諸法自相空故不見若得若失不好說軍事何以故諸法自相空故不見若多若少不好說鬬事何以故是菩薩摩訶薩於諸法如中不見法若憎若愛不好說婦女事何以故住諸法空中不見好醜故不好說聚落事何以故諸法自相空故不見法若合若散不好說城邑事何以故住諸法實際中不見有勝有負不好說國事何以故住實際中不見法有所屬有不屬不好說我事何以故法性中住不見法是我是無我乃至不見知者見者如是等不說種種世間事但好說般若波羅蜜不遠離薩婆若心若行檀那波羅蜜時不爲慳貪事行尸羅波羅蜜時不爲破戒事行羼提波羅蜜時不爲瞋諍事行毗梨耶波羅蜜時不爲懈怠事行禪那波羅蜜時不爲散亂事行般若波羅蜜時不爲愚癡事是菩薩雖行一切法空而樂法愛法是菩薩雖行法性常讚不壞法而愛樂善知識所謂諸佛及菩薩聲聞辟支佛諸能教化令樂住阿耨多羅三藐三菩提者是人常願欲見諸佛聞在所處佛國土中有現在佛隨願往生如是心常晝夜行所謂念佛心如是須菩提阿毗跋致菩薩摩訶薩行初禪乃至非有想非無想處以方便力故起欲界心若衆生能行十善道者及現在有佛處在中生以是行類相貌當知是爲阿毗跋致菩薩摩訶薩復次須菩提阿毗跋致菩薩摩訶薩行般若波羅蜜時住內空外空乃至無法有

法空住四念處乃至空無相無作解脫門於自地中了了知不疑我是阿毗跋致非阿毗跋致何以故乃至不見少許法於阿耨多羅三藐三菩提中若轉若不轉須菩提譬如有人得須陀洹果住須陀洹地中自了了知終不疑不悔阿毗跋致菩薩摩訶薩亦如是住阿毗跋致地中終不疑住是地中淨佛國土成就衆生種種魔事起即時覺知亦不隨魔事破壞魔事須菩提譬如有人作五逆罪五逆罪心乃至死時常逐不捨雖有異心不能障隔須菩提阿毗跋致菩薩摩訶薩亦如是自住其地心常不動一切世間天人阿修羅不能動轉何以故是菩薩摩訶薩出一切世間天人阿脩羅上入正法位中自證地中住具足諸菩薩神通能淨佛國土成就衆生從一佛土至一佛土於十方佛所植諸善根親近諮問諸佛是菩薩如是住種種魔事起覺而不隨以方便力處魔事著實際中自證地中不疑不悔何以故於實際中無疑相故知是實際非一非二以是因緣故是人乃至轉身終不向聲聞辟支佛地是菩薩摩訶薩諸法自相空中不見法若生若滅若垢若淨須菩提是菩薩摩訶薩乃至轉身亦不疑我當得阿耨多羅三藐三菩提若不得何以故須菩提諸法自相空即是阿耨多羅三藐三菩提須菩提是菩薩摩訶薩住自證地中不隨他語無能壞者何以故是阿毗跋致菩薩摩訶薩成就不動智慧故須菩提以是行類相貌當知是名阿毗跋致菩薩摩訶薩復次須菩提是菩薩摩訶薩若惡魔作佛身來語菩

薩言汝今於是間取阿羅漢道汝亦無阿耨多羅三藐三菩提記汝亦未得無生法忍汝亦無是阿毗跋致行類相貌亦無是相得受阿耨多羅三藐三菩提記須菩提若菩薩摩訶薩聞是語心不異不没不驚不怖不畏是菩薩應自知我必從諸佛受阿耨多羅三藐三菩提記何以故諸菩薩以是法受記我亦有是法得受記須菩提若惡魔若爲魔所使作佛形像來與菩薩授聲聞辟支佛記須菩提是菩薩作是念是惡魔若魔所使作佛形像來諸佛不應教菩薩遠離阿耨多羅三藐三菩提教住聲聞辟支佛道須菩提以是行類相貌當知是名阿毗跋致相復次須菩提惡魔復作佛身來到菩薩所作是言汝所學經書非佛所説亦非聲聞説是魔所説須菩提是菩薩摩訶薩當作是知是惡魔若魔所使教我遠離阿耨多羅三藐三菩提須菩提當知是菩薩已爲過去佛所授記住阿毗跋致地何以故諸菩薩所有阿毗跋致行類相貌是菩薩亦有是行類相貌是名阿毗跋致菩薩相復次須菩提阿毗跋致菩薩摩訶薩行般若波羅蜜時爲護持諸法故不惜身命何況餘物是菩薩護持法故作是念我不爲護持一佛法我爲護持三世十方諸佛法故須菩提云何菩薩摩訶薩護持法故不惜身命須菩提如佛所説一切諸法眞空是時有愚癡人破壞不受作是言是非法非善非世尊教須菩提菩薩護持如是法故不惜身命菩薩亦應作是念未來世諸佛我亦在是數中在中受記是法亦是我法以是法故不惜

身命須菩提菩薩見是利益故護持於法不惜身命須菩提以是行類相貌知是阿毗跋致相復次須菩提阿毗跋致菩薩摩訶薩聞佛說法不疑不悔聞已受持終不忘失何以故得陀羅尼故須菩提言世尊得何等陀羅尼聞佛所說諸經而不忘失佛告須菩提菩薩得聞持等陀羅尼故佛說諸經不忘不失不疑不悔須菩提白佛言世尊但聞佛說法不忘不失不疑不悔聞聲聞辟支佛說天龍鬼神阿修羅緊那羅摩睺羅伽說亦復不忘不失不疑不悔耶佛告須菩提所有言說衆事得陀羅尼菩薩皆不忘不失不疑不悔須菩提如是行類相貌成就故當知是阿毗跋致菩薩摩訶薩

燈炷深奧品第五十七

須菩提白佛言世尊是阿毗跋致菩薩摩訶薩大功德成就世尊是阿毗跋致菩薩摩訶薩無量功德成就無邊功德成就佛告須菩提如是如是是阿毗跋致菩薩摩訶薩大功德成就是阿毗跋致菩薩摩訶薩無量無邊功德成就何以故是阿毗跋致菩薩摩訶薩得無量無邊智慧不與一切聲聞辟支佛共故阿毗跋致菩薩住是智慧中生四無礙智得是四無礙智故一切世間天及人無能窮盡須菩提白佛言世尊佛能以如恒河沙等劫歎說阿毗跋致菩薩摩訶薩行類相貌須菩提言世尊何等深奧處阿毗跋致菩薩摩訶薩住是中行六波羅蜜時具足四念處乃至具足一切種智佛讚須菩提善哉善哉須菩提汝爲阿毗跋致菩薩摩訶薩問是深奧

處須菩提深奧處者空是其義無相無作無起無生無染離寂滅如法性實際涅槃須菩提如是等法是爲深奧義須菩提白佛言世尊但空乃至涅槃是深奧非一切法深奧耶佛言一切法亦是深奧義須菩提色亦深奧受想行識亦深奧眼亦深奧乃至意色乃至法眼界乃至意識界檀那波羅蜜乃至般若波羅蜜四念處乃至阿耨多羅三藐三菩提亦深奧世尊云何色深奧乃至阿耨多羅三藐三菩提亦深奧佛言色如深奧故色深奧受想行識如乃至阿耨多羅三藐三菩提如深奧故阿耨多羅三藐三菩提深奧世尊云何色如深奧乃至阿耨多羅三藐三菩提如深奧須菩提是色如非是色非離色乃至識如非是識非離識乃至是阿耨多羅三藐三菩提如非是阿耨多羅三藐三菩提非離阿耨多羅三藐三菩提須菩提白佛言希有世尊微妙方便力故令阿毗跋致菩薩離色處涅槃亦令離受想行識處涅槃亦令離一切法若世間若出世間若有諍若無諍若有漏若無漏法處涅槃佛言如是如是須菩提佛以微妙方便力故令阿毗跋致菩薩離色處涅槃乃至離有漏無漏法處涅槃復次須菩提若菩薩摩訶薩如是甚深法與般若波羅蜜相應觀察籌量思惟作是念我應如是行如般若波羅蜜中教我應如是學如般若波羅蜜中說須菩提若是菩薩摩訶薩能如說行如說學如般若波羅蜜中觀具足勤精進一念生時當得無量無邊阿僧祇福德是菩薩摩訶薩超越無量劫近阿耨多羅三藐三

菩提何况常行般若波羅蜜應阿耨多羅三藐三菩提念須菩提譬如多婬欲人與端正淨潔女人共期此女人限礙不得時往於須菩提意云何是人所念爲在何處世尊是人念念常在彼女人所恒作是念憶想當來與共坐卧歡樂須菩提是人一日一夜爲有幾念生須菩提言世尊是人一日一夜其念甚多甚多佛告須菩提菩薩摩訶薩念般若波羅蜜如般若波羅蜜中説行是道一念頃超越刼數亦如彼人一日一夜心念之數是菩薩摩訶薩行般若波羅蜜遠離衆罪所謂離阿耨多羅三藐三菩提罪是菩薩摩訶薩行般若波羅蜜一日所得善根功德假令滿如恒河沙等三千大千世界中功德猶亦不減於餘殘功德百分不及一分千分千億萬分乃至筭數譬喻所不能及復次須菩提若菩薩摩訶薩遠離般若波羅蜜如恒河沙等刼布施三寶佛寶法寶比丘僧寶須菩提於汝意云何是菩薩摩訶薩以是因緣故得福多不須菩提言世尊甚多無量無邊阿僧祇佛告須菩提不如菩薩摩訶薩深般若波羅蜜中一日如説修行得福多何以故般若波羅蜜是諸菩薩摩訶薩道乘是道疾得阿耨多羅三藐三菩提須菩提若菩薩摩訶薩遠離般若波羅蜜如恒河沙等刼供養須陀洹斯陀含阿那含阿羅漢辟支佛及諸佛於須菩提意云何是菩薩摩訶薩以是因緣故得福多不須菩提言世尊甚多甚多佛言不如是菩薩摩訶薩深般若波羅蜜如説修行一日得福多何以故菩薩摩訶薩行是般若波羅

蜜過一切聲聞辟支佛地入菩薩位漸漸得阿耨多羅三藐三菩提須菩提菩薩摩訶薩遠離般若波羅蜜如恒河沙等劫布施持戒忍辱精進禪定智慧於汝意云何是人以是因緣故得福多不須菩提言世尊甚多甚多佛言不如是菩薩摩訶薩行般若波羅蜜如說修行一日布施持戒忍辱精進禪定智慧得福多何以故須菩提般若波羅蜜是菩薩摩訶薩母故是般若波羅蜜能生諸菩薩摩訶薩諸菩薩摩訶薩住般若波羅蜜中能具足一切佛法故須菩提若菩薩摩訶薩遠離般若波羅蜜如恒河沙劫壽行法施須菩提於汝意云何是人得福多不須菩提言世尊甚多甚多佛言不如是善男子善女人深般若波羅蜜如說修行乃至一日法施得福多何以故須菩提是菩薩摩訶薩不遠離般若波羅蜜則不遠離一切種智不遠離一切種智則不遠離般若波羅蜜以是故須菩提菩薩摩訶薩欲得阿耨多羅三藐三菩提不當遠離般若波羅蜜須菩提若菩薩摩訶薩如恒河沙等劫遠離般若波羅蜜修行四念處乃至八聖道分內空乃至一切種智須菩提於汝意云何是善男子善女人得福多不須菩提言世尊甚多甚多佛言不如是善男子善女人深般若波羅蜜如說一日修行四念處乃至一切種智得福多何以故須菩提若菩薩摩訶薩不遠離般若波羅蜜於薩婆若轉者無有是處須菩提若菩薩摩訶薩遠離般若波羅蜜於薩婆若轉則有是處須菩提以是故菩薩摩訶薩常不應遠離般若波羅

蜜行須菩提若菩薩摩訶薩遠離般若波羅蜜如恒河沙劫壽財施法施及禪定福德迴向阿耨多羅三藐三菩提於汝意云何是人得福多不須菩提言世尊甚多甚多佛言不如是善男子善女人深般若波羅蜜如說修行乃至一日財施法施禪定福德迴向阿耨多羅三藐三菩提得福多何以故是第一迴向所謂般若波羅蜜迴向若遠離般若波羅蜜迴向是不名迴向須菩提以是故若菩薩摩訶薩欲得阿耨多羅三藐三菩提應方便學般若波羅蜜迴向須菩提若善男子善女人遠離般若波羅蜜如恒河沙等劫壽過去未來現在諸佛及弟子善根和合隨喜迴向阿耨多羅三藐三菩提須菩提於汝意云何是人得福多不須菩提言世尊甚多甚多佛言不如是善男子善女人深般若波羅蜜如說修行乃至一日隨喜善根迴向阿耨多羅三藐三菩提得福多須菩提以是故菩薩摩訶薩欲得阿耨多羅三藐三菩提應學般若波羅蜜中方便迴向阿耨多羅三藐三菩提須菩提白佛言世尊如佛所說因緣起作法從妄想生非實云何善男子善女人得大福德世尊以是因緣起作法不應得正見入法位不應得須陁洹果乃至不應得阿耨多羅三藐三菩提果佛告須菩提如是如是須菩提以是因緣起作法不應得正見入法位乃至不應得阿耨多羅三藐三菩提須菩提行般若波羅蜜菩薩摩訶薩知因緣起作法亦空無堅固虛誑不實何以故須菩提是菩薩摩訶薩善學內空乃至善學無法有法空故

是菩薩摩訶薩住是十八空種種觀作法空即不遠離般若波羅蜜若菩薩摩訶薩如是漸漸不遠離般若波羅蜜漸漸得無數無量無邊福德須菩提白佛言世尊無數無量無邊有何等異須菩提無數者名不墮數中若有爲性中若無爲性中無量者量不可得若過去若未來若現在無邊者諸法邊不可得須菩提言世尊頗有色亦無數無量無邊頗有受想行識亦無數無量無邊須菩提有因緣色亦無數無量無邊受想行識亦無數無量無邊世尊何等因緣故色亦無數無量無邊受想行識亦無數無量無邊佛告須菩提色空故無數無量無邊受想行識空故無數無量無邊世尊但色空受想行識空非一切法空耶須菩提我不常說一切法空耶須菩提言世尊佛說一切法空世尊諸法空即是不可盡無有數無量無邊世尊空中數不可得量不可得邊不可得以是故世尊是不可盡無數無量無邊義無有異佛告須菩提如是如是是法義無別異須菩提是法不可說佛以方便力故分別說所謂不可盡無數無量無邊無著空無相無作無起無生無滅無染涅槃佛種種因緣以方便力說須菩提白佛言希有世尊諸法實相不可說而佛以方便力故說世尊如我解佛所說義一切法亦不可說佛言如是如是須菩提一切法不可說一切法不可說相即是空是空不可說世尊不可說義有增有減不佛言不也須菩提不可說義無增無減世尊若不可說義無增無減檀那波羅蜜亦當無增無減乃至般若

波羅蜜亦當無增無減四念處乃至八聖道分亦當無增無減四禪四無量心四無色定五神通八背捨八勝處九次第定佛十力四無所畏四無礙智十八不共法亦當無增無減世尊若菩薩摩訶薩六波羅蜜不增乃至十八不共法不增者云何菩薩摩訶薩得阿耨多羅三藐三菩提佛言如是如是須菩提不可說義無增無減菩薩摩訶薩習行般若波羅蜜有方便力故不作是念我增般若波羅蜜乃至增檀那波羅蜜當作是念但名字故名檀那波羅蜜是菩薩摩訶薩行檀那波羅蜜時是心及善根如阿耨多羅三藐三菩提相迴向乃至行般若波羅蜜時是心及諸善根如阿耨多羅三藐三菩提相迴向須菩提白佛言世尊何等是阿耨多羅三藐三菩提佛言一切法如相是名阿耨多羅三藐三菩提須菩提白佛言世尊何等是一切法如相是阿耨多羅三藐三菩提佛告須菩提色如相受想行識如相乃至涅槃如相是阿耨多羅三藐三菩提是如相亦不增不減須菩提是菩薩摩訶薩不離般若波羅蜜常觀是如法不見有增有減以是因緣故須菩提不可說義無增無減檀那波羅蜜亦不增不減乃至十八不共法亦不增不減須菩提菩薩摩訶薩以是不增不減法故應般若波羅蜜行須菩提白佛言世尊菩薩摩訶薩用初心得阿耨多羅三藐三菩提用後心得阿耨多羅三藐三菩提世尊是初心不至後心後心不在初心世尊如是心心數法不俱云何善根增益若善根不增云何當得阿耨多羅三

藐三菩提佛告須菩提我當爲汝說譬喻智者得譬喻則於義易解須菩提譬如然燈爲用初焰燋炷爲用後焰燋炷須菩提言世尊非初焰燋炷亦非離初焰世尊非後焰燋炷亦非離後焰須菩提於汝意云何炷爲燋不世尊炷實燋佛告須菩提菩薩摩訶薩如是不用初心得阿耨多羅三藐三菩提亦不離初心得阿耨多羅三藐三菩提不用後心得阿耨多羅三藐三菩提亦不離後心得阿耨多羅三藐三菩提而得阿耨多羅三藐三菩提須菩提是中菩薩摩訶薩從初發意行般若波羅蜜具足十地得阿耨多羅三藐三菩提須菩提白佛言世尊何等是十地菩薩具足已得阿耨多羅三藐三菩提佛言菩薩摩訶薩具足乾慧地性地八人地見地薄地離欲地已作地辟支佛地菩薩地佛地具足是地得阿耨多羅三藐三菩提須菩提菩薩摩訶薩學是十地已非初心得阿耨多羅三藐三菩提亦不離初心得阿耨多羅三藐三菩提非後心得阿耨多羅三藐三菩提亦不離後心得阿耨多羅三藐三菩提而得阿耨多羅三藐三菩提須菩提言世尊是因緣法甚深所謂非初心非離初心非後心非離後心得阿耨多羅三藐三菩提而得阿耨多羅三藐三菩提佛告須菩提於汝意云何若心滅已是心更生不不也世尊須菩提於汝意云何心生是滅相不世尊是滅相須菩提於汝意云何心滅相是滅不不也世尊佛告須菩提於汝意云何亦如是住不須菩提言世尊亦如是住如如住佛告須菩提於汝意云何

若是心如如住當作實際證不不也世尊佛告須菩提於汝意云何是如甚深不世尊甚深甚深須菩提於汝意云何但如是心不不也世尊離如是心不不也世尊須菩提於汝意云何如見如不不也世尊須菩提於汝意云何若菩薩摩訶薩能如是行爲行深般若波羅蜜不須菩提言世尊若菩薩摩訶薩能如是行爲行深般若波羅蜜須菩提於汝意云何若菩薩摩訶薩如是行是何處行須菩提言世尊若菩薩摩訶薩作如是行爲無處所行何以故若菩薩摩訶薩行般若波羅蜜住諸法如中無如是念無念處亦無念者佛告須菩提若菩薩摩訶薩如是行爲何處行須菩提言世尊是菩薩摩訶薩如是行處第一義中行二行不可得故須菩提於汝意云何若菩薩第一義無念中行爲行相不不也世尊於汝意云何是菩薩摩訶薩壞相不不也世尊佛告須菩提云何名不壞相須菩提言世尊是菩薩摩訶薩行般若波羅蜜不作是念我當壞諸法相世尊菩薩摩訶薩行般若波羅蜜未具足佛十力四無所畏四無礙智大慈大悲十八不共法不得阿耨多羅三藐三菩提世尊菩薩摩訶薩以方便力故於諸法亦不取相亦不壞相何以故世尊是菩薩摩訶薩知一切諸法自相空故菩薩摩訶薩住是自相空中爲衆生故入三三昧用是三三昧成就衆生須菩提言世尊云何菩薩摩訶薩入三三昧成就衆生佛言菩薩住是三三昧見衆生作法中行菩薩以方便力教令得無作見衆生我相中行以方便力教令

行空見衆生一切相中行以方便力故教令行無相如是須菩提菩薩摩訶薩行般若波羅蜜入三三昧以三三昧成就衆生

夢行品第五十八

爾時舍利弗問須菩提若菩薩摩訶薩夢中入三三昧空無相無作三昧寧有益於般若波羅蜜不須菩提報舍利弗若菩薩晝日入三三昧有益於般若波羅蜜夜夢中亦當有益何以故晝夜夢中等無有異舍利弗若菩薩摩訶薩晝日行般若波羅蜜有益般若波羅蜜是菩薩夢中行般若波羅蜜亦應有益舍利弗問須菩提菩薩摩訶薩若夢中所作業是業有集成不如佛所說一切法如夢以是故不應集成何以故夢中無有法集成若覺時憶想分別應有集成須菩提語舍利弗若人夢中殺衆生覺已憶念取相分別我殺是快耶舍利弗是事云何舍利弗言無緣業不生無緣思不生有緣業生有緣思生舍利弗如是如是無緣業不生無緣思不生有緣業生有緣思生於見聞覺知法中心生不從不見聞覺知法中心生是中心有淨有垢以是故舍利弗有緣故業生不從無緣生有緣故思生不從無緣生舍利弗語須菩提如佛說一切諸業諸思自相離云何言有緣故業生無緣不生有緣故思生無緣不生須菩提語舍利弗取相故有緣業生不從無緣生取相故有緣思生不從無緣生舍利弗語須菩提若菩薩摩訶薩夢中有布施持戒忍辱精進禪定智慧是善根福德迴向阿耨多羅三藐三菩提是實迴向不須菩提語舍利弗彌

勒菩薩今現在前佛授不退轉記當作佛當問彌勒彌勒當答舍利弗白彌勒菩薩須菩提言彌勒菩薩今現在前佛授不退轉記當作佛彌勒當答彌勒菩薩語舍利弗當以彌勒名答耶若色受想行識答耶若色空答耶若受想行識空答耶是色不能答受想行識不能答色空不能答受想行識空不能答我不見是法可答不見能答者我不見是人受記亦不見法可受記者亦不見受記處是一切法皆無二無別舍利弗語彌勒菩薩如仁者所說如是爲得法作證不彌勒菩薩答舍利弗如我所說法如是不證爾時舍利弗作是念彌勒菩薩智慧甚深久行檀那波羅蜜尸羅波羅蜜羼提波羅蜜毗梨耶波羅蜜禪那波羅蜜般若波羅蜜用無所得故能如是說爾時佛告舍利弗於汝意云何汝用是法得阿羅漢見是法不舍利弗言不見也舍利弗菩薩摩訶薩行般若波羅蜜亦如是不作是念是法當得受記是法已受記是法當得阿耨多羅三藐三菩提如是舍利弗菩薩摩訶薩行般若波羅蜜不疑我若得若不得自知實得阿耨多羅三藐三菩提佛告須菩提有菩薩摩訶薩行檀那波羅蜜時若見衆生飢寒凍餓衣服弊壞菩薩摩訶薩當作是願我隨爾所時行檀那波羅蜜我得阿耨多羅三藐三菩提時令我國土衆生無如是事衣服飲食資生之具當如四天王天三十三天夜摩天兜率陀天化樂天他化自在天須菩提菩薩摩訶薩作如是行能具足檀那波羅蜜近阿耨多羅三藐三菩提復次須菩提菩

薩摩訶薩行尸羅波羅蜜時見衆生殺生乃至邪見短壽多病顔色不好無有威德貧乏財物生下賤家形殘醜陋當作是願我隨爾所時行尸羅波羅蜜如我得佛時令我國土衆生無如是事須菩提菩薩摩訶薩作如是行能具足尸羅波羅蜜近阿耨多羅三藐三菩提復次須菩提菩薩摩訶薩行羼提波羅蜜時見諸衆生互相瞋恚罵詈刀杖瓦石共相殘害奪命當作是願我隨爾所時行羼提波羅蜜令我國土衆生無如是事相視如父如母如兄如弟如姊如妹如善知識皆行慈悲須菩提菩薩摩訶薩作如是行能具足羼提波羅蜜近阿耨多羅三藐三菩提復次須菩提菩薩摩訶薩行毗梨耶波羅蜜時見衆生懈怠不勤精進棄捨三乘聲聞辟支佛佛乘當作是願我隨爾所時行毗梨耶波羅蜜如我得阿耨多羅三藐三菩提時令我國土衆生無如是事一切衆生勤修精進於三乘道各得度脱須菩提菩薩摩訶薩作如是行能具足毗梨耶波羅蜜近阿耨多羅三藐三菩提復次須菩提菩薩摩訶薩行禪那波羅蜜時見衆生爲五蓋所覆婬慾瞋恚睡眠掉悔疑失於初禪乃至第四禪失慈悲喜捨虚空處識處無所有處非有想非無想處當作是願我隨爾所時行禪那波羅蜜如我得阿耨多羅三藐三菩提時令我國土衆生無如是事須菩提菩薩摩訶薩作如是行能具足禪那波羅蜜近阿耨多羅三藐三菩提復次須菩提菩薩摩訶薩行般若波羅蜜時見衆生愚癡失世間出世間正見或説無業無業

因緣或説神常或説斷滅或説無所有當作是願我隨爾所時行般若波羅蜜淨佛國土成就衆生如我得阿耨多羅三藐三菩提時令我國土衆生無如是事須菩提菩薩摩訶薩作如是行能具足般若波羅蜜近一切種智復次須菩提菩薩摩訶薩行六波羅蜜時見衆生住於三聚一者必正聚二者必邪聚三者不定聚當作是願我隨爾所時行六波羅蜜淨佛國土成就衆生我得佛時令我國土衆生無邪聚乃至無其名須菩提菩薩摩訶薩作如是行能具足六波羅蜜近一切種智復次須菩提菩薩摩訶薩行六波羅蜜時見地獄中衆生畜生餓鬼中衆生當作是願我隨爾所時行六波羅蜜淨佛國土成就衆生我得佛時令我國土中乃至無三惡道名

須菩提菩薩摩訶薩作如是行能具足六波羅蜜近一切種智復次須菩提菩薩摩訶薩行六波羅蜜時見是大地株杌荆棘山陵溝坑穢惡之處當作是願我隨爾所時行六波羅蜜淨佛國土成就衆生我作佛時令我國土無如是惡地平如掌須菩提菩薩摩訶薩作如是行能具足六波羅蜜近一切種智復次須菩提菩薩摩訶薩行六波羅蜜時見是大地純土無有金銀珍寶當作是願我隨爾所時行六波羅蜜淨佛國土成就衆生我作佛時令我國土以黄金沙布地須菩提菩薩摩訶薩作如是行能具足六波羅蜜近一切種智復次須菩提菩薩摩訶薩行六波羅蜜時見衆生有所戀著當作是願我隨爾所時行六波羅蜜淨佛國土成就衆生我作佛時

令我國土衆生無所戀著須菩提菩薩摩訶薩作如是行能具足六波羅蜜近阿耨多羅三藐三菩提復次須菩提菩薩摩訶薩行六波羅蜜時見四姓衆生刹帝利婆羅門毗舍首陀羅當作是願我隨爾所時行六波羅蜜淨佛國土成就衆生我作佛時令我國土衆生無四姓之名須菩提菩薩摩訶薩作如是行能具足六波羅蜜近阿耨多羅三藐三菩提復次須菩提菩薩摩訶薩行六波羅蜜時見衆生有下中上下中中上家當作是願我隨爾所時行六波羅蜜淨佛國土成就衆生我作佛時令我國土衆生無如是優劣須菩提菩薩摩訶薩作如是行能具足六波羅蜜近一切種智復次須菩提菩薩摩訶薩行六波羅蜜時見衆生種種別異色當作是願我隨爾所時行六波羅蜜淨佛國土成就衆生我作佛時令我國土衆生無種種別異色一切衆生皆端正淨潔妙色成就須菩提菩薩摩訶薩作如是行能具足六波羅蜜近一切種智復次須菩提菩薩摩訶薩行六波羅蜜時見衆生有主當作是願我隨爾所時行六波羅蜜淨佛國土成就衆生我作佛時令我國土衆生無有主名乃至無異形像除佛法王須菩提菩薩摩訶薩作如是行能具足六波羅蜜近一切種智復次須菩提菩薩摩訶薩行六波羅蜜時見衆生有六道別異當作是願我隨爾所時行六波羅蜜淨佛國土成就衆生我作佛時令我國土衆生無六道之名是地獄是畜生是餓鬼是神是天是人一切衆生皆同一業修四念處乃至八聖道分須

菩提菩薩摩訶薩作如是行能具足六波羅蜜近一切種智復次須菩提菩薩摩訶薩行六波羅蜜時見衆生有四生卵生胎生濕生化生當作是願我隨爾所時行六波羅蜜淨佛國土成就衆生我作佛時令我國土衆生無三種生等一化生須菩提菩薩摩訶薩作如是行能具足六波羅蜜近一切種智復次須菩提菩薩摩訶薩行六波羅蜜時見衆生無五神通當作是願我隨爾所時行六波羅蜜淨佛國土成就衆生我作佛時令我國土衆生一切皆得五神通乃至近一切種智復次須菩提菩薩摩訶薩行六波羅蜜時見衆生有大小便患當作是願我作佛時令我國土中衆生皆以歡喜爲食無有便利之患乃至近一切種智復次須菩提菩薩摩訶薩行

六波羅蜜時見衆生無有光明當作是願我作佛時令我國土中衆生皆有光明乃至近一切種智復次須菩提菩薩摩訶薩行六波羅蜜時見有日月時節歲數當作是願我作佛時令我國土中無有日月時節歲數之名乃至近一切種智復次須菩提菩薩摩訶薩行六波羅蜜時見衆生短命當作是願我作佛時令我國土中衆生壽命無量劫乃至近一切種智復次須菩提菩薩摩訶薩行六波羅蜜時見衆生無有相好當作是願我作佛時令我國土中衆生皆有三十二相成就乃至近一切種智復次須菩提菩薩摩訶薩行六波羅蜜時見衆生離諸善根當作是願我作佛時令我國土中衆生諸善根成就以是福德能供養諸佛乃至近一切種智復次須

菩提菩薩摩訶薩行六波羅蜜時見衆生有三毒四病當作是願我作佛時令我國土衆生無四種病冷熱風病三種雜病及三毒病乃至近一切種智復次須菩提菩薩摩訶薩行六波羅蜜時見衆生有三乘當作是願我作佛時令我國土中衆生無二乘之名純一大乘乃至近一切種智復次須菩提菩薩摩訶薩行六波羅蜜時見衆生有增上慢當作是願我作佛時令我國土中衆生無增上慢之名乃至近一切種智復次須菩提菩薩摩訶薩行六波羅蜜時應作是願若我光明壽命有量增數有限當作是願我行六波羅蜜淨佛國土成就衆生我作佛時令我光明壽命無量增數無限乃至近一切種智復次須菩提菩薩摩訶薩行六波羅蜜時應作是願若我國土有量當作是願我隨爾所時行六波羅蜜淨佛國土成就衆生我作佛時令我一國土如恒河沙等諸佛國土須菩提菩薩摩訶薩作如是行能具足六波羅蜜近一切種智復次須菩提菩薩摩訶薩行六波羅蜜時當作是念雖生死道長衆生性多爾時應如是正憶念生死邊如虛空衆生性邊亦如虛空是中實無生死往來亦無解脫者須菩提菩薩摩訶薩作如是行能具足六波羅蜜近一切種智

摩訶般若波羅蜜經卷第十九

音釋

虜掠　虜郎古切獲也亦掠也　掠力灼切劫奪物也

罵詈　罵莫駕切　詈力智切正斥曰罵旁及曰詈

株杌　株鍾輸切木根也　杌五骨切樹無技也

荊棘　荊舉卿切楚木也　棘紀力切似棗而叢生者曰棘

溝坑　溝古侯切水瀆也又水注谷曰溝　坑口莖切坑塹也

摩訶般若波羅蜜經卷第二十

姚秦三藏法師鳩摩羅什共僧叡譯

恒伽提婆品第五十九

爾時有一女人字恒伽提婆在衆中坐是女人從座起偏袒右肩右膝著地合手白佛言世尊我當行六波羅蜜取淨佛國土如佛般若波羅蜜中所說我盡當行是時女人以金銀華及水陸生華種種莊嚴供養之具金縷織成氎兩張以散佛上散已於佛頂上虛空中化成四柱寶臺端正嚴好是女人持是功德與一切衆生共之迴向阿耨多羅三藐三菩提爾時世尊知是女人深心因緣即時微笑如諸佛法種種色光從口中出青黃赤白紅縹遍照十方無量無邊佛國還繞佛三帀從頂上入爾時阿難從座起右膝著地合掌白佛佛何因緣微笑諸佛法不以無因緣而笑佛告阿難是恒伽提婆姊未來世中當作佛劫名星宿佛號金華阿難是女人畢女身受男子形當生阿閦佛阿毗羅提國土於彼淨修梵行阿難是菩薩在彼國土亦號金華是金華菩薩於彼壽終復至他方佛土從一佛土至一佛土不離諸佛譬如轉輪聖王從一觀至一觀從生至終足不蹈地阿難是金華菩薩摩訶薩亦如是從一佛土至一佛土乃至阿耨多羅三藐三菩提未嘗不見佛時阿難作是念言是金華菩薩摩訶薩後作佛時諸菩薩摩訶薩會當知爲如佛會佛知阿難意所念告阿難言如是如是金華佛時菩薩摩訶薩會當知爲如佛會阿難是金華佛比丘僧無量無邊不可數不可稱若干百千

萬億那由他阿難是金華菩薩作佛時其國土無有是諸衆惡如上所説阿難白佛言世尊是女人從何處植德本種善根佛告阿難是女人從然燈佛種善根初發阿耨多羅三藐三菩提心以是功德迴向阿耨多羅三藐三菩提亦以金華散然燈佛上求阿耨多羅三藐三菩提阿難如我爾時以五華散然燈佛上求阿耨多羅三藐三菩提然燈佛知我善根成就與我授阿耨多羅三藐三菩提記是女人聞我受記發心言願我當來世亦如是菩薩得受阿耨多羅三藐三菩提記阿難當知是女人於然燈佛初發心阿難白佛言世尊是女人久習行阿耨多羅三藐三菩提佛言如是如是是女人久習行阿耨多羅三藐三菩提

學空不證品第六十

須菩提白佛言世尊若菩薩摩訶薩欲行般若波羅蜜云何學空三昧云何入空三昧云何學無相無作三昧云何入無相無作三昧云何學四念處云何修四念處乃至云何學八聖道分云何修八聖道分佛告須菩提菩薩摩訶薩行般若波羅蜜時應觀色空受想行識空十二入十八界空乃至應觀欲色無色界空作是觀時不令心亂是菩薩摩訶薩若心不亂則不見是法若不見是法則不作證何以故是菩薩摩訶薩善學自相空故不有餘不有分不作證證法證者皆不可見須菩提白佛言世尊如佛所説菩薩摩訶薩不應空法作證世尊云何菩薩住空法中而不作證佛告須菩提若菩薩摩訶薩具足觀空

先作是願我今不應空法作證我今學時非是證時菩薩摩訶薩不專攝心繫在緣中以是故菩薩摩訶薩於阿耨多羅三藐三菩提中不退亦不取漏盡證須菩提若菩薩摩訶薩如是大善妙法成就何以故住是空中作是念我今是學時非是證時須菩提菩薩摩訶薩應如是念我是學檀那波羅蜜時非是證時學尸羅波羅蜜羼提波羅蜜毗梨耶波羅蜜禪那波羅蜜時修四念處時乃至修八聖道分時非是證時修空三昧無相三昧無作三昧時非是證時修佛十力四無所畏四無礙智十八不共法大慈大悲時非是證時我今學一切種智時非是得須陀洹果證乃至阿羅漢果辟支佛道證時如是須菩提菩薩摩訶薩行般若波羅蜜學空觀住空中學無相無作觀住無相無作中修四念處不證四念處乃至修八聖道分不證八聖道分是菩薩雖學三十七品雖行三十七品而不作須陀洹果證乃至辟支佛道須菩提譬如壯夫勁勇猛健善於兵法六十四能堅持器仗安立不動巧諸技術端正淨潔人所愛敬少修事業得報利多以是因緣故衆所恭敬尊重讃歎見人敬重倍復歡喜少有因緣當至他處扶將老弱過諸險難恐怖之處安慰父母曉喻妻子莫有恐懅我能過此必無所苦險難道中多有怨賊潛伏劫害其人智力具足故能度惡道還歸本處不遇賊害歡喜安樂須菩提菩薩摩訶薩亦如是於一切衆生中慈悲喜捨心遍滿足爾時菩薩摩訶薩住四無量心具足六波羅蜜不取漏盡證學一

切種智入空無相無作解脱門是時菩薩不隨一切諸相亦不證無相三昧以不證無相三昧故不墮聲聞辟支佛地須菩提譬如有翼之鳥飛騰虚空而不墮墜雖在空中亦不住空須菩提菩薩摩訶薩亦如是學空解脱門學無相無作解脱門亦不作證以不作證故不墮聲聞辟支佛地未具足佛十力大慈大悲無量諸佛法一切種智亦不證空無相無作解脱門須菩提譬如健人學諸射法善於射術仰射空中復以後箭射於前箭箭箭相拄不令墮地隨意自在若欲令墮便止後箭爾乃墮地須菩提菩薩摩訶薩亦如是行般若波羅蜜以方便力故爲阿耨多羅三藐三菩提諸善根未具足不於實際作證若善根成就是時便於實際作證以是故須菩提菩薩摩訶薩行般若波羅蜜時應如是觀諸法法相須菩提白佛言世尊菩薩摩訶薩所爲甚難何以故雖學是諸法相學實際學如學法性學畢竟空乃至學自相空及三解脱門終不中道墮落世尊是甚希有佛告須菩提是菩薩摩訶薩不捨一切衆生故作如是願須菩提若菩薩摩訶薩作是念我不應捨一切衆生一切衆生没在無所有法中我應當度爾時即入空解脱門無相解脱門無作解脱門須菩提當知是菩薩摩訶薩成就方便力未得一切種智行是解脱門亦不中道取實際證復次須菩提菩薩摩訶薩欲觀是諸甚深法所謂内空乃至無法有法空四念處乃至三解脱門爾時菩薩摩訶薩應生如是心是諸衆生長夜行我相乃至知者見者

相著於得法爲衆生斷是諸相故得阿耨多羅三藐三菩提時當説法爾時菩薩行空解脱門無相無作解脱門亦不取實際證以不證故不隨須陀洹果乃至辟支佛道須菩提是菩薩摩訶薩以是心欲成就善根故不中道實際作證不失四禪四無量心四無色定四念處乃至八聖道分空無相無作佛十力四無所畏四無礙智大慈大悲十八不共法是時菩薩摩訶薩成就一切助道法乃至阿耨多羅三藐三菩提終不耗減是菩薩有方便力故常增益善法諸根通利勝於阿羅漢辟支佛根復次須菩提若菩薩摩訶薩作是念衆生長夜著四顛倒常相樂相淨相我相爲是衆生故求薩婆若我得阿耨多羅三藐三菩提時爲説無常法苦不淨無我法是菩薩成就是心以方便力行般若波羅蜜不得佛三昧未具足佛十力四無所畏四無礙智大慈大悲十八不共法亦不實際作證爾時菩薩修無作解脱門雖未得阿耨多羅三藐三菩提亦不實際作證復次須菩提若菩薩摩訶薩作是念衆生長夜著得法所謂我衆生乃至知者見者是色是受想行識是入是界是四禪四無量心四無色定我如是行如我得阿耨多羅三藐三菩提時令衆生無是得法菩薩是心成就以方便力行般若波羅蜜未具足佛十力四無所畏四無礙智大慈大悲十八不共法不於實際作證爾時菩薩具足修空三昧復次須菩提若菩薩摩訶薩作是念衆生長夜行諸相所謂男相女相色相無色相我如是行如我得阿耨多羅三藐

三菩提時令衆生無是諸相過失是心成就以方便力行般若波羅蜜未具足佛十力乃至十八不共法不於實際作證爾時菩薩摩訶薩具足修無相三昧須菩提若菩薩摩訶薩學六波羅蜜學内空乃至無法有法空學四念處乃至空無相無作解脱門學佛十力四無所畏四無礙智大慈大悲學十八不共法如是智慧成就若著作法若住三界無有是處是菩薩摩訶薩學助道法行助道法時應當試問菩薩摩訶薩欲得阿耨多羅三藐三菩提云何學是法觀空不證實際以不證故不墮須陀洹果乃至辟支佛道觀無相無作無起無生無所有亦不證實際而修行般若波羅蜜應如是問須菩提若諸菩薩摩訶薩若試問時是菩薩若如是答菩薩摩訶薩但應觀空但應觀無相無作無起無生無所有是菩薩摩訶薩不應學空無相無作無起無生無所有不應學是助道法須菩提當知是菩薩諸佛未授阿耨多羅三藐三菩提記何以故是人不能説阿毗跋致菩薩所學相不能示不能答若是菩薩摩訶薩能説能示能答阿毗跋致所學相當知是菩薩摩訶薩已習學菩薩道入薄地如餘阿毗跋致菩薩摩訶薩阿毗跋致地須菩提白佛言世尊頗有未得阿毗跋致菩薩能如是答不佛言有須菩提是菩薩摩訶薩六波羅蜜若聞若不聞能如是答如阿毗跋致菩薩摩訶薩須菩提言世尊多有菩薩求佛道少有菩薩能如是答如阿毗跋致菩薩摩訶薩學道無學道中佛語須菩提如是如是是菩薩甚少何以

故菩薩摩訶薩少有如是得受記阿毗跋致乾慧地若有得受記是人能如是答是人善根明了諸天世人所不能壞

夢中不證品第六十一

佛告須菩提若菩薩摩訶薩乃至夢中不貪聲聞辟支佛地亦不貪三界觀諸法如夢如幻如響如焰如化亦不作證須菩提當知是阿毗跋致菩薩摩訶薩阿毗跋致相復次須菩提菩薩摩訶薩夢中見佛與無數百千萬億比丘比丘尼優婆塞優婆夷天龍鬼神緊陀羅等說法從佛聞法即解中義隨法行須菩提當知是阿毗跋致菩薩摩訶薩阿毗跋致相復次須菩提菩薩摩訶薩夢中見佛三十二相八十隨形好放大光明踊在虛空於大比丘僧中說法現大神力化作化人到他佛土施作佛事須菩提當知是阿毗跋致菩薩摩訶薩阿毗跋致相復次須菩提若菩薩摩訶薩夢中見兵起若破聚落若破城邑若失火時若見虎狼師子猛害之獸若見欲來級其頭者若見父母喪亡兄弟姊妹及諸親友知識死者見如是等種種愁苦之事而不驚不怖亦不憂惱從夢覺已即時思惟三界虛妄皆如夢耳我得阿耨多羅三藐三菩提時亦當為衆生說三界如夢須菩提當知是阿毗跋致菩薩摩訶薩阿毗跋致相復次須菩提云何當知是阿毗跋致菩薩摩訶薩得阿耨多羅三藐三菩提時國中無三惡道須菩提菩薩摩訶薩若夢中見地獄畜生餓鬼作是念我當勤精進得阿耨多羅三藐三菩提時令我國中無一切三惡道何以故是夢

及諸法無二無别須菩提當知是阿毗跋致菩薩摩訶薩阿毗跋致相復次須菩提菩薩摩訶薩夢中見地獄火燒衆生作是誓若我實是阿毗跋致者是火當滅是火即滅若地獄火即滅是阿毗跋致相復次若菩薩晝日見城郭火起作是念我夢中見阿毗跋致行類相貌我今實有是者自立誓言是火當滅若火滅者當知是菩薩得受阿耨多羅三藐三菩提記住阿毗跋致地若火不滅燒一家置一家燒一里置一里須菩提當知被燒家破法業因緣厚集以是故燒一家置一家是諸衆生今世受破法餘殃故被燒須菩提以是因緣故當知是阿毗跋致菩薩摩訶薩阿毗跋致相佛告須菩提今當更爲汝説阿毗跋致行類相貌須菩提若男子若女人爲非

人所持是時菩薩摩訶薩作是念若我爲過去諸佛所授記我心清淨求阿耨多羅三藐三菩提行清淨正道遠離聲聞辟支佛心遠離聲聞辟支佛念應當成阿耨多羅三藐三菩提我必得阿耨多羅三藐三菩提非不得十方國土中現在無量諸佛無所不知無所不見無所不解無所不證諸佛知我深心審定必當得阿耨多羅三藐三菩提以是至誠誓故是男子女人爲非人所持爲非人所惱是非人當遠去須菩提是菩薩摩訶薩如是誓若非人不去者當知是菩薩摩訶薩未從過去諸佛受阿耨多羅三藐三菩提記須菩提若菩薩摩訶薩如是誓若非人去者當知是菩薩摩訶薩已從過去諸佛受阿耨多羅三藐三菩提記須菩提以是行類相貌當知

是阿毗跋致菩薩摩訶薩阿毗跋致相復次
須菩提菩薩摩訶薩遠離六波羅蜜及方便
力不久行四念處乃至不久行空無相無作
三昧未入菩薩位是菩薩爲惡魔所嬈菩薩
作是誓若我實從諸佛受記者是非人當去
是時惡魔即作方便勑非人令去惡魔有威
力勝諸非人故非人即去是時菩薩作是念
以我誓力故非人去不知是惡魔力恃是證
故輕弄毀懱諸餘菩薩作是言我已從諸佛
受記汝等未得用是空誓無方便力故生增
上慢以是事故遠離薩婆若遠離阿耨多羅
三藐三菩提須菩提當知是人墮於二地若
聲聞地若辟支佛地以是誓因緣故起於魔
事是人以不親近依止善知識不問阿毗跋
致相故爲魔所縛益復堅固所以者何是菩
薩不久行六波羅蜜無方便力故須菩提當
知是爲菩薩魔事須菩提云何菩薩摩訶薩
不久行六波羅蜜乃至未入菩薩位爲惡魔
所嬈須菩提惡魔變化作種種身語菩薩言
汝於諸佛所得受阿耨多羅三藐三菩提記
汝字某汝父字某汝母字某汝兄弟姊妹字
某汝七世父母名字如是汝在某方某國某
城某聚落中生若見菩薩性行和柔語菩薩
言汝先世亦復和柔若見急性卒暴便語言
汝先世亦爾若見菩薩修阿蘭若行語言汝
先世亦修阿蘭若行若見菩薩乞食納衣中
後不飲漿一坐食一鉢而食死尸間住露地
住樹下止常坐不卧加趺坐但受三衣若少
欲若知足若遠離住若不塗脚若少言語便
語菩薩言汝先世亦有是行何以故汝今有

此頭陀功德汝先世亦有是功德是菩薩聞是先世事及名姓聞今讚頭陀功德即歡喜生憍慢心是時惡魔語菩薩言汝有如是功德如是相汝實從諸佛受阿耨多羅三藐三菩提記須菩提惡魔或作比丘被服或作居士形或作父母身來到菩薩所如是言汝已得受阿耨多羅三藐三菩提記何以故是阿毗跋致功德相汝盡具足有之須菩提我所說實阿毗跋致行類相貌是人永無須菩提當知是菩薩摩訶薩爲魔所持何以故是阿毗跋致行類相貌是人永無以聞是名字故生憍慢心輕弄毀懱餘人須菩提是名菩薩摩訶薩爲魔所持當知是爲菩薩魔事復次須菩提菩薩摩訶薩不久行六波羅蜜不知名字相不知色相不知受想行識相惡魔來語言汝當來世得阿耨多羅三藐三菩提時有如是名字隨其本念說其名號是無智無方便菩薩作是念我先亦有是成佛名號念是人如我所念說是人所說合我本念我必爲諸佛所授記須菩提我所說阿維越致行類相貌是人永無但以空名字輕弄毀懱餘人以是事故遠離阿耨多羅三藐三菩提是菩薩摩訶薩遠離般若波羅蜜無方便力遠離善知識與惡知識相得故墮二地聲聞辟支佛地若有即是身悔過久久往來生死中然後還依止般若波羅蜜若值善知識常隨逐親近故當得阿耨多羅三藐三菩提是人於是身若不即悔當墮二地若阿羅漢地若辟支佛地須菩提譬如比丘於四重禁法若犯一事非沙門非釋子是人現身不得四沙

門果須菩提是菩薩著空名字菩薩心亦如是輕弄毀懱餘人故當知是罪重於比丘四禁須菩提置是重罪其罪過於五逆以受是名字故生高心輕弄毀懱餘人若生是心當知其罪甚重如是名字等微細魔事菩薩皆當覺知復次須菩提菩薩在空閑山澤曠遠之處魔來到菩薩所讚歎遠離法作是言善男子汝所行者是佛所稱譽遠離法須菩提我不讚是遠離所謂但在空閑山澤曠遠之處名為遠離須菩提言世尊若空閑山澤曠遠之處非遠離法者云何更有異遠離法佛告須菩提若菩薩摩訶薩遠離聲聞辟支佛心在空閑山澤曠遠之處是佛所許遠離法須菩提如是遠離法菩薩摩訶薩應所修行晝夜行是遠離法是名遠離行菩薩須菩提若惡魔所說遠離法空閑山澤曠遠之處是菩薩心在憒閙所謂不遠離聲聞辟支佛心不勤修般若波羅蜜是菩薩摩訶薩不能具足一切種智是菩薩行惡魔所說遠離法心不清淨而輕餘菩薩城傍心淨無聲聞辟支佛憒閙心亦無諸餘雜惡心具足禪定解脫智慧神通者是離般若波羅蜜無方便菩薩摩訶薩雖在絶曠百由旬外禽獸鬼神羅刹所住之處若一歲百千萬億歲若過萬億歲不知是菩薩遠離法所謂諸菩薩以是遠離法深心發阿耨多羅三藐三菩提不雜行是菩薩依受憒閙行著是遠離是人所行佛所不許須菩提我所說實遠離法是菩薩不在是中亦不見是遠離相何以故但行是空遠離故爾時惡魔來在虛空中住讚言善哉善

哉善男子此是佛所說眞遠離法汝行是遠離疾得阿耨多羅三藐三菩提是菩薩摩訶薩念著是遠離而輕易諸餘求佛道清淨比丘以爲憒閙以憒閙爲不憒閙以不憒閙爲憒閙應恭敬而不恭敬不應恭敬而恭敬是菩薩作是言非人念我來稱讃我我所行者是眞遠離住城傍者誰當稱美汝以是因緣故輕餘菩薩摩訶薩須菩提當知是名菩薩旃陀羅汙染諸菩薩是人似像菩薩實是天上人中之大賊亦是沙門被服中賊如是人諸求佛道者所不應親近不應供養恭敬何以故須菩提當知是人墮增上慢以是故若菩薩摩訶薩欲不捨一切智欲得阿耨多羅三藐三菩提一心欲求阿耨多羅三藐三菩提欲利益一切衆生不應親近是人恭敬供養菩薩摩訶薩法常應勤求自利猒患世間心常遠離三界於是人當起慈悲喜捨心我行菩薩道不應生如是罪過若生當疾滅須菩提菩薩摩訶薩當善覺是事是事中善自勉出復次須菩提菩薩摩訶薩深心欲得阿耨多羅三藐三菩提者當親近恭敬供養善知識須菩提白佛言世尊何等是菩薩摩訶薩善知識佛告須菩提諸佛是菩薩摩訶薩善知識諸菩薩摩訶薩亦是菩薩善知識須菩提阿羅漢亦是菩薩善知識須菩提是爲菩薩摩訶薩善知識復次須菩提六波羅蜜亦是菩薩善知識四念處乃至十八不共法亦是菩薩善知識須菩提如實際法性亦是菩薩善知識須菩提六波羅蜜是世尊六波羅蜜是道六波羅蜜是大明六波羅蜜是炬

六波羅蜜是智六波羅蜜是慧六波羅蜜是救六波羅蜜是歸六波羅蜜是洲六波羅蜜是究竟道六波羅蜜是父是母四念處乃至一切種智亦如是何以故六波羅蜜及三十七道法亦是過去諸佛父母六波羅蜜及三十七道法亦是未來現在十方諸佛父母何以故須菩提六波羅蜜三十七道法中生過去未來現在十方諸佛故以是故須菩提菩薩摩訶薩欲得阿耨多羅三藐三菩提淨佛國土成就衆生當學六波羅蜜三十七道法及四攝法攝取衆生何等四布施愛語利益同事須菩提以是利益故我言六波羅蜜及三十七道法是諸菩薩摩訶薩世尊是道是大明是炬是智是慧是救是歸是洲是究竟道是父是母須菩提以是故菩薩摩訶薩欲不隨他人教住欲斷一切衆生疑欲淨佛國土成就衆生當學是般若波羅蜜所以者何是般若波羅蜜中廣說諸法是菩薩摩訶薩所應學處爾時須菩提白佛言世尊何等是般若波羅蜜相佛告須菩提如虚空相是般若波羅蜜相須菩提般若波羅蜜無所有相須菩提白佛言世尊頗有因緣如般若波羅蜜相諸法相亦如是耶佛告須菩提如是如是如般若波羅蜜相諸法相亦如是何以故須菩提一切法離相空相以是因緣故須菩提如般若波羅蜜相諸法相亦如是所謂離相空相故須菩提白佛言世尊若一切法一切法離一切法一切法空云何知衆生若垢若淨世尊離相法無垢無淨空相法無垢無淨離相空相法不能得阿耨多羅三藐

三菩提離相空相無法可得世尊離相中空相中無有菩薩得阿耨多羅三藐三菩提者世尊我云何當知佛所說義佛告須菩提於汝意云何是衆生長夜行我我所心不如是世尊衆生長夜行我我所心於汝意云何是我我所心離相不空相不須菩提言世尊我我所心離相空相於汝意云何以此我我所心衆生往來生死中不如是世尊以此我我所心衆生往來生死中如是須菩提衆生往來生死中故知有垢惱須菩提若衆生無我我所心無著心是衆生不復往來生死中若不往來生死中則無垢惱如是須菩提衆生有淨須菩提白佛言世尊若菩薩摩訶薩如是行爲不行色不行受想行識爲不行四念處乃至八聖道分爲不行內空乃至無法有法空爲不行佛十力乃至一切種智何以故是法不可得亦無行者亦無行處亦無行法世尊菩薩摩訶薩如是行一切世間諸天人阿脩羅不能降伏是菩薩摩訶薩一切聲聞辟支佛所不能及何以故所住處無能及故所謂菩薩位世尊是菩薩摩訶薩行應薩婆若心無能及者須菩提菩薩摩訶薩如是行疾近薩婆若須菩提於汝意云何若閻浮提衆生盡得人身得人身已皆得阿耨多羅三藐三菩提若有善男子善女人盡其形壽供養恭敬尊重讚歎持是善根迴向阿耨多羅三藐三菩提是人以是因緣得福多不須菩提言甚多世尊佛言不如是善男子善女人於大衆中說是般若波羅蜜顯示分別照明開演亦應般若波羅蜜行正憶念其福多乃

至三千大千世界中衆生亦如是須菩提於汝意云何閻浮提中衆生一時皆得人身得人身已若善男子善女人教行十善道四禪四無量心四無色定教令得須陀洹道乃至阿羅漢辟支佛道教令得阿耨多羅三藐三菩提持是善根迴向阿耨多羅三藐三菩提須菩提於汝意云何是善男子善女人得福多不須菩提言甚多世尊佛言不如是善男子善女人以是甚深般若波羅蜜爲衆生說出示分別照明開演亦不離薩婆若得福多乃至三千大千世界亦如是是菩薩摩訶薩不遠離應薩婆若心則到一切福田邊何以故除諸佛無有餘法如菩薩摩訶薩勢力何以故諸菩薩摩訶薩行般若波羅蜜時於一切衆生中起大慈心見諸衆生趣死地故而起大悲行是道時歡悅而生大喜不與想俱便得大捨須菩提是爲菩薩摩訶薩大智光明大智明者所謂六波羅蜜須菩提是諸善男子善女人雖未作佛能爲一切衆生作大福田於阿耨多羅三藐三菩提亦不轉所受供養衣服飲食卧床疾藥資生所須行應般若波羅蜜念能必報施主之恩疾近薩婆若以是故須菩提若菩薩摩訶薩欲不虚食國中施欲示衆生三乘道欲爲衆生作大明欲拔出三界牢獄欲與一切衆生眼應常行般若波羅蜜行般若波羅蜜時若欲有所說但說般若波羅蜜說般若波羅蜜已常憶念般若波羅蜜常憶念般若波羅蜜已常行般若波羅蜜不令餘念得生晝夜勤行般若波羅蜜相應念不息不休須菩提譬如士夫未曾

得摩尼珠後時得得已大歡喜踊躍後復失之便大憂愁常憶念是摩尼珠作是念我柰何忽亡此大寶須菩提菩薩摩訶薩亦如是常憶念般若波羅蜜不離薩婆若心須菩提白佛言世尊一切念性自離一切念性自空云何菩薩摩訶薩行般若波羅蜜不離應薩婆若念是遠離空法中無菩薩亦無念無應薩婆若佛告須菩提若菩薩摩訶薩如是知一切法性自離一切法性自空非聲聞辟支佛作亦非佛作諸法相常住法相法住法位如實際是名菩薩行般若波羅蜜不離薩婆若念何以故般若波羅蜜性自離性自空不增不減故須菩提白佛言世尊若般若波羅蜜性自離性自空云何菩薩摩訶薩與般若波羅蜜等得阿耨多羅三藐三菩提佛告須菩提菩薩摩訶薩與般若波羅蜜等不增不減何以故如法性實際不增不減故所以者何般若波羅蜜非一非異故若菩薩聞如是般若波羅蜜相心不驚不没不畏不怖不疑須菩提當知是菩薩摩訶薩行般若波羅蜜當知是菩薩摩訶薩必住阿毗跋致地中須菩提白佛言世尊般若波羅蜜空無所有不堅固是行般若波羅蜜不不也須菩提世尊離空更有法行般若波羅蜜不不也須菩提世尊是般若波羅蜜行般若波羅蜜不不也須菩提世尊離般若波羅蜜行般若波羅蜜不不也須菩提世尊色是行般若波羅蜜不不也須菩提世尊受想行識是行般若波羅蜜不不也須菩提世尊六波羅蜜是行般若波羅蜜不不也須菩提世尊四念處乃至十

八不共法是行般若波羅蜜不不也須菩提世尊色空相虛誑不實無所有不堅固相色如相法相法住法位實際是行般若波羅蜜不不也須菩提世尊受想行識乃至十八不共法空相虛誑不實無所有不堅固相如相法相法住法位實際是行般若波羅蜜不不也須菩提世尊若是諸法皆不行般若波羅蜜云何行名菩薩摩訶薩行般若波羅蜜佛告須菩提於汝意云何汝見有法行般若波羅蜜者不不也世尊須菩提汝見般若波羅蜜菩薩摩訶薩可行處不不也世尊須菩提汝所不見法是法可得不不也世尊須菩提若法不可得是法當生不不也世尊須菩提是名菩薩摩訶薩無生法忍菩薩摩訶薩成就是忍得受阿耨多羅三藐三菩提記須菩提是名諸佛無所畏無礙智菩薩摩訶薩行是法勤精進若不得大智一切種智所謂阿耨多羅三藐三菩提智若不得者無有是處何以故是菩薩摩訶薩得無生法忍故乃至阿耨多羅三藐三菩提不減不退須菩提白佛言世尊諸法無生相此中得阿耨多羅三藐三菩提記不不也須菩提世尊諸法生相此中得阿耨多羅三藐三菩提記不不也須菩提世尊諸法生無生相此中得阿耨多羅三藐三菩提記不不也須菩提世尊諸法非生非不生相此中得阿耨多羅三藐三菩提記不不也須菩提世尊諸菩薩摩訶薩云何知諸法得阿耨多羅三藐三菩提記佛告須菩提汝見有法得阿耨多羅三藐三菩提記不不也世尊我不見有法得阿耨多羅三藐

三菩提記我亦不見法有得者得處佛言如是如是須菩提若菩薩摩訶薩於一切法無所得時不作是念我當得阿耨多羅三藐三菩提用是事得阿耨多羅三藐三菩提是名阿耨多羅三藐三菩提處何以故諸菩薩摩訶薩行般若波羅蜜無諸憶想分別所以者何般若波羅蜜中無諸分別憶想故

摩訶般若波羅蜜經卷第二十

摩訶般若波羅蜜經卷第二十一

姚秦三藏法師鳩摩羅什共僧叡譯

魔愁品第六十二

爾時釋提桓因白佛言世尊是般若波羅蜜甚深難見無諸憶想分別畢竟離故世尊是衆生聞是般若波羅蜜能持讀誦說正憶念親近如說行乃至阿耨多羅三藐三菩提不雜餘心心數法者不從小功德來佛言如是如是聞是深般若波羅蜜乃至不雜餘心心數法者不從小功德來憍尸迦於汝意云何若閻浮提衆生成就十善道四禪四無量心四無色定復有善男子善女人受持深般若波羅蜜讀誦親近正憶念如說行勝於閻浮提衆生成就十善道乃至四無色定百倍千倍千萬億倍乃至算數譬喻所不能及爾時有一比丘語釋提桓因言憍尸迦是善男子善女人行般若波羅蜜功德勝於仁者釋提桓因言是善男子善女人一發心尚勝於我何况聞是般若波羅蜜書持讀誦正憶念如說行是善男子善女人行般若波羅蜜非但勝我亦勝一切世間天及人阿脩羅非但勝一切世間天及人阿脩羅亦勝諸須陀洹斯陀含阿那含阿羅漢辟支佛非但勝是須陀洹乃至辟支佛亦勝菩薩行五波羅蜜遠離般若波羅蜜者非但勝菩薩行五波羅蜜遠離般若波羅蜜者亦勝菩薩行般若波羅蜜無方便力者是菩薩摩訶薩如說行般若波羅蜜不斷佛種常見諸佛疾近道場菩薩如是行爲欲拔出衆生沉没長流者是菩薩如是學爲不學聲聞辟支佛學菩薩如是學四

天王天來至菩薩所如是言善男子當勤疾學坐道場成阿耨多羅三藐三菩提時如過去諸佛所受四鉢亦當應受我當持來奉上菩薩及諸餘天四天王天三十三天夜摩天兜率陀天化樂天他化自在天梵天乃至首陀會天亦當供養十方諸佛亦常念是菩薩摩訶薩如說行是深般若波羅蜜者是菩薩諸所有世間危難勤苦之事永無復有一切世間有四百四病是菩薩身中無是諸病以行深般若波羅蜜故得是現世功德爾時阿難作是念釋提桓因自以力說耶以佛神力說乎釋提桓因知阿難意所念語阿難言我之所說皆佛威神佛告阿難如是如是如釋提桓因所說皆佛威神阿難是菩薩摩訶薩習學是深般若波羅蜜時三千大千世界中

諸惡魔皆生狐疑今是菩薩爲當得阿耨多羅三藐三菩提當中道於實際作證墮聲聞辟支佛地復次阿難若菩薩摩訶薩不離般若波羅蜜時魔大愁毒如箭入心是時魔復放大火風四方俱起欲令菩薩心没恐怖懈怠於薩婆若中乃至起一亂念阿難白佛言世尊魔爲都嬈亂諸菩薩有不嬈亂者佛告阿難有嬈者有不嬈者阿難白佛言世尊何等菩薩爲惡魔所嬈佛言有菩薩摩訶薩先世聞是深般若波羅蜜心不信解如是菩薩魔得其便復次阿難菩薩聞說是深般若波羅蜜時意疑是般若波羅蜜爲實有爲實無如是菩薩魔得其便復次阿難有菩薩遠離善知識爲惡知識所攝故不聞深般若波羅蜜不聞故不知不見不問云何應行般若波

羅蜜云何應修般若波羅蜜是菩薩惡魔得其便復次阿難若菩薩遠離般若波羅蜜受惡法是菩薩爲惡魔得便魔作是念是輩當有伴黨當滿我願是菩薩自墮二地亦使他人墮於二地復次阿難若菩薩聞說深般若波羅蜜時語他人言是般若波羅蜜甚深我尚不能得底汝復用聞用學是般若波羅蜜爲如是菩薩魔得其便復次阿難若菩薩輕餘菩薩言我行般若波羅蜜行遠離空汝無是功德是時惡魔大歡喜踊躍若有菩薩自恃名姓多人知識故輕餘行善菩薩是人無實阿鞞跋致行類相貌功德無是功德故生諸煩惱但著虛名故輕賤餘人言汝不在如我所得法中爾時惡魔作是念令我境界宫殿不空增益三惡道惡魔助其威力令餘人信受其語信受其語故受行其經如說修學如說修學時增益諸結使是諸人心顛倒故身口意業所作皆受惡報以是因緣增益三惡道魔之眷屬宫殿益多阿難魔見是利故大歡喜踊躍阿難若行菩薩道者與求聲聞道家共諍鬬魔作是念是遠離薩婆若阿難若菩薩菩薩共諍鬬瞋恚罵詈是時惡魔便大歡喜踊躍言兩離薩婆若遠復次阿難若未受記菩薩向得記菩薩生惡心諍鬬罵詈隨起念多少劫若干劫數若不捨一切種智然後乃補爾所劫大莊嚴阿難白佛言世尊是惡心乃經爾所劫數於其中間寧得出除不佛告阿難我雖說求菩薩道及聲聞人得出罪阿難若求菩薩道人共諍鬬瞋恚罵詈懷恨不悔不捨者我不說有出必當更受爾

所劫數若不捨一切種智然後乃大莊嚴阿難若是菩薩鬬諍瞋恚罵詈便自改悔作是念我爲大失我當爲一切衆生下屈今世後世皆使和解我當忍受一切衆生履踐如橋梁如聾如瘂云何以惡語報人我不應壞是甚深阿耨多羅三藐三菩提心我得阿耨多羅三藐三菩提時應當度是一切苦惱衆生云何當起瞋恚阿難白佛言世尊菩薩菩薩共住云何佛告阿難菩薩菩薩共住相視當如世尊何以故是菩薩摩訶薩應作是念是我眞伴共乘一船彼學我學所謂檀那波羅蜜乃至一切種智若是菩薩雜行離薩婆若心我不應如是學若是菩薩不雜行不離薩婆若心我亦應如是學菩薩摩訶薩如是學者是爲同學

等學品第六十三

須菩提白佛言世尊何等是菩薩摩訶薩等法菩薩所應學須菩提內空是菩薩等法外空乃至無法有法空是菩薩等法須菩提色色相空受想行識識相空乃至阿耨多羅三藐三菩提阿耨多羅三藐三菩提相空須菩提是名菩薩摩訶薩等法住是等法得阿耨多羅三藐三菩提須菩提白佛言世尊若菩薩摩訶薩爲色盡故學爲學薩婆若爲色離故學爲色滅故學爲學薩婆若爲色不生故學爲學薩婆若受想行識亦如是修行四念處乃至十八不共法盡離滅不生故學爲學薩婆若佛告須菩提如須菩提所說爲色盡離滅不生故學爲學薩婆若受想行識乃至十八不共法盡離滅不生故學爲學薩婆若

佛告須菩提於汝意云何色如受想行識如乃至阿耨多羅三藐三菩提如佛如是諸如盡滅斷不須菩提言不也世尊佛告須菩提菩薩摩訶薩如是學如爲學薩婆若是如不作證不滅不斷須菩提菩薩摩訶薩如是學如爲學薩婆若須菩提菩薩摩訶薩如是學爲學六波羅蜜爲學四念處乃至十八不共法若學六波羅蜜乃至十八不共法爲學薩婆若須菩提如是學爲盡諸學邊如是學魔若魔天所不能壞如是學直到阿鞞跋致地如是學爲學佛所行道如是學爲得擁護法爲學大慈大悲爲學淨佛國土成就衆生須菩提如是學爲學三轉十二行法輪轉故如是學爲學度衆生如是學爲學不斷佛種如是學爲學開甘露門如是學爲學欲示無爲性須菩提下劣之人不能作是學如是學者爲欲拔沉沒生死衆生菩薩摩訶薩如是學終不墮地獄餓鬼畜生終不生邊地終不生旃陀羅家終不聾盲瘖瘂拘躄諸根不缺眷屬成就終不孤窮菩薩如是學終不殺生乃至終不邪見如是學不作邪命活不攝惡人及破戒者如是學以方便力故不生長壽天何等是方便力如般若波羅蜜品中所說菩薩摩訶薩以方便力故入四禪四無量心四無色定不隨禪無量無色定生須菩提菩薩如是學一切法中得清淨所謂淨聲聞辟支佛心須菩提白佛言世尊一切法本性清淨云何言菩薩一切法中得清淨佛告須菩提如是如是一切諸法本性清淨若菩薩摩訶薩於是法中心通達不没即是般若波羅蜜

如是諸法一切凡夫人不知不見菩薩摩訶薩爲是衆生故行檀那波羅蜜乃至般若波羅蜜行四念處乃至一切種智須菩提菩薩如是學於一切法中得智力無所畏如是學爲了知一切衆生心所趣向譬如大地少所處出金銀珍寶須菩提衆生亦如是少所人能學般若波羅蜜多墮聲聞辟支佛地須菩提譬如少所人受行轉輪聖王業多受行小王業如是須菩提少所衆生行般若波羅蜜求一切智多行聲聞辟支佛道須菩提諸菩薩摩訶薩發心求阿耨多羅三藐三菩提中少有如說行多住聲聞辟支佛地多有菩薩摩訶薩行般若波羅蜜無方便力故少所人住阿鞞跋致地須菩提以是故菩薩摩訶薩欲住阿鞞跋致地欲住阿鞞跋致數中應當學是深般若波羅蜜復次須菩提菩薩摩訶薩學是般若波羅蜜時不生慳貪心不生破戒瞋恚懈怠散亂愚癡心不生諸餘過失心不生取色相心取受想行識相心不生取四念處相心乃至不生取阿耨多羅三藐三菩提相心何以故是菩薩摩訶薩行是深般若波羅蜜無有法可得以不可得故於諸法不生心取相須菩提菩薩摩訶薩如是學深般若波羅蜜總攝諸波羅蜜令諸波羅蜜增長諸波羅蜜悉隨從何以故須菩提是深般若波羅蜜諸波羅蜜悉入中須菩提譬如我見中悉攝六十二見如是須菩提是深般若波羅蜜悉攝諸波羅蜜須菩提譬如人死命根滅故餘根悉隨滅如是須菩提菩薩摩訶薩行深般若波羅蜜時諸波羅蜜悉隨從須菩

提菩薩摩訶薩欲令諸波羅蜜度彼岸應學深般若波羅蜜須菩提菩薩摩訶薩學是深般若波羅蜜者出一切衆生之上須菩提於汝意云何三千大千世界中衆生多不須菩提言一閻浮提中衆生尚多何況三千大千世界佛告須菩提若三千大千世界中衆生一時皆得人身悉得阿耨多羅三藐三菩提若有菩薩盡形壽供養爾所佛衣服飲食卧具湯藥資生所須須菩提於汝意云何是人以是因緣故得福德多不須菩提言甚多甚多佛言不如是善男子善女人學般若波羅蜜如說行正憶念得福多何以故般若波羅蜜有勢力能令菩薩摩訶薩得阿耨多羅三藐三菩提須菩提以是故菩薩摩訶薩欲出一切衆生之上當學般若波羅蜜欲爲無救護衆生作救護欲與無歸依衆生作歸依欲與無究竟道衆生作究竟道欲爲盲者作目欲得佛功德欲作諸佛自在遊戲欲作諸佛師子吼欲撞擊佛鐘鼓欲吹佛貝欲昇佛高座說法欲斷一切衆生疑當學深般若波羅蜜須菩提菩薩摩訶薩若學深般若波羅蜜諸善功德無事不得須菩提白佛言世尊寧復得聲聞辟支佛功德佛言聲聞辟支佛功德皆能得但不於中住以智觀已直過入菩薩位中須菩提菩薩摩訶薩如是學近薩婆若疾得阿耨多羅三藐三菩提須菩提菩薩摩訶薩如是學爲一切世間天及人阿脩羅作福田須菩提菩薩摩訶薩如是學過諸聲聞辟支佛福田之上疾近薩婆若須菩提菩薩摩訶薩如是學是名不捨不離般若波羅

蜜常行般若波羅蜜須菩提菩薩摩訶薩如是學深般若波羅蜜當知是不退轉菩薩疾近薩婆若遠離聲聞辟支佛近阿耨多羅三藐三菩提須菩提是菩薩摩訶薩行般若波羅蜜時若作是念是般若波羅蜜我以是般若波羅蜜得一切種智若如是念不名行般若波羅蜜須菩提若不作是念是般若波羅蜜是人有般若波羅蜜是般若波羅蜜法是人行是般若波羅蜜得阿耨多羅三藐三菩提是名行般若波羅蜜須菩提若菩薩作是念無是般若波羅蜜無人有是般若波羅蜜無有行是般若波羅蜜得阿耨多羅三藐三菩提何以故一切法如法性實際常住故如是行是爲菩薩摩訶薩行般若波羅蜜

願樂隨喜品第六十四

爾時釋提桓因作是念菩薩摩訶薩行般若波羅蜜禪那波羅蜜毗梨耶波羅蜜羼提波羅蜜尸羅波羅蜜檀那波羅蜜乃至十八不共法時出一切衆生之上何況得阿耨多羅三藐三菩提時是諸衆生聞是薩婆若信解者得人中之善利壽命中最何況發阿耨多羅三藐三菩提意是衆生能發阿耨多羅三藐三菩提意者其餘衆生應當願樂爾時釋提桓因以天曼陀羅華而散佛上發是言以是福德若有求阿耨多羅三藐三菩提者令此人具足佛法具足一切智具足自然法若求聲聞者令具足聲聞法世尊若有菩薩發阿耨多羅三藐三菩提意者我終不生一念令其轉還我亦不生一念令其轉還墮聲聞辟支佛地世尊我願諸菩薩倍復精進於阿

耨多羅三藐三菩提見衆生生死中種種苦惱欲利益安樂一切世間天及人阿脩羅以是心作是願我既自度亦當度未度者我既自脱當脱未脱者我既安隱當安未安者我既滅度當使未入滅度者得滅度世尊善男子善女人於初發意菩薩功德隨喜心得幾許福德於久發意菩薩功德隨喜心得幾許福德於阿鞞跋致菩薩功德隨喜心得幾許福德於一生補處菩薩功德隨喜心得幾許福德佛告釋提桓因言憍尸迦四天下國土可稱知斤兩是隨喜福德不可稱量復次憍尸迦是三千大千國土皆可稱知斤兩是隨喜心福德不可稱量復次憍尸迦三千大千國土滿中海水取一髮破爲百分以一分髮渧取海水可知渧數是隨喜心福德不可數知釋提桓因白佛言世尊若衆生心不隨喜阿耨多羅三藐三菩提者皆是魔眷屬諸心不隨喜者從魔中來生何以故世尊是諸發隨喜心菩薩爲破魔境界故生是故欲愛敬三尊者應生隨喜心隨喜已應迴向阿耨多羅三藐三菩提以不一不二相故佛言如是如是憍尸迦若有人於菩薩心能如是隨喜迴向者常値諸佛終不見惡色終不聞惡聲終不嗅惡香終不食惡味終不觸惡觸終不隨惡念終不遠離諸佛從一佛國至一佛國親近諸佛種善根何以故善男子善女人爲無量阿僧祇初發意菩薩諸善根隨喜迴向爲無量阿僧祇第二地第三地乃至第十地一生補處諸菩薩摩訶薩善根隨喜迴向阿耨多羅三藐三菩提以是善根因緣故疾近

阿耨多羅三藐三菩提是諸菩薩得阿耨多羅三藐三菩提已度無量無邊阿僧祇衆生憍尸迦以是因緣故善男子善女人於初發意菩薩善根應隨喜迴向阿耨多羅三藐三菩提非心非離心於久發意阿維越致一生補處善根隨喜迴向阿耨多羅三藐三菩提非心非離心須菩提白佛言世尊是心如幻云何能得阿耨多羅三藐三菩提佛告須菩提於汝意云何汝見是心如幻不不也世尊我不見幻亦不見心如幻須菩提於汝意云何若無幻亦無心如幻汝見是心不不也世尊須菩提於汝意云何離幻離心如幻汝見更有法得阿耨多羅三藐三菩提不不也世尊我不見離幻離心如幻更有法得阿耨多羅三藐三菩提世尊我不見更有法何等法

可說若有若無是法相畢竟離故不墮有不墮無若法畢竟離者不能得阿耨多羅三藐三菩提無所有法亦不應得阿耨多羅三藐三菩提何以故世尊一切法無所有是中無垢者無淨者世尊以是故般若波羅蜜畢竟離禪那波羅蜜毗梨耶波羅蜜羼提波羅蜜尸羅波羅蜜檀那波羅蜜畢竟離乃至阿耨多羅三藐三菩提亦畢竟離若法畢竟離則不應修不應壞行般若波羅蜜亦無有法可得畢竟離故世尊若般若波羅蜜畢竟離者云何因般若波羅蜜得阿耨多羅三藐三菩提阿耨多羅三藐三菩提亦畢竟離二離中云何能有所得佛告須菩提善哉善哉是般若波羅蜜畢竟離禪那波羅蜜毗梨耶波羅蜜羼提波羅蜜尸羅波羅蜜檀那波羅蜜畢

竟離乃至一切種智畢竟離須菩提若般若波羅蜜畢竟離乃至一切種智畢竟離以是故能得阿耨多羅三藐三菩提須菩提若般若波羅蜜非畢竟離乃至一切種智非畢竟離是不名般若波羅蜜不名禪那波羅蜜乃至一切種智須菩提若般若波羅蜜畢竟離乃至一切種智畢竟離以是故須菩提非不因般若波羅蜜得阿耨多羅三藐三菩提亦不以離得離而得阿耨多羅三藐三菩提非不因般若波羅蜜須菩提白佛言世尊菩薩摩訶薩所行義甚深佛言如是須菩提菩薩摩訶薩所行義甚深須菩提諸菩薩摩訶薩能爲難事所謂行是深義而不證聲聞辟支佛地須菩提白佛言世尊如我從佛聞義菩薩摩訶薩所行不爲難何以故是菩薩摩訶薩不得是義可作證亦不得般若波羅蜜作證亦無作證者世尊若一切法不可得何等是義可作證何等是般若波羅蜜作證何等是作證者作證已得阿耨多羅三藐三菩提世尊是名菩薩摩訶薩無所得行菩薩行是於一切法皆得明了世尊若菩薩摩訶薩聞是法心不驚不没不怖不畏是名爲行般若波羅蜜是菩薩摩訶薩行般若波羅蜜時不見我行般若波羅蜜亦不見是般若波羅蜜亦不見我當得阿耨多羅三藐三菩提何以故菩薩摩訶薩行般若波羅蜜時不作是念聲聞辟支佛地去我遠薩婆若去我近世尊譬如虛空不作是念有法去我遠去我近何以故世尊虛空無分別故世尊行般若波羅蜜菩薩亦不作是念聲聞辟支佛地去我遠

薩婆若去我近何以故般若波羅蜜中無分別故世尊譬如幻人不作是念幻師去我近觀人去我遠何以故幻人無分別故行般若波羅蜜菩薩不作是念聲聞辟支佛地去我遠薩婆若去我近世尊譬如鏡中像不作是念所因者去我近餘者去我遠何以故像無分別故行般若波羅蜜菩薩亦不作是念聲聞辟支佛地去我遠薩婆若去我近何以故般若波羅蜜中無分別故世尊行般若波羅蜜菩薩無愛無憎何以故般若波羅蜜自性不可得故世尊譬如佛無愛無憎行般若波羅蜜菩薩無愛無憎亦如是何以故般若波羅蜜中無憎無愛故世尊譬如佛一切分別想斷行般若波羅蜜菩薩亦如是一切分別想斷畢竟空故世尊譬如佛所化人不作是

念聲聞辟支佛去我遠阿耨多羅三藐三菩提去我近何以故佛所化人無分別故行般若波羅蜜菩薩亦如是不作是念聲聞辟支佛去我遠阿耨多羅三藐三菩提去我近世尊譬如人有所爲故作化化所作事無分別世尊般若波羅蜜亦如是有所爲事而修是事成就而般若波羅蜜亦無分別世尊譬如工匠若工匠弟子有所爲故作木人若男若女象馬牛羊是所作亦能有所作是牛馬亦無分別世尊般若波羅蜜亦如是有所爲故說是事成就而般若波羅蜜亦無分別舍利弗問須菩提但般若波羅蜜無分別禪那波羅蜜乃至檀那波羅蜜亦無分別須菩提語舍利弗禪那波羅蜜無分別乃至檀那波羅蜜亦無分別舍利弗問須菩提色無分別乃

至識亦無分別眼乃至意無分別色乃至法無分別眼識觸乃至意識觸無分別眼觸因緣生受乃至意觸因緣生受四禪四無量心四無色定四念處乃至八聖道分空無相無作佛十力四無所畏四無礙智大慈大悲十八不共法阿耨多羅三藐三菩提無爲性亦無分別須菩提若色無分別乃至無爲性無分別若一切法無分別云何分別有六道生死是地獄是餓鬼是畜生是天是人是阿脩羅云何分別是須陀洹斯陀含阿那含阿羅漢辟支佛諸佛須菩提報舍利弗衆生顛倒因緣故造作身口意業隨欲本業報受六道身地獄餓鬼畜生人天阿脩羅身如汝言云何分別有須陀洹乃至佛道舍利弗須陀洹即是無分別故有須陀洹果亦是無分別故有乃至阿羅漢阿羅漢果辟支佛辟支佛道佛佛道亦是無分別故有舍利弗過去諸佛亦是無分別斷分別故有以是故舍利弗當知一切法無有分別不壞相諸法如法性實際故舍利弗如是菩薩摩訶薩應行無分別般若波羅蜜行無分別般若波羅蜜已便得無分別阿耨多羅三藐三菩提

度空品第六十五

舍利弗語須菩提菩薩摩訶薩行般若波羅蜜爲行眞實法爲行無眞實法須菩提報舍利弗菩薩摩訶薩行般若波羅蜜爲行無眞實法何以故是般若波羅蜜無眞實乃至一切種智無眞實故菩薩摩訶薩行般若波羅蜜無眞實不可得何況眞實乃至行一切種智無眞實法不可得何況眞實法爾時欲色

界諸天子作是念諸有善男子善女人發阿耨多羅三藐三菩提意如深般若波羅蜜所說義行於等法不作實際證不墮聲聞辟支佛地應當爲作禮須菩提語諸天子諸菩薩摩訶薩於等法不證聲聞辟支佛地不爲難諸菩薩摩訶薩大莊嚴我當度無量無邊阿僧祇衆生知衆生畢竟不可得而度衆生是乃爲難諸天子諸菩薩摩訶薩發阿耨多羅三藐三菩提心作是願我當度一切衆生衆生實不可得是人欲度衆生如欲度虛空何以故虛空離故當知衆生亦離虛空空故當知衆生亦空虛空無堅固當知衆生亦無堅固虛空虛誑當知衆生亦虛誑諸天子以是因緣故當知菩薩所作爲難爲利益無所有衆生故而大莊嚴是人爲衆生結誓爲欲與虛空共鬬是菩薩結誓已亦不得衆生而爲衆生結誓何以故衆生離故當知大誓亦離衆生虛誑故當知大誓亦虛誑若菩薩摩訶薩聞是法心不驚不沒當知是菩薩摩訶薩行般若波羅蜜何以故色離即是衆生離受想行識離即是衆生離色離即是六波羅蜜離受想行識離即是六波羅蜜離乃至一切種智離即是六波羅蜜離若菩薩摩訶薩聞是一切諸法離相心不驚不沒不怖不畏當知是菩薩摩訶薩行般若波羅蜜佛告須菩提何因緣故菩薩摩訶薩於深般若波羅蜜中心不沒須菩提白佛言世尊般若波羅蜜無所有故不沒般若波羅蜜離故不沒般若波羅蜜寂滅故不沒世尊以是因緣故菩薩於深般若波羅蜜中心不沒何以故是菩薩

不得没者不得没事不得没處是一切法皆不可得故世尊若菩薩摩訶薩聞是法心不驚不没不怖不畏當知是菩薩爲行般若波羅蜜何以故没者没事没處是法皆不可得故菩薩摩訶薩如是行般若波羅蜜諸天及釋提桓因天梵天王天及世界主天皆爲作禮佛告須菩提不但釋提桓因諸天梵王及諸天世界主及諸天禮是菩薩摩訶薩行般若波羅蜜者過是上光音天遍淨天廣果天淨居天皆爲是菩薩摩訶薩作禮須菩提今現在十方無量諸佛亦念是行般若波羅蜜菩薩摩訶薩當知是菩薩爲如佛須菩提若如恒河沙等世界中衆生悉使爲魔是一一魔復化作魔如恒河沙等魔是一切魔不能留難菩薩行般若波羅蜜須菩提菩薩摩訶薩成就二法魔不能壞何等二觀一切法空不捨一切衆生須菩提菩薩成就此二法魔不能壞復次須菩提菩薩摩訶薩復有二法成就魔不能壞何等二所作如所言亦爲諸佛所念菩薩成就此二法魔不能壞須菩提菩薩如是行是諸天皆來到菩薩所親近諮問勸喻安慰作是言善男子汝疾得阿耨多羅三藐三菩提不久善男子汝常當行是空無相無作行何以故善男子汝行是行無護衆生汝爲作護無依衆生爲作依無救衆生爲作救無究竟道衆生爲作究竟道無歸衆生爲作歸無洲衆生爲作洲冥者爲作明盲者爲作眼何以故是菩薩摩訶薩行般若波羅蜜十方現在無量阿僧祇諸佛在大衆中説法時自讚歎稱揚是菩薩摩訶薩名姓言

某甲菩薩成就般若波羅蜜功德須菩提如我今說法時自稱揚寶相菩薩尸棄菩薩復有諸菩薩摩訶薩在阿閦佛國中行般若波羅蜜淨修梵行我亦稱揚是菩薩名姓須菩提亦如東方現在諸佛說法時是中有菩薩摩訶薩淨修梵行佛亦歡喜自稱揚讚歎是菩薩南西北方四維上下亦如是復有菩薩從初發意欲具足佛道乃至得一切種智諸佛說法時亦歡喜自稱揚讚歎是菩薩何以故是諸菩薩摩訶薩所行甚難不斷佛種行須菩提白佛言世尊何等菩薩摩訶薩諸佛說法時自讚歎稱揚佛告須菩提阿鞞跋致菩薩諸佛說法時自讚歎稱揚須菩提言何等阿鞞跋致菩薩為佛所讚佛言如阿閦佛為菩薩時所行所學諸菩薩亦如是學是諸阿鞞跋致菩薩諸佛說法時歡喜自讚歎復次須菩提有菩薩行般若波羅蜜信解一切法無生未得無生忍法信解一切法空未得無生忍法信解一切法虛誑不實無所有不堅固未得無生忍法須菩提如是等諸菩薩摩訶薩諸佛說法時歡喜自讚歎稱揚名姓須菩提若諸菩薩摩訶薩諸佛說法時歡喜自讚歎者是菩薩滅聲聞辟支佛地當得阿耨多羅三藐三菩提記須菩提若菩薩摩訶薩諸佛說法時歡喜自讚歎者是菩薩當住阿鞞跋致地住是地已當得薩婆若復次須菩提菩薩摩訶薩聞是深般若波羅蜜時其心明利不疑不悔作是念是事如佛所說是菩薩亦當於阿閦佛及諸菩薩所廣聞是深般若波羅蜜亦信解信解已如佛所說當住

阿鞞跋致地如是須菩提但聞般若波羅蜜得大利益何況信解信解已如說住如說行如說住如說行已住一切種智中須菩提白佛言世尊若佛說菩薩摩訶薩如所說住如所說行住薩婆若若菩薩摩訶薩無所得法云何住薩婆若佛告須菩提菩薩摩訶薩住諸法如中住薩婆若須菩提言世尊除如更無法可得誰住如中住如中已當得阿耨多羅三藐三菩提誰住如中當說法如尚不可得何況住如得阿耨多羅三藐三菩提誰住如中而說法無有是處佛告須菩提如汝所言除如更無法可得誰住如中住如中已當得阿耨多羅三藐三菩提誰住如中當說法如尚不可得何況住如得阿耨多羅三藐三菩提誰住如中而說法無有是處佛言如是

如是須菩提除如更無有法可得誰住如中住如中已當得阿耨多羅三藐三菩提誰住如中當說法如尚不可得何況住如得阿耨多羅三藐三菩提誰住如中而說法何以故是如生不可得滅不可得住異不可得若法生滅住異不可得是中誰當住如誰當住如已得阿耨多羅三藐三菩提誰當住如而說法無有是處釋提桓因白佛言世尊諸菩薩摩訶薩所爲甚難深般若波羅蜜中欲得阿耨多羅三藐三菩提何以故世尊無有如中住者亦無當得阿耨多羅三藐三菩提者亦無說法者菩薩摩訶薩於是處心不驚不沒不怖不畏不疑不悔爾時須菩提語釋提桓因汝憍尸迦說菩薩摩訶薩所爲甚難是甚深法中心不驚不沒不怖不畏不疑不悔憍

尸迦諸法空中誰驚誰沒誰怖誰畏誰疑誰悔是時釋提桓因語須菩提須菩提所説但爲空事無所罣礙譬如仰射空中箭去無礙須菩提説法無礙亦如是

摩訶般若波羅蜜經卷第二十一

音釋

釋提桓因（桓胡官切帝釋別名也）薩婆若（梵語也此云一切智若爾者切）阿鞞跋致（梵語也此云不退轉鞞蒲糜切）拘躄（拘音俱手拘攣也躄必歷切足不能行也）撞擊（撞助江切撞鍾也擊吉力切擊皷也）渧（音滴水點也）羼提（梵語也此云忍辱羼初限初澗二切）

摩訶般若波羅蜜經卷第二十二

姚秦三藏法師鳩摩羅什共僧叡譯

囑累品第六十六

爾時釋提桓因白佛言世尊我如是說如是答爲隨順法不爲正答不佛告釋提桓因言憍尸迦汝所說所答實皆隨順釋提桓因言希有世尊須菩提所樂說皆是爲空爲無相無作爲四念處乃至爲阿耨多羅三藐三菩提佛告釋提桓因言須菩提比丘行空時檀那波羅蜜不可得何況行檀那波羅蜜者乃至般若波羅蜜不可得何況行般若波羅蜜者四念處不可得何況修四念處者乃至八聖道分不可得何況修八聖道分者禪解脫三昧定不可得何況修禪解脫三昧定者佛十力不可得何況修佛十力者四無所畏不可得何況能生四無所畏者四無礙智不可得何況生四無礙智者大慈大悲不可得何況行大慈大悲者十八不共法不可得何況生十八不共法者阿耨多羅三藐三菩提不可得何況得阿耨多羅三藐三菩提者一切智不可得何況得一切智者如來不可得何況當作如來者無生法不可得何況得無生法作證者三十二相不可得何況得三十二相者八十隨形好不可得何況得八十隨形好者何以故憍尸迦須菩提比丘一切法離行一切法無所得行一切法空行一切法無相行一切法無作行憍尸迦是爲須菩提比丘所行欲比菩薩摩訶薩般若波羅蜜行者百分不及一千分千萬億分乃至算數譬喻所不能及何以故除佛行是菩薩摩訶薩行

般若波羅蜜於聲聞辟支佛諸行中最尊最妙最上以是故菩薩摩訶薩欲得於一切衆生中最上當行是般若波羅蜜行何以故憍尸迦諸菩薩摩訶薩行般若波羅蜜時過聲聞辟支佛地入菩薩位能具足佛法得一切種智斷一切煩惱習作佛是會中諸三十三天以天曼陀羅華散佛及僧是時八百比丘從座起以華散佛偏袒右肩合掌右膝著地白佛言世尊我等當行是無上行聲聞辟支佛所不能行爾時佛知諸比丘心行便微笑如諸佛法種種色光青黃赤白紅縹從口中出徧照三千大千世界遶佛三帀還從頂入爾時阿難偏袒右肩右膝著地白佛言世尊何因緣微笑諸佛不以無因緣而笑佛告阿難是八百比丘於星宿劫中當得阿耨多羅三藐三菩提佛名散華皆同一字比丘僧國土壽命皆等各各過十萬歲出家作佛是時諸國土常雨五色天華以是故阿難菩薩摩訶薩欲行最上行應當行般若波羅蜜佛告阿難若有善男子善女人能行是深般若波羅蜜當知是菩薩人中死此間生若兜率天上死來生此間若人中若兜率天上廣聞是深般若波羅蜜阿難我見是諸菩薩摩訶薩能行是深般若波羅蜜阿難若有善男子善女人聞是深般若波羅蜜受持讀誦親近正憶念轉復以般若波羅蜜教化行菩薩道者當知是菩薩面從佛聞深般若波羅蜜乃至親近亦從諸佛種善根善男子善女人當作是念我等非聲聞所種善根亦不從聲聞所聞是深般若波羅蜜阿難若有善男子善女

人受持是深般若波羅蜜讀誦親近隨義隨法行當知是善男子善女人則爲面見佛阿難若有善男子善女人聞是深般若波羅蜜信心清淨不可沮壞當知是善男子善女人曾供養佛種善根與善知識相得阿難於諸佛福田種善根雖不虛誑要得聲聞辟支佛佛而得解脱應當深了了行六波羅蜜乃至一切種智阿難若菩薩深了了行六波羅蜜乃至一切種智是人若住聲聞辟支佛道不得阿耨多羅三藐三菩提無有是處是故阿難我以般若波羅蜜囑累汝阿難汝若受持一切法除般若波羅蜜若忘若失其過小小無有大罪阿難汝受持深般若波羅蜜若忘失一句其過甚大阿難汝若受持深般若波羅蜜還忘失其罪甚多以是故阿難囑累汝是深般若波羅蜜汝當善受持讀誦令利阿難若有善男子善女人受持般若波羅蜜則爲受持過去未來現在諸佛阿耨多羅三藐三菩提阿難若善男子善女人現在供養我恭敬尊重讚歎華香瓔珞擣香澤香衣服旛蓋應當受持般若波羅蜜讀誦說親近供養恭敬尊重讚歎華香乃至旛蓋阿難供養般若波羅蜜則爲供養我亦供養過去未來現在佛已若有善男子善女人聞說深般若波羅蜜信心清淨恭敬愛樂則爲信心清淨恭敬愛樂過去未來現在諸佛已阿難汝愛樂佛不捨離當愛樂般若波羅蜜莫捨離阿難深般若波羅蜜乃至一句不應令失阿難我說囑累因緣甚多今但略說如我爲世尊般若波羅蜜亦是世尊以是故阿難種種因緣

囑累汝般若波羅蜜阿難今我於一切世間天人阿脩羅中囑累汝諸欲不捨佛不捨法不捨僧不捨過去未來現在諸佛阿耨多羅三藐三菩提者慎莫捨般若波羅蜜阿難是我所教化弟子法阿難若善男子善女人受持深般若波羅蜜讀誦說正憶念復爲他人種種廣說其義開示演暢分明令易解是善男子善女人疾得阿耨多羅三藐三菩提疾近薩婆若何以故般若波羅蜜中生諸佛阿耨多羅三藐三菩提阿難過去未來諸佛阿耨多羅三藐三菩提皆從般若波羅蜜中生今現在東方南方西方北方四維上下諸佛阿耨多羅三藐三菩提亦從般若波羅蜜生以是故阿難諸菩薩摩訶薩欲得阿耨多羅三藐三菩提應當學六波羅蜜何以故六波羅蜜是菩薩摩訶薩母生諸菩薩故阿難若有菩薩摩訶薩學是六波羅蜜皆當得阿耨多羅三藐三菩提以是故我以六波羅蜜倍復囑累汝阿難是六波羅蜜是諸佛無盡法藏阿難十方諸佛現在說法皆從六波羅蜜法藏中出過去諸佛亦從六波羅蜜中學得阿耨多羅三藐三菩提未來諸佛亦從六波羅蜜中學得阿耨多羅三藐三菩提過去未來現在諸佛弟子皆從六波羅蜜中學得滅度已得今得當得滅度阿難汝爲聲聞人說法令三千大千世界中衆生皆得阿羅漢果證猶未爲我弟子事汝若以般若波羅蜜相應一句教菩薩摩訶薩則爲我弟子事我亦歡喜勝教三千大千世界中衆生令得阿羅漢復次阿難是三千大千世界中衆生不前

不後一時皆得阿羅漢果證是諸阿羅漢行布施功德持戒禪定功德是功德多不阿難言甚多世尊佛言不如弟子以般若波羅蜜相應法爲菩薩摩訶薩說乃至一日其福甚多置一日但半日置半日但一食頃置一食頃但須臾間說其福甚多何以故菩薩摩訶薩善根勝一切聲聞辟支佛故菩薩摩訶薩自欲得阿耨多羅三藐三菩提亦示教利喜他人令得阿耨多羅三藐三菩提阿難如是菩薩行六波羅蜜行四念處乃至行一切種智增益善根若不得阿耨多羅三藐三菩提無有是處說是般若波羅蜜品時佛在四衆中天人龍鬼神緊那羅摩睺羅伽等於大衆前而現神足變化一切大衆皆見阿閦佛比丘僧圍遶說法大衆譬如大海水皆是阿羅漢諸漏盡無煩惱皆得自在得好解脫心解脫慧解脫其心調柔譬如大象所作已辦逮得已利盡諸有結正智得解脫一切心心數法中得自在及諸菩薩摩訶薩無量功德成就爾時佛攝神足一切大衆不復見阿閦佛聲聞人菩薩摩訶薩及其國土不與眼作對何以故佛攝神足故爾時佛告阿難如是阿難一切法不與眼作對法法不相見法法不相知如是阿難如阿閦佛弟子菩薩國土不與眼作對如是阿難一切法不與眼作對法法不相見法法不相知何以故一切法無知無見無作無動不可捉不可思議如幻人無受無覺無眞實菩薩摩訶薩如是行爲行般若波羅蜜亦不著諸法阿難菩薩摩訶薩如是學名爲學般若波羅蜜欲得諸波羅蜜當

學般若波羅蜜何以故如是學名爲第一學最上學微妙學如是學安樂利益一切世間無護者爲作護如是學是諸佛所學諸佛住是學中能以右手舉三千大千世界還著本處是中衆生無覺知者何以故阿難諸佛學是般若波羅蜜過去未來現在法中得無礙知見阿難般若波羅蜜於諸學中最尊第一微妙無上阿難有人欲得般若波羅蜜邊際爲欲得虛空邊際何以故阿難般若波羅蜜無有量我初不說般若波羅蜜量名衆句衆字衆是有量般若波羅蜜無有量阿難白佛言世尊般若波羅蜜何以故無有量佛告阿難般若波羅蜜無盡故無有量般若波羅蜜離故無有量阿難過去諸佛皆學是般若波羅蜜得度是般若波羅蜜故不盡未來世諸

佛亦學是般若波羅蜜得度是般若波羅蜜故不盡現在十方諸佛皆學是般若波羅蜜得度是般若波羅蜜故不盡已不盡今不盡當不盡阿難欲盡般若波羅蜜爲欲盡虛空般若波羅蜜不可盡已不盡今不盡當不盡禪那波羅蜜乃至檀那波羅蜜不可盡已不盡今不盡當不盡乃至一切種智亦如是何以故是一切法皆無生若法無生云何有盡爾時佛出覆面舌相告阿難從今日於四衆中廣演開示分別般若波羅蜜當令分明易解何以故是深般若波羅蜜中廣說諸法相是中求聲聞辟支佛求佛者皆當於中學學已各得成就阿難是深般若波羅蜜則是一切字門行是深般若波羅蜜能入陀隣尼門學是陀隣尼諸菩薩得一切樂說辯才阿難

般若波羅蜜是三世諸佛妙法以是故阿難我爲汝了了説若有人受持深般若波羅蜜讀誦親近是人則能持三世諸佛阿耨多羅三藐三菩提阿難我説般若波羅蜜是行者足汝持是般若波羅蜜得陀隣尼故則能持一切諸法

不可盡品第六十七

爾時須菩提作是念是諸佛阿耨多羅三藐三菩提甚深我當問佛作是念已白佛言世尊是般若波羅蜜不可盡佛言虚空不可盡故般若波羅蜜不可盡世尊云何應生般若波羅蜜佛言色不可盡故般若波羅蜜應生受想行識不可盡故般若波羅蜜應生檀那波羅蜜不可盡故般若波羅蜜應生尸羅波羅蜜羼提波羅蜜毗梨耶波羅蜜禪那波羅蜜般若波羅蜜不可盡故般若波羅蜜應生乃至一切種智不可盡故般若波羅蜜應生復次須菩提癡空不可盡故菩薩摩訶薩般若波羅蜜應生行空不可盡故菩薩般若波羅蜜應生識空不可盡故菩薩般若波羅蜜應生名色空不可盡故菩薩般若波羅蜜應生六處空不可盡故菩薩般若波羅蜜應生六觸空不可盡故菩薩般若波羅蜜應生受空不可盡故菩薩般若波羅蜜應生愛空不可盡故菩薩般若波羅蜜應生取空不可盡故菩薩般若波羅蜜應生有空不可盡故菩薩般若波羅蜜應生生空不可盡故菩薩般若波羅蜜應生老死憂悲苦惱空不可盡故菩薩般若波羅蜜應生如是須菩提菩薩摩訶薩般若波羅蜜應生須菩提如是十二因

緣是獨菩薩法能除諸邊顛倒坐道場時應如是觀當得一切種智須菩提若有菩薩摩訶薩以虛空不可盡法行般若波羅蜜觀十二因緣不墮聲聞辟支佛地住阿耨多羅三藐三菩提須菩提若求菩薩道而轉還者皆離般若波羅蜜念故是人不知云何行般若波羅蜜以虛空不可盡法觀十二因緣須菩提若求菩薩道而轉還者皆不得是方便力故於阿耨多羅三藐三菩提而轉還須菩提若菩薩摩訶薩於阿耨多羅三藐三菩提不轉還者皆得是方便力故須菩提菩薩摩訶薩應以虛空不可盡法觀般若波羅蜜應以虛空不可盡法生般若波羅蜜如是須菩提菩薩摩訶薩觀十二因緣時不見法無因緣生不見法常不滅不見法有我人壽者命者衆生乃至知者見者不見法無常不見法苦不見法無我不見法寂滅非寂滅如是須菩提菩薩摩訶薩行般若波羅蜜應如是觀十二因緣須菩提若菩薩摩訶薩能如是行般若波羅蜜是時不見色若常若無常若苦若樂若我若無我若寂滅若非寂滅受想行識亦如是須菩提菩薩摩訶薩是時亦不見般若波羅蜜亦不見以是法見般若波羅蜜禪那波羅蜜乃至阿耨多羅三藐三菩提亦不見阿耨多羅三藐三菩提亦不見以是法見阿耨多羅三藐三菩提如是須菩提一切法不可得故是爲應般若波羅蜜行若菩薩行無所得般若波羅蜜時惡魔愁毒如箭入心譬如人新喪父母如是須菩提是惡魔見菩薩行無所得般若波羅蜜時便大愁毒如箭

入心須菩提白佛言世尊但一魔愁毒三千大千世界中魔亦復愁毒佛告須菩提三千大千世界中諸惡魔皆愁毒如箭入心各於其座不能自安須菩提菩薩摩訶薩能如是行般若波羅蜜是時一切世間天及人阿脩羅不能得其便令其憂惱須菩提以是故菩薩摩訶薩欲得阿耨多羅三藐三菩提當行是般若波羅蜜菩薩摩訶薩行般若波羅蜜時具足修檀那波羅蜜尸羅波羅蜜羼提波羅蜜毗梨耶波羅蜜禪那波羅蜜般若波羅蜜須菩提菩薩摩訶薩行般若波羅蜜時具足諸波羅蜜須菩提白佛言世尊菩薩摩訶薩行般若波羅蜜時云何具足檀那波羅蜜尸羅波羅蜜羼提波羅蜜毗梨耶波羅蜜禪那波羅蜜般若波羅蜜佛告須菩提菩薩摩訶薩所有布施皆迴向薩婆若如是須菩提菩薩摩訶薩行般若波羅蜜時具足檀那波羅蜜須菩提菩薩摩訶薩所有持戒皆迴向薩婆若是爲具足尸羅波羅蜜菩薩摩訶薩所有忍辱皆迴向薩婆若是爲具足羼提波羅蜜菩薩摩訶薩所有精進皆迴向薩婆若是爲具足毗梨耶波羅蜜菩薩摩訶薩所有禪定皆迴向薩婆若是爲具足禪那波羅蜜菩薩摩訶薩所有智慧皆迴向薩婆若是爲具足般若波羅蜜如是須菩提菩薩摩訶薩行般若波羅蜜具足六波羅蜜

六度相攝品第六十八

須菩提白佛言世尊云何菩薩摩訶薩住檀那波羅蜜取尸羅波羅蜜佛告須菩提菩薩摩訶薩布施時持是布施迴向薩婆若於衆

生中住慈身口意業是爲菩薩住檀那波羅蜜取尸羅波羅蜜世尊云何菩薩住檀那波羅蜜取羼提波羅蜜佛告須菩提菩薩布施時受者瞋恚罵辱惡言加之是時菩薩忍辱不生瞋恚心是爲菩薩住檀那波羅蜜取羼提波羅蜜世尊云何菩薩住檀那波羅蜜取毗梨耶波羅蜜佛言菩薩布施時受者瞋恚罵辱惡言加之菩薩增益布施心作是念我應當施不應有所惜即時生身精進心精進是爲菩薩住檀那波羅蜜取毗梨耶波羅蜜世尊云何菩薩摩訶薩住檀那波羅蜜取禪那波羅蜜佛言菩薩布施時迴向薩婆若不趣聲聞辟支佛地但一心念薩婆若是爲菩薩住檀那波羅蜜取禪那波羅蜜世尊云何菩薩摩訶薩住檀那波羅蜜取般若波羅蜜佛言菩薩布施時知布施空如幻不見爲衆生布施有益無益是爲菩薩住檀那波羅蜜取般若波羅蜜須菩提白佛言世尊云何菩薩摩訶薩住尸羅波羅蜜取檀那波羅蜜羼提波羅蜜毗梨耶波羅蜜禪那波羅蜜般若波羅蜜佛告須菩提菩薩摩訶薩住尸羅波羅蜜中身口意生布施福德助阿耨多羅三藐三菩提持是功德不取聲聞辟支佛地住尸羅波羅蜜中不奪他命不劫他物不行邪婬不妄語不兩舌不惡口不綺語不貪嫉不瞋恚不邪見所有布施饑者與食渴者與飲須乘與乘須衣與衣須香與香須瓔珞與瓔珞塗香臥具房舍燈燭資生所須盡給與之持是布施與衆生共之迴向阿耨多羅三藐三菩提如是迴向不墮聲聞辟支佛地須菩

提是為菩薩摩訶薩住尸羅波羅蜜取檀那波羅蜜世尊云何菩薩摩訶薩住尸羅波羅蜜取羼提波羅蜜佛言菩薩摩訶薩住尸羅波羅蜜中若有衆生來節節支解菩薩於是中不生瞋恚心乃至一念作是言我得大利衆生來取我支節我無一念瞋恚是為菩薩住尸羅波羅蜜中取羼提波羅蜜世尊云何菩薩摩訶薩住尸羅波羅蜜取毗梨耶波羅蜜佛言若菩薩摩訶薩身精進心精進常不捨作是念一切衆生在生死中我當拔著甘露地是為菩薩住尸羅波羅蜜中取毗梨耶波羅蜜世尊云何菩薩摩訶薩住尸羅波羅蜜取禪那波羅蜜佛言菩薩入初禪第二第三第四禪不貪聲聞辟支佛地作是念我當住禪那波羅蜜中度一切衆生生死是為菩薩住尸羅波羅蜜取禪那波羅蜜世尊云何菩薩摩訶薩住尸羅波羅蜜取般若波羅蜜佛言菩薩住尸羅波羅蜜中無有法可見若作法若無作法若數法若相法若有若無但見諸法不過如相以般若波羅蜜方便力故不墮聲聞辟支佛地是為菩薩住尸羅波羅蜜取般若波羅蜜須菩提白佛言世尊云何菩薩摩訶薩住羼提波羅蜜取檀那波羅蜜佛言菩薩從初發心乃至道場於其中間若一切衆生來瞋恚罵詈若節節支解菩薩住於忍辱作是念我應布施一切衆生不應不與是衆生須食與食須飲與飲乃至資生所須盡皆與之持是功德與一切衆生共之迴向阿耨多羅三藐三菩提是菩薩迴向時不生二心誰迴向者迴向何處是為菩薩住羼

提波羅蜜取檀那波羅蜜世尊云何菩薩摩訶薩住羼提波羅蜜取尸羅波羅蜜佛言菩薩從初發心乃至道場於其中間終不奪他命不與不取乃至不邪見亦不貪聲聞辟支佛地持是功德與一切衆生共之迴向阿耨多羅三藐三菩提是菩薩迴向時三種心不生誰迴向迴向阿耨多羅三藐三菩提用何法迴向迴向何處是爲菩薩住羼提波羅蜜取尸羅波羅蜜世尊云何菩薩摩訶薩住羼提波羅蜜取毗梨耶波羅蜜佛言菩薩住羼提波羅蜜生精進作是念我當往一由旬若十由旬百千萬億由旬過一世界乃至過百千萬億世界乃至教一人令持五戒何況令得須陀洹果乃至阿羅漢果辟支佛道阿耨多羅三藐三菩提持是功德與一切衆生共之迴向阿耨多羅三藐三菩提是爲菩薩住羼提波羅蜜取毗梨耶波羅蜜世尊云何菩薩摩訶薩住羼提波羅蜜取禪那波羅蜜佛言菩薩住羼提波羅蜜離欲離惡不善法有覺有觀離生喜樂入初禪乃至入第四禪是諸禪中淨心心數法皆迴向薩婆若迴向時是菩薩諸禪及禪支皆不可得是爲菩薩住羼提波羅蜜取禪那波羅蜜世尊云何菩薩摩訶薩住羼提波羅蜜取般若波羅蜜佛言菩薩住羼提波羅蜜觀諸法若離相若寂滅相若無盡相不以寂滅相作證乃至坐道場得一切種智從道場起便轉法輪是爲菩薩住羼提波羅蜜取般若波羅蜜須菩提白佛言世尊云何菩薩摩訶薩住毗梨耶波羅蜜取檀那波羅蜜佛告須菩提菩薩住毗梨耶波羅

蜜身心精進不懈不息作是念我必應當得阿耨多羅三藐三菩提不應不得是菩薩爲利益衆生故住一由旬若百千萬億由旬若過一世界若過百千萬億世界住毗梨耶波羅蜜中若不得一人教令入佛道中若聲聞道中若辟支佛道中或得一人教令行十善道精進不懈作是法施及以財施令具足持是功德與衆生共之迴向阿耨多羅三藐三菩提不迴向聲聞辟支佛地是爲菩薩住毗梨耶波羅蜜取檀那波羅蜜世尊云何菩薩摩訶薩住毗梨耶波羅蜜取尸羅波羅蜜佛言菩薩住毗梨耶波羅蜜從初發意乃至坐道場自不殺生不教他殺讚不殺生法歡喜讚歎不殺生者乃至自遠離邪見教他遠離邪見讚不邪見法歡喜讚歎不邪見者是菩薩住尸羅波羅蜜因緣不求欲界色界無色界福不求聲聞辟支佛地持是功德與衆生共之迴向阿耨多羅三藐三菩提菩薩不生三種心不見迴向者不見迴向法不見迴向處是爲菩薩住毗梨耶波羅蜜取尸羅波羅蜜世尊云何菩薩摩訶薩住毗梨耶波羅蜜取羼提波羅蜜佛言菩薩住毗梨耶波羅蜜從初發意乃至生道場於其中間若人若非人來節節支解菩薩作是念割我者誰截我者誰奪我者誰復作是念我大得善利我爲衆生故受身衆生還自來取是時菩薩正憶念諸法實相持是功德與衆生共之迴向阿耨多羅三藐三菩提不向聲聞辟支佛地是爲菩薩住毗梨耶波羅蜜取羼提波羅蜜世尊云何菩薩摩訶薩住毗梨耶波羅蜜取禪

那波羅蜜佛言菩薩住毗梨耶波羅蜜離欲離惡不善法有覺有觀離生喜樂入初禪第二第三第四禪入慈悲喜捨乃至入非有想非無想處持是禪無量無色定不受果報生於利益衆生之處以六波羅蜜成就衆生所謂檀那波羅蜜乃至般若波羅蜜從一佛土至一佛土親近供養諸佛種善根故是爲菩薩住毗梨耶波羅蜜取禪那波羅蜜世尊云何菩薩摩訶薩住毗梨耶波羅蜜取般若波羅蜜佛言菩薩住毗梨耶波羅蜜不見檀那波羅蜜法不見檀那波羅蜜相乃至不見禪那波羅蜜法不見禪那波羅蜜相四念處乃至一切種智亦不見法亦不見相見一切法非法非非法於法中無所著是菩薩所作如所言是爲菩薩住毗梨耶波羅蜜取般若波羅蜜須菩提白佛言世尊云何菩薩摩訶薩住禪那波羅蜜取檀那波羅蜜佛言菩薩住禪那波羅蜜離諸欲離惡不善法有覺有觀離生喜樂入初禪第二第三第四禪入慈悲喜捨乃至非有想非無想處住禪那波羅蜜中心不亂行二施以施衆生法施財施自行二施教他行二施讃歎二施法歡喜讃歎行二施者持是功德與衆生共之迴向阿耨多羅三藐三菩提不向聲聞辟支佛地是爲菩薩住禪那波羅蜜取檀那波羅蜜世尊云何菩薩摩訶薩住禪那波羅蜜取尸羅波羅蜜佛言菩薩住禪那波羅蜜不生婬欲瞋恚愚癡心不生惱他心但修行一切智相應心持是功德與衆生共之迴向阿耨多羅三藐三菩提不向聲聞辟支佛地是爲菩薩住禪那

波羅蜜取尸羅波羅蜜世尊云何菩薩摩訶薩住禪那波羅蜜取羼提波羅蜜佛言菩薩住禪那波羅蜜觀色如聚沫觀受如泡觀想如野馬觀行如芭蕉觀識如幻作是觀時見五陰無堅固相作是念割我者誰截我者誰誰受誰想誰行誰識誰罵者誰受罵者誰生瞋恚是爲菩薩住禪那波羅蜜取羼提波羅蜜世尊云何菩薩摩訶薩住禪那波羅蜜取毗梨耶波羅蜜佛言菩薩住禪那波羅蜜離欲離惡不善法有覺有觀離生喜樂入初禪第二第三第四禪是諸禪及支取相生種種神通履水如地入地如水如先說天耳聞二種聲若天若人知他心若攝心若亂心乃至有上心無上心憶種種宿命如先說以天眼淨過人眼見衆生乃至如業受報如先說菩薩住是五神通從一佛土至一佛土親近供養諸佛種善根成就衆生淨佛國土持是功德與衆生共之迴向阿耨多羅三藐三菩提是爲菩薩住禪那波羅蜜取毗梨耶波羅蜜世尊云何菩薩摩訶薩住禪那波羅蜜取般若波羅蜜佛言菩薩住禪那波羅蜜不得色不得受想行識不得檀那波羅蜜尸羅波羅蜜羼提波羅蜜毗梨耶波羅蜜禪那波羅蜜不得般若波羅蜜不得四念處乃至不得一切種智不得有爲性不得無爲性不得故不作不作故不生不生故不滅何以故有佛無佛如法相法性常住不生不滅常一心應薩婆若行是爲菩薩住禪那波羅蜜取般若波羅蜜須菩提白佛言世尊云何菩薩摩訶薩住般若波羅蜜取檀那波羅蜜佛言菩薩住

般若波羅蜜内空内空不可得外空外空不可得内外空内外空不可得空空空空不可得乃至一切法空一切法空不可得菩薩住是十四空中不得色相若空若不空不得受想行識相若空若不空不得四念處若空若不空乃至不得阿耨多羅三藐三菩提若空若不空不得有爲性無爲性若空若不空是菩薩摩訶薩如是住般若波羅蜜中有所布施若飲食衣服種種資生之具觀是布施空何等空施者受者及財物空不令慳著心生何以故菩薩摩訶薩行般若波羅蜜從初發意乃至坐道場無有妄想分別如諸佛得阿耨多羅三藐三菩提時無慳著心菩薩摩訶薩亦如是行般若波羅蜜時無慳著心是菩薩所可尊者般若波羅蜜是爲菩薩住般若波羅蜜取檀那波羅蜜世尊云何菩薩摩訶薩住般若波羅蜜取尸羅波羅蜜佛言菩薩住般若波羅蜜不生聲聞辟支佛心何以故是菩薩聲聞辟支佛地不可得趣向聲聞辟支佛心亦不可得是菩薩摩訶薩從初發意乃至坐道場於其中間自不殺生不教他殺讚不殺法歡喜讚歎不殺生者乃至自不邪見不教他邪見讚不邪見法歡喜讚歎不邪見者以是持戒因緣無法可取若聲聞若辟支佛地何況餘法是爲菩薩住般若波羅蜜取尸羅波羅蜜世尊云何菩薩摩訶薩住般若波羅蜜取羼提波羅蜜佛言菩薩住般若波羅蜜隨順法忍生作是念此法中無有法若起若滅若生若死若受罵詈若受惡口若割若截若破若縛若打若殺是菩薩從初

發意乃至坐道場若一切衆生來駡詈惡口刀杖瓦石割截傷害心不動作是念甚可怪此法中無有法受駡詈惡口割截傷害者而衆生受是苦惱是爲菩薩住般若波羅蜜取羼提波羅蜜世尊云何菩薩摩訶薩住般若波羅蜜取毗梨耶波羅蜜佛言菩薩住般若波羅蜜爲衆生説法令行檀那波羅蜜尸羅波羅蜜羼提波羅蜜毗梨耶波羅蜜禪那波羅蜜般若波羅蜜教令行四念處乃至八聖道分令得須陀洹果斯陀含果阿那含果阿羅漢果辟支佛道令得阿耨多羅三藐三菩提不住有爲性中不住無爲性中是爲菩薩住般若波羅蜜取毗梨耶波羅蜜世尊云何菩薩摩訶薩住般若波羅蜜取禪那波羅蜜佛言菩薩住般若波羅蜜除諸佛三昧入餘一切三昧若聲聞三昧若辟支佛三昧若菩薩三昧皆行皆入是菩薩住諸三昧逆順出入八背捨何等八内有色相外觀色是初背捨内無色相外觀色二背捨淨背捨身作證三背捨過一切色相滅有對相不念種種相故入無量虛空處四背捨過一切虛空處入無邊識處五背捨過一切識處入無所有處六背捨過一切無所有處入非有想非無想處七背捨過一切非有想非無想處入滅受想定八背捨於是八背捨逆順出入九次第定何等九離諸欲離諸惡不善法有覺有觀離生喜樂入初禪乃至過非有想非無想處入滅受想定是名九次第定逆順出入是菩薩依八背捨九次第定入師子奮迅三昧云何名師子奮迅三昧須菩提菩薩離欲離惡

不善法有覺有觀離生喜樂入初禪乃至入滅受想定從滅受想定起還入非有想非無想處非有想非無想處起乃至還入初禪是菩薩依師子奮迅三昧入超越三昧云何爲超越三昧須菩提菩薩離欲離諸惡不善法有覺有觀離生喜樂入初禪從初禪起乃至入非有想非無想處非有想非無想處起入滅受想定滅受想定起還入初禪從初禪起入滅受想定滅受想定起入二禪二禪起入滅受想定滅受想定起入三禪三禪起入滅受想定滅受想定起入四禪四禪起入滅受想定滅受想定起入空處空處起入滅受想定滅受想定起入識處識處起入滅受想定滅受想定起入無所有處無所有處起入滅受想定滅受想定起入非有想非無想處非有想非無想處起入滅受想定滅受想定起入散心中散心中起入滅受想定滅受想定起還入散心中散心中起入非有想非無想處非有想非無想處起還住散心中散心中起入無所有處無所有處起住散心中散心中起入識處識處起住散心中散心中起入空處空處起住散心中散心中起入第四禪中第四禪中起住散心中散心中起入第三禪中第三禪中起住散心中散心中起入第二禪中第二禪中起住散心中散心中起入初禪中初禪中起住散心中是菩薩摩訶薩住超越三昧得諸法等相是爲菩薩住般若波羅蜜取禪那波羅蜜

摩訶般若波羅蜜經卷第二十二

摩訶般若波羅蜜經卷第二十三

姚秦三藏法師鳩摩羅什共僧叡譯

大方便品第六十九

爾時須菩提白佛言世尊是菩薩摩訶薩如是方便力成就者發意已來幾時佛告須菩提是菩薩摩訶薩能成就方便力者發意已來無量億阿僧祇劫須菩提言世尊是菩薩摩訶薩如是成就方便力者爲供養幾佛佛言是菩薩成就方便力者供養如恒河沙等諸佛須菩提白佛言世尊菩薩得如是方便力者種何等善根佛言菩薩成就如是方便力者從初發意已來於檀那波羅蜜無不具足於尸羅波羅蜜羼提波羅蜜毗梨耶波羅蜜禪那波羅蜜般若波羅蜜無不具足須菩提白佛言世尊菩薩摩訶薩成就如是方便力者甚希有佛言如是如是須菩提菩薩摩訶薩成就如是方便力者甚希有須菩提譬如日月周行照四天下多有所益般若波羅蜜亦如是照五波羅蜜多有所益須菩提譬如轉輪聖王若無輪寶不得名爲轉輪聖王輪寶成就故得名爲轉輪聖王五波羅蜜亦如是若離般若波羅蜜不得波羅蜜名字不離般若波羅蜜故得波羅蜜名字須菩提譬如無夫婦人易可侵陵五波羅蜜亦如是遠離般若波羅蜜魔若魔天壞之則易譬如有夫婦人難可侵陵五波羅蜜亦如是得般若波羅蜜魔若魔天不能沮壞須菩提譬如軍將鎧仗具足隣國強敵所不能壞五波羅蜜亦如是不遠離般若波羅蜜魔若魔天若增上慢人乃至菩薩旃陀羅所不能壞須菩提

譬如諸小國王隨時朝侍轉輪聖王五波羅蜜亦如是隨順般若波羅蜜譬如衆川萬流皆入於恒河隨入大海五波羅蜜亦如是般若波羅蜜所守護故隨到薩婆若譬如人之右手所作事便般若波羅蜜亦如是如人左手造事不便五波羅蜜亦如是譬如衆流若大若小俱入大海合爲一味五波羅蜜亦如是爲般若波羅蜜所護隨般若波羅蜜入薩婆若得波羅蜜名字譬如轉輪聖王四種兵輪寶在前導王意欲住輪則爲住令四種兵滿其所願輪亦不離其處般若波羅蜜亦如是導五波羅蜜到薩婆若常是中住不過其處譬如轉輪聖王四種兵輪寶在前導般若波羅蜜亦如是導五波羅蜜到薩婆若住般若波羅蜜亦不分別檀波羅蜜隨從我尸羅波羅蜜羼提波羅蜜毗梨耶波羅蜜禪波羅蜜不隨從我檀波羅蜜亦不分別我隨從般若波羅蜜尸羅波羅蜜羼提波羅蜜毗梨耶波羅蜜禪波羅蜜不隨從尸羅波羅蜜羼提波羅蜜毗梨耶波羅蜜禪波羅蜜亦如是何以故諸波羅蜜性無所能作自性空虚誑如野馬爾時須菩提白佛言世尊若一切法自性空云何菩薩摩訶薩行六波羅蜜當得阿耨多羅三藐三菩提佛告須菩提菩薩摩訶薩行六波羅蜜時作是念是世間心皆顛倒我若不行方便力不能度脫衆生生死我當爲衆生故行檀波羅蜜尸羅波羅蜜羼提波羅蜜毗梨耶波羅蜜禪波羅蜜般若波羅蜜是菩薩爲衆生故捨内外物捨時作是念我無所捨何以故是物必當壞敗菩薩作如是

思惟能具足檀波羅蜜爲衆生故終不破戒何以故菩薩作是念我爲衆生發阿耨多羅三藐三菩提若殺生是所不應乃至我爲衆生發阿耨多羅三藐三菩提若作邪見若貪著聲聞辟支佛地是所不應菩薩摩訶薩如是思惟能具足尸羅波羅蜜菩薩爲衆生故不瞋心乃至不生一念菩薩如是思惟我應利益衆生云何而起瞋心菩薩如是能具足羼提波羅蜜菩薩爲衆生故乃至阿耨多羅三藐三菩提常不生懈怠心菩薩如是行能具足毗梨耶波羅蜜菩薩爲衆生故乃至得阿耨多羅三藐三菩提不生散亂心菩薩如是行能具足禪波羅蜜菩薩爲衆生故乃至阿耨多羅三藐三菩提終不離智慧何以故除智慧不可以餘法度脱衆生故菩薩如是行能具足般若波羅蜜須菩提白佛言世尊若諸波羅蜜無差别相云何般若波羅蜜於五波羅蜜中第一最上微妙佛告須菩提如是如是諸波羅蜜雖無差别若無般若波羅蜜五波羅蜜不得波羅蜜名字因般若波羅蜜五波羅蜜得波羅蜜名字須菩提譬如種種色鳥到須彌山王邊皆同一色五波羅蜜亦如是因般若波羅蜜到薩婆若中一種無異不分别是檀波羅蜜是尸羅波羅蜜是羼提波羅蜜是毗梨耶波羅蜜是禪波羅蜜是般若波羅蜜何以故是諸波羅蜜無自性故以是因緣故諸波羅蜜無差别須菩提白佛言世尊若隨實義無分别云何般若波羅蜜於五波羅蜜中最上微妙佛言如是如是須菩提雖實義中無有分别但以世俗法故説

檀波羅蜜尸羅波羅蜜羼提波羅蜜毗梨耶波羅蜜禪波羅蜜般若波羅蜜爲欲度衆生生死是衆生實不生不死不起不退須菩提衆生無所有故當知一切法無所有以是因緣故般若波羅蜜於五波羅蜜中最上最妙須菩提譬如閻浮提衆女人中玉女寶第一最上最妙般若波羅蜜亦如是於五波羅蜜中第一最上最妙須菩提白佛言世尊佛以何意故說般若波羅蜜最上最妙佛告須菩提是般若波羅蜜取一切善法到薩婆若中住不住故須菩提白佛言世尊般若波羅蜜有法可取可捨不佛言不也須菩提般若波羅蜜無法可取無法可捨何以故一切法不取不捨故世尊般若波羅蜜於何等法不取不捨佛言般若波羅蜜於色不取不捨於受想行識乃至阿耨多羅三藐三菩提不取不捨世尊云何不取色乃至不取阿耨多羅三藐三菩提佛言若菩薩不念色乃至不念阿耨多羅三藐三菩提是名不取色乃至不取阿耨多羅三藐三菩提須菩提言世尊若不念色乃至不念阿耨多羅三藐三菩提云何得增益善根善根不增云何具足諸波羅蜜若不具足諸波羅蜜云何得阿耨多羅三藐三菩提佛告須菩提若菩薩不念色乃至不念阿耨多羅三藐三菩提是時善根增益善根增益故具足諸波羅蜜諸波羅蜜具足故得阿耨多羅三藐三菩提何以故不念色乃至不念阿耨多羅三藐三菩提時便得阿耨多羅三藐三菩提世尊何因緣故色不念時乃至阿耨多羅三藐三菩提不念時便得阿

耨多羅三藐三菩提佛言以念故著欲界色界無色界不念故無所著如是須菩提菩薩摩訶薩行般若波羅蜜不應有所著世尊菩薩摩訶薩如是行般若波羅蜜當住何處佛言菩薩摩訶薩如是行不住色乃至不住一切種智世尊何因緣故色中不住乃至一切種智中不住佛言不著故不住何以故是菩薩不見有法可著可住如是須菩提菩薩摩訶薩以不著不住法行般若波羅蜜須菩提若菩薩摩訶薩作是念若能如是行如是修是行般若波羅蜜我今行般若波羅蜜修般若波羅蜜若如是取相則遠離般若波羅蜜若遠離般若波羅蜜則遠離檀波羅蜜乃至遠離一切種智何以故般若波羅蜜無有著處亦無著者自性無故菩薩摩訶薩若復如是取相則於般若波羅蜜退若退般若波羅蜜則是退阿耨多羅三藐三菩提不得受記菩薩摩訶薩復作是念住是般若波羅蜜能生檀波羅蜜乃至能生大悲若作是念則爲失般若波羅蜜失般若波羅蜜者則不能生檀波羅蜜乃至不能生大悲菩薩若復作是念諸佛知諸法無受想故得阿耨多羅三藐三菩提菩薩若作如是演說開示教詔則失般若波羅蜜何以故諸佛於諸法無所知無所得亦無法可說何況當有所得無有是處須菩提白佛言世尊菩薩行般若波羅蜜云何無是過失佛言若菩薩摩訶薩行般若波羅蜜作是念諸法無所有不可取若法無所有不可取則無所得若如是行爲行般若波羅蜜若菩薩摩訶薩著無所有法則遠離般

若波羅蜜何以故般若波羅蜜中無有著法故須菩提白佛言世尊般若波羅蜜遠離般若波羅蜜耶檀波羅蜜遠離檀波羅蜜耶乃至一切種智遠離一切種智耶世尊若般若波羅蜜遠離般若波羅蜜乃至一切種智遠離一切種智菩薩云何得般若波羅蜜乃至得一切種智佛言菩薩摩訶薩行般若波羅蜜時不生色是色誰色乃至一切種智不生是一切種智誰一切種智如是菩薩能生般若波羅蜜乃至能生一切種智復次須菩提菩薩摩訶薩行般若波羅蜜時不觀色若常若無常若苦若樂若我若非我若空若不空若離若非離何以故自性不能生自性乃至一切種智亦如是若菩薩摩訶薩行般若波羅蜜如是觀色乃至觀一切種智能生般若波羅蜜乃至能生一切種智譬如轉輪聖王有所至處四種兵皆隨從般若波羅蜜亦如是有所至處五波羅蜜皆悉隨從到薩婆若中住譬如善御駕駟不失平道隨意所至般若波羅蜜亦如是御五波羅蜜不失正道至薩婆若須菩提言世尊何等是菩薩摩訶薩道何等是非道佛言聲聞道非菩薩道辟支佛道非菩薩道一切智道是菩薩摩訶薩道須菩提是名菩薩摩訶薩道非道須菩提言世尊諸菩薩摩訶薩般若波羅蜜爲大事故起所謂示是道是非道佛言如是如是須菩提般若波羅蜜爲大事故起所謂示是道是非道須菩提是般若波羅蜜爲度無量衆生故起爲利益阿僧祇衆生故起般若波羅蜜雖作是利益亦不受色亦不受受想行識亦

不受聲聞辟支佛地須菩提般若波羅蜜是諸菩薩摩訶薩導示阿耨多羅三藐三菩提能令離聲聞辟支佛地住薩婆若般若波羅蜜無所生無所滅諸法常住故須菩提言世尊若般若波羅蜜無所生無所滅云何菩薩摩訶薩行般若波羅蜜時云何應布施云何應持戒云何應修忍云何應勤精進云何應入禪定云何應修智慧佛告須菩提菩薩摩訶薩念薩婆若應布施念薩婆若應持戒忍辱精進禪定智慧是菩薩摩訶薩持是功德與衆生共之應迴向阿耨多羅三藐三菩提若如是迴向則具足修六波羅蜜及慈悲心諸功德須菩提若菩薩摩訶薩不遠離六波羅蜜則不遠離薩婆若以是故須菩提菩薩摩訶薩欲得阿耨多羅三藐三菩提應學應行六波羅蜜菩薩摩訶薩行六波羅蜜具足一切善根當得阿耨多羅三藐三菩提以是故須菩提菩薩摩訶薩應習行六波羅蜜須菩提言世尊云何菩薩摩訶薩應習行六波羅蜜佛言菩薩摩訶薩應如是觀色不合不散受想行識不合不散乃至一切種智不合不散是名菩薩摩訶薩習行六波羅蜜復次須菩提菩薩摩訶薩應作是念我當不住色中不住受想行識中乃至不住一切種智中如是應習行六波羅蜜何以故是色無所住乃至薩婆若無所住如是須菩提菩薩摩訶薩以無住法習行六波羅蜜應當得阿耨多羅三藐三菩提須菩提譬如士夫欲食菴羅果若波那婆果當種其子隨時溉灌守護漸漸生長時節和合便有果實得而食之須菩

提菩薩摩訶薩亦如是欲得阿耨多羅三藐三菩提當學六波羅蜜以布施攝取衆生持戒忍辱精進禪定智慧攝取衆生度衆生生死如是行當得阿耨多羅三藐三菩提以是故須菩提菩薩摩訶薩欲不隨他人語當學般若波羅蜜欲淨佛國土成就衆生欲坐道場欲轉法輪當學般若波羅蜜須菩提白佛言世尊應如是學般若波羅蜜耶佛言菩薩應如是學般若波羅蜜欲於諸法得自在當學般若波羅蜜何以故學是般若波羅蜜於一切諸法中得自在故復次須菩提般若波羅蜜於一切諸法中最大譬如大海於萬川中最大般若波羅蜜亦如是於一切諸法中最大以是故諸欲求聲聞辟支佛及菩薩道應當學般若波羅蜜檀波羅蜜乃至一切種智須菩提譬如射師執如意弓箭不畏怨敵菩薩摩訶薩亦如是行般若波羅蜜乃至一切種智魔若魔天所不能壞以是故須菩提菩薩摩訶薩欲得阿耨多羅三藐三菩提應學般若波羅蜜是行般若波羅蜜菩薩為十方諸佛所念須菩提白佛言世尊云何十方諸佛念是菩薩摩訶薩佛告須菩提菩薩摩訶薩行檀波羅蜜時十方諸佛皆念行尸羅波羅蜜羼提波羅蜜毗梨耶波羅蜜禪波羅蜜般若波羅蜜時十方諸佛皆念云何念布施不可得持戒忍辱精進禪定智慧不可得乃至一切種智不可得菩薩能如是不得諸法故諸佛念是菩薩摩訶薩復次須菩提諸佛不以色故念不以受想行識故念乃至不以一切種智故念須菩提言世尊菩薩摩訶

薩多有所學實無所學佛言如是如是須菩提菩薩多有所學實無所學何以故是菩薩所學諸法皆不可得須菩提白佛言世尊佛所說法若略若廣於此法中諸菩薩摩訶薩欲求阿耨多羅三藐三菩提六波羅蜜若略若廣應當受持親近讀誦讀誦已思惟正觀心心數法不行故佛告須菩提如是如是菩薩摩訶薩略廣學六波羅蜜當知一切法略廣相須菩提言世尊云何菩薩摩訶薩知一切法略廣相佛言知色如相知受想行識乃至知一切種智如相如是能知一切法略廣相須菩提言世尊云何色如相云何受想行識乃至一切種智如相佛告須菩提是色如無生無滅無住異是名色如相乃至一切種智如相無生無滅無住異是名一切種智如相是中菩薩摩訶薩應學復次須菩提菩薩摩訶薩知諸法實際時知一切法略廣相世尊何等是諸法實際佛言無際是名實際菩薩學是實際知一切諸法略廣相須菩提若菩薩摩訶薩知諸法法性是菩薩能知一切法略廣相世尊何等是諸法法性佛言色性是名法性是性無分無非分須菩提菩薩摩訶薩知法性故知一切法略廣相須菩提白佛言世尊復云何應知一切法略廣相佛言若菩薩摩訶薩知一切法不合不散須菩提言世尊何等法不合不散佛言色不合不散受想行識不合不散乃至一切種智不合不散有爲性無爲性不合不散何以故是諸法自性無云何有合有散若法自性無是爲非法法與非法不合不散如是應當知一切法

略廣相須菩提言世尊是名菩薩摩訶薩略攝般若波羅蜜世尊是略攝般若波羅蜜中初發意菩薩摩訶薩應學乃至十地菩薩摩訶薩亦應學是菩薩摩訶薩學是略攝般若波羅蜜則知一切法略廣相世尊是門利根菩薩摩訶薩能入佛言鈍根菩薩亦可入是門中根菩薩散心菩薩亦可入是門是門無礙若菩薩摩訶薩一心學者皆入是門懈怠少精進妄憶念亂心者所不能入精進不懈怠正憶念攝心者能入欲住阿鞞跋致地欲逮一切種智者能入是菩薩摩訶薩如般若波羅蜜所説當學乃至如檀波羅蜜所説當學是菩薩摩訶薩當得一切智是菩薩摩訶薩行般若波羅蜜所有魔事欲起即滅以是故菩薩摩訶薩欲得方便力當行般若波羅蜜若菩薩摩訶薩如是行如是習如是修般若波羅蜜是時無量阿僧祇國土中現在諸佛念是行般若波羅蜜菩薩何以故是般若波羅蜜中生過去未來現在諸佛故以是故菩薩摩訶薩應如是思惟過去未來現在諸佛所得法我亦當得如是須菩提菩薩摩訶薩應習般若波羅蜜若如是習般若波羅蜜疾得阿耨多羅三藐三菩提以是故菩薩摩訶薩常應不遠離薩婆若念若菩薩摩訶薩如是行般若波羅蜜乃至彈指頃是菩薩福德甚多若有人教三千大千國土中衆生自恣布施教令持戒禪定智慧教令得解脱解脱知見教令得須陀洹果乃至阿羅漢果辟支佛道不如是菩薩修般若波羅蜜乃至彈指頃何以故是般若波羅蜜中生布施持戒

禪定智慧須陀洹果乃至辟支佛道十方現在諸佛亦從般若波羅蜜中生過去未來諸佛亦從般若波羅蜜中生故復次須菩提菩薩摩訶薩應薩婆若念行般若波羅蜜若須臾時若半日若一日若一月若百日若一歲若百歲若一劫若百劫乃至無量無邊阿僧祇劫是菩薩修是般若波羅蜜福德甚多勝於教十方恒河沙等世界中衆生布施持戒禪定智慧解脱解脱知見教令得須陀洹果乃至辟支佛道何以故諸佛從般若波羅蜜中生説是布施持戒禪定智慧解脱解脱知見須陀洹果乃至辟支佛道若有菩薩摩訶薩如般若波羅蜜所説住當知是菩薩摩訶薩是阿鞞跋致爲諸佛所念如是方便力成就當知是菩薩親近供養無量千萬億諸佛種善根與善知識相隨久行六波羅蜜久修十八空四念處乃至八聖道分佛十力乃至一切種智當知是菩薩住法王子地滿足諸願常不離諸佛不離諸善根從一佛國至一佛國當知是菩薩辯才無盡具足陀羅尼身色具足受記具足故爲衆生受身當知是菩薩善知字門善知非字門善於言善於不言善於一言善於二言善於多言善知女語善知男語善知色乃至識善知世間性善知涅槃性善知法相善知有爲相善知無爲相善知有法善知無法善知自性善知他性善知合法善知散法善知相應法善知不相應法善知相應不相應法善知如善知不如善知法性善知法位善知緣善知無緣善知陰善知界善知入善知四諦善知十二因緣善知

四禪善知四無量心善知無色定善知六波羅蜜善知四念處乃至善知一切種智善知有爲性善知無爲性善知有性善知無性善知色觀善知受想行識觀乃至善知一切種智觀善知色色相空善知受想行識識相空乃至善知菩提菩提相空善知捨道善知不捨道善知生善知滅善知住異善知欲善知瞋善知癡善知不欲善知不瞋善知不癡善知見善知不見善知邪見善知正見善知一切見善知名善知色善知名色善知因緣善知次第緣善知緣緣善知增上緣善知行相善知苦善知集善知滅善知道善知地獄善知餓鬼善知畜生善知人善知天善知地獄趣善知餓鬼趣善知畜生趣善知人趣善知天趣善知須陀洹善知須陀洹果善知須陀洹道善知斯陀含善知斯陀含果善知斯陀含道善知阿那含善知阿那含果善知阿那含道善知阿羅漢善知阿羅漢果善知阿羅漢道善知辟支佛善知辟支佛果善知辟支佛道善知佛善知一切種智善知一切種智道善知諸根善知諸根具足善知慧善知疾慧善知有力慧善知利慧善知出慧善知達慧善知廣慧善知深慧善知大慧善知無等慧善知實慧善知過去世善知未來世善知現在世善知方便善知待衆生善知心善知深心善知義善知語善知分別三乘須菩提菩薩摩訶薩行般若波羅蜜生般若波羅蜜修般若波羅蜜得如是等利益

三慧品第七十

須菩提白佛言世尊菩薩摩訶薩云何行般

若波羅蜜云何生般若波羅蜜云何修般若波羅蜜佛言色寂滅故色空故色虛誑故色不堅實故應行般若波羅蜜受想行識亦如是如汝所問云何生般若波羅蜜如虛空生故應生般若波羅蜜如汝所問云何修般若波羅蜜修諸法破壞故應修般若波羅蜜須菩提言世尊行般若波羅蜜生般若波羅蜜修般若波羅蜜應幾時佛言從初發意乃至坐道場應行應生應修般若波羅蜜須菩提白佛言世尊次第心應行般若波羅蜜佛言常不捨薩婆若心不令餘念得入爲行般若波羅蜜爲生般若波羅蜜爲修般若波羅蜜若心心數法不行故爲行般若波羅蜜爲生般若波羅蜜爲修般若波羅蜜須菩提白佛言世尊菩薩摩訶薩修般若波羅蜜當得薩婆若不佛言不世尊不修般若波羅蜜得薩婆若不佛言不世尊修不修得薩婆若不佛言不世尊非修非不修得薩婆若不佛言不世尊若不爾云何當得薩婆若佛言菩薩摩訶薩得薩婆若如如相世尊云何如如相如實際云何如實際如法性云何如法性如我性衆生性壽命性世尊云何我性衆生性壽命性佛告須菩提於汝意云何我衆生壽命法可得不須菩提言不可得佛言若我衆生壽命不可得云何當說有我性衆生性壽命性若般若波羅蜜中不說有一切法當得一切種智須菩提言世尊但般若波羅蜜是不可說禪波羅蜜乃至檀波羅蜜亦不可說佛告須菩提般若波羅蜜不可說檀波羅蜜乃至一切法若有爲若無爲若聲聞法若辟支

佛法若菩薩法若佛法亦不可說世尊若一切法不可說云何說是地獄是畜生是餓鬼是人是天是須陀洹是斯陀含阿那含阿羅漢辟支佛是諸佛佛告須菩提於汝意云何是衆生名字實可得不須菩提言世尊不可得佛言若衆生不可得云何當說有地獄餓鬼畜生人天須陀洹乃至佛如是須菩提菩薩摩訶薩行般若波羅蜜時應當學一切法不可說須菩提言世尊菩薩摩訶薩行般若波羅蜜時應學色受想行識乃至應學一切種智佛告須菩提菩薩摩訶薩學般若波羅蜜時應學色不增不減乃至應學一切種智不增不減須菩提言世尊云何色不增不減學乃至一切種智不增減學佛言不生不滅故學世尊云何名不生不滅學佛言不起不作諸行業若有若無故世尊云何名不起不作諸行業若有若無佛言觀諸法自性空故世尊云何應觀諸法自相空佛言應觀色色相空應觀受想行識識相空應觀眼眼相空乃至意色乃至法眼識界乃至意識界意識界相空應觀內空內空相空乃至應觀自相空自相空相空應觀四禪四禪相空乃至滅受想定滅受想定相空應觀四念處四念處相空乃至阿耨多羅三藐三菩提阿耨多羅三藐三菩提相空如是須菩提菩薩行般若波羅蜜時應行諸法自相空世尊若色色相空乃至阿耨多羅三藐三菩提阿耨多羅三藐三菩提相空云何菩薩摩訶薩應行般若波羅蜜佛言不行是名行般若波羅蜜世尊云何不行是行般若波羅蜜佛言般若波羅

蜜不可得故菩薩不可得行亦不可得行者行法行處不可得故是名菩薩摩訶薩行不行般若波羅蜜一切諸戲論不可得故世尊若不行是菩薩摩訶薩行般若波羅蜜初發意菩薩云何行般若波羅蜜須菩提菩薩從初發意已來應學空無所得法是菩薩用無所得法故布施持戒忍辱精進禪定用無所得法故修智慧乃至一切種智亦如是須菩提白佛言世尊云何名有所得云何名無所得佛告須菩提諸有二者是有所得無有二者是無所得世尊何等是二有所得何等是不二無所得佛言眼色爲二乃至意法爲二乃至阿耨多羅三藐三菩提佛爲二是名爲二世尊從有所得中無所得從無所得中無所得佛言不從有所得中無所得不從無所得中無所得須菩提有所得無所得平等是名無所得如是須菩提菩薩摩訶薩於有所得無所得平等法中應學須菩提菩薩摩訶薩如是學般若波羅蜜是名無所得者無有過失須菩提白佛言世尊若菩薩行般若波羅蜜不行有所得不行無所得云何從一地至一地得一切種智佛告須菩提菩薩摩訶薩行般若波羅蜜時不住有所得中從一地至一地何以故有所得中住不能從一地至一地何以故須菩提無所得是般若波羅蜜相無所得是阿耨多羅三藐三菩提相無所得亦是行般若波羅蜜者相須菩提菩薩摩訶薩應如是行般若波羅蜜須菩提白佛言世尊若般若波羅蜜不可得阿耨多羅三藐三菩提亦不可得行般若波羅蜜者亦不可

得云何菩薩摩訶薩分別諸法相是色是受想行識乃至是阿耨多羅三藐三菩提佛告須菩提菩薩摩訶薩行般若波羅蜜時不得色不得受想行識乃至不得阿耨多羅三藐三菩提世尊若菩薩摩訶薩行般若波羅蜜色不可得乃至阿耨多羅三藐三菩提不可得云何具足檀波羅蜜乃至具足般若波羅蜜入菩薩法位中入已淨佛國土成就衆生得一切種智得一切種智已轉法輪作佛事度衆生生死佛告須菩提菩薩摩訶薩不爲色故行般若波羅蜜乃至不爲阿耨多羅三藐三菩提故行般若波羅蜜須菩提白佛言世尊菩薩爲何事故行般若波羅蜜佛言無所爲故行般若波羅蜜何以故一切諸法無所爲無所作般若波羅蜜亦無所爲無所作阿耨多羅三藐三菩提亦無所爲無所作菩薩亦無所爲無所作如是須菩提菩薩摩訶薩應行般若波羅蜜無所爲無所作須菩提白佛言世尊若諸法無所爲無所作不應分別有三乘聲聞辟支佛佛乘佛告須菩提諸法無所爲無所作中無有分別有所爲有所作中有分別何以故凡夫愚人不聞聖法著五受陰所謂色受想行識著檀波羅蜜乃至著阿耨多羅三藐三菩提是人念有是色得是色乃至念有是阿耨多羅三藐三菩提得是阿耨多羅三藐三菩提是菩薩作是念我當得阿耨多羅三藐三菩提我當度衆生生死須菩提我以五眼觀尚不得色乃至阿耨多羅三藐三菩提何況是狂愚人無目而欲得阿耨多羅三藐三菩提度脫衆生生死須

菩提白佛言世尊若佛以五眼觀不見衆生生死中可度者今世尊云何得阿耨多羅三藐三菩提分別衆生有三聚正定邪定不定須菩提我得阿耨多羅三藐三菩提初不得衆生三聚若正定若邪定若不定須菩提以衆生無法有法想我已除其妄著世俗法故說有得非第一義世尊非住第一義得阿耨多羅三藐三菩提耶佛言不也世尊住顛倒得阿耨多羅三藐三菩提耶佛言不也世尊若不住第一義中得亦不住顛倒中得將無世尊不得阿耨多羅三藐三菩提耶佛言不也我實得阿耨多羅三藐三菩提無所住若有爲相若無爲相須菩提譬如佛所化人不住有爲相不住無爲相化人亦有來有去亦坐亦立須菩提是化人若行檀波羅蜜行尸羅波羅蜜羼提波羅蜜毗梨耶波羅蜜禪波羅蜜般若波羅蜜行四禪四無量心四無色定五神通行四念處乃至行八聖道分入空三昧無相三昧無作三昧行內空乃至無法有法空行八背捨九次第定佛十力四無所畏四無礙智大慈大悲得阿耨多羅三藐三菩提轉法輪是化人化作無量衆生有三聚須菩提於汝意云何是化人有行檀波羅蜜乃至有三聚衆生不須菩提言不也須菩提佛亦如是知諸法如化如化人度化衆生無有實衆生可度如是須菩提菩薩摩訶薩行般若波羅蜜如佛所化人行須菩提白佛言世尊若一切法如化佛與化人有何等差別佛告須菩提佛與化人無有差別何以故佛能有所作化人亦能有所作世尊若無佛化

獨能有所作不佛言能有所作須菩提言世尊云何無佛化能有所作須菩提譬如過去有佛名須扇多爲欲度菩薩故化作佛而自滅度是化佛住半劫作佛事授應菩薩行者記已滅度一切世間衆生謂佛實滅度須菩提化人實無生無滅如是須菩提菩薩行般若波羅蜜當信知諸法如化世尊若佛佛所化人無差別者云何令布施清淨如人供養佛是衆生乃至無餘涅槃福德不盡若供養化佛是人乃至無餘涅槃福德亦應不盡耶佛語須菩提佛以諸法實相故與一切衆生天及人作福田化佛亦以諸法實相故與一切衆生天及人作福田佛告須菩提置是化佛及於化佛所種福德若有善男子善女人但以敬心念佛是善根因緣乃至畢苦其福不盡須菩提置是敬心念佛若有善男子善女人但以一華散虚空中念佛乃至畢苦其福不盡須菩提置是敬心念佛散華念佛若有人一稱南無佛乃至畢苦其福不盡如是須菩提佛福田中種其福無量以是故須菩提當知佛與化佛無有差別諸法法相無異故須菩提菩薩摩訶薩應如是行般若波羅蜜入諸法實相中是諸法實相不應壞所謂般若波羅蜜相乃至阿耨多羅三藐三菩提相不應壞須菩提白佛言世尊若諸法實相不應壞佛何以壞諸法相言是色是受想行識是内法是外法是善法是不善法是有漏是無漏是世間是出世間是有諍法是無諍法是有爲法是無爲法等世尊將無壞諸法相佛告須菩提不也以名字相故示諸法欲

令衆生解佛不壞諸法法相須菩提白佛言世尊若以名字相故說諸法令衆生解世尊若一切法無名無相云何以名相示衆生欲令解佛告須菩提隨世俗法有名相實無著處須菩提如凡人聞說苦著名隨相須菩提諸佛及弟子不著名不隨相須菩提若名著名相著相空亦應著空無相亦應著無相無作亦應著無作實際亦應著實際法性亦應著法性無爲性亦應著無爲性須菩提是一切法但有名相是法不住名相中如是須菩提菩薩摩訶薩但名相中住應行般若波羅蜜是名相中亦不應著世尊若一切有爲法但名相者菩薩摩訶薩爲誰故發阿耨多羅三藐三菩提心受種種勤苦菩薩行道時布施持戒行忍辱勤精進入禪定修智慧行四禪四無量心四無色定四念處乃至八聖道分行空行無相行無作行佛十力乃至具足大慈大悲佛言如須菩提所說若一切有爲法但有名相者菩薩摩訶薩爲誰故行菩薩道須菩提若有爲法但有名相等是名相名相亦空以是故菩薩摩訶薩行菩薩道得一切種智得一切種智已轉法輪轉法輪已以三乘法度脫衆生是名相亦無生無滅無住異爾時須菩提白佛言世尊世尊說一切種智佛告須菩提我說一切種智須菩提言佛說一切智說道種智說一切種智是三種智有何差別佛告須菩提薩婆若是一切聲聞辟支佛智道種智是菩薩摩訶薩智一切種智是諸佛智須菩提白佛言世尊何因緣故薩婆若是聲聞辟支佛智佛告須菩提一切

名所謂内外法是聲聞辟支佛能知不能用一切道一切種須菩提言世尊何因緣故道種智是諸菩薩摩訶薩智佛告須菩提一切道菩薩摩訶薩應知若聲聞道辟支佛道菩薩道應具足知亦應用是道度衆生亦不作實際證須菩提白佛言世尊如佛説菩薩摩訶薩應具足諸道不應以是道實際作證耶佛告須菩提是菩薩未淨佛土未成就衆生是時不應實際作證須菩提白佛言世尊菩薩住道中應實際作證不佛言不也世尊住非道中實際作證佛言不也世尊住道非道實際作證佛言不也世尊住非道亦非非道實際作證佛言不也世尊菩薩摩訶薩住何處應實際作證佛告須菩提於汝意云何汝住道中不受諸法故漏盡心得解脱不須菩提言不也世尊汝住非道漏盡心得解脱不不也世尊汝住非道亦非非道漏盡心得解脱不不也世尊我無所住不受諸法漏盡心得解脱佛告須菩提菩薩摩訶薩亦如是無所住應實際作證須菩提言世尊云何爲一切種智相佛言一相故名一切種智所謂一切法寂滅相復次諸法行類相貌名字顯示説佛如實知以是故名一切種智須菩提白佛言世尊一切智道種智一切種智是三種智結斷有差别有盡有餘不佛言煩惱斷無差别諸佛煩惱習一切悉斷聲聞辟支佛煩惱習不悉斷世尊是諸人不得無爲法得斷煩惱耶佛言不也世尊無爲法中可得差别不佛言不也世尊若無爲法中不可得差别何

以故說是人煩惱習斷是人煩惱習不斷佛告須菩提習非煩惱是聲聞辟支佛身口有似婬欲瞋恚愚癡相凡夫愚人爲之得罪是三毒習諸佛無有須菩提白佛言世尊若道無法涅槃亦無法何以故分別說是須陀洹是斯陀含是阿那含是阿羅漢是辟支佛是菩薩是佛佛告須菩提是皆以無爲法而有分別是須陀洹是斯陀含是阿那含是阿羅漢是辟支佛是菩薩是佛世尊實以無爲法故分別有須陀洹乃至佛佛告須菩提世間言說故有差別非第一義第一義中無有分別說何以故第一義中無言說道斷結故說後際須菩提言世尊諸法自相空中前際不可得何況說有後際佛告須菩提如是如是諸法自相空中無有前際何況有後際無有是處須菩提以衆生不知諸法自相空故爲說是前際是後際諸法自相空中前際後際不可得如是須菩提菩薩摩訶薩應以自相空法行般若波羅蜜須菩提若菩薩行自相空法則無所著若内法若外法若有爲法若無爲法若聲聞法辟支佛法若佛法須菩提白佛言常說般若波羅蜜般若波羅蜜以何義故名般若波羅蜜佛言得第一義度一切法到彼岸以是義故名般若波羅蜜復次須菩提諸佛菩薩辟支佛阿羅漢用是般若波羅蜜得度彼岸以是義故名般若波羅蜜復次須菩提分別籌量破壞一切法乃至微塵是中不得堅實以是義故名般若波羅蜜復次須菩提諸法如法性實際皆入般若波羅蜜中以是義故名般若波羅蜜復次須菩提

是般若波羅蜜無有法若合若散若有色若無色若可見若不可見若有對若無對若有漏若無漏若有爲若無爲何以故是般若波羅蜜無色無形無對一相所謂無相復次須菩提是般若波羅蜜能生一切法一切樂說辯一切照明須菩提是般若波羅蜜魔若魔天求聲聞辟支佛人及餘異道梵志怨讎惡人不能壞菩薩行般若波羅蜜何以故是人輩般若波羅蜜中皆不可得故須菩提菩薩摩訶薩應如是行般若波羅蜜義復次須菩提菩薩摩訶薩欲行深般若波羅蜜義應行無常義苦義空義無我義亦應行苦智義集智義滅智義道智義法智義比智義世智義他心智義盡智義無生智義如實智義如是須菩提菩薩摩訶薩爲般若波羅蜜義故應行般若波羅蜜須菩提白佛言世尊是深般若波羅蜜中義與非義皆不可得云何菩薩爲深般若波羅蜜義故應行般若波羅蜜佛告須菩提菩薩摩訶薩爲深般若波羅蜜義故應如是念貪欲非義如是義不應行瞋恚愚癡非義如是義不應行一切邪見非義如是義不應行何以故三毒如相無有義無有非義一切邪見如相無有義無有非義復次須菩提菩薩摩訶薩應作是念色非義非非義乃至識非義非非義檀波羅蜜乃至阿耨多羅三藐三菩提非義非非義何以故須菩提佛得阿耨多羅三藐三菩提時無有法可得若義若非義須菩提有佛無佛諸法法相常住無有義無有非義如是須菩提菩薩摩訶薩行般若波羅蜜應離義及非義須菩提

白佛言世尊何以故般若波羅蜜非義非非義佛告須菩提一切有爲法無作相以是故般若波羅蜜非義非非義世尊一切賢聖若佛若佛弟子皆以無爲爲義云何佛言般若波羅蜜無有義非義佛言雖一切賢聖若佛若佛弟子皆以無爲爲義亦不以增亦不以損須菩提譬如虛空如不能益衆生不能損衆生如是須菩提菩薩摩訶薩般若波羅蜜無有增無有損世尊菩薩摩訶薩不學無爲般若波羅蜜得一切種智耶佛言如是如是須菩提菩薩摩訶薩學是無爲般若波羅蜜當得一切種智不以二法故世尊不二法能得不二法耶佛言不也須菩提言二法能得不二法耶佛言不也須菩提世尊菩薩摩訶薩若不以二法不以不二法云何當得一切種智須菩提無所得即是得以是得無所得

摩訶般若波羅蜜經卷第二十三

音釋

鎧仗 鎧可亥切甲也仗直亮切兵器也 駕駟 駕居訝切具車馬曰駕駟息利切一乘也四馬爲駟 溉灌 溉居代切沃也灌古玩切澆也

摩訶般若波羅蜜經卷第二十四

姚秦三藏法師鳩摩羅什共僧叡譯

道樹品第七十一

須菩提白佛言世尊是般若波羅蜜甚深世尊諸菩薩摩訶薩不得衆生而爲衆生求阿耨多羅三藐三菩提是爲甚難世尊譬如人欲於虛空中種樹是爲甚難世尊菩薩摩訶薩亦如是爲衆生故求阿耨多羅三藐三菩提衆生亦不可得佛告須菩提如是如是諸菩薩摩訶薩所爲甚難爲衆生故求阿耨多羅三藐三菩提度著吾我顛倒衆生須菩提譬如人種樹不識樹根莖枝葉華果而愛護溉灌漸漸長大華葉果實成就皆得用之如是須菩提諸菩薩摩訶薩爲衆生故求阿耨多羅三藐三菩提漸漸行六波羅蜜得一切種智成就佛樹以華葉果實益衆生須菩提何等爲葉益衆生因菩薩摩訶薩得離三惡道是爲葉益衆生何等爲華益衆生因菩薩摩訶薩得生刹利大姓婆羅門大姓居士大家四天王天處乃至非有想非無想天處是爲華益衆生何等爲果益衆生是菩薩摩訶薩得一切種智令衆生得須陀洹果斯陀含果阿那含果阿羅漢果辟支佛道佛道是衆生漸漸以三乘法於無餘涅槃而般涅槃是爲果益衆生是菩薩摩訶薩不得衆生實法而度衆生令離我顛倒著作是念一切諸法中無衆生我所爲衆生求一切種智是衆生實不可得須菩提白佛言世尊當知是菩薩爲如佛何以故是菩薩因緣故斷一切地獄種一切畜生種一切餓鬼種斷一切諸難斷

一切貧窮下賤道斷一切欲界色界無色界佛言如是如是須菩提當知是菩薩摩訶薩如佛須菩提若菩薩摩訶薩不發心求阿耨多羅三藐三菩提世間則無過去未來現在諸佛世間亦無辟支佛阿羅漢阿那含斯陀含須陀洹三惡趣及三界亦無斷時須菩提如汝所說是菩薩摩訶薩當知如佛如是如是須菩提當知是菩薩實如佛何以故以如故說如來以如故說辟支佛阿羅漢一切賢聖以如故說爲色乃至識以如故說一切法乃至有爲性無爲性是諸如如實無異以是故說名爲如諸菩薩摩訶薩學是如得一切種智得名如來以是因緣以是相故說菩薩摩訶薩當知如佛以如相故如是須菩提菩薩摩訶薩應學如般若波羅蜜菩薩學如般若波羅蜜則能學一切法如學一切法如則得具足一切法如具足一切法如已住一切法如得自在住一切法如得自在已善知一切衆生根善知一切衆生根已知一切衆生根具足亦知一切衆生業因緣知一切衆生業因緣已得願智具足得願智具足已淨三世慧淨三世慧已饒益一切衆生饒益一切衆生已淨佛國土淨佛國土已得一切種智得一切種智已轉法輪轉法輪已安立衆生於三乘令入無餘涅槃如是須菩提菩薩摩訶薩欲得一切功德自利利人應發阿耨多羅三藐三菩提心須菩提白佛言世尊是諸菩薩摩訶薩能如說行深般若波羅蜜一切世間天及人阿脩羅應當爲作禮佛告須菩提如是如是是菩薩摩訶薩能如說行深般

若波羅蜜一切世間天及人阿修羅應當爲作禮世尊是初發意菩薩摩訶薩爲衆生故求阿耨多羅三藐三菩提得幾所福德佛告須菩提若千國土中衆生皆發聲聞辟支佛意於汝意云何其福多不須菩提言甚多無量佛告須菩提其福不如初發意菩薩摩訶薩百倍千倍巨億萬倍乃至筭數譬喻所不能及何以故發聲聞辟支佛意者皆因菩薩出故菩薩終不因聲聞辟支佛出二千國土三千大千國土中亦如是置是三千大千國土中發意求聲聞辟支佛者若三千大千國土中衆生皆住乾慧地其福多不須菩提言甚多無量佛言不如初發意菩薩百倍千倍巨億萬倍乃至筭數譬喻所不能及置是住乾慧地衆生若三千大千國土中衆生皆住性地八人地見地薄地離欲地已辦地辟支佛地是一切福德欲比初發意菩薩百倍千倍巨億萬倍乃至筭數譬喻所不能及須菩提若三千大千國土中初發意菩薩不如入法位菩薩百千萬倍巨億萬倍乃至筭數譬喻所不能及若三千大千國土中入法位菩薩不如向佛道菩薩百千萬倍巨億萬倍乃至筭數譬喻所不能及若三千大千國土中向佛道菩薩不如佛功德百千萬倍巨億萬倍乃至筭數譬喻所不能及須菩提白佛言世尊初發心菩薩摩訶薩當念何等法佛言應念一切種智須菩提言何等是一切種智一切種智何等緣何等增上何等行何等相佛告須菩提一切種智無所有無念無生無示如須菩提所問一切種智何等緣何等增

上何等行何等相須菩提一切種智無法緣念爲增上寂滅爲行無相爲相須菩提是名一切種智緣增上行相須菩提白佛言世尊但一切種智無法色受想行識亦無法內外法亦無法四禪四無量心四無色定四念處四正勤四如意足五根五力七覺分八聖道分空三昧無相三昧無作三昧八背捨九次第定佛十力四無所畏四無礙智十八不共法大慈大悲大喜大捨初神通第二第三第四第五第六神通有爲相無爲相亦無法佛告須菩提色亦無法乃至有爲相無爲相亦無法須菩提言世尊何因緣故一切種智無法色無法乃至有爲無爲相亦無法佛言一切種智自性無故若法自性無是名無法色乃至有爲無爲相亦如是世尊何因緣故諸法自性無佛言諸法和合因緣生法中無自性若無自性是名無法以是故須菩提菩薩摩訶薩當知一切法無性何以故一切法性空故以是故當知一切法無性須菩提白佛言世尊若一切法無性初發意菩薩以何等方便力能行檀那波羅蜜淨佛國土成就衆生能行尸羅波羅蜜羼提波羅蜜毗梨耶波羅蜜禪那波羅蜜般若波羅蜜行初禪乃至第四禪行慈心乃至捨心行空處乃至非有想非無想處內空乃至無法有法空四念處乃至八聖道分空三昧無相三昧無作三昧八背捨九次第定佛十力四無所畏四無礙智十八不共法大慈大悲能行一切種智淨佛國土成就衆生佛告須菩提菩薩摩訶薩能學諸法無性亦能淨佛國土成就衆生知

國土衆生亦無性即是方便力須菩提是菩薩摩訶薩行檀那波羅蜜修學佛道行尸羅波羅蜜修學佛道羼提波羅蜜毗梨耶波羅蜜禪那波羅蜜般若波羅蜜修學佛道乃至行一切種智修學佛道亦知佛道無性是菩薩摩訶薩行六波羅蜜修學佛道乃至未成就佛十力四無所畏四無礙智十八不共法大慈大悲一切種智是爲修學佛道能具足是佛道因緣已用一念相應慧得一切種智爾時一切煩惱習永盡以不生故是時以佛眼觀三千大千國土無法尚不可得何況有法如是須菩提菩薩摩訶薩應行無性般若波羅蜜須菩提是名菩薩摩訶薩方便力無法尚不可得何況有法須菩提是菩薩摩訶薩若布施時布施無法尚不可知何況有法受者及菩薩心無法尚不可知何況有法乃至一切種智得者得法得處無法尚不可知何況有法何以故一切法本性爾非佛作非聲聞辟支佛作亦非餘人作一切法無作者故須菩提白佛言世尊諸法諸法性離耶佛言如是如是諸法諸法性離世尊若諸法諸法性離云何離法能知離法若有若無何以故無法不能知無法有法不能知有法無法不能知有法有法不能知無法世尊如是一切法無所有相云何菩薩摩訶薩作是分別是法若有若無佛言菩薩摩訶薩以世諦故示衆生若有若無非以第一義世尊世諦第一義諦有異耶須菩提世諦第一義諦無異也何以故世諦如即是第一義諦如以衆生不知不見是如故菩薩摩訶薩以世諦示衆

生若有若無復次須菩提衆生於五受陰中有著相故不知無所有爲是衆生故示若有若無令知清淨無所有如是須菩提菩薩摩訶薩應當作是行般若波羅蜜

菩薩行品第七十二

須菩提白佛言世尊世尊說菩薩行何等是菩薩行佛言菩薩行者爲阿耨多羅三藐三菩提行是名菩薩行世尊云何菩薩摩訶薩爲阿耨多羅三藐三菩提行是菩薩行佛言若菩薩摩訶薩行色空行受想行識空行眼空乃至意行色空乃至法行眼界空乃至意識界行檀那波羅蜜尸羅波羅蜜羼提波羅蜜毗梨耶波羅蜜禪那波羅蜜般若波羅蜜行內空行外空行內外空行空空行大空行第一義空有爲空無爲空畢竟空無始空散空諸法空性空自相空無法空有法空無法有法空行初禪第二第三第四禪行慈悲喜捨行無量虛空處行無量識處無所有處非有想非無想處行四念處四正勤四如意足五根五力七覺分八聖道分行空三昧行無相無作三昧行八背捨九次第定行佛十力行四無所畏行四無礙智行十八不共法行大慈大悲行淨佛國土行成就衆生行諸辯才行文字入無文字行諸陀羅尼門行有爲性行無爲性如阿耨多羅三藐三菩提不行二如是須菩提菩薩摩訶薩行般若波羅蜜名爲阿耨多羅三藐三菩提行是爲菩薩行須菩提白佛言世尊世尊說言佛何義故名佛佛告須菩提知諸法實義故名爲佛復次得諸法實相故名爲佛復次通達實義故名

爲佛復次如實知一切法故名爲佛須菩提言何義故名菩提須菩提空義是菩提義如義法性義實際義是菩提義復次須菩提名相言說是菩提義須菩提菩提實義不可壞不可分別是菩提義復次須菩提諸法實相不誑不異是菩提義以是故名菩提復次須菩提是菩提是諸佛所有故名菩提復次須菩提諸佛正徧知故名菩提須菩提白佛言世尊若菩薩摩訶薩爲是菩提行六波羅蜜乃至行一切種智於諸法何得何失何增何減何生何滅何垢何淨佛告須菩提若菩薩摩訶薩爲菩提行六波羅蜜乃至行一切種智於諸法無得無失無增無減無生無滅無垢無淨何以故菩薩摩訶薩行般若波羅蜜不爲得失增減生滅垢淨故出須菩提白佛言世尊若菩薩摩訶薩行般若波羅蜜不爲得失乃至不爲垢淨故出菩薩摩訶薩云何行般若波羅蜜能取檀那波羅蜜尸羅波羅蜜羼提波羅蜜毗梨耶波羅蜜禪那波羅蜜般若波羅蜜云何行内空乃至無法有法空云何行禪無量心無色定云何行四念處乃至八聖道分云何行空無相無作解脫門云何行佛十力四無所畏四無礙智十八不共法大慈大悲云何行菩薩十地云何過聲聞辟支佛地入菩薩位中佛告須菩提菩薩摩訶薩行般若波羅蜜時不以二法故行檀那波羅蜜尸羅波羅蜜羼提波羅蜜毗梨耶波羅蜜禪那波羅蜜般若波羅蜜不以二法乃至行一切種智須菩提言世尊若菩薩摩訶薩不以二法故行檀那波羅蜜乃至般若波

羅蜜不以二法故乃至行一切種智菩薩從初發意乃至後意云何善根增益佛告須菩提若行二法者善根不得增益何以故一切凡夫人皆依二法不得增益善根菩薩摩訶薩行不二法從初發意乃至後意於其中間增益善根以是故菩薩摩訶薩一切世間天及人阿脩羅無能伏無能壞其善根令墮聲聞辟支佛地及諸惡不善法不能制菩薩令不能行檀那波羅蜜增益善根乃至般若波羅蜜亦如是須菩提菩薩摩訶薩應如是行般若波羅蜜世尊菩薩摩訶薩爲善根故行般若波羅蜜不佛言不也須菩提菩薩亦不爲善根故行般若波羅蜜亦不爲非善根故行般若波羅蜜何以故須菩提菩薩摩訶薩法未供養諸佛未具足善根未得真知識不能得一切種智須菩提言世尊云何菩薩摩訶薩供養諸佛具足善根得真知識能得一切種智佛告須菩提菩薩摩訶薩從初發意供養諸佛諸佛所說十二部經修多羅乃至優波提舍是菩薩聞持誦利心觀了達了達故得陀羅尼得陀羅尼故能起無礙智起無礙智故所生處乃至薩婆若終不忘失亦於諸佛所種善根爲是善根所護終不墮惡道諸難以是善根因緣故得深心清淨得深心清淨故能淨佛國土成就衆生以是善根所護故常不離真知識所謂諸佛諸菩薩摩訶薩及諸聲聞能讚歎佛法衆者如是須菩提菩薩摩訶薩應供養諸佛種善根親近善知識

種善根品第七十三

須菩提白佛言世尊菩薩摩訶薩若不供養諸佛不具足善根不得真知識當得薩婆若不佛告須菩提菩薩摩訶薩供養諸佛種善根得真知識一切種智尚難得何况不供養諸佛不種善根不得真知識須菩提白佛言世尊菩薩摩訶薩供養諸佛種善根得真知識何以故難得一切種智佛告須菩提是菩薩摩訶薩遠離方便力不從諸佛聞方便力所種善根不具足不常隨善知識教世尊何等是方便力菩薩摩訶薩行是方便力得一切種智佛言菩薩摩訶薩從初發意行檀那波羅蜜應薩婆若念布施佛若辟支佛若聲聞若人若非人是時不生布施想受者想何以故觀一切法自相空無生無定相無所轉入諸法實相所謂一切法無作無起相菩薩以是方便力故增益善根增益善根故行檀那波羅蜜淨佛國土成就衆生布施不受世間果報但欲救度一切衆生故行檀那波羅蜜復次須菩提菩薩摩訶薩從初發意行尸羅波羅蜜應薩婆若念持戒時不墮婬怒癡中亦不墮諸煩惱纏縛及諸不善破道法若慳貪破戒瞋恚懈怠亂意愚癡慢大慢慢慢我慢增上慢不如慢邪慢若聲聞心若辟支佛心何以故是菩薩摩訶薩觀一切法自相空無生無定相無所轉入諸法實相所謂一切法無作無起相菩薩成就是方便力故增益善根增益善根故行尸羅波羅蜜淨佛國土成就衆生持戒不受世間果報但欲救度一切衆生故行尸羅波羅蜜復次須菩提菩薩摩訶薩從初發意行羼提波羅蜜應薩婆

若念方便力成就故行見諦道思惟道亦不取須陀洹果斯陀含阿那含阿羅漢果何以故是菩薩摩訶薩知諸法自相空無生無定相無所轉雖行是助道法而過聲聞辟支佛地須菩提是名菩薩無生法忍復次須菩提菩薩摩訶薩從初發意行毗梨耶波羅蜜入初禪乃至入第四禪入四無量心四無色定雖出入諸禪而不受果報何以故是菩薩成就是方便力故知諸禪定自相空無生無定相無所轉淨佛國土成就衆生精進不受世間果報但欲救度一切衆生故行毗梨耶波羅蜜復次須菩提菩薩摩訶薩從初發意行禪那波羅蜜應薩婆若念入八背捨九次第定亦不證須陀洹果乃至不證阿羅漢果何以故是菩薩摩訶薩知諸法自相空無生無定相無所轉復次須菩提菩薩摩訶薩從初發意行般若波羅蜜學佛十力四無所畏四無礙智十八不共法大慈大悲乃至未得一切種智未淨佛國土未成就衆生於其中間應如是學何以故是菩薩摩訶薩知諸法自相空無生無定相無所轉須菩提菩薩摩訶薩應如是行般若波羅蜜不受果報

徧學品第七十四

爾時須菩提白佛言世尊是菩薩摩訶薩大智慧成就行是深法亦不受果報佛告須菩提如是如是菩薩摩訶薩大智慧成就行是深般若波羅蜜亦不受果報何以故是菩薩摩訶薩諸法性中不動故世尊何等諸法性中不動佛言於無所有性中不動復次須菩提菩薩摩訶薩色性中不動受想行識性中

不動檀那波羅蜜性中不動尸羅波羅蜜羼提波羅蜜毗梨耶波羅蜜禪那波羅蜜般若波羅蜜性中不動四禪性中不動四無量心性中不動四無色定性中不動四念處性中不動乃至八聖道分性中不動空三昧無相無作三昧乃至大慈大悲性中不動何以故須菩提是諸法性即是無所有須菩提以無所有法不能得所有法須菩提言世尊所有法能得所有法不佛言不也世尊所有法能得無所有法不佛言不也世尊無所有法能得無所有法不佛言不也世尊若無所有不能得所有所有不能得所有所有不能得無所有無所有不能得無所有將無世尊不得道耶佛言有得不以此四句世尊云何有得佛言非所有非無所有無諸戲論是名得道

須菩提白佛言世尊何等是菩薩摩訶薩戲論佛告須菩提若菩薩摩訶薩觀色若常若無常是爲戲論觀受想行識若常若無常是爲戲論觀色若苦若樂受想行識若苦若樂是爲戲論觀色若我若非我受想行識若我若非我色若寂滅若不寂滅受想行識若寂滅若不寂滅是爲戲論若聖諦應見集聖諦應斷滅聖諦應證道聖諦應修是爲戲論應修四禪四無量心四無色定是爲戲論應修四念處四正勤四如意足五根五力七覺分八聖道分是爲戲論應修空解脫門無相解脫門無作解脫門是爲戲論應修八背捨九次第定是爲戲論我當過須陀洹果斯陀含果阿那含果阿羅漢果辟支佛道是爲戲論我當具足菩薩十地是爲戲論我當入菩薩

位是爲戲論我當淨佛國土是爲戲論我當成就衆生是爲戲論我當生佛十力四無所畏四無礙智十八不共法是爲戲論我當得一切種智是爲戲論我當斷一切煩惱習是爲戲論須菩提是菩薩摩訶薩行般若波羅蜜時色若常若無常不可戲論故不戲論受想行識若常若無常不可戲論故不戲論乃至一切種智不可戲論故不戲論何以故性不戲論性無性不戲論無性離性無性更無法可得所謂戲論者戲論法戲論處以是故須菩提色無戲論受想行識乃至一切種智無戲論如是須菩提菩薩摩訶薩應行無戲論般若波羅蜜須菩提白佛言世尊云何色不可戲論乃至一切種智不可戲論佛告須菩提色性無乃至一切種智性無須菩提若法性無即是無戲論以是故色不可戲論乃至一切種智不可戲論須菩提若菩薩摩訶薩能如是行無戲論般若波羅蜜是時得入菩薩位須菩提白佛言世尊若諸法無有性菩薩行何等道入菩薩位爲用聲聞道爲用辟支佛道爲用佛道佛告須菩提不以聲聞道不以辟支佛道不以佛道得入菩薩位菩薩摩訶薩徧學諸道得入菩薩位須菩提譬如八人先學諸道然後入正位未得果而先生果道菩薩亦如是先徧學諸道然後入菩薩位亦未得一切種智而先生金剛三昧爾時以一念相應慧得一切種智須菩提白佛言世尊若菩薩摩訶薩徧學諸道入菩薩位者八人向須陀洹得須陀洹向斯陀含得斯陀含向阿那含得阿那含向阿羅漢得阿羅

漢辟支佛道佛道是諸道各各異世尊若菩薩摩訶薩徧學諸道然後入菩薩位者是菩薩若生八道應作八人生見道應作須陀洹生思惟道應作斯陀含作阿那含作阿羅漢若生辟支佛道作辟支佛世尊若菩薩摩訶薩作八人然後入菩薩位無有是處不入菩薩位得一切種智亦無是處作須陀洹乃至作辟支佛然後入菩薩位亦無是處不入菩薩位得一切種智亦無是處世尊我云何當知菩薩摩訶薩徧學諸道得入菩薩位佛告須菩提如是如是若菩薩摩訶薩作八人得須陀洹果乃至得阿羅漢果得辟支佛道然後入菩薩位無有是處不入菩薩位當得一切種智無有是處須菩提若菩薩摩訶薩從初發意行六波羅蜜時以智觀過八地何等八地乾慧地性地八人地見地薄地離欲地已辦地辟支佛地以道種智入菩薩位入菩薩位已以一切種智斷一切煩惱習須菩提是八人若智若斷是菩薩無生法忍須陀洹若智若斷斯陀含若智若斷阿那含若智若斷阿羅漢若智若斷辟支佛若智若斷皆是菩薩無生法忍菩薩學如是聲聞辟支佛道以道種智入菩薩位入菩薩位已以一切種智斷一切煩惱習得佛道如是須菩提菩薩摩訶薩徧學諸道具足應得阿耨多羅三藐三菩提得阿耨多羅三藐三菩提已以是饒益衆生須菩提白佛言世尊世尊所説道聲聞道辟支佛道佛道何等是菩薩道種智佛告須菩提菩薩摩訶薩應生一切道種淨智須菩提何等是道種淨智若諸法相貌所可

顯示法菩薩應正知正知已爲他演説開示令諸衆生得解是菩薩摩訶薩應解一切音聲語言以是音聲説法徧滿三千大千世界如響相似是故須菩提菩薩摩訶薩應先具足學一切道道智具足已應分别知衆生深心所謂地獄衆生地獄道地獄因地獄果應知應障畜生餓鬼道畜生餓鬼因畜生餓鬼果應知應障諸龍鬼神乾闥婆緊那羅摩睺羅伽阿脩羅道因果應知應障人道因果應知諸天道因果應知四天王天三十三天夜摩天兜率陀天化樂天他化自在天梵天光音天徧淨天廣果天無想天阿婆羅訶天無熱天易見天喜見天阿迦尼吒天道因果應知無邊虚空處無邊識處無所有處非有想非無想處道因果應知四念處四正勤四如意足五根五力七覺分八聖道分因果應知空解脱門無相解脱門無作解脱門佛十力四無所畏四無礙智十八不共法大慈大悲因果應知菩薩以是道令衆生入須陀洹道乃至阿羅漢辟支佛道乃至阿耨多羅三藐三菩提道須菩提是名菩薩摩訶薩淨道種智菩薩學是道種智已入衆生深心相入已隨衆生心如應説法所言不虚何以故是菩薩摩訶薩善知衆生根相知一切衆生心心數法生死所趣須菩提菩薩摩訶薩如是應行般若波羅蜜何以故一切諸善法助道法皆入般若波羅蜜中諸菩薩摩訶薩聲聞辟支佛所應行須菩提白佛言世尊若四念處乃至阿耨多羅三藐三菩提是一切法皆不合不散無色無形無對一相所謂無相世尊

云何是助道法能取阿耨多羅三藐三菩提世尊是不合不散無色無形無對一相所謂無相法無所取無所捨譬如虛空無取無捨佛言如是如是須菩提諸法自相空無所取無所捨須菩提有衆生不知諸法自相空爲是衆生故顯示助道法令至阿耨多羅三藐三菩提復次須菩提所有色受想行識所有檀那波羅蜜尸羅波羅蜜羼提波羅蜜毗梨耶波羅蜜禪那波羅蜜般若波羅蜜所有内空外空乃至無法有法空初禪乃至非有想非無想處四念處乃至八聖道分三解脱門八背捨九次第定佛十力四無所畏四無礙智十八不共法大慈大悲一切種智等諸法於是聖法中皆不合不散無色無形無對一相所謂無相以世俗法故爲衆生說令解非以第一義須菩提於是一切法中菩薩摩訶薩以智見如法應學學已分別諸法應用不應用須菩提言世尊何等法菩薩分別已應用不應用佛言聲聞辟支佛法分別知不應用一切種智分別知應用如是須菩提菩薩摩訶薩於是聖法中應學般若波羅蜜須菩提白佛言世尊何以故說名聖法何等是聖法佛告須菩提諸聲聞辟支佛諸菩薩摩訶薩及諸佛於欲瞋癡不合不散身見戒取疑不合不散欲染瞋恚不合不散色染無色染掉慢無明不合不散初禪乃至第四禪不合不散慈悲喜捨虛空處乃至非有想非無想處不合不散四念處乃至八聖道分不合不散内空乃至大悲有爲性無爲性不合不散何以故是一切法皆無色無形無對一相所

謂無相無色法與無色法不合不散無形法與無形法不合不散無對法與無對法不合不散一相法與一相法不合不散無相法與無相法不合不散須菩提是無色無形無對一相所謂無相般若波羅蜜諸菩薩摩訶薩應學學已不得諸法相須菩提白佛言世尊菩薩摩訶薩不學色相耶不學受想行識相耶不學眼相乃至意相不學色相乃至法相不學地種相乃至識種相不學檀那波羅蜜相尸羅波羅蜜羼提波羅蜜毗梨耶波羅蜜禪那波羅蜜般若波羅蜜相不學內空相乃至無法有法空相不學初禪相乃至第四禪相不學慈相乃至捨相不學無邊空相乃至非有想非無想相不學四念處相乃至八聖道分相不學空三昧相無相無作三昧相不學八背捨九次第定相不學佛十力相四無所畏相四無礙智相十八不共法相大慈大悲相不學苦聖諦相集滅道聖諦相不學逆順十二因緣相不學有爲性相無爲性相耶世尊若不學諸法相菩薩摩訶薩云何學諸法相若有爲若無爲學已過聲聞辟支佛地若不過聲聞辟支佛地云何入菩薩位若不入菩薩位云何當得一切種智若不得一切種智云何當轉法輪若不轉法輪云何以三乘度衆生生死佛告須菩提若諸法實有相菩薩應學是相須菩提以一切法實無相無色無形無對一相所謂無相以是故須菩提菩薩摩訶薩不學相不學無相何以故有佛無佛諸法一相性常住須菩提白佛言世尊若一切法非有相非無相菩薩摩訶薩云何

修般若波羅蜜若不修般若波羅蜜不能過聲聞辟支佛地若不過聲聞辟支佛地不能入菩薩位若不入菩薩位不得無生法忍若不得無生法忍不能得諸菩薩神通若不得菩薩神通不能淨佛國土成就衆生若不淨佛國土成就衆生不能得一切種智若不得一切種智不能轉法輪若不轉法輪不能令衆生得須陀洹果斯陀含阿那含阿羅漢果辟支佛道不能令得阿耨多羅三藐三菩提亦不能令衆生得布施福亦不能令得持戒修定福佛告須菩提如是如是諸法無相非一相非異相若修無相是修般若波羅蜜須菩提言世尊云何修無相是修般若波羅蜜佛言修諸法壞是修般若波羅蜜世尊云何修諸法壞是修般若波羅蜜佛言修色壞是修般若波羅蜜修受想行識壞是修般若波羅蜜修眼壞耳鼻舌身意法壞是修般若波羅蜜修色法壞聲香味觸法壞是修般若波羅蜜修不淨觀壞是修般若波羅蜜修初禪壞第二第三第四禪壞是修般若波羅蜜修慈悲喜捨壞是修般若波羅蜜修無邊空處無邊識處無所有處非有想非無想處壞是修般若波羅蜜修念佛念法念僧念戒念捨念天念滅念阿那般那壞是修般若波羅蜜修無常相苦相無我相空相集相因相生相緣相閉相滅相妙相出相道相正相迹相離相壞是修般若波羅蜜修十二因緣壞修我相衆生壽命相乃至修知者見者相壞是修般若波羅蜜修常相樂相淨相我相壞是修般若波羅蜜修四念處乃至修八聖道分壞

是修般若波羅蜜修空三昧無相三昧無作三昧壞是修般若波羅蜜修八背捨九次第定壞是修般若波羅蜜修有覺有觀三昧無覺有觀三昧無覺無觀三昧壞是修般若波羅蜜修苦聖諦集聖諦滅聖諦道聖諦壞是修般若波羅蜜修苦智集智滅智道智壞是修般若波羅蜜修盡智無生智壞是修般若波羅蜜修法智比智世智他心智壞是修般若波羅蜜修檀那波羅蜜壞是修般若波羅蜜修尸羅波羅蜜羼提波羅蜜毗梨耶波羅蜜禪那波羅蜜般若波羅蜜壞是修般若波羅蜜修內空外空內外空空空大空第一義空有爲空無爲空畢竟空無始空散空性空諸法空自相空不可得空無法空有法空無法有法空壞是修般若波羅蜜修佛十力四無所畏四無礙智十八不共法壞是修般若波羅蜜修須陀洹果斯陀含果阿那含果阿羅漢果辟支佛道壞是修般若波羅蜜修一切智壞是修般若波羅蜜修斷一切煩惱習壞是修般若波羅蜜須菩提白佛言世尊云何名修色壞乃至修斷一切煩惱習壞是修般若波羅蜜佛告須菩提菩薩摩訶薩行般若波羅蜜時不念有色法是修般若波羅蜜不念有受想行識乃至不念有斷一切煩惱習法是修般若波羅蜜何以故有法念者不修般若波羅蜜須菩提有法念者不修檀那波羅蜜尸羅波羅蜜羼提波羅蜜毗梨耶波羅蜜禪那波羅蜜般若波羅蜜何以故須菩提是人著法不行檀那波羅蜜乃至般若波羅蜜如是著者無有解脫無有道無有涅槃

有法念者不修四念處四正勤四如意足五根五力七覺分八聖道分不修空三昧乃至不修一切種智何以故是人著法故須菩提白佛言世尊何等是有法何等是無法佛告須菩提二者是有法不二者是無法世尊何等是二佛言色相是二受想行識相是二眼相乃至意想是二色相乃至法相是二檀那波羅蜜乃至佛相阿耨多羅三藐三菩提相有爲無爲性相是二須菩提一切相皆是二一切二皆是有法適有有法便有生死適有生死不得離生老病死憂悲苦惱以是因緣故須菩提當知二相者無有檀那波羅蜜乃至般若波羅蜜無有道無有果乃至無有順忍何況見色相乃至見一切種智相若無修道云何得須陀洹果乃至阿羅漢果辟支佛道阿耨多羅三藐三菩提及斷一切煩惱習

摩訶般若波羅蜜經卷第二十四

摩訶般若波羅蜜經卷第二十五

姚秦三藏法師鳩摩羅什共僧叡譯

三次第行品第七十五

爾時須菩提白佛言世尊若有法相者尚不得順忍何况得道世尊若無法相者當得順忍不若乾慧地若性地若八人地若見地若薄地若離欲地若已辦地若辟支佛地若菩薩地若佛地若修道因是修道當斷煩惱不以是煩惱故不得過聲聞辟支佛地入菩薩位若不入菩薩位則不得一切種智不得一切種智則不能得斷一切煩惱習世尊若無有法相是諸法則不生若不生是諸法則不能得一切種智佛告須菩提如是如是若無有法者則有順忍乃至斷一切煩惱習須菩提白佛言世尊菩薩摩訶薩行般若波羅蜜時有法相不所謂色相乃至識相眼相乃至意相色相乃至法相眼界相乃至意識界相四念處相乃至一切種智相若色相色斷相乃至識相識斷相十二入十八界亦如是若無明相若無明斷相乃至憂悲愁惱相憂悲愁惱斷相若欲相若欲斷相若瞋相若瞋斷相若癡相若癡斷相若苦相若苦斷相若集相若集斷相若滅相若滅斷相若道相若道斷相乃至一切種智相斷一切煩惱習相佛言不也須菩提菩薩摩訶薩行般若波羅蜜時無有法相非法相即是菩薩順忍若無有法相無有非法相即是修道亦是道果須菩提菩薩摩訶薩有法是菩薩道無法是菩薩果以是因緣故當知一切法無所有性須菩提白佛言世尊若一切法無所有性佛云何

知一切法無所有性故得成佛於一切法得自在力佛告須菩提如是如是一切法無所有性我本行菩薩道時修六波羅蜜離諸欲離惡不善法有覺有觀離生喜樂入初禪乃至入第四禪於是諸禪及支不取相不念有是禪不受禪味不得是禪無染清淨行四禪我於是諸禪不受果報依四禪住起五神通身通天耳知他心宿命通天眼通於諸神通不取相不念有是神通不受神通味不得是神通我於是五神通不分別行須菩提我爾時用一念相應慧得阿耨多羅三藐三菩提所謂是苦聖諦是集是滅是道聖諦成就十力四無所畏四無礙智十八不共法大慈大悲得作佛分別三聚衆生正定邪定不定須菩提白佛言云何世尊於諸法無所有性中起四禪五神通亦無衆生而分別作三聚佛告須菩提若諸欲惡不善法若有性若自性若他性我本爲菩薩行時不能觀諸欲惡不善法無所有性入初禪以諸欲惡不善法無有性若自性若他性皆是無所有性故我本行菩薩道時離諸欲惡不善法入初禪乃至入第四禪須菩提若諸神通有性若自性若他性我不能知是神通無所有性得阿耨多羅三藐三菩提須菩提以神通無所有性若自性若他性皆是無所有性以是故諸佛於神通知無所有性得阿耨多羅三藐三菩提須菩提言世尊若菩薩摩訶薩知諸法無所有性因四禪五神通得阿耨多羅三藐三菩提世尊新學菩薩摩訶薩云何於諸法無所有性中次第行次第學次第道以是次第行

次第學次第道得阿耨多羅三藐三菩提佛告須菩提菩薩摩訶薩若初從諸佛聞若從多供養諸佛菩薩聞若諸阿羅漢若諸阿那含若諸斯陀含若諸須陀洹所聞得無所有故是佛得無所有故是阿羅漢阿那含斯陀含須陀洹一切賢聖皆以得無所有故有名一切有爲作法無所有性乃至無有如毫末許所有是菩薩摩訶薩聞是已作是念若一切法無有性得無所有性故是佛乃至得無所有性故是須陀洹我若當得阿耨多羅三藐三菩提若不得一切法常無有性我何以不發心得阿耨多羅三藐三菩提得阿耨多羅三藐三菩提已一切衆生行於有相當令得住無所有中須菩提菩薩摩訶薩如是思惟已發阿耨多羅三藐三菩提心爲度一切

衆生故菩薩摩訶薩所行次第行次第學次第道者如過去諸菩薩摩訶薩所行道得阿耨多羅三藐三菩提是新發意菩薩應學六波羅蜜所謂檀那波羅蜜尸羅波羅蜜羼提波羅蜜毗梨耶波羅蜜禪那波羅蜜般若波羅蜜是菩薩摩訶薩若行檀那波羅蜜時自行布施亦教人布施讚歎布施功德歡喜讚嘆行布施者以是布施因縁故得大財富是菩薩遠離慳心布施衆生飲食衣服香華瓔珞房舍卧具燈燭種種資生所須盡給與之菩薩摩訶薩行是布施及持戒生天人中得大尊貴以是持戒布施故得禪定衆以是布施持戒禪定故得智慧衆解脱衆解脱知見衆是菩薩因是布施持戒禪定衆智慧衆解脱衆解脱知見衆故過聲聞辟支佛地入菩

薩位入菩薩位已得淨佛國土淨佛國土已成就衆生成就衆生已得一切種智得一切種智已轉法輪轉法輪已以三乘法度脫衆生生死如是須菩提菩薩以是布施次第行次第學次第道是皆不可得何以故自性無所有故復次須菩提菩薩摩訶薩從初發意已來自行持戒教人持戒讃歎持戒功德歡喜讃嘆行持戒者持戒因緣故生天人中得大尊貴見貧窮者施以財物不持戒者教令持戒亂意者教令禪定愚癡者教令智慧無解脫者教令解脫無解脫知見者教令解脫知見以是持戒禪定智慧解脫解脫知見故過聲聞辟支佛地入菩薩位入菩薩位已得淨佛國土淨佛國土已成就衆生成就衆生已得一切種智得一切種智已轉法輪轉法輪已以三乘法度脫衆生如是須菩提菩薩以是持戒次第行次第學次第道是事皆不可得何以故一切法自性無所有故復次須菩提菩薩摩訶薩從初已來自行羼提波羅蜜教人行羼提讃嘆羼提功德歡喜讃嘆行羼提者行羼提波羅蜜時布施衆生各令滿足教令持戒教令禪定乃至解脫知見以是布施持戒禪定智慧因緣故過聲聞辟支佛地入菩薩位中入菩薩位中已得淨佛國土得淨佛國土已成就衆生成就衆生已得一切種智得一切種智已轉法輪轉法輪已以三乘法度脫衆生生死如是須菩提菩薩以羼提波羅蜜次第行次第學次第道是事皆不可得何以故一切法自性無所有故復次須菩提菩薩摩訶薩從初已來自行毗梨耶

波羅蜜教人行毗梨耶讃嘆行毗梨耶功德歡喜讃嘆行毗梨耶者乃至是事皆不可得自性無所有故復次須菩提菩薩摩訶薩從初已來自入禪入無量心入無色定亦教人入禪入無量心入無色定讃嘆入禪入無量心入無色定功德歡喜讃嘆行禪無量心無色定者是菩薩住諸禪定無量心布施衆生各令滿足教令持戒教令禪定智慧以是布施禪定智慧解脫解脫知見因緣故過聲聞辟支佛地入菩薩位入菩薩位已淨佛國土淨佛國土已成就衆生成就衆生已得一切種智得一切種智已轉法輪轉法輪已以三乘法度脫一切衆生乃至是事皆不可得自性無所有故復次須菩提菩薩摩訶薩從初已來行般若波羅蜜布施衆生各令滿足教令持戒禪定智慧解脫解脫知見是菩薩行般若波羅蜜時自行六波羅蜜亦教他人令行六波羅蜜讃嘆六波羅蜜功德歡喜讃嘆行六波羅蜜者是菩薩以是檀那波羅蜜尸羅波羅蜜羼提波羅蜜毗梨耶波羅蜜禪那波羅蜜般若波羅蜜因緣及方便力過聲聞辟支佛地入菩薩位乃至是事不可得自性無所有故須菩提是名初發意菩薩摩訶薩次第行次第學次第道復次須菩提菩薩摩訶薩次第行次第學次第道菩薩摩訶薩從初已來以一切種智相應心信解諸法無所有性修六念所謂念佛念法念僧念戒念捨念天須菩提云何菩薩摩訶薩修念佛菩薩摩訶薩念佛不以色念不以受想行識念何以故是色自性無受想行識自性無若法自

性無是爲無所有何以故無憶故是爲念佛復次須菩提菩薩摩訶薩念佛不以三十二相念亦不念金色身不念丈光不念八十隨形好何以故是佛身自性無故若法無性是爲無所有何以故無憶故是爲念佛復次須菩提不應以戒衆念佛不應以定衆智慧衆解脱衆解脱知見衆念佛何以故是衆無有自性若法無自性是爲無所有何以故無憶故是爲念佛復次須菩提不應以十力念佛不應以四無所畏四無礙智十八不共法念佛不應以大慈大悲念佛何以故是諸法自性無若法自性無是爲無所有何以故無憶故是爲念佛復次須菩提不應以十二因緣法念佛何以故是因緣法自性無若法自性無是爲無所有何以故無憶故是爲念佛如是須菩提菩薩摩訶薩行般若波羅蜜時應念佛是爲菩薩初發意次第行次第學次第道是菩薩摩訶薩次第行次第學次第道中住能具足四念處四正勤四如意足五根五力七覺分八聖道分修行空三昧無相無作三昧乃至一切種智諸法性無所有故是菩薩知諸法性無所有是中無有性無無性須菩提云何菩薩摩訶薩應修念法須菩提菩薩摩訶薩行般若波羅蜜時不念善法不念不善法不念記法不念無記法不念世間法不念出世間法不念淨法不念不淨法不念聖法不念凡夫法不念有漏法不念無漏法不念欲界繫法色界繫法無色界繫法不念有爲法無爲法何以故是諸法自性無若法自性無是爲無所有何以故無憶故是爲念

法念法中學無所有性故乃至當得一切種智是菩薩得阿耨多羅三藐三菩提時得諸法無所有性是無所有性中非有相非無相如是須菩提菩薩摩訶薩應修念法於是法中乃至無少許念何況念法須菩提菩薩摩訶薩云何應修念僧須菩提菩薩摩訶薩念僧無爲法故分別有佛弟子衆是中乃至無少許念何況念僧如是菩薩摩訶薩應念僧須菩提菩薩摩訶薩云何應修念戒須菩提菩薩摩訶薩從初發意已來應念聖戒無缺戒無隙戒無瑕戒無濁戒無著戒自在戒智者所讚戒具足戒隨定戒應念是戒無所有性乃至無少許念何況念戒須菩提菩薩摩訶薩從初發意已來應念捨若自念捨若念他捨若捨財若捨法若捨煩惱觀是捨不可得故乃至無少許念何況念捨如是須菩提菩薩摩訶薩應念捨須菩提云何菩薩摩訶薩應念天須菩提菩薩摩訶薩作是念四天王諸天所有信戒施聞慧此間命終生彼天處我亦有是信戒施聞慧乃至他化自在天所有信戒施聞慧此間命終生彼天處我亦有是信戒施聞慧如是須菩提菩薩摩訶薩應念是天無所有性中尚無少許念何況念天須菩提菩薩摩訶薩行是六念是名次第行次第學次第道爾時須菩提白佛言世尊若一切法無所有性所謂念色乃至識眼乃至意色乃至法是無所有性眼界乃至意識界是無所有性檀那波羅蜜乃至般若波羅蜜內空乃至無法有法空四念處乃至八聖道分佛十力乃至一切種智是無所有性世

尊若一切法無所有性者是則無道無智無果佛告須菩提汝見是色性實有不乃至一切種智性實有不須菩提言不見也世尊佛告須菩提汝若不見諸法實有云何作是問須菩提言世尊我於是法不敢有疑但爲當來世諸比丘求聲聞辟支佛道菩薩道者是人當如是言若一切法無所有性誰垢誰淨誰縛誰解是不知不解故而破於戒破正見破威儀破淨命是人破此事故當墮三惡道世尊我畏當來世有如是事以是故問佛世尊我於是法中信不疑不悔

一念品第七十六

須菩提白佛言世尊若一切法性無所有菩薩見何等利益故爲衆生發阿耨多羅三藐三菩提佛告須菩提以一切法性無所有故菩薩以是故爲衆生求阿耨多羅三藐三菩提何以故須菩提諸有得有著者難可解脱須菩提諸得相者無有道無有果無有阿耨多羅三藐三菩提須菩提白佛言世尊無得相者有道有果有阿耨多羅三藐三菩提不須菩提無所得即是道即是果即是阿耨多羅三藐三菩提法性不壞故若無所得法欲得道欲得果欲得阿耨多羅三藐三菩提爲欲壞法性須菩提白佛言世尊若無所得法即是道即是果即是阿耨多羅三藐三菩提云何有菩薩初地乃至十地云何有無生忍法云何有報得神通云何有報得布施持戒忍辱精進禪定智慧住是果報法中能成就衆生能淨佛國土及供養諸佛衣服飲食香華瓔珞房舍卧具燈燭種種資生所須之具

乃至得阿耨多羅三藐三菩提不斷是福德乃至般涅槃後舍利及弟子得供養爾乃滅盡佛告須菩提以諸法無所得相故得菩薩初地乃至十地有報得五神通布施持戒忍辱精進禪定智慧成就衆生淨佛國土亦以善根因緣故能利益衆生乃至般涅槃後舍利及弟子得供養須菩提白佛言世尊若諸法無所得相布施持戒忍辱精進禪定智慧諸神通有何差别佛告須菩提無所得法布施持戒忍辱精進禪定智慧神通無有差别以衆生著布施乃至神通故分别說世尊云何無所得法布施乃至神通無有差别須菩提菩薩摩訶薩行般若波羅蜜時不得布施者受者皆不可得而行布施不得戒而持戒不得忍而行忍辱不得精進而行精進不得

禪而行禪不得智慧而行智慧不得神通而行神通不得四念處而行四念處乃至不得八聖道分而行八聖道分不得空三昧無相無作三昧而行空無相無作三昧不得衆生而成就衆生不得淨佛國土而淨佛國土不得諸佛法而得阿耨多羅三藐三菩提如是須菩提菩薩摩訶薩應行是無所得般若波羅蜜菩薩摩訶薩行是無所得般若波羅蜜時魔若魔天不能破壞須菩提白佛言世尊云何菩薩摩訶薩行般若波羅蜜時一念中具足行六波羅蜜四禪四無量心四無色定四念處四正勤四如意足五根五力七覺分八聖道分三解脱門佛十力四無所畏四無礙智十八不共法大慈大悲三十二相八十隨形好佛告須菩提菩薩摩訶薩所有布施

不遠離般若波羅蜜所修持戒忍辱精進禪定不遠離般若波羅蜜四禪四無量心四無色定修四念處乃至八十隨形好不遠離般若波羅蜜須菩提白佛言世尊云何菩薩摩訶薩不遠離般若波羅蜜故一念中具足行六波羅蜜乃至八十隨形好佛言菩薩行般若波羅蜜時所有布施不遠離般若波羅蜜以不二相持戒時亦不二相修忍辱勤精進八禪定亦不二相乃至八十隨形好亦不二相須菩提白佛言世尊云何菩薩摩訶薩布施時不二相乃至修八十隨形好不二相須菩提菩薩摩訶薩行般若波羅蜜時欲具足檀那波羅蜜檀那波羅蜜中攝諸波羅蜜及四念處乃至八十隨形好世尊云何菩薩布施時攝諸無漏法佛告須菩提若菩薩摩訶

薩行般若波羅蜜時住無漏心布施於無漏心中不見相所謂誰施誰受所施何物以是無相心無漏心斷愛斷慳貪心而行布施是時不見布施乃至不見阿耨多羅三藐三菩提法是菩薩以無相心無漏心持戒不見是戒乃至不見一切佛法以無相心無漏心忍辱不見是忍辱乃至不見一切佛法以無相心無漏心精進不見是精進乃至不見一切佛法以無相心無漏心入禪定不見是禪定乃至不見一切佛法以無相心無漏心修智慧不見是智慧乃至不見一切佛法以無相心無漏心修四念處不見是四念處乃至不見八十隨形好世尊若諸法無相無作云何具足檀那波羅蜜尸羅波羅蜜羼提波羅蜜毗梨耶波羅蜜禪那波羅蜜般若波羅蜜云

何具足四念處四正勤四如意足五根五力七覺分八聖道分云何具足空三昧無相無作三昧佛十力四無所畏四無礙智十八不共法大慈大悲云何具足三十二相八十隨形好佛告須菩提菩薩摩訶薩行般若波羅蜜以無相心無漏心布施須食與食乃至種種所須盡給與之若內若外若支解其身若國城妻子布施衆生若有人來語菩薩言何用是布施爲是無所益行般若波羅蜜菩薩作是念是人雖來訶我布施我終不悔我當勤行布施不應不與施已與一切衆生共之迴向阿耨多羅三藐三菩提亦不見是相誰施誰受所施何物迴向者誰何等是迴向法何等是迴向處所謂阿耨多羅三藐三菩提是相皆不可見何以故一切法以內空故空外空故空內外空故空空空有爲空無爲空畢竟空無始空散空性空一切法空自相空故空如是觀作是念迴向者誰迴向何處用何法迴向是名正迴向爾時菩薩能成就衆生淨佛國土能具足檀那波羅蜜尸羅波羅蜜羼提波羅蜜毗梨耶波羅蜜禪那波羅蜜般若波羅蜜乃至三十七助道法空無相無作三昧乃至十八不共法是菩薩如是具足檀那波羅蜜而不受世間果報譬如他化自在諸天隨意所須即皆得之菩薩亦如是心生所願隨意即得是菩薩摩訶薩以是布施果報故能供養諸佛亦能滿足一切衆生天人及阿脩羅是菩薩以檀那波羅蜜攝取衆生用方便力以三乘法度脫衆生生死如是須菩提菩薩摩訶薩於無相無得無作諸法

中具足檀那波羅蜜須菩提菩薩摩訶薩云何於無相無得無作法中具足尸羅波羅蜜須菩提是菩薩摩訶薩行尸羅波羅蜜時持種種戒所謂聖無漏入八聖道分戒自然戒報得戒受得戒心生戒如是等不缺不破不雜不濁不著自在戒智所讚戒用是戒無所取若色若受想行識若三十二相八十隨形好若刹利大姓婆羅門大姓居士大家若四天王天三十三天夜摩天兜率陀天化樂天他化自在天梵衆天光音天遍淨天廣果天無煩天少廣天無熱天妙見天喜見天阿迦尼吒天虛空處天識處天無所有處天非有想非無想處天若須陀洹果若斯陀含果若阿那含果若阿羅漢果若辟支佛道若轉輪聖王若天王但爲一切衆生共之迴向阿耨多羅三藐三菩提以無相無得無二迴向爲世俗法故非第一實義是菩薩具足尸羅波羅蜜以方便力起四禪不味著故得五神通因四禪得天眼是菩薩住二種天眼修得報得得天眼已見東方現在諸佛乃至得阿耨多羅三藐三菩提如所見事不失南西北方四維上下現在諸佛乃至得阿耨多羅三藐三菩提如所見不失是菩薩用天耳淨過於人耳聞十方諸佛說法如所聞不失能自饒益亦益他人是菩薩知他心智知十方諸佛心及知一切衆生心亦能饒益一切衆生是菩薩用宿命智知過去諸業因緣是業因緣不失故是衆生在在處處所生悉知是菩薩用是漏盡智令衆生得須陀洹果乃至阿羅漢果辟支佛道在在處處能令衆生入善法

中如是須菩提菩薩摩訶薩於諸法無相無得無作中具足尸羅波羅蜜世尊云何諸法無相無作無得菩薩摩訶薩能具足羼提波羅蜜須菩提菩薩摩訶薩從初發意已來乃至坐道場於其中間若一切衆生來以瓦石刀杖加是菩薩菩薩是時不起瞋心乃至不生一念爾時菩薩應修二種忍一者一切衆生惡口罵詈若加刀杖瓦石瞋心不起二者一切法無生無生法忍菩薩若人來惡口罵詈或以瓦石刀杖加之爾時菩薩應如是思惟罵我者誰譏訶者誰打擲者誰有受者是時菩薩應思惟諸法實性所謂畢竟空無法無衆生諸法尚不可得何況有衆生如是觀諸法相時不見罵者不見割截者是菩薩如是觀諸法相時即得無生法忍云何名無生法忍知諸法相常不生諸煩惱從本已來亦常不生是菩薩摩訶薩住是二忍能具足四禪四無量心四無色定四念處乃至八聖道分三解脫門佛十力四無所畏四無礙智十八不共法大慈大悲是菩薩住是聖無漏出世間法不共一切聲聞辟支佛具足聖神通住聖神通已以天眼見東方諸佛是人得念佛三昧乃至阿耨多羅三藐三菩提終不斷絕南西北方四維上下亦復如是是菩薩用天耳聞十方諸佛所說法如所聞爲衆生說是菩薩亦知十方諸佛心及知一切衆生念知已隨其心而說法是菩薩以宿命智知一切衆生宿世善根爲衆生說法令其歡喜是菩薩以漏盡神通教化衆生令得三乘是菩薩摩訶薩行般若波羅蜜以方便力成就

衆生具足一切種智得阿耨多羅三藐三菩提轉法輪如是須菩提菩薩摩訶薩無相無得無作法中具足羼提波羅蜜須菩提言世尊菩薩摩訶薩云何於諸法無相無作無得法中能具足毗梨耶波羅蜜佛告須菩提菩薩摩訶薩行般若波羅蜜時成就身精進心精進入初禪乃至入第四禪受種種神通力能分一身爲多身乃至手捫摸日月成就身精進故飛到東方過無量百千萬諸佛世界供養諸佛飲食衣服醫藥臥具花香瓔珞種種所須乃至阿耨多羅三藐三菩提福德果報終不滅盡是菩薩得阿耨多羅三藐三菩提時一切世間天及人勤設供養衣服飲食乃至入無餘涅槃後舍利及弟子得供養亦以是神通力故至諸佛所聽受法教乃至阿耨多羅三藐三菩提終不違失是菩薩修一切種智時淨佛國土成就衆生如是須菩提菩薩摩訶薩行般若波羅蜜成就身精進能具足毗梨耶波羅蜜須菩提云何菩薩成就心精進能具足毗梨耶波羅蜜須菩提菩薩摩訶薩心精進以是心精進聖無漏入八聖道分精進不令身口不善業得入亦不取諸法相若常若無常若苦若樂若我若無我若有爲若無爲若欲界若色界若無色界若有漏性若無漏性若初禪乃至第四禪若慈悲喜捨若無邊虛空處乃至非有想非無想處若四念處四正勤四如意足五根五力七覺分八聖道分若空無相無作若佛十力乃至十八不共法不取相若常若無常若苦若樂若我若無我若須陀洹果若斯陀含果若阿

那含果若阿羅漢果若辟支佛道若菩薩道若阿耨多羅三藐三菩提若是須陀洹斯陀含阿那含阿羅漢若是辟支佛是菩薩是佛不取相是衆生斷三結故得須陀洹是衆生三毒薄故得斯陀含是衆生斷下分結故得阿那含是衆生斷上分結故得阿羅漢是衆生以辟支佛道故作辟支佛是衆生行道種智故名菩薩亦不取是諸法相何以故不可以性取相是性無故是菩薩以是心精進故廣利益衆生亦不得是衆生是爲菩薩具足毗梨耶波羅蜜具足諸佛法淨佛國土成就衆生不可得故是菩薩身精進心精進成就故攝取一切諸善法是法亦不著故從一佛國至一佛國爲利益衆生所作神通隨意無礙若雨諸華若散諸香若作妓樂若動大地若放光明若示七寶莊嚴世界若現種種身若放大智光明令知聖道令遠離殺生乃至邪見或以布施利益衆生或以持戒或支解身體或以妻子或以國城或以已身給施隨所方便利益衆生如是須菩提菩薩摩訶薩行般若波羅蜜無相無作無得諸法中用身心精進能具足毗梨耶波羅蜜世尊云何菩薩摩訶薩行般若波羅蜜住無相無作無得法中能具足禪那波羅蜜須菩提菩薩摩訶薩除佛諸禪定餘一切諸禪三昧皆能具足是菩薩離諸欲諸惡不善法離生喜樂有覺有觀入初禪乃至入第四禪以是慈悲喜捨心遍滿一方乃至十方一切世間遍滿是菩薩過一切色相滅有對相不念別異相故入無邊虛空處乃至入非有想非無想處是菩

薩於禪那波羅蜜中住逆順入八背捨九次第定入空三昧無相無作三昧或時入無相三昧或時入如電光三昧或時入聖正三昧或時入如金剛三昧是菩薩住禪那波羅蜜中修三十七助道法用道種智入一切禪定過乾慧地性地八人地見地薄地離欲地已辦地辟支佛地入菩薩位入菩薩位已具足佛地是諸地中行乃至阿耨多羅三藐三菩提不中道取道果是菩薩住是禪那波羅蜜中從一佛國至一佛國供養諸佛從諸佛所植諸善根淨佛國土從一土至一土利益衆生或以布施攝取衆生或以持戒或以三昧或以智慧或以解脫或以解脫知見攝取衆生教衆生令得須陀洹果斯陀含果阿那含果阿羅漢果辟支佛道諸有善法能令衆生得道皆教令得是菩薩住此禪那波羅蜜中能生一切陀羅尼門得四無礙智得報得諸神通是菩薩終不入母人胞胎終不受五欲無生不生雖生亦不為生法所汙何以故是菩薩見一切作法如幻而利益衆生亦不得衆生及一切法教衆生令得無所得處是世俗法故非第一實義住是禪那波羅蜜行一切禪定解脫三昧乃至阿耨多羅三藐三菩提終不離禪那波羅蜜是菩薩行如是道種智時得一切種智斷一切煩惱習斷已自益其身亦益他人自益益他已為一切世間天及人阿修羅作福田如是須菩提菩薩摩訶薩行般若波羅蜜時能具足無相禪那波羅蜜世尊云何菩薩摩訶薩行般若波羅蜜時住無相無作無得法中修具足般若波羅蜜

須菩提菩薩摩訶薩行般若波羅蜜時於諸法不見定實相是菩薩見色不定非實相乃至見識不定非實相不見色生乃至不見識生若不見色生乃至不見識生一切法若有漏若無漏不見來處不見去處亦不見集處如是觀時不得色性乃至識性亦不得有漏無漏法性是菩薩行般若波羅蜜時信解一切諸法無所有相如是信解已行內空乃至無法有法空於諸法無所著若色若受想行識乃至阿耨多羅三藐三菩提是菩薩行無所有般若波羅蜜能具足菩薩道所謂六波羅蜜乃至三十七助道法佛十力四無所畏四無礙智十八不共法三十二相八十隨形好是菩薩住空淨佛道中所謂六波羅蜜三十七助道法報得神通以是法饒益衆生宜以施攝教令布施宜以戒攝教令持戒宜以禪定智慧解脱解脱知見攝教令修禪定智慧解脱解脱知見宜以諸道法教者教令得須陀洹果斯陀含果阿那含果阿羅漢果辟支佛道宜以佛道化者教令得菩薩道具足佛道如是等隨其所應道地而教化之各令得所是菩薩現種種神通力時過無量如恒河沙國土度脱衆生生死隨其所須皆供給之各令滿足從一國土至一國土見淨妙國土以自莊嚴已佛國土譬如他化自在天中資生所須隨意自至亦如諸淨佛國離於求欲是人以是報得檀那波羅蜜尸羅波羅蜜羼提波羅蜜毗梨耶波羅蜜禪那波羅蜜般若波羅蜜報得五神通行菩薩道道種智成就一切功德當得阿耨多羅三藐三菩提是

菩薩爾時不受色法乃至識不受一切法若善若不善若世間若出世間若有漏若無漏若有爲若無爲如是一切法皆不受是菩薩得阿耨多羅三藐三菩提時國土一切所有資生之物皆無有主何以故是菩薩行一切法不受以不可得故如是須菩提菩薩摩訶薩無相法中能具足般若波羅蜜

摩訶般若波羅蜜經卷第二十五

音釋

隙 乞逆切鏬隙也

譏訶 譏居希切譏誚也訶虎何切訶責也

打擲 打音頂擊也擲直炙切投也

捫摸 捫音門摸音莫捫摸謂以手捫搎摸捺也

摩訶般若波羅蜜經卷第二十六

姚秦三藏法師鳩摩羅什共僧叡譯

六喻品第七十七

須菩提白佛言世尊云何無相不可分別自相空諸法中具足修六波羅蜜所謂檀那波羅蜜尸羅波羅蜜羼提波羅蜜毗梨耶波羅蜜禪那波羅蜜般若波羅蜜世尊云何無異法中而分別說異相世尊云何般若波羅蜜攝檀尸羼提精進禪世尊云何行異相法以一相道得果佛告須菩提菩薩摩訶薩住五陰如夢如響如影如焰如幻如化住是中行布施持戒修忍辱勤精進入禪定修智慧知是五陰實如夢如響如影如焰如幻如化五陰如夢無相乃至如化無相何以故夢無自性響影焰幻化皆無自性若法無自性是法無相若法無相是法一相所謂無相以是因緣故須菩提當知菩薩布施無相施者無相受者無相能如是知布施是能具足檀那波羅蜜乃至能具足般若波羅蜜能具足四念處乃至八聖道分能具足內空乃至無法有法空能具足空三昧無相無作三昧能具足八背捨九次第定五神通五百陀羅尼門能具足佛十力四無所畏四無礙智十八不共法是菩薩住是報得無漏法中飛到東方無量國土供養諸佛衣服飲食乃至隨其所須而供養之亦利益衆生應以布施攝者而布施攝之應以持戒攝者教令持戒應以忍辱精進禪定智慧攝者教令忍辱精進禪定智慧而攝取之乃至應以種種善法攝者以種種善法而攝取之是菩薩成就是一切善法

受世間身不爲世間生死所汙爲衆生故於天上人中受尊貴富樂以是尊貴富樂攝取衆生是菩薩知一切法無相故知須陀洹果亦不於中住知斯陀含果阿那含果阿羅漢果亦不於中住知辟支佛道亦不於中住何以故是菩薩用一切種智知一切法已應當得一切種智不與聲聞辟支佛共如是須菩提菩薩摩訶薩知一切法無相已知六波羅蜜無相乃至知一切佛法無相復次須菩提菩薩摩訶薩住五陰如夢如響如影如焰如幻如化能具足無相尸羅波羅蜜是戒不缺不破不雜不著聖人所讚無漏戒入八聖道分住是戒中持一切戒所謂名字戒自然戒律儀戒作戒無作戒威儀戒非威儀戒是菩薩摩訶薩成就諸戒不作是願我以此戒因緣故生刹利大姓婆羅門大姓居士大家若小王家若轉輪聖王家若四天王天處若三十三天夜摩天兜率陀天化樂天他化自在天不作是願我持戒因緣故當得須陀洹果斯陀含果阿那含果阿羅漢果辟支佛道何以故一切法無相所謂一相無相法不能得無相法有相法不能得有相法無相法不能得有相法有相法不能得無相法如是須菩提是菩薩摩訶薩行般若波羅蜜時能具足無相尸羅波羅蜜而入菩薩位入菩薩位已得無生法忍行道種智得報得五神通住五百陀羅尼門得四無礙智從一佛國至一佛國供養諸佛成就衆生淨佛國土雖入五道中生死業報不能染汙須菩提譬如化轉輪聖王雖坐卧行住不見來處不見去處不見

住處坐處臥處而能利益衆生亦不得衆生菩薩亦如是須菩提譬如須扇多佛得阿耨多羅三藐三菩提爲三乘轉法輪無有得菩薩記者化作佛已捨身壽命入無餘涅槃須菩提菩薩亦如是行般若波羅蜜時能具足尸羅波羅蜜能具足尸羅波羅蜜已攝一切善法復次須菩提菩薩摩訶薩行般若波羅蜜時住五陰如夢如響如影如焰如幻如化具足無相羼提波羅蜜世尊云何菩薩摩訶薩具足無相羼提波羅蜜須菩提菩薩摩訶薩住二忍中能具足羼提波羅蜜何等二忍生忍法忍從初發意乃至坐道場於其中間若一切衆生來罵詈麤惡語或以瓦石刀杖加是菩薩是菩薩欲具足羼提波羅蜜故乃至不生一惡念是菩薩如是思惟罵我者誰割我者誰以惡言加我者誰以瓦石刀杖害我者誰何以故是菩薩於一切法得無相忍故云何作是念是人罵我害我若菩薩摩訶薩如是行能具足羼提波羅蜜以是羼提波羅蜜具足故得無生法忍須菩提白佛言世尊云何爲無生法忍是忍何所斷何所知佛告須菩提得法忍乃至不生少許不善法是故名無生忍一切菩薩所斷煩惱盡是名斷用智慧知一切法不生是名知須菩提白佛言世尊諸聲聞辟支佛無生法忍菩薩摩訶薩無生法忍有何等異佛告須菩提諸須陀洹若智若斷是名菩薩忍斯陀含若智若斷是名菩薩忍阿那含若智若斷是名菩薩忍阿羅漢若智若斷是名菩薩忍辟支佛若智若斷是名菩薩忍是爲異須菩提菩薩摩訶

薩成就是忍勝一切聲聞辟支佛住是報得無生忍中行菩薩道能具足道種智具足道種智故常不離三十七助道法乃至空無相無作三昧常不離五神通不離五神通故能成就衆生淨佛國土成就衆生淨佛國土已當得一切種智如是須菩提菩薩摩訶薩具足無相羼提波羅蜜復次須菩提菩薩摩訶薩住無相五陰如夢如響如影如焰如幻如化行身精進心精進以身精進故起神通起神通故到十方世界供養諸佛饒益衆生以身精進力教化衆生令住三乘如是須菩提菩薩摩訶薩行般若波羅蜜能具足無相毗梨耶波羅蜜是菩薩以心精進聖無漏精進入八聖道分中能具足毗梨耶波羅蜜是毗梨耶波羅蜜皆攝一切善法所謂四念處四正勤四如意足五根五力七覺分八聖道四禪四無量心四無色定八背捨九次第定佛十力四無所畏四無礙智十八不共法是中菩薩行是法應具足一切種智具足一切種智已斷一切煩惱習具足滿三十二相身放無等無量光明放光明已三轉十二行法輪法輪轉故三千大千世界六種震動光明徧照三千大千世界三千大千世界中衆生聞說法聲皆以三乘法而得度脫如是須菩提菩薩摩訶薩住毗梨耶波羅蜜中能大饒益及能具足一切種智復次須菩提菩薩住無相五陰如夢如響如影如焰如幻如化能具足禪那波羅蜜世尊云何菩薩住五陰如夢如響如影如焰如幻如化能具足禪那波羅蜜須菩提菩薩摩訶薩入初禪乃至入第四

禪入慈悲喜捨入無量心入無邊虛空處乃至入非有想非無想處入空三昧無相無作三昧入如電光三昧入如金剛三昧入聖正三昧除諸佛三昧諸餘三昧若共聲聞辟支佛三昧皆證皆入亦不受三昧味亦不受三昧果何以故是菩薩知是三昧無相無所有性當云何於無相法受無相法味無所有法受無所有味若不受味則不隨禪定力生若色界若無色界何以故是菩薩不見是二界亦不見是禪亦不見入禪者亦不見用是法入禪者不見入禪處若不得是法爾時菩薩即能具足無相禪那波羅蜜菩薩用是禪那波羅蜜能過聲聞辟支佛地須菩提白佛言世尊云何菩薩具足無相禪那波羅蜜故能過聲聞辟支佛地佛告須菩提是菩薩善學內空善學外空乃至善學無法有法空於是諸空無法可住處若須陀洹果斯陀含果阿那含果阿羅漢果乃至一切種智是諸法空亦空菩薩摩訶薩行如是諸法空能入菩薩位中須菩提白佛言世尊云何菩薩摩訶薩位云何非位須菩提一切有所得是非菩薩位一切無所得是菩薩位世尊何等是有所得何等是無所得須菩提色是有所得受想行識是有所得眼耳鼻舌身意乃至一切種智有所得是非菩薩位須菩提菩薩位者是諸法不可示不可說何等法不可示不可說若色乃至一切種智何以故須菩提色性是不可示不可說乃至一切種智性是不可示不可說須菩提如是名菩薩位是菩薩入位中一切禪定三昧具足尚不隨禪定三昧力

生何況住婬恚癡於中起罪業生菩薩但住如幻法中饒益衆生亦不得衆生亦不得幻若無所得是時能成就衆生淨佛國土如是須菩提是名菩薩具足無相禪那波羅蜜乃至能轉法輪所謂不可得法輪復次須菩提菩薩摩訶薩行般若波羅蜜知一切法如夢如響如影如焰如幻如化須菩提白佛言世尊菩薩摩訶薩云何知一切法如夢如響如影如焰如幻如化須菩提菩薩摩訶薩行般若波羅蜜時不見夢不見見夢者不見響不見聞響者不見影不見見影者不見焰不見見焰者不見幻不見見幻者不見化不見見化者何以故是夢響影焰幻化皆是凡夫愚人顛倒法故阿羅漢不見夢不見見夢者乃至不見化不見見化者辟支佛菩薩摩訶薩諸佛亦不見夢亦不見見夢者乃至不見化亦不見見化者何以故一切法無所有性不生不定若法無所有性不生不定菩薩摩訶薩當云何行般若波羅蜜是中取生相定相是處不然何以故若諸法少多有性有生有定不名般若波羅蜜如是須菩提菩薩摩訶薩行般若波羅蜜不著色乃至不著識不著欲色無色界不著諸禪解脱三昧不著四念處乃至八聖道分不著空三昧無相無作三昧不著檀那波羅蜜尸羅波羅蜜羼提波羅蜜毗梨耶波羅蜜禪那波羅蜜般若波羅蜜不著故能具足菩薩初地於初地中亦不生著何以故是菩薩不得是地云何生著乃至十地亦如是是菩薩摩訶薩行般若波羅蜜亦不得般若波羅蜜若行般若波羅蜜時不

得般若波羅蜜是時見一切法皆入般若波羅蜜中亦不得是法何以故是諸法與般若波羅蜜無二無别何以故諸法入如法性實際故無分别須菩提白佛言世尊若諸法無相無分别云何說是善是不善是有漏是無漏是世間是出世間是有爲是無爲須菩提於汝意云何諸法實相中有法可說是善是不善乃至是有爲是無爲是須陀洹果乃至阿羅漢果是辟支佛是菩薩是阿耨多羅三藐三菩提不世尊不可說也須菩提以是因緣故當知一切法無相無分别無生無定不可示須菩提我本行菩薩道時亦無有法可得性若色若受想行識乃至若有爲若無爲須陀洹果乃至阿耨多羅三藐三菩提如是須菩提菩薩摩訶薩行般若波羅蜜從初發意乃至阿耨多羅三藐三菩提應善學諸法性善學諸法性故是名阿耨多羅三藐三菩提道行是道能具足六波羅蜜成就衆生淨佛國土住是法中得阿耨多羅三藐三菩提以二乘法度脱衆生亦不著三乘如是須菩提菩薩摩訶薩以無相法應學般若波羅蜜

四攝品第七十八

須菩提白佛言世尊若諸法如夢如響如影如焰如幻如化無有實事無所有性自相空者云何分别是善法是不善法是世間法是出世間法是有漏法是無漏法是有爲法是無爲法是法能得須陀洹果斯陀含果阿那含果阿羅漢果能得辟支佛道能得阿耨多羅三藐三菩提佛告須菩提凡夫愚人得夢得見夢者乃至得化得見化者起身口意善

業不善業無記業起福業罪業不動業是菩薩摩訶薩行般若波羅蜜住二空中畢竟空無始空爲衆生說法作是言諸衆生是色空無所有受想行識空無所有十二入十八界空無所有色是夢受想行識是夢十二入十八界是夢色是響是影是焰是幻是化受想行識亦如是十二入十八界是夢是響是影是焰是幻是化是中無陰入界無夢亦無見夢者無響亦無聞響者無影亦無見影者無焰亦無見焰者無幻亦無見幻者無化亦無見化者一切法無根本實性無所有汝等於無陰中見有陰無入見有入無界見有界是一切法皆從因緣和合生以顛倒心起屬業果報汝等何以故於諸法空無根本中而取根本相是時菩薩摩訶薩行般若波羅

蜜以方便力故於慳法中拔出衆生教行檀波羅蜜持是布施功德得大福報從大福報拔出教令持戒持戒功德生天上尊貴處復拔出令住初禪初禪功德生梵天處二禪三禪四禪無邊空處識處無所有處非有想非無想處亦如是衆生行是布施及布施果報持戒及持戒果報禪定及禪定果報因緣種種拔出安置無餘涅槃及涅槃道中所謂四念處四正勤四如意足五根五力七覺分八聖道分空解脫門無相無作解脫門八背捨九次第定佛十力四無所畏四無礙智十八不共法安隱衆生令住聖無漏法無色無形無對法中有可得須陀洹果者安隱教化令住須陀洹果有可得斯陀含果阿那含果阿羅漢果辟支佛道者令住斯陀含果阿那含

果阿羅漢果辟支佛道有可得阿耨多羅三藐三菩提者安隱教化令住阿耨多羅三藐三菩提中須菩提白佛言世尊諸菩薩摩訶薩甚希有難及能行是深般若波羅蜜諸法無所有性畢竟空無始空而分別諸法是善是不善是有漏是無漏乃至是有爲是無爲佛告須菩提如是如是諸菩薩摩訶薩甚希有難及能行是深般若波羅蜜諸法無所有性畢竟空無始空而分別諸法須菩提汝等若知是菩薩摩訶薩希有難及法則知一切聲聞辟支佛不能報何況餘人須菩提白佛言世尊何等是菩薩摩訶薩希有難及法諸聲聞辟支佛所無有佛告須菩提一心諦聽有菩薩摩訶薩行般若波羅蜜住報得六波羅蜜中及住報得五神通三十七助道法住諸陀羅尼諸無礙智到十方國土可以布施度者以布施攝之可以持戒度者以持戒攝之可以忍辱精進禪定智慧度者隨其所應而攝取之可以初禪度者以初禪攝之可以二禪三禪四禪無邊空處無邊識處無所有處非有想非無想處度者隨其所應而攝取之可以慈悲喜捨心度者以慈悲喜捨心而攝取之可以四念處四正勤四如意足五根五力七覺分八聖道分空三昧無相無作三昧度者隨其所應而攝取之世尊菩薩摩訶薩云何以布施饒益衆生須菩提菩薩行般若波羅蜜時布施隨其所須飲食衣服車馬香華瓔珞種種所須盡給與之若供養佛辟支佛阿羅漢阿那含斯陀含須陀洹等無異若施入正道中人及凡人下至禽獸皆無分

别等一布施何以故一切法不異不分别故是菩薩無異無分别布施已當得無分别法報所謂一切種智須菩提若菩薩摩訶薩見乞丐者若生是心佛是福田我應供養禽獸非福田不應供養是非菩薩法何以故菩薩摩訶薩發阿耨多羅三藐三菩提心不作是念是衆生應以布施饒益是不應布施是衆生布施因縁故生刹利大姓婆羅門大姓居士大家乃至以是布施因縁以三乘法度之令入無餘涅槃若衆生來從菩薩乞亦不生異心分别應與是不應與是何以故是菩薩爲是衆生故發阿耨多羅三藐三菩提心若分别簡擇便墮諸佛菩薩辟支佛學無學人一切世間天及人呵責處誰請汝救一切衆生汝爲一切衆生舍一切衆生護一切衆生依而分别簡擇應與不應與復次菩薩摩訶薩行般若波羅蜜時若人若非人來欲求乞菩薩身體肢節是時不應生二心若與若不與何以故是菩薩摩訶薩爲衆生故受身衆生來取何可不與我以饒益衆生故受是身衆生不乞自應與之何況乞而不與菩薩摩訶薩行般若波羅蜜應如是學復次須菩提若菩薩摩訶薩見有乞者應生是念是中誰與誰受所施何物是一切法自性皆不可得以畢竟空故空相法無與無奪何以故畢竟空故内空故外空内外空大空第一義空自相空故住是諸空布施是時具足檀波羅蜜具足檀波羅蜜故若斷内外法時作是念截我者誰割我者誰復次須菩提我以佛眼見東方如恒河沙等諸菩薩摩訶薩入大地獄

令火滅湯冷以三事教化一者神通二者知他心三者說法是菩薩以神通力令大地獄火滅湯冷知他心以慈悲喜捨隨意說法是衆生於菩薩生清淨心從地獄得脫漸以三乘法得盡苦際南西北方四維上下亦如是復次須菩提我以佛眼觀十方世界見如恒河沙等國土中諸菩薩爲諸佛給使供給諸佛隨意愛樂尊敬若諸佛所說盡能受持乃至阿耨多羅三藐三菩提終不忘失復次須菩提我以佛眼觀十方如恒河沙等國土中諸菩薩摩訶薩爲畜生故捨其壽命割截身體分散諸方諸有衆生食是諸菩薩摩訶薩肉者皆愛敬菩薩以愛敬故即得離畜生道值遇諸佛聞佛說法如說修行漸以三乘聲聞辟支佛佛法於無餘涅槃而般涅槃如是須菩提諸菩薩摩訶薩所益甚多教化衆生令發阿耨多羅三藐三菩提心如說修行乃至於無餘涅槃而般涅槃復次須菩提我以佛眼見十方如恒河沙等國土中諸菩薩摩訶薩除諸餓鬼飢渴苦是諸餓鬼皆愛敬菩薩以愛敬故得離餓鬼道值遇諸佛聞諸佛說法如說修行漸以三乘聲聞辟支佛佛法而般涅槃乃至無餘涅槃如是須菩提菩薩摩訶薩爲度衆生故行大悲心復次須菩提我以佛眼見諸菩薩摩訶薩在四天王天上說法在三十三天夜摩天兜率陀天化樂天他化自在天上說法諸天聞菩薩說法漸以三乘而得滅度須菩提是諸天衆中有耽著五欲者是菩薩示現火起燒其宮殿而爲說法作是言諸天一切有爲法悉皆無常誰得

安者復次須菩提我以佛眼觀十方世界見如恒河沙等國土中諸梵天著於邪見諸菩薩摩訶薩教令遠離邪見作是言汝等云何於空相虚妄諸法中而生邪見如是須菩提菩薩摩訶薩住大慈心爲衆生説法須菩提是爲諸菩薩希有難及法復次須菩提我以佛眼觀十方世界如恒河沙等國土中諸菩薩摩訶薩以四事攝取衆生何等四布施愛語利益同事云何菩薩以布施攝衆生須菩提菩薩以二種施攝取衆生財施法施何等財施攝取衆生須菩提菩薩摩訶薩以金銀瑠璃玻瓈眞珠珂貝珊瑚等諸寶物或以飲食衣服卧具房舍燈燭華香瓔珞若男若女若牛羊象馬車乘若以已身給施衆生語衆生言汝等若有所須各來取之如取已物莫

得疑難是菩薩施已教三歸依歸依佛歸依法歸依僧或教受五戒或教一日戒或教初禪乃至教非有想非無想定或教慈悲喜捨或教念佛念法念僧念戒念捨念天或教不淨觀或教安那般那觀或相或觸或教四念處四正勤四如意足五根五力七覺分八聖道分空三昧無相無作三昧八背捨九次第定佛十力四無所畏四無礙智十八不共法大慈大悲三十二相八十隨形好或教須陀洹果斯陀含果阿那含果阿羅漢果或教辟支佛道或教阿耨多羅三藐三菩提如是須菩提菩薩摩訶薩行般若波羅蜜以方便力教衆生財施已復教令得無上安隱涅槃須菩提是名菩薩摩訶薩希有難及法須菩提菩薩云何以法施攝取衆生須菩提法施有

二種一者世間二者出世間何等爲世間法施敷演顯示世間法所謂不淨觀安那般那念四禪四無量心四無色定如是等世間法諸餘共凡夫所行法是名世間法施是菩薩如是世間法施已種種因緣教化令遠離世間法遠離世間法已以方便力令得聖無漏法及聖無漏法果何等是聖無漏法何等是聖無漏法果聖無漏法者三十七助道法三解脫門聖無漏法果者須陀洹果乃至阿羅漢果辟支佛道阿耨多羅三藐三菩提復次須菩提菩薩摩訶薩聖無漏法須陀洹果中智慧乃至阿羅漢果中智慧辟支佛道中智慧三十七助道法中智慧六波羅蜜中智慧乃至大慈大悲中智慧如是等一切法若世間若出世間智慧若有漏若無漏若有爲若無爲是法中一切種智是名菩薩摩訶薩聖無漏法何等爲聖無漏法果斷一切煩惱習是名聖無漏法果須菩提白佛言世尊菩薩摩訶薩得一切種智不佛言如是如是須菩提菩薩摩訶薩得一切種智須菩提言菩薩與佛有何等異佛言有異菩薩摩訶薩得一切種智是名爲佛所以者何菩薩心與佛心無有異菩薩住是一切種智中於一切法無不照明是名菩薩摩訶薩世間法施須菩提菩薩摩訶薩因世間法施得出世間法施如是須菩提菩薩摩訶薩教衆生令得世間法以方便力教令得出世間法須菩提何等是菩薩出世間法不共凡夫法同所謂四念處四正勤四如意足五根五力七覺分八聖道分三解脫門八背捨九次第定佛十力四無

所畏四無礙智十八不共法三十二相八十隨形好五百陀羅尼門是名出世間法須菩提云何爲四念處菩薩摩訶薩觀內身循身觀觀外身循身觀觀內外身循身觀勤精進以一心智慧觀觀身集因緣生觀身滅觀身集生滅行是道無所依於世間無所受受心法念處亦如是須菩提云何爲四正勤未生惡不善法爲不生故勤生欲精進已生惡不善法爲斷故勤生欲精進未生善法爲生故勤生欲精進已生諸善法爲增長修具足故勤生欲精進是名四正勤須菩提云何爲四如意足欲三昧斷行成就初如意足精進三昧心三昧思惟三昧斷行成就如意足云何爲五根信根精進根念根定根慧根云何爲五力信力精進力念力定力慧力云何爲七覺分念覺分擇法覺分精進覺分喜覺分除息覺分定覺分捨覺分云何爲八聖道分正見正思惟正語正業正命正精進正念正定云何三三昧空三昧門無相無作三昧門云何爲空三昧以空行無我行攝心是名空三昧云何爲無相三昧以寂滅行離行攝心是爲無相三昧云何爲無作三昧無常行苦行攝心是名無作三昧云何爲八背捨內有色相外觀色是初背捨內無色相外觀色是二背捨淨背捨是三背捨過一切色相滅有對相不念一切異相故觀無邊虛空入無邊虛空處乃至過一切非有想非無想處入滅受想背捨是名八背捨云何九次第定行者離欲惡不善法有覺有觀離生喜樂入初禪第二第三第四禪乃至過非有想非無想處入

滅受想定是名九次第定云何爲佛十力是處不是處如實知衆生過去未來現在諸業諸受法知造業處知因縁知報諸禪定解脱三昧定垢淨分別相如實知知他衆生諸根上下相知他衆生種種欲解知世間種種無數性知一切到道相知種種宿命一世乃至無量劫如實知天眼見衆生乃至生善惡道漏盡故無漏心解脱如實知是爲佛十力

摩訶般若波羅蜜經卷第二十六

摩訶般若波羅蜜經卷第二十七

姚秦三藏法師鳩摩羅什共僧叡譯

四攝品第七十八之餘

云何爲四無所畏佛作誠言我是一切正智人若有沙門婆羅門若天若魔若梵若復餘衆如實言是法不知乃至不見是微畏相以是故我得安隱得無所畏安住聖主處在大衆中作師子吼能轉梵輪諸沙門婆羅門若天若魔若梵若復餘衆實不能轉一無畏也佛作誠言我一切漏盡若有沙門婆羅門若天若魔若梵若復餘衆如實言是漏不盡乃至不見是微畏相以是故我得安隱得無所畏安住聖主處在大衆中作師子吼能轉梵輪諸沙門婆羅門若天若魔若梵若復餘衆實不能轉二無畏也佛作誠言我說障法若有沙門婆羅門若天若魔若梵若復餘衆如實言受是法不障道乃至不見是微畏相以是故我得安隱得無所畏安住聖主處在大衆中作師子吼能轉梵輪諸沙門婆羅門若天若魔若梵若復餘衆實不能轉三無畏也佛作誠言我所說聖道能出世間隨是行能盡苦若有沙門婆羅門若天若魔若梵若復餘衆如實言行是道不能出世間不能盡苦乃至不見是微畏相以是故我得安隱得無所畏安住聖主處在大衆中作師子吼能轉梵輪諸沙門婆羅門若天若魔若梵若復餘衆實不能轉四無畏也云何爲四無礙智一者義無礙智二者法無礙智三者辭無礙智四者樂說無礙智云何爲義無礙智緣義智慧是爲義無礙智云何爲法無礙智緣法智

慧是爲法無礙智云何爲辭無礙智緣辭智慧是爲辭無礙智云何爲樂說無礙智緣樂說智慧是爲樂說無礙智云何爲十八不共法一諸佛身無失二口無失三念無失四無異想五無不定心六無不知已捨心七欲無減八精進無減九念無減十慧無減十一解脫無減十二解脫知見無減十三一切身業隨智慧行十四一切口業隨智慧行十五一切意業隨智慧行十六智慧知過去世無礙十七智慧知未來世無礙十八智慧知現在世無礙云何三十二相一者足下安平立平如奩底二者足下千輻輞輪輪相具足三者手足指長勝於餘人四者手足柔軟勝餘身分五者足跟廣具足滿好六者手足指合縵網妙好勝於餘人七者足趺高平好與跟相稱八者伊泥延鹿腨腨纖好如伊泥延鹿王九者平住兩手摩膝十者陰藏相如馬王象王十一者身縱廣等如尼俱盧樹十二者一一孔一毛生色青柔軟而右旋十三者毛上向青色柔軟而右旋十四者金色相其色微妙勝閻浮檀金十五者身光面一丈十六者皮薄細滑不受塵垢不停蚊蚋十七者七處滿兩足下兩手中兩肩上項中皆滿字相分明十八者兩腋下滿十九者上身如師子二十者身廣端直二十一者肩圓好二十二者四十齒二十三者齒白齊密而根深二十四者四牙最白而大二十五者方頰車如師子二十六者味中得上味咽中二處津液流出二十七者舌大軟薄能覆面至耳髮際二十八者梵音深遠如迦蘭頻伽聲二十九者眼

色如金精三十者眼睫如牛王三十一者眉間白毫相輭白如兜羅綿三十二者頂髻肉骨成是三十二相佛身成就光明徧照三千大千世界若欲廣照則徧滿十方無量阿僧祇世界爲衆生故受丈光若放無量光則無日月時節歲數佛音聲徧滿三千大千世界若欲大聲則徧滿十方無量阿僧祇世界隨衆生多少音聲徧至云何爲八十隨形好一者無見頂二者鼻直高好孔不現三者眉如初生月紺瑠璃色四者耳輪埵成五者身堅實如那羅延六者骨際如鈎鎖七者身一時迴如象王八者行時足去地四寸而印文現九者爪如赤銅色薄而潤澤十者膝骨堅著圓好十一者身淨潔十二者身柔輭十三者身不曲十四者指長纖圓十五者指文莊嚴十六者脉深十七者踝不見十八者身潤澤十九者身自持不逶迤二十者身滿足二十一者識滿足二十二者容儀備足二十三者住處安無能動者二十四者威震一切二十五者一切樂觀二十六者面不大長二十七者正容貌不撓色二十八者面具足滿二十九者脣赤如頻婆果色三十者音響深三十一者臍深圓好三十二者毛右旋三十三者手足滿三十四者手足如意三十五者手文明直三十六者手文長三十七者手文不斷三十八者一切惡心衆生見者知悅三十九者面廣姝好四十者面淨滿如月四十一者隨衆生意和悅與語四十二者毛孔出香氣四十三者口出無上香四十四者儀容如師子四十五者進止如象王四十六者行法如

鵝王四十七者頭如摩陀那果四十八者一切聲分具足四十九者牙利五十者舌色赤五十一者舌薄五十二者毛紅色五十三者毛潔淨五十四者廣長眼五十五者孔門相具五十六者手足赤白如蓮華色五十七者齋不出五十八者腹不現五十九者細腹六十者身不傾動六十一者身持重六十二者其身分大六十三者身長六十四者手足潔淨輭澤六十五者邊光各一丈六十六者光照身而行六十七者等視衆生六十八者不輕衆生六十九者隨衆生音聲不過不減七十者說法不著七十一者隨衆生語言而爲說法七十二者一發音報衆聲七十三者次第有因緣說法七十四者一切衆生不能盡觀相七十五者觀者無厭足七十六者髮長好七十七者髮不亂七十八者髮旋好七十九者髮色如青珠八十者手足有德相須菩提是爲八十隨形好佛身成就復次須菩提菩薩摩訶薩行般若波羅蜜時教化衆生善男子當善學分別諸字亦當善知一字乃至四十二字一切語言皆入初字門一切語言亦入第二字門乃至第四十二字門一切語言皆入其中一字皆入四十二字四十二字亦入一字是衆生應如是善學四十二字善學四十二字已能善說字法善說字法已善說無字法須菩提如佛善知法善知字善知無字爲無字法故說字法何以故須菩提過一切名字法故名爲佛法如是須菩提菩薩摩訶薩以二施攝取衆生所謂財施法施是爲菩薩希有難及事云何爲菩薩摩訶薩愛

語攝取衆生菩薩摩訶薩以六波羅蜜爲衆生說法作是言汝行六波羅蜜攝一切善法云何爲菩薩摩訶薩利行攝取衆生菩薩摩訶薩長夜教化衆生令行六波羅蜜云何爲菩薩摩訶薩同事攝取衆生菩薩摩訶薩以六神通力故種種變化入六道中與衆生同事以此四事而攝取之須菩提白佛言世尊若衆生畢竟不可得法亦不可得法性亦不可得畢竟空無始空故世尊菩薩摩訶薩云何行般若波羅蜜行禪波羅蜜毗梨耶波羅蜜羼提波羅蜜尸羅波羅蜜檀波羅蜜時行四禪四無量心四無色定三十七助道法十八空行空無相無作三昧八背捨九次第定佛十力四無所畏四無礙智十八不共法三十二相八十隨形好云何住報得五神通爲衆生說法衆生實不可得衆生不可得故色不可得乃至識亦不可得五陰不可得故六波羅蜜乃至八十隨形好皆不可得是不可得中無衆生無色乃至無八十隨形好世尊云何菩薩摩訶薩行般若波羅蜜爲衆生說法世尊菩薩行般若波羅蜜時菩薩尚不可得何況當有菩薩法佛告須菩提如是如是如汝所言衆生不可得故當知是內空外空內外空空空大空第一義空有爲空無爲空畢竟空無始空散空諸法空自相空性空不可得空無法空有法空無法有法空衆生不可得故當知五陰空十二入空十八界空十二因緣空四諦空我衆生壽命者生者養者育者衆數者人者作者使作者起者使起者受者使受者知者見者皆空衆生不可得故

當知四禪空四無量心空四無色定空當知四念處空乃至八聖道分空空空無相空無作空八背捨空九次第定空衆生不可得故當知佛十力空四無所畏空四無礙智空十八不共法空當知須陀洹果空斯陀含果空阿那含果空阿羅漢果空辟支佛道空當知菩薩地空阿耨多羅三藐三菩提空須菩提菩薩摩訶薩如是見一切法空爲衆生說法不失諸空相是菩薩如是觀時知一切法無礙知一切法無礙已不壞諸法相不二不分別但爲衆生如實說法譬如佛所化人化人復化作無量千萬億人有教令布施者有教持戒有教忍辱有教精進有教禪定有教智慧有教四禪四無量心四無色定者於汝意云何佛所化人有分別破壞諸法不須菩提言不也世尊是化人無心無心數法云何分別破壞諸法以是故須菩提當知菩薩摩訶薩行般若波羅蜜爲衆生如應說法拔出衆生於顛倒地令衆生各得如所應住地以不縛不脫法故何以故須菩提色不縛不脫受想行識不縛不脫色無縛無脫不是色受想行識無縛無脫不是識何以故色畢竟清淨故受想行識乃至一切法若有爲若無爲亦畢竟清淨故如是須菩提菩薩摩訶薩爲衆生流法亦不得衆生及一切法一切法不可得故菩薩以不住法故住諸法相中所謂色空乃至有爲無爲法空何以故色乃至有爲無爲法自性不可得故無有住處無所有法不住無所有法自性法不住自性法他性法不住他性法何以故是一切法皆不可得故

不可得法當住何處如是須菩提菩薩摩訶薩行般若波羅蜜以是諸空能如是說法如是行般若波羅蜜於諸佛及聲聞辟支佛無有過何以故諸佛及菩薩辟支佛阿羅漢得是法已爲衆生說法亦不轉諸法相何以故如法性實際不可轉故所以者何諸法性無故須菩提白佛言世尊若法性如實際不轉色與法性異不色與如實際異不受想行識乃至有爲無爲法世間出世間有漏無漏異不佛言不也色不異法性不異如不異實際受想行識乃至有漏無漏亦不異須菩提白佛言世尊若色不異法性不異如不異實際受想行識乃至有漏無漏不異者云何分別黑法有黑報所謂地獄餓鬼畜生白法有白報所謂諸天及人黑白法有黑白報不黑不白法有不黑不白報所謂須陀洹果斯陀含果阿那含果阿羅漢果辟支佛道阿耨多羅三藐三菩提佛告須菩提世諦故分別說有果報非第一義第一義中不可說因緣果報何以故是第一義實無有相無有分別亦無言說所謂色乃至有漏無漏法不生不滅相不垢不淨畢竟空無始空故須菩提白佛言世尊若以世諦故分別說有果報非第一義者一切凡夫人應有須陀洹果斯陀含果阿那含果阿羅漢果辟支佛道阿耨多羅三藐三菩提佛告須菩提於汝意云何凡夫人爲知是世諦是第一義諦不若知是凡夫人應是須陀洹果乃至阿耨多羅三藐三菩提須菩提以凡夫人實不知世諦不知第一義諦不知道不知分別道果云何當有諸果須菩

提聖人知世諦知第一義諦有道有修道以是故聖人差別有諸果須菩提白佛言世尊修道得果不佛言不也須菩提修道不得果不修道亦不得果亦不離道得果亦不住道中得果如是須菩提菩薩摩訶薩行般若波羅蜜時爲衆生故分別諸果亦不分別是有爲性無爲性世尊若不分別有爲性無爲性得諸果者云何世尊自說三結盡故名須陀洹婬恚癡薄故名斯陀含果五此間結盡名阿那含五彼間結盡名阿羅漢所有集法皆滅散相名辟支佛道一切煩惱習斷故名阿耨多羅三藐三菩提世尊我當云何知不分別有爲性無爲性得諸果佛告須菩提汝以須陀洹果斯陀含果阿那含果阿羅漢果辟支佛道阿耨多羅三藐三菩提是諸果是有爲是無爲須菩提言世尊皆是無爲須菩提無爲法中有分別不不也世尊若善男子善女人通達一切法若有爲若無爲一相所謂無相是時有分別若有爲若無爲不不也世尊如是須菩提菩薩摩訶薩爲衆生說法不分別諸法所謂内空故乃至無法有法空故是菩薩自得無所著法亦教人令得無所著法若檀波羅蜜尸羅波羅蜜羼提波羅蜜毗梨耶波羅蜜禪波羅蜜般若波羅蜜初禪乃至第四禪慈悲喜捨無邊空處乃至非有想非無想處若四念處乃至一切種智是菩薩自不著故亦教他令得無所著無所著故無所礙譬如佛所化人布施亦不受布施報但爲度衆生故乃至行一切種智不受一切種智報菩薩摩訶薩亦如是行六波羅蜜乃至

一切法有漏無漏有爲無爲不住亦不受報但爲度衆生故何以故是菩薩摩訶薩善達一切諸法相故

善達品第七十九

須菩提白佛言世尊云何菩薩善達諸法相佛告須菩提譬如化人不行婬怒癡不行色乃至識不行内外法不行諸煩惱結使不行有漏法無漏法世間法出世間法有爲法無爲法亦無聖果菩薩亦如是無有是事亦不分别是法是名達諸法相須菩提言世尊化人云何有修道佛言化人修道不垢不淨亦不在五道生死須菩提於汝意云何佛所化人有根本實事有垢有淨不須菩提言不也佛所化人無有根本實事亦無垢亦無淨亦不在五道生死如是須菩提菩薩摩訶薩善達諸法相亦如是須菩提言世尊一切色如化不一切受想行識如化不佛言一切色如化一切受想行識如化世尊若一切色如化一切受想行識如化一切法如化化人無色無受想行識無垢無淨無五道生死亦無解脱處菩薩有何等功用佛告須菩提於汝意云何菩薩摩訶薩本行菩薩道時頗見有衆生從地獄餓鬼畜生人天中得解脱不須菩提言不也世尊佛言如是如是須菩提菩薩摩訶薩不見衆生從三界得解脱何以故菩薩摩訶薩見知一切法如幻如化世尊若菩薩摩訶薩見知一切諸法如幻如化爲何事故行六波羅蜜四禪四無量心四無色定三十七助道法乃至行大慈大悲淨佛國土成就衆生佛告須菩提若衆生自知諸法如幻

如化菩薩摩訶薩終不於阿僧祇劫爲衆生行菩薩道須菩提以衆生自不知諸法如幻如化以是故菩薩摩訶薩於無量阿僧祇劫行六波羅蜜成就衆生淨佛國土得阿耨多羅三藐三菩提須菩提白佛言世尊若一切法如夢如響如影如焰如幻如化衆生在何處住菩薩行六波羅蜜而拔出之須菩提衆生但住名相虛妄憶想分別中是故菩薩行般若波羅蜜於名相虛妄中拔出衆生須菩提白佛言世尊何等是名何等是相佛言此名強作假施設所謂此色此受想行識此男此女此大此小此地獄此畜生此餓鬼此人此天此有爲此無爲此是須陀洹果斯陀含果阿那含果阿羅漢果辟支佛道此佛道須菩提一切和合法皆是假名以名取諸法是故爲名一切有爲法但有名相凡夫愚人於中生著菩薩摩訶薩行般若波羅蜜以方便力故於名字中教令遠離作是言諸衆生是名但有空名虛妄憶想分別中生汝等莫著虛妄憶想此事本來皆無自性空故智者所不著如是須菩提菩薩摩訶薩行般若波羅蜜以方便力故爲衆生說法須菩提是爲名何等爲相須菩提有二種相凡夫人所著處何等爲二一者色相二者無色相須菩提何等名色相諸所有色若麤若細若好若醜皆是空是空法中憶想分別著心取相是名爲色相何等是無色相諸無色法憶想分別著心取相故生煩惱是名無色相是菩薩摩訶薩行般若波羅蜜以方便力故教衆生遠離是相著無相法中令不墮二法所謂是相是

無相如是須菩提菩薩摩訶薩行般若波羅蜜教衆生遠離相令住無相性中須菩提白佛言世尊若一切法但有名相云何菩薩行般若波羅蜜能自饒益亦教他人令得善利云何菩薩具足諸地從一地至一地教化衆生令得三乘佛告須菩提若諸法根本定有非但名相者菩薩摩訶薩行般若波羅蜜時不能自益亦不能利益他人須菩提諸法無有根本實事但有名相是故菩薩行般若波羅蜜時能具足禪波羅蜜無相故毗梨耶波羅蜜羼提波羅蜜尸羅波羅蜜檀波羅蜜無相故具足四禪波羅蜜四無量心波羅蜜四無色定波羅蜜無相故具足四念處波羅蜜無相故乃至具足八聖道分波羅蜜無相故具足内空波羅蜜無相故乃至具足無法有法空波羅蜜無相故具足解脱波羅蜜無相故具足九次第定波羅蜜無相故具足佛十力波羅蜜乃至具足十八不共法波羅蜜無相故是菩薩無相故自具足是諸善法亦教化他人令具足善法無相故須菩提若諸法相當實有如毫釐許者菩薩摩訶薩行般若波羅蜜時不能知諸法無相無憶念得阿耨多羅三藐三菩提亦教衆生令得無漏法何以故一切無漏法無相無憶念故如是須菩提菩薩摩訶薩行般若波羅蜜以無漏法利益衆生須菩提白佛言世尊若一切法無相無憶念云何數是聲聞法是辟支佛法是菩薩法是佛法佛告須菩提於汝意云何無相法與聲聞法異不不也世尊無相法與辟支佛法菩薩法佛法異不不也世尊佛告須菩

提無相法即是須陀洹果斯陀含果阿那含果阿羅漢果辟支佛法菩薩法佛法須菩提言如是世尊須菩提以是因緣故當知一切法皆是無相須菩提菩薩摩訶薩學是一切法無相得增益善法所謂六波羅蜜四禪四無量心四無色定四念處乃至十八不共法何以故菩薩不以餘法爲要如三解脱門所謂空無相無作所以者何一切善法皆入三解脱門何以故一切法自相空是名空解脱門一切法無相是名無相解脱門一切法無作無起相是名無作解脱門若菩薩摩訶薩學三解脱門是時能學五陰相能學十二入相能學十八界相能學四聖諦十二因緣法能學内空外空乃至無法有法空能學六波羅蜜四念處乃至八聖道分能學佛十力四無所畏四無礙智十八不共法須菩提白佛言世尊云何菩薩摩訶薩行般若波羅蜜能學五受陰相佛告須菩提菩薩摩訶薩行般若波羅蜜知色相知色生滅知色如云何知色相知色畢竟空内分分異虚無實譬如水沫無堅固是爲知色相云何知色生滅色生時無所從來去無所至若不來不去是爲知色生滅相云何知色如是色如不生不滅不來不去不增不減不垢不淨是名知色如須菩提如名如實不虚如前後中亦爾常不異是爲知色如云何知受相云何知受生滅云何知受如菩薩知諸受相如水中泡一起一滅是爲知受相知受生滅者是受無所從來去無所至是爲知受生滅知受如者是如不生不滅不來不去不增不減不垢不淨是爲

知受如云何知想相云何知想生滅云何知想如知想相者是想如焰水不可得而妄生水想是爲知想相知想生滅者是想無所從來去無所至是爲知想生滅知想如者諸想如不生不滅不來不去不增不減不垢不淨不轉於實相是爲知想如云何知行相云何知行生滅云何知行如知行相者行如芭蕉葉葉除却不得堅實是爲知行相知行生滅者諸行生無所從來去無所至是爲知行生滅知行如者諸行不生不滅不來不去不增不減不垢不淨是爲知行如云何知識相云何知識生滅云何知識如知識相者如幻師幻作四種兵無有實識亦如是是爲知識相知識生滅者是識生時無所從來滅時無所去是爲知識生滅知識如者知識不生不滅

不來不去不垢不淨不增不減是爲知識如云何知諸入眼眼性空乃至意意性空色色性空乃至法法性空云何知眼界眼界空色界空眼識眼識界空乃至意識界亦如是云何知四聖諦知苦聖諦時遠離二法知苦諦不二不別是名苦聖諦集盡道亦如是云何知苦如知苦聖諦即是如如即是苦聖諦集盡道亦如是云何知十二因緣知十二因緣不生相是名知十二因緣須菩提白佛言世尊若菩薩摩訶薩行般若波羅蜜時各各分别知諸法將無以色性壞法性乃至一切種智性壞法性耶佛告須菩提若法性外更有法者應壞法性法性外法不可得是故不壞何以故須菩提佛及佛弟子知法性外法不可得法不可得故不可説法性外有法如

是須菩提菩薩摩訶薩行般若波羅蜜應學法性須菩提白佛言世尊菩薩摩訶薩若學法性爲無所學佛告須菩提菩薩摩訶薩學法性則學一切法何以故一切法即是法性須菩提白佛言世尊何因緣故一切法即是法性佛言一切法皆入無相無爲性中以是因緣故學法性則學一切法須菩提白佛言世尊若一切法即是法性菩薩摩訶薩何以故學般若波羅蜜禪波羅蜜毗梨耶波羅蜜羼提波羅蜜尸羅波羅蜜檀波羅蜜菩薩摩訶薩何以故學初禪第二第三第四禪菩薩摩訶薩何以學慈悲喜捨何以學無邊虛空處無邊識處無所有處非有想非無想處何以學四念處四正勤四如意足五根五力七覺分八聖道分何以學空無相無作解脱門何以學八背捨九次第定佛十力四無所畏四無礙智十八不共法何以學六神通何以學三十二相八十隨形好何以學生刹利大姓婆羅門大姓居士大家何以學生四天王天處三十三天夜摩天兜率陀天化樂天他化自在天何以學生梵天王住處光音天偏淨天廣果天無想天淨居天何以學生無邊空處生無邊識處生無所有處生非有想非無想處何以學初發意地第二第三第四第五第六第七第八第九第十地何以學聲聞地辟支佛地菩薩法位何以學成就衆生淨佛國土何以學諸陀隣尼何以學樂説法何以學阿耨多羅三藐三菩提學已得一切種智知一切法世尊諸法法性中無是分别世尊將無菩薩墮非道中何以故世尊法性中

無如是分別法性中無色無受想行識法性亦不遠離色受想行識色即是法性法性即是色受想行識亦爾一切法亦如是佛告須菩提如是如是如汝所言色即是法性受想行識即是法性須菩提菩薩摩訶薩行般若波羅蜜時若法性外見有法者爲不求阿耨多羅三藐三菩提菩薩摩訶薩行般若波羅蜜時知一切法性即是阿耨多羅三藐三菩提以是故菩薩摩訶薩行般若波羅蜜時知一切法即是法性已以無名相之法以名相說所謂是色是受想行識乃至是阿耨多羅三藐三菩提須菩提譬如工幻師若幻弟子多人處立幻作種種形色男女象馬端嚴園林及諸廬舘流泉浴池衣服卧具香華瓔珞餚膳飲食作衆妓樂以樂衆人又復幻作人令布施若持戒忍辱精進禪定修智是幻師復幻作刹利大姓婆羅門大姓居士大家四天王天處須彌山三十三天夜摩天兜率陀天化樂天他化自在天以示衆人復幻作梵衆天乃至非有想非無想天又幻作須陀洹斯陀含阿那含阿羅漢辟支佛菩薩摩訶薩從初發意行檀波羅蜜尸羅波羅蜜羼提波羅蜜毗梨耶波羅蜜禪波羅蜜般若波羅蜜行初地乃至行十地入菩薩位遊戲神通成就衆生淨佛國土遊戲諸禪解脱三昧行佛十力四無所畏四無礙智十八不共法大慈大悲具足佛身三十二相八十隨形好以示衆人是中無智之人歎未曾有是人多能巧爲衆事娱樂衆人種種形色乃至三十二相八十隨形好莊嚴佛身其中有智之士思惟

言未曾有也是中無有實事而以無所有法娛樂衆人令有形相無事事相無有有相如是須菩提菩薩摩訶薩不見離法性有法行般若波羅蜜以方便力故雖不得衆生而自布施亦教人施讚歎施法歡喜讚歎行布施者自持戒亦教人持戒自忍辱亦教人忍辱自精進亦教人精進自行禪亦教人行禪自修智慧亦教人修智慧讚歎修智慧法歡喜讚歎修智慧者自行十善亦教他行十善讚歎行十善法歡喜讚歎行十善者自受行五戒亦教他人受行五戒讚歎五戒法歡喜讚歎受行五戒者自受八戒齋亦教他人受八戒齋讚歎八戒齋法歡喜讚歎行八戒齋者自行初禪乃至自行第四禪自行慈悲喜捨自行無邊空處乃至非有想非無想處亦教他人行自行四念處乃至八聖道分自行三解脫門佛十力乃至自行十八不共法亦教他人行十八不共法讚歎十八不共法歡喜讚歎行十八不共法者須菩提若法性前後中有異者是菩薩摩訶薩不能以方便力故示法性成就衆生須菩提以法性前後中無異是故菩薩行般若波羅蜜爲利益衆生故行菩薩道

摩訶般若波羅蜜經卷第二十七

音釋

奩底　奩離鹽切鏡匣也奩底言佛足下平正如奩底也　縵網　縵莫官切縵網謂手指間相連如鵝鴈掌也　足趺　趺音夫足背也　腨　乳兗切腓腸也　蚊蚋　蚊音文蚋儒稅切蚊蚋蟲齧人之飛虫也　睫　音接目旁毛也　踝　戶瓦切足骨也又腿兩旁曰內外踝　逶迤　逶於危切迤音移又音馳行貌又斜去貌

摩訶般若波羅蜜經卷第二十八

姚秦三藏法師鳩摩羅什共僧叡譯

實際品第八十

須菩提白佛言世尊若衆生畢竟不可得菩薩爲誰故行般若波羅蜜佛告須菩提菩薩爲實際故行般若波羅蜜須菩提實際衆生際異者菩薩不行般若波羅蜜須菩提實際衆生際不異以是故菩薩摩訶薩爲利益衆生故行般若波羅蜜復次須菩提菩薩摩訶薩行般若波羅蜜時以不壞實際法立衆生於實際中須菩提白佛言世尊若實際即是衆生際菩薩則爲建立實際於實際世尊若建立實際於實際則爲建立自性於自性世尊不得建立自性於自性世尊云何菩薩摩訶薩行般若波羅蜜時建立衆生於實際佛告須菩提實際不可建立於實際自性不可建立於自性須菩提今菩薩摩訶薩行般若波羅蜜時以方便力故建立衆生於實際實際亦不異衆生際實際衆生際無二無別須菩提白佛言世尊何等是諸菩薩摩訶薩方便力用是方便力菩薩摩訶薩行般若波羅蜜時建立衆生於實際亦不壞實際相佛告須菩提若菩薩摩訶薩行般若波羅蜜時以方便力故建立衆生於布施建立已説布施先後際空作是言如是布施前際空後際空中際亦空施者亦空施報亦空受者亦空諸善男子是一切法實際中不可得汝等莫念布施異施者異施報異受者異若汝等不念布施異施者異施報異受者異是時布施能趣甘露味得甘露味果汝善男子以是布施

故莫著色莫著受想行識何以故是布施布施相空施者施者空施報施報空受者受者空空中布施不可得施者不可得施報不可得受者不可得何以故是諸法畢竟自性空故復次須菩提菩薩摩訶薩行般若波羅蜜時以方便力故教衆生持戒語衆生言汝善男子除捨殺生法乃至除捨邪見法何以故善男子如汝所分別法無如是性汝善男子當諦思惟何等是衆生而欲奪命用何等物奪命乃至邪見亦如是須菩提菩薩摩訶薩如是方便力成就衆生是菩薩摩訶薩即為衆生說布施持戒果報是布施持戒果報自性空知布施持戒果報自性空已是中不著不著故心不散能生智慧以是智慧斷一切結使煩惱入無餘涅槃是世俗法非第一實義何以故空中無有滅亦無使滅者諸法畢竟空即是涅槃復次須菩提菩薩摩訶薩見衆生瞋恚惱心教言汝善男子來修行忍辱作忍辱人當樂忍辱汝所瞋者自性空汝來善男子如是思惟我於何所法中瞋誰為瞋者所瞋者誰是法皆空是性空法無不空時是空非諸佛作非辟支佛聲聞作非菩薩摩訶薩作非諸天鬼神龍王阿脩羅緊那羅摩睺羅伽非四天王天乃至非他化自在天非梵衆天乃至非淨居天非無邊空處乃至非有想非無想處諸天所作汝當如是思惟瞋誰誰是瞋者何等是瞋事是一切法相空性空法無有所瞋如是須菩提菩薩摩訶薩行般若波羅蜜時以是因緣法建立衆生於性空次第漸漸示教利喜令得阿耨多羅三藐

三菩提是世俗法非第一實義何以故是性空中無有得者無有得法無有得處須菩提是名實際性空法菩薩摩訶薩爲衆生故行是法衆生亦不可得何以故一切法離衆生相復次須菩提菩薩摩訶薩行般若波羅蜜時方便力故見衆生懈怠教令身精進心精進作是言諸善男子諸法性空中無懈怠法無懈怠者無懈怠事是一切法性皆空無過性空者汝等生身精進心精進爲生善法故莫懈怠善法者若布施若持戒若忍辱若精進若禪定若智慧若諸禪定解脱三昧若四念處乃至八聖道分若空解脱門無相無作解脱門乃至十八不共法莫懈怠諸善男子是一切法性空中當知無礙相無礙法中無懈怠者無懈怠法如是須菩提菩薩摩訶薩行般若波羅蜜時教衆生令住性空不墮二法何以故是性空中無二無別故是無二法則無可著處復次須菩提菩薩摩訶薩行性空般若波羅蜜時教衆生令精進作是言諸善男子勤精進若布施若持戒若忍辱若精進若禪定若智慧若禪定解脱三昧若四念處乃至八聖道分若空解脱門無相無作解脱門若佛十力若四無所畏若四無礙智若十八不共法若大慈大悲是諸法汝等莫念二相莫念不二相何以故是法性皆空是性空法不應用二相念不應用不二相念如是須菩提菩薩摩訶薩行般若波羅蜜以方便力故成就衆生成就衆生已次第教令得須陀洹果斯陀含果阿那含果阿羅漢果辟支佛道入菩薩位令得阿耨多羅三藐三菩提

復次須菩提菩薩摩訶薩行般若波羅蜜時見衆生亂心以方便力爲利益衆生故作是言諸善男子當修禪定汝莫生亂想當生一心何以故是法性皆空性空中無有法可得若亂若一心汝等住是三昧所有作業若身若口若意若布施若持戒若行忍辱若勤精進若行禪定若修智慧若行四念處乃至若行八聖道分若行諸解脫次第定若行佛十力四無所畏四無礙智十八不共法大慈大悲三十二相八十隨形好若聲聞道若辟支佛道若菩薩道若佛道若須陀洹果斯陀含果阿那含果阿羅漢果辟支佛道若一切種智若成就衆生若淨佛國土汝等皆當應隨所願得住性空故如是須菩提若菩薩摩訶薩行般若波羅蜜方便力爲利益衆生故從初發意終不懈廢常求善法利益衆生從一佛國至一佛國供養諸佛從諸佛聞法捨身受身乃至阿耨多羅三藐三菩提終不忘失是菩薩常得諸陀隣尼諸根具足所謂身根語根意根何以故是菩薩摩訶薩常修一切種智修一切種智故一切諸道皆修若聲聞道若辟支佛道若菩薩神通道行神通道菩薩常利益衆生終不忘失是菩薩住報得神通利益衆生入生死五道終不耗減如是須菩提菩薩摩訶薩行般若波羅蜜住性空以禪定利益衆生復次須菩提菩薩摩訶薩行般若波羅蜜住性空以方便力故利益衆生作是言汝等諸善男子觀一切法性空善男子汝等當作諸業若身業若口業若意業趣甘露味得甘露果性空中無有法退何以故

性空不退亦無退者以性空非法亦非非法於無所有法中云何當有退須菩提菩薩摩訶薩行般若波羅蜜時如是教衆生常不懈廢是菩薩自行十善亦教他人行十善五戒八戒成就齋亦如是自行初禪亦教他人令行初禪乃至第四禪亦如是常自行慈心亦教他人令行慈心乃至捨心亦如是自行無邊空處亦教他人令行無邊空處乃至非有想非無想處亦如是自行四念處亦教他人令行四念處乃至八聖道分佛十力乃至八十隨形好亦如是自於須陀洹果中生智慧亦不住是中亦教他人令得須陀洹果乃至阿羅漢亦如是自於辟支佛道中生智慧亦不住是中亦教他人令得辟支佛道自至阿耨多羅三藐三菩提道亦教他人令至阿耨多羅三藐三菩提道如是須菩提菩薩摩訶薩行般若波羅蜜方便力故終不懈廢須菩提白佛言世尊若諸法性常空常空中衆生不可得法非法亦不可得菩薩摩訶薩云何求一切種智佛告須菩提如是如是如汝所言諸法性皆空空中衆生不可得法非法亦不可得須菩提若一切法性不空菩薩摩訶薩不依性空成阿耨多羅三藐三菩提爲衆生說性空法須菩提色性空受想行識性空菩薩摩訶薩行般若波羅蜜時說五陰性空法說十二入十八界性空法說四禪四無量心四無色定四念處乃至八聖道分性空法說三解脫門八背捨九次第定佛十力四無所畏四無礙智十八不共法大慈大悲三十二相八十隨形好性空法說須陀洹果斯陀

含果阿那含果阿羅漢果辟支佛道一切種智斷煩惱習性空法須菩提若內空性不空外空乃至無法有法空性不空者則壞空性是性空不常不斷何以故是性空無住處亦無所從來亦無所從去須菩提是名法住相是中無法無聚無散無增無減無生無滅無垢無淨是爲諸法相菩薩摩訶薩住是中發阿耨多羅三藐三菩提心不見法有所發無發無住是名法住相是菩薩摩訶薩行般若波羅蜜時見一切法性空不轉阿耨多羅三藐三菩提何以故是菩薩不見有法能障礙當何處生疑是名阿耨多羅三藐三菩提性空不得衆生不得我不得人不得壽不得命乃至不得知者見者性空中色不可得受想行識不可得乃至八十隨形好不可得須菩提譬如佛化作四衆比丘比丘尼優婆塞優婆夷常爲是諸衆說法千萬億劫不斷佛告須菩提是諸化衆當得須陀洹果斯陀含果阿那含果阿羅漢果得阿耨多羅三藐三菩提記不須菩提言不也世尊何以故是諸化衆無有根本實事故一切諸法性空亦無根本實事何等是衆生得須陀洹果乃至阿羅漢果得阿耨多羅三藐三菩提記須菩提菩薩摩訶薩亦如是爲衆生說性空法是衆生實不可得以衆生墮顛倒故拔衆生令住不顛倒顛倒即是無顛倒顛倒不顛倒雖一相而多顛倒少不顛倒無顛倒處中則無我無衆生乃至無知者見者無顛倒處中亦無色無受想行識無十二入乃至無阿耨多羅三藐三菩提是名諸法性空菩薩摩訶薩住是

中行般若波羅蜜時於衆生相顛倒中拔出衆生所謂無衆生有衆生相中拔出乃至知者見者相中拔出於無色色相中無受想行識受想行識相中拔出衆生十二入十八界乃至一切有漏法亦如是須菩提亦有諸無漏法所謂四念處四正勤四如意足五根五力七覺分八聖道分如是等法雖無漏法亦不如第一義相第一義相者無作無爲無生無相無説是名第一義亦名性空亦名諸佛道是中不得衆生乃至不得知者見者不得色受想行識乃至不得八十隨形好何以故菩薩摩訶薩非爲道法故求阿耨多羅三藐三菩提爲諸法實相性空故求阿耨多羅三藐三菩提是性空前際亦是性空後際亦是性空中際亦是性空常性空無不性空時菩薩摩訶薩行是性空般若波羅蜜爲衆生著衆生相欲拔出故求道種智求道種智時徧行一切道若聲聞道若辟支佛道若菩薩道是菩薩具足一切道拔出衆生於邪想著淨佛國土已隨其壽命得阿耨多羅三藐三菩提須菩提過去十方諸佛道所謂性空未來現在十方諸佛道所謂性空離性空世間無道無道果要從親近諸佛聞是諸法性空行是法不失一切種智須菩提白佛言世尊甚希有諸菩薩摩訶薩有行是性空法亦不壞性空相所謂色與性空異受想行識與性空異乃至阿耨多羅三藐三菩提與性空異須菩提色即是性空性空即是色乃至阿耨多羅三藐三菩提阿耨多羅三藐三菩提即是性空性空即是阿耨多羅三藐三菩提佛告

須菩提若色與性空異若受想行識與性空異乃至阿耨多羅三藐三菩提與性空異菩薩摩訶薩不能得一切種智須菩提今色不異性空乃至阿耨多羅三藐三菩提不異性空以是故菩薩摩訶薩知一切法性空發意求阿耨多羅三藐三菩提何以故是中無有法若實若常但凡夫著色受想行識凡夫取色相取受想行識相有我心著內外法故受後身色受想行識以是因緣故不得脫生老病死愁憂苦惱往來五道以是事故菩薩摩訶薩行性空波羅蜜不壞色等諸法相若空若不空何以故色性空相不壞色所謂是色是空是受想行識乃至阿耨多羅三藐三菩提亦如是譬如虛空不壞虛空內虛空不壞外虛空外虛空不壞內虛空如是須菩提色不壞色空相色空相不壞色何以故是二法無有性能有所壞所謂是空是非空乃至阿耨多羅三藐三菩提亦如是須菩提白佛言世尊若一切法空無分別云何菩薩摩訶薩從初發意已來作是願我當得阿耨多羅三藐三菩提世尊若一切法無分別云何菩薩發心言我當得阿耨多羅三藐三菩提世尊若分別諸法不能得阿耨多羅三藐三菩提佛告須菩提如是如是若菩薩摩訶薩行二相者無阿耨多羅三藐三菩提若分別作二分者無阿耨多羅三藐三菩提若不二不分別諸法則是阿耨多羅三藐三菩提菩提是不二相不壞相須菩提是菩提不色中行不受想行識中行乃至菩提亦不菩提中行何以故色即是菩提菩提即是色不二不分別

乃至十八不共法亦如是是菩提非取故行非捨故行須菩提白佛言世尊若菩薩摩訶薩菩提非取故行非捨故行菩薩摩訶薩菩提何處行佛告須菩提於汝意云何如佛所化人在何處行若取中行若捨中行須菩提言世尊非取中行非捨中行佛言菩薩摩訶薩菩提亦如是非取中行非捨中行須菩提於汝意云何阿羅漢夢中菩提何處行若取中行若捨中行不不也世尊非取中行非捨中行何以故阿羅漢畢竟不眠云何夢中菩提若取中行若捨中行須菩提菩薩摩訶薩阿耨多羅三藐三菩提亦如是非取中行非捨中行所謂色中行乃至一切種智中行世尊將無菩薩摩訶薩不行十地不行六波羅蜜不行三十七助道法不行十四空不行諸

禪定解脫三昧不行佛十力乃至八十隨形好住五神通淨佛國土成就衆生得阿耨多羅三藐三菩提佛告須菩提如是如是如汝所言今菩薩雖菩提無處行若不具足十地六波羅蜜四禪四無量心四無色定四念處乃至八聖道分空無相無作解脫佛十力乃至八十隨形好常捨行不誑法不錯謬法不具足是諸法終不得阿耨多羅三藐三菩提是菩薩摩訶薩住色相中住受想行識相中乃至住阿耨多羅三藐三菩提相中能具足十地乃至得阿耨多羅三藐三菩提是相常寂滅無有法能增能減能生能滅能垢能淨能得道能得果世諦法故菩薩摩訶薩得阿耨多羅三藐三菩提非第一實義何以故第一義中無有色乃至無阿耨多羅三藐三菩

提亦無行阿耨多羅三藐三菩提者是一切法皆以世諦故說非第一義須菩提菩薩摩訶薩從初發意已來行阿耨多羅三藐三菩提菩提亦不增衆生亦不减菩薩亦無增减須菩提於汝意云何若人初得道時住無閒三昧得無漏根成就若須陀洹果若斯陀含果若阿那含果若阿羅漢果汝爾時有所得若夢若心若道若道果不須菩提言世尊不得也佛告須菩提云何當知得阿羅漢道者世尊世諦法故分別名阿羅漢道佛言如是如是須菩提世諦故說名菩薩說名色受想行識乃至一切種智是菩提中無法可得若增若减以諸法性空故諸法性空尚不可得何況得初地心乃至十地心六波羅蜜三十七助道法空三昧無相無作三昧乃至一切佛法當有所得無有是處如是須菩提菩薩摩訶薩行阿耨多羅三藐三菩提得阿耨多羅三藐三菩提法利益衆生

具足品第八十一

須菩提白佛言世尊若菩薩摩訶薩行六波羅蜜十八空三十七助道法佛十力四無所畏四無礙智十八不共法不具足菩薩道不能得阿耨多羅三藐三菩提世尊菩薩摩訶薩當云何具足菩薩道能得阿耨多羅三藐三菩提佛告須菩提若菩薩摩訶薩行般若波羅蜜時以方便力故行檀那波羅蜜不得施不得施者不得受者亦不遠離是法行檀那波羅蜜是則照明菩薩道如是須菩提菩薩以方便力故具足菩薩道具足已能得阿耨多羅三藐三菩提持戒忍辱精進禪定智

慧乃至十八不共法亦如是舍利弗白佛言世尊云何菩薩摩訶薩習般若波羅蜜佛告舍利弗若菩薩摩訶薩行般若波羅蜜以方便力故不壞色不隨色何以故是色性無故不壞不隨乃至受想行識亦如是舍利弗菩薩摩訶薩行般若波羅蜜以方便力故檀那波羅蜜不壞不隨何以故檀那波羅蜜性無故乃至十八不共法亦如是舍利弗白佛言世尊若諸法無自性可壞可隨者云何菩薩摩訶薩能習般若波羅蜜諸菩薩摩訶薩所學處何以故若菩薩摩訶薩不學般若波羅蜜不能得阿耨多羅三藐三菩提佛告舍利弗如汝所言菩薩不學般若波羅蜜不能得阿耨多羅三藐三菩提不離方便力故可得舍利弗若菩薩摩訶薩行般若波羅蜜若有一法性可得應當取若不可得何所取所謂此是般若波羅蜜是禪那波羅蜜是毗梨耶波羅蜜是羼提波羅蜜尸羅波羅蜜檀那波羅蜜是色受想行識乃至是阿耨多羅三藐三菩提舍利弗是般若波羅蜜不可取相乃至一切諸佛法不可取相舍利弗是名不取般若波羅蜜乃至佛法是菩薩摩訶薩所應學菩薩摩訶薩於是中學時學相亦不可得何況般若波羅蜜佛法菩薩法辟支佛法聲聞法凡夫人法何以故舍利弗諸法無一法有性如是無性諸法何等是凡夫人須陀洹斯陀含阿那含阿羅漢辟支佛菩薩佛若無是諸實聖云何有法知是法故分別說是凡夫人須陀洹斯陀含阿那含阿羅漢辟支佛菩薩佛舍利弗白佛言世尊若諸法無性無

實無根本云何知是凡夫人乃至是佛佛告舍利弗凡夫人所著處色有性有實不不也世尊但以顛倒心故受想行識乃至十八不共法亦如是舍利弗菩薩摩訶薩行般若波羅蜜時以方便力故見諸法無性無根本故能發阿耨多羅三藐三菩提心舍利弗白佛言世尊云何菩薩摩訶薩行般若波羅蜜時以方便力故見諸法無性無根本故發阿耨多羅三藐三菩提心佛告舍利弗菩薩摩訶薩行般若波羅蜜時不見諸法根本住中退沒生懈怠心舍利弗今諸法根本實無我無所有性常空但顛倒愚癡故衆生著陰入界是菩薩摩訶薩見諸法無所有性常空自相空時行般若波羅蜜自立如幻師爲衆生說法慳者爲說布施法破戒者爲說持戒法瞋者爲說忍辱法懈怠者爲說精進法亂者爲說禪定法愚癡者爲說智慧法令衆生住布施乃至智慧然後爲說聖法能出苦用是法故得須陀洹果乃至得阿羅漢果辟支佛道乃至阿耨多羅三藐三菩提舍利弗白佛言世尊菩薩摩訶薩得是衆生無所有教令布施持戒乃至智慧然後爲說聖法能出苦以是法故得須陀洹果乃至阿耨多羅三藐三菩提佛告舍利弗菩薩摩訶薩行般若波羅蜜時無有有所得過罪何以故舍利弗是菩薩摩訶薩行般若波羅蜜時不得衆生但空法相續故名爲衆生舍利弗菩薩摩訶薩住二諦中爲衆生說法世諦第一義諦舍利弗二諦中衆生雖不可得菩薩摩訶薩行般若波羅蜜以方便力故爲衆生說法衆生聞是

法今世吾我尚不可得何況當得阿耨多羅三藐三菩提者及所用法如是舍利弗菩薩摩訶薩行般若波羅蜜時以方便力故為衆生說法舍利弗白佛言世尊是菩薩摩訶薩心曠大無有法可得若一相若異相若別相而能如是大莊嚴用是莊嚴故不生欲界不生色界不生無色界不見有為性不見無為性而於三界中度脫衆生亦不得衆生何以故衆生不縛不解衆生不縛不解故無垢無淨無垢無淨故無分別五道無分別五道故無業無煩惱無業無煩惱故亦不應有果報以是果報故生三界中佛告舍利弗如是如是如汝所言若衆生先有後無諸佛菩薩則有過罪諸法五道生死亦如是若先有後無諸佛菩薩則有過罪舍利弗今有佛無佛諸法相常住不異是法相中尚無我無衆生無壽命乃至無知者無見者何況當有色受想行識若無是法云何當有五道往來拔出衆生處舍利弗是諸法性常空以是故諸菩薩摩訶薩從過去佛聞是法相發阿耨多羅三藐三菩提意是中無有法我當得亦無有衆生定著處法不可出但以衆生顛倒故著以是故菩薩摩訶薩發大莊嚴常不退阿耨多羅三藐三菩提是菩薩不疑我當不得阿耨多羅三藐三菩提我必當得阿耨多羅三藐三菩提得阿耨多羅三藐三菩提已用實法利益衆生令出顛倒舍利弗譬如幻師幻作百千萬億人與種種飲食令飽滿歡喜唱言我得大福我得大福於汝意云何是中有人食飲飽滿不不也世尊佛言如是舍利弗菩

薩摩訶薩從初發意已來行六波羅蜜四禪四無量心四無色定四念處乃至八聖道分十四空三解脫門八解脫九次第定佛十力乃至十八不共法具足菩薩道成就衆生淨佛國土無衆生法可度須菩提白佛言世尊何等是菩薩摩訶薩道菩薩行是道能成就衆生淨佛國土佛告須菩提菩薩摩訶薩從初發意已來行檀那波羅蜜行尸羅波羅蜜羼提波羅蜜毗梨耶波羅蜜禪那波羅蜜般若波羅蜜乃至行十八不共法成就衆生淨佛國土須菩提白佛言世尊云何菩薩摩訶薩行檀那波羅蜜成就衆生佛告須菩提有菩薩摩訶薩行檀那波羅蜜時自布施亦教衆生布施作是言諸善男子汝等莫著布施汝著布施故當更受身更受身故多受衆苦

諸善男子諸法相中無所施無施者無受者是三法皆性空是性空法不可取不可取相是性空如是須菩提菩薩摩訶薩行檀那波羅蜜時布施衆生是中不得布施不得施者不得受者何以故無所得波羅蜜是名爲檀那波羅蜜是菩薩不得是三法故能教衆生令得須陀洹果乃至令得阿羅漢果辟支佛道阿耨多羅三藐三菩提如是須菩提菩薩摩訶薩行檀那波羅蜜時成就衆生是菩薩自行布施亦教他人令行布施讚歎布施法歡喜讚歎行布施者是菩薩如是布施已生刹利大姓婆羅門大姓居士大家若作小王若轉輪聖王是時以四事攝取衆生何等四布施愛語利行同事是四事攝取衆生已衆生漸漸住於戒四禪四無量心四無色定四

念處八聖道分空無相無作三昧得入正位中得須陀洹果乃至得阿羅漢果若得辟支佛道若教令得阿耨多羅三藐三菩提作是言諸善男子汝等當發阿耨多羅三藐三菩提心是阿耨多羅三藐三菩提易得耳何以故無有定法衆生所著處但顛倒故衆生著是故汝等自離生死亦當教他離生死汝等當發心能自利益亦當利益他人須菩提菩薩摩訶薩應如是行檀那波羅蜜是行檀那波羅蜜因緣故從初發意已來終不墮惡道常作轉輪聖王何以故隨其所種得大果報是菩薩作轉輪聖王時見有乞者不作是念我不爲餘事故受轉輪聖王果但爲利益一切衆生故是時作是言此是汝物汝自取之莫有所難我無所惜我爲衆生故受生死憐愍汝等故具足大悲行是大悲饒益衆生亦不得實定衆生相但有假名故可說是衆生是名字亦空如響聲實不可說相須菩提菩薩摩訶薩應如是行檀那波羅蜜於衆生中無所惜乃至不惜自身肌肉何況外物以是法故能出衆生生死何等是法所謂檀那波羅蜜尸羅波羅蜜羼提波羅蜜毗梨耶波羅蜜禪那波羅蜜般若波羅蜜乃至十八不共法令衆生從生死中得脱復次須菩提菩薩摩訶薩住檀那波羅蜜中布施已作是言諸善男子汝等來持戒我當供給汝等令無所乏短衣食卧具乃至資生所須盡當給汝汝等乏少故破戒我當給汝所須令無所乏若飲食乃至七寶汝等住是戒律儀中漸漸當得盡苦乘於三乘而得度脱若聲聞乘若辟

支佛乘若佛乘復次須菩提菩薩摩訶薩住檀那波羅蜜中若見衆生瞋惱作是言諸善男子汝等以何因緣故瞋惱我當與汝所須汝等所欲從我取之悉當給汝令無所乏若飲食衣服乃至資生所須是菩薩住檀那波羅蜜中教衆生忍辱作是言一切法中無有堅實汝等所瞋是因緣空無堅實皆從虛妄憶想生汝等以無有根本瞋恚壞心惡口罵詈刀杖相加以至害命汝等莫以是虛妄法起瞋故墮地獄畜生餓鬼中及餘惡道受無量苦汝等莫以是虛妄無實諸法故而作罪業以是罪業故尚不得人身何況得生佛世諸人佛世難值人身難得汝等莫失好時若失好時則不可救是菩薩摩訶薩如是教化衆生自行忍辱亦教他人令行忍辱讚歎忍辱法歡喜讚歎行忍辱者是菩薩令衆生住忍辱中漸以三乘得盡衆苦如是須菩提菩薩摩訶薩住檀那波羅蜜令衆生住忍辱須菩提云何菩薩摩訶薩住檀那波羅蜜令衆生精進須菩提菩薩見衆生懈怠如是言汝等何以懈怠衆生言因緣少故是菩薩行檀那波羅蜜時語諸人言我當令汝因緣具足若布施若持戒若忍辱如是等因緣故令汝具足是衆生得菩薩利益因緣故身精進口精進心精進身精進口精進心精進故一切善法具足修聖無漏法修聖無漏法故當得須陀洹果乃至阿羅漢果辟支佛道若得阿耨多羅三藐三菩提如是須菩提菩薩摩訶薩行檀那波羅蜜時住精進波羅蜜攝取衆生須菩提云何菩薩摩訶薩行檀那波羅蜜

時教化衆生令修禪那波羅蜜佛告須菩提言菩薩見衆生亂心作是言汝等可修禪定衆生言我等因緣不具足故菩薩言我當與汝等作因緣以是因緣故令汝心不隨覺觀心不馳散衆生以是因緣故斷覺觀入初禪二禪三禪四禪行慈悲喜捨心衆生以是禪無量心因緣故能修四念處乃至八聖道分修三十七助道法時漸入三乘而得涅槃終不失道如是須菩提菩薩摩訶薩行檀那波羅蜜時以禪那波羅蜜攝取衆生令行禪那波羅蜜須菩提云何菩薩摩訶薩行檀那波羅蜜以般若波羅蜜攝取衆生須菩提菩薩見衆生愚癡無有智慧作是言汝等何故不修智慧衆生言因緣未具足故菩薩住檀那波羅蜜中作是言汝等所須得智慧具足從

我取之所謂布施持戒忍辱精進禪定是因緣具足已汝等如是思惟思惟般若波羅蜜時有法可得不若我若衆生若壽命乃至知者見者可得不若色受想行識若欲界色界無色界若六波羅蜜若三十七助道法若須陀洹果若斯陀含若阿那含阿羅漢果辟支佛道若阿耨多羅三藐三菩提可得不是衆生如是思惟時於般若波羅蜜中無有法可得可著處若不著諸法是時不見法有生有滅有垢有淨不分別是地獄是畜生是餓鬼是阿修羅是天是人是持戒是破戒是須陀洹是斯陀含是阿那含是阿羅漢是辟支佛是佛如是須菩提菩薩摩訶薩行檀那波羅蜜時以般若波羅蜜攝取衆生須菩提云何菩薩摩訶薩住檀那波羅蜜中以尸羅波羅

蜜羼提波羅蜜毗梨耶波羅蜜禪那波羅蜜般若波羅蜜乃至三十七助道法攝取衆生須菩提菩薩摩訶薩住檀那波羅蜜中以供養具利益衆生以是利益因緣故衆生能修四念處四正勤四如意足五根五力七覺分八聖道分衆生行是三十七助道法於生死中得解脱如是須菩提菩薩摩訶薩以無漏聖法攝取衆生復次須菩提菩薩摩訶薩教化衆生時如是言諸善男子汝等從我取所須物若飲食衣服卧具香華乃至七寶等種種所須資生之物汝等以是攝取衆生汝等長夜利益安樂莫作是念是物非我所有我長夜爲衆生故集此諸物汝等當取是物如己物無異教化衆生令行布施持戒忍辱精進禪定智慧乃至令得三十七助道法佛十力乃至十八不共法亦令得諸無漏法所謂須陀洹乃至阿羅漢果辟支佛道阿耨多羅三藐三菩提如是須菩提菩薩摩訶薩行檀那波羅蜜時應如是教化衆生令得離三惡道及一切生死往來之苦復次須菩提菩薩摩訶薩住尸羅波羅蜜教化衆生作是言衆生汝等少何因緣故破戒我當與汝作具足因緣若布施乃至智慧及種種資生所須是菩薩摩訶薩住尸羅波羅蜜利益衆生令行十善遠離十不善道是諸衆生持諸戒不破戒不缺戒不濁戒不雜戒不取戒漸以三乘而得盡苦尸羅波羅蜜爲首如檀那波羅蜜説餘四波羅蜜亦如是

摩訶般若波羅蜜經卷第二十八

摩訶般若波羅蜜經卷第二十九

姚秦三藏法師鳩摩羅什共僧叡譯

淨佛國品第八十二

爾時須菩提作是念何等是菩薩摩訶薩道菩薩住是道能作如是大誓莊嚴佛知須菩提心所念告須菩提六波羅蜜是菩薩摩訶薩道三十七助道法是菩薩摩訶薩道十八空是菩薩摩訶薩道八背捨九次第定是菩薩摩訶薩道佛十力乃至十八不共法是菩薩摩訶薩道一切法亦是菩薩摩訶薩道須菩提於汝意云何頗有法菩薩所不學能得阿耨多羅三藐三菩提不須菩提無有法菩薩所不應學者何以故若菩薩不學一切法不能得一切種智須菩提白佛言世尊若一切法空云何言菩薩學一切法將無世尊無戲論中作戲論耶所謂是此是彼是世間法是出世間法是有漏是無漏是有爲是無爲是凡夫人法是阿羅漢法是辟支佛法是佛法佛告須菩提如是如是一切法實空須菩提若一切法不空者菩薩摩訶薩不得阿耨多羅三藐三菩提須菩提今一切法實空故菩薩摩訶薩能得阿耨多羅三藐三菩提須菩提如汝所言若一切法空將無佛於無戲論中作戲論分別此彼是世間法是出世間法乃至是佛法須菩提若世間衆生知一切法空菩薩摩訶薩不學一切法得一切種智須菩提今衆生實不知一切法空以是故菩薩摩訶薩得阿耨多羅三藐三菩提已分別諸法爲衆生説須菩提於是菩薩道從初已來應如是思惟一切諸法中定性不可得但

從和合因緣起法故有名字諸法我當思惟諸法實性無所著若六波羅蜜性若三十七助道法若須陀洹果乃至阿羅漢果若辟支佛道若阿耨多羅三藐三菩提何以故一切法一切法性空空不著空空亦不可得何況空中有著須菩提菩薩摩訶薩如是思惟不著一切法而學一切法住是學中觀衆生心行是衆生心在何處行知衆生虛妄不實中行是時菩薩作是念是衆生著不實虛妄法易度耳是時菩薩摩訶薩住般若波羅蜜中以方便力故如是教化衆生言汝諸衆生當行布施可得饒財亦莫恃布施果而自貢高何以故是中無堅實法持戒忍辱精進禪定智慧亦如是諸衆生行是法可得須陀洹果乃至阿羅漢果辟支佛道佛道莫念有是法

如是教化是名行菩薩道於諸法無所著故是中無有堅實故若如是教化是名行菩薩道於諸法無所著故何以故一切法無著相以性無故性空故須菩提是菩薩摩訶薩如是行菩薩道時無所住是菩薩用不住法故行檀那波羅蜜亦不住是中行尸羅波羅蜜亦不住是中行羼提波羅蜜亦不住是中行毗梨耶波羅蜜亦不住是中行禪那波羅蜜亦不住是中行般若波羅蜜亦不住是中行初禪亦不住是中何以故是初禪初禪相空行禪者亦空所用法亦空第二第三第四禪亦如是慈悲喜捨四無色定八背捨九次第定亦如是得須陀洹果亦不住是中得斯陀含果阿那含果阿羅漢果亦不住是中得辟支佛道亦不住是中須菩提白佛言世尊何

因緣故不住是中佛言二因緣故不住是中何等二一者諸道果性空無住處亦無所用法亦無住者二者不以少事爲足作是念我不應不得須陀洹果我必應當得須陀洹果我但不應是中住乃至辟支佛道我不應不得我必應當得辟支佛道但不應是中住乃至得阿耨多羅三藐三菩提不應住何以故我從初發意已來更無餘心一心向阿耨多羅三藐三菩提須菩提菩薩一心向阿耨多羅三藐三菩提中遠離餘心所作身口意業皆應阿耨多羅三藐三菩提須菩提是菩薩摩訶薩住是一心能生菩提道須菩提白佛言世尊若一切諸法不生云何菩薩摩訶薩能生菩提道佛告須菩提如是如是一切法無生云何無生無所作無所起者一切法不生須菩提白佛言世尊有佛無佛諸法法相不常住耶佛言如是如是有佛無佛是諸法法相常住以衆生不知是法住法相爲是故菩薩摩訶薩爲衆生故生菩提道用是道拔出衆生生死須菩提白佛言世尊用生道得菩提佛言不也世尊用不生道得菩提佛言不也世尊用不生非不生得菩提佛言不也須菩提言世尊云何當得菩提佛言非用道得菩提亦不用非道得菩提須菩提菩提即是道道即是菩提須菩提白佛言世尊若菩提即是道道即是菩提若爾者今菩薩未作佛時應當得阿耨多羅三藐三菩提云何說諸佛多陀阿伽度阿羅訶三藐三佛陀有三十二相八十種隨形好十力四無所畏四無礙智十八不共法大慈大悲佛告須菩提於

汝意云何佛得菩提不不也世尊佛不得菩提何以故佛即是菩提菩提即是佛如須菩提所問菩薩時亦應得菩提須菩提是菩薩摩訶薩具足六波羅蜜三十七助道法具足佛十力四無所畏四無礙智十八不共法具足住如金剛三昧用一念相應慧得阿耨多羅三藐三菩提是時名爲佛一切法中得自在須菩提白佛言世尊云何菩薩摩訶薩淨佛國土佛言有菩薩從初發意已來自除身麤業除口麤業除意麤業亦淨他人身口意麤業世尊何等是菩薩摩訶薩身麤業口麤業意麤業佛告須菩提不善業若殺生乃至邪見是名菩薩摩訶薩身口意麤業復次須菩提慳貪心破戒心瞋心懈怠心亂心愚癡心是名菩薩意麤業復次戒不淨是名菩薩身口麤業復次須菩提若菩薩遠離四念處行是名菩薩麤業遠離四正勤四如意足五根五力七覺分八聖道分空三昧無相無作三昧亦名菩薩麤業復次須菩提菩薩摩訶薩貪須陀洹果乃至貪阿羅漢果證辟支佛道是名菩薩摩訶薩麤業復次須菩提菩薩色相受想行識相眼相耳鼻舌身意相色聲香味觸法相男相女相欲界相色界相無色界相善法相不善法相有爲法相無爲法相是名菩薩麤業菩薩摩訶薩皆遠離如是麤業相自布施亦教他人布施須食與食須衣與衣乃至種種資生所須盡給與之亦教他人種種布施持是福德與一切衆生共之迴向淨佛國土故持戒忍辱精進禪定智慧亦如是是菩薩摩訶薩或以三千大千國土滿

中珍寶施與三尊作是願言我以善根因緣故令我國土皆以七寶成復次須菩提菩薩摩訶薩以天妓樂樂佛及塔作是願言以是善根因緣故令我國土中常聞天樂復次須菩提菩薩摩訶薩以三千大千國土滿中天香供養諸佛及諸佛塔作是願言以是善根因緣故令我國土中常有天香復次須菩提菩薩摩訶薩以百味食施佛及僧作是願言以是善根因緣故令我國土中衆生皆得百味食復次須菩提菩薩摩訶薩以天香細滑施佛及僧作是願言以是善根因緣故令我國土中一切衆生受天香細滑復次須菩提菩薩摩訶薩以隨意五欲施佛及僧幷一切衆生作是願言以是善根因緣故令我國土中弟子及一切衆生皆得隨意五欲是菩薩以隨意五欲共一切衆生迴向淨佛國土作是願言我得佛時是國土中如天五欲應心而至復次須菩提菩薩摩訶薩行般若波羅蜜時作是願言我當自入初禪亦教一切衆生入初禪第二第三第四禪慈悲喜捨心乃至三十七助道法亦如是我得阿耨多羅三藐三菩提時令一切衆生不遠離四禪乃至不遠離三十七助道法如是須菩提菩薩摩訶薩能淨佛國土是菩薩隨爾所時行菩薩道滿足諸願是菩薩自成就一切善法亦成就一切衆生善法是菩薩受身端正所化衆生亦得端正所以者何福德因緣厚故須菩提菩薩摩訶薩應如是淨佛國土是國土中乃至無三惡道之名亦無邪見三毒二乘聲聞辟支佛之名耳不聞有無常苦空之聲亦

無我所有乃至無諸結使煩惱之名亦無分別諸果之名風吹七寶之樹隨所應度而出音聲所謂空無相無作如諸法實相之音有佛無佛一切法一切法相空空中無有相無相中則無作出如是法音若晝若夜若坐若卧若立若行常聞此法是菩薩得阿耨多羅三藐三菩提時十方國土中諸佛讃歎衆生聞是佛名必至阿耨多羅三藐三菩提是菩薩得阿耨多羅三藐三菩提時說法衆生聞者無有不信而生疑言是法是非法何以故諸法實相中皆是法無有非法諸有薄福之人於諸佛及弟子中不種善根不隨善知識没在我見中乃至没在一切種種見中墮在邊見若斷若常如是人以邪見故非佛言佛佛言非佛如是人非法言法法言非法如是人破法故身壞命終墮惡道地獄中諸佛得阿耨多羅三藐三菩提時見此衆生往來五道令離邪聚立正定聚中更不墮惡道如是須菩提菩薩摩訶薩淨佛國土中衆生無雜穢心若世間法若出世間法若有漏若無漏若有爲若無爲乃至是國土中衆生必至阿耨多羅三藐三菩提須菩提是爲菩薩摩訶薩淨佛國土

畢定品第八十三

須菩提白佛言世尊是菩薩摩訶薩爲畢定爲不畢定佛告須菩提菩薩摩訶薩畢定非不畢定世尊何處畢定爲聲聞道中爲辟支佛道中爲佛道中佛言菩薩摩訶薩非聲聞辟支佛道中畢定是佛道中畢定須菩提白佛言世尊爲初發意菩薩畢定爲最後身菩

薩畢定佛言初發意菩薩亦畢定阿毗跋致菩薩亦畢定後身菩薩亦畢定世尊畢定菩薩墮惡道中生不不也須菩提於汝意云何若八人若須陀洹斯陀含阿那含阿羅漢辟支佛生惡道中不不也世尊如是須菩提菩薩摩訶薩從初發意已來布施持戒忍辱精進行禪定修智慧斷一切不善業若墮惡道若生長壽天若不得修善法處若生邊國若生惡邪見家無作見家是中無佛名無法名無僧名無有是處須菩提初發意菩薩於阿耨多羅三藐三菩提以深心行十不善道無有是處世尊若菩薩摩訶薩有如是善根功德成就如佛自說本生受不善果報是時善根爲何所在佛告須菩提菩薩摩訶薩爲利益衆生故隨而受身以是身利益衆生須菩提菩薩摩訶薩作畜生時有大方便力若怨賊欲來殺害以無上忍辱無上慈悲心捨身不惱怨賊汝諸聲聞辟支佛有是力不須菩提言無也以是故須菩提當知菩薩摩訶薩欲具足大慈心爲憐愍利益衆生故受畜生身須菩提白佛言世尊菩薩摩訶薩住何等善根中受如是諸身佛告須菩提菩薩摩訶薩從初發意乃至道場於其中間無有善根不具足者具足已當得阿耨多羅三藐三菩提以是故菩薩摩訶薩從初發意應當學具足一切善根學善根已當得一切種智當斷一切煩惱習須菩提白佛言世尊云何菩薩摩訶薩成就如是白淨無漏法而生惡道畜生中佛告須菩提於汝意云何佛成就白淨無漏法不須菩提言佛一切白淨無漏法成

就須菩提若佛自化作畜生身作佛事度衆生實是畜生不須菩提言不也佛言菩薩摩訶薩亦如是成就白淨無漏法爲度衆生故受畜生身用是身教化衆生佛告須菩提如阿羅漢作變化身能使衆生歡喜不須菩提言能佛言如是如是須菩提菩薩摩訶薩用是白淨無漏法隨應度衆生而受身以是身利益衆生亦不受苦痛須菩提於汝意云何幻師幻作種種形若象馬牛羊男女等以示衆人須菩提是象馬牛羊男女等有實不須菩提言不實也世尊佛言如是須菩提菩薩摩訶薩白淨無漏法成就現作種種身以示衆生故以是身饒益一切亦不受衆苦須菩提白佛言世尊菩薩摩訶薩大方便力得聖無漏智慧而隨所應度衆生身而作種種形以度衆生世尊菩薩摩訶薩住何等白淨法能作如是方便而不受染汙佛言菩薩用般若波羅蜜作如是方便力於十方如恒河沙等國土中饒益衆生亦不貪著是身何以故著者著法著處是三法皆不可得自性空故空不著空空中無著者亦無著處何以故空中空相不可得故須菩提是名不可得空菩薩住是中能得阿耨多羅三藐三菩提世尊菩薩但住般若波羅蜜中得阿耨多羅三藐三菩提不住餘法中耶須菩提頗有法不入般若波羅蜜者不世尊若般若波羅蜜自性空云何一切法皆入般若波羅蜜中世尊空中無有法若入若不入須菩提一切法一切法相空不世尊空須菩提若一切法一切法相空云何言一切法不入空中須菩提白佛

言世尊云何菩薩摩訶薩行般若波羅蜜時住一切法空中能起神通波羅蜜住是神通波羅蜜中到十方如恒河沙等國土供養現在諸佛聞諸佛說法於諸佛所種善根佛告須菩提菩薩摩訶薩行般若波羅蜜時觀是十方如恒河沙等國土皆空是國土中諸佛亦性空但假名字故諸佛現身所假名字亦空若十方國土及諸佛性不空者空爲有偏以空不偏故一切法一切法相空以是故一切法一切法相空是故菩薩摩訶薩行般若波羅蜜用方便力生神通波羅蜜住是神通波羅蜜中起天眼天耳如意足知他心宿命智知衆生生死若菩薩遠離神通波羅蜜不能轉饒益衆生亦不能得阿耨多羅三藐三菩提是菩薩摩訶薩神通波羅蜜是阿耨多羅三藐三菩提利益道何以故用是天眼自見諸善法亦教人令得諸善法於善法亦不著諸善法自性空故空無所著若著則受味是空中無有味是菩薩摩訶薩行般若波羅蜜時能生如是天眼用是天眼觀一切法空見是法空不取相不作業亦爲人說是法亦不得衆生相不得衆生名是菩薩摩訶薩用無所得法故起神通波羅蜜用是神通波羅蜜神通所應作者能作是菩薩用天眼過於人眼見十方國土見已飛到十方饒益衆生或以布施或以持戒或以忍辱或以精進或以禪定或以智慧饒益衆生或以三十七助道法或以諸禪解脫三昧或以聲聞法或以辟支佛法或以菩薩法或以佛法饒益衆生爲慳者說如是法諸衆生當行布施貧窮是

苦惱法貧窮之人自不能益何能益他以是故汝等當勤布施自身得樂亦能令他得樂莫以貧窮故共相食噉不得離三惡道爲破戒者說法諸衆生破戒法大苦惱破戒之人自不能益何能益他破戒法受苦果報若在地獄若在餓鬼若在畜生汝等墮三惡道中自不能救何能救人以是故汝等不應隨破戒心死時有悔若有共相瞋諍者說如是法諸衆生莫共相瞋瞋亂人心不順善法汝等今共相瞋亂心或墮地獄若餓鬼畜生中以是故汝等不應生一念瞋恚心何況多爲懈怠衆生說法令得精進散亂衆生令得禪定愚癡衆生令得智慧亦如是行婬欲者令觀不淨瞋恚者令觀慈心愚癡衆生令觀十二因緣行非道衆生令入正道所謂聲聞道辟支佛道佛道爲是衆生如是說法如汝等所著是法性空性空法中不可得著不著相是空相如是須菩提菩薩摩訶薩行般若波羅蜜時住神通波羅蜜中爲衆生作利益須菩提菩薩若遠離神通不能隨衆生意善說法以是故須菩提菩薩摩訶薩行般若波羅蜜時應起神通須菩提譬如鳥無翅不能高翔菩薩無神通不能隨意教化衆生以是故須菩提菩薩摩訶薩行般若波羅蜜應起諸神通起諸神通已若欲饒益衆生隨意能益是菩薩用天眼見如恒河沙等諸國土及見是國土中衆生見已用神通力往到其所知衆生心隨其所應而爲說法或說布施或說持戒或說禪定乃至或說涅槃法是菩薩用天耳聞二種音聲若人若非人用天耳聞十方

諸佛所說法皆能受持如所聞法爲衆生說或說布施乃至或說涅槃是菩薩淨他心智用他心智知衆生心隨其所應而爲說法或說布施乃至或說涅槃是菩薩宿命智憶念種種本生處亦自憶亦憶他人用是宿命智憶念過去在在處處諸佛名字及弟子衆有衆生信樂宿命者爲現宿命事而爲說法或說布施乃至或說涅槃用如意神通力到種種無量諸佛國土供養諸佛從諸佛種善根還來本國是菩薩漏盡神通智證用是漏盡神通智證故爲衆生隨應說法或說布施乃至或說涅槃如是須菩提菩薩摩訶薩行般若波羅蜜時應如是起諸神通菩薩用修是神通故隨意受身苦樂不染譬如佛所化人作一切事苦樂不染菩薩摩訶薩行般若波羅蜜時應如是遊戲神通能淨佛國土成就衆生復次須菩提菩薩摩訶薩不淨佛國土不成就衆生不能得阿耨多羅三藐三菩提何以故因緣不具足故不能得阿耨多羅三藐三菩提須菩提白佛言世尊何等是菩薩摩訶薩因緣具足已得阿耨多羅三藐三菩提佛告須菩提一切善法是菩薩阿耨多羅三藐三菩提因緣須菩提白佛言世尊何等是善法以是善法故得阿耨多羅三藐三菩提佛告須菩提菩薩從初發意已來檀那波羅蜜是善法因緣是中無分別是施者是受者性空故用是檀那波羅蜜能自利益亦能利益衆生從生死拔出令得涅槃是諸善法皆是菩薩摩訶薩阿耨多羅三藐三菩提因緣行是道過去未來現在諸菩薩摩訶薩得

度生死已度今度當度尸羅波羅蜜羼提波羅蜜毗梨耶波羅蜜禪波羅蜜般若波羅蜜四禪四無量心四無色定四念處乃至八聖道分十八空八背捨九次第定陀羅尼門佛十力四無所畏四無礙智十八不共法如是等功德皆是阿耨多羅三藐三菩提道須菩提是名善法菩薩摩訶薩具足是善法已當得一切種智得一切種智已當轉法輪轉法輪已當度衆生

四諦品第八十四

須菩提白佛言世尊若是諸法是菩薩法何等是佛法佛告須菩提如汝所問是諸法是菩薩法何等是佛法者須菩提菩薩法亦是佛法若知一切種是得一切種智斷一切煩惱習菩薩當得是法佛以一念相應慧知一切法已得阿耨多羅三藐三菩提須菩提是爲菩薩佛之差別譬如向道與得果異是二人俱爲聖人而有得向之異如是須菩提菩薩摩訶薩無礙道中行是名菩薩摩訶薩解脫道中無一切暗蔽是名爲佛須菩提白佛言世尊若一切法自相空自相空法中云何有差別之異是地獄是餓鬼是畜生是天是人是性地人是八人地人是須陀洹人是斯陀含阿那含阿羅漢人是辟支佛是菩薩是多陀阿伽度阿羅訶三藐三佛陀世尊如諸人不可得業因緣亦不可得果報亦不可得佛言如是如是如汝所言自相空法中無衆生無業因緣無果報須菩提衆生不知是諸法自相空是衆生作業因緣若罪若福若無動罪業因緣故墮三惡道中福業因緣故在

人天中生無動業因緣故色無色中生是菩薩摩訶薩行檀波羅蜜乃至十八不共法時盡受行是助道法如金剛三昧得阿耨多羅三藐三菩提已饒益衆生是利常不失故不墮六道生死中須菩提白佛言世尊佛得阿耨多羅三藐三菩提已得六道生死不佛言不得也須菩提言世尊得業若黑若白若黑白若不黑不白不佛言不也世尊若不得云何說是地獄餓鬼畜生人天須陀洹乃至阿羅漢辟支佛菩薩諸佛須菩提若衆生知諸法自相空菩薩摩訶薩不求阿耨多羅三藐三菩提亦不拔衆生於三惡趣乃至往來六道生死中須菩提以衆生實不知諸法自性空故不得脫六道生死是菩薩從諸佛所聞諸法自相空發意求阿耨多羅三藐三菩提須菩提諸法不爾如凡人所著是衆生於無所有法中顛倒妄想分別得法無衆生有衆生想無色有色想無受想行識有受想行識想乃至一切有爲法無所有用顛倒妄想心作身口意業因緣往來六道生死中不得脫是菩薩摩訶薩行般若波羅蜜時一切善法內般若波羅蜜中行菩薩道得阿耨多羅三藐三菩提得阿耨多羅三藐三菩提已爲衆生說四聖諦苦苦集苦滅苦滅道開示分別一切助道善法皆入四聖諦中用是助道善法故分別有三寶何等三佛寶法寶僧寶不信拒逆是三寶故不得離六道生死須菩提白佛言世尊用苦聖諦得度用苦智得度用集聖諦得度用集智得度用滅聖諦得度用滅智得度用道聖諦得度用道智得度佛告

須菩提非苦聖諦得度亦非苦智得度乃至非道聖諦得度亦非道智得度須菩提是四聖諦平等故我說即是涅槃不以苦聖諦不以集滅道聖諦亦不以苦智不以集滅道智得涅槃須菩提白佛言世尊何等是四聖諦平等相須菩提若無苦無苦智無集無集智無滅無滅智無道無道智是名四聖諦平等相復次須菩提是四聖諦如不異法相法性法住法位實際有佛無佛法相常住爲不誑不失故是菩薩摩訶薩行般若波羅蜜時爲通達實諦故行般若波羅蜜須菩提白佛言世尊云何菩薩摩訶薩爲通達實諦故行般若波羅蜜如通達實諦故不墮聲聞辟支佛地直入菩薩位中佛告須菩提若菩薩摩訶薩如實見諸法見已得無所有法得無所有法已見一切法空四聖諦所攝四聖諦所不攝法皆空若如是觀是時便入菩薩位中是爲菩薩住性地中不從頂墮用是頂墮故墮聲聞辟支佛地是菩薩住性地中能生四禪四無量心四無色定是菩薩住是初定地中分別一切諸法通達四聖諦知苦不生緣苦心乃至知道不生緣道心但順阿耨多羅三藐三菩提心觀諸法如實相世尊云何觀諸法如實相佛言觀諸法空世尊何等空觀佛言自相空是菩薩用如是智慧觀一切法空無法性可見住是法性中得阿耨多羅三藐三菩提何以故無性相是阿耨多羅三藐三菩提非諸佛所作非辟支佛所作亦非阿羅漢所作亦非向道人所作亦非得果人所作亦非菩薩所作但衆生不知不見諸法如實

相以是事故菩薩摩訶薩行般若波羅蜜以方便力故爲衆生説法

七喻品第八十五

須菩提白佛言世尊若諸法性無所有非佛所作非辟支佛所作非阿羅漢所作非阿那含所作非斯陀含須陀洹所作非向道人非得果人非菩薩所作云何分別有諸法異是地獄是畜生是餓鬼是人是天乃至非有想非無想天用是業因緣故知有生地獄者是業因緣故知有生畜生餓鬼者是業因緣故知有生人中生四天王天乃至生非有想非無想天者是業因緣故知有得須陀洹斯陀含阿那含阿羅漢辟支佛者是業因緣故知是諸菩薩摩訶薩是業因緣故知是多陀阿伽度阿羅訶三藐三佛陀世尊無性法中無有業用作業因緣故若墮地獄餓鬼畜生若生人天乃至生非有想非無想天以是業因緣故得須陀洹斯陀含阿那含阿羅漢辟支佛菩薩摩訶薩行菩薩道當得一切種智得一切種智故能拔出衆生於生死中佛告須菩提如是如是無性法中無業無果報須菩提凡夫人不入聖法不知諸法無性相顛倒愚癡故起種種業因緣是諸衆生隨業得身若地獄身若畜生身若餓鬼身若人身若天身四天王天身乃至若非有想非無想天身是無性法無業無果報無性常是無性如須菩提所言若一切法無性云何是須陀洹乃至諸佛得一切種智須菩提於汝意云何道是無性不須陀洹果乃至諸佛一切種智是無性不須菩提言世尊道無性須陀洹果亦

無性乃至諸佛一切種智亦無性須菩提無性法能得無性法不不也世尊佛告須菩提有性法能得有性法不不也世尊須菩提無性法及道是一切法皆不合不散無色無形無對一相所謂無相須菩提是菩薩摩訶薩行般若波羅蜜時以方便力見衆生以顛倒故著五陰無常中常相苦中樂相不淨中淨相無我中我相著無所有處是菩薩以方便力故於無所有中拔出衆生須菩提白佛言世尊凡夫人所著頗有實不異不著故起業業因緣故五道生死中不得脫佛告須菩提凡夫人所著起業處無如毛髮許實事但顛倒故須菩提今爲汝說譬喻智者以譬喻得解須菩提於汝意云何如夢中所見人受五欲樂有實住處不須菩提白佛言世尊夢尚虛妄不可得何況住夢中受五欲樂於汝意云何諸法若有漏若無漏若有爲若無爲頗有不如夢者不世尊諸法若有漏若無漏若有爲若無爲無不如夢者佛告須菩提於汝意云何夢中有五道生死往來不世尊無也於汝意云何夢中有修道用是修道若著垢若得淨不不也世尊何以故是夢法無有實事不可說垢淨於汝意云何鏡中像有實事不能起業因緣用是業因緣墮地獄餓鬼畜生中若人若天四天王天處乃至非有想非無想天處不須菩提言不也世尊是像無有實事但誑小兒是事云何當有業因緣用是業因緣當墮地獄乃至非有想非無想處於汝意云何是鏡中像有修道用是修道若著垢若得淨不須菩提言不也世尊何以故是

像空無實事不可說垢淨於汝意云何如深澗中有響是響有業因緣用是業因緣若墮地獄乃至若生非有想非無想處不須菩提言不也世尊是事空無有實音聲云何當有業因緣用是業因緣墮地獄乃至生非有想非無想處於汝意云何是響頗有修道用是修道若著垢若得淨不不也世尊是事無實不可說是垢是淨於汝意云何如焰非水水相非河河相是焰頗有業因緣用是業因緣墮地獄乃至生非有想非無想處不不也世尊焰中水畢竟不可得但誑無智人眼云何當有業因緣用是業因緣墮地獄乃至生非有想非無想處於汝意云何是焰有修道用是修道若著垢若得淨不不也世尊是焰無有實事不可說垢淨於汝意云何乾闥婆城如日出時見乾闥婆城無智人無城有城想無廬觀有廬觀想無園有園想是乾闥婆城頗有業因緣用是業因緣墮地獄乃至生非有想非無想處不不也世尊是乾闥婆城畢竟不可得但誑愚夫眼云何當有業因緣用是業因緣墮地獄乃至生非有想非無想處於汝意云何是乾闥婆城有修道用是修道若著垢若得淨不不也世尊是乾闥婆城無有實事不可說垢淨須菩提於汝意云何幻師幻作種種物若象若馬若牛若羊若男若女於汝意云何是幻有業因緣用是業因緣墮地獄乃至生非有想非無想處不不也世尊是幻法空無實事云何當有業因緣用是業因緣墮地獄乃至生非有想非無想處於汝意云何用是幻有修道用是修道若著垢

若得淨不不也世尊是法無有實事不可說垢淨須菩提於汝意云何如佛所化人是化人有業因緣用是業因緣墮地獄乃至生非有想非無想處不不也世尊是化人無有實事云何當有業因緣用是業因緣墮地獄乃至生非有想非無想處於汝意云何是化人有修道用是修道若著垢若得淨不不也世尊是事無有實不可說垢淨佛告須菩提於汝意云何於是空相中有垢者有淨者不不也世尊是中無所有無有著垢者無有得淨者須菩提如無有著垢者無有得淨者以是因緣故亦無垢淨何以故住我我所衆生有垢有淨實見者不垢不淨如實見者不垢不淨如是亦無垢淨

平等品第八十六

須菩提白佛言世尊見實者不垢不淨見不實者亦不垢不淨何以故一切法性無所有故世尊無所有中無垢無淨所有中亦無垢無淨世尊無所有中有所有中亦無垢無淨世尊云何如實語者不垢不淨不實語者亦不垢不淨佛告須菩提是諸法平等相我說是淨須菩提何等是諸法平等所謂如不異不誑法相法性法住法位實際有佛無佛法性常住是名淨世諦故說非最第一義最第一義過一切語言論議音聲須菩提白佛言世尊若一切法空不可說如夢如響如焰如影如幻如化云何菩薩摩訶薩用是如夢如響如焰如幻如影如化法無有根本定實云何能發阿耨多羅三藐三菩提心作是願我當具足檀波羅蜜乃至具足般若波羅蜜我

當具足神通波羅蜜具足智波羅蜜具足四禪四無量心四無色定四念處乃至具足八聖道分我當具足三解脱門八背捨九次第定我當具足佛十力乃至具足十八不共法我當具足三十二相八十隨形好我當具足諸陀羅尼門諸三昧門我當放大光明徧照十方知諸衆生心如應説法佛告須菩提於汝意云何汝所説諸法如夢如響如焰如影如幻如化不須菩提言爾世尊若一切法如夢乃至如化菩薩摩訶薩云何行般若波羅蜜世尊是夢乃至如化虚妄不實世尊不應用不實虚妄法能具足檀波羅蜜乃至十八不共法佛告須菩提如是如是不實虚妄法不能具足檀波羅蜜乃至十八不共法行是不實虚妄法不能得阿耨多羅三藐三菩提須菩提是一切法皆是憶想思惟作法用是思惟憶想作法不能得一切種智須菩提是一切法能助道法不能益果所謂是諸法無生無出無相菩薩從初發意已來所作善業若檀波羅蜜乃至一切種智何以故知諸法皆如夢乃至如化如是等法不具足檀波羅蜜乃至一切種智不能得成就衆生淨佛國土得阿耨多羅三藐三菩提是菩薩摩訶薩所作善業檀波羅蜜乃至一切種智知如夢乃至如化亦知一切衆生如夢中行乃至知如化中行是菩薩摩訶薩不取般若波羅蜜是有法用是不取故得一切種智知是諸法如夢無所取乃至諸法如化無所取何以故般若波羅蜜是不可取相禪波羅蜜乃至十八不共法是不可取相是菩薩摩訶薩知一

切法是不可取相已發心求阿耨多羅三藐三菩提何以故一切法不可取相無根本定實如夢乃至如化用不可取相法不能得不可取相法但以衆生不知不見如是諸法相是菩薩摩訶薩爲是衆生故求阿耨多羅三藐三菩提是菩薩從初發意已來所有布施爲一切衆生故乃至有所修智慧皆爲一切衆生不爲已身菩薩摩訶薩不爲餘事故求阿耨多羅三藐三菩提但爲一切衆生故是菩薩行般若波羅蜜時見衆生無衆生但衆生相中住乃至無知者無見者知見相中住令衆生遠離顛倒遠離已置甘露性中住住是中無有妄相所謂衆生相乃至知者見者相是時菩薩動心念心戲論心皆捨常行不動心不念心不戲論心須菩提以是方便力故菩薩摩訶薩行般若波羅蜜時自無所著亦教一切衆生令得無所著世諦故非第一義須菩提白佛言世尊世尊得阿耨多羅三藐三菩提時得諸佛法以世諦故得以第一義中得佛言以世諦故說佛得是法是法中無有法可得是人得是法何以故是人得是法是爲大有所得用二法無道無果須菩提白佛言世尊若行二法無道無果行不二法有道有果不佛言行二法無道無果行不二法亦無道無果若無二法無不二法即是道即是果何以故用如是法得道得果用是法不得道不得果是爲戲論諸平等法中無有戲論無戲論相是諸法平等須菩提白佛言世尊諸法無所有性是中何等是平等佛言若無有法無有無法亦不說諸法平等相除

平等更無餘法離一切法平等相平等相者若凡夫若聖人不能行不能到須菩提白佛言世尊乃至佛亦不能行亦不能到佛言是諸法平等一切聖人皆不能行亦不能到所謂諸須陀洹斯陀含阿那含阿羅漢辟支佛諸菩薩摩訶薩及諸佛須菩提白佛言世尊佛者一切諸法中行力自在云何說佛亦不能行亦不能到佛告須菩提若諸法平等與佛有異應當如是問須菩提今諸凡夫人平等諸須陀洹斯陀含阿那含阿羅漢辟支佛諸菩薩摩訶薩諸佛及聖法皆平等是一平等無二所謂是凡夫人是須陀洹乃至佛是一切法平等中皆不可得須菩提白佛言世尊若諸法平等中皆不可得是凡夫人乃至是佛世尊凡夫人須陀洹乃至佛爲無有分

別佛告須菩提如是如是諸法平等中無有分別是凡夫人是須陀洹乃至是佛世尊若無分別諸凡夫人須陀洹乃至佛云何分別有三寶現於世間佛寶法寶僧寶佛言於汝意云何佛寶法寶僧寶與諸法等異不須菩提白佛言如我從佛所聞義佛寶法寶僧寶與諸法等無異世尊是佛寶法寶僧寶即是平等是法皆不合不散無色無形無對一相所謂無相佛有是力能分別無相諸法處所是凡夫人是須陀洹是斯陀含是阿那含是阿羅漢是辟支佛是菩薩摩訶薩是諸佛佛告須菩提如是如是若諸佛得阿耨多羅三藐三菩提不分別諸法當知是地獄是餓鬼是畜生是人是天是四天王天乃至是他化自在天是梵天乃至是非有想非無想處天

是四念處乃至八聖道分是內空乃至是無法有法空是佛十力乃至十八不共法不須菩提言不知也世尊以是故須菩提當知佛有大恩力於諸法平等中不動而分別諸法須菩提白佛言世尊如佛於諸法平等中不動凡夫人亦於諸法平等中亦不動須陀洹乃至辟支佛亦於諸法平等中不動世尊若諸法等相即是凡夫人相即是須陀洹相乃至諸佛即是平等相世尊今諸法各各相所謂色相異受想行識相異眼相異耳鼻舌身意相異地相異水火風空識相異欲相異瞋癡相異邪見相異禪相異無量心相異無色定相異四念處相異乃至八聖道分相異檀波羅蜜相異乃至般若波羅蜜相異三解脫門相異十八空相異佛十力相異四無所畏相異四無礙智相異十八不共法相異有爲法性異無爲法性異是凡夫人相異乃至佛相異諸法各各相異云何菩薩摩訶薩行般若波羅蜜時諸法異相中不作分別若不作分別不能行般若波羅蜜若不能行般若波羅蜜不能從一地至一地若不從一地至一地不能入菩薩位不能入菩薩位故不能過聲聞辟支佛地不能過聲聞辟支佛地故不能具足神通波羅蜜不具足神通波羅蜜故不能具足檀波羅蜜乃至不能具足般若波羅蜜從一佛國至一佛國供養諸佛於諸佛所種善根用是善根能成就衆生淨佛國土佛告須菩提如汝所問是諸法相亦是凡夫人亦是須陀洹乃至佛世尊是諸法各各相所謂色相異乃至有爲無爲法相異云何菩

薩摩訶薩觀一相不作分別須菩提於汝意云何是色相空不乃至諸佛相空不世尊實空須菩提空中各各相法可得不所謂色相乃至諸佛相須菩提言不可得佛言以是因緣故當知諸法平等中非凡夫人亦不離凡夫人乃至非佛亦不離佛須菩提白佛言世尊是平等爲是有爲法爲是無爲法佛言非有爲法非無爲法何以故離有爲法無爲法不可得離無爲法有爲法不可得須菩提是有爲性無爲性是二法不合不散無色無形無對一相所謂無相佛亦以世諦故說非以第一義何以故第一義中無身行無口行無意行亦不離身口意行得第一義是諸有爲法無爲法平等相即是第一義菩薩摩訶薩行般若波羅蜜時第一義中不動而行菩薩事饒益衆生

如化品第八十七

須菩提白佛言世尊若諸法平等無所爲作云何菩薩摩訶薩行般若波羅蜜於平等法中不動而行菩薩事以布施愛語利益同事佛告須菩提如是如是如汝所言是諸法平等無所作若是衆生自知諸法平等佛不用神力於諸法平等中不動而拔出衆生吾我相以空度五道生死乃至知者見者相度色相乃至識相眼相乃至意相地種相乃至識種相遠離有爲性相令得無爲性相無爲性相即是空須菩提言世尊用何等空故一切法空佛言菩薩遠離一切法相用是空故一切法空須菩提於汝意云何若有化人作化人是化頗有實事不空者不須菩提言不也

世尊是化人無有實事而不空是空及化人二事不合不散以空空故空不應分別是空是化何以故是二事等空中不可得所謂是空是化所以者何須菩提色即是化受想行識即是化乃至一切種智即是化須菩提白佛言世尊若世間法是化出世間法亦復是化不所謂四念處四正勤四如意足五根五力七覺分八聖道分三解脫門佛十力四無所畏四無礙智十八不共法并諸法果及賢聖人所謂須陀洹斯陀含阿那含阿羅漢辟支佛菩薩摩訶薩諸佛世尊是法亦是化不佛告須菩提一切法皆是化於是法中有聲聞法變化有辟支佛法變化有菩薩摩訶薩法變化有諸佛法變化有煩惱法變化有業因緣法變化以是因緣故須菩提一切法皆是變化須菩提白佛言世尊是諸煩惱斷所謂須陀洹果斯陀含果阿那含果阿羅漢果辟支佛佛道斷諸煩惱習皆是變化不佛告須菩提若有法生滅相者皆是變化須菩提言世尊何等法非變化佛言若法無生無滅是非變化須菩提言何等是不生不滅非變化佛言無誑相涅槃是法非變化世尊如佛自說諸法平等非聲聞作非辟支佛作非諸菩薩摩訶薩作非諸佛作有佛無佛諸法性常空性空即是涅槃云何言涅槃一法非如化佛告須菩提如是如是諸法平等非聲聞所作乃至性空即是涅槃若新發意菩薩聞是一切法皆畢竟性空乃至涅槃亦皆如化心則驚怖爲是新發意菩薩故分別生滅者如化不生不滅者不如化須菩提白佛言世

尊云何教新發意菩薩令知性空佛告須菩提諸法本有今無耶

摩訶般若波羅蜜經卷第二十九

摩訶般若波羅蜜經卷第三十

姚秦三藏法師鳩摩羅什共僧叡譯

薩陀波崙品第八十八

佛告須菩提菩薩摩訶薩求般若波羅蜜當應如薩陀波崙菩薩摩訶薩是菩薩今在大雷音佛所行菩薩道須菩提白佛言世尊薩陀波崙菩薩摩訶薩云何求般若波羅蜜佛言薩陀波崙菩薩摩訶薩本求般若波羅蜜時不惜身命不求名利於空閑林中聞空中聲言汝善男子從是東行莫念疲極莫念睡眠莫念飲食莫念晝夜莫念寒熱莫念內外善男子行時莫觀左右汝行時莫壞身相莫壞色相莫壞受想行識相何以故若壞是諸相於佛法中則爲有礙若於佛法有礙便往來五道生死中亦不能得般若波羅蜜爾時薩陀波崙菩薩報空中聲言我當從教何以故我欲爲一切衆生作大明欲集一切諸佛法欲得阿耨多羅三藐三菩提故薩陀波崙菩薩復聞空中聲言善哉善哉善男子汝於空無相無作之法應生信心以離相心求般若波羅蜜離我相乃至離知者見者相當遠離惡知識當親近供養善知識何等是善知識能說空無相無作無生無滅法及一切種智令人心入歡喜信樂是爲善知識善男子汝若如是行不久當聞般若波羅蜜若從經卷中聞若從菩薩所說聞善男子汝所從聞是般若波羅蜜處應生心如佛想善男子汝當知恩應作是念所從聞是般若波羅蜜者即是我善知識我用聞是法故疾得不退轉於阿耨多羅三藐三菩提親近諸佛常生有

佛國中遠離衆難得具足無難處善男子當思惟籌量是功德於所從聞法處生心如佛想汝善男子莫以世利心故隨逐法師但爲愛法恭敬法故隨逐說法菩薩爾時當覺知魔事若惡魔與說法菩薩作五欲因緣假爲法故令受若說法菩薩入實法明以功德力故受而無所染又以三事故受是五欲以方便力故欲令衆生種善根故欲與衆生同其事故受汝於是中莫生汙心當起淨想自念我未得漚惒拘舍羅大師以方便法爲度衆生令獲福德故受是諸欲於菩薩智慧無著無礙不爲欲染善男子即當觀諸法實相諸法實相者所謂一切法不垢不淨何以故一切法自性空無衆生無人無我一切法如幻如夢如響如影如焰如化善男子觀是諸法實相已當隨法師汝不久當成就般若波羅蜜復次善男子汝當復覺知魔事若說法菩薩見欲受般若波羅蜜人意不存念汝不應起心怨恨汝但當以法故生恭敬心莫起厭懈意常應隨逐法師爾時薩陀波崙菩薩受是空中教已從是東行不久復作是念我云何不問空中聲我當何處去去當遠近當從誰聞般若波羅蜜是時即住啼哭憂愁作是念我住是中過一日一夜若二三四五六七日七夜於此中住不念疲極乃至不念饑渴寒熱不聞聽受般若波羅蜜因緣終不起也須菩提譬如人有一子卒死憂愁苦毒唯懷懊惱不生餘念如是須菩提薩陀波崙菩薩爾時無有異心但念我何時當得聞般若波羅蜜我云何不問空中聲我應何處去去當

遠近當從誰聞般若波羅蜜須菩提薩陀波崙菩薩如是愁念時空中有佛語薩陀波崙菩薩言善哉善哉善男子過去諸佛行菩薩道時求般若波羅蜜亦如汝今日善男子汝以是勤精進愛樂法故從是東行去此五百由旬有城名衆香其城七重七寶莊嚴臺觀欄楯皆以七寶校飾七寶之塹七寶行樹周帀七重其城縱廣十二由旬豐樂安靜人民熾盛五百市里街巷相當端嚴如畫橋津如地寬博清淨七重城上皆有七寶樓櫓寶樹行列以黃金白銀硨磲碼碯珊瑚瑠璃玻瓈紅色眞珠以爲枝葉寶繩連綿金爲鈴網以覆城上風吹鈴聲其音和雅娛樂衆生譬如巧作五樂甚可喜樂金網寶鈴其音如是以樂衆生其城四邊流池清淨冷暖調適中有諸船七寶嚴飾是諸衆生宿業所致乘此寶船娛樂遊戲諸池水中種種蓮華青黃赤白衆雜好華徧覆水上是三千大千世界所有衆華皆在其中其城四邊有五百園觀七寶莊嚴甚可愛樂一一園中各有五百池池各縱廣十里皆以七寶校成雜色莊嚴諸池水中亦有青黃赤白蓮華彌覆水上是諸蓮華大如車輪青色青光黃色黃光赤色赤光白色白光諸池水中鳧鴈鴛鴦異類衆鳥音聲相和是諸園觀適無所屬是諸衆生宿業所致長夜信樂深法行般若波羅蜜因緣故受是果報善男子是衆香城中有大高臺曇無竭菩薩摩訶薩宮舍在上其宮縱廣一由旬皆以七寶校成雜色莊嚴甚可喜樂垣墻七重皆亦七寶七寶欄楯七寶樓閣寶塹七重

皆以七寶周帀深塹七寶累成七重行樹七寶枝葉七重圍遶其宮舍中有四種娛樂園一名常喜二名離憂三名華飾四名香飾一一園中各有八池一名賢二名賢上三名歡喜四名喜上五名安隱六名多安隱七名遠離八名阿鞞跋致諸池四邊面各一寶黃金白銀瑠璃玻瓈玫瑰爲池底其上布金沙一一池側有八梯陛種種妙寶以爲嚴飾諸梯陛間有閻浮檀金芭蕉行樹一切池中種種蓮化青黃赤白彌覆水上諸池四邊生好華樹風吹諸華墮池水中其池成就八功德水香若栴檀色味具足輕且柔輭曇無竭菩薩與六萬八千婇女五欲具足共相娛樂及城中男女俱入常喜等園賢等池中五欲具足共相娛樂善男子曇無竭菩薩與諸婇女遊戲娛樂已日三時說般若波羅蜜衆香城內男女大小於其城中多聚人處敷大法座其座四足或以黃金或以白銀或以瑠璃或以玻瓈敷以綩綖雜色茵褥垂諸幃帶以妙白氎而覆其上散以種種雜妙華香座高五里張白珠帳其地四邊散五色華燒衆名香澤香塗地供養恭敬般若波羅蜜故曇無竭菩薩於此座上說般若波羅蜜彼諸人衆如是恭敬供養曇無竭爲聞般若波羅蜜故於是大會百千萬衆諸天世人一處和集中有聽者中有受者中有持者中有誦者中有書者中有正觀者中有如說行者是時衆生以是因緣故皆不墮惡道不退轉於阿耨多羅三藐三菩提汝善男子往詣曇無竭菩薩所當聞般若波羅蜜善男子曇無竭菩薩世世是

汝善知識能教汝阿耨多羅三藐三菩提示教利喜是曇無竭菩薩本求般若波羅蜜時亦如汝今汝去莫計晝夜莫生障礙心汝不久當得聞般若波羅蜜爾時薩陀波崙菩薩摩訶薩歡喜心悅作是念我當何時得見是善知識得聞般若波羅蜜須菩提譬如有人為毒箭所中更無餘念唯念何時當得良醫拔出毒箭除我此苦如是須菩提薩陀波崙菩薩摩訶薩更無餘念但作是願我何時當得見曇無竭菩薩令我得聞般若波羅蜜我聞是般若波羅蜜斷諸有心是時薩陀波崙菩薩於是處住念曇無竭菩薩一切法中得無礙智見即得無量三昧門現在前所謂諸法性觀三昧諸法性不可得三昧破諸法無明三昧諸法不異三昧諸法不壞自在三昧諸法能照明三昧諸法離暗三昧諸法無異相續三昧諸法不可得三昧散華三昧諸法無我三昧如幻威勢三昧得如鏡像三昧得一切衆生語言三昧一切衆生歡喜三昧入分別音聲三昧得種種語言字句莊嚴三昧無畏三昧性常默然三昧得無礙解脫三昧離塵垢三昧名字語句莊嚴三昧見諸法三昧諸法無礙頂三昧如虛空三昧如金剛三昧不畏著色三昧得勝三昧轉眼三昧畢法性三昧能與安隱三昧師子吼三昧勝一切衆生三昧華莊嚴三昧斷疑三昧隨一切堅固三昧出諸法得神通力無畏三昧能達諸法三昧諸法財印三昧諸法無分別見三昧離諸見三昧離一切暗三昧離一切相三昧解脫一切著三昧除一切懈怠三昧得深法

明三昧不可奪三昧破魔三昧不著三界三昧起光明三昧見諸佛三昧如是薩陀波崙菩薩住是諸三昧中即見十方無量阿僧祇諸佛爲諸菩薩摩訶薩説般若波羅蜜是時十方諸佛安慰薩陀波崙菩薩言善哉善哉善男子我等本行菩薩道時求般若波羅蜜得是諸三昧亦如汝今所得我等得是諸三昧善入般若波羅蜜成就方便力住阿維越致地我等觀是諸三昧性不見有法出三昧入三昧者亦不見行佛道者亦不見得阿耨多羅三藐三菩提者善男子是名般若波羅蜜所謂不念有是諸法善男子我等於無所念法中住得是金色身大光明三十二相八十隨形好不可思議智慧無上戒無上三昧佛無上智慧一切功德皆悉具足一切功德具足故佛尚不能取相説盡何況聲聞辟支佛及諸餘人以是故善男子於是佛法中倍應恭敬愛念生清淨心於善知識中應生如佛想何以故爲善知識守護故菩薩疾得阿耨多羅三藐三菩提是時薩陀波崙菩薩白十方諸佛言何等是我善知識所應親近供養者十方諸佛告薩陀波崙菩薩言汝善男子曇無竭菩薩世世教化成就汝阿耨多羅三藐三菩提曇無竭菩薩守護汝教汝般若波羅蜜方便力是汝善知識汝供養曇無竭菩薩若一劫若二劫若三劫乃至過百劫頂戴恭敬以一切樂具三千世界中所有妙色聲香味觸盡以供養未能報須臾之恩何以故曇無竭菩薩摩訶薩因緣故令汝得如是等諸三昧得般若波羅蜜方便力諸佛如是

教化安慰薩陀波崙菩薩令歡喜已忽然不現是時薩陀波崙菩薩從三昧起不復見佛作是念是諸佛從何所來去至何所不見諸佛故復惆悵不樂誰斷我疑復作是念曇無竭菩薩久遠已來常行般若波羅蜜得方便力及諸陀羅尼於菩薩法中得自在多供養過去諸佛世世爲我師常利益我我當問曇無竭菩薩諸佛從何所來去至何處爾時薩陀波崙菩薩於曇無竭菩薩生恭敬愛樂尊重心作是念我當以何供養曇無竭菩薩今我貧窮無華香瓔珞燒香澤香衣服旛蓋金銀眞珠瑠璃玻瓈珊瑚琥珀無有如是等物可以供養般若波羅蜜及說法師曇無竭菩薩我法不應空往曇無竭菩薩所我若空往喜悅心不生我當賣身得財爲般若波羅蜜故供養法師曇無竭菩薩何以故我世世喪身無數無始生死中或死或賣或爲欲因緣故世世在地獄中受無量苦惱未曾爲清淨法故爲供養說法師故喪身是時薩陀波崙菩薩中道入一大城至市肆上高聲唱言誰欲須人誰欲須人誰欲買人爾時惡魔作是念是薩陀波崙愛法故欲自賣身爲般若波羅蜜故供養曇無竭菩薩當得正問般若波羅蜜及方便力云何菩薩摩訶薩行般若波羅蜜疾得阿耨多羅三藐三菩提當得多聞具足如大海水是時不可沮壞得具足一切功德饒益諸菩薩摩訶薩爲阿耨多羅三藐三菩提故過我境界亦教餘人出我境界得阿耨多羅三藐三菩提我今當壞其事爾時惡魔隱蔽諸婆羅門居士令不聞其自賣之

聲除一長者女魔不能蔽以其宿因緣故爾時薩陀波崙賣身不售憂愁啼哭在一面立涕泣而言我爲大罪賣身不售我自賣身爲般若波羅蜜故供養曇無竭菩薩爾時釋提桓因作是念是薩陀波崙菩薩愛法自賣其身爲般若波羅蜜故欲供養曇無竭菩薩我當試之知是善男子實以深心愛法故捨是身不是時釋提桓因化作婆羅門身在薩陀波崙菩薩邊行問言汝善男子何以憂愁啼哭顏色憔悴在一面立答言婆羅門我愛敬法自賣身爲般若波羅蜜故欲供養曇無竭菩薩今我賣身無有買者自念薄福無有財寶欲自賣身供養般若波羅蜜及曇無竭菩薩而無買者爾時婆羅門語薩陀波崙菩薩言善男子我不須人我今欲祠天當須人心人血人髓汝能賣與我不爾時薩陀波崙菩薩作是念我得大利得第一利我今便爲具足般若波羅蜜方便力得是買心血髓者是時心大歡喜悅樂無憂以柔和心語婆羅門言汝所須者我盡與汝婆羅門言善男子汝須何價答言隨汝意與我即時薩陀波崙右手執利刀刺左臂出血割右髀肉復欲破骨出髓時有一長者女在閣上遙見薩陀波崙菩薩自割身體不惜壽命作是念是善男子何因緣故困苦其身我當往問長者女即下閣到薩陀波崙所問言善男子何因緣困苦其身用是心血髓作何等薩陀波崙答言賣與婆羅門爲般若波羅蜜故供養曇無竭菩薩長者女言善男子作是賣身欲自出心血髓欲供養曇無竭菩薩得何等功德利薩陀

波崙答言善女人是人善學般若波羅蜜及方便力是人當爲我說菩薩所應作菩薩所行道我學是法學是道得阿耨多羅三藐三菩提時爲衆生作依止當得金色身三十二相八十隨形好丈光無量明大慈大悲大喜大捨四無所畏佛十力四無礙智十八不共法六神通不可思議清淨戒禪定智慧得阿耨多羅三藐三菩提於諸法中得一切無礙智見以無上法寶分布與一切衆生如是等諸功德利我當從彼得之是時長者女聞是上妙佛法大歡喜心驚毛竪語薩陀波崙菩薩言善男子甚希有汝所說者微妙難值爲是一一功德法故應捨如恒河沙等身何以故汝所說者甚大微妙汝善男子汝今所須盡當相與金銀眞珠瑠璃玻瓈琥珀珊瑚等諸珍寶物及華香瓔珞塗香燒香旛蓋衣服妓樂等物供養之具供養般若波羅蜜及曇無竭菩薩汝善男子莫自困苦其身我亦欲往曇無竭菩薩所共汝植諸善根爲得如是微妙法如汝所說故爾時釋提桓因即復本身讚薩陀波崙菩薩言善哉善哉善男子汝堅受是事其心不動諸過去佛行菩薩道時亦如是求般若波羅蜜及方便力得阿耨多羅三藐三菩提善男子我實不用人心血髓但來相試汝願何等我當相與薩陀波崙言與我阿耨多羅三藐三菩提釋提桓因言此非我力所辦是諸佛境界必相供養更索餘願薩陀波崙言汝若於此無力必見供養令我是身平復如故是時薩陀波崙身即平復無有瘡瘢如本不異釋提桓因與其願已忽

然不現爾時長者女語薩陀波崙菩薩言善男子來到我舍有所須者從我父母索之盡當相與我亦當辭我父母與諸侍從共汝往供養曇無竭菩薩為求法故即時薩陀波崙菩薩與長者女俱到其舍在門外住長者女入白父母與我衆妙華香及諸瓔珞塗香燒香旛蓋衣服金銀瑠璃玻瓈真珠琥珀珊瑚及諸妓樂供養之具亦聽我身及五百侍女先所給使共薩陀波崙菩薩到曇無竭菩薩所為供養般若波羅蜜故曇無竭菩薩當為我等説法我當如説行當得諸佛法女父母語女言薩陀波崙菩薩是何等人女言是人今在門外是善男子以深心求阿耨多羅三藐三菩提欲度一切衆生無量生死苦是善男子為法故自賣其身供養般若波羅蜜般若波羅蜜名菩薩所學道為供養般若波羅蜜及供養曇無竭菩薩故在市肆上高聲唱言誰欲須人誰欲須人誰欲買人賣身不售在一面立憂愁啼哭是時釋提桓因化作婆羅門來欲試之問言善男子何以憂愁啼哭在一面立答言婆羅門我欲賣身為供養般若波羅蜜及曇無竭菩薩摩訶薩故而我薄福賣身不售婆羅門語是善男子我不須人我欲祠天當用人心人血人髓汝能賣不是時是善男子不復憂愁其心和悦語是婆羅門汝之所須我盡相與婆羅門言汝須何價答言隨汝意與我即時是善男子右手執利刀刺左臂出血割右髀肉復欲破骨出髓我在閣上遥見是事我爾時作是念是人何故困苦其身我當往問我即下閣往問善男子

汝何因緣故自困苦其身是善男子答我言姊我爲法故欲供養般若波羅蜜及曇無竭菩薩說法者我貧窮無所有無金銀瑠璃硨磲碼碯珊瑚琥珀玻瓈真珠華香妓樂姊我爲供養法自賣其身今得買者須人心人血人髓我用是價供養般若波羅蜜及曇無竭菩薩說法者我問是善男子汝今自出身心血髓欲供養曇無竭菩薩得何功德是善男子言曇無竭菩薩當爲我說般若波羅蜜及方便力此是菩薩所應學菩薩所應作菩薩所應行道我當學是道得阿耨多羅三藐三菩提爲一切衆生作依止我當得金色身三十二相八十隨形好丈光無量明大慈大悲大喜大捨四無所畏四無礙智佛十力十八不共法六神通不可思議清淨戒禪定智慧得阿耨多羅三藐三菩提於諸法中得一切無礙智見以無上法寶分布與一切衆生如是等微妙大法我當從彼得之我聞是微妙不可思議法諸佛功德聞其大願我心歡喜作是念是清淨微妙大願甚希有乃如是爲是一一法故應捨如恒河沙等身命善男子爲法能受苦行難事所謂不惜身命我多有妙寶云何不生願勤求如是法供養般若波羅蜜及曇無竭菩薩我如是思惟已語薩陀波崙菩薩汝善男子莫困苦其身我當白我父母多與汝金銀瑠璃硨磲碼碯珊瑚琥珀玻瓈真珠華香瓔珞塗香末香衣服旛蓋及諸妓樂供養般若波羅蜜及曇無竭菩薩說法者我亦求父母與諸侍女共汝俱去供養曇無竭菩薩說法者共汝植諸善根爲得如

是等微妙清淨法如汝所說父母今聽我幷五百侍女先所給者亦聽我持衆妙華香瓔珞塗香末香衣服旛蓋妓樂金銀瑠璃供養之具與薩陀波崙菩薩共去供養般若波羅蜜及曇無竭菩薩說法者爲得如是等清淨微妙諸佛法故爾時父母報女言汝所讚者希有難及說是善男子爲法精進大樂法相及是諸佛法不可思議一切世間最爲第一一切衆生歡樂因緣是善男子爲是法故大誓莊嚴我等聽汝往見曇無竭菩薩親近供養汝發大心爲得佛法故如是精進我等云何當不隨喜是女爲供養曇無竭菩薩故得蒙聽許報父母言我等亦隨是心歡喜我終不斷人善法因緣是時長者女莊嚴七寶車五百乘身及侍女種種寶物莊嚴供養之具持種種水陸生華及金銀寶華衆色寶衣好香擣香澤香瓔珞及衆味飲食共薩陀波崙菩薩五百侍女各載一車恭敬圍遶漸漸東去見衆香城七寶莊嚴七重圍遶七寶之塹七寶行樹皆亦七重其城縱廣十二由旬豐樂安靜甚可喜樂人民熾盛五百市里街巷相當端嚴如畫橋津如地寬博清淨遙見衆香城既入城中見曇無竭菩薩坐高臺法座上無量百千萬億衆恭敬圍遶說法薩陀波崙菩薩見曇無竭菩薩時心即歡喜譬如比丘入第三禪攝心安隱見已作是念我等義不應載車趣曇無竭菩薩作是念已下車步進長者女幷五百侍女皆亦下車薩陀波崙菩薩與長者女及五百侍女衆寶莊嚴圍遶恭敬俱到曇無竭菩薩所爾時曇無竭菩薩

摩訶薩有七寶臺赤牛頭栴檀以爲莊嚴眞珠羅網以覆臺上四角皆懸摩尼珠寶以爲燈明及四寶香爐常燒名香爲供養般若波羅蜜故其臺中有七寶大牀四寶小牀重敷其上以黃金牒書般若波羅蜜置小牀上種種旛蓋莊嚴垂覆其上薩陀波崙菩薩及諸女人見是妙臺衆寶嚴飾及見釋提桓因與無量百千萬諸天以天曼陀羅華碎末栴檀磨衆寶屑以散臺上鼓天妓樂於虛空中娛樂此臺爾時薩陀波崙菩薩問釋提桓因言憍尸迦何因緣故與無量百千萬諸天以天曼陀羅華碎末栴檀磨衆寶屑以散臺上鼓天妓樂於虛空中娛樂此臺釋提桓因答言汝善男子不知耶此是摩訶般若波羅蜜是諸菩薩摩訶薩母能生諸佛攝持菩薩菩薩學是般若波羅蜜成就一切諸功德得諸佛法一切種智是時薩陀波崙即歡喜悅樂問釋提桓因言憍尸迦是般若波羅蜜諸菩薩摩訶薩母能生諸佛攝持菩薩菩薩學是般若波羅蜜成就一切功德得諸佛法一切種智今在何處釋提桓因言善男子是臺中有七寶大牀四寶小牀重敷其上以黃金牒書般若波羅蜜置小牀上曇無竭菩薩以七寶印印之我等不能得開以示汝是時薩陀波崙與長者女及五百侍女取供養具華香瓔珞旛蓋分作二分一分供養般若波羅蜜一分供養法座上曇無竭菩薩爾時薩陀波崙菩薩與五百女人持華香瓔珞旛蓋妓樂及諸珍寶供養般若波羅蜜已然後向曇無竭菩薩所到已見曇無竭菩薩在法座上坐以

諸華香瓔珞擣香澤香金銀寶華旛蓋寶衣散曇無竭菩薩上爲法故供養是時諸華香寶衣於曇無竭菩薩上虛空中化成華臺碎末栴檀寶屑金銀寶華化成寶帳寶帳之上所散種種寶衣化爲寶蓋寶蓋四邊垂諸寶旛薩陀波崙及諸女人見是曇無竭菩薩所作變化大歡喜作是念未曾有也曇無竭大師神德乃爾行菩薩道時神通力尚能如是何況得阿耨多羅三藐三菩提時是時長者女及五百女人清淨信心敬重曇無竭菩薩皆發阿耨多羅三藐三菩提心作是願言如曇無竭菩薩得菩薩諸深法如曇無竭菩薩供養般若波羅蜜如曇無竭菩薩於大衆中演說顯示般若波羅蜜義如曇無竭菩薩得般若波羅蜜方便力成就神通於菩薩事中得自在我等亦當如是是時薩陀波崙菩薩及五百女人華香寶物供養般若波羅蜜及曇無竭菩薩已頭面禮曇無竭菩薩合掌恭敬一面立一面立已白曇無竭菩薩言我本求般若波羅蜜時於空閑林中聞空中聲言善男子汝從是東行當得聞般若波羅蜜我受是語東行東行不久作是念我何不問空中聲我當何處去去是遠近當從誰聞我是時大憂愁啼哭於是處住七日七夜憂愁故乃至不念飲食但念我何時當得聞般若波羅蜜我如是憂愁一心念般若波羅蜜見佛身在虛空中語我言善男子汝大欲大精進心莫放捨以是大欲大精進心從是東行去此五百由旬有城名衆香是中有菩薩摩訶薩名曇無竭從是人所當得聞般若波羅蜜

是曇無竭菩薩世世是汝善知識常守護汝我從佛受教誨已便東行更無餘念但念我何時當見曇無竭菩薩為我說般若波羅蜜我爾時中道住於一切法中得無礙智見得觀諸法性等諸三昧門現在前住是三昧已見十方無量阿僧祇諸佛說是般若波羅蜜諸佛讚我言善哉善哉善男子我本求般若波羅蜜時得諸三昧亦如汝今日得是諸三昧已遍得諸佛法諸佛為我廣說法安慰我已忽然不現我從三昧起作是念諸佛從何處來去至何所我不見諸佛故大愁憂復作是念曇無竭菩薩供養先佛植衆善根久行般若波羅蜜及以方便力於菩薩道中得自在是我善知識守護我我當問曇無竭菩薩是事諸佛從何所來去至何所我今問大師是諸佛從何處來去至何處大師為我說諸佛所從來去之處令我得知知已亦常不離見諸佛

曇無竭品第八十九

爾時曇無竭菩薩摩訶薩語薩陀波崙菩薩言善男子諸佛無所從來去亦無所至何以故諸法如不動相諸法如即是佛善男子無生法無來無去無生法即是佛無滅法無來無去無滅法即是佛實際法無來無去實際法即是佛空無來無去空即是佛善男子無染無來無去無染即是佛寂滅無來無去寂滅即是佛虛空性無來無去虛空性即是佛善男子離是諸法更無佛諸佛如諸法如一如無分別善男子是如常一無二無三出諸數法無所有故譬如春末月日中熱時有人

見焰動逐之求水望得於汝意云何是水從何池何山何泉來今何所去若入東海西海南海北海耶薩陀波崙言大師焰中尚無水云何當有來處去處曇無竭菩薩語薩陀波崙菩薩言善男子愚夫無智爲熱渴所逼見焰動無水生水想善男子若有人分別諸佛有來有去當知是人皆是愚夫何以故善男子諸佛不可以色身見諸佛法身無來無去諸佛來處去處亦如是善男子譬如幻師幻作種種若象若馬若牛若羊若男若女如是等種種諸物於汝意云何是幻事從何處來去至何所薩陀波崙菩薩言大師幻事無實云何當有來處去處善男子是人分別佛有來有去亦如是善男子譬如夢中見若象若馬若牛若羊若男若女於汝意云何夢中所見有來處有去處不薩陀波崙言大師是夢中所見虛妄云何當有來去善男子若人分別佛有來有去亦如是善男子佛說諸法如夢若有衆生不知是法義以名字色身是佛是人分別諸佛有來有去不知諸法實際相故皆是愚夫無智之數是諸人數數往來五道遠離般若波羅蜜遠離諸佛法善男子佛說諸法如幻如夢若有衆生如實知是人不分別諸法若來若去若生若滅若不分別諸法若來若去若生若滅則能知佛所說諸法實相是人行般若波羅蜜近阿耨多羅三藐三菩提名爲眞佛弟子不虛妄食人信施是人應受供養爲世間福田善男子譬如大海水中諸寶不從東方來不從南方西方北方四維上下來衆生善根因緣故海生此寶此

寶亦不無因緣而生是寶皆從因緣和合生是寶若滅亦不去至十方諸緣合故有諸緣離故滅善男子諸佛身亦如是從本業因緣果報生生時不從十方來滅時亦不去至十方但諸緣合故有諸緣離故滅善男子譬如箜篌聲出時無來處滅時無去處衆緣和合故生有槽有頸有皮有弦有柱有棍有人以手鼓之衆緣和合而有是聲是聲亦不從槽出不從頸出不從皮出不從弦出不從棍出亦不從人手出衆緣和合爾乃有聲是因緣離時亦無去處善男子諸佛身亦如是從無量功德因緣生不從一因一緣一功德生亦不無因緣有衆緣和合故有諸佛身不獨從一事成來無所從去無所至善男子應當如是知諸佛來相去相善男子亦當知一切法無來去相汝若知諸佛及諸法無來無去無生無滅相必得阿耨多羅三藐三菩提亦能行般若波羅蜜及方便力爾時釋提桓因以天曼陀羅華與薩陀波崙菩薩摩訶薩作是言善男子以是華供養曇無竭菩薩摩訶薩我應當守護供養汝所以者何汝因緣力故今日饒益百千萬億衆生使得阿耨多羅三藐三菩提善男子如是善人甚爲難遇爲饒益一切衆生故無量阿僧祇劫受諸勤苦薩陀波崙菩薩摩訶薩受釋提桓因曼陀羅華散曇無竭菩薩上白言大師我從今日以身屬師供給供養如是白已合掌師前立是時長者女及五百侍女白薩陀波崙菩薩言我等從今日亦以身屬師我等以是善根因緣故當得如是法亦如師所得共師世世供養

諸佛世世常供養師是時薩陀波崙菩薩語長者女及五百女人若汝等以至誠心屬我者我當受汝諸女言我等以至誠心屬師當隨師教是時薩陀波崙菩薩及五百女人幷諸莊飾寶物上妙供具及五百乘七寶車奉上曇無竭菩薩白言大師我持是五百女人奉給大師是五百乘車隨師所用爾時釋提桓因讚薩陀波崙菩薩言善哉善哉善男子菩薩摩訶薩捨一切所有應如是如是布施疾得阿耨多羅三藐三菩提作如是供養說法人必能得聞般若波羅蜜及方便力過去諸佛本行菩薩道時亦如是住布施中得聞般若波羅蜜及方便力得阿耨多羅三藐三菩提爾時曇無竭菩薩欲令薩陀波崙菩薩善根具足故受五百乘車及長者女及五百侍女受已還與薩陀波崙菩薩是時曇無竭菩薩說法日沒起入宮中薩陀波崙菩薩摩訶薩作是念我爲法故來不應坐臥當以二儀若行若立以待法師從宮中出說法爾時曇無竭菩薩七歲一心入無量阿僧祇菩薩三昧中及行般若波羅蜜方便力薩陀波崙菩薩七歲經行住立不坐不臥無有睡眠無欲恚惱心不著味但念曇無竭菩薩摩訶薩何時當從三昧起出而說法薩陀波崙菩薩過七歲已作是念我當爲曇無竭菩薩摩訶薩敷說法座曇無竭菩薩摩訶薩當坐上說法我當灑掃清淨散種種華莊嚴是處爲曇無竭菩薩摩訶薩當說般若波羅蜜及方便力故是時薩陀波崙菩薩與長者女及五百侍女爲曇無竭菩薩摩訶薩敷七寶牀五百

女人各脫上衣以敷座上作是念曇無竭菩薩摩訶薩當坐此座上說般若波羅蜜及方便力薩陀波崙菩薩敷座已求水灑地而不能得所以者何惡魔隱蔽令水不現魔作是念薩陀波崙菩薩求水不得於阿耨多羅三藐三菩提乃至生一念劣心異心則智慧不照善根不增於一切智而有稽留爾時薩陀波崙菩薩作是念我當自刺其身以血灑地令無塵土來坌大師我何用是身此身必當破壞我從無始生死以來數數喪身未曾為法即以利刀自刺出血灑地薩陀波崙菩薩及長者女并五百侍女皆無異心惡魔亦不能得便是時釋提桓因作是念未曾有也薩陀波崙菩薩愛法乃爾以刀自刺出血灑地薩陀波崙及衆女人心不動轉惡魔波旬不能壞其善根其心堅固發大莊嚴不惜身命以深心欲求阿耨多羅三藐三菩提當度一切衆生無量生死苦釋提桓因讚薩陀波崙菩薩言善哉善哉善男子汝精進力大堅固難動不可思議汝愛法求法最為無上善男子過去諸佛亦如是以深心愛法惜法重法集諸功德得阿耨多羅三藐三菩提薩陀波崙菩薩作是念我為曇無竭菩薩摩訶薩敷法座掃灑清淨已訖當於何處得好名華莊嚴此地若曇無竭菩薩摩訶薩法座上坐說法時亦當散華供養釋提桓因知薩陀波崙菩薩心所念即以三千石天曼陀羅華與薩陀波崙薩陀波崙受華已以半散地留半待曇無竭菩薩摩訶薩坐法座上說法時當供養爾時曇無竭菩薩摩訶薩過七歲已從諸

三昧起爲説般若波羅蜜故與無量百千萬衆恭敬圍遶往法座上坐薩陀波崙菩薩見曇無竭菩薩摩訶薩時心得悦樂譬如比丘入第三禪爾時薩陀波崙菩薩及長者女并五百侍女到曇無竭菩薩摩訶薩所散天曼陀羅華頭面禮畢退坐一面曇無竭菩薩見其坐已告薩陀波崙菩薩言善男子諦聽諦受今當爲汝説般若波羅蜜相善男子諸法等故當知般若波羅蜜亦等諸法離故當知般若波羅蜜亦離諸法不動故當知般若波羅蜜亦不動諸法無念故當知般若波羅蜜亦無念諸法無畏故當知般若波羅蜜亦無畏諸法一味故當知般若波羅蜜亦一味諸法無邊故當知般若波羅蜜亦無邊諸法無生故當知般若波羅蜜亦無生諸法無滅故當知般若波羅蜜亦無滅虚空無邊故當知般若波羅蜜亦無邊大海水無邊故當知般若波羅蜜亦無邊須彌山莊嚴故當知般若波羅蜜亦莊嚴虚空無分別故當知般若波羅蜜亦無分別色無邊故當知般若波羅蜜亦無邊受想行識無邊故當知般若波羅蜜亦無邊地種無邊故當知般若波羅蜜亦無邊水種火種風種無邊故當知般若波羅蜜亦無邊空種無邊故當知般若波羅蜜亦無邊如金剛等故當知般若波羅蜜亦等諸法無分別故當知般若波羅蜜亦無分別諸法性不可得故當知般若波羅蜜性亦不可得諸法無所有等故當知般若波羅蜜亦無所有等諸法無作故當知般若波羅蜜亦無作諸法不可思議故當知般若波羅蜜亦不可

思議是時薩陀波崙菩薩摩訶薩即於坐處得諸三昧所謂諸法等三昧諸法離三昧諸法無畏三昧諸法一味三昧諸法無邊三昧諸法無生三昧諸法無滅三昧虛空無邊三昧大海水無邊三昧須彌山莊嚴三昧虛空無分別三昧色無邊三昧受想行識無邊三昧地種無邊三昧水種火種風種空種無邊三昧如金剛等三昧諸法無分別三昧諸法不可思議三昧如是等得六百萬諸三昧門

爾時佛告須菩提如我今於三千大千世界中與諸比丘僧圍遶以是相以是像貌以是名字說般若波羅蜜薩陀波崙得是六百萬三昧門見東方南方西方北方四維上下如恒河沙等三千大千世界中諸佛與諸比丘恭敬圍遶以如是相以是像貌以是名字說是摩訶般若波羅蜜亦如是薩陀波崙菩薩從是已後多聞智慧不可思議如大海水常不離諸佛生於有佛國中乃至夢中未曾不見佛時一切衆難皆悉已斷在所佛國隨願往生須菩提當知是般若波羅蜜因緣能成就菩薩摩訶薩一切功德得一切種智以是故須菩提諸菩薩摩訶薩若欲學六波羅蜜欲深入諸佛智慧欲得一切種智應受持是般若波羅蜜讀誦正憶念廣為他人說亦書寫經卷供養尊重讚歎香華乃至妓樂何以故般若波羅蜜是過去未來現在十方諸佛母十方諸佛所尊重故

囑累品第九十

爾時佛告阿難於汝意云何佛是汝大師不汝是佛弟子不阿難言世尊佛是我大師修

伽陀是我大師我是佛弟子佛言如是如是我是汝大師汝是我弟子若如弟子所應作者汝已作竟阿難汝用身口意慈業供養供給我亦常如我意無有違失阿難我身現在汝愛敬供養供給心常清淨我滅度後是一切愛敬供養供給事當愛敬供養般若波羅蜜乃至第二第三以般若波羅蜜囑累汝阿難汝莫忘莫失莫作最後斷種人阿難隨爾所時般若波羅蜜在世者當知爾所時有佛在世說法阿難若有書般若波羅蜜受持讀誦正憶念爲人廣說恭敬尊重讚歎華香旛蓋寶衣燈燭種種供養當知是人不離見佛不離聞法爲常親近佛佛說般若波羅蜜已彌勒等諸菩薩摩訶薩慧命須菩提慧命舍利弗大目揵連摩訶迦葉富樓那彌多羅尼子摩訶拘絺羅摩訶迦旃延阿難等幷一切大衆及一切世間諸天人乾闥婆阿脩羅等聞佛所說皆大歡喜

摩訶般若波羅蜜經卷第三十

音釋

薩陀波崙 梵語也此云常啼崙盧昆切 漚惒拘舍羅 梵語也此云方便漚烏侯切惒音和 壍 七豔切坑壍也 樓櫓 樓龍侯切城樓也櫓龍五切城上無覆屋曰櫓 玫瑰 玫音梅瑰姑回切火齊珠也 曇無竭 梵語也此云法勇亦云法上曇徒含切 綩綖 綩於阮切綖音延 售 承呪切賣物 [illegible]部禮切去手也髀股也 數數 色角切頻數也 棍 户衮切轉絃之木棍子也 坌 蒲悶切塵坌也

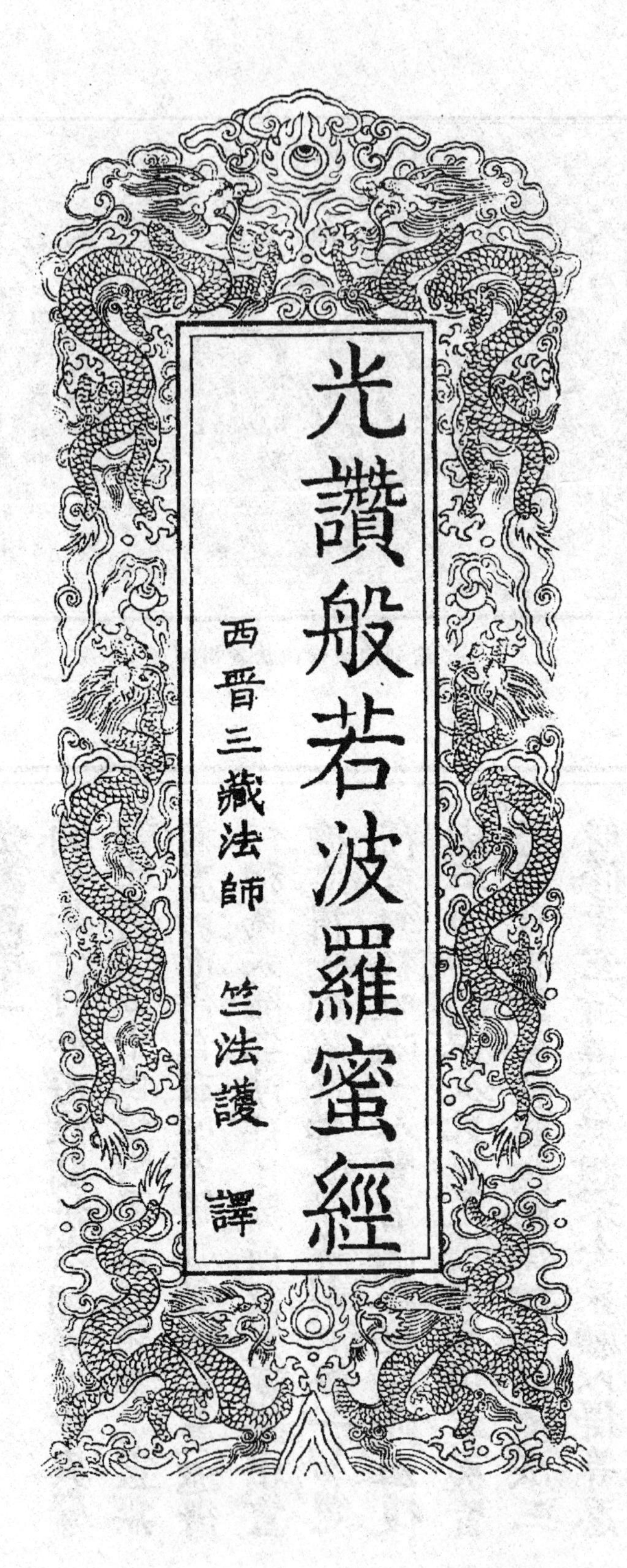
光讚般若波羅蜜經
西晉三藏法師 竺法護 譯

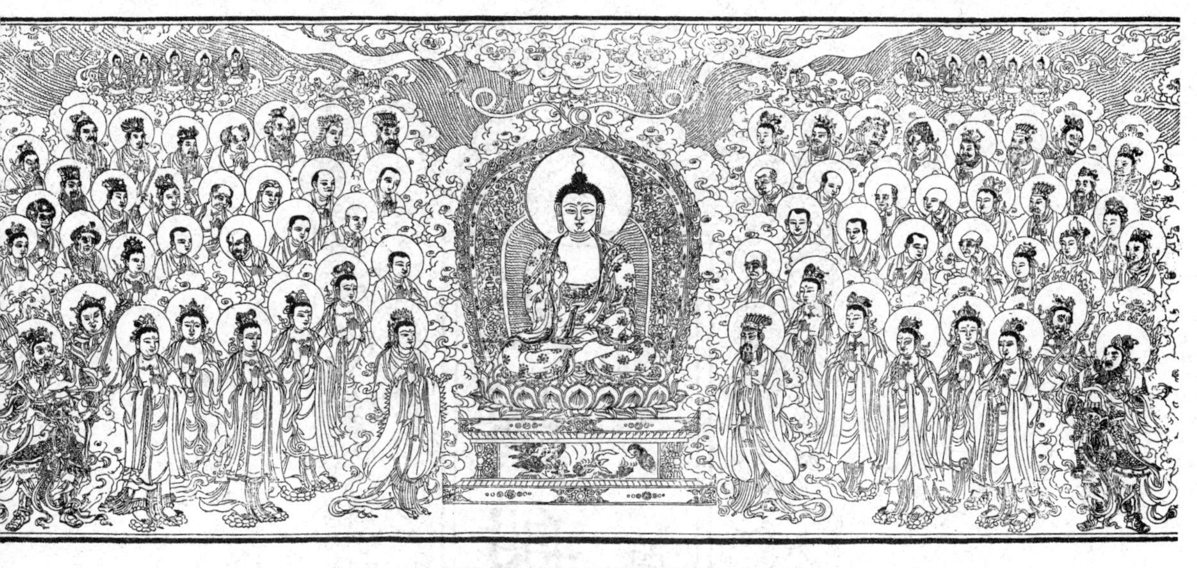

清刻龍藏佛說法變相圖

光讚般若波羅蜜經卷第一

西晉三藏法師　竺法護　譯

光讚品第一

聞如是一時佛遊羅閱祇耆闍崛山中與摩訶比丘僧五千俱皆阿羅漢也諸漏已盡無有塵垢而得自在心安解脫智慧善度逮得仁和為大開導所作已辦所說究竟棄捐重擔逮得已利除終始患平等解脫濟一切想得度無極唯除一人賢者阿難學須陀洹復與五百比丘俱及比丘尼優婆塞優婆夷皆悉現在幷諸菩薩摩訶薩得諸總持逮成三昧修于空行導於無想不念眾願以得等忍制攬無數皆得五通所言聰捷無有懈怠蠲捨家利所慕之心所說經法不僥供養致深妙法度於無極得無所畏超越魔事脫於一

切陰蓋之礙講諸因緣心志所趣從無數劫精進行願其意所向喜悅問訊常先於人離於結恨入於無數衆會之中威勢巍巍無所畏難憶念無量垓劫之事若說經法曉練衆議猶如幻化野馬水月夢與影響若鏡中像勇猛無侶以微妙慧知衆生心所起所行超度分別意不懷害慇懃忍辱具足所行曉了審諦所當度者攝取佛土無限之願常三昧定目覩無數諸佛世界暢達宜便啓請無量諸佛世尊進退能快若干種見所著之處定意自娛解百千行諸菩薩者德皆如是其名曰颰陀和菩薩羅憐那竭菩薩摩訶須菩和菩薩那羅達菩薩橋日兜菩薩和輪調菩薩因坻菩薩賢守菩薩妙意菩薩持意菩薩增意菩薩不虛見菩薩立願菩薩周旋菩薩常精進應菩薩不置遠菩薩日盛菩薩無吾我菩薩光世音菩薩溥首菩薩寶印首菩薩常舉手菩薩常下手菩薩慈氏菩薩諸菩薩衆如是難限不可計數億百千垓一切妙德清淨同眞

爾時世尊坐於自然師子之牀而結跏趺正身而處心有所向制立其意有三昧名定意王以時三昧自然正受則皆普入一切定意救攝平等御而趣之佛適三昧其心安寂而以道眼觀斯世界其身湛然而笑從其足心放六萬億百千光明十足指放十億百千光明兩脅放二億百千光明兩膝放二億百千光明兩脚放二億百千光明兩肩放二億百千光明兩肘放二億百千光明齋放億百千光明頭放億百千光明十手指放十億百千

光明兩臂放二億百千光明兩眉放二億百千光明須放億百千光明兩眼放二億百千光明兩耳放二億百千光明鼻放億百千光明四面放四百億百千光明四十齒放四十億百千光明眉間相放億百千光明頂髻相放六萬億百千光明照此三千大千世界無所不周普耀東方江河沙等諸佛國土南方西方北方四隅上下亦皆如是其有衆生蒙值光明心皆恬怕悉發無上正眞之道於是世尊即時欣笑從諸毛孔放衆光明照此三千大千世界普遍十方無不周接江河沙等諸佛世界其有羣萌爲光所照悉皆寂然存于無上正眞之道是時世尊則演如來清淨眞妙志性光明照此三千大千世界普及十方各江河沙等諸佛國土假令人民逮斯光者則皆究竟至於無上正眞之道於是世尊從其舌本悉覆佛土而出無數億百千光明照此三千大千世界周遍十方各江河沙等諸佛國土其光明中自然而植金寶蓮華其蓮華上各有諸佛結跏趺坐寶蓮華講說經法演於六波羅蜜十方一切亦復如是若有衆生聞斯法講一切究竟皆得堅住阿耨多羅三耶三菩於是世尊坐師子牀有三昧名師子娛樂以斯定意自然正受如其色像咸演威耀示斯神足三千大千世界六反震動遍際亦揺中順至邊安和柔軟慜傷一切衆生之類令獲安隱快樂無患爾時三千大千世界地獄餓鬼畜生諸不閑者恐懅厄者自然爲斷三塗除已悉自致來得生爲人四天王忉利天鹽天兜術天尼摩羅天波羅尼蜜

天於時諸天適生彼間人中天上即識宿命歡喜悅豫往詣佛所稽首足下叉手歸命十方一切亦復如是等無差特爾時此三千世界衆生之類盲者得目而覩色像聾者徹聽聞諸音聲志亂意惑還復其心迷憒者則時得定其裸形者自然衣服其飢虛者自然飽滿其消渴者無所思侥其疾病者而得除愈身瑕玼者諸根具足其疲極者自然得解久倚身者則無所倚一切衆生得平等心展轉相贍如父如母如兄如弟如姊如妹各各同心等無偏邪皆行慈心一切羣萌悉修十善清淨梵行無有塵埃一切黎庶悉獲安隱所得安隱猶如比丘得第三禪于時衆生而致智慧而悉具足善快調定離於卑劣逮得和雅於是世尊在師子牀處於三千大千世界而最超異威神巍巍光耀煌煌無有畏懼聖明輝赫尊顏具足無不周普照于東方江河沙等諸佛世界八維上下各江河沙等世尊國土如須彌山超踰一切諸山之上明在所通於是世尊承如來旨已自然聖令三千大千世界衆生悉共瞻覩時此世界首陀衞淨居諸天梵天波羅尼蜜天尼摩羅天兜術天鹽天忉利天四天王天及三千大千世界所居人民自然見身親近如來皆得自然天華傅飾天香天雜香天擣香天青蓮芙蓉蘅華諸妙天華莖葉具足各各發行賫詣如來稽首佛足各散佛上及於人間水陸諸華各各手執往詣世尊而爲供養諸天人民所散供養諸華之具上在虛空三千大千世界化爲宮殿自然樓觀從其宮殿垂諸天華繒蓋幢

播紛葩飄颻顯灼普現其諸華香莊嚴三千大千佛國自然巍巍形像衆色如紫磨金八維上下芬馥晃昱亦復如是於是閻浮提城所有人民瞻覩如來現身威變不可稱計心各念言今日如來坐於我前普佛國土亦復如是各各心念今日如來在我前坐而說經法於時世尊在師子牀更復欣笑加復重照三千大千世界弘光赫弈此土人民悉共覩見東方江河沙等諸佛國土現在如來至眞等正覺與諸菩薩聲聞之衆又復東方江河沙等諸佛世界所有衆生悉亦遥見此佛國土釋迦文佛與比丘僧及諸菩薩而坐說經八維上下亦復如是悉遥見此等無差特於是過東方江河沙等諸佛世界最西國土名寶迹其佛號寶事如來至眞等正覺今現在爲諸衆生亦復講說摩訶般若波羅蜜經彼時其佛世界而有菩薩號曰普明覩大光明及地大動即便往詣寶事如來稽首問曰唯然世尊以何因緣其大光明照此佛土地大震動諸如來身自然爲見會當有意彼佛告於普明菩薩曰族姓子欲知西方極遠有忍世界其佛號釋迦文如來今現在爲諸菩薩說般若波羅蜜是其威神光也普明菩薩白寶事如來唯然世尊我欲詣彼見釋迦牟尼如來稽首作禮及諸菩薩摩訶薩衆童眞等得諸總持究竟三昧定意自在得度無極釋迦牟多阿竭阿羅訶三耶三佛寶事如來阿羅訶三耶三佛告普明菩薩曰往善男子汝知是時寶事如來賜普明菩薩金色蓮華而有千葉取善男子此寶蓮華以用供散釋迦

牟如來善男子欲往修寂然行忍界菩薩生彼土者甚有患難亦難值遇普明菩薩即受其金色蓮華與無央數億百千姟諸菩薩衆男女大小居家出家則以供養東方諸佛天中天承事歸命上諸華香雜香擣香次復詣釋迦牟如來稽首足下却住一面普明菩薩白世尊曰唯然大聖實事如來敬問無量無求輕便力行安乎又復遣進金色蓮華佛受蓮華尋以遥散東方江河沙諸佛國土其華即時周遍東方諸佛世界有佛坐於自然金色蓮華講說經法亦復演斯六波羅蜜其有衆生聞此說者一切究竟即時堅住於阿耨多羅三耶三菩男女大小悉禮佛足各以功德供養多阿竭阿羅訶三耶三菩南方去此江河沙等最極邊際有佛世界名曰離一切憂其佛號無憂首多阿竭阿羅訶三耶三佛彼有菩薩名離感啓辭其佛佛賜蓮華與無數菩薩俱經諸國土供養諸佛來詣釋迦牟如來稽首供養却坐聽經西方去此江河沙等有世界名曰寂然其佛號寶龍多阿竭阿羅訶三耶三佛彼有菩薩名曰意行啓辭其佛佛賜蓮華與無數菩薩俱經諸國土供養諸佛來詣釋迦牟如來稽首供養却坐聽經北方去此江河沙等有世界名曰致勝其佛號勝諸根多阿竭阿羅訶三耶三佛彼有菩薩名曰施勝啓辭其佛佛賜蓮華與無數菩薩經諸國土供養諸佛詣釋迦牟如來稽首供養却坐聽經下方去此江河沙等有世界名曰仁賢其佛號賢首多阿竭阿羅訶三耶三佛彼有菩薩名曰蓮華上啓辭其佛佛賜

蓮華與無數菩薩俱經諸國土供養諸佛詣釋迦年如來稽首供養却坐聽經上方去此江河沙等有世界名曰欣樂其佛號樂首多阿竭阿羅訶三耶三佛彼有菩薩名施樂啓辭其佛佛賜蓮華與無數菩薩俱經諸國土供養諸佛詣釋迦年如來稽首供養却坐聽經其四維者亦復如是等無差特爾時於此三千大千世界尋即時雨諸寶華香播蓋自然莊嚴香樹華樹譬如蓮華跡世界普華多阿竭阿羅訶三耶三佛佛土溥首菩薩所遊居處善住意諸天子及餘大神尊勢無極菩薩之衆世尊所與及餘諸天世間人民皆來聚會諸魔梵天弁聲聞衆揵沓和阿須倫神人民悉普來會此諸菩薩摩訶薩爲童子時所服飲食功德自然

爾時世尊告賢者舍利弗於斯若有菩薩摩訶薩便當精修學般若波羅蜜舍利弗白佛唯然世尊云何菩薩摩訶薩一切具足曉解諸法學般若波羅蜜乎佛告舍利弗菩薩摩訶薩住於般若波羅蜜已修無處所即便具足檀波羅蜜令不鈌減有所施與無所愛逆尸波羅蜜當令具足從是因緣未曾住于於罪不罪亦當具足羼波羅蜜興無瞋恚當學惟逮波羅蜜便得受決從其身意興諸精進不起諸漏當具足禪波羅蜜由是之故無所求慕佛言舍利弗若菩薩摩訶薩住般若波羅蜜則自具足於四意止發無所發又當具足得四意斷四神足五根五力七覺八由行悉令具足空無三昧無想三昧無願三昧而決具足四禪四等四無色三昧及八脫門漸

漸具足而以正受以此為脫無所思想無有内想若供養想若光明想無絳赤想無腐敗想無有青想無食噉瘡爛想亦無亂想無枯骨想無星散想無處所想悉離諸想常志於佛念於經典念於衆僧念於戒禁意在惠施志前諸天出入之意死亡之意無常之想若樂之想無非身之想終始之想一切世界無無樂想諸習之想滅盡之想道慧盡慧無熱諸慧無所起慧法慧於諸經法亦無所慧亦無我慧無有内慧微妙意慧曉了諸慧如所謂慧悉以思念所行三昧無想無念無行定者而無有異諸根為異異根異行又復有行難所獲致如來十力四無所畏四分別辯佛十八法不共之事大慈大悲欲得曉了此一切緣菩薩摩訶薩當行般若波羅蜜若有具足諸道慧者菩薩摩訶薩當行般若波羅蜜欲曉了慧具足充備諸通慧者當行般若波羅蜜菩薩摩訶薩若欲明了一切得近蠲除塵勞菩薩摩訶薩當行般若波羅蜜如是舍利弗菩薩摩訶薩則為修學般若波羅蜜

佛復告舍利弗若有菩薩摩訶薩欲入寂然當學般若波羅蜜菩薩摩訶薩欲度聲聞辟支佛地住阿惟越致地者當學般若波羅蜜菩薩摩訶薩欲處六通當學般若波羅蜜菩薩摩訶薩欲知一切衆生薩和薩心根所行者當學般若波羅蜜菩薩摩訶薩欲過諸聲聞辟支佛慧者當學般若波羅蜜菩薩摩訶薩欲逮總持門善男子勸助布施聲聞辟支佛超越彼等當學般若波羅蜜菩薩摩訶薩欲過一切聲聞辟支佛戒禁勸助心意當學

般若波羅蜜若欲具足三昧智慧解脫度知見慧菩薩摩訶薩當學般若波羅蜜菩薩摩訶薩欲成顯於禪定三昧三摩越勸助合集解心之念所當學般若波羅蜜菩薩摩訶薩若欲勸助布施分別無限無量成就功德當學般若波羅蜜菩薩摩訶薩若欲具足成就無限無量持戒忍辱精進一心智慧當學般若波羅蜜佛復語舍利弗若有菩薩摩訶薩欲具足立檀波羅蜜尸波羅蜜羼波羅蜜惟逮波羅蜜禪波羅蜜般若波羅蜜行一切所生得見諸佛自致成佛當學般若波羅蜜欲成三十二相八十種好具足菩薩性若爲童眞欲立此地不離諸佛世尊所欲志念諸善德本供養如來奉持順命其願輙成若欲具足一切衆生心之所僥飲食衣服車乘香華雜香塗香牀卧燈火手巾履襪所當得者充滿諸財當學般若波羅蜜復次舍利弗若菩薩摩訶薩欲具足江河沙等衆生勸立於檀波羅蜜尸波羅蜜羼波羅蜜惟逮波羅蜜禪波羅蜜當學般若波羅蜜復次舍利弗若菩薩摩訶薩以一善本順如來德無有盡耗亦不鈌減乃至成阿耨多羅三耶三菩者當學般若波羅蜜復次舍利弗若菩薩摩訶薩學般若波羅蜜八維上下諸佛天中天皆共歌誦其人功德發意之頃東方江河沙等諸佛國土欲遊此界及至十方當學般若波羅蜜以一音聲欲告江河沙諸佛國土東西南北四維上下當學般若波羅蜜復次舍利弗若菩薩摩訶薩欲建立諸佛國土令不斷絕欲住內空若處外空若內外空若於空空若於

大空究竟之空所有空無有空有爲空無爲空若眞空者無桐祀空無因緣空因緣空自然相空一切法空不可得空無所有空若自然空無形自然空因緣威神諸行相欲至此者當學般若波羅蜜復次舍利弗菩薩摩訶薩欲得親近一切如來欲得觀解一切諸法欲了諸法在於本際當學般若波羅蜜如是舍利弗菩薩摩訶薩欲成般若波羅蜜當如是住復次舍利弗菩薩摩訶薩度計數知三千大千世界沙石樹華一切諸塵衆疑不决當學般若波羅蜜三千大千世界所有大海江河川流泉源欲知有幾渧多少之數無所傷害度海蟲類當學般若波羅蜜復次舍利弗假使三千大千世界所有火者一時普然猶如劫燒一面一時悉欲滅者令無所然當學般若波羅蜜復次舍利弗菩薩摩訶薩三千大千世界所有諸風有此國土吹拔崩碎諸須彌山令無有餘譬如灰塵淨滅有如然蓋如然蒿草若以一指手指足指欲令滅盡三界火者當學般若波羅蜜復次舍利弗菩薩摩訶薩三千大千世界所有虛空欲以普身一跏趺坐周遍虛空者當學般若波羅蜜自在變化無近無遠無大無小當學般若波羅蜜復次舍利弗菩薩摩訶薩欲取三千大千世界諸須彌山以一手擧諸須彌山置于殊異無量諸佛世界無往返想不增不減當學般若波羅蜜復次舍利弗菩薩摩訶薩東方江河沙等諸佛世界佛天中天聲聞辟支佛皆欲一時同時合集以供養者當學般若波羅蜜復次舍利弗菩薩摩訶薩若一衣服

香華擣香塗香繒蓋幢旛以持供養多訶阿竭阿羅訶三耶三佛及聲聞衆奉事歸命一時應集當學般若波羅蜜復次舍利弗菩薩摩訶薩三千大千世界所有衆生皆欲建立於尸波羅蜜三昧智慧解脫見慧須陀洹果斯陀含果阿那含果至於無餘住泥洹果而般泥洹當學般若波羅蜜復次舍利弗菩薩摩訶薩行般若波羅蜜若布施者波羅蜜當作是學如此施者獲大果報如是施者生於君子族姓家梵志大族姓長者如此施者生於四王天上忉利天兠術天尼摩天波羅尼蜜天如是施者依於斯施思第一禪第二第三至第四禪無量虛空定意正受無量空慧無量不用慧天無想有想三昧禪如此施者與八聖路得須陀洹果斯陀含果阿那含果阿羅漢果辟支佛果若曉于此當於是學般若波羅蜜復次舍利弗菩薩摩訶薩行般若波羅蜜常以權慧有所施與爲具檀波羅蜜尸波羅蜜羼波羅蜜惟逮波羅蜜禪波羅蜜般若波羅蜜舍利弗白佛言云何菩薩摩訶薩具足六波羅蜜荅曰其布施主無所著念所施受者亦不忘恩是爲檀波羅蜜無所犯負不以禁戒而自綺飾是爲尸波羅蜜常懷忍辱無瞋恚恨心向於衆生是爲羼提波羅蜜精進不怠欲度一切是爲惟逮波羅蜜一心寂然而無憒亂是爲禪波羅蜜智慧解空不計吾我是爲般若波羅蜜取要言之復重解義於罪無罪亦無無罪是尸波羅蜜無有瞋恨是羼波羅蜜身心精進不以疲倦是惟逮波羅蜜與於不亂無所想念是禪波羅蜜

解一切法而無所著是般若波羅蜜復次舍利弗菩薩摩訶薩欲得成就過去當來今現在諸佛世尊功德之義當學般若波羅蜜欲得超度有爲無爲諸法行者去來今法至於無本諸法所與不起本際欲逮此者一切聲聞辟支佛諸菩薩法欲行諸佛世尊而供養者欲得具足諸佛眷屬無量羣從欲得獲致菩薩枝黨欲得淨界衆祐之德欲致布施心無所受不起犯戒想無瞋恚心無懈怠心不欲發起於亂心者又不欲起愚癡心者當學般若波羅蜜復次舍利弗菩薩摩訶薩欲立衆生於布施德持戒智慧勸令修治所受福德當所與爲當學般若波羅蜜復次舍利弗菩薩摩訶薩欲與五眼當學般若波羅蜜何謂五眼肉眼天眼慧眼法眼佛眼當學般若波羅蜜復次舍利弗菩薩摩訶薩欲見東方江河沙國土八維上下諸佛世尊所說經法皆以天耳欲得聞者又欲得知諸佛世尊心之所念當學般若波羅蜜復次舍利弗菩薩摩訶薩諸佛世尊普在十方說經法者欲得聽聞而不斷絶至阿耨多羅三耶三菩者當學般若波羅蜜復次舍利弗菩薩摩訶薩若欲得見過去多阿竭阿羅訶三耶三佛欲得見於諸佛國者當來現在十方世界今現在佛欲得追見國土所有當學般若波羅蜜復次舍利弗菩薩摩訶薩欲得解知如來所說十二部經聞經分別經頌經詩歌經初經此應經生經受經方等經未曾有法經譬喻經注解章句經諸聲聞所不聞者皆欲得諷習誦者當學般若波羅蜜復次舍利弗菩薩摩

訶薩欲得聽聞八維上下如如來所說經法皆念不失欲得執持已得執持而爲衆會他人說者當學般若波羅蜜復次舍利弗菩薩摩訶薩欲得啓闡過去當來如所說義者已得聞者爲他人說當學般若波羅蜜復次舍利弗菩薩摩訶薩欲得照明東方江河沙等諸佛世界窈冥窈冥不見日月光明之耀欲得照斯及十方界當學般若波羅蜜復次舍利弗菩薩摩訶薩欲得開化東方江河沙等諸佛國土及十方界愚癡闇冥不聞佛名不得聽經不覩衆僧欲得開化衆生類立於正見令得覩佛逮聞經法及與聖衆當學般若波羅蜜復次舍利弗菩薩摩訶薩欲令東方江河沙等諸佛世界及十方佛土所有衆生其生盲者得目覩形聾者逮聽狂者復意裸者獲衣飢者致食渴得水漿吾願得力皆蒙斯恩當學般若波羅蜜復次舍利弗菩薩摩訶薩其有於斯三千大千世界在惡趣者地獄餓鬼畜生羣萌之類吾欲加恩使此黎庶逮得其所八維上下各江河沙亦復如是當學般若波羅蜜復次舍利弗菩薩摩訶薩江河沙等諸佛世界所有衆生欲得建立于禁戒者三昧智慧解脫度知見慧須陀洹果斯陀舍果阿那舍果阿羅漢果辟支佛證至成阿耨多羅三耶三菩又欲修多訶竭威儀禮節菩薩摩訶薩當學般若波羅蜜復次舍利弗菩薩摩訶薩行般若波羅蜜當作是觀假令我身所不得覩而欲察之當學般若波羅蜜設使我身四寸之地而以足指靡不周遍從四天王天欲界色界阿迦膩吒天無央數

億百千垓眷屬周匝往詣佛樹處于道場當學般若波羅蜜復次舍利弗菩薩摩訶薩或坐佛樹四天王天上諸天人上乃至于淨居諸天等無差特皆來具足布施或當成就阿耨多羅三耶三菩阿惟三佛徃來住立坐卧則於其地自爲金剛欲得獲斯當學般若波羅蜜復次舍利弗菩薩摩訶薩行般若波羅蜜當作斯觀吾當何日出去棄國捨家即日當成阿耨多羅三耶三菩得至阿惟三佛以至阿惟三佛即日轉法輪以轉法輪令無央數不可稱計衆生之類遠塵離垢得法眼淨無量無限羣萌之黨得無起餘漏盡意解無量無限衆生含血得阿惟越致阿耨多羅三耶三菩是菩薩摩訶薩當學般若波羅蜜復次舍利弗菩薩摩訶薩心念欲得我成阿耨多羅三耶三菩得至阿惟三佛有無央數比丘聖衆聲聞學者或以一反演說經法於一坐上得阿羅漢諸菩薩摩訶薩皆逮阿惟越致阿耨多羅三耶三菩有無央數不可稱限不可計量諸菩薩衆其壽無量光明照遠無有邊際當學般若波羅蜜復次舍利弗菩薩摩訶薩或欲得致阿耨多羅三耶三菩逮成阿惟三佛欲令其佛國土無有婬怒癡音響之名使一切衆生皆獲如是色像如般若波羅蜜具足成就所施善哉調順快哉妙哉智慧善修梵行而順遊不居衆生則爲快哉當學般若波羅蜜復次舍利弗菩薩摩訶薩願我當逮獲具足聖達而以正法財富之定無有音聲當學般若波羅蜜心自願言吾清聲聞令江河沙等世界衆生之類逮得阿耨多

羅三耶三菩當學般若波羅蜜

順空品第二

佛告舍利弗菩薩摩訶薩行般若波羅蜜時興斯之德四天王即時歡喜我等當立四枚之鉢四天王前以所奉進過去怛薩阿竭阿羅訶三耶三佛亦當貢上學道法者時忉利天亦復踊躍鹽天兜率天尼摩羅天波羅尼蜜吾等悉當奉事供養此善男子阿須倫身則為滅損長益諸天身三千大千世界上至阿迦膩吒天莫不踊躍吾等請勸使轉法輪舍利弗菩薩摩訶薩行般若波羅蜜時則為長益具六波羅蜜善男子善女人歡喜悅豫吾等當為父母之慈妻子親屬朋友親厚之慈父母兄弟妻子親厚知友愛敬喜見之四天王忉利天炎天兜率天尼摩羅天波羅尼蜜天上至阿迦膩吒天不令菩薩與塵欲相值發心往詣承事作禮吾等亦當使得清淨梵天行離穢濁行無習婬欲致生于梵天無有放逸而續放逸諸有色者不能進至阿耨多羅三耶三佛是故菩薩以淨梵行棄捐家業乃逮阿耨多羅三耶三菩阿惟三佛不以穢濁而得佛道賢者舍利弗白世尊曰菩薩之法必當有父母妻子親厚知友耶佛告舍利弗若有菩薩必當有父母不應有妻子或初發意淨修梵行成為童真至成阿耨多羅三耶三菩阿惟三佛或有菩薩以漚惒拘舍羅習於五欲然後捨家逮得阿耨多羅三耶三菩阿惟三佛譬如巧黠幻師及與弟子善學幻術化造五欲以此五樂而用自娛戲笑為行於舍利弗意云何其幻師者寧為服習

於五欲乎舍利弗曰不也天中天佛言如是舍利弗菩薩摩訶薩以漚惒拘舍羅習於五欲勸化衆生其菩薩摩訶薩不爲五欲之所沾汙菩薩摩訶薩以無央數事嗟歎愛欲或有毀呰欲爲燃熾愛欲瑕穢欲爲仇怨欲爲怨敵如是舍利弗菩薩摩訶薩度衆生故而爲分別此五欲事舍利弗白佛唯天中天云何菩薩摩訶薩行般若波羅蜜佛告舍利弗菩薩摩訶薩行般若波羅蜜不見菩薩亦不見菩薩字亦不見般若波羅蜜亦不見行般若波羅蜜字亦不見非行所以者何菩薩之字自然空其爲空者無色無痛痒思想生死識不復異色空不復異痛痒思想生死識空如色空痛痒思想生死識亦空所謂空者色則爲空痛痒思想生死識亦自然所以者何所謂菩薩但假號耳所謂道者則亦假號所謂空者則亦假號其法自然不起不滅亦無塵勞無所依倚無所諍訟若有菩薩所行如是不見所起亦不見所滅不見所倚不見所訟所以者何誑詐立字因遊客想或想念故而致此法何從立字但託虛言曉了如是菩薩摩訶薩則爲行般若波羅蜜一切不見有名號也已無所見亦非不見則無所倚則爲行般若波羅蜜

光讚般若波羅蜜經卷第一

音釋

颰（蒲末切）坻（直離切）肘（陟柳切臂節也）齎（疾雞切與賫同）懅（其據切怖也）裸（郎果切赤體也）瑕玼（瑕胡加切玼疾之切）擣（都皓切舂也）蘅（戶庚切香草也）晃昱（晃胡廣切昱余六切晃昱照燿也）齧（五結切噬）僥（古堯切求也）襪（勿發切與韤同）藎（徐刃切草也）憒（古對切心

亂也窈於兆切幽遠也績則歷切成也黠胡八切呰將几切毀也

痒以兩切

光讚般若波羅蜜經卷第二

西晉三藏法師　竺法護　譯

行空品第三上

佛復告舍利弗菩薩摩訶薩行般若波羅蜜時當作斯觀所號菩薩所謂佛者亦假號耳所謂名色痛痒思想生死識亦假號耳皆由吾我所謂我者適無所有無我無人無命無壽及含血蠕動無心無意若作所造自然所習所更所見知見之事如此輩類皆不可得空無所著悉由假號但有虛言如是菩薩摩訶薩爲行般若波羅蜜不見衆生設無所見亦不有見亦復不見所說言也菩薩摩訶薩所行如是爲隨怛薩阿竭所教行般若波羅蜜捨怛薩阿竭已其智慧過諸聲聞辟支佛所興空行而不迷惑所以者何其人所修不見於字所當倚者菩薩摩訶薩行如是者爲行般若波羅蜜佛言譬如舍利弗摩訶目揵連諸比丘等使滿閻浮提猶如竹蘆甘蔗稻麻蘘林智慧具足終不能及行般若波羅蜜菩薩百倍千倍萬倍億倍不住以前所以者何菩薩智慧欲度一切衆生之類之所致也復次舍利弗菩薩摩訶薩行般若波羅蜜一日行智慧皆過聲聞辟支佛所立之上置是滿閻浮提舍利弗摩訶目揵連諸比丘等正使三千大千世界滿中舍利弗摩訶目揵連諸比丘等所有智慧不及行般若波羅蜜菩薩摩訶薩置是三千大千世界舍利弗摩訶目揵連諸比丘等譬如東方江河沙等諸佛國土悉滿其中舍利弗摩訶目揵連諸比丘等普及十方斯等不及行般若波羅蜜菩薩

智慧一日過一切聲聞辟支佛智慧百倍千倍巨億萬倍不相屬逮於是賢者舍利弗白世尊曰唯然其聲聞智慧須陀洹斯陀含阿那含阿羅漢辟支佛菩薩怛薩阿竭阿羅訶三耶三佛智慧計此一切所有智慧無所破壞無所諍訟而無所起自然爲空唯天中天其無所壞無所諍訟無起自然空者寧可獲致若干差特不乎云何菩薩一日行智慧而復於此過一切聲聞辟支佛乎佛告舍利弗於舍利弗意云何菩薩所以行般若波羅蜜者何一日之中所行智慧所建立願修於幻術而行愍哀皆爲一切衆生之類悉了諸法以化羣萌欲令滅度諸聲聞辟支佛寧爲與立如是之縁智慧不乎答曰不也天中天佛言於舍利弗意云何諸聲聞辟支佛豈有此念我等當逮阿耨多羅三耶三菩阿惟三佛教化衆生至泥洹界令滅度耶答曰不也天中天佛言以是故當復知此一切聲聞辟支佛所有智慧百倍千倍巨億萬倍終不相及於意云何聲聞辟支佛寧有此念吾等當行六波羅蜜教化衆生嚴淨佛土具足怛薩阿竭十種力四無所畏四分別辯十八不共諸佛之法得成阿耨多羅三耶三菩阿惟三佛度脫滅度無量無限不可計數衆生之類不答曰不也天中天佛言菩薩摩訶薩發心念言吾當奉行六波羅蜜具一切法成阿耨多羅三耶三菩度脫不可計數衆生之類佛言譬如日之宮殿奮其光明一時普照閻浮提地無不周徧如是舍利弗菩薩摩訶薩行六波羅蜜具十種力四無所畏四分別辯十八

不共諸佛之法逮成阿耨多羅三耶三菩開化度脫無量無限不可計數衆生之類賢者舍利弗白佛言云何菩薩摩訶薩越於聲聞辟支佛地而便逮及阿惟越致地淨修佛道佛告舍利弗於是菩薩摩訶薩從初發意行六波羅蜜過於空法無相無願則爲超越聲聞辟支佛地住阿惟越致地賢者舍利弗復白佛言云何菩薩摩訶薩於一切聲聞辟支佛爲最衆祐佛告舍利弗菩薩摩訶薩從初發意行六波羅蜜至坐佛樹常於一切聲聞辟支佛爲最衆祐所以者何菩薩摩訶薩若來現者則自然興眞妙之法具足十善又成五戒立八等事及八關齋四禪四等心四無色三昧四意止四意斷五根五力七覺意八由行現於世間如來十力四無所畏四分別辯十八不共諸佛之法如是輩類衆善之德興現于世則分別君子族姓梵志長者勢族大姓及忉利天上至三十三處想無想天須陀洹斯陀含阿那含阿羅漢辟支佛怛薩阿竭阿羅呵三耶三菩緣此別知有此事耳舍利弗白佛言云何菩薩摩訶薩淨畢衆祐世尊告曰菩薩摩訶薩於衆祐中無所淨畢所以者何究竟於空則爲菩薩摩訶薩成衆祐也所以者何舍利弗菩薩摩訶薩爲布施士何所施者以善法施開化衆生何謂善法十善之事五戒六波羅蜜十力四無所畏四分別辯十八不共諸佛之法開化須陀洹斯陀含阿那含阿羅漢辟支佛怛薩阿竭阿羅訶三耶三佛布施之士舍利弗復白佛言唯然世尊菩薩摩訶薩遵修何行爲行般若波羅

蜜佛告舍利弗於是菩薩設行色空者則爲行般若波羅蜜設行痛痒思想生死識空者是則爲行復次舍利弗菩薩摩訶薩解知眼空耳鼻舌身意空者此則爲行解眼界空耳鼻舌身意界空者此則爲行解眼色眼識空耳聲耳識鼻香鼻識舌味舌識身細滑身識意所欲意識空者此則爲行解苦空者集亦復空盡亦復空八由行亦空此則爲行解無黠亦空行亦空識亦空名色亦空六入亦空所更亦空痛痒亦空恩愛亦空所受亦空所有亦空生老死亦空此則爲行解一切法空此則爲行諸所自然有爲無爲悉能解空此則爲行菩薩摩訶薩行般若波羅蜜解本淨空志性亦然此則爲行舍利弗是爲菩薩摩訶薩行般若波羅蜜當解是七空此乃爲行以此七空行般若波羅蜜色無應不應無行不行不作此觀不見痛痒思想生死識應不應行不行不見色法有所起有所滅不見痛痒思想生死識法有所起有所滅不見色法有所依著法有所諍訟不見痛痒思想生死識法有所依著法有所諍訟不見與色而俱遊居不見與痛痒思想生死識而俱遊居不見與生死而俱遊居亦不見不與生死而俱遊居也所以者何永無有法而與俱緣起諸事本淨爲空舍利弗色則爲空則無有色痛痒思想生死識空則無有識佛語舍利弗其爲空者無有起者無有滅者假使色空則無有色假使痛痒思想生死識空則無有識設使色空則不有見設痛痒空則無所患設思想空則無所念設使行空則無所造設識空

者無所分別所以者何舍利弗色者則異不與空同空不爲異色不爲分別色自然空色則爲空痛痒思想生死識不爲別異空亦不異設空不異識亦不異識自然空識則爲空佛語舍利弗其爲空者不起不滅無所依著無所諍訟無所增無所損無過去無當來無現在彼亦無色痛痒思想生死識亦無眼耳鼻舌身心亦無色聲香味細滑所欲法彼則無無黠不滅無黠不行不識不名色不六入不細滑不痛不愛不受不有不生不老不病不死亦不滅除生老病死彼亦無苦亦無集亦無所盡亦無所由彼亦無得亦無有時彼無須陀洹果無斯陀含果無阿那含果無阿羅漢果無辟支佛覺亦無得道亦無佛道菩薩摩訶薩行般若波羅蜜如是者則爲行菩薩摩訶薩行般若波羅蜜不見般若波羅蜜應不應行不行不見施不戒不忍不進不禪不智不見是六波羅蜜不見色痛痒思想生死識應不應行不行不見眼應不應行不行不見耳鼻舌身心應不應行不行不見色聲香味細滑所欲法應不應行不行不見四意止應不應行不行不見四意斷四神足五根五力七覺八由行應不應行不行不見十種力四無所畏四分別辯十八不共諸佛之法應不應行不行不見怛薩阿竭薩芸然慧應不應行不行是爲舍利弗菩薩摩訶薩行般若波羅蜜此乃應行佛語舍利弗菩薩摩訶薩行般若波羅蜜空不與空鬬空不與空行無相不與無相鬬無相不與無相行無願不與無願鬬無願不與無願行空不與空相應

無相不與無相相應無願不與無願相應所以者何空者無行不行無相者亦無行不行無願者亦無行不行菩薩摩訶薩行般若波羅蜜能如斯者此乃爲行佛復語舍利弗菩薩摩訶薩行般若波羅蜜諸法自然相則得度空已得度空不與色諍亦無所行不與痛痒思想生死識諍亦無所行不與過去色諍亦不見過去色不與當來色諍亦不見當來色不與現在色諍亦不見現在色不與過去痛痒思想生死識諍亦不與當來現在痛痒思想生死識諍亦不見過去當來現在痛痒思想生死識復次舍利弗菩薩摩訶薩行般若波羅蜜不與過去當來諍不與當來過去諍不與現在過去當來諍不與過去當來現在諍不見三世與於空行般若波羅蜜如是行者此乃爲行復次舍利弗菩薩摩訶薩行般若波羅蜜所行如是如所應行不與過去薩芸若訟行亦不見過去何所薩芸若過去安有薩芸若及行訟行乎不與當來薩芸若訟行亦無所行亦不見當來安有薩芸若與行訟行乎亦不與現在薩芸若訟行亦不見現在薩芸若安有薩芸若訟行乎行般若波羅蜜如是者此乃爲行復次舍利弗菩薩摩訶薩行般若波羅蜜不行薩芸若色亦不見薩芸若色亦不見行薩芸若色痛痒思想生死識亦不見薩芸若痛痒思想生死識不行薩芸若眼亦不見眼亦不行薩芸若耳鼻舌身心亦不見耳鼻舌身心不行薩芸若色亦不見色亦不行薩芸若聲香味細滑所欲法亦無所現佛語舍利弗行般若波羅蜜能如

是者此乃應行復次舍利弗菩薩摩訶薩行般若波羅蜜亦不遵薩芸若檀波羅蜜亦不見檀波羅蜜尸波羅蜜羼提波羅蜜惟逮波羅蜜禪波羅蜜般若波羅蜜亦復如是亦不行薩芸若般若波羅蜜亦不見薩芸若般若波羅蜜亦不遵薩芸若四意止亦不見薩芸若四意止亦不遵薩芸若四意斷四神足五根五力七覺意八由行亦不見薩芸若意止意斷神足根力覺意由行亦不遵薩芸若十種力四無所畏四分別辯十八不共諸佛之法亦無所見亦不見薩芸若怛薩阿竭諸力法行般若波羅蜜能如是者此乃爲行復次舍利弗菩薩摩訶薩行般若波羅蜜不行薩芸若佛佛亦不行薩芸若不行薩芸若道道亦不行薩芸若所以者何佛則薩芸若薩芸若則佛道則薩芸若薩芸若則道十種力四無所畏四分別辯十八不共諸佛之法亦復如是佛語舍利弗行般若波羅蜜能如是者此乃爲行復次舍利弗菩薩摩訶薩行般若波羅蜜不行色有不行色無有不行痛痒思想生死識有不行痛痒思想生死識無有不計色有常亦不計色無常不計色苦不計色樂不計色有我不計色無我五陰六衰亦復如是不計五陰空無空不計五陰有相無相不計五陰有願無願行般若波羅蜜令我所行亦無所受亦無所行亦無所取不有所行亦不不行不有所受亦不不受不有所取亦不不取佛語舍利弗菩薩摩訶薩行般若波羅蜜能如是者此乃爲行復次舍利弗菩薩摩訶薩行般若波羅蜜不用檀波羅蜜尸波

羅蜜羼提波羅蜜惟逮波羅蜜禪波羅蜜故行般若波羅蜜不用阿惟越致地教化衆生故行般若波羅蜜不用淨佛國土故行般若波羅蜜不用怛薩阿竭十力故行般若波羅蜜不用四無所畏四分別辯十八不共諸佛之法行般若波羅蜜不究竟空不用內空不用外空不用內外空不用空空故不用大空故不用眞空故不用有爲空故不用無爲空不用究竟空故不用無品空故不用本淨空故不用自然相空故不以一切法空不以無起空故不以無滅空故不以無形空故不以自然空故不以有形無形空故不以無本故不以法界故不以本際故行般若波羅蜜所以者何菩薩摩訶薩行般若波羅蜜時於諸法無所破壞亦無所見復次舍利弗菩薩摩訶薩行般若波羅蜜不用神足故行般若波羅蜜不用天眼故不用天耳故不用觀他人心故不用念過去事故所以者何行般若波羅蜜時亦不見般若波羅蜜何況當覩菩薩諸神通乎行般若波羅蜜能如是者此乃應行復次舍利弗菩薩摩訶薩行般若波羅蜜時心不念言我當以神足往詣東方江河沙等見諸如來稽首爲禮亦不自念到八方上下亦復如是等無有異行般若波羅蜜能如是者此乃應行復次舍利弗菩薩摩訶薩行般若波羅蜜不自念言諸佛世尊所可暢說吾則當以天耳皆聽吾當察見衆生之心所可念者當念過去所遊居處我以天眼見諸羣萌在所之處佛言行般若波羅蜜能如是者此乃應行如是舍利弗行如是者則爲度

脫無央數不可計會衆生之類菩薩摩訶薩能如是者魔及官屬不能得便又復見及他方世界諸人民遙聞其德皆爲作禮復次東方江河沙等諸佛世界八方上下諸佛世尊皆共擁護於是菩薩終不墮墜於聲聞辟支佛地四天王上阿迦膩吒天悉共擁護是菩薩摩訶薩將無伺求得其便者所可興發所當作者得現在福所以者何而以慈心向諸衆生如是舍利弗菩薩摩訶薩行般若波羅蜜能如是者乃爲應行復次舍利弗菩薩摩訶薩行般若波羅蜜而以微勞得總持門三昧門速疾近此怛薩阿竭阿羅訶三耶三菩一切所生常值見佛不離諸佛至成阿耨多羅三耶三菩佛言行般若波羅蜜能如是者乃爲應行復次舍利弗菩薩摩訶薩行般若波羅蜜不自念言寧有諸法所謂法者一切爲應若不應乎爲平等不平等乎所以者何於時行者不見諸法應若不應行若不行等與不等佛言行般若波羅蜜能如是者乃爲應行復次舍利弗菩薩摩訶薩行般若波羅蜜不自念言我當速解諸法之界至阿惟三佛亦無阿惟三佛所以者何逮法界者亦無所覺行般若波羅蜜能如是者乃爲應行復次舍利弗菩薩摩訶薩行般若波羅蜜不見諸法及與法界有諸疾病及與空寂行般若波羅蜜能如是者乃爲應行復次舍利弗菩薩摩訶薩行般若波羅蜜不自念言諸法法界有若干種不計別異行般若波羅蜜能如是者此能應行復次舍利弗菩薩摩訶薩行般若波羅蜜不自念言於是諸法及與法界

觀與不觀見與不見所以者何彼則不見諸法所有可持諸法分别觀也行般若波羅蜜能如是者乃爲應行復次舍利弗菩薩摩訶薩行般若波羅蜜不念法界憂行空事其空事者不憂法界行般若波羅蜜能如是者乃爲應行復次舍利弗菩薩摩訶薩行般若波羅蜜不念眼界爲空空乎亦不憂眼界色不憂空空不憂色色界不憂空空界不憂色眼識界不憂空識界不憂眼識空空耳鼻舌身心聲香味細滑所欲法亦如是心界不憂空空界不憂心法界不憂空空界不憂法識界不憂空空界不憂識佛言舍利弗是爲第一行所謂空行菩薩摩訶薩能行空者則不墮落聲聞辟支佛地能淨佛國開化衆生疾逮阿耨多羅三耶三菩成阿惟三佛計諸所行般若波羅蜜行般若波羅蜜行爲最極尊爲長爲上無底無比所以者何般若波羅蜜行爲無上行空無相無願行菩薩摩訶薩應行如是當作斯持速得近於受莂之地菩薩摩訶薩應此行者爲無數不可計衆生開度利義若不念言我行般若波羅蜜諸佛世尊當受決也亦不念言我得親近也於受決也我當清淨於佛國土得至阿耨多羅三耶三菩阿惟三佛當轉法輪所以者何彼其行者不著法界亦不虛寂不見異法當行般若波羅蜜諸佛天中天受我決及逮阿耨多羅三耶三菩阿惟三佛所以者何菩薩摩訶薩行般若波羅蜜者不起人想不起我想不起壽想不起命想不起衆生想不起見知想所以者何計於吾我衆生不起不滅又計人本不起

不滅其不起不滅者何所行般若波羅蜜菩薩摩訶薩行能如是人無所起屬行般若波羅蜜衆生爲空衆生不得衆生寂寞爲行般若波羅蜜如是舍利弗菩薩摩訶薩遵修於空爲第一行復次舍利弗菩薩摩訶薩行般若波羅蜜能如是者則皆超踰一切諸行置是所可遵行爲大慈行爲大悲行菩薩摩訶薩行於此者終不起貪嫉之心無毀戒心無瞋恚心無懈怠心無亂意心無邪智心

行空品第三下

賢者舍利弗白佛言菩薩摩訶薩行是般若波羅蜜從何所退沒而生於是佛語舍利弗是菩薩摩訶薩行般若波羅蜜者從他方佛國終而生於此若兜術天上遷移生此人間或於人中來生疾逮是般若波羅蜜行其行般若波羅蜜者於此現世而得成就其人速近深妙法門然後究竟般若波羅蜜常值見怛薩阿竭阿羅訶三耶三佛所在國土不離諸佛或有菩薩摩訶薩從兜術天化没其身一生補處則不失六波羅蜜所至到處諸總持門一切悉具疾近三昧門佛言舍利弗菩薩從人中終還生人間此菩薩者則爲阿惟越致其人覩彼諸根寂定不能速逮般若波羅蜜之行定也亦不得近諸總持門無三昧門又舍利弗問言菩薩摩訶薩行是般若波羅蜜者於此壽終當生何所佛言於此壽終從一佛國遊一佛國諸佛世尊所現在處未曾離諸天中天或有菩薩摩訶薩無漚惒拘舍羅修第一禪至于四禪行六波羅蜜由此禪故生長壽天上假使從彼壽終之後還得

人身值見諸佛世尊諸根寂定而不聰明佛告舍利弗或有菩薩摩訶薩行第一禪至于四禪行般若波羅蜜而無漚惒拘舍羅然後捨禪生於欲界是菩薩摩訶薩諸根寂定而不聰明佛告舍利弗或有菩薩摩訶薩行第一禪至于四禪不離般若波羅蜜觀於空慧而入於定至于識意慧而入於定至于無用慧而入於定至于有想無想而入於定過是四天修四意止四意斷四神足五根五力七覺意八由行行于大哀有漚惒拘舍羅所生之處不隨禪教不從慈悲喜護不順無色之禪自在所生所生之處常見現在怛薩阿竭阿羅訶三耶三佛不離般若波羅蜜是拔陀劫中當得阿耨多羅三耶三佛得成阿惟三佛佛告舍利弗或有菩薩摩訶薩行第一禪至于四禪行四等心過是四天修四意止四意斷四神足五根五力七覺意八由行行于大哀有漚惒拘舍羅而不禪定所生之處不得自在其人而生於此欲界君子貴人姓梵志長者欲教化衆生有所利益佛告舍利弗或有菩薩摩訶薩行第一禪至于四禪行四等心觀於空慧識慧無用慧有想無想過是四天修三十七品行大哀漚惒拘舍羅不隨禪教而有所生其人即生四大天王天上忉利天上鹽天上兜術天上尼摩羅天上波羅尼蜜天上生於彼間教化衆生淨於佛土見諸佛世尊不離道教佛告舍利弗或有菩薩摩訶薩行般若波羅蜜有漚惒拘舍羅修第一禪行四等心於是壽終生梵身天上梵具天上梵度著天上大梵天上在彼梵天及大

梵天從一佛國遊一佛國諸佛所現之土成阿耨多羅三耶三菩至阿惟三佛轉法輪者其菩薩摩訶薩勸助諸佛令轉法輪佛告舍利弗一生補處開士大士行智度無極以善權方便現行第一禪至四禪慈悲喜護三昧至于空慧識慧無用慧有想無想過是四天修三十七品行大哀行空三昧無相三昧無願三昧開士遨遊自在所生也其人面自現諸佛世尊在其佛所淨修梵行生兜術天上在於其上爲開導師所度如船諸根無假常安寂定爲無央數億百千垓諸天眷屬圍繞俱下於此得成無上正眞之道成最正覺佛告舍利弗開士大士得六神通其人不生欲天色天無色天從一佛國遊一佛國稽首奉事諸如來至眞等正覺佛告舍利弗開士大士得六神通而自娯樂從一佛國遊一佛國所在佛國不聞聲聞緣覺聲亦不聞名佛告舍利弗開士大士得六神通而自娯樂普遊十方從一佛國到一佛國所至佛土壽命極長不可稱限劫數之底佛告舍利弗開士大士得六神通而自娯樂從一佛界到一佛界所至佛土無有佛法及與聖衆便爲歌頌分別解說佛法聖衆功德之事衆生應時聞佛法聖衆音聲心懷欣豫壽終之後皆生有佛世尊現在國土佛告舍利弗開士大士從始發意不得第一禪至于四禪四等梵行四無色定四意止四意斷四神足五根五力七覺意八由行十種力四無所畏四分別辯十八不共諸佛之法者終不曽生欲界色界無色界所生之處在于衆生求名譽之士佛告舍

利弗開士大士行六度無極從初發意度于滅寂得不退轉住不動轉地當至無上正眞之道成最正覺佛告舍利弗開士大士從初發意得無上正眞之道成最正覺便轉法輪爲無央數不可稱計衆生之類開導利誼有所加益然後至於無餘於泥洹界而般泥曰般泥曰後其法則住一劫若復過劫復次舍利弗開士大士從初發意行智慧度無極與無央數億百千垓諸開士俱從一佛國遊一佛國所生佛土嚴淨境界佛告舍利弗開士大士行智慧度無極逮得四禪及四等心四無色定而自娛樂得第一禪從一禪起入寂然定而以正受從滅定禪起至于四禪而以思惟從四禪起滅寂禪定從滅寂禪起至無量空禪從無量空禪起以滅定禪從滅定禪起至有想無想而入禪定從有想無想禪定起以滅寂禪定是爲舍利弗開士大士行智慧度無極以善權方便而現所行三昧正受佛告舍利弗開士大士得四意止四意斷四神足根力覺意至于八由十種力四無所畏四分別辯十八不共諸佛之法不得流布果往來果不還果無著果緣覺果行智慧度無極以善權方便與八聖路開化衆生令得流布果往來果不還果無著果緣覺果佛告舍利弗其聲聞緣覺果慧則比開士逮得法忍則知開士爲不退轉行是智慧度無極佛告舍利弗開士大士行六度無極住六度無極在兜術天而具足衆空便畢其開士大士則當知足在賢劫開士數中當成佛佛告舍利弗開士大士逮得四禪及四等心四無色定

四意止四意斷四神足根力覺意至于八由十種力四無所畏四分别辯十八不共諸佛之法其有衆人行佛道者終不建立於四聖諦其開士大士則爲應在一生補處佛告舍利弗開士大士行六度無極從一佛界度一佛界普遊諸國所至之處教化衆生使立佛道其開士大士無央數不可稱計劫逮得無上正眞之道成最正覺佛告舍利弗開士大士住六度無極常爲衆生遵修精進未曾發意口説無益之事佛告舍利弗開士大士行六度無極常精進欲救衆生從一佛國遊一佛國開化羣萌使度勤苦斷於三惡考治之趣佛告舍利弗開士大士住六度無極行布施度無極眷屬圍繞導御衆生令趣永安飢者與食渴者與漿無衣與衣無香與香雜香

搗香牀卧之具奴婢車乘金銀七寶所求索生活之業終不逆人隨其所僥佛告舍利弗開士大士行智慧度無極自化其身如如來入于地獄爲地獄中人而説經法及畜生餓鬼分别演誼佛告舍利弗開士大士行六度無極自化身心猶如佛像度於東方江河沙等佛土爲諸衆生爲説經法稽首如來淨其佛土其聞經者悉發道意如是之比普至十方諸佛世界觀諸佛國擇取上土自淨國土令其微妙五事有勝於其佛國開士大士具足成就一生補處佛告舍利弗開士大士行六度無極應時具足三十二大人之相諸根上妙而悉通達則以此精進諸根無數人所見愛敬令不可計衆生之類發悦豫心稍稍使入三塗者令得滅度佛言舍利弗開士大

士行智慧度無極當清淨其身口意佛告舍利弗開士大士行六度無極諸根上妙形類端正不自咨嗟不說他人瑕常省已過不訟他闕佛告舍利弗開士大士從初發意行布施度無極戒度無極已得住立此二度無極攝取無數轉輪聖王極尊之位不可計限轉輪聖王彼所在處見無央數百千諸佛便稽首禮承事供養諸佛世尊佛告舍利弗開士大士住六度無極為諸衆生演法光明自照已以此法曜未曾亡失至于無上正真之道成最正覺如是舍利弗開士大士多所照明於諸佛法是故舍利弗開士大士行智慧度無極常當精修護身口意令身口意無所犯負也賢者舍利弗言唯然世尊何所開士大士精修衆行護身口意無所負犯佛告舍利弗開士大士心自念言是為彼身所作身所興造有所成立是則為言是六為心其心所為有所成立是為開士大士護身口意開士大士行智慧無極亦無得身亦不得言亦不得心設使開士大士行智慧度無極得身口意所固身口意則有貪嫉之心則亦復起犯戒之心瞋恚之心懈怠之心亂意之心邪智之心佛言舍利弗如是行者不當名之為開士是開士大士行六度無極淨身瑕穢淨口瑕穢淨心瑕穢令無缺減是言開士賢者舍利弗白佛言云何開士大士淨身口意之瑕穢世尊答曰假使開士大士不自得身亦復不得口言心念佛言如是舍利弗開士大士淨身口意設使身口意瑕惡則為利養假令開士大士從初發意奉行十善報應之句不

發聲聞緣覺意如是開士大士淨除身口意瑕穢佛告舍利弗開士大士行智慧度無極欲求佛道行布施度無極戒忍度無極精進度無極一心度無極舍利弗白佛言云何開士大士欲求佛道佛告舍利弗開士大士假使不得身行口言心念不得布施度無極戒度無極忍度無極精進度無極一心度無極智慧度無極不得聲聞緣覺不得開士不得佛道是故開士求於佛道於一切法無所得故佛告舍利弗開士大士行六度無極已有所至到亦無所到無能得便舍利弗白佛言云何開士大士行六度無極有所到亦無所到無能得便佛告舍利弗開士大士行六度無極時不念色不念痛痒思想生死識不念眼耳鼻舌身意不念色聲香味細滑法不念眼不念色不念眼色識不念耳不念聲不念耳聲識不念鼻不念香不念鼻香識不念舌不念味不念舌味識不念身不念細滑不念身細滑識不念意不念法不念意法識不念四意止四意斷四神足五根五力七覺意八由行不念布施度無極戒忍精進一心智慧度無極不念如來十力四無所畏四分別辯十八不共諸佛之法不念流布往來不還無著緣覺無上正眞之道成最正覺佛言舍利弗開士大士如是行者則能具足長益六度無極所至到處亦無所到無能得使佛告舍利弗或有開士大士住智慧度無極具足諸通慧則以其慧所行之誼終不墮落至於無餘不爲衆人所見憎惡亦不貪匱亦不身故而受於色所以身故而自破壞諸天世人阿

須倫舍利弗白佛言何所開士大士慧佛告舍利弗開士大士所用承慧見東方江河沙等如來至眞等正覺聞所說法覩於聖衆見諸佛國清淨清淨之法所以開士大士從所順慧無有佛想無開士想無聲聞想無緣覺想不爲已慧有佛土想所以者何開士大士行布施度無極不得布施度無極行戒忍精進一心智慧度無極不得戒忍精進一心智慧度無極所以慧致四意止四意斷四神足五根五力七覺意八由行十種力四無所畏四分別辯十八不共諸佛之法是爲開士大士慧以用斯慧具足一切諸法之本於一切法亦無所念佛告舍利弗開士大士智慧度無極淨於五眼何等五眼肉眼天眼慧眼法眼佛眼舍利弗白佛言唯然世尊云何開士淨肉眼佛告舍利弗開士大士或以肉眼見四千里或有開士大士自以肉眼見八千里有開士大士或以肉眼見閻浮提有開士大士或以肉眼見二閻浮提有開士大士以肉眼見四天下有開士大士以肉眼見千世界有開士大士以肉眼見二千世界有開士大士以肉眼見三千大千世界佛語舍利弗是爲開士大士得肉眼淨舍利弗又問何謂開士大士得天眼淨佛告舍利弗其四大天王天上諸天眼開士大士皆知之忉利天鹽天兜術天尼摩羅天波羅尼蜜天上至阿迦膩吒天諸天之眼開士大士皆知之其開士天眼及四大天王上至阿迦膩吒天開士皆知之其開士大士天眼以此天眼覩見東方恒河沙等佛世界衆生終始皆悉知乃至十方

諸佛世界悉能覩見衆生生死佛言舍利弗是開士大士天眼淨舍利弗又問唯然世尊云何開士大士慧眼淨佛告舍利弗其開士大士智慧眼者不作是念法有所有有爲無爲有形無形世間法度世法有漏無漏其開士慧眼者觀於諸法無不見聞無量無數是爲開士大士慧眼淨舍利弗又問唯然世尊云何開士大士法眼淨佛告舍利弗於是開士大士則以法眼作是分別其行信其行法其行空其行無相其行無願以是脫門也得五眼得無見三昧已得無見三昧則與發度智之慧已得度智之慧則斷三結何等爲三一者貪身二者狐疑三者毀戒是爲三結能除貪身無有狐疑不毀禁戒則無有結無有結者則流布人也彼得行由路除婬欲瞋恚怒癡薄是謂往還人也以此所由路加以慇懃婬欲瞋婬怒癡斷是謂不還人也彼於田路益加勤行少於色欲無色欲無明憍慢斷除是謂無著人也是謂行空人也空於脫門而獲五根致無見三昧以無見三昧與發度慧至得緣覺又此人者已無相脫門得於五根取要言之至得無著是爲開士法眼之淨假使開士能分別解其有合會法皆歸盡空見諸法盡得於五根是爲開士法眼淨復次舍利弗開士大士分別如是此初發意開士行布施度無極戒度無極忍度無極精進度無極一心度無極智慧度無極及信根精進根而根所行具足善權方便已身常立於善德根本其開士生於君子貴姓梵志長者四天王天忉利天鹽天兠術天尼摩天波羅尼

率天上生於彼天所住之表開化衆生皆令羣萌入於安行淨於佛土值見如來至眞等正覺供養奉事不墮聲聞緣覺地其開士大士退轉其不退轉至于無上正眞之道成最正覺是開士大士法眼淨復次舍利弗開士大士分別如是開士已受決者得無上之道成最正覺其開士未受決於無上正眞之道其開士無所造立其開士是不退轉其開士非不退轉其開士神通具足其開士神通不具足其開士神通具足往詣東方江河沙等諸佛國土稽首禮於如來至眞等正覺供養奉事其開士未得神通其開士當得神通其開士佛土所有則當清淨其開士國土所有不能清淨其開士當教化衆生其開士不教化其開士爲諸佛世尊所歎其開士諸佛世尊當近立在前其開士諸佛世尊不現立前其開士壽命當有限其開士壽命無有量其開士比丘衆當有限其開士比丘衆當無限其開士得無上正眞之道成最正覺以衆開士爲僧其開士得爲佛時無開士衆其開士當以勤苦行成其開士當以安隱行成其開士當究竟終始窮盡其開士不究竟終始窮盡其開士當坐道場樹下其開士不坐道場樹下其開士當有魔試其開士無魔試其開士如是舍利弗是爲開士大士法眼淨舍利弗白佛言云何開士大士佛眼淨佛告舍利弗開士大士所用因與無上道意金剛之喻三昧正受具足一切諸通慧如來十力四無所畏四分別辯十八不共諸佛之法大慈大悲至于開士大士眼普達一切佛法於一切

佛法無所不見無所不聞無有限量無所不通是舍利弗開士大士逮得無上正真之道成最正覺時乃能具足得佛眼淨佛告舍利弗如是開士大士欲得五眼當奉行六度無極所以者何是故六度無極皆入一切諸善德法皆悉解了聲聞法緣覺法開士法是故舍利弗得平等心至斯行者則便救攝一切諸法當覺智慧度無極智慧度無極是五眼之親毋也開士大士學是五眼以逮得無上正真之道成最正覺佛告舍利弗或有開士大士修於神通至度無極無央數神通因緣之事住於斯地以一身之化若干形還復爲一身於是墻壁隔礙山陵嵩高越之無礙知虚空中水品流行處爲雲氣譬如飛鳥遊行空中出入于地出無間入無孔譬如入水履行水上其猶如地身出炎光猶如大火此諸日月光明威神巍巍難及則以手掌捫其日月而捉光明猶得自在身到梵天不以神足而自貢高意不慢恣亦無所念其神足亦無所得亦無憍逸起亦無所想亦無念者與自然空自然空者則爲寂寞其自然者亦無所起又如斯者不發神足及神足行唯以專思諸通慧事是開士智度無極神足證慧神足所由佛告舍利弗其開士大士淨於天耳越天人耳得聞一一音諸天人聲亦不想念天耳之種不作是念我聞其聲亦無所得自然之空自然寂寞其自然者則無所起亦無所得亦無所念亦不自念我得天耳唯以志於諸通事開士大士是爲行智慧度無極天耳證慧神通之行佛告舍利弗其開士大士則

知他人衆生心念虚實所趣有欲心無欲心有欲想無欲想瞋恚心瞋恚想離瞋恚心離瞋恚想愚癡心愚癡想離愚癡心離愚癡想有恩愛心離恩愛心有所受無所受若舉若下卒暴心安詳心若大心若小心若定心若不定心若脫心若不脫心其彼心汙染甫當汙染其心染想甫當染想如審曉了分別虚實有無上心念於無上亦無所念亦無所想所以者何是諸心無心所由起諸心無想念則優憶念往古遊居慧所證明所以神通遊於居慧所證明所以神通以此御之一心念識百日事百月事百歲事一劫百劫無央數劫無數百劫無數千劫無央數億百千垓悉識念本之所在處其字爲其種姓爲其所生如斯食飲亦然久住如此壽命長短苦樂善惡從彼終没生於其處此衆此生彼所說如是能識念無央數過去遊居亦不想念所獲神通佛語舍利弗開士大士智慧度無極能如是者則爲識念往古遊居神通明證之慧是爲神通慧行佛告舍利弗其開士大士則以天眼覩於衆生生死終始善根惡根禍福善惡趣安趣苦微妙瑕穢由其所作悉了知之其可愍之了身行惡口言惡心念惡具足惡行誹謗賢聖奉於邪見以此緣故碎身壽命趣于勤苦墮于地獄此仁賢等衆生之類其身行善口言善心念善衆行具足不謗賢聖奉遵正見緣此行故碎身壽終趣于安隱昇生天上覩見八方上下可愍之了身行惡口言惡心念惡具足惡行誹謗賢聖奉於邪見以此緣故碎身壽命趣於勤苦墮地獄此

仁賢等衆生之類其身行善口言善心念善衆行具足不謗聖賢奉遵正見緣此行故碎身壽終趣于安隱昇生天上覩見八方上下神通已達皆然覩見十方無有蔽礙佛告舍利弗其開士大士逮得知人心念一日百日一歲百歲一劫百劫千劫萬劫億劫無央數劫無央數億億百千劫至于無限十方世界諸佛國土所念無量不可稱限心無蔽礙是爲開士大士知他人心所念往古遊居神通明證之慧神通慧行佛告舍利弗開士大士自知身所從來一生百生千生萬億生無央數億生一劫百劫千劫萬劫億劫無數億劫善惡禍福善惡所趣父母兄弟宗室妻子勢貴富樂貧賤困苦愚智窮達名字種姓是爲開士大士自知身所從來往古遊居神通明證之慧神通慧行五道自然覩見十方無有蔽礙佛告舍利弗開士大士有漏盡慧證神通爲達不墮聲聞緣覺地亦不想念他異之法亦不想念我逮得無上正眞之道成最正覺亦不以漏盡之慧神通之慧爲慢逸念設如來十力四無所畏四分別辯十八不共諸佛之法解十二因緣無根本三十七品無端緒教化一切如是舍利弗開士大士智慧度無極爲具足神通已能具足則有長益逮得無上正眞之道爲最正覺佛告舍利弗或有開士大士行智慧度無極住布施度無極見能嚴淨諸通道究竟眞空從其興受而行恩德佛告舍利弗或有開士大士行智慧度無極住戒度無極具足嚴淨諸通道究竟空無信不信無起不起興立於誼永無所生佛告

舍利弗或有開士行智慧度無極住忍度無極具足嚴淨諸通道究竟眞空興于忍辱無有瞋恨解知無本一切悉空佛告舍利弗或有開士大士行智慧度無極住精進度無極具足嚴淨諸通道究竟眞空身意精進專于一誼所行精進無有諸漏與立此進佛告舍利弗或有開士大士行禪度無極住一心度無極具足嚴淨諸通道究竟眞空其心不亂不舉不下不起不滅與立斯禪佛告舍利弗或有開士大士行智慧度無極住智慧度無極具足嚴淨諸通道究竟眞空除邪見心勸發無智與無所與佛告舍利弗如是開士大士行智慧度無極住六度無極具足嚴淨諸通道究竟眞空來不來者若無去來與無所受不施不慳不戒不犯不忍不怒不進不怠不禪不亂不智不愚其所施者亦無所念亦無想念布施慳貪持戒犯禁忍辱瞋恚精進懈怠一心亂意智慧愚癡不念罵詈不念歌歎有爲亦不想念無起者無所瞋者無所罵者亦不想念有所言談亦不念有亦不念無佛言舍利弗是開士大士行智慧度無極名德之稱聲聞緣覺所不能及備斯德已教化衆生嚴淨佛土行廣大慈得諸通道慧佛告舍利弗開士大士智慧度無極常發等心向於衆生已能等心向於衆生則便獲致等於諸法已能獲致等諸法者則能得立等諸衆生一切諸法應時現在則爲佛世尊所見愛敬及諸開士一切聲聞緣覺所見欽奉然復在在所生處目未曾見不可之事耳不聞惡聲鼻不聞臭口無惡味身無麤堅心無邪法

開士大士行智慧度無極能如是者終不亡失無上正眞之道佛說是智慧度無極品時三百比丘悉修行者皆以瓔珞奉散佛上發無上正眞之道心佛爾時笑賢者阿難即從座起更整衣服右膝著地叉手白佛何因緣笑既笑當有意佛告阿難此三百比丘六十一劫當得作佛號曰大英如來至眞等正覺明行成爲善逝無上士道法御天人師號佛衆祐於是終没當生阿閦如來至眞等正覺國土六萬欲行天當在彌勒佛世時出家爲沙門承佛聖旨於彼世時尋見千佛所行在於衆生八方上下亦復如是各見千佛及諸國土又復覩見此忍世界嚴淨無瑕如彼諸佛如來至眞等正覺世界於彼萬人各自發願吾等各典行意欲現在現在佛國時佛即知善男子心之所念即時復笑阿難長跪重問佛言何因緣笑笑必有意佛告阿難見是萬人建立願不對曰唯然世尊告曰此萬人於此壽終所生佛國未曾遠離諸佛如來然後得佛號嚴淨如來至眞等正覺也

光讚般若波羅蜜經卷第二

音釋

蠕 而兖切蟲動貌 𠢕 平刀切俊健也 羼 初限切 阿迦膩吒 梵語也此云質礙究竟膩女利切吒陟駕切 𠜱 筆別切 漚惒拘舍羅 梵語也此云方便惒音和 匱 乏也求位切 捫 莫奔切

光讚般若波羅蜜經卷第三

西晋三藏法師　竺法護　譯

歎等品第四

於是賢者舍利弗摩訶目揵連大迦葉此等及餘無數聖通明達比丘及諸菩薩摩訶薩清信士清信女悉白佛言唯然世尊如是行者爲是菩薩摩訶薩大度無極微妙波羅蜜無能勝者最超波羅蜜無能越者甚尊波羅蜜則而有持勢名波羅蜜無能及者無上波羅蜜無能過者無量波羅蜜無能過者是諸菩薩摩訶薩無倫波羅蜜所度無極無雙波羅蜜空度無限唯然世尊是諸菩薩摩訶薩已相爲空而度無極無相波羅蜜所度無念無願波羅蜜所度無著一切諸法空悉自然無所有故空波羅蜜自然空故一切德具足波羅蜜所度無極唯然世尊諸菩薩摩訶薩一切德備般若波羅蜜無能當者無所行波羅蜜謂菩薩摩訶薩波羅蜜也於是菩薩摩訶薩能等無等其所施與假能具足等無等波羅蜜則能到已還等已能獲致等無等至于阿耨多羅三耶三菩檀波羅蜜能還致等無等尸羼惟逮禪般若波羅蜜譬如菩薩行檀波羅蜜應所當爲天中天不但有般若波羅蜜便能獲致等於無等則於眞法色痛痒思想生死識若轉法輪等無所等過去佛天中天當來現在諸佛悉行是般若波羅蜜轉等於無等之法輪者是故世尊菩薩摩訶薩欲度一切諸法之表當行般若波羅蜜菩薩摩訶薩當爲作禮諸天人民阿須倫悉爲行般若波羅蜜者稽首作禮佛即告是於無央

數諸聲聞菩薩摩訶薩如是如是善男子當爲菩薩摩訶薩作禮諸天人民阿須倫若有行般若波羅蜜者皆來歸命佛語舍利弗若菩薩摩訶薩來現於世化現人間若在天上現君子族姓梵志長者若現在轉輪聖王四王天上忉利天鹽天兜率天尼摩羅天波羅尼蜜天上至阿迦膩吒天須陀洹斯陀含阿那含阿羅漢現出世間辟支佛怛薩阿竭阿羅訶三耶三佛現在世間佛言以是故舍利弗菩薩摩訶薩而來現耳若能致獲飲食衣服牀卧具屋宅燈火明月珠寶水精瑠璃璧玉金銀珊瑚琥珀硨磲碼碯以給衆生佛語舍利弗不以是故出現世間以持斯語救護世間使得安隱諸天人民所會妓樂皆是菩薩摩訶薩懷來致現所以者何菩薩摩訶薩設有所行修六波羅蜜者住六波羅蜜欲勸衆生布施之故便自施與持戒忍辱精進一心智慧亦復如是以勸聾盲修般若波羅蜜是故舍利弗菩薩摩訶薩安一切衆生之類

授決品第五

於是世尊即出舌本復三千大千世界從其舌本出無央數光明之耀照於東方諸佛世界應時東方江河沙等諸佛國土而無央數不可計會諸菩薩摩訶薩覩光明各各在其佛土自往諮啓諸佛世尊而問斯義唯天中天是何威神而令此土光明普照於時其國諸如來衆各各告菩薩摩訶薩善男子欲知此變西方去此江河沙等諸佛世界有佛土名曰忍界其佛號釋迦文怛薩阿竭阿羅訶三耶三佛出舌本光明照于東方江河沙等

世尊世界普令照耀周及十方所以然者爲諸菩薩摩訶薩講般若波羅蜜於時彼土菩薩摩訶薩各自啓佛唯然大聖我等欲往稽首歸命釋迦文如來及諸菩薩摩訶薩并欲聽省般若波羅蜜其佛告曰往善男子從仁擇時如爾所欲時諸菩薩啓佛見聽各各自取衆蓋幢旛香華敷飾雜香擣香金華銀華往詣釋迦文怛薩阿竭阿羅訶三耶三佛稽首佛足各以所賫衆蓋幢旛香華敷飾雜香擣香金華銀華用散佛上及諸菩薩諸聲聞上八方上下亦無央數不可計會諸菩薩摩訶薩各各自於其國啓白世尊此之威曜何所從來諸佛告曰有佛號名釋迦文尼怛薩阿竭阿羅訶三耶三佛出舌本光明之德各照十方江河沙等諸佛國土是其威曜時諸菩薩各啓其佛欲往稽首釋迦文見諸菩薩諸佛告曰往族姓子從仁擇時如志所欲諸菩薩衆各賫供養往詣釋迦文怛薩阿竭阿羅訶三耶三佛稽首作禮進上所賫却坐一面聽佛所說於時四大天王上諸天人忉利天鹽天兜率天尼摩羅天波羅尼蜜天上至阿迦膩吒天各賫天華天香天擣香天雜香青蓮華紅蓮華黃蓮華白蓮華皆以天上微妙香華各各執持往詣佛所於時諸天上及諸菩薩各各賫持香華雜香擣香各各供養奉散如來至眞等正覺上於時所散華香上在虛空化爲宮殿在於四方而於虛空中向于四面微妙分明皆以衆寶人所悅樂於衆會億百千垓皆共叉手自歸命佛而問世尊唯天中天我等之身當來之世願得法利亦

復如是如怛薩阿竭阿羅訶三耶三佛諸聲聞衆亦當如是爲諸會者講説經法如今所演爾時世尊知善男子心之所念覩一切法永無所起亦無所行一切諸法無所逮得見心所忍佛應時笑賢者阿難前白佛言佛何因笑笑當有意佛告阿難今此衆會億百千姟人皆悉逮得不起法忍過於當來六十八億劫當得作佛號曰覺華怛薩阿竭阿羅訶三耶三佛明行成爲善逝世間解無上士道法御天人師號佛世尊劫名華事世界曰華嚴

分別空品第六

爾時佛告賢者須菩提豈能堪任爲諸菩薩摩訶薩緣發般若波羅蜜菩薩摩訶薩因此得生於是諸菩薩摩訶薩衆聲聞及天人各心念言今須菩提自以辯才爲諸菩薩摩訶薩説般若波羅蜜乎承佛聖旨説耶又須菩提知諸菩薩摩訶薩衆大聲聞諸天人心之所念謂賢者舍利弗敢佛弟子有所説者分別光耀一切皆承如來威德怛薩阿竭所可説法彼一切法於本無諍諸善男子當學斯法則證其法學者皆順如來慧證境界諸菩薩摩訶薩説般若波羅蜜非聲聞辟支佛之境界所以者何説法得時莫不喜悦舍利弗謂須菩提斯謂菩薩時須菩提白世尊曰所謂菩薩者天中天何謂菩薩於此法中何因有菩薩之言我亦不見菩薩之法何謂菩薩唯天中天我永不見般若波羅蜜及於菩薩當云何説菩薩摩訶薩般若波羅蜜當以何義爲諸菩薩講般若波羅蜜而開導乎佛告

賢者須菩提所謂般若波羅蜜及菩薩者但假號耳其名無名其名不在於内不在於外不處兩間譬如須菩提所見人者但假託號彼亦無名其法不起不滅因緣和合隨俗所名但音聲言及我人壽命蚑行喘息蜎飛蠕動衆生之類所作所造所與勸助所見所觀所知所觀一切皆爲假號之法一切不起不滅諸天人民所可言誨亦復如是如此須菩提計般若波羅蜜及菩薩名悉爲假號皆不起不滅至于天中天所可言名等無有異譬如須菩提於内所有所與我色斯亦假名法爲假託作斯字也其假號法不起不滅欲得了此因緣之合有言聲耳痛痒思想生死識法爲假號其法所名不起不滅若以因緣假託之現而有言聲如是須菩提所謂般若波羅蜜有言菩薩及菩薩名但所託者其法不起不滅所謂菩薩般若波羅蜜及菩薩名悉無他倚因緣倚號而有斯言眼則恍惚虚寂至于假號法爲託字亦皆不起不滅因緣假號而有言聲所謂眼空其眼無内無外不處兩間耳鼻舌身意亦復如是法爲假託其法不起不滅因緣合名而有言聲其號心者心不在内亦不在外不處兩間所謂色者須菩提法所假號不起不滅亦無内外不處兩間其眼界者亦爲假號因法託名其曰眼界色界眼識界耳界聲界耳識界鼻界香界鼻識界舌界味界舌識界身界細滑界身識界意界念界意識界法界爲假號而有言聲其法無内無外不處兩間如是須菩提所謂菩薩及般若波羅蜜因法假號其號不起不滅倚託

爲名而有言聲般若波羅蜜菩薩字其名無内無外不處兩間譬如須菩提所謂其内是我身因字頭首其名但言聲又復名頸項五陰兩臂背齋脅肋兩髖兩脚但假號耳託首聲言因緣法爲號計其法者不起不滅計此所有悉爲假託而立言聲計其名者不起不滅無内無外不處兩間如須菩提般若波羅蜜菩薩名者皆爲假號其法不起不滅盡爲假託而有言聲其名亦不起不滅無内無外不處兩間譬如須菩提於此外有草木枝葉華實計此一切悉爲假號而有言聲其名無名其名不起不滅假託爲名而有言聲計其名者無内無外不處兩間如是須菩提般若波羅蜜及菩薩字一切皆因法假號其法不起不滅其名無内無外不處兩間譬如須菩提過去諸佛世尊皆共假傳其號當來現在亦復如是譬如須菩提呼聲之響又如鏡像幻化野馬如來解說一切諸法皆猶如化但假有號其號不起不滅倚託爲名而有言聲其名無内無外不處兩間如是須菩提所謂菩薩般若波羅蜜但假號耳其號不起不滅無内無外不處兩間如是須菩提所謂菩薩摩訶薩般若波羅蜜因緣合會而假虛號所號善權所號法皆假託耳當作是學行般若波羅蜜不住名色亦無所見不住痛痒思想生死識不住於名不覩名色不常不見名色安樂不見名色苦惱不見名色而有内者不見名色而有外者不見名色而有空者不見名色無相之變不見名色無願之事不見名色而寂寞者不見名色而慌惚者不見名色

而有欲塵不見名色而諍訟者不見名色而有起者不見名色而有滅者痛痒思想生死識亦復如是眼界色界眼識界耳界聲界耳識界鼻界香界鼻識界舌界味界舌識界身界細滑界身識界意界法界意識界一切皆爾因緣合成而爲假號有是五陰所以者何菩薩摩訶薩行般若波羅蜜及菩薩行并於名號不有不無不處有爲界不處無爲界亦無所見所以者何須菩提菩薩摩訶薩行般若波羅蜜於一切法無所想念無應不應亦不想念行般若波羅蜜處無想法行諸意止修般若波羅蜜亦不見般若波羅蜜不見般若波羅蜜名亦不見菩薩號亦不見十種力四無所畏四分別辯十八不共諸佛之法行般若波羅蜜時不見般若波羅蜜亦不見般若波羅蜜名亦不見菩薩亦不見菩薩名誰見菩薩行般若波羅蜜菩薩摩訶薩曉了分別諸法之本諸法相者計諸法本諸法相者亦無所著亦無諍訟如是須菩提菩薩摩訶薩行般若波羅蜜不因倚名爲法造號其於佛道亦緣號不爲假託悉曉了之不倚於色不倚痛痒思想生死識不倚於眼耳鼻舌身意亦不倚眼色識不倚耳聲識不倚鼻香識不倚舌味識不倚身細滑識不倚意法識不倚眼習五陰之事而無所倚不起痛痒無苦無樂無不苦不樂乃至意識所習因緣則有痛痒及與苦樂不苦不樂行者於彼都無所倚亦不倚著於有爲界亦不倚著於無爲界亦不倚著檀波羅蜜亦不倚著尸波羅蜜亦不倚著羼波羅蜜亦不倚著惟逮波羅蜜亦

不倚著禪波羅蜜亦不倚著般若波羅蜜亦不倚著相亦不倚著菩薩之身亦不倚著於肉眼亦不倚著天眼慧眼法眼佛眼亦不倚著慧度無極亦不倚著神通之意所度無極亦不倚著内外亦不倚著處于兩間亦不倚著於内之空亦不倚著於外之空亦不倚著無形之緣亦不倚著自然之空亦不倚著開化衆生亦不倚著佛土嚴淨亦不倚著漚惒拘舍羅所以者何用一切法悉無所有故當所著者亦無所著亦無所有當可持者如是須菩提菩薩摩訶薩於一切法而無所著爲行般若波羅蜜檀波羅蜜尸波羅蜜羼波羅蜜惟逮波羅蜜禪波羅蜜般若波羅蜜便生長益入于寂然得菩薩道入阿惟越致神通具足神通以具則遊佛國教化衆生已化衆生則便供養諸佛世尊則能嚴淨諸佛國土已能嚴淨諸佛國土諸佛世尊皆覩見於時菩薩亦復遥見諸佛大聖亦欲逮得功德善本便當供養諸佛世尊稽首歸命則逮自然無量之德親近諸佛便得從聞所説經典已逮聞法未曾斷絶逮得阿耨多羅三耶三菩阿惟三佛獲總持門諸三昧門如是須菩提菩薩摩訶薩行般若波羅蜜行分别曉了一切諸法因緣假號於須菩提意云何色爲菩薩乎痛痒思想生死識爲菩薩乎須菩提答曰不也天中天云何須菩提眼爲菩薩乎耳鼻舌身意爲菩薩乎答曰不也天中天色聲香味細滑法爲菩薩乎答曰不也天中天又問於須菩提意云何眼色識爲菩薩乎耳聲識鼻香識舌味識身細滑識意法識爲菩薩

乎答曰不也天中天於須菩提意云何地種爲菩薩乎答曰不也天中天水種火種風種空種識種爲菩薩乎答曰不也天中天於須菩提意云何無明爲菩薩乎答曰不也天中天識名色六入所習愛痛受有生老病死爲菩薩乎答曰不也天中天於須菩提意云何寧有異色爲菩薩乎答曰不也天中天寧有異痛痒思想生死識爲菩薩乎答曰不也天中天寧有異眼耳鼻舌身意爲菩薩乎答曰不也天中天寧有異色聲香味細滑法爲菩薩乎答曰不也天中天寧有異眼色識耳聲識鼻香識舌味識身細滑識意法識爲菩薩乎答曰不也天中天寧有異十二因緣從無明至病老死爲菩薩乎答曰不也天中天於須菩提意云何色無本爲菩薩乎答曰不也天中天五陰六衰十八種四大十二因緣無本爲菩薩乎答曰不也天中天於須菩提意云何寧有異無本爲菩薩乎答曰不也天中天佛告須菩提於須菩提意解何等誼以何等觀察而答佛言色非菩薩痛痒思想生死識非菩薩六衰十八種四大十二因緣從無明至老病死非菩薩其無本者謂非菩薩若異無本亦非菩薩須菩提白佛言唯天中天吾我人壽亦不可得云何當名爲菩薩者云何名五陰六衰十八種四大十二因緣終始之患爲菩薩耶云何名異色異痛痒思想生死識爲菩薩耶云何名異六衰十八種四大十二因緣爲菩薩耶云何名無本之事爲菩薩耶云何名異無本爲菩薩耶斯無處所佛言善哉善哉須菩提菩薩摩訶薩學般若波

羅蜜當觀衆生人物無所有不可得般若波
羅蜜亦無所有不可得菩薩當作是學於須
菩提意云何口言色者爲菩薩乎答曰不也
天中天口言痛痒思想生死識爲菩薩乎答
曰不也天中天計色常計痛痒思想生死識
常爲菩薩乎答曰不也天中天於須菩提意
云何計色無常計痛痒思想生死識無常爲
菩薩乎答曰不也天中天於須菩提意云何
口言色樂痛痒思想生死識樂爲菩薩乎答
曰不也天中天於須菩提意云何口言色苦
痛痒思想生死識苦爲菩薩乎答曰不也天
中天於須菩提意云何口言色是我所痛痒
思想生死識是我所爲菩薩乎答曰不也天
中天於須菩提意云何口言色非我所痛痒
思想生死識非我所爲菩薩耶答曰不也天
中天於須菩提意云何口言色空痛痒思想
生死識空爲菩薩乎答曰不也天中天於須
菩提意云何口言色無相痛痒思想生死識
無相爲菩薩乎答曰不也天中天於須菩提
意云何口言色無願痛痒思想生死識無願
爲菩薩乎答曰不也天中天於須菩提意云
何口言色不空無相無願不空痛痒思想生
死識不空不無相不無願爲菩薩乎答曰不
也天中天於須菩提意云何五陰六衰十八
種四大十二因緣無所有爲菩薩乎答曰不
也天中天佛告須菩提仁見何誼而反云口
所說言五陰六衰十八種四大十二因緣終
始之患苦樂善惡空無相無願有與無悉非
菩薩須菩提白佛言唯天中天究竟求色了
不可得何況甫復口言色者爲菩薩乎痛痒

思想生死識亦爾究竟求常而不可得何況無常而可得常爲菩薩乎究竟苦樂而不可得何況口言苦樂爲菩薩乎究竟索是我所不可得何況口言我非我爲菩薩乎色痛痒思想生死識亦復然究竟所有色不可得何況口言色空爲菩薩乎痛痒思想生死識亦復然究竟求相不可得何況口言色無相爲菩薩乎痛痒思想生死識亦復如是究竟求願不可得何況口言色無願爲菩薩乎痛痒思想生死識亦復如是佛言善哉善哉須菩提菩薩摩訶薩欲學般若波羅蜜當作是學口所言色不可得者痛痒思想生死識者空無相無願不得者則爲學般若波羅蜜向者須菩提所言我於法中永不覩見爲菩薩者須菩提欲知法不可見法法不可見法界法界不見法色界痛痒思想生死識亦然色界不見法界法界不見色界眼界不見法界法界不見眼界耳鼻口身意亦復如是意界不見法界法界不見意界十八種界不見法界法界不見十八種界有爲界不見無爲界無爲界不見有爲界有爲界者亦不可兩無爲界者亦不可名無爲者不可兩有爲者亦不可名如是須菩提行般若波羅蜜能如是者於一切法永無所見已無所見不恐不畏不難不懼心不怯弱亦無所恨所以者何須菩提已不見色痛痒思想生死識不見眼耳鼻口身意不見色聲香味細滑法不見色欲至于法欲亦無所見不見貪怒癡不見無明至于行識名色六入所更痛愛受有生老病死亦無所見不見吾我不見人壽命不見欲界

不見色界不見無色界不見聲聞辟支佛不見菩薩法亦不見佛亦不見法不見菩薩衆已不見一切法不恐不畏不難不懼心不怯弱須菩提白佛言唯然世尊何因菩薩摩訶薩心不怯弱而無所著佛告須菩提菩薩摩訶薩不得心所念法亦無所見是故菩薩摩訶薩心不怯弱亦無所著須菩提白佛言云何菩薩摩訶薩而不恐怖佛告須菩提菩薩不得心畏亦無所見是故菩薩摩訶薩而不恐怖須菩提白佛言云何菩薩摩訶薩於一切法而無所得行般若波羅蜜乎佛告須菩提菩薩摩訶薩一切所行般若波羅蜜彼亦不得般若波羅蜜亦復不得菩薩之心其是爲令設菩薩之爲敕命

光讚般若波羅蜜經卷第三

音釋

蚑（去縊切蟲行貌）蠕（昌兗切無足蟲動也）蜎（許玄切小飛也）脅（虛業切腋下也）肋（郎得切脇骨也）臏（婢忍切膝耑也）慌惚（慌呼晃切惚呼骨切慌惚不分明也）

光讚般若波羅蜜經卷第四

西晉三藏法師　竺法護　譯

了空品第七

於是須菩提白佛言菩薩摩訶薩欲具足檀波羅蜜當學般若波羅蜜欲具足尸波羅蜜羼波羅蜜惟逮波羅蜜禪波羅蜜當學般若波羅蜜菩薩摩訶薩欲蠲除色者當學般若波羅蜜欲除痛痒思想生死識者當學般若波羅蜜欲除眼耳鼻口身意者當學般若波羅蜜欲除色聲香味細滑法當學般若波羅蜜欲除眼色識耳聲識鼻香識口味識身細滑識意法識當學般若波羅蜜欲除眼更耳更鼻口身意更當學般若波羅蜜欲除色更痛痒思想生死識更因緣之習當學般若波羅蜜菩薩摩訶薩欲除貪淫瞋恚愚癡當學般若波羅蜜欲除貪身見已當學般若波羅蜜菩薩摩訶薩欲除狐疑犯戒當學般若波羅蜜欲除所欲諸著色欲無色欲當學般若波羅蜜菩薩摩訶薩欲除因緣會縛結之著所受之處當學般若波羅蜜欲除四果須陀洹斯陀含阿那含阿羅漢當學般若波羅蜜菩薩摩訶薩欲除四憂四著及四殅受四顛倒當學般若波羅蜜欲除五蓋六入七識八邪九惱十惡罪福之業當學般若波羅蜜菩薩摩訶薩欲除十善四禪四諦五神通欲除四意止四意斷四神足五根五力七覺意八由行當學般若波羅蜜菩薩摩訶薩欲除十種力四無所畏四分別辯四等心四無色定一切諸意止十八不共諸佛之法當學般若波羅蜜菩薩摩訶薩欲了覺意三昧正受當

學般若波羅蜜欲分別虛空慧三昧者識慧三昧不用慧三昧有想無想慧三昧正受滅定當學般若波羅蜜菩薩摩訶薩欲成師子娛樂三昧師子震吼三昧欲逮得總持門者當學般若波羅蜜欲得首楞嚴三昧寶海三昧慧印三昧正受當學般若波羅蜜菩薩摩訶薩欲得月耀三昧月幢英三昧入一切諸法三昧正受當學般若波羅蜜菩薩摩訶薩欲得覩明印三昧生諸法三昧出於勸桐幢播惡三昧正受當學般若波羅蜜菩薩摩訶薩欲得金剛喻三昧入一切諸法門三昧定意王三昧帝王印三昧正受當學般若波羅蜜菩薩摩訶薩欲得勢力清淨三昧超諸平等三昧順生諸法所歸入三昧入一切諸法言聲三昧正受當學般若波羅蜜菩薩摩訶薩欲得觀十方三昧欲得一切諸法總持門印三昧一切諸法平等御造印三昧住於空處三昧正受當學般若波羅蜜菩薩摩訶薩欲得嚴淨三昧道場三昧超越神通三昧正受當學般若波羅蜜菩薩摩訶薩欲得超挎出三昧等幢護英三昧欲致是三昧正受及餘三昧門當學般若波羅蜜也復次天中天菩薩摩訶薩欲令一切衆生之類得具足願當學般若波羅蜜復次天中天菩薩摩訶薩欲得具足功德之本因其具足所在善本不墮惡趣不見下賤下歸聲聞辟支佛地不以諍訟菩薩上法當學般若波羅蜜賢者舍利弗謂賢者須菩提云何菩薩摩訶薩不諍上法須菩提謂舍利弗菩薩摩訶薩不與漚惒拘舍羅不起無所從生漚惒拘舍羅行六波

羅蜜曉了無所從生空無相無願懷來三昧門不墮聲聞辟支佛地亦不度人菩薩滅定是謂菩薩摩訶薩生不淳淑舍利弗謂須菩提何謂菩薩生不淳淑須菩提謂舍利弗所以曰不淳淑者謂愛著法也又曰舍利弗菩薩摩訶薩行般若波羅蜜立於色空而知想識有所依倚痛痒思想生死識亦然立之於空而知想識有所依倚是謂菩薩摩訶薩柔順法忍之愛著也生不淳淑復次舍利弗菩薩摩訶薩立色於無相而知想識有所依倚立色於無願而知想識有所依倚是爲菩薩摩訶薩柔順之法忍愛著也色痛痒思想生死識亦然立無所有而知想識有所依倚眼色識耳聲識鼻香識口味識身細滑識意法識而知想識有所依倚是菩薩摩訶薩柔順法忍之愛著也色無常痛痒思想生死識無常色苦痛痒思想生死識苦色無我痛痒思想生死識無我而立於斯而知想著有所依倚舍利弗是謂菩薩摩訶薩柔順法忍愛著生不淳淑當斷是色痛痒思想生死識此色非色則爲除色痛痒思想生死識亦然是爲滅盡當爲設證是非滅盡而爲造證當修斯路此爲染塵諍戒當習行是不當習此是爲菩薩之所應行是非菩薩之所應行是爲菩薩道是爲菩薩學戒不當學其其是菩薩檀波羅蜜其是菩薩尸波羅蜜其是菩薩羼波羅蜜其是菩薩惟逮波羅蜜其是菩薩禪波羅蜜其是菩薩般若波羅蜜其是菩薩漚惒拘舍羅其是菩薩無漚惒拘舍羅其是菩薩入寂然其是菩薩生不淳淑須菩提謂舍利

弗說菩薩行般若波羅蜜住此建立如是諸法而知想識有所依倚是謂菩薩摩訶薩柔順法忍之愛著生不淳淑舍利弗謂須菩提何謂菩薩摩訶薩寂然須菩提謂舍利弗於是菩薩摩訶薩行般若波羅蜜不見內空不見外空不見內外空不見內外空空而空無內外空空不見內外空不見空大空空大空不見空空大空不見究竟眞空究竟眞空不見大空究竟眞空不見有爲空不見究竟眞空有爲空不見無爲空無爲空不見有爲空無爲空不見終始長遠空終始長遠空不見無爲空終始長遠空不見未分別空未分別空不見曠野長遠空未分別空不見本淨空本淨空不見未分別空本淨空不見自然相空自然相空不見本淨空自然相空不見一切諸法空一切諸法空不見自然相空一切諸法空不見無所有空無所有空不見一切諸法空無所有空不見自然空自然空不見無所有空自然空空不見無所有空無所有空不見自然空空如是舍利弗菩薩摩訶薩行般若波羅蜜能如是者則菩薩至於寂然

復次舍利弗菩薩摩訶薩欲行般若波羅蜜者當作是學則當如順不當念色痛痒思想生死識亦復如是於識不當念識不當念眼耳鼻口身意不念色聲香味細滑法不當念檀波羅蜜尸波羅蜜羼波羅蜜惟逮波羅蜜禪波羅蜜般若波羅蜜亦不當倚著四意止四意斷四神足五根五力七覺意八由行十種力四無所畏四分別辯四等心十八不共諸佛之法如是舍利弗菩薩摩訶薩行般若

波羅蜜不當念菩薩摩訶薩不當念等無等心入微妙心所以者何其心無心心者本淨本淨心者自然而樂清明而淨舍利弗謂須菩提云何心清明而淨須菩提謂舍利弗假使心不與欲合亦不離欲不與怒合亦不離怒不與癡合亦不離癡不處因緣無有結縛無所繫綴亦無不綴於一切疑六十二見不合不離不與聲聞辟支佛心行合亦不離合是爲舍利弗菩薩摩訶薩心本清淨清明而淨賢者舍利弗謂須菩提有此心乎其心無心須菩提謂舍利弗云何舍利弗爲有心耶豈有此心寧可知有心無心乎爲可得不爲可獲不答曰不也仁者假使舍利弗其心不可復知有與無也亦不可得亦不可獲又有此者由因緣而有此言有此心有心無心舍利弗謂須菩提云何須菩提此爲無心耶答曰無所造無所念是謂一切諸法無心無念舍利弗謂須菩提云何須菩提其發心者無所造無所念乎假使色造無所念痛痒思想生死識亦復然假使無所造無所念至于聲聞辟支佛意上至菩薩悉爲無心無念乎答曰唯然舍利弗如是心者無所造無所念是故菩薩摩訶薩亦復如是無所造無所念舍利弗讚賢者須菩提言善哉善哉須菩提審如仁者爲世尊子從法門生常以順法爲法所化因法而與不爲榮冀自然因緣登于法身仁者則爲行空第一世尊讚仁了空最上難及難及如是須菩提菩薩摩訶薩學般若波羅蜜當順如斯如是菩薩摩訶薩則當觀之爲阿惟越致欲學聲聞地者當學般若波

羅蜜當聞當受當持諷誦常當思念念欲學辟支佛地者當學般若波羅蜜當聞當受持諷誦當常思念欲學菩薩地者當學般若波羅蜜當聞當受持諷誦常當思念所以者何此般若波羅蜜者廣普具足致于三乘者謂菩薩聲聞辟支佛菩薩悉學了無所罣礙也

假號品第八

於是賢者須菩提白佛言唯然世尊如聖所云菩薩摩訶薩我亦不見亦不能得行者如我不見不得菩薩摩訶薩行般若波羅蜜者當云何說菩薩般若波羅蜜云何教行者乎我設使說一切法而可得者爲造名號菩薩之字設如是者則墮狐疑又計其名則無所有亦無所住所以者何從無明故而致此名其名如是無亦有處亦無有住亦無有處亦無有住色謂我所而不可得痛痒思想生死識謂是我所亦不可聞所以者何爲假名耳以是之故其所因緣及計號字亦無所住亦不不住所以者何從無明意致此名號其所名者亦不住亦不不住唯然世尊我觀於眼永不能得所言我所耳鼻口身心亦復如是而察於心亦不能得所言我所既觀於眼耳鼻口身心永不能得根原本末言是我所者當因何所而爲菩薩立於名號又察其眼虛無慌惚其名不住亦不不住所以者何因從無明假號而立計其名者如是所假亦不住亦不不住唯然世尊我求色形本末我所都不能得六情亦然求其名號本末所與言是我所永不可得痛痒思想生死識亦復如是求其本末言是我所永不可得如是眼色識

耳聲識鼻香識口味識身細滑識意法識察其本末所言我所都不可得設使察眼色本末言是我所不可得六情色聲香味細滑十八種亦復如是當復何因爲立名號言菩薩乎其眼耳鼻口身意色聲香味細滑法十八種計無有名亦無所住亦不不住所以者何因無眼故而有名字又察名字亦無所住亦無不住眼所習更耳鼻口身意所習更者亦復如是從眼習緣至于心行色痛痒思想生死識緣習所更而致此痛察其本末言是我所永不可得六情色聲香味細滑法色痛痒思想生死識及十八種察其本末言是我所永不可得亦無名字其假號者亦無所住亦不不住因其無明而興致此是我所者都不可得行識名色六入所更痛愛受有生老病死察其本末言是我所都不可得亦無所住亦不不住無明以滅行識名色六入所更痛愛受有生老病死滅觀其本末是我所滅都不可得婬嫉瞋怒愚癡察其本末言是我所都不可得因其名字而興立此計其名者亦無所住亦不不住色痛痒思想生死識眼耳鼻口身意色聲香味細滑法十八種滅盡除已察其本末索言我所永不可得因從名號而興致此又其名號亦無所住亦不不住檀波羅蜜尸波羅蜜羼波羅蜜惟逮波羅蜜禪波羅蜜般若波羅蜜觀其本末言是我所永不可得因從名字而興致此又察吾我省其本末言是我所因從名號其假號者都不可得亦無所住亦不不住人壽命所造所觀所見亦復如是察其本末言是我所永不可得

因從名號而興致此又其名號亦無所住亦不不住四意止四意斷四神足五根五力七覺意八由行察其本末言是我所永不可得因此名號而興致此又其假號亦無所住亦無不住空無相無願察其本末言是我所都不可得因從名號而興致此又其假號亦無所住亦不不住四禪四等心四無色三昧正受察其本末言是我所者都不可得因從名號而興致此又其假號亦無所住亦不不住念佛念法念聖衆念識念施念博聞念出入守意念老病死察其本末是我所者都不可得亦不可見因從名號而興致此又其假號亦無所住亦不不住十種力四無所畏四分別辯十八不共諸佛之法察其本末言我所者都不可得因從名號而興致此又其假號

亦無所住亦不不住不見本末無有處所亦不可得云何當爲菩薩而立名號言菩薩乎有其名號亦無所住亦不不住因從無明而致名字又其名字亦無所住亦不不住計其名號致五盛陰察其本末亦不可得因從名號而興致此又其名號亦無所住亦不不住察色痛痒思想生死識眼耳鼻口身意色聲香味細滑法十八種十二因縁如呼聲響影見野馬水月幻化察其五陰及五盛陰亦復如是省其本末言是我所都不可得因從名號而興致此又其名號亦無所住亦不不住處無慌惚色痛痒思想生死識空無相無願察其本末言是我所都不可得從其名號而興致此又其名號亦無所住亦不不住猶如呼聲響影野馬芭蕉水月幻化察其本末都

不可得不起不滅猶如水影無所染汙亦無恚恨眼耳鼻口身意色聲香味細滑法十八種十二因緣法界本際法法所趣及寂然法善惡禍福諸法之名有爲法無爲法有所爲無所爲有漏無漏察其本末法所從興都不可得亦無所住亦不不住猶如影響水月野馬芭蕉幻化過去當來今見在法察其本末亦不可得亦無所住亦不不住去來今法不可覩原何謂無所有法所可謂無所有法者無有過去當來今現在求無爲法察其本末都不可見唯然世尊我察東方江河沙等諸佛世界省其本末永不可見又察怛薩阿竭阿羅訶三耶三佛諸菩薩衆及聲聞辟支佛衆省其本末都無所見南方西方北方東方東南方西南方西北方東北方上方下方十方諸怛薩阿竭阿羅訶三耶三佛諸菩薩衆及聲聞辟支佛省其本末都無所見何所是菩薩般若波羅蜜何因當說菩薩之號又其名號亦無所住亦不不住所以者何衆生之類從無黠心假名號行行識名色六入所更痛受愛有生老病死亦復如是假而有字其字之本都無所住亦不不住所以者何唯然世尊以一切法悉無有本以是之故求其本末了不可得當何因緣而爲菩薩立名號乎又天中天其無本者無名無住亦不不住所以者何衆生無明從無明心而致此字又其名字亦無所住亦不不住因緣法合而有假號名曰菩薩彼無言說無有諸陰衆種諸入無明十八種十二因緣及諸佛法緣是假號唯然世尊假引譬喻影響野馬芭蕉幻化但

有假號若如字空而空無名譬如名地水火風空地水火風而自不名所以名曰戒定慧解脫知見事須陀洹斯陀含阿那含阿羅漢但有名號聲聞辟支佛亦復如是但有假號所謂菩薩及菩薩字但假號耳所名曰佛諸佛之法亦無實字但假號耳善惡禍福若常無常苦樂若我非我寂寞恬惔所有無有福若常無常苦樂我觀此誼是之所謂悉由因緣假使當爲菩薩摩訶薩而立名號者於一切法則有狐疑其本末亦不可得唯然世尊有其名號無有法界亦無所住所以者何衆生之類從無明心致此名字又其名號亦無所住亦不不住亦無有處須菩提白佛言唯然世尊菩薩摩訶薩假使聞說般若波羅蜜如是比類瑞應所起不恐不怖不畏不難心不懷懅其菩薩摩訶薩即當知之住阿惟越致果住無所住行無所行復次天中天菩薩摩訶薩不當住於色不當住痛痒思想生死識不當住眼不當住耳鼻口身意不當住色聲香味細滑法不當住眼色識耳聲識鼻香識舌味識身細滑識意法識不當住眼所習更不當住耳鼻口身意所習更不當住眼因緣習痛痒耳鼻口身意因緣習痛痒不當住地水火風種不當住空種不當住諸識種不當住無明行識名色六入所更痛愛受有生老病死所以者何天中天色則爲空痛痒思想生死識亦空所言空者色則爲空非名異空彼色則空空者假使菩薩摩訶薩欲求自緣想行般若波羅蜜當住於色當住痛痒思想生死識當住眼耳鼻口身意色聲香味細

滑法十八種十二因緣所以者何色痛痒思想生死識空十二因緣亦空十二因緣生死之原無有異空無有異住其十二因緣老病死者此則爲空生老病死十二因緣自然爲空本自然空以是之故天中天不當住色痛痒思想生死識眼耳鼻口身意色聲香味細滑法十八種十二因緣之端緒也復次天中天菩薩摩訶薩行般若波羅蜜不當住於四意止所以者何觀四意止亦復是空不爲有異四意止空也不他空其四意止自然爲空亦不當住四意斷四神足五根五力七覺意八由行十種力四無所畏四分別辯十八不共諸佛之法所以者何其意止斷神足根力覺意所由之路十種力四無所畏四分別辯十八不共諸佛之法亦復爲空十八不共諸佛之法自然爲空無有異空十八不共諸佛之法本性則空無有異空所以者何計佛法者則復空空故曰佛法唯天中天以是之故菩薩摩訶薩行般若波羅蜜不當住五陰六衰及十八種十二因緣三十七品十種力四無所畏四分別辯十八不共諸佛之法復次天中天菩薩摩訶薩行般若波羅蜜不當住檀波羅蜜尸波羅蜜羼波羅蜜惟逮波羅蜜禪波羅蜜般若波羅蜜所以者何般若波羅蜜者亦復是空設般若波羅蜜空者則非異般若波羅蜜空所以者何無異般若波羅蜜空般若波羅蜜自空設般若波羅蜜自然空唯以文字爲假號耳文字則空乃爲般若波羅蜜何以故菩薩摩訶薩行般若波羅蜜於般若波羅蜜而無所住五陰六衰十八種十

二因緣三十七品十種力四無所畏四分別辯十八不共諸佛之法空行般若波羅蜜菩薩不當住中復次天中天菩薩摩訶薩行般若波羅蜜不當住於文字不當住文字說不當住一食二食至於三食四食揣食心食識食所以者何謂文字文字則空無有異空文字自然爲空其爲字者無有文字文字本空其爲空者無有名字復次天中天菩薩摩訶薩行般若波羅蜜不當住神通所以者何其神通者神通自空神通本空無有異通而爲空者神通爲空無有異空神通自空空故曰神通是以之故唯天中天菩薩摩訶薩行般若波羅蜜不當住神通復次天中天菩薩摩訶薩行般若波羅蜜不當住色想不當住痛痒思想生死識想所以者何其非常者非常爲空其非常者自然爲空則無非常無異非常而爲空者無有他空非常自空其爲空者無有非常以是故天中天菩薩摩訶薩行般若波羅蜜不當住色空不當住痛痒思想生死識空不當住色無常不當住痛痒思想生死識無常不當住眼耳鼻口身意無常不當住色聲香味細滑法無常不當住十八種十二因緣終始無常不當住苦不當住樂不當住色我所非我所不當於中住痛痒思想生死識我所非我所不當於中住色空痛痒思想生死識空不當住眼耳鼻口身意空不當住色聲香味細滑法空不當住十八種十二因緣生死之患空不當住有爲無爲不當住於本際法不當住於色寂然不當住痛痒思想生死識寂然不當住色空無慌惚不當住

痛痒思想生死識虛無慌惚六衰十八種十二因緣亦復如是復次天中天菩薩摩訶薩行般若波羅蜜不住無本所以者何其無本者盡無所有亦復爲空無本無異無本爲空無有異空無有異空爲無本也無本自然空空是亦無本以是故菩薩摩訶薩行般若波羅蜜不住無本色痛痒思想生死識不住無本至於諸法及諸法界諸寂然法乃至本際亦無所住復次天中天菩薩摩訶薩行般若波羅蜜不住一切諸總持門亦不住一切諸三昧門所以者何所謂總持門其總持門亦復爲空所謂三昧門三昧門者亦復爲空三昧門總持門自然爲空無有異空自然空者無有他空總持門三昧門本淨本淨空法自然空譬如天中天菩薩摩訶薩行般若波羅蜜無有漚惒拘舍羅謂有吾爲是我所而念如此則住于色在於色中有所造作生死之行住痛痒思想生死識而有所造而爲行者不除造作生死之所因而反受般若波羅蜜不肯精勤於般若波羅蜜則爲不具般若波羅蜜所生之事至於薩芸若譬如天中天菩薩摩訶薩無漚惒拘舍羅其心發念吾我是非所色痛痒思想生死識苦樂善惡及總持門三昧門不能修行總持之門亦不能順三昧門不能造無想行受般若波羅蜜亦不能精勤於般若波羅蜜以不具足於般若波羅蜜者不能成就薩芸若慧所以者何猶以菩薩摩訶薩行般若波羅蜜無漚惒拘舍羅故不當受色不受痛痒思想生死識而彼菩薩反更受色色者本淨了則爲空以此言之若

受痛痒思想生死識言教本淨亦復爲空不受諸總持門諸三昧門設不受三昧門總持門則能興立本淨爲空亦不受般若波羅蜜緣知本淨爲空之故菩薩摩訶薩行般若波羅蜜如是者觀察諸法則本淨空當住是觀不念法我所爲行是爲菩薩摩訶薩爲無所受名曰無受三昧道場具足廣普無有邊無有量一切聲聞辟支佛所不能及復不受薩芸若猶察內空外亦復空有內外空求空亦空則爲大空乃爲眞空空有所有空無所有空究竟盡空廣遠之空有所造空其本淨空自然相空一切諸法空無所有空自然之空因從發起自然之空所以者何輒輒於化其所化者則爲塵勞何謂爲化何謂爲想色則爲化痛痒思想生死識此便爲想十八種十二因緣總持門三昧門是謂塵勞之想當受奉行無所寄倚無所養育聲聞辟支佛所不信樂薩芸若何謂信樂信是般若波羅蜜篤樂無疑思惟分別觀其要誼則無想行亦無想是故不受想專一依倚而歡喜樂行於篤信其本淨空則便得度不復受色亦不受痛痒思想生死識所以者何其相自然現在法空所受空者亦無所得所以者何其三昧定內不可得所謂時慧亦不於外亦不內外可得時慧亦無所見內外悉空除其因緣猶如外道所學所信彼樂此已御於篤信是故曰薩芸若以限諸法計一切法都不可得所從起者作是信已無有受法者不復想念有所者也亦不能獲無央數法當所受者受與不受亦復不念所可遊居以能修習於一切法

無所念者是爲菩薩摩訶薩般若波羅蜜亦無去來度無所度而復周遊所由然者用不受色不受痛痒思想生死識於一切法亦無所受亦不受諸總持門不受諸三昧門於一切法無所起受亦無中間而般涅槃悉以具足十種力四無所畏四分別辯十八不共諸佛之法四意止四意斷四神足念五根五力七覺意八由行所以者何其四意止者止無所止意斷神足根力覺意八由行亦復如是其所斷者斷無所斷十種力四無所畏四分別辯十八不共諸佛之法覺無所覺法計其法者亦非法是爲菩薩摩訶薩般若波羅蜜不受色亦不受痛痒思想生死識至於總持門諸三昧門等無有異復次天中天菩薩摩訶薩行般若波羅蜜當作是觀何所是般若波羅蜜何以故謂是爲般若波羅蜜誰爲此般若波羅蜜何以有是般若波羅蜜用是般若波羅蜜爲亦無所得亦無所見亦無所不見是故菩薩摩訶薩般若波羅蜜復次天中天菩薩摩訶薩行般若波羅蜜當作是思惟其無所有法亦不可得亦無般若波羅蜜舍利弗謂須菩提仁者何所法謂無所有而不可得答曰般若波羅蜜法亦無所有亦不可得檀波羅蜜尸波羅蜜羼波羅蜜惟逮波羅蜜禪波羅蜜般若波羅蜜亦復如是則無所有亦不可得於內爲空於外亦空內外亦因彼空者得致大空至於眞空無所有空因其空者至無有空無常亦空惶慌亦空所作事空本淨亦空自然相空一切法空無所有空自然亦空所有自然亦空緣是之故色無所

有亦不可得痛痒思想生死識亦無所有亦不可得其內空者則無所有亦不可得其所有空無所有空自然之空悉無所有亦不可得其四意止悉無所有亦不可得四意斷四神足五根五力七覺意八由行悉無所有亦不可得十種力四無所畏四分別辯十八不共諸佛之法悉無所有亦不可得其六神通悉無所有亦不可得其無有本者悉無所有亦不可得所謂法者而住於法若寂然法及察本際悉無所有亦不可得所謂佛者悉無所有亦不可得薩芸若者悉無所有亦不可得一切具慧悉無所有亦不可得其內亦空計外亦空內外亦空所有亦空自然亦空唯舍利弗菩薩摩訶薩行般若波羅蜜作是思惟如是觀察者作是思惟已則不可見心心無所著無所染汙不恐不懼不畏不難心不懷懅則當知是菩薩摩訶薩不離般若波羅蜜舍利弗謂須菩提云何菩薩摩訶薩知之不離般若波羅蜜須菩提謂舍利弗所謂離色者色之自然故所謂離痛痒思想生死識者識之自然故也所謂離檀波羅蜜檀波羅蜜之自然故所謂尸波羅蜜羼波羅蜜惟逮波羅蜜禪波羅蜜般若波羅蜜六波羅蜜自然故也所謂離意止意斷神足根力覺意八由行三十七品之自然故也所謂離十種力四無所畏四分別辯十八不共諸佛之法者諸佛之法自然故也謂離諸總持門諸三昧門及離本際者本際自然故也舍利弗謂須菩提何謂色自然何謂痛痒思想生死識自然何謂十二因緣三十七品十八不共諸佛

之法自然乎須菩提答曰已無所有故謂自然色無所有故曰自然痛痒思想生死識無所有故曰痛痒思想生死識自然無所有至於本際故曰自然舍利弗以是故作此觀者則知離色色之自然則知離痛痒思想生死識識之自然五陰六衰十八種十二因緣三十七品十種力四無所畏四分別辯十八不共諸佛之法至所本淨悉無所有故曰本淨自然所謂離色色之本相所謂離痛痒思想生死識痛痒思想生死識之本相一切諸法及諸佛法離本際者本際相故色自然相自然相故謂相自然而得遠離舍利弗謂須菩提其有菩薩摩訶薩學此法者皆當歸趣薩芸若不須菩提謂舍利弗如是如是賢者其學此者歸趣薩芸若所以者何一切諸法無所起無所滅舍利弗謂須菩提何故須菩提一切諸法不起不滅答曰舍利弗所謂色者其色則空以是之故不起不滅亦不可得痛痒思想生死識則爲空以是之故不起不滅眼耳鼻口身意色聲香味細滑法十八種十二因緣三十七品十種力四無所畏四分別辯十八不共諸佛之法諸總持門一切三昧至于本際不起不滅亦不可得菩薩摩訶薩行般若波羅蜜能如是者則近薩芸若假使能近薩芸若者其身口意則自然淨諸相清淨自然具足其身口意以能清淨具足諸相致清淨者應時菩薩即不復起婬怒癡心婬怒癡心已清淨者則便無有憍慢恚貪亦不復起六十二見諸所邪疑貪恚之心已不復興則能除於六十二見諸所疑意諸所生處

不造常見所生之處諸佛國土從一佛國遊一佛國教化衆生嚴淨佛土常懷專一不離諸佛世尊至于逮得阿耨多羅三耶三佛成至阿惟三佛如是菩薩摩訶薩爲行般若波羅蜜

光讚般若波羅蜜經卷第四

音釋

𠒆𠒆(許容切與凶同) 挎(苦胡切) 恬憺(恬徒兼切憺徒感切恬憺安靜也)

光讚般若波羅蜜經卷第五

西晋三藏法師 竺法護 譯

行品第九

於是賢者須菩提白佛言唯天中天假使菩薩摩訶薩無漚惒拘舍羅行般若波羅蜜若行色者則爲行想若行痛痒思想生死識者則爲行想若行色常則爲行想若行痛痒思想生死識常者則爲行想若行色無常則爲行想若行痛痒思想生死識無常則爲行想若行色苦則爲行想若行痛痒思想生死識苦則爲行想若行色樂則爲行想若行痛痒思想生死識樂者則爲行想若行色我所者則爲行想若行痛痒思想生死識我所者則爲行想若行色非我所者則爲行想若行痛痒思想生死識非我所者則爲行想若行色虛無者則爲行想若行痛痒思想生死識虛無者則爲行想若使天中天菩薩摩訶薩行般若波羅蜜行色寂寞則爲行想行痛痒思想生死識寂寞者則爲行想假使天中天菩薩摩訶薩行般若波羅蜜無漚惒拘舍羅若行四意止則爲行想四意斷四神足五根五力七覺意八由行則爲行想若行十種力四無所畏四分別辯十八不共諸佛之法則爲行想唯天中天假使菩薩摩訶薩行般若波羅蜜而自念言我行般若波羅蜜是爲菩薩摩訶薩而反行想假使菩薩摩訶薩心自念言作是行者則爲行般若波羅蜜亦爲行想是爲菩薩摩訶薩行般若波羅蜜無漚惒拘舍羅舍利弗問須菩提菩薩摩訶薩當云何行般若波羅蜜得般若波羅蜜須菩提謂舍

利弗假使賢者菩薩摩訶薩行般若波羅蜜設立色想則不信解若立色者則不脫想爲行生死想若行色想則不得脫無明行識六入所更痛愛受有生老病死憂慼惱會彼菩薩摩訶薩爲不行般若波羅蜜則無漚惒拘舍羅立於眼想則不信脫假使菩薩摩訶薩立於耳鼻口身意想則不信脫設立於眼色識耳聲識鼻香識舌味識身細滑識意法識想則不信脫若習眼更耳鼻口身意所習更立是諸根則不信脫假使立四意止四意斷四神足五根五力七覺意八由行想則不信脫設立於十種力四無所畏四分別辯十八不共諸佛之法想者則不信脫而於佛法念行著想念行想者則不信脫十二因緣苦惱之患彼菩薩摩訶薩不應爲聲聞辟支佛造證何況逮得阿耨多羅三耶三菩阿惟三佛乎所不能及也如是舍利弗菩薩摩訶薩行般若波羅蜜爲無漚惒拘舍羅舍利弗謂須菩提云何菩薩摩訶薩行般若波羅蜜而有漚惒拘舍羅耶須菩提謂舍利弗設使菩薩摩訶薩行般若波羅蜜不行色不行痛痒思想生死識不行色想不行痛痒思想生死識想不行色常不行痛痒思想生死識常不行色無常不行痛痒思想生死識無常不行色苦不行痛痒思想生死識苦不行色樂不行痛痒思想生死識樂不行色我所不行痛痒思想生死識我所不行色非我所不行痛痒思想生死識非我所不行色虛無不行痛痒思想生死識虛無不行色空不行痛痒思想生死識空不行色無相不行痛痒思想生死

識無相不行色無願不行痛痒思想生死識無願不行色寂寞不行痛痒思想生死識寂寞不行色無想不行痛痒思想生死識無想所以者何色者則空色無異空色則為空空者為色色自然空痛痒思想生死識空則無有識無有異空識則為空空者為識四意止四意斷四神足五根五力七覺意八由行為空無有異空三十七品計則為空無分別異空三十七品空空者三十七品十種力四無所畏四分別辯十八不共諸佛之法則為空無有異空佛法則空無他別異空空者則法法者則空如是舍利弗菩薩摩訶薩行般若波羅蜜為成漚惒拘舍羅菩薩摩訶薩行般若波羅蜜如是者逮得阿耨多羅三耶三菩阿惟三佛彼行般若波羅蜜已無所受無所行不受不行不行不受不有所行亦非不行是故無所受亦不有所受賢者舍利弗謂須菩提何故菩薩摩訶薩行般若波羅蜜已無所受須菩提答曰所以菩薩摩訶薩行般若波羅蜜自然不可得由是之故般若波羅蜜為無所有則為自然以是故舍利弗菩薩摩訶薩行般若波羅蜜無所受無所行不受不行不行不受不有所行亦非不行是故無所受亦不有所受所以者何一切諸法為無所有則謂自然是故無所至無所犯負是名曰一切不受三昧之定菩薩摩訶薩廣普玄遠而無所量諸聲聞辟支佛所不能及菩薩摩訶薩以是三昧疾得阿耨多羅三耶三菩阿惟三佛舍利弗謂須菩提菩薩摩訶薩不離是三昧疾得阿耨多羅三耶三菩阿惟三佛

者復有餘三昧乎須菩提答舍利弗復有餘三昧疾得阿耨多羅三耶三菩阿惟三佛舍利弗謂須菩提何所餘三昧行菩薩摩訶薩疾得阿耨多羅三耶三菩阿惟三佛須菩提謂舍利弗菩薩摩訶薩行首楞嚴三昧疾得阿耨多羅三耶三菩阿惟三佛須菩提謂舍利弗復有三昧名曰寶印復有三昧名曰師子娛樂復有三昧名曰月曜復有三昧名曰月幢英復有三昧名一切印復有三昧名曰無能見頂復有三昧名曰了法界復有三昧名曰分別幢英復有三昧名曰喻金剛復有三昧名曰入法印復有三昧名曰立定意王復有三昧名曰印王復有三昧名曰勢力精進復有三昧名曰超等復有三昧名曰入應順分別復有三昧名曰入辯於十方界復有三昧名曰總持意復有三昧名曰度無爲復有三昧名曰等御諸法海印復有三昧名曰普周虛空復有三昧名金剛道場復有三昧名曰執英幢復有三昧名曰帝英如門闐復有三昧名曰起本復有三昧名曰師子吼復有三昧名曰精進立復有三昧名曰勝實復有三昧名焰明復有三昧名曰不眴復有三昧名曰不住於下復有三昧名曰決了復有三昧名曰燈明廣普復有三昧名曰無量行復有三昧名曰光造復有三昧名曰有所焰曜復有三昧名曰莊嚴淨復有三昧名曰離垢光復有三昧名曰有所造樂復有三昧名曰電燈明復有三昧名曰盡索復有三昧名曰威神跡復有三昧名曰離盡索復有三昧名曰無能勝復有三昧名曰開通復有三昧

名曰燈明復有三昧名曰離燈垢復有三昧名曰嚴淨辯才復有三昧名曰有所光耀復有三昧名曰造事復有三昧名曰慧英復有三昧名曰住惟復有三昧名曰普明復有三昧名曰善立復有三昧名曰寶積復有三昧名曰超諸法印復有三昧名曰普法復有三昧名曰勝娛樂復有三昧名曰度法頂復有三昧名曰有所毁壞復有三昧名曰一切明句復有三昧名曰等字所作復有三昧名曰趣字復有三昧名曰斷因緣復有三昧名曰無事復有三昧名曰無墻復有三昧名曰決了入號復有三昧名曰無早行復有三昧名曰除冥復有三昧名曰修行跡復有三昧名曰無動復有三昧名曰度界復有三昧名曰決一切德復有三昧名曰住無心復有三昧

名曰淨於嚴整復有三昧名曰度覺意復有三昧名曰無量燈明復有三昧名曰等不等復有三昧名曰度一切復有三昧名曰斷諸事復有三昧名曰離意了除復有三昧名曰離建立復有三昧名曰一勝復有三昧名曰行諸事復有三昧名曰一事復有三昧名曰除怨事復有三昧名曰滅諸所有不當復有三昧名曰入隨因緣音復有三昧名曰聲跡言無盡度復有三昧名曰威神跡復有三昧名曰光耀熾盛復有三昧名曰清淨樹復有三昧名曰清燈而閑復有三昧名曰一切勝復有三昧名曰不樂一切諸苦樂復有三昧名曰無盡事復有三昧名曰總持句復有三昧名曰等於正邪師子座復有三昧名曰入嚮離嚮復有三昧名曰無嚮得嚮復有三昧

名曰離垢明復有三昧名曰御跡復有三昧名曰滿月離垢光復有三昧名曰電錠光復有三昧名曰大嚴淨復有三昧名曰普照世間復有三昧名曰普定意復有三昧名曰應無染離染復有三昧名曰御空一切等御復有三昧名曰無青不青寶復有三昧名曰立無本念復有三昧名曰身時第一復有三昧名曰言時除空念復有三昧名曰脱虛空礙滅護舍利弗菩薩摩訶薩行是諸三昧疾得阿耨多羅三耶三菩阿惟三佛及餘不可計會無有限量諸三昧門諸總持門菩薩摩訶薩所當學者疾逮得阿耨多羅三耶三菩阿惟三佛於是須菩提承佛聖旨而嘆頌曰舍利弗欲知往古怛薩阿竭阿羅訶三耶三佛則爲授此等菩薩摩訶薩決及今現在十方世界諸現在怛薩阿竭阿羅訶三耶三佛悉已授此諸菩薩摩訶薩決其行是三昧者彼不見三昧亦不念三昧亦無所三昧亦不想我當三昧吾當三昧乎亦不念我空三昧是菩薩摩訶薩無想念舍利弗謂須菩提菩薩摩訶薩住是三昧爲往古三耶三佛所授決乎答曰不也舍利弗所以者何唯舍利弗般若波羅蜜三昧不爲異也菩薩摩訶薩亦不爲異菩薩摩訶薩則爲三昧三昧則爲菩薩摩訶薩舍利弗謂須菩提如仁者所云菩薩摩訶薩般若波羅蜜及諸三昧不爲各異菩薩則三昧三昧則菩薩一切法皆平等則不知三昧以是故舍利弗於是三昧善男子亦不知亦不了舍利弗又問何故不知不了用無明故而爲二昧以是故菩薩不知不了爾

時世尊讚賢者須菩提善哉善哉須菩提如吾讚仁行空第一嘆之最尊菩薩摩訶薩學般若波羅蜜當如是學檀波羅蜜尸波羅蜜羼提波羅蜜惟逮波羅蜜禪波羅蜜般若波羅蜜四意止四意斷四神足五根五力七覺意八由行十種力四無所畏四分別辯十八不共諸佛之法舍利弗白佛言菩薩摩訶薩學如是爲學般若波羅蜜乎佛言如是菩薩摩訶薩如是學爲學般若波羅蜜所學者亦無所得檀波羅蜜尸波羅蜜羼提波羅蜜惟逮波羅蜜禪波羅蜜般若波羅蜜亦復如是四意止四意斷四神足五根五力七覺意八由行十種力四無所畏四分別辯十八不共諸佛之法自然具足雖有所得亦無所得舍利弗白佛言菩薩摩訶薩學如是作是學爲學般若波羅蜜得般若波羅蜜乎佛言如是學爲學般若波羅蜜得無所得舍利弗白佛云何得無所得世尊答曰不得吾我亦不得人壽命亦不得所見五陰究竟本末普悉清淨亦不得見也陰種諸入本末究竟如是悉清淨亦不得無明之原本末究竟而悉清淨行識六入名色所更痛愛受有生老病死本末究竟而悉清淨若無所得本末究竟而悉清淨習盡之路亦不可得本末究竟而悉清淨欲界亦不可得本末究竟而悉清淨色界無色界亦不可得本末究竟而悉清淨四意止四意斷四神足五根五力七覺意八由行十種力四無所畏四分別辯十八不共諸佛之法亦不可得本末究竟而悉清淨六波羅蜜亦不可得本末究竟而悉清淨須陀洹斯陀含

阿那含阿羅漢辟支佛亦不可得本末究竟而悉清淨菩薩亦不可得本末究竟而悉清淨佛亦不可得本末究竟而悉清淨舍利弗白佛言何所清淨世尊答曰無所起無所生無所得無所行則爲清淨舍利弗言唯然世尊菩薩摩訶薩如是學者爲學何法佛言菩薩摩訶薩學如是者爲學無所學法所以者何舍利弗是諸法者計其所有而愚凡夫之所倚立舍利弗白佛言唯然世尊誰致是法佛言如無所得以是故得如是逮者故曰無所逮又問世尊誰無所得而有所得佛言色無所得其内亦空外亦復空内外亦空所謂所有自然無有而悉爲空色痛痒思想生死識亦無内無外亦無内外所有自然無有悉空四意止四意斷四神足五根五力七覺意八由行十種力四無所畏四分别辯十八不共諸佛之法亦無内亦無外亦無内外所有自然無有悉空彼愚凡夫從無明教依倚著愛而有想念以依無明爲兩盲俱則爲不知而無所見已不知不見彼則思想不可得法倚於名色又復依倚著於佛法已有所倚而欲了知無所有法故不知不見何謂不知不見色痛痒思想生死識亦不知不見十二入十八種三十七品十二因緣十種力四無所畏四分别辯十八不共諸佛之法亦復不知不見由是之故名曰爲愚彼不捨施何所不捨不捨欲界不捨色界不捨無色界不捨聲聞辟支佛地則不篤信何所不信不信色空不信痛痒思想生死識空不信十二入十八種十二因緣三十七品十種力四無所畏四

分別辯十八不共諸佛之法爲空不能建立不建立檀波羅蜜尸波羅蜜羼波羅蜜惟逮波羅蜜禪波羅蜜般若波羅蜜不住阿惟越致地復不建立諸佛之法以是之故名曰爲愚有所倚著眼耳鼻口身意倚著諸種諸陰入倚著依求於婬怒癡倚著依慕諸疑邪見何著依慕於佛道也舍利弗白佛言菩薩摩訶薩作是學爲不學般若波羅蜜乎不生薩芸若耶佛言菩薩摩訶薩作是學般若波羅蜜不得薩芸若舍利弗白佛言唯然世尊菩薩摩訶薩作是學不得薩芸若佛告舍利弗是菩薩摩訶薩作是學般若波羅蜜無漚惒拘舍羅有所思想有所依倚檀波羅蜜尸波羅蜜羼波羅蜜惟逮波羅蜜禪波羅蜜般若波羅蜜而反想求依倚六波羅蜜三十七品十種力四無所畏四分別辯十八不共諸佛之法而復想求薩芸若慧已想求薩芸若而依倚是故舍利弗菩薩摩訶薩不學般若波羅蜜不得薩芸若慧舍利弗白佛言菩薩摩訶薩作是學般若波羅蜜爲不學般若波羅蜜爲不行薩芸若慧乎佛言如是舍利弗作是學般若波羅蜜爲不得薩芸若舍利弗問唯天中天菩薩摩訶薩當云何學般若波羅蜜而隨順學得薩芸若慧佛告舍利弗假使菩薩摩訶薩行般若波羅蜜不見般若波羅蜜如是菩薩摩訶薩爲行般若波羅蜜爲學般若波羅蜜得薩芸若慧得無所得無所得亦復不得檀波羅蜜尸波羅蜜羼波羅蜜惟逮波羅蜜禪波羅蜜般若波羅蜜亦不得須陀洹斯陀含阿那含阿羅漢辟支佛菩薩佛

亦不得薩芸若如是舍利弗菩薩摩訶薩作是行爲行般若波羅蜜爲學般若波羅蜜得薩芸若得無所得舍利弗白佛言何謂無所得世尊答曰於内亦空於外亦空内外亦空一切法空

幻品第十之上

於是賢者須菩提白佛言唯然世尊假使問者此幻士學般若波羅蜜欲得薩芸若問者如此以何報答又斯幻士學檀波羅蜜尸波羅蜜羼波羅蜜惟逮波羅蜜禪波羅蜜欲用逮得薩芸若慧學四意止四意斷四神足五根五力七覺意八由行欲用逮得薩芸若慧又學薩芸若慧欲以逮得薩芸若假使來問如此誼者以何報答佛告須菩提我故問汝於須菩提云何從其所知而報答吾於須菩提意云何色異乎幻異乎痛痒思想生死識異乎幻異耶須菩提答曰不也天中天於須菩提意云何幻爲異乎眼復異乎耳鼻口身意異乎幻復異乎眼色識耳聲識鼻香識口味識身細滑識意法識異乎幻復異耶所習因緣痛痒之樂異乎幻復異耶答曰不也天中天於須菩提意云何四意止異乎幻復異耶四意斷四神足五根五力七覺意八由行異乎幻復異耶空無相無願異乎幻復異耶答曰不也天中天於須菩提意云何幻爲異乎十種力四無所畏四分別辯十八不共諸佛之法復爲異耶答曰不也天中天於須菩提意云何幻爲異乎道復異耶答曰不也天中天幻不爲異色亦不異色則爲幻幻則爲色唯天中天幻不爲異痛痒思想生死識亦

不爲異識則爲幻幻則爲識唯天中天幻不爲異眼耳鼻口身心亦不爲異幻則爲眼眼則爲幻眼色識耳聲識鼻香識口味識身細滑識意法識識則爲幻幻則爲識所習因緣痛痒之樂不爲異也痛樂則幻幻則痛樂唯天中天幻不爲異四意止亦不異四意止則爲幻幻則四意止意斷神足根力覺意由行則爲幻幻則由行唯天中天十種力四無所畏四分別辯十八不共諸佛之法法則爲幻幻則爲法於須菩提意云何所謂幻者爲有塵垢及瞋恨乎答曰不也天中天於須菩提意云何所謂幻者有所起有所滅乎答曰不也天中天於須菩提意云何其不起不滅者彼學般若波羅蜜已逮得薩芸若慧獲致一切大哀乎答曰不也天中天於須菩提意云何於此興于所知思想從習俗教因五盛陰爲菩薩乎答曰如是唯天中天於須菩提意云何有知思想隨其習俗而發言教以五盛陰而有所起而有所滅寧可復得塵勞瞋恨答曰不也天中天於須菩提意云何其無思想無習俗無所言教無所興立無有名號無身無身事無言無言事無意無意事不起不滅無有塵勞無有瞋恨又以此事學般若波羅蜜成薩芸若乎答曰不也天中天佛言如是須菩提菩薩摩訶薩作是學般若波羅蜜成薩芸若者則無所有須菩提白佛言菩薩摩訶薩當作是學般若波羅蜜及學阿耨多羅三耶三菩若欲學者當知學幻所以者何唯天中天當觀五陰亦如幻士於須菩提意云何又此五陰學般若波羅蜜成薩芸若慧

乎答曰不也天中天所以者何其五陰者自然無所有其有自然無所有者亦不可得又問於須菩提意云何自然之喻五陰如夢學般若波羅蜜成薩芸若乎答曰不也天中天所以者何計於夢者自然無所有其爲自然無所有者則不可得於須菩提意云何呼聲之響喻於五陰又復譬如水影野馬所化之喻譬如五陰般若波羅蜜逮成薩芸若耶答曰不也天中天所以者何其呼聲響水影野馬所化自然無所有其爲自然無所有者則不可得所以者何唯天中天分別了色猶如幻也痛痒思想生死識及十八種六根五陰及五盛陰自然如夢唯天中天色痛痒思想生死識十八種六根五盛陰猶如夢也於内則空了不可得而無自然則爲空矣了不可得須菩提白佛言今説於此般若波羅蜜新學大乘菩薩摩訶薩聞斯説者得無恐懼畏難懷懅佛告須菩提假使新學大乘菩薩摩訶薩於般若波羅蜜不解漚惒拘舍羅者不親善師或恐或怖或懷畏懅須菩提問佛言唯天中天何謂菩薩摩訶薩善師行般若波羅蜜有漚惒拘舍羅菩薩摩訶薩不恐不怖而不懷懅佛言此菩薩摩訶薩行般若波羅蜜志在專精於薩芸若慧不觀色無常色亦不可得不觀痛痒思想生死識無常識亦不可得志觀薩芸若不察無常亦不可得是菩薩摩訶薩行般若波羅蜜有漚惒拘舍羅復次須菩提菩薩摩訶薩志在薩芸若慧不觀色苦亦不得色不觀痛痒思想生死識苦亦不得識不觀色是我所亦不得我所不觀痛

痒思想生死識是我所亦不得我所不觀色非我所亦不得非我所不觀痛痒思想生死識非我所亦不得非我所復次須菩提菩薩摩訶薩志學薩芸若觀於色空亦不得空觀痛痒思想生死識空亦不得空不觀色有常亦不得常不觀痛痒思想生死識有常亦不得常不觀色非常亦不得無常不觀痛痒思想生死識非常亦不得無常觀色寂寞亦不得色寂寞觀痛痒思想生死識寂寞亦不得識寂寞觀色虛無亦不得色虛無觀痛痒思想生死識虛無亦不得識虛無是爲菩薩摩訶薩行般若波羅蜜有漚惒拘舍羅復次須菩提菩薩摩訶薩不觀無常亦無所得苦空無我非身亦無所得不觀無常亦無所得空無相無願寂寞虛無亦無所得痛痒思想生死識不觀無常亦無所得眼耳鼻口身意色聲香味細滑法不觀無常亦無所得非常苦空無我非身空無相無願寂然虛無觀於斯事了無所得彼爲衆生如此意吾爲一切衆生之類說無常法爲顛倒者令不迷惑又分別法爲苦無我空無相無願寂寞虛無爲顛倒者令不迷惑是菩薩摩訶薩行般若波羅蜜有漚惒拘舍羅復次須菩提菩薩摩訶薩行般若波羅蜜學行薩芸若慧思惟其誼不觀色無常不墮顛倒亦不無所得不觀痛痒思想生死識無常不墮顛倒亦無所得無苦無我爲空空無相無願寂寞虛無不令顛倒亦無所得色痛痒思想生死識離四非常空無相願寂寞虛無觀此諸事不令顛倒亦無所得假使在於薩芸若慧念此不捨此明菩

薩摩訶薩惟逮波羅蜜菩薩摩訶薩行般若波羅蜜時志不思惟聲聞辟支佛事亦不聽志勸隨其行是爲菩薩摩訶薩行禪波羅蜜不恐不怖亦不畏懅復次須菩提菩薩摩訶薩行般若波羅蜜當造斯觀不用色空而爲空也色則爲空空者則色痛痒思想生死識不專爲空色者則空識自然識空者爲識眼不專空眼自然空眼者則空空者則眼不專爲空耳聲識鼻香識口味識身細滑識意法識不專空識自然空識者則空空者則識所習因緣痛痒之樂則爲空矣所習因緣痛痒之樂自然爲空所習因緣痛痒之樂觀之則空其心自空所習因緣痛痒之樂則亦爲空其四意止不專爲空四意止空故由是爲空其四意止自然爲空四意斷四神足五根五力七覺意八由行不專爲空三十七品則自然空者則三十七品三十七品則空十種力四無所畏四分别辯十八不共諸佛之法不專爲空則自然空空者則爲佛法則空空者則法是爲菩薩摩訶薩行般若波羅蜜不恐不怖亦不畏懅

光讃般若波羅蜜經卷第五

音釋

闇 若本切門限也　炤 之笑切與照同　眴 舒閏切目動也　錠 徒徑切

光讚般若波羅蜜經卷第六

西晋三藏法師　竺法護　譯

幻品第十之下

須菩提白佛言何所菩薩摩訶薩善師說般若波羅蜜有所擁護聞之不恐不怖不懅不畏於是須菩提菩薩摩訶薩善師爲其說法不論色無常色亦不可得亦無所著以是德本不以勸助令立聲聞辟支佛地唯學薩芸若慧是菩薩摩訶薩善師色痛痒思想生死識不說無常亦不可得亦無所著以是德本不用勸助令立聲聞辟支佛地常建立之薩芸若慧復次須菩提菩薩摩訶薩善師者爲說經法不論色苦色不可得亦無所著痛痒思想生死識不可得亦無所著色我所非我所痛痒思想生死識我所非我所不可得亦無所著又爲說法論色空無相無願不可得亦無所著痛痒思想生死識空無相無願不可得亦無所著眼耳鼻口身意不可得亦無所著色聲香味細滑法及十八種我所非我所不可得亦無所著復次須菩提菩薩摩訶薩善師者爲其說法論色寂寞虛無不可得亦無所著痛痒思想生死識寂寞虛無不可得亦無所著以是德本不用勸助於聲聞辟支佛地常以勸助薩芸若慧是謂須菩提菩薩摩訶薩善師又復講說眼寂寞虛無不可得亦無所著耳鼻口身意寂寞虛無不可得亦無所著色聲香味細滑法寂寞虛無不可得亦無所著眼之所習因緣痛痒說法無常眼色識耳聲識鼻香識口味識身細滑識意法識所習因緣痛痒之樂說無常法寂寞虛

無不可得亦無所著以此德本不用勸助於
聲聞辟支佛地常以建立薩芸若慧是菩薩
摩訶薩善師復次須菩提菩薩摩訶薩善師
爲人説法不論無常四意止四意斷四神足
五根五力七覺意八由行其所行者無苦無
我爲空空無相無願寂寞虛無雖説此法不
可得亦無所著以此德本不用勸助於聲聞
辟支佛地常以建立薩芸若慧是菩薩摩訶
薩善師復次須菩提菩薩摩訶薩善師爲人
説法十種力四無所畏四分別辯十八不共
諸佛之法不論無常苦空非身空無相無願
寂寞虛無而不可得亦無所著是菩薩摩訶
薩善師以此德本不用勸助於聲聞事辟支
佛地常以建立薩芸若慧是菩薩摩訶薩善
師復次須菩提菩薩摩訶薩善師者爲人講

法現説色無常苦空非身痛痒思想生死識
無常苦空非身現説眼耳鼻口身意無常苦
空非身色聲香味細滑法無常苦空非身眼
色識耳聲識鼻香識口味識身細滑識意法
識無常苦空非身現説無明無常苦空非身
行識名色六入所更痛愛受有生老病死無
常苦空非身色我所非我所寂寞虛無痛痒
思想生死識我所非我所空無相無願寂寞
虛無雖説此法以開化人而無所得亦無所
著以此德本不用勸助於聲聞事辟支佛地
常以建立薩芸若慧是菩薩摩訶薩善師復
次須菩提菩薩摩訶薩爲人説經法現論四
意止四意斷四神足五根五力七覺意八由
行無常苦空非身空無相無願是我所非我
所寂寞虛無以此德本不用勸助於聲聞事

辟支佛地常以建立薩芸若慧是菩薩摩訶薩善師復次須菩提菩薩摩訶薩爲人說法現論十種力四無所畏四分別辯十八不共諸佛之法色無常苦空非身痛痒思想生死識無常苦空非身我所非我所空無相無願寂寞虛無以此功德本不用勸助於聲聞辟支佛地常以建立薩芸若慧是菩薩摩訶薩善師於是須菩提白佛言何謂菩薩摩訶薩於般若波羅蜜無漚恕拘舍羅親近惡師而聞說此般若波羅蜜或恐或怖心而畏懅世尊告須菩提曰是菩薩摩訶薩離薩芸若行而不親近般若波羅蜜假使遇此般若波羅蜜而心著念禪波羅蜜惟逮波羅蜜羼波羅蜜尸波羅蜜檀波羅蜜以檀波羅蜜逮得所施而以念著檀波羅蜜是菩薩摩訶薩惡師復次須菩提菩薩摩訶薩離薩芸若而不思惟念著內色而想爲空謂色無有自然念之爲空痛痒思想生死識念著內空而謂識無有自然想念於空又得內色無有自然想著於空已想著空謂有所得念眼內空自然無有自然爲空又覩得空想念逮致是菩薩摩訶薩惡師復次須菩提菩薩摩訶薩離於薩芸若亦不肯於諸通慧而反於內念色爲空色無所有念著思惟色自然空痛痒思想生死識念於內空志於識想而無所有念自然空而於內空得內外空至無所有自然之空有所獲致想念所得念眼內空至無所有自然爲空念逮於空想有所得耳鼻舌身意亦復如是念於內空思惟著想於無所有自然得空是菩薩摩訶薩惡師復次須菩提菩薩

摩訶薩行般若波羅蜜思四意止得四意止即自念著而獲於斯四意斷四神足五根五力七覺意八由行得三十七品即自念著而獲於斯是菩薩摩訶薩惡師復次須菩提菩薩摩訶薩行十種力四無所畏四分別辯十八不共諸佛之法自謂逮得諸佛之法已有望想離薩芸若心所當惟念是菩薩摩訶薩行般若波羅蜜無漚惒拘舍羅聞說般若波羅蜜或恐或怖而心懷懅於是須菩提白佛言唯天中天云何菩薩摩訶薩而為惡師之所攝録隨惡師教聞說般若波羅蜜或恐或怖而心懷懅佛告須菩提於是須菩提菩薩摩訶薩惡師制止行者令不得學般若波羅蜜禪波羅蜜惟逮波羅蜜羼波羅蜜尸波羅蜜檀波羅蜜而反教之不當教此六波羅蜜是非怛薩阿竭阿羅訶三耶三佛所說人所合禍横作此經不當聽是不當受持諷誦讀已不當思惟為他人說是菩薩摩訶薩惡師復次須菩提菩薩摩訶薩惡師者而不肯為分別覺事不令觀見魔之瑕穢於是弊魔波旬化作佛像而即往詣菩薩摩訶薩所而抑制之令不修學六波羅蜜言善男子用為學此般若波羅蜜用為學此禪波羅蜜惟逮波羅蜜羼波羅蜜尸波羅蜜檀波羅蜜何為奉行當知是菩薩摩訶薩惡師復次須菩提於時弊魔化作佛像為菩薩摩訶薩說聲聞辟支佛經而為講論當捐施與為分別解誼理所趣敷演美辭令離菩薩摩訶薩大乘之法墮於聲聞辟支佛地當知是菩薩摩訶薩惡師復次須菩提於是弊魔化作佛像往詣菩

薩摩訶薩所而謂之言唯善男子今仁所學非爲道心非阿惟越致卿之所學終不逮阿耨多羅三耶三菩阿惟三佛如是色像魔之罪縁不能觀察亦不覺了知是菩薩摩訶薩惡師復次須菩提菩薩摩訶薩爲精進行於時弊魔化作佛像往詣菩薩摩訶薩所而謂之言善男子知眼則爲空便是吾許亦是我身耳鼻口身意則亦爲空便是吾許亦是我身爲說經法色則爲空色是吾許亦是我身痛痒思想生死識是吾許亦是我身色聲香味細滑法是吾許亦是我身眼所習者因縁痛痒計則爲空謂是吾許亦是我身耳鼻口身意所習因縁痛痒之樂十八種計則爲空謂是吾許亦是我身檀波羅蜜尸波羅蜜羼波羅蜜惟逮波羅蜜禪波羅蜜般若波羅蜜

計則爲空謂是吾許亦是我身四意止四意斷四神足五根五力七覺意八由行計則爲空謂是吾許亦是我身十種力四無所畏四分別辯十八不共諸佛之法計則爲空謂是吾許亦是我身用此求慕阿耨多羅三耶三菩阿惟三佛乎其不分別如是色像魔之所與所分別說亦不覺了如是菩薩摩訶薩惡師復次須菩提弊魔復變化作佛像往詣菩薩摩訶薩所言善男子東方諸佛世尊及諸菩薩聲聞辟支佛亦無諸佛聲聞辟支佛及與十方世界其如是輩與魔事者不能分別亦不識知不能覺了當知是菩薩摩訶薩惡師弊魔波旬復化作聲聞像往詣菩薩摩訶薩所而謂之言此輩往古皆學精進薩芸若慧思惟空事亦復修學聲聞辟支佛事思惟

分別而見教授不爲分別如是魔事當知是
菩薩摩訶薩爲惡師復次須菩提弊魔波旬
化作和尚形體被服往詣菩薩摩訶薩所爲
菩薩行空寂志於精進薩芸若慧思空寂寞
色痛痒思想生死識爲空寂寞眼耳鼻口身
意亦空寂寞十八種十二因緣四意止四意
斷四神足五根五力七覺意八由行亦復寂
寞十種力四無所畏四分別辯十八不共諸
佛之法亦復寂寞空無相無願而爲教授善
男子覺了是法在聲聞地何所造求不如於
是自求滅度用阿耨多羅三耶三菩阿惟三
佛乎當知是菩薩摩訶薩惡師復次須菩提
菩薩摩訶薩惡師者弊魔波旬化作父母形
像往詣菩薩摩訶薩所而謂之言此善男子
已得證須陀洹果斯陀含果阿那含果阿羅
漢果而精進行阿耨多羅三藐三菩提阿惟
三佛乃往古世不可計會無央數劫周旋生
死布施手足而修精進不爲分別如是色像
無所益誼當知菩薩摩訶薩惡師復次須菩
提菩薩摩訶薩以是比像觀其惡師已逮見
者以得見者而遠離之爲分別説苦空無常
非身無相無願則爲寂寞爲其分別顛倒之
事有所思惟四意止四意斷神足根力覺意
由行亦無所得十種力四無所畏四分別辯
十八不共諸佛之法不爲解説如是之法魔
新興事而不分別當知是菩薩摩訶薩惡師
是菩薩摩訶薩所以惡師有十二緣常當棄
之何況其餘

摩訶薩品第十一

於是賢者須菩提白佛言唯然天中天何故

號菩薩之證何所趣乎佛告須菩提無誼之句爲菩薩號所以者何其菩薩者無有句跡無有吾我故曰無句誼爲菩薩號譬如須菩提飛鳥飛虛空中無有足跡如是須菩提欲求菩薩無有句誼譬如夢中無足跡如是須菩提欲求菩薩句誼而無所取譬如幻變野馬呼響現影如來之化無有足跡如是須菩提欲求菩薩無有句誼譬如須菩提其無本者無有足跡又察法界則亦無本其法法者亦復寂然無有足跡如是菩薩無有句誼譬如本際無有句誼須菩提菩薩者無有句誼譬如幻師所化作人彼無足跡化人無色痛痒思想生死識如是須菩提菩薩行般若波羅蜜爲菩薩者無有句誼譬如幻士無有眼耳鼻口身意亦復如是心無跡色聲香味細滑法亦復如是無有菩薩之句誼也譬如須菩提欲求內空無有行跡菩薩摩訶薩行般若波羅蜜察其菩薩無有句誼我所非我所苦樂善惡若有所有自然空其所行者無有行跡菩薩摩訶薩行般若波羅蜜不能逮得菩薩句誼譬如幻士化現四意止四意斷四神足五根五力七覺意八由行十種力四無所畏四分別辯十八不共諸佛之法無有足跡如是須菩提菩薩摩訶薩行般若波羅蜜無有菩薩之句誼也譬如怛薩阿竭阿羅訶三耶三佛所現色像無有足跡如是須菩提菩薩摩訶薩行般若波羅蜜則無有菩薩句誼譬如須菩提怛薩阿竭阿羅訶三耶三佛無有內空之足跡也如是須菩提無菩薩句誼也譬如須菩提我所非我所苦樂善惡及

其所有自然空者無有足跡如是須菩提菩薩摩訶薩無有菩薩之句誼也譬如須菩提菩薩摩訶薩行般若波羅蜜無菩薩句誼譬如須菩提怛薩阿竭無四意止四意斷四神足五根五力七覺意八由行十種力四無所畏四分別辯十八不共諸佛之法如是須菩提菩薩摩訶薩行般若波羅蜜如是無有菩薩之句誼也譬如須菩提無爲之界其無爲界無有足跡有爲界有爲界無有足跡如是須菩提菩薩摩訶薩行般若波羅蜜亦復如是無菩薩之句誼也譬如須菩提無所生者無有足跡如是菩薩摩訶薩行般若波羅蜜亦復如是無有菩薩之句誼也譬如所滅者無有足跡菩薩摩訶薩行般若波羅蜜亦復如是無有菩薩之句誼也亦無有行無所作者無有足跡菩薩摩訶薩行般若波羅蜜亦復如是無有菩薩之句誼譬如不可得者無有塵勞無有瞋恨無有足跡菩薩摩訶薩行般若波羅蜜亦復如是無有菩薩之句誼也譬如無所起者不有處所無有足跡菩薩摩訶薩行般若波羅蜜亦復如是無有菩薩之句誼也譬如無有諍訟不爲瞋恨無有足跡菩薩摩訶薩行般若波羅蜜亦復如是無有菩薩之句誼也須菩提白佛言何謂無有色而無所起無有足跡佛言色無所起痛痒思想生死識無所起則無足跡菩薩摩訶薩行般若波羅蜜亦復如是無有菩薩之句誼也譬如色者無有塵勞亦無瞋恨無有足跡痛痒思想生死識無有塵勞亦無瞋恨無有足跡菩薩摩訶薩行般若波羅蜜亦復如是無

有菩薩之句誼也譬如眼耳鼻口身意色聲香味細滑法諸種衰入本無所起無有足跡菩薩摩訶薩行般若波羅蜜亦復如是無有菩薩之句誼也譬如四大六衰之入無有塵勞瞋恨亦無足跡菩薩摩訶薩行般若波羅蜜亦復如是無有菩薩之句誼也譬如四意止四意斷四神足五根五力七覺意八由行無有足跡菩薩摩訶薩行般若波羅蜜亦復如是無有菩薩之句誼也譬如十種力四無所畏四分別辯十八不共諸佛之法無有足跡菩薩摩訶薩行般若波羅蜜亦復如是無有菩薩之句誼也譬如四意止自然究竟無有能爲致清淨者菩薩摩訶薩行般若波羅蜜亦復如是無有菩薩之句誼也譬如四意止四意斷四神足五根五力七覺意八由行自然究竟無有能爲致清淨者菩薩行般若波羅蜜亦復如是無有菩薩之句誼也譬如十種力四無所畏四分別辯十八不共諸佛之法自然究竟無有能爲致清淨者菩薩摩訶薩行般若波羅蜜亦復如是無有菩薩之句誼也譬如身清淨者則無所有其吾我者虛無有實菩薩摩訶薩行般若波羅蜜亦復如是無有菩薩之句誼也譬如無知無見則爲清淨無有足跡用無知無見虛無無有菩薩摩訶薩行般若波羅蜜亦復如是無有菩薩之句誼也譬如日之宮殿在於虛空照于衆冥無有足跡菩薩摩訶薩行般若波羅蜜亦復如是無有菩薩之句誼也譬如火起劫燒壞時天地灰盡一切萬物悉無遺餘不知足跡之所趣菩薩摩訶薩行般若波羅蜜亦

復如是無有菩薩之句誼也譬如怛薩阿竭阿羅訶三耶三佛導于戒法無有毀禁菩薩摩訶薩行般若波羅蜜亦復如是無有菩薩之句誼也譬如怛薩阿竭阿羅訶三耶三佛有三昧定志無憒亂菩薩行般若波羅蜜亦復如是無有菩薩之句誼也譬如怛薩阿竭志妙智慧無有邪見之足跡菩薩摩訶薩行般若波羅蜜亦復如是無有菩薩之句誼也譬如怛薩阿竭而得解脫無有不脫之足跡菩薩摩訶薩行般若波羅蜜亦復如是無有菩薩之句誼也譬如怛薩阿竭度知見慧無有不度知見慧之足跡菩薩摩訶薩行般若波羅蜜亦復如是無有菩薩之句誼也譬如怛薩阿竭之光明日月光明俱無足跡菩薩摩訶薩行般若波羅蜜亦復如是無有菩薩之句誼也譬如四大天王忉利天鹽天兜率天所有光明無有足跡菩薩摩訶薩行般若波羅蜜亦復如是無有菩薩之句誼也譬如尼摩羅天波羅尼蜜天及于魔界光明與怛薩阿竭光明俱無足跡菩薩摩訶薩行般若波羅蜜亦復如是無有菩薩之句誼也譬如梵天梵迦夷天梵具天梵天有光天少光天無量光天光音天清淨天少淨天無量淨天難及淨天善見天所見善天於是見天一善天所有光明如來光明復無足跡菩薩摩訶薩行般若波羅蜜亦復如是無有菩薩之句誼也所以者何須菩提其爲道心及菩薩者其爲菩薩之句誼號於一切法無順不順無應不應無有不有無色不見亦無所取則爲一相謂無有相菩薩摩訶薩於一切法而無

所著當作是學菩薩摩訶薩於一切法不當覺知一切法誼須菩提白佛言唯天中天何謂一切法何謂菩薩摩訶薩於一切法而無所著而當學者云何菩薩摩訶薩不當覺了於諸法義佛告須菩提所謂一切法者謂諸善事若不善事所可分別世間事度世事所有諸漏無有諸漏有為無為其有怨敵無有怨敵是謂須菩提為一切法菩薩摩訶薩於是諸法不當有著因當學矣是為菩薩摩訶薩解一切法而無覺知須菩提白佛言唯天中天何所善法在世間者乎佛告須菩提其善法者處於世間謂孝順父母奉事沙門梵志尊敬長老布施功德遵修經戒勸念功德有所修治善權方便世間所行十善之本所謂定想腐敗之想猥穢之想爛壞之想噉食之想憒亂之想無住之想燒炙之想而作此觀四禪四等四無色定念佛念法及聖衆念於禁戒念於布施念於天上念於寂然安般守意志在於身念老病死是謂須菩提世間善法何謂世間不善之法殺生盜竊邪婬妄言兩舌惡口安語貪嫉邪見十惡之事是謂世間不善之法何謂不分別法不能分別身之所行不能分別口之所言不能分別心之所念不能分別四衆之本不能分別五根之原所不能分別六衰所在不能分別色陰之事諸種諸入不能分別善惡所歸是謂不分別法何謂世間之法五陰之事及十二入十八諸種十善之事四禪四等心四無色定是謂世間善法之事彼則何謂度世之法四意止四意斷四神足五根五力七覺意八由行

及三脱門空無相無願無他特異及差別者謂根異根及諸別根所念所行三昧無念所行志趣三昧無念無行三昧以慧解脱其心安詳所念隨順八解脱門何等爲八見諸色色是爲第一脱門内無色想而外見色雖處於空而不解脱則不能越一切諸想是爲第二脱門得於衆想在於根本無有若干衆多之念是爲第三脱門行於無量虛空虛空成就是爲第四脱門悉得越度一切虛空虛空之智在於無量識慧之行而爲成就是爲第五脱門皆得越度無量慧智之天而處無有無量不用之慧成就成行是爲第六脱門而悉越度一切無量不用之慧在於有想成就之行是爲第七脱門而悉越度一切有想無想悉蠲諸想安寂然行是爲第八脱門而不

復禪亦不學定漸漸進前入於三昧何謂漸前入三昧乎寂然於欲蠲除衆惡不善之法有想有行寂寞得安行第一禪除於想念無想無念其内安詳寂然得安行第二禪常行安隱無有瑕所造立行不違聖賢而歡喜安行第三禪斷苦除安前所曾更意安意患諸可不可悉以滅盡無苦無安其志寂然志於清淨行第四禪應時悉度一切色想除所集衆想之念無復若干諸想之思在於無量虛空之慧具足之行悉度一切諸虛空之慧在於無量識慧具足之行悉度一切無量識慧之行在於無有無量不用慧具足之行悉度一切無量不用慧已在於有想無想無量之處具足之行悉度一切有想無想無量行已已蠲諸想成寂滅行度於我所非我所無苦

無樂一切所更苦集盡道四意止四意斷四神足五根五力七覺意八由行至無所有自然之空怛薩阿竭十力四無所畏四分別辯十八不共諸佛之法何謂爲法諸漏未盡五陰諸事十二諸入十八諸種十二因緣四禪四等心四無色定是謂諸漏不盡法何謂無漏之法謂四意止四意斷四神足五根五力七覺意八由行十種力四無所畏四分別辯十八不共諸佛之法是謂無漏之法何謂有爲之法欲界色界無色界及其餘事不能分別不盡其原諸法之本此復何謂四意止四意斷四神足五根五力七覺意八由行十種力四無所畏四分別辯十八不共諸佛之法是謂有爲之法何謂無爲之法其法不起不滅亦無所作亦無所住無有異義婬怒癡盡則爲無本其無本者則無異法其於法界於寂然其審本際是謂無爲之法何謂怨敵之法四禪四等心四無色定是謂怨敵之法何謂無怨敵法四意止四意斷四神足五根五力七覺意八由行十種力四無所畏四分別辯十八不共諸佛之法是謂無怨敵法彼時菩薩於己身想空無所著之法了無所著而不可動於一切法所向法門而無有二悉不覺了一切諸法由不動搖須菩提白佛言云何天中天何因名菩薩爲摩訶薩乎何故正號摩訶薩佛告須菩提摩訶薩者除諸積聚得至究竟而爲最尊有所成就以故名曰摩訶薩須菩提白佛言唯天中天所謂摩訶薩者離於積聚而得究竟其於菩薩摩訶薩而爲最尊有所成就佛告須菩提摩訶薩者諸

所積聚爲種姓者八等之人須陀洹斯陀含阿那含阿羅漢辟支佛初發意菩薩至阿惟越致地住者其摩訶薩者於是積聚究竟之中爲菩薩行於中最尊有所成就菩薩摩訶薩遊處其中心如金剛有所興發其摩訶薩於諸積聚究竟之中而爲最尊有所成就是則名曰爲摩訶薩須菩提白佛言唯天中天何謂心如金剛世尊告須菩提菩薩摩訶薩發心如是在於生死無有限量被僧那鎧一切所有捨而不捨吾當心等於此一切衆生之類發平等志一切衆生當以三乘而般泥曰滅度一切衆生類已亦無有人般泥曰者吾當覺了一切諸法而無所起而當親近薩芸若慧心常存在六波羅蜜行悉當普學在所歸慧學當具足當分別覺一乘之法又當曉了不可計行所入音聲學此諸法是爲菩薩摩訶薩發金剛心菩薩摩訶薩所住之處而得究竟而爲最尊有所成就彼無顛倒亦無所得復次須菩提菩薩發心如是其有衆生在於地獄餓鬼畜生勤苦毒痛考掠之處吾爲此類忍勤苦患令得安隱彼菩薩摩訶薩當發此心吾身爲一一人故在於地獄受勤苦痛考掠之毒百千億垓諸劫之數不以爲劇當令彼人至於無餘泥洹之界而得滅度以是方便一一人故衆生之類受若干苦終不休息各令人人至於無餘泥洹之界而得滅度然後吾身能爲他故植衆德本於億千劫逮得阿耨多羅三耶三菩阿惟三佛是爲須菩提菩薩摩訶薩發金剛心其摩訶薩所住之處於諸積聚而得究竟而爲最尊有

所成就復次須菩提菩薩摩訶薩常當修建微妙之心當以此心令諸衆生得至尊處彼菩薩摩訶薩所謂微妙心者從初發意未曾起生婬欲之心亦復不起瞋恚之心亦復不生愚癡之心心無所起不發聲聞辟支佛心是爲須菩提菩薩摩訶薩修建微妙之心令諸衆生而爲最尊有所成就亦無所念復次須菩提菩薩摩訶薩常當建心令不動揺彼菩薩摩訶薩心不動已所以思惟薩芸若心亦不念是爲菩薩摩訶薩心不動揺復次須菩提菩薩摩訶薩志在一切衆生之類欲令獲安菩薩摩訶薩於衆生建立安已欲諸羣萌不捨三乘亦無所念無所輕慢是爲須菩提菩薩摩訶薩建立安心於諸衆生是爲須菩提菩薩摩訶薩行般若波羅蜜令諸衆生

至於最尊有所成就復次須菩提菩薩摩訶薩當愛於法喜法樂法精進爲行彼何謂愛法若於諸法而無所畏無所破壞是謂愛法何謂喜法志樂經典不離所樂是謂喜法彼何謂樂法思惟於法多所分別而令廣聞是謂樂法是爲須菩提菩薩摩訶薩行般若波羅蜜謂摩訶薩於諸積聚而爲究竟而爲最尊有所成就無有顛倒亦無所得復次須菩提菩薩摩訶薩行般若波羅蜜住於内空住於外空住内外空亦無内外至無所有自然之空謂摩訶薩於諸積聚而得究竟而爲最尊有所成就無所顛倒亦無所得復次須菩提菩薩摩訶薩行般若波羅蜜住四意止四意斷四神足五根五力七覺意八由行十種力四無所畏四分別辯十八不共諸佛之法

住於此法謂摩訶薩於諸積聚逮得究竟而爲最尊而所成就不爲顛倒亦無所得復次須菩提菩薩摩訶薩建立住金剛三昧越度過於無量空慧無量識慧無量不用慧無量有想無想至於虛空無爲無色戒定慧解脱知見品三昧之定住度三昧謂摩訶薩於諸積聚逮得究竟而爲最尊有所成就不在顛倒佛言須菩提菩薩摩訶薩住於法已在於積聚逮得究竟而爲最尊所成就故謂摩訶薩爲摩訶薩

光讃般若波羅蜜經卷第六

音釋

腐扶雨切爛也　猥烏賄切雜也　噉徒感切食也　炙之石切燔炙也　般泥曰梵語也此云滅度般比末切　掠良灼切笞也　劇奇逆切艱也

光讚般若波羅蜜經卷第七

西晉三藏法師　竺法護　譯

等無等品第十二

爾時賢者舍利弗白佛唯天中天我爲堪任講摩訶薩義乎所因謂何爲摩訶薩者世尊告言應講之耳舍利弗言棄捐一切所見吾我見人壽命見凡夫之事有志含血有作無作所起斷絶有觀無觀所視斷截所見若復常見無見陰見種見諸衰入見虛見實見十二因縁見四意止四意斷四神足五根五力七覺意八由行見十種力四無所畏四分別辯十八不共諸佛之法若復覩見教作衆生覩見佛土清淨莊嚴見於佛道觀覩於覺見轉法輪皆悉蠲除如此諸見而爲說法以故名曰爲摩訶薩摩訶薩義也須菩提謂舍利弗何故賢者菩薩摩訶薩而見於色痛痒思想生死識眼耳鼻口身意色聲香味細滑法吾我人壽命四種衰入十八種四意止斷神足五根五力七覺意八由行十種力四無所畏四分別辯十八不共諸佛之法舍利弗答曰賢者且聽此菩薩摩訶薩行般若波羅蜜無漚惒拘舍羅已遭遇色而興發見謂可致得痛痒思想生死識而興發見謂可致得眼耳鼻口身意色聲香味細滑法吾我人壽命四種衰入十八種三十七品十種力四無所畏四分別辯十八不共諸佛之法已遭遇此以興發諸見謂有可得菩薩摩訶薩遊於其中行般若波羅蜜以漚惒拘舍羅除是諸見而爲說法令離顚倒不求所獲須菩提白佛言唯天中天我應堪任說摩訶薩號摩訶薩

義之所趣乎世尊告曰應說之耳如我心解承世尊旨菩薩心者等無所等無怨敵心諸聲聞辟支佛心所不能及所以者何則薩芸若心無有諸漏亦無因緣假使如是薩芸若心無有諸漏亦無因緣則於彼心而無所著故曰摩訶薩摩訶薩假號也舍利弗謂須菩提何所菩薩摩訶薩者所謂心者等無等無怨敵心諸聲聞辟支佛心所不能及須菩提謂舍利弗仁舍利弗是菩薩摩訶薩從初發意未曾見法起者滅者無所懷來不增不減無有塵垢亦無結恨假使賢者不起不滅無所懷來不增不減無有塵垢亦無結恨彼無聲聞辟支佛心無菩薩心亦無佛心舍利弗是爲菩薩摩訶薩心等無所等心無怨敵聲聞辟支佛心所不能及舍利弗謂須菩提唯須菩提仁莫但講聲聞辟支佛心所不能及心不著聲聞辟支佛當復不著於色所求痛痒思想生死識所求答曰如是舍利弗實不著色痛痒思想生死識亦不著眼耳鼻口身意色聲香味細滑法不著十八種諸衰入十二因緣不著四意止四意斷四神足五根五力七覺意八由行不著十種力四無所畏四分別辯十八不共諸佛之法舍利弗謂須菩提如向者須菩提之所講論其薩芸若心者無有諸漏亦無因緣云何賢者愚凡夫心不亦無漏無因緣乎本淨爲空至于聲聞辟支佛世尊心無有諸漏無有因緣耶答曰如是舍利弗又問須菩提色亦不爲無漏乎無因緣乎本淨空乎痛痒思想生死識亦無爲無有漏乎無因緣乎本淨空乎答曰如是舍利

弗又問須菩提眼耳鼻口身意色聲香味細滑法十八種四大衰入十二因緣不爲無漏無因緣本淨空乎四意止四意斷四神足五根五力七覺意八由行不爲無漏無因緣本淨空乎十種力四無所畏四分別辯十八不共諸佛之法無爲無漏無因緣本淨空乎答曰如是舍利弗誠如所云愚凡夫心聲聞辟支佛心亦無有漏亦無因緣本淨爲空陰種諸入四大十二因緣三十七品十種力四無所畏四分別辯十八不共諸佛之法亦無有漏亦無因緣本淨爲空舍利弗謂須菩提於此諸心當無所著又復不當不著無色色乎痛痒思想生死識不當不著無色色乎又須菩提不當不著無意止意止乎無意斷意斷乎無神足神足乎無五根五根乎無五力五力乎無七覺意七覺意乎無八由行八由行乎無十種力十種力乎無四無所畏四無所畏乎無四分別辯四分別辯乎無十八不共十八不共乎須菩提答曰如是舍利弗不當著無色色也不當著無痛痒思想生死識也不當著無眼耳鼻口身意也不當著無色聲香味細滑法法也不當著無四大衰入入也不當著無十二因緣緣也不當著無三十七品品也不當著無十種力力也不當著無四無所畏畏也不當著無四分別辯辯也不當著無十八不共諸佛之法法也如是舍利弗行般若波羅蜜以是之故其道之心無慦敵心諸聲聞辟支佛心所不及也亦不想念聲聞辟支佛無所依倚不隨顛倒亦無所得是故逮成一切諸法

大乘品第十三

於是賢者分耨文陀尼弗白佛言唯天中天我應堪任講論摩訶薩號義之所趣乎世尊曰應所論也分耨文陀尼弗言摩訶僧那僧涅被大德鎧菩薩摩訶薩爲摩訶衍志大乘乎被其人者爲乘大乘是故天中天摩訶薩號摩訶薩也舍利弗謂分耨文陀尼弗以何因緣謂菩薩摩訶薩爲摩訶僧那僧涅摩訶衍三跋致乎分耨答曰於是賢者菩薩摩訶薩不爲學者獨人衆生之類住檀波羅蜜有所施與也則爲一切羣萌之故住檀波羅蜜有所施與耳不爲學者衆生獨人住尸波羅蜜所獲禁戒則爲一切羣萌之故住尸波羅蜜而獲禁戒耳不爲學者衆生獨人住羼提波羅蜜能有所忍則爲一切羣萌之故住羼提波羅蜜而行忍辱耳不爲學者衆生獨人住惟逮波羅蜜而爲精進則爲一切羣萌之故住惟逮波羅蜜精進耳不爲學者衆生獨人住禪波羅蜜而不亂意則爲一切羣萌之故住禪波羅蜜爲一心耳不爲學者衆生獨人住般若波羅蜜而行智慧則爲一切羣萌之故住般若波羅蜜而導智慧耳菩薩摩訶薩行般若波羅蜜不爲斷絶羣萌之類限量衆生被僧那鎧也我當滅度若干衆生不滅度若干衆生立若干人於佛道不立若干人於佛道又菩薩摩訶薩則爲一切羣萌之類被僧那鎧而自惟行吾身自當具足成滿檀波羅蜜勸助衆生令一切業檀波羅蜜尸波羅蜜羼波羅蜜惟逮波羅蜜禪波羅蜜般若波羅蜜吾身自當具足成行般若波羅蜜勸

助衆生一切令入智度無極復次舍利弗菩薩摩訶薩假使行檀波羅蜜所可施與一切皆爲薩芸若遵修其心以諸衆生而爲伴侶是我子也猶以勸助阿耨多羅三耶三菩是爲舍利弗菩薩摩訶薩行般若波羅蜜被僧那鎧復次舍利弗菩薩摩訶薩行檀波羅蜜所可施與爲薩芸若遵修其心所發心者不爲勸助聲聞辟支佛地是爲舍利弗菩薩摩訶薩行檀波羅蜜被僧那鎧復次舍利弗菩薩摩訶薩行檀波羅蜜所可施與爲薩芸若遵修其心而常思念護於禁戒無所犯負不以勸助聲聞辟支佛地逮得阿耨多羅三耶三菩是爲菩薩摩訶薩行尸波羅蜜施被僧那鎧復次舍利弗菩薩摩訶薩行檀波羅蜜所可施與爲薩芸若遵修其心而常思念忍於諸法而以忍辱勸勉衆生而爲伴侶是我子也而以忍辱勸助不爲聲聞辟支佛逮得阿耨多羅三耶三菩是爲菩薩摩訶薩行羼波羅蜜被僧那鎧復次舍利弗菩薩摩訶薩行檀波羅蜜所可施與爲薩芸若遵修其心常奉精進不捨慇懃所行精進無有諸漏不以勸助聲聞辟支佛逮得阿耨多羅三耶三菩是爲菩薩摩訶薩行惟逮波羅蜜被僧那鎧復次舍利弗菩薩摩訶薩行檀波羅蜜所可施與薩芸若遵修其心若布施者常一其心無若干念唯業思惟薩芸若慧思惟不捨不聽聲聞辟支佛行逮得阿耨多羅三耶三菩是爲菩薩摩訶薩行禪波羅蜜被僧那鎧復次舍利弗菩薩摩訶薩行檀波羅蜜有所施與爲薩芸若遵修其心常奉智慧離於邪

黠所業智慧開發一切無有諸漏不以勸助聲聞辟支佛地逮得阿耨多羅三耶三菩是爲菩薩摩訶薩行般若波羅蜜被僧那鎧復次舍利弗菩薩摩訶薩行檀波羅蜜所可施與爲薩芸若導修其心若施與者達幻化心無所施與亦無施者亦無受者菩薩摩訶薩如是施者不爲勸助聲聞辟支佛逮得阿耨多羅三耶三菩是爲菩薩摩訶薩行般若波羅蜜被僧那鎧分耨文陀尼弗謂舍利弗設使菩薩摩訶薩其心導崇薩芸若於諸波羅蜜無有想求亦無所得是爲菩薩摩訶薩僧那僧涅之謂也復次舍利弗菩薩摩訶薩行尸波羅蜜其心導崇在薩芸若而以布施導崇薩芸若心攝護衆生則以勸助阿耨多羅三耶三菩心是爲菩薩摩訶薩行尸波羅蜜

爲檀波羅蜜復次舍利弗菩薩摩訶薩行尸波羅蜜於此諸法無所忍者不能忍者無所不忍是爲菩薩摩訶薩行尸波羅蜜爲羼波羅蜜復次舍利弗菩薩摩訶薩行尸波羅蜜則自然發精進之事無有懈廢是爲菩薩摩訶薩行尸波羅蜜爲惟逮波羅蜜復次舍利弗菩薩摩訶薩行尸波羅蜜其心導崇於薩芸若思惟所行不信聲聞辟支佛心常一其心專思禪定無有衆亂是爲菩薩摩訶薩行尸波羅蜜爲禪波羅蜜復次舍利弗菩薩摩訶薩行尸波羅蜜遠行一切諸所有法觀念如幻亦不念戒亦無所得不信聲聞辟支佛心分別微妙智慧是爲菩薩摩訶薩行尸波羅蜜爲般若波羅蜜如是舍利弗菩薩摩訶薩行尸波羅蜜則爲攝取皆爲具足諸波羅

蜜是爲摩訶僧那僧涅之謂也復次舍利弗菩薩摩訶薩行羼波羅蜜有所施與遵崇發起薩芸若心不信聲聞辟支佛心普能忍辱而無結恨皆以勸助阿惟三佛復次舍利弗菩薩摩訶薩行惟逮波羅蜜有所施與遵崇發起薩芸若心不信聲聞辟支佛心常行精進不進不退逮得阿惟三佛復次舍利弗菩薩摩訶薩行禪波羅蜜有所施與遵崇發起薩芸若心不信聲聞辟支佛心其心常定不處於諸亂無亂不亂亦不見亂不見定意復次舍利弗菩薩摩訶薩行般若波羅蜜遵崇發起薩芸若心不信聲聞辟支佛心其心恢大無所不通不在生死不在滅度復次舍利弗菩薩摩訶薩以無色定而行三昧不隨禪教而有所生是爲菩薩摩訶薩漚惒拘舍羅般若波羅蜜復次舍利弗假使菩薩摩訶薩或行禪定若四等心其無色定而以三昧不失禪定及四等心無色三昧是爲菩薩摩訶薩漚惒拘舍羅般若波羅蜜復次舍利弗菩薩摩訶薩又修禪思行四等心無色三昧而在寂然有所觀見空無相無願見斯然後是爲菩薩摩訶薩摩訶僧那僧涅般若波羅蜜如是舍利弗菩薩摩訶薩爲摩訶僧那僧涅之謂也如是舍利弗菩薩摩訶薩設使被如此僧那八方上下諸佛世界佛天中天所可宣揚微妙之教讚頌功德申暢其音於某世界有菩薩摩訶薩被大德鎧教化衆生嚴淨佛土舍利弗問分耨文陀尼弗何謂菩薩摩訶薩摩訶衍三跋致等乘大乘分耨答曰於是賢者菩薩摩訶薩行六波羅蜜寂除衆欲

滅去諸惡不善之法順想有行而處寂然存在安隱便能具足行第一禪已離於欲無有衆惡蠲除衆想所可念者寂然安隱則能具足行第二禪除去衆想無念無想而心自修如聖賢教不違明達得欣悅安則便具足得第三禪除安去苦前所更歷善惡可不可意無苦無樂而在寂然得欣悅安則便具足第四之禪行四等心心常慈俱無怨無結亦無顛倒廣大無邊導善無量普諸世間心之所行而不捨此悲喜護心亦復如是護心常俱無怨無結亦無顛倒廣大無邊導善無量普諸世間心之所行而不捨此是爲菩薩摩訶薩禪思菩薩摩訶薩以此禪思行四等心以此瑞應行三昧定行斯已後皆以勸助薩芸若慧是爲菩薩摩訶薩六波羅蜜檀波羅蜜之本尸波羅蜜羼波羅蜜惟逮波羅蜜禪波羅蜜般若波羅蜜皆各各如是是爲菩薩摩訶薩僧那僧涅之謂也復次舍利弗菩薩摩訶薩與慈心俱廣遠弘普而無有二無有邊涯無有結而無有斯在於一處信第一第二第三第四亦復如是至下無際上去無限八方上下無不周徧具足四禪是爲菩薩摩訶薩三昧假使菩薩摩訶薩導崇其心在薩芸若行第一禪而以救攝一切衆生悉勸助之於諸通慧其菩薩摩訶薩具足薩芸若而發慧心然以方便暢發誼意爲人說經是爲菩薩摩訶薩檀波羅蜜又菩薩摩訶薩其心至于薩芸若慧思惟導修度第一禪假使能住第一禪者不復信樂發異心者不隨聲聞辟支佛心是爲菩薩摩訶薩不犯於他爲尸波

羅蜜假使菩薩摩訶薩其心志在薩芸若慧導修思惟即自發念令一切人衆生之類勤苦滅盡爲說經法隨其心念所喜樂者觀其根原而開化之是爲菩薩摩訶薩行羼波羅蜜假使菩薩摩訶薩其心導修薩芸若慧勸助一切功德之本於諸通慧不見精進之所歸趣是爲菩薩摩訶薩行惟逮波羅蜜假使菩薩摩訶薩其心導修薩芸若慧從第一禪至于四禪而復觀察無常苦空非身空無相無願是爲菩薩摩訶薩行禪波羅蜜假使菩薩摩訶薩其心導崇薩芸若慧觀一切法譬如幻化無有三界爲人說經是爲菩薩摩訶薩行般若波羅蜜賢者舍利弗是爲菩薩摩訶薩摩訶衍事復次舍利弗菩薩摩訶薩摩訶衍者建立一切四意止四意斷四神足五根五力七覺意八由行又復建立一切具足於空三昧無相無願三昧十種力四無所畏四分別辯十八不共諸佛之法是爲菩薩摩訶薩摩訶衍復次舍利弗菩薩摩訶薩不告不求此二地聲聞地辟支佛地其心唯樂薩婆若慧是菩薩摩訶薩行無放逸爲四等心成羼波羅蜜假使菩薩摩訶薩其心導修而自興發一切哀慧所行無限無所破壞是爲菩薩摩訶薩行惟逮波羅蜜假使菩薩摩訶薩於四等心而行禪定不從禪定及四等心有所忘失是爲菩薩行無放逸四等之心漚惒拘舍羅復次舍利弗菩薩摩訶薩慈心三昧我當救護一切衆生則以導崇行哀三昧愍傷行悲而順趣此行喜三昧我當度脫衆生之類轉漸進前至護三昧加於衆生至諸

漏盡是爲菩薩摩訶薩無有放逸行四等心檀波羅蜜假使禪思無有放逸行四等心因緣瑞應不以勸助聲聞辟支佛地則順專於一切哀慧是爲菩薩摩訶薩四等心行無所犯負尸波羅蜜復次舍利弗菩薩摩訶薩摩訶衍者曉了内空不墮顛倒亦無所求不有所得苦樂善惡有所有所自然空於諸通慧亦無所得無有内外不得中間是爲菩薩摩訶薩摩訶衍復次舍利弗菩薩摩訶薩摩訶衍者於一切法亦無有亂無三昧慧是爲菩薩摩訶薩摩訶衍復次舍利弗菩薩摩訶薩摩訶衍者常志大乘其慧自由其慧不在有常不在無常不計苦不苦樂不樂其不由慧在於我所及非我所是爲菩薩摩訶薩摩訶衍爲無所得不墮顛倒復次舍利弗菩薩摩訶薩摩訶衍者其慧自由不在於過去不在於當來不在於現在不在三世無慧之處是爲菩薩摩訶薩摩訶衍常無所得不墮顛倒復次舍利弗菩薩摩訶薩摩訶衍者其慧不由著於欲界不在色界不在無色界而慧自在悉知欲界色界無色界而得自在亦無所得不墮顛倒是爲菩薩摩訶薩大乘復次舍利弗菩薩摩訶薩摩訶衍者而慧自在不與世慧同亦不在没世慧不在有爲不在無爲不在有漏不在無漏於此法慧而得自由悉知世俗慧度世慧不爲不及悉知有爲無爲法不爲不及亦無所得不墮顛倒是爲菩薩摩訶薩大乘

乘大乘品第十四

賢者舍利弗問分耨文陀尼弗云何菩薩摩

訶薩乘于摩訶衍分䄍謂舍利弗唯賢者菩薩摩訶薩於是行般若波羅蜜乘檀波羅蜜亦復不得檀波羅蜜亦無菩薩不見受者有所得也亦無所獲也乘檀波羅蜜則謂菩薩摩訶薩尸波羅蜜羼提波羅蜜惟逮波羅蜜禪波羅蜜般若波羅蜜乘般若波羅蜜則亦不得般若波羅蜜亦不得菩薩亦無所獲是爲菩薩摩訶薩乘般若波羅蜜亦無所得復次舍利弗菩薩摩訶薩亦不毀失薩芸若導修之心則尋奉行於四意止所念無念所行無行於此衆誼亦無所得是爲菩薩摩訶薩乘摩訶衍復次舍利弗菩薩摩訶薩亦不毀失薩芸若慧導修之心於四意斷四神足五根五力七覺意八由行於此之誼亦無所得是爲菩薩摩訶薩乘摩訶衍復次舍利弗菩薩摩訶薩亦不毀失薩芸若導修之心十種力四無所畏四分別辯十八不共諸佛之法於此之誼皆無所得是爲菩薩摩訶薩乘摩訶衍復次舍利弗菩薩摩訶薩分別了此所謂菩薩者隨俗假號欲求人亦不可得亦無有起所謂色者但假號耳所謂痛痒思想生死識者但假號耳亦不可得亦無所起所謂眼耳鼻口身意但假號耳亦不可得亦無所起所謂色聲香味細滑法但假號耳亦無可得亦無所起所謂四意止四意斷四神足五根五力七覺意八由行但假號耳亦不可得亦無所起所謂十種力四無所畏四分別辯十八不共諸佛之法但假號耳亦不可得亦無所起所謂內空外空及於空空但假號耳亦不可得亦無所起所謂所有空自然空所

有自然空但假號耳所謂怛薩阿竭法無本之法諸法之界其法寂然及於本際其本際者亦不可得亦無所起所謂佛道有所覺者又其佛道亦不可得亦無所起是爲菩薩摩訶薩乘摩訶衍復次舍利弗菩薩摩訶薩從初發意則具足此菩薩神通開化衆生從一佛國遊一佛國供養奉事諸佛世尊慇懃親近諸佛世尊而聽經法求菩薩乘其人於彼乘菩薩行從一佛國遊一佛國嚴淨佛土教化衆生亦不想著諸佛國土亦無人相處無二地而其身力常爲衆生之故導利羣黎彼何謂爲自身故有所攝取心未曾離如此之乘逮得至于薩芸若慧已能逮得薩芸若慧便轉法輪已轉法輪則爲一切聲聞辟支佛天龍鬼神世間人民有所加益於是八方上下諸怛薩阿竭阿羅訶三耶三佛悉共讚歎宣揚其音其菩薩摩訶薩在其世界乘摩訶衍得薩芸若慧已得薩芸若慧則轉法輪是爲舍利弗菩薩摩訶薩乘摩訶衍也

無縛品第十五上

須菩提白佛言所謂摩訶僧那僧涅菩薩摩訶薩被大德鎧何謂菩薩摩訶薩僧那僧涅者佛告須菩提於是菩薩摩訶薩被戒德鎧行檀波羅蜜尸波羅蜜羼波羅蜜禪波羅蜜般若波羅蜜爲摩訶僧那僧涅四意四斷四神足五根五力七覺意八由行十種力四無所畏四分別辯十八不共諸佛之法内空僧那僧涅外空僧那僧涅其諸所有自然之空僧那僧涅薩芸若慧僧那僧涅被佛形像僧那僧涅已則以光明照三千大千世界八方

上下亦復如是其光明靡不周徧又復能動三千大千世界至于東方江河沙等佛土八方上下各亦如是莫不涌震其菩薩摩訶薩以是光明住檀波羅蜜被摩訶衍大僧那鎧變現三千大千世界悉爲紺瑠璃適變三千大千世界爲紺瑠璃已則復變爲轉輪聖王已變現爲轉輪聖王莊嚴之像則能廣施飢者與食渴者給漿無衣與衣無香與香華飾雜香擣香車乘象馬僮僕侍使恣人所求屋宅居止所當得者生活之業及餘衆人所欲得者悉令得所餘食衣服香華象馬屋宅所當得者皆施衆人令各得所已則爲衆生分別說法宣義具足導修六波羅蜜斯諸萌類聞所說法則便尋跡行波羅蜜至使逮得阿耨多羅三耶三菩阿惟三佛是爲菩薩摩訶薩摩訶衍僧那僧涅譬如須菩提明慧幻士及慧弟子於四大衢化作衆人生活之業所以者何諸幻師法自應當然以此爲術施於無數衆生人之所乏飲食衣服香華諸飾象馬屋宅於須菩提意云何其幻師者寧有所施給衆乏乎答曰不也天中天佛言如是須菩提菩薩摩訶薩行六波羅蜜三十七品內空外空及內外空及諸所有自然之空所被僧那鎧十種力四無所畏四分別辯十八不共諸佛之法僧那之鎧及薩芸若僧那僧涅化爲佛像被大德鎧其光普照三千大千世界及於東方八方上下江河沙等諸佛國土靡不周徧十方各如江河沙等諸佛世界六反震動以大光住檀波羅蜜隨人所求飲食衣服香華諸飾象馬舍宅生活之業雖化所

施竟無所與衆人各來有所受取生活之具亦無施者亦無受者所以者何須菩提是諸法者亦復如幻幻不離法是爲菩薩摩訶薩摩訶僧那僧涅復次須菩提菩薩摩訶薩住尸波羅蜜欲以救護諸受生者故復現生轉輪王種彼適立于轉輪王位便以十善建發衆生四禪四等心四無色定四意止四意斷四神足五根五力七覺意八由行十種力四無所畏四分別辯十八不共諸佛之法爲諸衆生廣説經典未曾令其離斯道誼能使安隱至得佛道是爲僧那譬如須菩提明達幻師若慧弟子於四大衢化無數衆不可稱計爲諸化人講説經法建立十善三十七品十種力四無所畏四分別辯十八不共諸佛之法於須菩提意云何寧有衆人住十善乎及三十七品十種力四無所畏四分別辯十八不共諸佛之法乎答曰不也天中天如是須菩提菩薩摩訶薩開化衆生令十善三十七品十八不共諸佛之法亦無所勸立於衆生也所以者何須菩提是謂諸法者亦復如幻幻不離法如是須菩提是爲菩薩摩訶薩摩訶衍僧那僧涅也復次須菩提菩薩摩訶薩住羼波羅蜜勸化衆生立忍度無極何謂菩薩住羼波羅蜜開化一切衆生之類立於忍辱無極之法於是須菩提菩薩摩訶薩從初發意等被德鎧而自誓願假使一切羣萌之類刀杖加我使菩薩摩訶薩不當興發瞋恨之意須更間也亦復教化一切衆生使立此忍譬如須菩提明達幻師及慧弟子於四大衢化作無數不可計人尋而揰撾以刀破害

寧有所撾所斫害乎答曰不也天中天佛言如是須菩提菩薩摩訶薩行羼波羅蜜若有刀杖加其身者皆而忍之又化衆生令立此忍亦無撾者亦無忍者是爲須菩提菩薩摩訶薩羼波羅蜜摩訶衍僧那僧涅也復次須菩提菩薩摩訶薩住惟逮波羅蜜勸化一切衆生之類皆令建立惟逮波羅蜜佛言云何菩薩摩訶薩建立衆生於精進度無極於是須菩提菩薩摩訶薩其心遵修薩芸若慧而發道意亦無想念亦無精進勸發衆生令履其行譬如須菩提明達幻師若慧弟子於四大衢化作無數不可計人令行精進護身口意亦無是人亦無身口意亦無所行如是須菩提菩薩摩訶薩立於惟逮波羅蜜勸化衆人令行精進無精進相亦無所行亦不開化衆生之類立於精進是爲菩薩摩訶薩惟逮波羅蜜摩訶衍僧那僧涅復次須菩提菩薩摩訶薩住禪波羅蜜勸化一切羣萌之類以禪波羅蜜云何須菩提菩薩摩訶薩住禪波羅蜜等住諸法諸法無亂亦不覩見諸法煩憒菩薩摩訶薩以能住此於禪波羅蜜等在無本勸助衆生於平等法彼所教化未曾違遠於諸佛教至得阿耨多羅三耶三菩阿惟三佛亦無至於阿惟三佛者譬如明達幻師若慧弟子於四大衢化作無數不可計人皆令坐禪心定意而無所定亦無亂如是須菩提菩薩摩訶薩勸化衆生令作等法不見諸法有一心者若亂意者是爲菩薩摩訶薩禪波羅蜜摩訶衍僧那僧涅也復次須菩提菩薩摩訶薩住般若波羅蜜開發衆人羣萌之

類悉令住於智度無極云何自住般若波羅蜜勸化衆生智度無極如是須菩提菩薩摩訶薩亦無有法而所行者亦無所護是菩薩摩訶薩住般若波羅蜜已亦以此法開化一切使得度去無所拘礙譬如明達幻師若慧弟子化作無數不可計人智慧辯才多所分别無有智慧亦無所説於須菩提意云何寧有所説有所聽乎答曰不也天中天佛言是爲菩薩摩訶薩摩訶衍僧那僧涅也復次須菩提菩薩摩訶衍僧那僧涅自住於自然之法開化東方江河沙等一切衆生皆使履行檀波羅蜜尸波羅蜜羼波羅蜜惟逮波羅蜜禪波羅蜜般若波羅蜜爲講説法假使衆生得聞於此六波羅蜜終不復離六度無極阿耨多羅三耶三菩阿惟三佛十方一切皆悉如是猶如東方諸佛國土十方一切皆悉如是等無差特譬如須菩提明達幻師若慧弟子於四大衢化作無數不可計人布施持戒忍辱精進一心智慧亦無施與亦無持戒亦無忍辱亦無精進亦無一心亦無智慧如是須菩提菩薩摩訶薩摩訶衍僧那僧涅也

光讚般若波羅蜜經卷第七

音釋

鎧（苦亥切甲也） 捶撾（捶之累切撾陟瓜切捶撾並擊也）

光讚般若波羅蜜經卷第八

西晋三藏法師 竺法護 譯

無縛品第十五下

復次須菩提菩薩摩訶薩三跋致遵崇其心於薩芸若未曾起發於他異心亦無所信無所聽受或開化人立檀波羅蜜或開化人立尸波羅蜜或開化人立羼波羅蜜或開化人立惟逮波羅蜜或開化人立禪波羅蜜或開化人立般若波羅蜜於開化人至無所立於無所化化若干人立四意止化若干人立四意斷化若干人立四神足化若干人立五根五力七覺意八由行化若干人立十種力四無所畏四分别辯十八不共諸佛之法或不開化或開化人立須陀洹果或開化人立斯陀含果或開化人立阿那含果或開化人立阿羅漢果或開化人立辟支佛果或若干人不可開化立若干人於薩芸若慧若干人不當開化有所不可計會不可限量羣萌之類當化立之於檀波羅蜜尸羼惟逮禪那般若波羅蜜四意止四意斷四神足五根五力七覺意八由行十種力四無所畏四分别辯十八不共諸佛之法開化衆生不可計會不可限量於薩芸若慧於須菩提意云何開化若干不可計人各有所趣各有所起各使得度寧有所起有度者不答曰不也天中天佛言如是菩薩摩訶薩以六波羅蜜有所開化三十七品及諸佛法四道緣覺亦無所趣亦無所度是爲須菩提菩薩摩訶薩摩訶衍僧那僧涅須菩提白佛言唯天中天若我聞法察其中誼當觀菩薩摩訶薩則不復爲僧那僧

涅所以者何因從空興諸自然相以是故天中天諸色色空諸痛痒思想生死識空察眼眼空耳鼻口身意意空察眼色識耳聲識鼻香識口味識身細滑識意法識十八之種皆亦復空眼之所習耳鼻口身意所習如是六情所習亦復如是皆爲空習一切悉空所習法空唯天中天檀波羅蜜亦空尸波羅蜜羼波羅蜜惟逮波羅蜜禪波羅蜜般若波羅蜜皆亦悉空察内亦空内空亦空其無所有自然亦空其空亦空四意止亦空四意斷四神足五根五力七覺意八由行亦空十種力四無所畏四分别辯十八不共諸佛之法亦空所謂菩薩亦空僧那僧涅亦空唯天中天以是之故當觀菩薩摩訶薩爲無僧那僧涅佛告須菩提如是如是須菩提誠如所云佛告須菩提薩芸若有爲無所作亦非不作亦無所有一切衆生亦無作亦無所有菩薩摩訶薩爲衆生故被大僧那鎧亦無所作亦非不作亦無所有須菩提白佛言唯天中天何以故薩芸若慧亦無所作亦非不作亦無所有此衆生類亦無有作亦非不作亦無所有及諸菩薩摩訶薩僧那僧涅亦如是也世尊答曰有所作有所得則有所興而薩芸若亦無所作亦非不作亦無所有是諸衆生亦無有作亦非不作亦無所有所以者何色無造者亦無不造亦無所行亦無所作痛痒思想生死識無有造者亦無不造亦無所行亦無所作眼者亦無所造亦無不造亦無所行亦無所作耳鼻口身意亦無有造亦無不造亦無所行亦無所作色聲香味細滑法亦無所造

亦無不造亦無所行亦無所作十八種六情所習因致痛痒亦無有造亦無所造亦無所作吾我須菩提亦無有造亦無不造亦無所行亦無所作及有所知有所見亦無有造亦無不造亦無所行亦無所作以是之故究竟本末無有根原而不可得衆生及夢亦無有造亦無不造亦無所行亦無所作所以者何究竟本末無有根原亦不可得如呼聲響水中之月幻化野馬亦無有造亦無不造亦無所作亦無所行所以者何究竟本末無有根原亦不可得其内空者須菩提亦無有造亦無不造亦無所行亦無所作外空亦然其有所有及自然空亦無有造亦無不造亦無有行亦無所作三十七品十種力四無所畏四分别辯十八不共諸佛之法亦無有造亦無不造亦無所行亦無所作所以者何究竟本末無有根原亦不可得其無本者須菩提亦無有造亦無不造亦無所行亦無所作無本亦復如是亦無有異法其法種者住於法界諸法寂然其本際者亦無有造亦無不造亦無所行亦無所作所以者何究竟本末無有根原亦不可得其菩薩者亦無有造亦非不造亦無所行亦無所作薩芸若慧一切哀慧亦非有造亦非不造亦無所行亦無所作所以者何究竟本末無有根原亦不可得其菩薩者亦無有造亦非不造亦無所行亦無所作薩芸若慧一切哀慧亦無有造亦非不造亦無所行亦無所作所以者何究竟本末無有根原亦不可得以是故須菩提無所作薩芸若亦無所作亦非不作衆生如是亦無所

作亦非不作菩薩摩訶薩所由因摩訶衍僧那僧涅以是故須菩提當察菩薩摩訶薩亦無摩訶衍僧那僧涅也須菩提白佛言如是世尊教分别其誼我分别誼色無著無縛無脱痛痒思想生死識無著無縛無脱分耨文陀尼弗問須菩提色爲無著無縛無脱痛痒思想生死識爲無著無縛無脱須菩提謂分耨文陀尼弗如是賢者色無著無縛無脱痛痒思想生死識無著無縛無脱分耨又問須菩提何所色無著無縛無脱何所痛痒思想生死識無著無縛無脱須菩提答曰色自然無著無縛無脱痛痒思想生死識自然無著無縛無脱色如呼響無著無縛無脱痛痒思想生死識如呼響無著無縛無脱色如野馬無著無縛無脱痛痒思想生死識如野馬無著無縛無脱色如幻無著無縛無脱痛痒思想生死識如幻無著無縛無脱色如化無著無縛無脱痛痒思想生死識如化無著無縛無脱過去色無著無縛無脱過去痛痒思想生死識無著無縛無脱當來色無著無縛無脱當來痛痒思想生死識無著無縛無脱現在色無著無縛無脱現在痛痒思想生死識無著無縛無脱色無實無著無縛無脱痛痒思想生死識無實無著無縛無脱色恬怕無著無縛無脱痛痒思想生死識憺怕無著無縛無脱色無所生無著無縛無脱痛痒思想生死識無所生無著無縛無脱分耨色善無著無縛無脱痛痒思想生死識善無著無縛無脱色不著無著無縛無脱痛痒思想生死識不著無著無縛無脱色無記無著無縛無

脫痛痒思想生死識無記無著無縛無脫色不分別無著無縛無脫痛痒思想生死識不分別無著無縛無脫分檮世俗色無著無縛無脫世俗痛痒思想生死識無著無縛無脫度世色無著無縛無脫度世痛痒思想生死識無著無縛無脫有漏無漏色無著無縛無脫有漏無漏痛痒思想生死識無著無縛無脫虛無無著無縛無脫恍惚無著無縛無脫一切諸法無著無縛無脫無所有無著無縛無脫寂然無著無縛無脫檀波羅蜜無著無縛無脫尸波羅蜜羼波羅蜜惟逮波羅蜜禪波羅蜜般若波羅蜜無著無縛無脫發至無實無著無縛無脫發至寂寞無著無縛無脫內空無著無縛無脫外空無著無縛無脫其所有自然空無著無縛無脫四意止無著無縛無脫四意斷四神足五根五力七覺意八由行無著無縛無脫十種力四無所畏四分別辯十八不共諸佛之法無著無縛無脫從虛無起無著無縛無脫佛道無著無縛無脫薩芸若無著無縛無脫覺菩薩道無著無縛無脫從虛無生無著無縛無脫寂然無所生無著無縛無脫其無本者無著無縛無脫又無本者等無有異順法住無著無縛無脫其寂定法無著無縛無脫其本際者及於無爲無著無縛無脫無實所與無著無縛無脫空寂不起所與無著無縛無脫是爲賢者分檮菩薩摩訶薩無著無縛無脫波羅蜜也檀波羅蜜尸波羅蜜羼波羅蜜惟逮波羅蜜禪波羅蜜般若波羅蜜無著無縛無脫薩芸若無本慧一切哀慧轉上所作皆亦無著無縛無

脱轉進上昇布施持戒忍辱精進一心智慧轉進上昇無著無縛無脱轉昇上至住薩芸若慧一切哀慧無著無縛無脱教化衆生無著無縛無脱嚴淨佛土無著無縛無脱奉事諸佛世尊無著無縛無脱聽省經典無著無縛無脱未曾離諸佛無著無縛無脱未曾忘失神通無著無縛無脱不離五根無著無縛無脱不釋總持無著無縛無脱不捨三昧無著無縛無脱於道發哀無著無縛無脱薩芸若慧無著無縛無脱所轉法輪無著無縛無脱開化衆生存於三乘無著無縛無脱須菩提謂分耨文陀尼弗是爲菩薩摩訶薩六波羅蜜無著無縛無脱覺了一切諸正覺法從虚無起寂寞恬怕與無從生是爲分耨菩薩摩訶薩無著無縛無脱摩訶僧那僧涅也

三昧品第十六

賢者須菩提白佛言唯天中天何謂菩薩摩訶薩摩訶僧那何謂菩薩摩訶薩摩訶衍學大乘者何所誓志於衍衍何所住從何生衍中誰爲成衍者佛告須菩提如須菩提之所問也何所菩薩摩訶薩衍者六波羅蜜則爲菩薩摩訶薩摩訶衍也何等六檀波羅蜜尸波羅蜜羼波羅蜜惟逮波羅蜜禪波羅蜜般若波羅蜜彼何謂檀波羅蜜於是須菩提菩薩摩訶薩遵崇發心存薩芸若而行布施内外所有一切不惜以給衆生以爲堅固不備慾敵則以勸助阿耨多羅三耶三菩是爲菩薩摩訶薩檀波羅蜜何等菩薩摩訶薩尸波羅蜜於是菩薩摩訶薩遵崇發心存薩芸若身自奉行十善之事復以十善勸助人不墮

顛倒亦無所得是爲菩薩摩訶薩於尸波羅蜜無所忘失不墮顛倒亦無所得須菩提白佛言唯天中天何謂菩薩摩訶薩羼波羅蜜佛告須菩提於是菩薩摩訶薩已身能具足忍辱教化他人立於忍辱不墮顛倒亦無所得是爲菩薩摩訶薩羼波羅蜜須菩提白佛言唯天中天何謂菩薩摩訶薩惟逮波羅蜜佛告須菩提菩薩摩訶薩其心遵崇薩芸若慧於五波羅蜜不以踈遠以五波羅蜜教化衆生不墮顛倒亦無所得是爲菩薩摩訶薩惟逮波羅蜜須菩提又問世尊唯天中天何謂菩薩摩訶薩禪波羅蜜佛告須菩提菩薩摩訶薩遵崇發心存薩芸若慧已身常以漚惒拘舍羅行禪三昧不隨順從三昧而生也亦教人令學禪定不墮顛倒亦無所得是爲菩薩摩訶薩禪波羅蜜須菩提白佛言唯天中天何等爲菩薩摩訶薩般若波羅蜜佛告須菩提菩薩摩訶薩遵崇發心薩芸若慧於一切法無依倚觀於諸法一切本淨不墮顛倒亦無所得於一切法以無所著以觀諸法一切本淨則以斯法教化衆生不墮顛倒亦無所得是爲菩薩摩訶薩般若波羅蜜是爲菩薩摩訶薩摩訶衍也復次須菩提菩薩摩訶薩摩訶衍者謂內爲空外亦爲空內外悉空空亦復空至號大空眞妙之空清淨之空有爲空無爲空自然相空一切法空無所得空無有空而自爲空而有所有無所有空彼何謂爲內空謂內法者眼耳鼻口身意彼所謂眼眼所見者則亦爲空不可毀傷不可壞起所以者何本淨故也其耳所聽者則亦爲

空不可毀傷不可壞起所以者何本淨故也其鼻鼻所嗅者則亦爲空不可毀傷不可壞起所以者何本淨故也其舌舌所嘗味者則亦爲空不可毀傷不可壞起所以者何本淨故也其身身所更者亦復爲空不可毀傷不可壞起所以者何本淨故也其心心所念者亦復爲空不可毀傷不可壞起所以者何本淨故也是謂内空彼何謂外空外所云法色聲香味細滑念也其色色者亦復爲空不可毀傷不可壞起所以者何本淨故也是色聲香味細滑法空不可毀傷不可壞起所以者何本淨故也彼何謂内外法空内六入外六入是爲内外法空彼何謂外法空不可毀傷不可壞起所以者何本淨故也是内法外法則悉空故故不可毀傷不可壞起所以者何本淨故也是爲内外法空彼何謂空亦空謂一切法空諸法空亦此空空是謂空空彼何謂爲大空所謂東方亦空南方西方北方東南西南西北東北方上方下方皆亦悉空不可毀傷不可壞起所以者何本淨故也何謂眞妙空者曰無爲者也其無爲者無爲亦空不可毀傷不可壞起所以者何本淨故也是謂眞妙空彼何謂所有空所有空者謂欲界色界無色界空不可毀傷不可壞起所以者何本淨故也彼何謂無爲空所謂無爲空者不起不滅亦不自在亦無所住存在眞諦是爲無爲空彼所謂無爲空其無爲空者不可毀傷不可壞起所以者何本淨故也彼何謂究竟空究竟空者謂不可得涯際所以者何本淨故也是謂究竟空彼何謂廣遠空謂不

見來亦無所得所以者何本淨故也是謂廣遠空彼何謂不分別空彼無能捨法亦無所住所以者何本淨故也爲不分別空彼何謂本淨空悉能解了一切諸法悉爲本淨有爲無爲非聲聞所作非辟支佛所作是謂本淨空彼何謂一切法空一切法者謂色痛痒思想生死識眼耳鼻口身意色聲香味細滑之法眼色識耳聲識鼻香識口味識身細滑識意法識眼所更耳鼻口身意所更痛痒之事有爲法無爲法是謂爲一切法空諸法法空無所毀傷不可壞起所以者何用本淨故是謂一切法空彼何謂自然相空爲色相故色無所有相受痛痒相造生死相知生死識相痛痒思想生死識亦復如是眼耳鼻口身意色聲香味細滑法及十八種一切所更有爲法相無爲法相是一切法自然相空彼何謂不可得無所有空一切諸法亦不可得無所毀害不可壞起所以者何本淨故也是謂不可得無所有空彼何謂無所有空索所有形貌而不可得是謂無所有空彼何謂自然空無有合會爲自然是爲自然空彼何謂其無所有自然空者其自然者無有合會是謂其無所有自然空也復次須菩提其所有者所有空無所有者無所有空自然者自然空爲他故者他故亦空彼何謂所有所有空謂五陰也彼五陰者所有所有空是謂所有所有空何謂無所有無所有空謂無爲也彼無爲者無爲故空是謂無所有無所有空何謂自然自然空其爲空者則無有相亦無所作亦無所見是謂自然空彼何謂爲他故空假使

怛薩阿竭興出現者若怛薩阿竭不興出現其法常住其法界亦寂滅故無本無本斯則本際其於此者爲他空是謂爲他故空是謂須菩提菩薩摩訶薩摩訶衍也復次須菩提菩薩摩訶薩摩訶衍者謂首楞嚴三昧復有三昧名曰寶印復有三昧名師子娛樂有三昧名善月有三昧名月幢英有三昧名一切法超上有三昧名觀頂有三昧名分別一切法有三昧名了幢英有三昧名金剛喻有三昧名入法印有三昧名放光無所奪有三昧名定意王有三昧名善住有三昧名放光有三昧名力精進有三昧名等超有三昧名分別隨順有三昧名入諸語有三昧名照方面有三昧名總持印有三昧名放光無所亡有三昧名等御諸法海印有三昧名普見有三昧名金剛道場有三昧名勝諸金剛有三昧名照明有三昧名不眴有三昧名住不究竟有三昧名決了有三昧名離垢燈明有三昧名無量光有三昧名光造有三昧名普炤有三昧名淨御定有三昧名離垢明有三昧名爲娛樂故有三昧名慧鎧有三昧名無盡有三昧名威神具有三昧名除盡有三昧名無持有三昧名開通有三昧名日燈明有三昧名月離垢有三昧名淨炤明有三昧名有所炤曜有三昧名作當所作有三昧名慧英有三昧名譬金剛有三昧名善建志有三昧名寶積有三昧名超法印有三昧名法普有三昧名勝娛樂有三昧名渡法頂有三昧名有所破壞有三昧名分別諸句有三昧名等造字有三昧名離文字有三昧名除斷緣有三

昧名離所作有三昧名無所作有三昧名行不使了有三昧名除冥有三昧名行跡有三昧名無動有三昧名渡境界有三昧名決一切德有三昧名決所住有三昧名清淨嚴華有三昧名覺意句有三昧名無量燈明有三昧名等無等有三昧名度一切法有三昧名斷絶故有三昧名離所作有三昧名離所住有三昧名一嚴淨有三昧名御行事有三昧名一事故有三昧名制諸事有三昧名除厭一切所作有三昧名入緣合像音有三昧名脱音教文字言有三昧名光燄熾盛有三昧名相嚴淨有三昧名無相有三昧名造一切諸具有三昧名不恍一切苦樂有三昧名無盡故有三昧名總持句有三昧名愛護一切正邪有三昧名入一切諸色無色有三昧名無音斷音有三昧名離垢曜有三昧名御國要有三昧名離垢滿月有三昧名大嚴淨有三昧名一切光世明故有三昧名普明有三昧名御空有三昧名等御有三昧名無青不究竟無所娛樂有三昧名究竟無本住有三昧名身時安詳有三昧名言三昧蠲除虛空念有三昧名脱虛無色無所著百一十定彼何謂名曰首楞嚴三昧其定意者比入一切諸三昧行是謂首楞嚴三昧彼何謂寶印三昧時以斯定意印一切三昧是謂寶印三昧彼何謂師子娛樂三昧住此定意時皆娛樂一切定意是謂師子娛樂三昧彼何謂善月三昧住是定意時一切平等而無所有是謂善月三昧彼何謂月幢英三昧立是定意三昧以此定意普執一切諸三昧幢是謂月幢

英三昧彼何謂超一切法上三昧住是定意時一切悉至於平等事是謂一切法超上三昧彼何謂觀頂三昧住是定意時則便觀覩一切三昧諸定意頂是謂觀頂三昧彼何謂分別法界三昧住是定意時則能分別諸所法界是謂分別法界三昧彼何謂決了幢英三昧住是定意時一切定意究竟執幢是謂決了幢英三昧彼何謂金剛三昧住是定意時一切平等無能破壞是謂金剛三昧彼何謂入法印三昧住是定意時尋則得入一切法印是謂入法印三昧彼何謂善住王三昧住是定意時一切諸法王三昧之所建立是謂善住王三昧彼何謂放光明三昧住是定意時一切三昧皆演光明是謂放光明三昧彼何謂精進力三昧住是定意時一切三昧精進力所發起是謂精進力三昧彼何謂等度三昧住是定意時一切三昧皆至平等是謂等度三昧彼何謂順入言教三昧住是定意時皆得普入順應意聲是謂順言教三昧彼何謂入諸言教三昧住是定意時一切皆從三昧言教是謂入言教三昧彼何謂熖諸方面三昧住是定意時皆熖一切諸方面定意是謂熖諸方面三昧彼何謂總持印三昧住定意時總持一切諸三昧印是謂總持印三昧彼何謂無所奪三昧住是定意時尋即不忘一切定意是謂無所奪三昧彼何謂等御諸法海印三昧住是定意時行平等事思攝等御是謂等御海印三昧彼何謂普徧虛空三昧住是定意時一切三昧普徧虛空無所不周是謂普徧虛空三昧彼何謂金剛道

場三昧住是定意三昧時總持一切定意道場是謂金剛道場三昧彼何謂勝諸寶三昧住是定意時蠲除一切塵垢諸欲不可瑕疵是謂勝諸寶三昧彼何謂炤明三昧住是定意三昧時致一切等則無所炤曜諸道是謂炤明三昧彼何謂不眴三昧住是定意時於諸三昧不求諸法是謂不眴三昧彼何謂不究竟住三昧住是定意時不見諸法三界所住是謂不究竟住三昧彼何謂決了三昧住是定意時無心無念法所趣是謂決了三昧彼何謂離垢明三昧住是定意時一切三昧轉相炤曜是謂離垢明三昧彼何謂無量光三昧住是定意時其光明者無所不炤是謂無量光三昧彼何謂造所爲光三昧住是定意時若得三昧一切定意皆放光明是謂造所爲光三昧彼何謂普炤三昧適獲此定一切諸三昧門自然演光是謂普炤三昧彼何謂御諸淨三昧住是定意時則便逮得一切三昧清淨普等是謂御諸淨三昧彼何謂離垢光三昧住是定意時於諸三昧除一切垢悉令灰盡是謂離垢光三昧彼何謂所娛樂三昧住是定意時則便娛樂一切三昧是謂所娛樂三昧彼何謂慧燈明三昧住是定意時炤明一切諸所三昧是謂慧燈明三昧彼何謂無盡三昧住是定意時於一切三昧亦無有盡亦無不盡亦復不見盡與不盡是謂無盡三昧彼何謂威神句三昧住是定意時一切平等威神巍巍光曜遠炤是謂威神句三昧彼何謂除諸盡三昧住是定意時見諸三昧一切無盡見而無本而無所見是謂除

諸盡三昧彼何謂無特異三昧住是定意時一切平等不著不念無所患苦亦無因緣是謂無特異三昧彼何謂通達三昧住是定意時不見諸法有所通達亦無顛倒是謂通達三昧彼何謂日燈明三昧住是定意時開發一切諸三昧門而奮光明是謂日燈明三昧彼何謂離月垢三昧住是定意時於諸三昧以光除冥是謂離月垢三昧彼何謂清淨燈明三昧住是定意時於諸三昧普獲一切四分別辯是謂清淨燈明三昧彼何謂有所炤曜三昧住是定意時則皆炤明諸三昧門是謂有所炤曜三昧彼何謂所造作三昧住是定意時趣一切三昧成辦所當又復所造作三昧所立定時普見一切諸三昧慧英是謂所造作三昧彼何謂金剛喻三昧住是定意時滅除一切所作諸法不復覩見諸苦惱患是謂金剛喻三昧彼何謂心住三昧住是定意時心不動搖亦不開閉亦不炤明亦不見所起亦不念言有此心也是諸心住三昧彼何謂普世三昧住是定意時普見一切諸三昧定靡所不炤是謂普世三昧彼何謂善志住三昧住是定意時一切普安立謂三昧是謂善志住三昧彼何謂寶積三昧住是定意時普見一切諸三昧者悉爲積寶是謂寶積三昧彼何謂勝法印三昧住是定意時等印諸法未遭印者皆見印印悉能究竟是謂勝法印三昧彼何謂法平等三昧住是定意時不見諸法平等若嶮岨是謂法平等三昧彼何謂勝娛樂三昧住是定意時降伏一切諸所樂法是謂勝娛樂三昧彼何謂度諸法頂

三昧住是定意時調定一切諸法之上皆復越度諸所三昧是謂度諸法頂三昧彼何謂壞除三昧住是定意時除諸三昧壞一切法是謂壞除三昧彼何謂分别諸法三昧住是定意時皆能分别於諸三昧曉了一切諸法之句是謂壞除諸法三昧彼何謂等造文字三昧住是定意時分别曉了三昧致等文字是謂等造文字三昧彼何謂除諸文字三昧住是定意時於諸三昧無一文字亦無所得是謂除諸文字三昧彼何謂除斷因緣三昧住是定意時斷諸三昧緣無有衆亂是謂除斷因緣三昧彼何謂無所作三昧住是定意時不得諸法有所作爲亦無所造是謂無所作三昧彼何謂離所作三昧住是定意時不得諸法因緣所造是謂離所作三昧彼何謂

不究竟行三昧住是定意時不得一切諸三昧行究竟邊際是謂不究竟行三昧彼何謂除諸冥三昧住是定意時一切三昧除諸闇冥滅盡諸亂令致清淨是謂除諸冥三昧彼何謂行諸句三昧住是定意時普見一切諸三昧行是謂行諸句三昧彼何謂無動三昧住是定意時不見一切諸三昧有震動者是謂不動三昧彼何謂度諸界三昧住是定意時一切三昧度諸邪反亦無差錯順其正誼是謂度諸界三昧彼何謂分别諸德三昧住是定意時決一切諸法了衆生三昧是謂分别諸德三昧彼何謂所住究竟三昧住是定意時於一切定求於心本而不可得是謂所住究竟三昧彼何謂淨華嚴飾三昧住是定意時得諸三昧一切清淨普嚴諸華是諸淨

華嚴飾三昧彼何謂覺意句三昧住是定意時一切三昧疾逮覺意是謂覺意句三昧彼何謂無量辯三昧住是定意時尋即逮得無量辯才隨行分別是謂無量辯三昧彼何謂等無等三昧住是定意時一切定逮得等無等三昧能令諸邪皆至平等是謂等無等三昧彼何謂度一切諸法三昧住是定意時皆能越度一切三界是謂度一切諸法三昧彼何謂斷諸作三昧住是定意時見一切法諸三昧定悉爲斷絶之是謂斷諸所作三昧彼何謂無意無毀三昧住是定意時已逮諸定得致諸法皆歸壞敗是謂無意無毀三昧彼何謂無所住三昧住是定意時不見諸法有所住處是謂無所住三昧彼何謂一清淨三昧住是定意時不見諸法而有二事是謂一清淨三昧彼何謂御諸事行三昧住是定意時不見諸法有因緣趣是謂御諸事行三昧彼何謂勝諸事三昧住是定意時一切三昧不覩二事亦無所見是謂勝諸事三昧彼何謂除滅一切所有斷諸根三昧住是定意時於一切三昧滅除諸事而逮得慧所入之處無所遭遇是謂除滅一切所有斷諸根三昧彼何謂入合隨音三昧住是定意時不隨三昧諸音聲是謂入合隨音三昧彼何謂度諸言字音聲三昧住是定意時則悉度脫一切諸行文字之事亦無所見是謂度諸言字音聲三昧彼何謂熾盛光曜三昧住是定意時音熖降伏光明惟曜是謂熾盛光曜三昧彼何謂諸相嚴淨三昧住是定意時莊嚴一切諸相功德是謂諸相嚴淨三昧彼何謂無相

三昧住是定意時一切三昧永不覩一切相是謂無相三昧彼何謂一切具足三昧住是定意時一切所求普悉具足是謂一切具足三昧彼何謂不悅苦安三昧住是定意時不覩三昧一切苦安是謂不悅苦安三昧彼何謂無盡故三昧住是定意時於一切三昧亦無有盡亦無所見是謂無盡故三昧彼何謂總持句三昧住是定意時總持一切諸三昧事是謂總持句三昧彼何謂護諸正邪三昧住是定意時於諸三昧永不覩見正等與邪是謂護諸正邪三昧彼何謂滅除諸聲色無聲色三昧住是定意時於諸三昧一切不見有聲色永無聲色是謂滅除諸聲色無聲色三昧彼何謂無音斷音三昧住是定意時見一切法無聲無音是謂無音三昧彼何謂離垢明三昧住是定意時不得一切三昧光明諸垢是謂離垢明三昧彼何謂要御三昧住是定意時不見諸三昧有要無要有御無御是謂要御三昧彼何謂滿月離垢明三昧住是定意時一切平等具足成滿功德之福譬如月盛滿十五日時是謂滿月離垢明三昧彼何謂大嚴淨三昧住是定意時皆悉平等無極清淨莊嚴普備是謂大嚴淨三昧彼何謂普炤世間三昧住是定意時一切平等皆能光炤一切諸法是謂普炤世間三昧彼何謂普定意三昧住是定意時一切定亦無所亂不得一心是謂普定意三昧彼何謂御空三昧住是定意時等御一切不樂法者而令得樂是謂御空三昧彼何謂御薩芸若空等御三昧住是定意時於一切御平等之事亦

無所御是謂御薩芸若空等御三昧彼何謂無青究竟無樂三昧住是定意時不得名號亦無所獲是謂無青究竟無樂三昧彼何謂住於無本無心三昧住是定意時住於諸三昧普入無本無所轉求是謂住於無本無心三昧彼何謂身時安詳三昧住是定意時於諸三昧永無所得亦無見身是謂身時安詳三昧彼何謂口言時壞除虛空念三昧住是定意時一切三昧不得口言之所歸趣是謂口言時壞除虛空念三昧彼何謂脫無無色三昧住是定意時逮得虛空無爲無數一切法寂是謂脫虛無無色三昧是爲須菩提菩薩摩訶薩般若波羅蜜摩訶衍也

光讚般若波羅蜜經卷第八

音釋

怕 傍各切怕安靜也 燄 羊贍切與焰同 嶮岨 嶮虛儉切與險同岨壯所切與阻同

光讚般若波羅蜜經卷第九

西晋三藏法師　竺法護　譯

觀品第十七

佛告須菩提菩薩摩訶薩摩訶衍者謂四意止何謂四意止內自觀身不與身俱亦不想念亦不得身觀于外身不與身俱亦不想念亦不得身於是安詳調御其意觀於世間無明愁戚內觀痛痒彼心法者於是安詳調御其意觀於世間無明愁戚觀外痛痒不與痛痒俱亦不想念亦不得身觀內思想不與想俱亦無想念不得思想觀外思想不與想俱亦無想念不得思想觀於內法不與法俱亦無法想亦不得法觀于外法不與法俱亦無法念亦不得法於是寂然調御其意於世無明愁戚之事何謂須菩提菩薩摩訶薩內觀身於此菩薩摩訶薩知心所行若住已住亦知已坐當坐亦知行臥已當行臥如身應住所志所趣皆悉知之是為菩薩摩訶薩觀內身也於是安詳調御其意於世無明愁戚之事復次須菩提菩薩摩訶薩往返安詳觀察視瞻而不卒暴進止屈伸著衣持鉢飲食臥寐懈息所從律行去來坐起臥覺有所說者常懷徐詳喜在閑居心不馳騁是為須菩提菩薩摩訶薩行般若波羅蜜自觀內身而不可得復次須菩提菩薩摩訶薩其心專一觀出入息息長息短亦悉知之意息若近若遠亦悉知之意息若遲若疾亦悉知之意息卒暴柔和亦悉知之譬如轉輪聖王知土地長短廣狹譬如瓦師作器知大小深淺如是須菩提菩薩摩訶薩知息出入長短遲疾剛柔

菩薩如是觀其內身知其安詳調御其心令順法教是爲須菩提菩薩摩訶薩內自觀身調御其意於世無明愁慼之事復次須菩提菩薩摩訶薩自觀其身四分諸種今身有是地種水種火種風種譬如屠兒以持利刀殺害牛畜解爲四段爲四段已坐起省察則無牛因緣合成如是須菩提菩薩摩訶薩行般若波羅蜜自觀是身而身有此地種水種火種風種菩薩摩訶薩行般若波羅蜜自觀內身亦不見身亦無所得復次須菩提菩薩摩訶薩自察其身從頭至足有身髮髓腦惡穢不淨具足充滿有此身者有髮毛爪齒皮革筋脉骨節腸胃腹肝肺腎五臟血肉脂髓涕唾垢濁不淨大便小便譬如田家以囊器盛若干種穀麻米粟豆大麥小麥稻穬明目之人寫之置地分別知之是爲麻油是爲粳米是爲豆粟是爲稻穬如是須菩提菩薩摩訶薩今此身者從足至頭髮毛爪齒皮革筋脉骨節腸胃腹肝肺心腎五臟血肉脂髓涕唾垢濁不淨大便小便如是須菩提菩薩摩訶薩內自觀身調御其意於世無明愁慼之事亦無所得復次須菩提菩薩摩訶薩如今觀身遭諸寒熱若其壽終一日若三日四日五日其身胮脹其色變青臭爛膿血流出計如是身則不能離無常之法如是須菩提菩薩摩訶薩自觀內身知其安詳調御其意於世無明愁慼之事亦無所得亦無所見復次須菩提菩薩摩訶薩觀人壽終遭是寒熱日炙風飄死至一日若至二日三日四日五日六日七日爲烏鳥所食狐狼熊羆虎豹鵄梟狗

犬所食無央數蟲從其身出還食其體其人自察身所遊處法無有常分散離別無脱此者内自觀身調御其意於世無明愁戚之事亦無所見復次須菩提菩薩摩訶薩假使見身非常之後寒熱所遭日炙風飄胮腫青脹鳥獸所噉臭處不淨還自觀身亦當如是調御其意於世無明愁戚之事亦無所得亦無所見復次須菩提菩薩摩訶薩假使觀身終亡之後遭於寒熱日炙風飄骨節相連譬如交鎖肉塗血澆筋纏革裹皮覆自觀身調定其意於世無明愁戚之事亦無所得亦無所見復次須菩提菩薩摩訶薩假使見人終亡之後但白骨鉤鎖相連有血脉皮肉筋髓則而察之今此軀體其法如是分散別離此非常法無有脱者如是須菩提菩薩摩訶薩觀

身調定其意於世無明愁戚之事亦無所得亦無所見復次須菩提菩薩摩訶薩假使見骨髓筋纏碎壞分散還與土合觀察如是今此軀體其法如是内自觀身調御其意於世無明愁戚之事亦無所得亦無所見復次須菩提假使觀見骨散在地東西南北脚骨異處膝臏項頸膂脇手足頭髗各自異處則而察之今此軀體其法如是手足分散別離此非常法無脱此者内觀其身調定其意於世無明愁戚之事亦無所得亦無所見復次須菩提菩薩摩訶薩假使觀身死來久遠骨散在地積有年歲不可稱數難量之載青骨碎壞與灰土合今此軀體其法如是分散別離此非常法無有脱者如是須菩提菩薩摩訶薩内自觀身調定其意於世無明愁戚之事

亦無所得亦無所見痛痒思想觀法亦復如是以持誘進初發意者爲無常觀稍稍入空乃知無本以爲發意達者觀内外身亦無有身觀内外想亦無有想觀内外法亦無有法亦無所觀亦無所見道不離俗俗不離道二者俱空亦無所獲復次須菩提菩薩摩訶薩行摩訶衍者四意斷何等爲四意斷於是菩薩摩訶薩諸惡未起不善之法設來興者制令不生慇懃精進攝其心本令斷諸瑕諸惡不善非法之事適興尋斷慇懃精進自攝其心使平等斷諸善德本設來興者假欲斷者慇懃精進救攝其心平等解脫懷善法生堅住不失思惟具足廣普令備益加歡樂慇懃精進救攝其心平等解脫有所得亦無所得亦無所見是爲須菩提菩薩摩訶薩摩訶衍也復次須菩提菩薩摩訶薩行摩訶衍謂五根信根精進根念根定根慧根是爲菩薩摩訶薩摩訶衍有所得亦無所得亦無所獲復次須菩提菩薩摩訶薩摩訶衍者謂五力也何謂五力信力精進力念力定力慧力是爲菩薩摩訶薩摩訶衍五力也有所得亦無所得亦無所獲也復次須菩提菩薩摩訶薩摩訶衍謂七覺意何謂七覺意於是須菩提菩薩摩訶薩專修思覺意依於寂然無有貪欲亦無所依除於諍訟捨諸法是謂思覺意有行精進覺意依於寂然無有貪欲亦無所依除諍訟捨諸法是謂精進覺意又行悅豫覺意行信覺意行安覺意定覺意行觀覺意依於寂然無有貪欲亦無所依除諍訟捨諸法是謂菩薩摩訶薩摩訶衍行七覺也有所得

亦無所得亦無所獲復次須菩提菩薩摩訶薩摩訶衍謂八由行賢聖之路何謂八正見正念正語正治正業正方便正意正定是爲八由行賢聖之法有所得亦無所得亦無所獲是爲菩薩摩訶薩摩訶衍也復次須菩提菩薩摩訶薩摩訶衍者謂三品三昧何謂爲三空三昧無相無願三昧彼何謂空三昧已相法空空者脫門則爲無相其無相者便爲脫門其所行者無所行也是爲無願脫門也是爲須菩提菩薩摩訶薩摩訶衍也逮得此已亦無所得亦無所獲復次須菩提菩薩摩訶薩摩訶衍當分別若曉了所習決斷滅盡覺知由路知所盡者知無所起曉了諸法分別無我曉了柔和終没之事自知其心了他人心是謂爲慧彼何謂分別於苦知苦無所從生亦無所起是謂分別苦何謂爲曉了所習謂蠲除所習令不復生何等爲決斷滅盡謂苦已盡令無根本何等覺知由路謂賢聖之法八由路也何謂知所盡者謂婬怒癡滅何謂知無所起謂無所從生不起之慧何謂曉了法慧謂於五陰所造罪福斷絶爲慧何謂分別無我謂色非常痛痒思想生死識非常眼耳鼻口身心非我所有色聲香味細滑法非我所有眼色識耳聲識鼻香識口味識身細滑識意法識亦非我所有何謂曉了柔和終没之事有所咨嗟多所發起何謂自知其心自知古來根原何謂知人心能別他人衆生之心心之所念彼何謂如所慧心謂恒薩阿竭薩芸若慧是謂如所慧心已得是以亦無所得亦無所獲復次須菩提菩薩摩訶

薩摩訶衍謂有三根異人根異根別根彼何謂異人根謂有諸學士未得平等信根精進根意根定根慧根彼何謂異根其學士者無有異信信根精進根意根定根慧根是謂異根彼何謂別根謂未學士而發大意辟支佛菩薩怛薩阿竭阿羅訶三耶三佛信根精進根意根定根慧根是謂菩薩摩訶薩別根摩訶衍也有所得者亦無所得亦無所獲也復次須菩提菩薩摩訶薩摩訶衍者謂平等定也有三事有想有行三昧無想有行三昧無想無行三昧彼何謂有想有行三昧脱諸欲寂除諸惡不善之法有想有行行第一寂是謂有想有行三昧彼何謂無想有行三昧謂其心之内無想有行亦無所著至第二寂亦無内外是謂無想有行三昧彼何謂無想無行三昧過第二第三寂度於無量有慧之定越於無量識慧之宜過於無量不用慧定越於無量有想無想之定是謂無想無行是謂須菩提菩薩摩訶薩摩訶衍也復次須菩提菩薩摩訶薩摩訶衍者當行十念何謂十念念佛念法念聖衆念戒念布施念天念恬怕念無所起念觀身念當終亡是爲十念是爲菩薩摩訶薩摩訶衍有所得亦無所得亦無所獲復次須菩提菩薩摩訶薩摩訶衍謂四禪四無色定四等心八脱門未曾所獲味之定是謂須菩提菩薩摩訶薩摩訶衍也有所得者亦無所得亦無所獲復次須菩提菩薩摩訶薩摩訶衍謂怛薩阿竭十種力也何謂十種力謂知他人衆生之類處處非處處有限無限如審悉知過去當來今現在因縁罪

福所行之處有所報應如審悉知世間之人有若干種其體不同如審悉知他人衆生若干種心所喜各異如審悉知他人衆生根原所趣本末各異如審悉知一切五道終始所歸如審悉知知於衆人行者之心根力覺意一心脫門三昧正受結縛瞋恨鬪訟之事能慧分別如審悉知無數寂然悉識過去無數億劫之事識過去無數億劫之所遊居衆生察其終沒之所歸趣道眼徹視於十方一切佛界五道生死善惡禍福起滅終始如審悉知諸漏已盡無有塵垢度於想念以知慧脫現在造行自以神通證知諸行生死已斷稱譽梵行所作已辦知未度者是爲須菩提菩薩摩訶薩摩訶衍有所得亦無所得亦無所獲復次須菩提菩薩摩訶薩摩訶衍謂四無所畏何謂四無所畏今吾已逮成平等覺若有沙門梵志諸天人民若復異天異學之人來欲訟理求佛之短謂爲不成平等之覺不見瑞應敢有發意當如來者無敢發念故佛安隱所行無難亦無畏勇猛行達無所著而爲他人師子之吼講說分別清淨法輪沙門梵志諸天宮魔及諸梵天天上世間無有能及道法之誼諸漏已盡無有終始沙門梵志諸天魔梵天上世間欲求佛短謂不然者諸漏未盡都了不見發心求短者故佛安隱無有恐懼則爲衆人而師子吼悉知内法無有内外不見吾我沙門梵志諸天魔梵天上世間欲求佛短謂不然者不知内法計有吾我都了不見發心求短者故佛安隱無有恐懼則爲衆人而師子吼講說賢聖不解者解不

達者達無乘者乘而以平等普除苦惱終不能求得佛短也以奉法故不違道誼勇猛無恐無懼而爲他人講説清淨法輪爲師子吼是爲須菩提菩薩摩訶薩摩訶衍也有所得亦無所得亦無所獲復次須菩提菩薩摩訶薩摩訶衍謂四分別辯何謂爲四一曰分別誼二曰分別法三曰所歸順分別四曰分別辯是謂須菩提菩薩摩訶薩摩訶衍有所得亦無所得亦無所獲復次須菩提菩薩摩訶薩摩訶衍者謂十八不共諸佛之法何謂十八一者如來無有瑕短所説應時無有短乏心無忘失無有若干想無有不定心無有不辯分別所觀無有所樂斷精進無失終無失意智慧無損解脱不闕度知見不減一切諸身之事無所不達一切口所言説無所不通各令得所一切心所念以智慧心悉知其原又知過去不可計會無央數劫事智慧悉見又知當來不可計會無央數劫事智慧悉見又知現在不可計會無央數劫事智慧悉見是爲須菩提菩薩摩訶薩摩訶衍有所得亦無所得亦無所獲復次須菩提菩薩摩訶薩摩訶衍者謂總持門彼何謂總持門諸文字等所説平等文字之門文字所入何謂文字門文字所入因緣之門一切諸法以過去者亦無所起其門所作是羅之門法離諸垢是波之門分別諸義是遮之門逮得一切諸法之行亦無所得亦無所没者亦無所生者是那之門一切法離諸號字計其本淨而不可得是羅之門皆悉超度一切世法恩愛報應因緣是陀之門一切諸法悉爲本無有無斷

絕是為波之門皆悉解結諸法所縛是跎之門燒盡諸法逮至清淨是沙之門一切諸法無有罣礙不得諸事是杸之門斷除一切諸法音聲句跡所趣是多之門一切諸法而無有本不可動搖是計之門一切諸法而無所起是吒之門一切諸法得至究竟是阿之門一切諸法當所作為皆悉逮得是娑之門一切諸法皆已時得通不悉節是摩之門解知諸法從吾我起是迦之門一切諸法逮得擁護是癉之門一切諸法逮得諸法之處是闍之門一切諸法而無所起是波之門一切諸法而無所起是陀呵之門一切諸法諸種無所起會是奢之門一切諸法寂然不起是呿之門一切諸法猶如虛空而無所生是叉之門一切諸法皆悉滅盡而不可得是尸癉之門一切諸法堅住於處而不可動亦不可得是㖶之門一切諸法慧不可得是咤呵之門一切諸法逮得所持是披何之門一切諸法已得閑靜是車之門一切諸法皆已焚燒是那之門一切諸法而無所作是沙波之門一切諸法而得至信是嵯之門一切諸法皆得盡滅是迦何之門一切諸法得輪數所在是咤除之門一切諸法有所住處得無所住是那之門一切諸法不來不去不立不坐不臥不寐無應不應無想不想是頗之門一切諸法不可所奏是尸迦之門一切諸法不得五陰是磋之門一切諸法不得他念是伊陀之門捨一切法而無所得是侈之門一切諸法不得所在是吒之門一切諸法究竟邊際盡其處所無生無死無有無作拔去文字音聲

之說所以者何厭諸罣礙無彼無名無處所言亦不可得亦不可說亦不可盡亦不可見譬須菩提虛空處無一切諸法亦悉如是是爲須菩提總持所入因緣文字分別所入其有菩薩摩訶薩知是一切因緣文字方便分別則不復著音聲言說則能次第曉了諸法之所歸趣也

十住品第十八

佛告須菩提如汝所言何謂菩薩摩訶薩爲摩訶衍三跋致如是須菩提菩薩摩訶薩行六波羅蜜入於道地云何菩薩入於道地入一切諸法無來亦無所去無去亦無所壞一切諸法不可知處亦無想念行十道地不見道地何謂菩薩行十道地者是菩薩摩訶薩行第一住者當行十事何謂爲十修治志性不爲顛倒修治慈哀除去衆想等心衆生不得衆生行布施事受者無異敬善知識無有輕慢求法爲業而無所得慇懃出學無所貪慕求於佛身不想相好開闡法事悉於衆生無所希望棄除貢高則於諸法而無所著口之所言至誠爲業是爲十事須菩提菩薩摩訶薩行第一道地也復次須菩提菩薩摩訶薩行第二住者當行八法何謂爲八其戒清淨而有反復能知報恩住於忍力常住歡喜不捨衆生慜於大哀受尊長教其出家者視如世尊行波羅蜜慕求善權是爲八事復次須菩提菩薩摩訶薩行第三住者當行五法何謂爲五博問無厭不著文字開化法施無衣食想淨於佛土勸衆德本亦無所望是爲五事復次須菩提菩薩摩訶薩行第四住者

當行十法終不爲捨何謂爲十不捨閑居志在少求而知止足不離宴坐不毀禁戒不厭受欲不止滅度一切所有施而不惜而不怯弱於諸所有而無所慕是爲十事復次須菩提菩薩摩訶薩行第五住者當棄八事何謂爲八棄捐家居離比丘尼捨棄動性不貪功德捨於睡卧離於瞋爭不自稱譽不毀他人是爲八事復次須菩提菩薩摩訶薩行第六住者以具六法何謂爲六謂六波羅蜜不爲六法不求聲聞無緣覺想不念於小見貧乞者心色和悅有所施與不以憂慼心不懷恨是爲六事復次須菩提菩薩摩訶薩行第七住者爲以離二十法何謂二十無所受無吾我不計人不有命不念壽不念常不著斷滅無諸想著離因緣見不倚諸陰不慕諸種捨於諸種捨於諸入無三界想不著於佛不著於法不著聖衆護禁捨見不倚念空捨諸邪見無所染汙是爲二十事當復具足二十法事何謂二十曉了於空不證無相惠無所願淨於三場愍哀衆生不見衆生無所輕慢等觀諸法體解法義無所分別曉了眞正亦無所著無從生忍講説一品滅除衆想棄捐塵勞寂然離邪其心調定不離智慧無卒暴是爲二十復次須菩提菩薩摩訶薩行第八住者以爲具足四法何謂爲四入衆生心神通自樂現諸佛土隨所觀察具成已土稽首諸佛以眞諦觀諸佛之身是爲四法復次須菩提菩薩摩訶薩行第九住者當復具足四法何謂爲四曉了諸根成諸佛土慇懃奉修於幻三昧順化衆生令其造德本處於淳淑爲

衆示現具足之身爲説道義是爲四事復次須菩提菩薩摩訶薩行第十住者於十二事爲悉具足何謂十二爲無量處而設擁護隨衆所願各令得所口所演説諸天龍神揵沓惒阿須倫迦樓羅真陀羅摩休勒聞其音者各各解了辯才如是胞胎衆事種姓尊貴所生之處眷屬國土棄國捐家詣於佛樹清淨具足一切名德皆爲備悉是爲十二復次須菩提第十菩薩摩訶薩者即謂是佛須菩提白佛言何謂菩薩遵修志性佛言所作德本心皆勸助薩芸若慧故何謂菩薩等心一切志薩芸若行四等心慈悲喜護故何謂菩薩爲布施業施於一切無所想念故何謂菩薩結善知識勸化一切令立正道稽首問訊恭敬尊長故何謂菩薩具足求法諸所求法心常在於薩芸若慧而不墮落聲聞辟支佛地故何謂菩薩慇懃出家所生之處世世捨業無所毀壞隨怛薩阿竭教其出家者修無上行故何謂菩薩遵求佛身若見佛形其心未曾離佛爾乃至於薩芸若慧故何謂菩薩開闡諸法假使菩薩現在見佛若般泥洹而爲衆生講説經法初語亦善中語亦善竟語亦善其義備悉微妙具足清淨之行及十二部經聞經德經聽經分别經示現經譬喻經所説經所生經方等經未曾有經章句經所行經是爲菩薩十二部經開闡諸法何謂菩薩棄捐憍慢心未曾懷自大終不生小姓家故何謂菩薩所言至誠若有所説言行相副故佛語須菩提是爲菩薩摩訶薩行第一住奉行十事須菩提白佛言何謂菩薩戒品清淨

佛言心不念求聲聞辟支佛乘亦不毀呰於諸菩薩若犯戒者而以勸喻令不墮壍故何謂菩薩而有反復知報恩者設使菩薩行菩薩道時若施少者不以廢忘何況於多何謂菩薩住於忍力常於衆生無有亂心志不懷害故何謂菩薩心色和悅念化衆生不違正行故何謂菩薩不捨衆生能救濟護一切人故何謂菩薩近於大悲假使菩薩行道之時心自念言用一切人故恒河沙劫在於地獄若見拷楚終不懈怠當令彼人乘於佛乘以得滅度如是比類一切衆生其心自勸微妙如是何謂菩薩受尊長教其有出家若見師父視之如佛何謂菩薩求波羅蜜若使菩薩不志餘業不念他法無所輕慢求無極故何謂菩薩博聞無厭諸佛天中天所可言說於此所講及十方佛口所演說悉奉受持故何謂菩薩所說法施無衣食想以此法施心念如是不想佛道故何謂菩薩淨於佛土所植德本皆以勸助嚴淨佛土故何謂菩薩不厭生死常欲具足一切功德成就善本開化衆生淨於佛土未曾懈倦至令具足薩芸若慧故何謂菩薩而知慚愧常無聲聞辟支佛心故何謂菩薩不捨閑居不入聲聞辟支佛地故何謂菩薩志在少求行菩薩道無所貪慕志在佛道故何謂菩薩而知止足用成薩芸若故何謂是菩薩不捨節限謂能分別曉深法故何謂菩薩不捨學戒所持禁戒而不放逸故何謂菩薩不厭受欲其心未曾起貪欲故何謂菩薩心不滅度於一切法而無所行故何謂菩薩一切所有能以布施而悉將護

内外諸法無所貪故何謂菩薩志不怯弱心未曾發而爲二乘故何謂菩薩觀諸所有而無所貪於諸萬物無所念故何謂菩薩棄國捐家從一佛國復遊一國所生之處除其鬚髮而被袈裟現作沙門故何謂菩薩捨比丘尼彈指之頃不與從事於彼謂緣心無所起故何謂菩薩捨棄種性菩薩當念令衆生處在安隱以自然安若使見者終不起嫉心故何謂菩薩棄捐衆貪及與睡卧假使菩薩所在衆會若有興發聲聞辟支佛心者不當於彼與從事故何謂菩薩離瞋恚不從恨怒危害之心無鬭訟意無所爭故何謂菩薩不自稱譽不見内法無所觀故何謂菩薩不毁他人於外一切無所見故何謂菩薩棄於十惡習賢聖道爲上行淨身口意故何謂菩薩棄捐憍慢如是所行不見諸法而有慢故何謂菩薩捨於自大所行不見形貌及與所有故何謂菩薩離於顛倒察諸所有而不可得故何謂菩薩棄婬怒癡永不覩見婬怒癡垢之所在故何謂菩薩具足六法第六住者當具六法何謂爲六謂六波羅蜜當具足之云何具足六波羅蜜住六波羅蜜則能超越聲聞辟支佛故何謂菩薩不起聲聞辟支佛心此等所行不應爲道行小乘者不順佛道若見乞求者則懷怯弱行菩薩者當捨離之心無憂慼所以者何斯等所行爲不入道從初發意常行布施心不忘捨故何謂菩薩不自貪身所以爾者推求本末無有吾我計人壽命亦復如是所以者何諦觀察之心無所有故何謂菩薩不墮滅見所以爾者一切諸法心

無所斷本末不起一切諸法亦無所生故何謂菩薩不計有常所以爾者假使諸法悉無所起則無有常故何謂菩薩不爲想著所以爾者如是計之無有塵勞無因緣見所以爾者彼所見者不見諸見故何謂菩薩不倚名色所以爾者一切有所爲無所有故何謂菩薩不著諸陰不倚諸種不慕諸入所以爾者如是行者悉爲自然而無所有以是故不當何著陰種諸入故何謂菩薩不倚三界其三界者自然無形雖在三界而無所倚故何謂菩薩不處所有不以剋期而爲虛空一切所有悉無所有故何謂菩薩見佛不著不以倚見爲見諸佛故何謂菩薩不爭於空一切諸法悉爲空無空不亂空無所爭故何謂菩薩具足於空身相虛空則爲菩薩具足於空故

何謂菩薩不證無相於一切相而無所念故何謂菩薩志無願慧而於三界皆無所行故何謂菩薩淨於三場便能具足十善德故何謂菩薩愍哀一切衆生之類便能行德無極大哀故何謂菩薩不慢衆生而欲具足佛土故何謂菩薩等觀諸法察於諸法無高無下故何謂菩薩諦觀道地於一切法而無所習無所動轉故何謂菩薩無從生忍一切諸法悉無所起亦無所滅忍無所有故何謂菩薩無所生慧其於名色慧無所起故何謂菩薩説於一品不行二事故何謂菩薩不入諸念於一切法而無所念故何謂菩薩棄捐諸見能捨離聲聞辟支佛地故何謂菩薩滅除塵勞一切諸漏所習止處欲垢悉斷故何謂菩薩寂離見地謂能逮成薩芸若慧故何謂菩

薩心調於三界無所患難故何謂菩薩心寂能御六根故何謂菩薩不捨智慧謂能逮得明眼故何謂菩薩無有卒暴觀於六入無染著故何謂菩薩心有所入則以一心普見一切衆生之念故何謂菩薩神通自娛則以神通而自娛樂從一佛國復至一國所遊之處無佛土想故何謂菩薩見諸佛國住此佛國則見十方無量佛國於諸佛國亦無所著故何謂菩薩如所觀察見諸佛國具足嚴淨三千世界所遊之處輙爲轉輪聖王故何謂菩薩稽首諸佛供事歸命一切經法分別義趣故何謂菩薩而常審諦觀諸佛身以眞正見諸佛則爲法身故何謂菩薩曉了諸根若能住於怛薩阿竭十種力者則能曉了一切衆生諸根本故何謂菩薩佛土清淨人民清淨是則名曰佛土清淨故何謂菩薩如幻三昧住此三昧菩薩則能變見一切無所不入心無所處故何謂菩薩而等三昧菩薩於諸三昧無所希望故何謂菩薩能教衆生所造德本各隨其行而開化之菩薩摩訶薩則以至誠而護己身隨其衆生而開度之何謂菩薩至誠自然有所勸發欲以度脫一切衆生故何謂菩薩如其志願必能得之菩薩常具足六波羅蜜故何謂菩薩所演出音諸天龍神及揵沓惒聞其音者各得解了而順化之用有大哀普等音故何謂菩薩入於胞胎菩薩摩訶薩世世所生而無所生故何謂菩薩在於尊貴菩薩所生在諸種姓則能化之故何謂菩薩所生具足假使菩薩在君子種在梵志種在居士種則能勸化故何謂菩薩在於

尊姓謂以過去衆菩薩性等無差别故何謂菩薩眷屬具足菩薩所從諸眷屬侍使無所乏故何謂菩薩土地嚴淨始生之時光明照曜無數世界其蒙光者皆得安隱故何謂菩薩棄國捐家菩薩摩訶薩捨家學道時化無央數億百千人而與從俱能令衆生立於三乘故何謂菩薩詣諸佛樹其樹則爲根莖枝葉華實皆爲七寶紫磨金色照於十方無數佛土悉爲大明是爲菩薩詣佛樹嚴淨何謂菩薩一切名德而悉具足設使菩薩人清淨者則佛國淨是爲菩薩名德具足何謂菩薩住十道地成爲如來菩薩摩訶薩具足六波羅蜜十力無畏十八不共諸佛之法得薩芸若慧斷除塵勞無所罣礙是爲菩薩住十道地成爲如來如是須菩提菩薩摩訶薩漚惒拘舍羅行六波羅蜜意止意斷神足根力七覺八道三十七品十力無畏四分别辯十八不共諸佛之法寂然離見現入種性八等之地若有所處離欲之地所作辦地離於聲聞辟支佛地菩薩之地是爲菩薩摩訶薩入第九住於佛地是爲菩薩摩訶薩第十行住是爲菩薩摩訶行三跋致

光讚般若波羅蜜經卷第九

音釋

穬古猛切　腎時忍切水藏也　膖匹絳切　脹膖脹知亮切　熊羆熊胡弓切羆彼爲切熊羆並獸也　鵄梟鵄赤脂切梟古堯切　跎丑加切　癉徒干切　呿丘迦切　惹音惹　咤陟嫁切　蹉七何切　沓徒合切　燹火蚓切

光讚般若波羅蜜經卷第十

西晋三藏法師 竺法護 譯

所因出衍品第十九

佛告須菩提如汝所問何從出衍中何從住衍中誰爲成衍者從三界生住薩芸若有本無生無甫當生所以者何其摩訶衍薩芸若慧於此二事法無所合亦無所散無色無見無所取捨則爲一相則無有相所以者何其無相法無所出生法有生者則爲欲令法界出生其無相法有所生者則爲欲令本無出生其無相法則無所生欲令生者則爲欲令眞本際生其有欲令無相生者則爲欲令不可思議法界出生其有欲令無相法生則爲欲令專精修行而出生其有欲令無相法生則便欲令斷界出生取要言之須菩提則爲欲令離欲界生其有欲令無相法生者則爲欲令滅度界生須菩提彼爲欲令寂然空無而出生矣其有欲令色痛痒思想生死識無相法生者則爲欲令有相法生所以者何色則爲空從三界生住薩芸若痛痒思想生死識亦無有空從三界生薩芸若者則無所住所以者何若解色者色則爲空解痛痒思想生死識者識則爲空眼耳鼻舌身心亦空欲令生者則爲欲令虛空出生眼色識耳聲識鼻香識口味識身更識意欲識此十八種因緣所見則爲空無欲令生者則爲欲令無相法生所以者何須菩提眼之所視悉皆爲空耳鼻舌身意亦如是習皆空須菩提三界爲空眼所視空從三界生薩芸若者則無所住六情亦空因三界生薩芸若者則無所住六

情所受所習皆空無有相欲令生者則爲欲令夢幻出生所以者何夢幻水月芭蕉野馬深山之響皆悉自然自然之事如來之化三界自然則無所生薩芸若者則無所住所以者何須菩提如夢自然夢自然者悉無所有幻化之事亦復如是須菩提其欲令檀波羅蜜有尸波羅蜜羼波羅蜜惟逮波羅蜜禪波羅蜜般若波羅蜜生者則爲欲令無相法生所以者何須菩提六波羅蜜者悉皆自然從三界生薩芸若者亦無所住所以者何須菩提六波羅蜜者則爲自然其自然者故曰爲空其有欲令無相法生者則爲欲令内空外空有空無空近空遠空眞空出生所以者何須菩提其七空者則爲自然以自然故因三界生薩芸若者則無所住所以者何須菩提用七空自然故名曰爲空故空爲空須菩提其有欲令無相法生者則爲欲令四意止四意斷四神足念五根五力七覺八道行生所以者何皆自然空因三界生薩芸若者則無所住須菩提其有欲令三十七品出生者則爲欲令無相法生所以者何須菩提三十七品則爲自然不生三界薩芸若者則無所住所以者何三十七品自然空空故曰空須菩提其有欲令十力四無畏十八不共諸佛之法四分别辯悉自然空空故曰空須陀洹斯陀含阿那含阿羅漢辟支佛上至怛薩阿竭阿羅訶三耶三佛生者則爲欲令無相法生所以者何須菩提其三乘者亦復自然不出三界薩芸若者則無所住所以者何須菩提阿羅漢者則爲自然故故爲空辟支佛者則

爲自然自然故空故曰爲空怛薩阿竭則爲自然自然空故故曰爲空須菩提其有欲令名號生者則爲欲令無相法生空無相無願亦復如是其欲令因緣言辭生者則爲欲令無相法生所以者何須菩提其名號空不生三界薩芸若者則無所住所以者何名號則空用名號空故曰爲空因緣言辭諸可處所悉皆爲空諸法處空故曰爲空其有欲令無所生生則爲欲令無相法生所以者何無相法空悉無處所處所空故故曰爲空其有欲令無滅無想無塵無瞋無所有生者則爲欲令無相法生所以者何此諸事空空故曰空名號因緣言辭所處三十七品十種力四無畏十八不共諸佛之法四分別辯亦復如是是故須菩提摩訶衍者從三界生爲無所生生薩芸若生亦無所生無有動處又須菩提所問在何所住者心無所住衍無有處所以者何無所住故一切諸法亦無所住又須菩提衍所作者住無所住其法界者亦無所住住無所住衍亦如是住無所住如上虛空無所由轉衍亦如是住無所住又譬如無生住無所住衍亦如是住無所住譬如無滅無塵無瞋及無所有住無所住衍亦如是住無所住所以者何法界自然住無所住所以者何法界自然用自然故自然爲空及與七空悉無所有自然爲空空無所有故曰爲空是故須菩提衍無所住住無所住故無動轉須菩提所問從何所住而成衍者衍無所生所以者何無有從中生者無有甫當生者一切諸法悉無所有以此無故一切諸法亦復如是

何所有法當有生者所以者何我人壽命亦復如是亦無有如亦無所見亦無所得本末清淨是故我人壽命如見法界悉不可得本末悉空是故怛薩阿竭悉不可得其本際者亦不可得本末悉淨是故諸界不可思議悉不可得本末清淨是故陰種諸入悉不可得本末清淨陰種諸入不可得故本末清淨六波羅蜜者悉不可得本末清淨是故七空亦不可得本末清淨意止意斷神足根力七覺八道三十七品十種力四無所畏十八不共諸佛之法四分別辯亦不可得本末清淨須陀洹斯陀含阿那含阿羅漢辟支佛上至怛薩阿竭阿羅訶三耶三佛悉不可得本末清淨三乘之法薩芸若慧不可得故本末清淨其無所有生悉不可得本末清淨無滅無塵無瞋無爭諸無所有及諸所有悉不可得本末清淨其過去當來今現在事往來所住住止所生悉不可得本末清淨所益所損悉不可得本末清淨誰當逮得不可得者其法界者亦不可逮無有得者所以者何欲逮法界則不可得若求阿羅漢辟支佛怛薩阿竭欲得此者悉不可得若有欲得三十七品十力無畏十八不共諸佛之法四分別辯者亦不可得無能逮者若有欲逮得阿耨多羅三耶三菩悉不可得本際悉空而不可得六波羅蜜及與七空亦復如是悉不可得其無所生亦無所滅無塵無瞋無所有者悉不可得所以者何正眞觀之悉無所有悉不可得其欲逮得第一住者亦不可得至于十住亦不可得本末清淨何所有第十住者其清淨觀者

及種性八等所示現地是所有地離欲之地所作辦地辟支佛地菩薩道地三耶三佛地及第一地悉不可得其七空者悉不可得計於内空上至十住悉不可得七空十住悉無所有悉不可得所以者何須菩提其第一住但名字耳爲不可得上至十住亦復如是假有所得爲不可得本末清淨而爲衆生講説内空悉不可得一切衆生亦不可得而爲衆生説七品空事所可説者悉不可得本末清淨以内空故佛土清淨悉無所得七空自然自然空故佛土清淨悉不可得本末清淨是故内空及與五眼悉不可得皆無所有自然自然空爲其五眼悉無處所本末清淨是故須菩提菩薩摩訶薩於一切悉無所得則爲逮得成摩訶衍三跋致薩芸若慧

無去來品第二十

爾時賢者須菩提白佛言所言摩訶衍者其摩訶衍義之所趣唯天中天於天上人中世間而最爲尊莫不歸者衍與空等譬如虚空容覆無量阿僧祇人莫不戴仰唯天中天摩訶衍者亦復如是菩薩摩訶薩覆不可計阿僧祇人悉因得度摩訶衍者不見來時不見去時不見住處如是天中天摩訶衍者不得過去當來現在亦無中間見亦無所得其名等於三世故曰爲衍是故爲摩訶衍於是世尊告須菩提如是如是所謂摩訶衍者是爲菩薩摩訶薩六波羅蜜檀波羅蜜尸波羅蜜羼波羅蜜惟逮波羅蜜禪波羅蜜般若波羅蜜是爲須菩提菩薩摩訶薩摩訶衍復次須菩提菩薩摩訶薩摩訶衍者謂一切諸陀羅

尼門諸三昧門首楞嚴三昧取要言之空等三昧解脱三昧無著三昧寂滅三昧是謂菩薩摩訶薩摩訶衍復次須菩提菩薩摩訶薩摩訶衍者曉了七空三十七品十力四無畏十八不共諸佛之法四分別辯是爲菩薩摩訶薩摩訶衍也又須菩提所言摩訶衍者天上天下世間最上莫不歸仰者譬如須菩提欲界本無無無本無等無有異不可分別無有顛倒誠諦自然久長堅固無有別離法無合無散未曾所有是爲摩訶衍天上天下人中最尊莫不歸仰者假使須菩提劫盡燒時悉爲現之教化一切令知無常無有長久無堅固者悉無所有是故摩訶衍天上天下世間最尊莫不歸仰者又須菩提欲界如是等無有異無有顛倒誠諦自然無本堅固無別離法無有因縁其無所有終不所有是爲摩訶衍天上天下最尊設使須菩提欲界有想無常顛倒而現破壞一切無常無有長久不可堅固別離之法悉無所有是故須菩提摩訶衍天上天下於無色界亦復如是設使須菩提諸色本無悉無所有亦復如是等亦無差別無有若干誠諦自然本無堅固無別離法其無有者不可令有是爲摩訶衍天上天下最尊假使須菩提色有所念而應清淨而爲顛倒悉令飽滿皆當無常無有久存不得堅固別離之法悉無所有是故摩訶衍色痛痒思想生死識亦復如是眼耳鼻口身心等無有異眼色識耳聲識鼻香識口味識身更識意欲識等無有異悉無所有所可分別至誠眞諦計有常者久長堅固是非摩訶衍用

習六事心有想念因縁所習迷惑多求以自飽滿是一切法皆悉無常無有長存不可久固是故摩訶衍天上天下最尊設使須菩提法界所有悉無所有是爲摩訶衍天上天下最尊固無所有生如須菩提法界所有悉無所有行無所有是故摩訶衍天上天下最尊設使須菩提怛薩阿竭現有所有悉無所有其眞本際不可思議其界所有悉無所有是爲摩訶衍天上天下最尊政使須菩提諸界者不可思議其所有者悉無所有是故摩訶衍天上天下最尊設使須菩提六波羅蜜所有悉無所有亦復不無是爲摩訶衍政使須菩提其内空者不有不無自然爲空不有不無是爲摩訶衍所以須菩提其内空者自然無有有了空者不有不無故曰摩訶衍設使須菩提三十七品十力無畏十八不共諸佛之法四分别辯不有不無亦不不無是爲摩訶衍政使須菩提其種性法不有不無亦不不無用種性法不有不無亦不不無是故摩訶衍政使須菩提其八等法不有不無須陀洹法斯陀含法阿那含法阿羅漢法辟支佛法諸佛之法不有不無用不有不無亦不無無是故摩訶衍政使須菩提其八等法及與佛法不有不無亦不無無是故摩訶衍用須菩提其諸種性不有不無亦不無無用諸八等不有不無亦不無無須陀洹斯陀含阿那含阿羅漢辟支佛上至怛薩阿竭阿羅訶三耶三佛不有不無亦不無無是故摩訶衍須菩提欲知以諸八等怛薩阿竭阿羅訶三耶三佛不有不無亦不無無是故摩訶衍設使

須菩提諸天人民阿須倫及與世間不有不無亦不無無以諸天人民阿須倫世間所有不有不無亦不無無是故摩訶衍假使須菩提菩薩從初發意乃至道場坐於佛樹於中發心不有不無亦不無無如須菩提菩薩摩訶薩從初發意乃至道場於中發心一切不有不無亦不無無是故摩訶衍假使須菩提菩薩摩訶薩其智慧尊猶如金剛不有不無亦不無無是爲菩薩摩訶薩曉了達見一切諸礙及衆塵勞得薩芸若以須菩提菩薩摩訶薩了諸罣礙一切塵勞悉無所有逮薩芸若是故摩訶衍政使須菩提怛薩阿竭阿羅訶三耶三佛其三十二大人之相不有不無亦不無無是故怛薩阿竭阿羅訶三耶三佛天上天下最尊威神聖德光明微妙靡所不照無有疇匹是故怛薩阿竭阿羅訶三耶三佛威神巍巍聖德光明照於十方恒沙諸佛世界及諸天上天下諸天人民諸阿須倫光明普徧用不有不無亦不無無是故怛薩阿竭阿羅訶三耶三佛光明照於十方恒沙世界又須菩提怛薩阿竭有八部之音不有不無亦不無無是故怛薩阿竭阿羅訶三耶三佛聲告十方於阿僧祇無量世界用怛薩阿竭其八部聲不有不無亦不無無是故有八種音聲告於十方不可思議無量世界又須菩提怛薩阿竭所轉法輪不有不無亦不無無是爲怛薩阿竭轉於法輪沙門婆羅門諸梵天衆天上天下莫能當者皆令如法各得其所是故怛薩阿竭爲轉法輪沙門婆羅門天上天下及諸民人莫能當者又須菩提一

切衆生不有不無亦不無無是故怛薩阿竭數轉法輪令諸衆生不至無餘於泥洹界又須菩提此諸衆生不有不無亦不無無悉了是已故怛薩阿竭轉於法輪是故衆生至無餘界於泥洹界而般泥洹

衍與空等品第二十一

佛告須菩提如汝所言衍與空等者所說至誠如是如是衍與空等譬如虛空不可計知東方里數南方西方北方四隅上下亦不可知無遠無近無有邊際怛薩阿竭慧亦如是不可盡極八方上下無有邊際無有遠近慧不可盡譬如虛空無長無短無有方面無增無減怛薩阿竭慧亦如是無長無短不圓不方無增無減又須菩提譬如虛空無有五色青黃赤白衍亦如是又須菩提譬如虛空無有過去當來現在衍亦如是無去來今又須菩提譬如虛空無能增者無能減者衍亦如是不增不減故言衍與空等又須菩提譬如虛空無有塵勞無瞋恨無有生者亦無所滅亦無所住亦無不住亦無所念衍亦如是是故言衍與空等又須菩提譬如虛空無有善惡無有言辭亦無不言譬如虛空無見無聞無念無知衍亦如是是故言衍與空等又須菩提譬如虛空亦無有異亦無不異亦無所斷亦無所造證亦無所除衍亦如是又須菩提譬如虛空無有欲法不離欲法無瞋恚法不離瞋恚無愚癡法不離愚癡衍亦如是又須菩提譬如虛空不與欲界合同不與色界及無色界合同亦不離三界衍亦如是又須菩提譬如虛空無初發意從第一住衍亦如

是無有十住又須菩提譬如虛空無有清濁無所觀見無有處所無種性地八人等地無示現地無我所地無所欲地無所作不作地行亦如是又須菩提譬如虛空無須陀洹果無斯陀含果無阿那含果無阿羅漢果又須菩提譬如虛空無聲聞地無辟支佛地無三耶三佛地行亦如是又須菩提譬如虛空無有形像亦無不像亦無有見亦不無見無受無捨無合無散行亦如是又須菩提譬如虛空則無有常亦無不常無苦無樂無我不我行亦如是又須菩提譬如虛空亦無有空亦無不空無有異空無有思想亦無無想亦無有願亦無不願行亦如是故言行與空等又須菩提譬如虛空無有寂然無不寂然無有憎怕亦無不怕又須菩提譬如虛空無有光明亦無闇冥行亦如是又須菩提譬如虛空無所逮得亦無不得行亦如是是故言行與空等又須菩提譬如虛空無言無說亦無不言行亦如是是故言行與空等是故須菩提虛空平等行亦平等如須菩提所言譬如虛空無有邊際覆不可計阿僧祇人行亦如是安不可計阿僧祇人如是須菩提譬如虛空覆不可計阿僧祇人行亦如是護不可計阿僧祇人計人無人譬如虛空不可得有空以無有摩訶衍者亦復如是是故須菩提摩訶衍者安護無數阿僧祇人所以者何人與虛空及摩訶衍此一切法都不可得故復次須菩提人不可計空亦不可計虛空亦不可計摩訶衍亦不可計是故摩訶衍覆不可計阿僧祇人所以者何須菩提人與虛空及摩訶

衍悉不可計悉不可得復次須菩提不可計是故摩訶衍覆護不可計阿僧祇人復次須菩提人無所有法界亦無所有一切諸法亦無所有故曰虛空亦無所有人與虛空及摩訶衍悉無所有阿僧祇無所有無有量無所有無有底無所有是故摩訶衍覆護不可計阿僧祇人所以者何衆生法界及摩訶衍又阿僧祇不可限量無有涯底悉不可得故復次須菩提人無所有怛薩阿竭亦無所有虛空亦無所有摩訶衍亦無所有阿僧祇亦無所有不可計亦無所有無底亦無所有一切諸法亦無所有是故須菩提摩訶衍者爲不可計阿僧祇涯底人而設擁護所以者何怛薩阿竭虛空衆生及摩訶衍其阿僧祇不可計無有涯底悉不可得故復次須菩提吾我無所有所知所見亦無所有本際無所有當作是了本際以無至不可計及阿僧祇無央數者亦無所有以無所有一切諸法亦無所有是故摩訶衍名曰不可計阿僧祇覆護無央數人所以者何須菩提一切衆生所知所見及與本際至阿僧祇無央數不可計皆不可得復次須菩提吾我及人悉無所有所知所見亦無所有不可思議境界亦無所有色痛痒思想生死識亦無所有虛空亦無所有摩訶衍亦無所有阿僧祇亦無所有不可計亦無所有無央數亦無所有一切諸法亦無所有是故摩訶衍爲不可計阿僧祇人之覆護所以者何如須菩提吾我諸法悉不可逮復次須菩提吾我及人悉爲虛空所知所見亦復虛無眼亦虛無耳鼻舌身意亦復虛無

以虚無虚空亦虚無空以虚無摩訶衍者亦復虚無以無二虚阿僧祇無央數不可計亦復虚無不可計以虚無一切諸法上復虚無是故摩訶衍覆無央數不可計阿僧祇人所以者何須菩提吾我及人一切諸法悉不可得復次須菩提吾我無所有所知所見亦無所有所知所見以無所有檀波羅蜜亦無所有尸波羅蜜羼波羅蜜惟逮波羅蜜禪波羅蜜般若波羅蜜亦無所有般若波羅蜜以無所有虚空亦無所有摩訶衍亦無所有是故摩訶衍覆護無央數不可計阿僧祇人所以者何須菩提吾我及壽一切諸法悉不可得故復次須菩提吾我及人則無所有世間所知内空外空近空遠空真空所有空無所有空亦無所有七空以無有虚空亦無所有摩訶衍亦無所有無央數不可計阿僧祇亦無所有一切諸法亦無所有是故摩訶衍覆護不可計無央數阿僧祇人所以者何須菩提我人及壽一切諸法悉不可得故復次須菩提我人知見悉無所有意止意斷神足根力七覺八道三十七品亦無所有十力四無畏十八不共諸佛之法亦無所有虚空摩訶衍亦無所有是故摩訶衍覆護不可計無央數阿僧祇人所以者何吾我及人一切諸法悉不可得故復次須菩提我人知見悉無所有種性諸法亦無所有所作之地以無所有虚空亦無所有摩訶衍亦無所有不可計阿僧祇人一切諸法亦無所有是故摩訶衍覆護不可計無央數阿僧祇人復次須菩提我人知見亦無所有須陀洹斯陀含阿那含阿羅

漢辟支佛亦無所有一切諸法亦無所有是故摩訶衍覆護不可計無央數阿僧祇人所以者何吾我及人一切諸法悉不可得復次須菩提聲聞辟支佛上至怛薩阿竭亦無所有薩芸若亦無所有一切諸法亦無所有是故摩訶衍覆護不可計無央數阿僧祇人所以者何須菩提我人諸法悉不可得故又須菩提泥洹之界覆護不可計阿僧祇人衍亦如是是故衍與空等覆護不可計阿僧祇人如須菩提所問摩訶衍者亦不見來時亦不見去時亦不見住處衍亦如是所以者何一切諸法不可轉動是故無有住者無有來者亦無所住所以者何須菩提色痛痒思想生死識亦無所從來亦無所從去亦無所住須菩提色痛痒思想生死識亦清淨無所從來無所從去亦無所住色痛痒思想生死識者無本無所從來無所從去亦無所住色痛痒思想生死識自然無所從來無所從去亦無所住色痛痒思想生死識自然相無所從來無所從去亦無所住眼耳鼻口身意自然相者無所從來無所從去亦無所住其地水火風空是諸種者無有清淨亦無無本其自然者亦無地種自然相者無所從來無所從去亦無所住水火風種虛空識種亦復如是怛薩阿竭本無自然及自然相無所從來無所從去亦無所住須菩提本際清淨本際無本本原自然本自然相不可計議及清淨界者無所從來無所從去亦不可得不可思議及與無本無所念界及與自然無思議界自然之相無所從來無所從去亦無所住須菩提

六波羅蜜亦清淨般若波羅蜜亦無無本亦無自然自然之相無所從來無所從去亦無所住三十七品十力四無畏十八不共諸佛之法道德清淨佛與正覺無所從來無所從去亦無所住其無所有及與無本其無爲者不爲自然其無爲者無自然相無所從來無所從去亦無所住如須菩提所言摩訶衍者不得過去不得當來不得中間三世平等摩訶衍者但有字耳如是須菩提所言摩訶衍者無去來今三世平等摩訶衍者但有字耳所以者何須菩提過去亦空當來亦空現在亦空三世平等三世空等摩訶衍者亦復空等菩薩亦空其以空者無一無二無三無四不多不一是故名曰三世平等爲摩訶衍菩薩功德巍巍無有等侶無正無邪亦不於欲亦不離欲亦不瞋恚不離瞋恚亦不愚癡不離愚癡不得憍慢不離憍慢不得貪慳妬嫉亦無所離不得善法惡法不得有常無常不得苦樂不得我不我欲界色界無色界亦不可得不度欲界不度色界不度無色界所以者何不得自然過去色空當來色空現在色空痛痒思想生死識亦復如是色不可得用過去當來現在色空故不可得空故曰空空不可得何況念空有去來今痛痒思想生死識亦復如是又須菩提六波羅蜜不得過去不得當來不得現在須菩提六波羅蜜亦不可得三世平等故六波羅蜜爲不可得其平等者無去來今用平等故復次須菩提其三十七品十力無畏十八不共諸佛之法亦不可得過去當來現在三世平等故三十七品

十力四無畏諸佛之法亦不可得其平等者無去來今十力無畏十八不共諸佛之法無去來今以平等故故曰平等何況平等去來今三十七品十力無畏十八不共諸佛之法而可得乎復次須菩提過去當來現在凡夫亦不可得三世平等故故凡夫等所以者何推求人永不可得須陀洹斯陀含阿那含阿羅漢辟支佛菩薩怛薩阿竭亦不可得當來現在亦復如是三世平等故諸聲聞辟支佛菩薩怛薩阿竭亦不可得推極人本不可得故如是須菩提故菩薩摩訶薩作是住般若波羅蜜覺了三世爲以具足薩芸若慧是爲菩薩摩訶薩爲摩訶衍三世平等菩薩摩訶薩以住是者天上天下世間最尊因得出生薩芸若慧須菩提白佛言善哉善哉唯天中天摩訶衍者是菩薩摩訶薩學此行者過去菩薩摩訶薩亦因學是得薩芸若慧當來菩薩摩訶薩亦因是學得薩芸若慧今現在十方不可計無央數阿僧祇世界諸菩薩摩訶薩亦復學是摩訶衍得薩芸若慧是故天中天菩薩摩訶薩摩訶衍也佛告須菩提如是如是過去當來今現在怛薩阿竭阿羅訶三耶三佛悉學是法得薩芸若慧

光讚般若波羅蜜經卷第十

音釋

憍慢 憍舉喬切恣也 慢莫患切倨也 妬嫉 妬當故切害色曰妬 嫉秦悉切害賢曰嫉

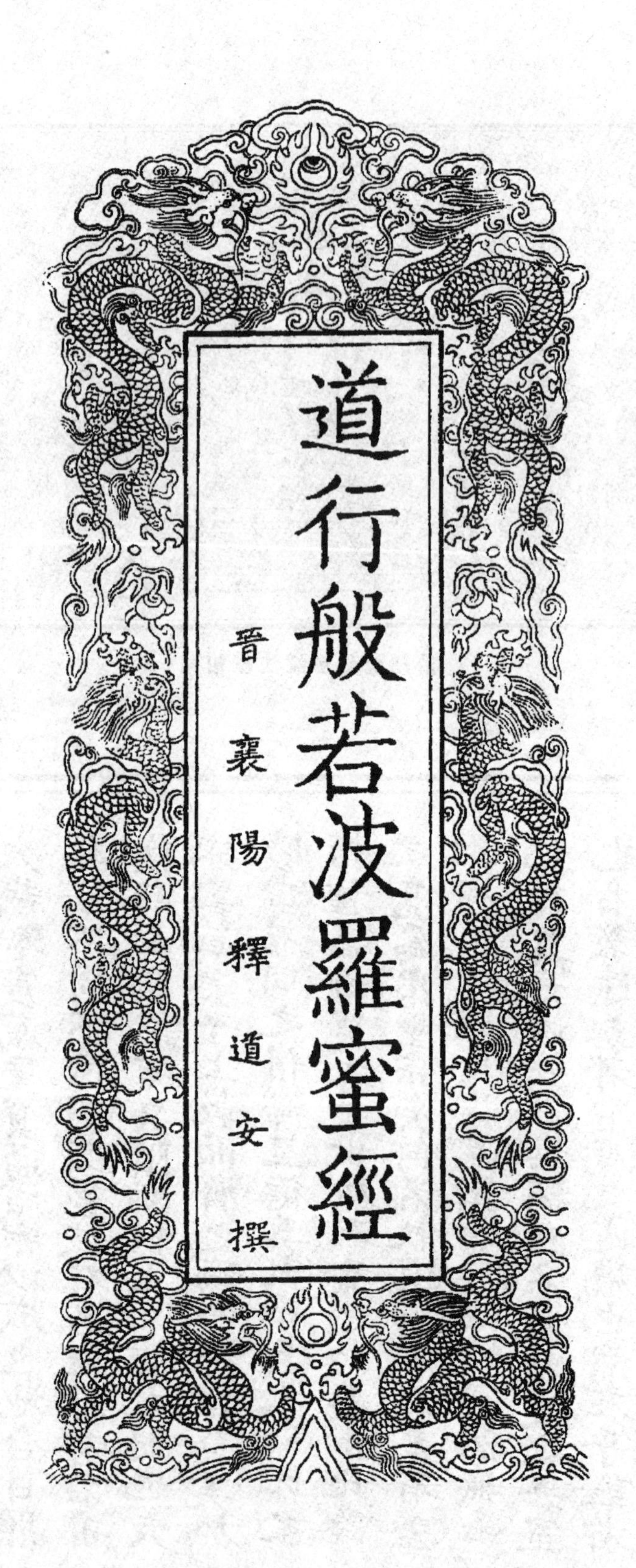
道行般若波羅蜜經
晋襄陽釋道安撰

清刻龍藏佛說法變相圖

道行般若經序

晉 襄陽釋道安 撰

大哉智度萬聖資通咸宗以成也地合日照無法不周不恃不處累彼有名既外有名亦病無形兩忘玄莫隤然無主此智之紀也夫永壽莫美乎上乾而齊之殤子神偉莫美於凌虛而同之俏滯至德莫大乎眞人而比之朽種高妙莫大乎世雄而喻之幻夢由此論之亮爲衆聖宗矣何者執道御有卑高有差此有爲之域耳非據眞如遊法性冥然無名也據眞如遊法性冥然無名者智度之奧室也名教遠想者智度之蘧廬也然在乎證者莫不矇其生無而惶眩存乎邇者莫不忿其蕩冥而誕誹道動必反優劣致殊眩誹不其宜乎不其宜乎要斯法也與進度齊軫逍遙

俱遊千行萬定莫不以成衆行得字而智進全名諸法兼相成者求之此列也具其經也進咨第一義以爲語端退述權便以爲談首行無細而不歷數無微而不極言似煩而各有宗義似重而各有主璅見者慶其邇教而悦寤宏喆者望其遠標而絶目陜者彌高而不能階涉者彌深而不能測謀者慮不能規尋者度不能盡既窈冥矣真可謂大業淵藪妙矣者哉然凡論之考文以徵其理者昏其趣者也察句以驗其義者迷其旨者也何則考文則異同每爲辭尋句則觸類每爲旨爲辭則喪其卒成之致爲旨則忽其始擬之義矣若率初以要其終或忘文以全其質者則大智玄通居可知也從始發意逮一切智曲成決著八地無染謂之智也故曰遠離也三脫照空四非明有統鑑諸法因後成用藥病雙亡謂之觀也明此二行於三十萬言其如視諸掌手顛沛造次無起無此也佛泥曰後外國高士抄九十章爲道行品桓靈之世朔佛賫詣京師譯爲漢文因本順旨轉音如已敬順聖言了不加飾也然經既抄撮合成音投音殊俗異譯人口傳自非三達胡能一一得本緣故乎由是道行頗有首尾隱者古賢論之往往有滯仕行恥此尋求其本到于闐乃得送詣倉垣出爲放光品斥重省刪務令婉便若其悉文將過三倍善出無生論空持巧傳譯如是難爲繼矣二家所出足令大智煥爾闡幽支讖全本其亦應然何者抄經刪削所害必多委本從聖乃佛之至戒也安不量末學庶幾斯心載詠載玩未墜于地檢其

所出事本終始猶令折傷玷缺戢然無際假無放光何由解斯經乎永謝先喆所蒙多矣令集所見爲解句下始況現首終隱現尾出經見異銓其得否舉本證抄敢增損也幸我同好飭其瑕讁也

道行般若波羅蜜經卷第一

後漢月支三藏支婁迦讖譯

道行品第一

佛在羅閱祇耆闍崛山中摩訶比丘僧不可計諸弟子舍利弗須菩提等摩訶菩薩無央數彌勒菩薩文殊師利菩薩等月十五日說戒時佛告須菩提今日菩薩大會因諸菩薩故說般若波羅蜜菩薩當是學成舍利弗心念言今使須菩提爲諸菩薩說般若波羅蜜自用力說耶持佛威神說乎須菩提知舍利弗心所念便語舍利弗言敢佛弟子所說法所成法皆持佛威神何以故佛所說法法中所學皆有證皆隨法展轉相教展轉相成法中終不共諍何以故時而說法莫不喜樂者自恣善男子善女人而學須菩提白佛言佛使我爲諸菩薩說般若波羅蜜菩薩當從中學成佛使我說菩薩菩薩有字便著菩薩有字無字何而法中字菩薩了不見有法菩薩菩薩法字了無亦不見菩薩亦不見其處何而有菩薩當教般若波羅蜜作是說般若波羅蜜菩薩聞是心不懈怠不恐不怖不難不畏菩薩當念作是學當念作是住當念作是學入中心不當念是菩薩何以故有心無心舍利弗謂須菩提云何有心無心須菩提言心亦不有亦不無亦不能得亦不能知處舍利弗謂須菩提何而心亦不有亦不無亦不能得亦不能知處者如是亦不有亦不無亦不有有心亦不無無心須菩提言如是亦不有有心亦不無無心舍利弗言善哉須菩提爲佛學佛而學者不說空身慧空身慧而說

最第一菩薩從是中已得阿惟越致學空終不復失般若波羅蜜如是菩薩以在般若波羅蜜中住欲學阿羅漢法當聞般若波羅蜜當學當持當守欲學辟支佛法當聞般若波羅蜜當學當持當守欲學菩薩法當聞般若波羅蜜當學當持當守何以故般若波羅蜜法甚深菩薩如學須菩提白佛言我熟念菩薩心不可得亦不可知處亦不可見何所是菩薩般若波羅蜜亦不能及說亦不能逮說菩薩字菩薩無有處處了不可得亦無如出亦無如入亦無如住亦無如止何以故菩薩字了不可得故無如住無如止作是說般若波羅蜜菩薩聞是心不懈惓不難不恐不畏以入阿惟越致中悉了知不可復退菩薩行般若波羅蜜色不當於中住痛癢思想生死識不當於中住何以故住色中爲行色住痛癢思想生死識中爲行識不當行識設住其中者爲不隨般若波羅蜜教何以故行識故是爲不行般若波羅蜜不行者菩薩不得薩芸若舍利弗謂須菩提菩薩當云何行般若波羅蜜得般若波羅蜜須菩提言菩薩行般若波羅蜜色不受痛癢思想生死識不受不受色者爲無色不受痛癢思想生死識者爲無識般若波羅蜜不受何以故不受如影無所取無所得故不受菩薩行般若波羅蜜一切字法不受是故三昧無有邊無有正諸阿羅漢辟支佛所不能及復次舍利弗薩芸若不受何以故菩薩不當持想視薩芸若設想視者爲不了爲如餘道人不信薩芸若何以故反謂有身正使餘道人信佛信佛已反持

小道入佛道中入佛道中已不受色痛癢思想生死識不受不受已亦未曉尚未成亦不見慧亦不於內見慧亦不於外見慧亦不於餘處見慧亦不於內痛癢思想生死識見慧亦不於外痛癢思想生死識餘處見慧亦不於餘處脱以學成就佛了知從法中以脱去謂法等一泥洹菩薩莫作是行莫內外視法呼與般若波羅蜜等一切無所受無所從誰得法無所持無所放亦無所泥洹想是故菩薩般若波羅蜜亦不受色痛癢思想生死識亦不受亦不中道般泥洹悉具十種力四無所畏佛十八事是故菩薩般若波羅蜜菩薩已入般若波羅蜜中行當作是視何所是般若波羅蜜在何所般若波羅蜜中法了不能得了不能知處是故般若波羅蜜菩薩當作是念聞是不懈不怯不恐不畏不難知是菩薩不離般若波羅蜜菩薩了知如是舍利弗謂須菩提菩薩何因曉般若波羅蜜色離本色痛癢思想生死識離本識般若波羅蜜離本般若波羅蜜須菩提言如是舍利弗言善哉須菩提菩薩設使出是中便自致薩芸若須菩提言如是菩薩出是中便自致薩芸若何以故薩芸若無所從生無所從出如是菩薩疾近作佛菩薩行般若波羅蜜於薩芸若中無所罣礙舍利弗言善哉菩薩精進作是語設使行色爲行想設生色行爲行想設觀色行爲行想設滅色行爲行想設空色行爲行想設識行立欲得爲行想痛癢思想生死識行爲行想生識行爲行想觀識行爲行想滅識行爲行想空識行爲行想如是菩薩爲

反行想作是守行者爲不守般若波羅蜜爲不行般若波羅蜜若想行者菩薩護行當莫隨其中舍利弗謂須菩提菩薩當云何行般若波羅蜜須菩提言不行色不生色行不觀色行不滅色行不空色行不痛癢思想生死識行不生識行不觀識行不滅識行不空識行不行色不色想行不色生行不色觀行不識滅行不識空行亦無見亦無行亦無見行無行無見亦復無行亦無止行如是爲無見何以故一切法無所從來亦無所持菩薩摩訶薩一切字法不受字是故三昧無有邊無有正諸阿羅漢辟支佛所不能及知也菩薩摩訶薩隨三昧者疾得作佛持佛威神須菩提說是語菩薩皆得阿惟越致字前過去佛時得作佛隨三昧亦不見三昧亦無有三昧想亦不作三昧亦不念識三昧亦不想識坐三昧亦不言我三昧已隨是法者無有疑舍利弗謂須菩提何所三昧隨行菩薩已得阿惟越致字前過去佛時得作佛可得見三昧處不須菩提言不可得見也舍利弗善男子亦不知亦不了舍利弗謂須菩提何以故不知不了須菩提言亦不得三昧亦無有三昧亦不得字佛言善哉須菩提如我所說空身慧作是爲諸菩薩爲隨般若波羅蜜教菩薩作是學爲學般若波羅蜜也舍利弗白佛言天中天菩薩學如是爲學般若波羅蜜舍利弗問佛言如是爲學何法佛言如是菩薩爲學無所學法何以故法無所逮得莫癡如小兒學舍利弗言誰能得是法佛言無所得是故得無所得法莫癡如小兒學者謂有字不

能得爲學習入法中適爲兩癡耳亦不知亦不曉亦不了法何以故學字是色欲得是致是故不了法所念亦不逮如是不曉不信故不於法中住反呼有身是故癡如小兒學舍利弗白佛言菩薩作是學爲不學佛言作是學爲不學佛不作是學爲學佛得作佛須菩提言天中天若有問者是幻爲學佛得作佛或作是問當何以教之佛言我故自問若隨所報之於須菩提意云何幻與色有異無幻與痛癢思想生死識有異無須菩提報佛言爾天中天幻與色無異也色是幻幻是色幻與痛癢思想生死識等無異佛言云何須菩提所想等不隨法從五陰字菩薩須菩提言如是天中天菩薩學欲作佛爲學幻耳何以故幻者當持此所有當如持五陰幻如色色六衰五陰如幻痛癢思想生死識作是語字六衰五陰須菩提白佛言若有新學菩薩聞是語得無恐怖佛言設使新學菩薩與惡師相得相隨或恐或怖與善師相得相隨不恐不怖須菩提白佛言何所是菩薩惡師者當何以知之佛言其人不尊重摩訶般若波羅蜜者教人棄捨去遠離菩薩心反教學諸雜經隨雜經心喜樂復教學餘經若阿羅漢辟支佛道法教學是事勸乃令諷誦爲說魔事魔因行壞敗菩薩爲種種說生死勤苦言菩薩道不可得是故菩薩惡師須菩提白佛言何所菩薩善師何行從知之佛言其人尊重摩訶般若波羅蜜稍稍教人令學成教語魔事令覺知令護魔是故菩薩善師也須菩提白佛言天中天何因爲菩薩何故正字呼菩

薩佛言諸經法悉學悉曉了知諸經法爾故字爲菩薩須菩提言悉曉了知諸經法爾故字菩薩何以故復呼摩訶薩佛言摩訶薩者天上天下最尊爾故字摩訶薩舍利弗白佛言我亦樂聞何以故爲摩訶薩佛語舍利弗若樂聞者佛當爲汝說之摩訶薩者悉自了見悉自了知十方天下人十方所有悉曉了知知人壽命知有惡無惡樂不樂有志無志悉曉了知見爲說法如是無所著爾故字爲摩訶薩須菩提白佛言請問摩訶薩者何所字摩訶薩設是菩薩心無有與等者無有能逮心者諸阿羅漢辟支佛所不能及心佛心如是心無所著心無所出無所入設佛心無所出無所入爲無所著心爾故復爲摩訶薩正上無有與等者舍利弗問須菩提何因菩薩心無所著須菩提言心無所生爾故無所著邠祁文陀弗白佛言何因呼菩薩爲摩訶僧那僧涅摩訶衍三拔致佛言號如是爾故爲摩訶僧那僧涅摩訶衍三拔致須菩提復白佛言何因菩薩摩訶薩爲摩訶僧那僧涅何從知菩薩摩訶薩爲摩訶僧那僧涅佛言菩薩摩訶薩心念如是我當度不可計阿僧祇人悉令般泥洹如是悉般泥洹是法無不般泥洹一人也何以故本無故譬如幻師於曠大處化作二大城作化人滿其中悉斷化人頭於須菩提意云何寧有所中傷死者無須菩提言無菩薩摩訶薩度不可計阿僧祇人悉令般泥洹無不般泥洹一人也菩薩聞是不恐不畏不恚不捨去就餘道知是則爲摩訶僧那僧涅須菩提白佛言如我從佛聞

念其中事如是不爲摩訶僧那僧涅何以故作是爲者無有作薩芸若無所供養人無作者爲何等所入作摩訶僧那僧涅色無著無縛無脫痛癢思想生死識無著無縛無脫邠祁文陀弗謂須菩提色無著無縛無脫痛癢思想生死識無著無縛無脫何謂須菩提言色無著無縛無脫痛癢思想生死識無著無縛無脫邠祁文陀弗言何謂色無著無縛無脫何謂痛癢思想生死識無著無縛無脫須菩提語邠祁文陀弗色如幻無著無縛無脫痛癢思想生死識如幻無著無縛無脫無有邊無著無縛無脫譬如空無著無縛無脫無所生無著無縛無脫是故菩薩摩訶薩摩訶僧那僧涅須菩提白佛言何因爲摩訶衍三拔致何所是摩訶衍從何所當住衍中何從出衍中誰爲成衍者佛語須菩提摩訶衍摩訶衍者無有正也不可得邊幅須菩提問佛言我欲知衍從何所出生從三處出自致薩芸若中住亦無有從中出生者亦無有再當來出者何以故天中天佛言正使生已再當來出者假令有兩法者不可得法設不從得者復從何法出須菩提白佛言摩訶衍於天上天下人中正過上無有與等者衍與空等如空覆不可復計阿僧祇人摩訶衍覆不可復計阿僧祇人爾故呼摩訶衍摩訶衍者亦不見來時亦不見去時亦不見住處亦不中邊見亦不於是聞見亦無所見亦不於三處見字如是天中天爾故爲摩訶衍佛言善哉須菩提爾故爲摩訶衍邠祁文陀弗白佛言尊者須菩提佛使說般若波羅蜜乃至說摩

訶衍事爲須菩提白佛言須菩提説般若波羅蜜得無過天中天佛言若説般若波羅蜜不過也適得其中須菩提言菩薩亦不念彼間亦不於是間念亦不無中央念色亦無有邊菩薩亦無有邊色與菩薩不可逮不可得一切菩薩不可得不可逮何所是菩薩般若波羅蜜當何從説菩薩都不可得見亦不可知處當從何所説般若波羅蜜菩薩轉復相呼菩薩云何天中天想如字耳何如爲意意無處處意無形形意本是形法何等爲色色不可得見亦無有身是中何所有色者痛癢思想生死識識不可得見菩薩亦不可得見菩薩識了不知處處亦不可見一切菩薩了無有處處了不可見何所爲菩薩般若波羅蜜如是説菩薩都不可得見亦不可知處處了無所有當從何所法中説般若波羅蜜爾故字爲菩薩如是如是字想亦無字亦無想何所爲意意誰字意至本本意生意是無形何因是識識不可得持至本亦無所持何因有識如是法形形亦無有本設無有本法亦無誰作亦無有本本無有本當何從説般若波羅蜜亦無有異處亦無有本菩薩法亦無所得有行菩薩聞是不恐不畏不難則爲行般若波羅蜜行般若波羅蜜法當熟思惟如是是時爲不入色何以故色無所生爲非色設爾非色爲無色亦無有生從其中無所得字爲色法中本無無是菩薩行般若波羅蜜視法思惟深入法是時亦不入痛癢思想生死識何以故識無所生爲非識故亦不出識中亦不入識中法中計了無所有舍利弗謂

須菩提我聽須菩提所說法中事如是菩薩無所出生設菩薩無所出生者菩薩用何等故慊苦行菩薩道設用十方天下人故何能忍是慊苦須菩提語舍利弗我亦不使菩薩忍是慊苦也行菩薩之道者菩薩自念我不録是慊苦行何以故菩薩心不當作是念言我忍是慊苦心未曾有念是不當作是念爲用不可計阿僧祇人故欲令安隱念之如父念之如母念之如子念之如身無異常當慈念之菩薩當作是持心一切菩薩不見亦不知處如是内法外法當作是念當作是行菩薩作是行不爲忍慊苦舍利弗設使如是所語菩薩不見出生菩薩爲無所出生舍利弗謂須菩提設使菩薩無所出生薩芸若亦無所出生須菩提言如是薩芸若無所出生舍利弗謂須菩提設使菩薩如是所語菩薩不見出生菩薩爲無所出生舍利弗謂須菩提設使菩薩無所出生薩芸若亦無所出生須菩提言如是薩芸若無所出生舍利弗謂須菩提設使薩芸若無所出生悉逮得禪亦無所生須菩提言如是悉逮得禪亦無所生舍利弗謂須菩提是中菩薩無所生菩薩爲無所生薩芸若亦無所生薩芸若法爲無所生悉逮得禪具足亦無所生悉逮得禪法亦無所生是爲無所逮得菩薩爲無所逮得薩芸若須菩提言無所生法逮得無所生亦無所生法逮得亦無無無所生逮得舍利弗謂須菩提設使無無無所生逮得無所生法是故無所生逮法須菩提言設使無所生法生復無無所生是故無所生逮得舍利弗謂須菩

提設使須菩提無所生無無所生是故無所生須菩提無所生須菩提語舍利弗無所生無所生樂聞舍利弗無所生樂是故爲樂須菩提語舍利弗無所生聞是爲聞舍利弗謂須菩提聞是語須菩提語舍利弗無無所語是爲語無所語是爲樂無所樂是故語是故樂舍利弗言善哉須菩提於法中第一尊何以故如尊者須菩提隨所問則報須菩提謂舍利弗佛弟子所説法十方亦不知所化來時隨所問則解何以故十方法亦不知所從生舍利弗言善哉須菩提從何所法中度菩薩須菩提言從般若波羅蜜中生説是法時若讀時菩薩信不疑菩薩當知之有隨是法不增不隨是法不減舍利弗謂須菩提隨是法亦不增不隨是法亦不減隨法教一切人隨法者不失一切人皆使得菩薩摩訶薩何以故一切人悉學法其法續如故須菩提言善哉舍利弗所解法如舍利弗言無異何以故人身當諦念當作是了知人身若干種空其念亦若干種空當了知是人身難了知所念亦難了知舍利弗菩薩當作是學當作是行

難問品第二

爾時釋提桓因與四萬天子相隨俱來共會坐四天王與天上二萬天子相隨來共會坐梵迦夷天與萬天子相隨來共會坐梵多會天與五千天子相隨來共會坐諸天子宿命有德光明巍巍持佛威神持佛力諸天子光明徹照釋提桓因白須菩提言賢者須菩提是若干千萬天子大會欲聽須菩提説般若

波羅蜜云何菩薩於般若波羅蜜中住須菩提語釋提桓因言拘翼是若千千萬天子樂者聽我當說須菩提持佛威神持佛力廣爲諸天子說般若波羅蜜何所天子未行菩薩道其未行者今皆當行以得須陀洹道不可復得菩薩道何以故閉塞生死道故正使是輩行菩薩道者我代其喜我終不斷功德法我使欲取中正尊法正欲使上佛佛言善哉須菩提勸樂諸菩薩學乃爾須菩提白佛言須菩提當報恩不得不報恩何以故過去時怛薩阿竭阿羅訶三耶三佛皆使諸弟子爲諸菩薩說般若波羅蜜怛薩阿竭時亦在其中學如是法中令自致作佛用是故當報佛恩我亦復作是說般若波羅蜜菩薩亦當復受菩薩法我復勸樂我皆受已皆勸樂已菩

薩疾逮作佛須菩提言拘翼當所問者聽所問菩薩云何住般若波羅蜜中持空法菩薩於般若波羅蜜中住拘翼菩薩摩訶薩僧那僧涅摩訶衍三拔致色不當於中住痛癢思想生死識不當於中住須陀洹不當於中住斯陀含不當於中住阿那含不當於中住阿羅漢不當於中住辟支佛不當於中住佛不當於中住有色無色不當於中住有痛癢思想生死識無痛癢思想生死識不當於中住有須陀洹無須陀洹不當於中住有斯陀含無斯陀含不當於中住有阿那含無阿那含不當於中住有阿羅漢無阿羅漢不當於中住有辟支佛無辟支佛不當於中住有佛無佛不當於中住色無無常不當於中住痛癢思想生死識無無常不當於中住色若苦若

樂不當於中住痛癢思想生死識若苦若樂不當於中住色若好若醜不當於中住痛癢思想生死識若好若醜不當於中住色我所非我所不當於中住痛癢思想生死識我所非我所不當於中住須陀洹道不動成就不當於中住須陀洹道成已不當於中住何以故須陀洹道七死七生便度去是故須陀洹道不當於中住斯陀含道不動成就不當於中住斯陀含道成已不當於中住何以故斯陀含道一死一生便度去是故斯陀含道不當於中住阿那含道不動成就不當於中住阿那含道成已不當於中住何以故阿那含道成已便於天上般泥洹是故阿那含道不當於中住阿羅漢道不動成就不當於中住阿羅漢道成已不當於中住何以故阿羅漢道成已便盡是間無處所於泥洹中般泥洹是故阿羅漢道不當於中住辟支佛道不動成就不當於中住何以故辟支佛道成已過阿羅漢道不能及佛道便中道般泥洹是故辟支佛道不當於中住佛道不當於中住何以故用不可計阿僧祇人故作功德以不可計阿僧祇人我皆當令般泥洹正於佛中住是故佛道不當於中住舍利弗心念言佛當云何住須菩提知舍利弗心所念便問舍利弗言云何佛在何所住舍利弗謂須菩提佛無所住怛薩阿竭阿羅呵三耶三佛心無所住止不在動處止亦無動處止須菩提言如是如是菩薩當作是學如怛薩阿竭阿羅呵三耶三佛住亦不可住當作是住學無所住是時諸天子心中作是念諸閱叉輩尚可知

所念閱叉若大若小所語悉可了知尊者須菩提所語了不可知須菩提知諸天子心中所念謂諸天子言是語難了亦不可聞亦不可知諸天子心中復作是念是語當解令尊者須菩提深入深知須菩提復知諸天子心中所念語諸天子言已得須陀洹道證若於中住不樂因出去已得斯陀含道證若於中住不樂因去以得阿那含道證若於中住不樂因去已得阿羅漢道證若於中住不樂因去已得辟支佛道證若於中住不樂因去以得佛道證若於中住不樂因去諸天子心中復作是念尊者須菩提所說乃爾當復於何所更索法師如須菩提言者須菩提知諸天子心中所念語諸天子言法師如幻欲從我聞法亦無所聞亦不作證諸天子心中復作是念云何法作是聞人如是須菩提知諸天子心中復作是念語諸天子言幻如人人如幻乎我呼須陀洹斯陀含阿那含阿羅漢辟支佛道悉如幻正使佛道我呼亦如幻諸天子語須菩提乃至佛道亦復呼如幻須菩提言乃至泥洹亦復如幻諸天子問須菩提乃至泥洹泥洹及泥洹亦復如幻須菩提語諸天子設復有法出於泥洹亦復如幻何以故幻人泥洹賜如空無所有舍利弗邠祁文陀羅弗摩訶拘私摩訶迦旃延問須菩提何等爲般若波羅蜜相從何等法中出須菩提報言從是法中出阿惟越致菩薩是爲般若波羅蜜相如是諸弟子聞法悉具足疾成阿羅漢須菩提言般若波羅蜜中說相如是從法中無所出何以故法中無所有無所聞無所

得如法比丘無所聞法無所得法從是法中無所受釋提桓因心念言尊者須菩提所說爲雨法寶我寧可作華持散尊者須菩提上釋提桓因則化作華散須菩提上須菩提心則了知言是華不出忉利天上我曾見是華是華所出生散我上者化作耳化成耳此華化華亦不從樹出釋提桓因所作華用散我上者從心樹出不從樹生也釋提桓因謂須菩提言此華無所從出生尊者須菩提不從心樹出須菩提言拘翼說言是華無所從出生亦不從心樹出爲非華釋提桓因言尊者須菩提深知說不增不減作是說法如尊者須菩提教也菩薩當作是學須菩提語釋提桓因拘翼是語無有異菩薩當作是學入法中菩薩作是學者爲不學須陀洹斯陀含阿那含阿羅漢辟支佛道爲學佛道爲學薩芸若道作是學者爲學不可計阿僧祇經卷不生色學不生痛癢思想生死識學不學受餘法亦不學受亦不學失不學失爲學薩芸若爲出薩芸若舍利弗謂須菩提學是學亦不失亦不失爲學薩芸若爲出薩芸若須菩提言如是舍利弗作是學亦不受亦不失學是爲學薩芸若爲出薩芸若釋提桓因問舍利弗般若波羅蜜菩薩當云何行舍利弗言當問尊者須菩提釋提桓因問尊者須菩提持何威神恩當學知須菩提言持佛威神恩當學知拘翼所問般若波羅蜜菩薩當云何行亦不可從色中行亦不可離色行亦不可從痛癢思想生死識中行亦不可離痛癢思想生死識行何以故般若波羅蜜亦非色亦非

痛癢思想生死識般若波羅蜜亦不離色亦不離痛癢思想生死識釋提桓因言摩訶波羅蜜無有邊無有底波羅蜜云何須菩提言拘翼摩訶波羅蜜無有邊波羅蜜無有底波羅蜜摩訶波羅蜜了不可得無有邊波羅蜜了不可見無有底波羅蜜了不可得底人無底復無無底無底復無無底波羅蜜等無底復無無底波羅蜜無底復無無底亦無有中邊亦無有本端了不可量了不可逮知拘翼從法中底波羅蜜底無底復無無底復次拘翼法無底復無端底無有中邊無有盡時底索無底復無無底波羅蜜釋提桓因言云何尊者須菩提何以故人無底波羅蜜無底須菩提謂釋提桓因是事都盧不可計正使計倍復倍人無底波羅蜜無底釋提桓因言何緣爾人無底波羅蜜無底須菩提言於拘翼意云何何所法中作是教人本所生釋提桓因言無有法作是教者亦無法作是教住置設使有出者但字耳設有住止者但字耳但以字字著言耳有所住止處但字耳了無所有但以字字著言耳人復人所本末空無所有須菩提言於拘翼意云何人可得見不釋提桓因言人不可得見須菩提言拘翼何所有作意者何所人底正使怛薩阿竭阿羅呵三耶三佛壽如恒邊沙劫盡度人人展轉自相度其所生者寧有斷絕時不釋提桓因言無有斷絕時何以故人無有盡時須菩提言人無有底般若波羅蜜無底菩薩學當作是了當作是知行般若波羅蜜法如是

道行般若波羅蜜經卷第一

音釋

序

隤然 隤徒回切隤然忘懷貌

殤 式羊切未成人而死曰殤

佾 于敏切墜也

籧廬 籧強魚切廬力居切籧廬傳舍也

矉 眦賓切蹙頞也

眩 黃絹切目無常主也

誕誹 誕徒旱切大也誹府尾切非議也

軫 章忍切車前後橫木也

璅 蘇果切

喆 陟列切智也

度 徒落切量也

窈窅 窈烏皎切窈窅深幽也

淵藪 淵縈年切藪蘇后切

泥曰 梵語也此云滅度

于闐 闐堂線切于闐國名

支讖 讖楚禁切支讖人名也

玷 都念切玉病也

戢 側入切斂藏也

飭 恥力切修整也

瑕讁 瑕胡加切讁陟革切過也

經

怯 乞業切畏懦也

薩芸若 梵語也亦云薩云然此云一切智若爾者切

邠祈文陀弗 梵語也此云滿嚴飾邠悲貧切祈巨梨切

僧那僧涅 梵語也僧那此云鎧僧涅此云著謂著鎧也涅乃結切

慊苦 慊謙琰切厭也

閱叉 梵語也亦云藥叉此云勇健閱音悅

道行般若波羅經卷第二

後漢月支三藏支婁迦讖譯

功德品第三

爾時諸因坻天諸梵天諸波耶和提天諸伊沙天諸那提乾天同時三反作是稱譽法賢者須菩提所說法甚深怛薩阿竭皆從是生其有聞者若諷誦讀有行者我輩恭敬視如桓薩阿竭我輩恭敬視菩薩摩訶薩持般若波羅蜜者佛語諸天人如是如是昔我於提和竭羅佛前逮得般若波羅蜜我便爲提和竭羅佛所受決言却後若當爲人中之導悉當逮佛智慧却後無數阿僧祇劫汝當作佛號字釋迦文天上天下於中最尊安定世間法極明號曰爲佛諸天人同時白佛言甚善菩薩摩訶薩天中天行般若波羅蜜自致到薩芸若爾時佛在衆會中央諸天中坐佛告比丘比丘尼優婆塞優婆夷令四部爲證欲天梵王阿會亘修天皆證知佛語釋提桓因若有善男子善女人其有學般若波羅蜜者其有持者其有誦者是善男子善女人魔若魔天終不能得其便拘翼善男子善女人若人若非人終不能得其便拘翼善男子善女人不得橫死拘翼忉利天上諸天人其有行佛道者未得般若波羅蜜未學者未誦者是輩天人皆往到善男子善女人所拘翼善男子善女人學般若波羅蜜者持者誦者若於空閑處若於僻隈處亦不恐亦不怖亦不畏四天王白佛言我輩自共護是善男子善女人學般若波羅蜜者持者誦者梵摩三鉢天及梵天諸天人俱白佛言我輩自共護是善

男子善女人學般若波羅蜜者持者誦者釋提桓因白佛言我自護是善男子善女人學般若波羅蜜者持者誦者釋提桓因復白佛言難及也有學般若波羅蜜者善男子善女人心無所動摇般若波羅蜜其受者爲悉受六波羅蜜佛言如是拘翼其受般若波羅蜜者爲悉受六波羅蜜復次拘翼般若波羅蜜學者持者誦者善男子善女人且聽拘翼我說上語亦善中語亦善下語亦善當念聽我所說釋提桓因從佛聽言受教佛語釋提桓因我法中有嬈者有害者有亂者欲嬈者欲害者欲亂者其人稍稍起惡意欲往來至中道亡欲嬈者欲害者欲亂者其後所作終不諧何以故用是善男子善女人學般若波羅蜜故持故誦故其人稍稍賷惡意來至便屈還其後所願終不得拘翼善男子善女人所作爲悉自見得學般若波羅蜜者持者誦者譬若有藥拘翼名摩蚳有蛇飢行索食道逢蟲豸蛇欲噉之蟲行到摩蚳藥所蛇聞藥香即走還去何以故藥力所却蛇毒即歇藥力所猒如是拘翼善男子善女人學般若波羅蜜者持者誦者其有欲害者便自消亡般若波羅蜜威神所却般若波羅蜜力所猒也佛言設有謀作者從所來處便於彼間自斷壞不復成四天王皆擁護是善男子善女人入般若波羅蜜者思惟者自在所爲所語如甘露所語不輕瞋恚不生自貢高不生四天王皆護是善男子善女人學般若波羅蜜者持者誦者所語無有異所語如甘露所語不輕瞋恚不起自貢高不生何以故用學般若波

羅蜜故不受自嗔恚不受自貢高不受自可是善男子善女人心自生念若有鬬諍起常當身遠離不喜是事面自慙自念是曹惡者不可近自念我索佛道不可隨嗔恚語疾使我逮得好心善男子善女人所作爲悉自見善般若波羅蜜學者持者誦者釋提桓因白佛言般若波羅蜜能過諸惡上去自在所作無有與等者佛語釋提桓因復次拘翼善男子善女人般若波羅蜜學者持者誦者或當過劇難之中終不恐不怖正使入軍不被兵佛言我所語無有異拘翼如佛言無有能害者善男子善女人當是時若誦若持般若波羅蜜若念正使死來至若當於中死若怨家在其中欲共害者如佛所語無有異是善男子善女人終不於中橫死正使在其中若有射者若兵向者終不中其身何以故是般若波羅蜜者極大祝人中之猛祝學是祝者是善男子善女人不自念惡亦不念他人惡都無所念善爲人中之雄自致作佛爲護人民蜎飛蠕動學是祝者疾成佛道也復次拘翼般若波羅蜜書已雖不能學不能誦者當持其經卷若人若鬼神不能中害其有宿命之罪不可請避若拘翼初得佛之處四面若有人直從一面來入若鬼神若禽獸無有能害者若鬼神若禽獸欲嬈人欲來害人終不能中何以故用佛得道處故佛威神所護過去當來今現在佛天中天皆爲人中尊悉於其中作佛甫當復出索佛道者皆當於其中得佛道若有人入是處者不恐不怖無所畏懼般若波羅蜜者如是般若波羅蜜所止處一

切諸天人民阿須倫鬼神龍皆爲作禮恭敬護視用是故般若波羅蜜威神所護釋提桓因白佛言若有天中天般若波羅蜜書者持經卷者自歸作禮承事供養名華擣香澤香雜香繒綵華蓋旗旛若般泥洹後持佛舍利起塔自歸作禮承事供養名華擣香澤香雜香繒綵華蓋旗旛如是其福何所爲多者佛言我故問汝拘翼隨所樂報我云何拘翼怛薩阿竭阿羅呵三耶三佛薩芸若成是身出見怛薩阿竭從何法中學得阿耨多羅三耶三佛釋提桓因報佛言怛薩阿竭從般若波羅蜜中學得阿耨多羅三耶三佛佛語釋提桓因不用身舍利從薩芸若中得佛怛薩阿竭爲出般若波羅蜜中如是拘翼薩芸若身從般若波羅蜜中出怛薩阿竭阿羅呵三耶三佛薩芸若身薩芸若身生我作佛身從薩芸若得作佛身從薩芸若生我般泥洹後舍利供養如故若有拘翼善男子善女人書般若波羅蜜學持誦行自歸作禮承事供養好華擣香澤香雜香繒綵華蓋旗旛薩芸若則爲供養以如是拘翼般若波羅蜜寫已作是供養經卷善男子善女人從其法中得功德無比何以故薩芸若者則爲供養已釋提桓因白佛言如是閻浮利人不供養承事般若波羅蜜者是曹之人爲不知其尊耶供養般若波羅蜜者其福尊無比般若波羅蜜者當取供養之佛語釋提桓因云何拘翼閻浮利人中有幾所人信佛信法信比丘僧釋提桓因白佛言閻浮利人少所信佛信法信比丘僧者少少耳及行須陀洹斯陀含阿那含阿

羅漢辟支佛至行佛道者復少少耳佛言如是拘翼少少耳人至有索佛道行求佛道者甚多至其然後作佛少少耳如是不可計阿僧祇人初行求佛道至其然後從其中出若一若兩在阿惟越致地住耳如是拘翼是善男子善女人行求佛道會後成佛如是佛言善男子善女人學般若波羅蜜者持經者誦經者當爲作禮承事恭敬何以故用曉般若波羅蜜中事故少有過去時怛薩阿竭阿羅呵三耶三佛過去時菩薩行佛道者皆於般若波羅蜜中學成我時亦共在其中學怛薩阿竭般泥洹後諸菩薩摩訶薩悉當受是般若波羅蜜拘翼善男子善女人怛薩阿竭般泥洹後取舍利起七寶塔供養盡形壽自歸作禮承事持天華天擣香天澤香天雜香天繒天蓋天旛如是於拘翼意云何善男子善女人作是供養其福寧多不釋提桓因言甚多甚多天中天佛言不如是善男子善女人書般若波羅蜜持經卷自歸作禮承事供養名華擣香澤香雜香繒綵華蓋旗旛得福多也佛言置是塔拘翼若復有閻浮利滿其中七寶塔若有善男子善女人盡形壽自歸作禮承事供養天華天擣香天澤香天雜香天繒天蓋天旛云何拘翼善男子善女人其福寧多不釋提桓因言甚多甚多天中天佛言不如是善男子善女人書般若波羅蜜持經卷自歸作禮承事供養名華擣香澤香雜香繒綵華蓋旗旛得福多佛言置閻浮利所作事拘翼滿四天下七寶塔若有善男子善女人盡形壽自歸作禮承事供養天華天擣香

天澤香天雜香天繒天蓋天旛其福寧多不釋提桓因言甚多甚多天中天佛言不如是善男子善女人書般若波羅蜜持經卷自歸作禮承事供養名華擣香澤香雜香繒綵華蓋旗旛得福多佛言置四天下塔拘翼譬如一天下復次一天下如是千天下四面皆滿其中七寶塔若有善男子善女人盡形壽自歸作禮承事供養天華天擣香天澤香天雜香天繒天蓋天旛云何拘翼其福寧多不釋提桓因言甚多甚多天中天佛言不如是善男子善女人書般若波羅蜜持經卷自歸作禮承事供養名華擣香澤香雜香繒綵華蓋旗旛得福多佛言復置是千天下拘翼如是中二千天下四面皆滿其中七寶塔若有善男子善女人盡形壽自歸作禮承事供養天華天擣香天澤香天雜香天繒天蓋天旛云何拘翼其福寧多不釋提桓因言甚多甚多天中天佛言不如是善男子善女人書般若波羅蜜持經卷自歸作禮承事供養名華擣香澤香雜香繒綵華蓋旗旛得福多佛言復置是中二千天下拘翼若三千天下四面皆滿其中七寶塔若有善男子善女人盡形壽自歸作禮承事供養天華天擣香天澤香天雜香天繒天蓋天旛云何拘翼是善男子善女人其福寧多不釋提桓因言甚多甚多天中天佛言不如是善男子善女人書般若波羅蜜持經卷自歸作禮承事供養名華擣香澤香雜香繒綵華蓋旗旛得福多佛言復置是三千天下七寶塔拘翼若三千大國土中薩和薩皆使得人道了了皆作人已令人人

作七寶塔是輩人盡形壽供養持諸妓樂諸華諸擣香諸澤香諸雜香若千百種香諸繒諸蓋諸旛復持天華天擣香天澤香天雜香天繒天蓋天旛如是等薩和薩及三千大國土中薩和薩悉起是七寶塔皆作妓樂供養云何拘翼其功德福祐寧多不釋提桓因言作是供養者其福祐功德甚多甚多天中天佛言不如是善男子善女人書般若波羅蜜持經卷自歸作禮承事供養名華擣香澤香雜香繒綵華蓋旗旛得福多釋提桓因白佛言如是天中天極安隱般若波羅蜜天中天自歸作禮承事供養過去當來今現在佛天中天薩芸若則爲供養作禮承事自歸爲悉供養至佛言復置是三千大國土中七寶塔復如一恒邊沙佛國土薩一一薩悉起作七寶塔皆供養一劫復過一劫皆持天華天擣香天澤香天雜香天繒天蓋天旛都盧天上天下諸妓樂持供養如是拘翼其福祐功德寧多不釋提桓因言甚多甚多天中天佛言不如是善男子善女人書般若波羅蜜持經卷自歸作禮承事供養名華擣香澤香雜香繒綵華蓋旗旛得福多佛語釋提桓因如是拘翼不如是善男子善女人從法中得福極多不可復計不可復議不可復稱不可復量不可復極何以故從般若波羅蜜中出怛薩阿竭阿羅呵三耶三佛薩芸若如是拘翼善男子善女人書般若波羅蜜持經卷自歸作禮承事供養名華擣香澤香雜香繒綵華蓋旗旛如是拘翼功德所致福祐所致及前世功德所致佛福祐所致佛言百倍恒邊沙佛

國中薩和薩皆起七寶塔不在計中千倍不在計中百千倍不在計中萬億倍不在計中無數倍不在般若波羅蜜供養計中爾時四萬天人與釋提桓因共來大會諸天人謂釋提桓因言尊者當取般若波羅蜜當諷誦般若波羅蜜佛語釋提桓因當學拘翼般若波羅蜜當持經卷當諷誦何以故阿須倫心中作是生念欲與忉利天共鬬阿須倫即起兵上天是時拘翼當誦念般若波羅蜜阿須倫兵衆即還去釋提桓因白佛言極大祝天中天般若波羅蜜極尊祝般若波羅蜜無有輩祝般若波羅蜜佛言如是拘翼極大祝般若波羅蜜極尊祝般若波羅蜜無有輩祝般若波羅蜜佛言如是拘翼極大祝般若波羅蜜極尊祝般若波羅蜜無有輩祝無有輩祝般若波羅蜜如是拘翼持是祝者過去諸怛薩阿竭阿羅呵三耶三佛皆從是祝自致作佛甫當來諸怛薩阿竭阿羅呵三耶三佛皆學是祝自致作佛今現在十方諸佛皆起是祝自致作佛拘翼是祝故出十戒功德照明於天下四禪四諦四神足般遮旬照明於世間菩薩摩訶薩從般若波羅蜜中生十戒功德世間悉徧至四禪四諦四神足般遮旬悉照明於世間今怛薩阿竭阿羅呵三耶三佛未出世間時菩薩悉照明四禪四諦四神足般遮旬譬如月盛滿時拘翼從空中出照明於星宿如是拘翼菩薩行功德盛滿亦如是怛薩阿竭未出世間時菩薩為出照明菩薩摩訶薩皆從漚惒拘舍羅般若波羅蜜中出當作是知復次拘翼若有善男子善女人持般

若波羅蜜學誦者爲至德悉具足釋提桓因問佛言天中天何謂至德悉具足佛言其人終不中毒死不於水中溺死不爲兵刃所中死若時有縣官起若横爲縣官所侵當誦念般若波羅蜜若坐若經行時縣官終不能危害何以故般若波羅蜜所擁護故若復有餘事悉當誦念般若波羅蜜往至彼間若王所若太子傍臣所便與共好語與共語言與共笑歡喜何以故用學般若波羅蜜故念善思善一切人民蜎飛蠕動悉令其善持心愍傷慈哀用是故人見之悉起立如拘翼若有索方便者不能危害爾時有異道人遥見佛大會稍前欲壞亂坐稍來至佛所釋提桓因作是念當云何盡我壽常在佛邊受誦般若波羅蜜異道人欲亂我斷是法釋提桓因從佛所聞般若波羅蜜即受誦彼異道人即遥遠遠繞佛一帀便從彼間道徑去舍利弗作是念是中云何令異道人從彼間道徑便去舍利弗心所念佛即知佛語舍利弗釋提桓因念般若波羅蜜如是異道人便還去異道人無有善意來都盧持惡意來故弊魔便作是念怛薩阿竭阿羅呵三耶三佛與四部弟子共坐欲天梵天及諸天人悉復在其中會無有異人悉菩薩摩訶薩受決者會當爲人中之將自致成作佛我當行欲壞亂之弊魔乘一轅之車駕四馬稍稍前行至佛所釋提桓因作是念弊魔乘四馬之車來欲到佛所是弊魔車馬無異非國王洴沙四馬車不類亦非國王波耶匿四馬車不類亦非釋種四馬車不類亦非隨舍利四馬車不類是弊魔所

作晝夜弊魔常索佛便常亂世間人釋提桓因常作是願我會當念般若波羅蜜常念常持心諷誦究竟釋提桓因心中誦念般若波羅蜜且欲究竟弊魔便復道還去忉利拘翼天人持天華飛在空中立便散佛上及散四面言般若波羅蜜斷絶甚久閻浮利人乃得聞乃得見便復持天華若干種四面散佛上佛言其有行般若波羅蜜者學般若波羅蜜者亦不爲魔及魔官屬所得便釋提桓因白佛言是輩人其福祐功德不小聞般若波羅蜜者何況乃學持誦念學已持已誦已取學如是用是法住其人前世時見佛般若波羅蜜耳聞者何況乃學持誦學已持已誦已行如中事如是法住具足則爲供養怛薩阿竭已是人如是何以故薩芸若從是行般若波羅蜜譬如天中天欲得極大寶者當從大海索之欲得薩芸若珍寶成怛薩阿竭阿羅呵三耶三佛者當從般若波羅蜜中索之佛言如是從其中出怛薩阿竭阿羅呵三耶三佛薩芸若阿難白佛言無有說檀波羅蜜者亦不說尸波羅蜜亦不說羼提波羅蜜亦不說惟逮波羅蜜亦不說禪波羅蜜亦無有說是名者但共說般若波羅蜜者何以故天中天佛語阿難般若波羅蜜於五波羅蜜中最尊云何阿難不作布施當何緣爲檀波羅蜜薩芸若不作戒當何緣爲尸波羅蜜不作忍辱當何緣爲羼提波羅蜜不作精進當何緣爲惟逮波羅蜜不作一心當何緣爲禪波羅蜜不作智慧當何緣爲般若波羅蜜薩芸若阿難言如是天中天不行布施不爲檀波羅蜜

薩芸若不行戒不爲尸波羅蜜不行忍辱不爲羼提波羅蜜不行精進不爲惟逮波羅蜜不行一心不爲禪波羅蜜不行智慧不爲般若波羅蜜薩芸若爲非般若波羅蜜佛言如是阿難般若波羅蜜於五波羅蜜中最尊譬如極大地種散其中同時俱出其生大株如是阿難般若波羅蜜者是地五波羅蜜者是種從其中生薩芸若者從般若波羅蜜成如是阿難般若波羅蜜於五波羅蜜中極大尊

自在所教釋提桓因白佛言怛薩阿竭阿羅呵三耶三佛所說善男子善女人功德未竟學般若波羅蜜者持者誦者云何佛語釋提桓因我不說行者功德未竟我自說善男子善女人書般若波羅蜜者持經卷自歸作禮承事供養名華擣香澤香雜香繒綵華蓋旗旛我說是供養功德耳釋提桓因白佛言我身自護視是善男子善女人書般若波羅蜜者持經卷自歸作禮承事供養名華擣香澤香雜香繒綵華蓋旗旛我護是供養功德耳佛語釋提桓因善男子善女人誦般若波羅蜜者若千千天人到經師所聽法不解於法中諸天人適欲問法師天神語之言用慈於法中故其人即自了知諸天所不解者便自解善男子善女人所作功德悉自見知復次拘翼善男子善女人書般若波羅蜜於四部弟子中說是法時其心都盧無所難若有形者若欲試者終不畏何以故般若波羅蜜所擁護故其所欲形試者便自去佛言我了不見人當般若波羅蜜者人亦不見般若波羅蜜般若波羅蜜所猒伏善男子善女人無有

敢輕者心亦不恐亦不怖懼亦無所畏善男子善女人所作功德悉自了見復次拘翼是善男子善女人父母皆重若沙門道人皆哀若知識兄弟外家宗親皆尊貴敬愛之或時説惡事者持中正法爲解之是善男子善女人所作功德悉自見之復次拘翼善男子善女人書般若波羅蜜持經卷者天上四天王天上諸天人索佛道者往到彼所問訊聽受般若波羅蜜作禮繞竟以去忉利天上諸天人索佛道者往到彼所問訊聽受般若波羅蜜作禮繞竟已去鹽天上諸天人索佛道者往到彼所問訊聽受般若波羅蜜作禮繞竟已去善男子善女人心當作是知十方無央數佛國諸天人諸龍阿須倫諸閱叉鬼神諸迦樓羅鬼神諸甄陀羅鬼神諸迦留羅鬼神諸魔睺勒鬼神諸人諸非人都盧賜來到是間問訊法師聽受般若波羅蜜作禮繞竟各自去皆賜功德無異兜術陀天上諸天人索佛道者往到彼所問訊聽受般若波羅蜜作禮繞竟以去尼摩羅提羅憐耨天上諸天人索佛道者往到彼所問訊聽受般若波羅蜜作禮繞竟已去波羅尼蜜和耶拔致天上諸天人索佛道者往到彼所問訊聽受般若波羅蜜作禮繞竟已去梵天上諸天人索佛道者梵迦夷天梵弗還天梵波産天摩呵梵天盧天波利陀天盧波摩那天阿會亘修天首呵天波栗多修呵天阿波摩修天修乾天惟呵天波栗惟呵天阿波修天惟于潘天阿惟潘天阿陀波天須帝天須帝祇耨天阿迦膩吒天等天上諸天人皆往到彼所問訊聽受

般若波羅蜜作禮繞竟已各自去及諸阿迦膩吒天尚悉來下在諸天輩中何況拘翼三千大國土諸欲天人諸色天人悉來問訊聽受般若波羅蜜作禮繞已畢竟各各自去是彼善男子善女人彼所止處當完堅無有嬈者除其宿罪不請餘不能動善男子善女人其功德悉受得是時諸天人來當知之釋提桓因言云何天中天善男子善女人當作是了知諸天人來到是間聽受般若波羅蜜作禮承事佛言善男子善女人當作是知諸天人來受般若波羅蜜作禮承事何用知諸天人來時或時善男子善女人歡喜踊躍意喜時知諸天人來以知當捨去若天若龍若閱叉鬼神若甄陀羅鬼神來到彼間復次拘翼善男子善女人聞鬼神香以為曾知善男子善女人小鬼神當避起去大鬼神來前復次拘翼善男子善女人常當淨潔身體用淨潔身體故鬼神皆大歡喜小天見大天來到避去大尊天威神巍巍其光重明稍稍安徐往是天人至經所入至經所已善男子善女人則踊躍歡喜所止處悉當淨潔住善男子善女人病終不著身所止處常安隱未常有惡夢中不見餘但見佛但見塔但聞般若波羅蜜但見諸弟子但見極過度但見佛坐但見自然法輪但見且欲成佛時但見諸佛成得佛已但見新自然法輪但見若干菩薩但見六波羅蜜種種解說但見當作佛但見餘佛國但見了了佛尊法無有與等者但見其方其國土怛薩阿竭阿羅呵三耶三佛若干百弟子若干千弟子若干萬弟子怛薩阿竭阿

羅呵三耶三佛在其中說法拘翼善男子善女人夢如是見已安隱覺身體淨潔且輕不欲復思食身自輭美飽拘翼譬如比丘得禪從禪覺輭心不大思食自輭美飽如是拘翼善男子善女人覺已不大思食自想身輭美飽何以故拘翼鬼神不敢近氣故欲取佛者其功德悉自見欲取佛者當學般若波羅蜜當持當誦正使不學不持不誦善男子善女人但書寫持經卷自歸作禮承事供養名華擣香澤香雜香繒綵華蓋旗旛復次拘翼或時閻浮利地上怛薩阿竭舍利滿其中施與般若波羅蜜書已舉施與欲取何所釋提桓因言寧取般若波羅蜜何以故我不敢不敬舍利天中天從中出舍利供養般若波羅蜜中出舍利從中得供養如我有時與諸天共

於天上坐特異牀座乃至自我坐敢有天人來至我所承事我我未及至坐所我不坐座上時諸天人皆為我座作禮繞竟已便去是座尊釋提桓因於是間坐受法忉利天上諸天人為作禮如是天中天般若波羅蜜出怛薩阿竭阿羅呵三耶三佛舍利薩芸若之智慧從中出生身用是故天中天兩分之中取般若波羅蜜除是閻浮利地上滿其中怛薩阿竭舍利弗使天中天三千大國土滿其中舍利一分般若波羅蜜經為二分我從二分中取般若波羅蜜何以故從中出舍利供養所致譬如負債人天中天與王相隨出入王甚敬重之無有問者亦無所畏何以故在王邊有威力故天中天從般若波羅蜜中出舍利從中出供養是經天中天如王般若波羅

蜜譬如是王雄猛得供養怛薩阿竭舍利從薩芸若中出生得供養如是天中天薩芸若怛薩阿竭阿羅呵三耶三佛從般若波羅蜜中出生當作是知兩分中我取般若波羅蜜般若波羅蜜受持者譬如無價摩尼珠天中天有是寶無有與等者若持有所著所著處者鬼神不得其便不爲鬼神所中害若男子若女人持摩尼珠著其身上鬼神即走去若中熱持摩尼珠著身上其熱即除去若中風持摩尼珠著身上其風不增即除去若中寒持摩尼珠著身上其寒不復增即除去夜時持摩尼珠著身上冥中即時明熱時持摩尼珠所著處即爲涼寒時持摩尼珠所著處即爲熱所置處毒皆不行餘他輩亦爾中有爲蛇所齧者善男子善女人持摩尼珠示之見摩尼珠毒即去如是天中天摩尼珠極尊若有人病若目痛若目冥持摩尼珠近眼眼病即除愈如是天中天摩尼珠德巍巍自在持著何所著水中水便隨作摩尼珠色持繒裹著水中水便如摩尼色正使持若干種繒裹著水中水便如摩尼珠色水濁即爲清摩尼珠德無有比阿難即問釋提桓因云何拘翼天上亦有摩尼珠閻浮利地上亦有摩尼珠釋提桓因語阿難言天上亦有摩尼珠閻浮利地上亦有摩尼珠不足言如我所說異閻浮利地上寶輕耳不如彼珠德尊十倍百倍千倍萬倍億億萬倍我所語摩尼珠者有所著若篋中若函中其光明倍徹出正使舉珠出去餘處續明如故般若波羅蜜薩芸若之德至怛薩阿竭阿羅呵三耶三佛般泥洹去

舍利供養如故薩芸若舍利徧分布天下供養如故復次阿難十方無央數佛國現在諸佛欲見者善男子善女人當行般若波羅蜜當守般若波羅蜜佛語釋提桓因如是拘翼過去時怛薩阿竭阿羅呵三耶三佛皆從般若波羅蜜中出爲人中之將自致成作佛如是出生甫當來怛薩阿竭阿羅呵三耶三佛悉從般若波羅蜜中出爲人中之將自致成作佛復如十方無央數佛國今現在諸佛亦從般若波羅蜜中出爲人中之將自致成作佛釋提桓因白佛言摩訶波羅蜜天中天一切人民蜎飛蠕動之類心所念怛薩阿竭阿羅呵三耶三佛從般若波羅蜜悉了知佛言用是故菩薩摩訶薩晝夜行般若波羅蜜釋提桓因言但行般若波羅蜜不行餘波羅蜜耶佛言都盧六波羅蜜皆行菩薩摩訶薩般若波羅蜜於菩薩摩訶薩中最尊菩薩與布施般若波羅蜜出上持戒忍辱精進一心分布諸經教人不及菩薩摩訶薩行般若波羅蜜也拘翼譬如閻浮利地上種種好樹若色種種各異葉葉各異華華各異實實各異種種枝掖其影無有異其影如一影相類如是拘翼五波羅蜜從般若波羅蜜出般若波羅蜜出薩芸若種種展轉相得無有異釋提桓因白佛言極大尊德般若波羅蜜天中天不可計德般若波羅蜜天中天無有極與等者般若波羅蜜天中天若有書般若波羅蜜者持經卷自歸作禮承事供養名華擣香澤香雜香繒綵華蓋旗旛若有書經與他人者其福何所爲多者佛言我故問若拘翼自恣說

云何若有怛薩阿竭舍利自供養復分布與他人令供養若復有舍利自供養亦不分與他人其福何所多者釋提桓因言天中天善男子善女人自供養舍利復分布與他人其福大多佛言如是拘翼善男子善女人書般若波羅蜜持經卷自歸作禮承事供養名華擣香澤香雜香繒綵華蓋旗旛復分布與他人其福大多復次拘翼法師所至到處輙說經法其德其福甚大多大多復次拘翼閻浮利人若善男子善女人皆令持十戒云何拘翼其福寧多不釋提桓因言甚多甚多天中天佛言不如是善男子善女人書般若波羅蜜者持經卷與他人使書若爲讀之其福倍益多復次拘翼置四天下諸小國土中國土千國土二千國土三千大國土如恒邊沙佛國人善男子善女人皆令持十戒云何拘翼其福寧多不釋提桓因言甚多甚多天中天佛言不如是善男子善女人書般若波羅蜜者持經卷與他人使書若爲讀其福倍益多復次拘翼閻浮利人善男子善女人皆令行四禪四諦四神足及行般遮旬云何拘翼其福寧多不釋提桓因言甚多甚多天中天佛言不如是善男子善女人書般若波羅蜜者持經卷與他人使書若爲讀其福倍益多復次拘翼置閻浮利四天下小國土中國土千國土二千國土三千大國土大國土如恒邊沙佛國人善男子善女人皆令行四禪四諦四神足及行般遮旬皆令成德云何拘翼其福寧轉倍多不釋提桓因言大甚多大甚多天中天佛言不如是善男子善女人書般若

波羅蜜者持經卷與他人使書若爲讀其福轉倍多復次拘翼持般若波羅蜜經卷授與他人使書若令學若自學其福甚倍多復次拘翼若有人自學般若波羅蜜解中慧其福甚倍多釋提桓因白佛言天中天云何學般若波羅蜜學解中慧其福甚倍多佛言善男子善女人不曉學何以故有當來善男子善女人欲得阿耨多羅三耶三菩阿惟三佛喜樂學般若波羅蜜反得惡知識教學枝掖般若波羅蜜釋提桓因問佛言何等爲枝掖般若波羅蜜佛言甫當來世比丘得般若波羅蜜欲學惡知識反教學色無常行色無常作是曹學行般若波羅蜜痛癢思想生死識學識無常行識無常作是曹學行般若波羅蜜拘翼是爲枝掖般若波羅蜜佛言行般若波羅蜜者不壞色無常視不壞痛癢思想生死識無常視何以故本無故拘翼般若波羅蜜當黠慧學其福倍益多復次拘翼置閻浮利地上三千大國土如恒邊沙佛國人若善男子善女人皆令得須陀洹道云何拘翼其福寧多不釋提桓因言甚多甚多天中天佛言不如是善男子善女人書般若波羅蜜者持經卷與他人使書若令學若爲讀其福倍益多何以故須陀洹道皆從般若波羅蜜中出生故復次拘翼閻浮利人若善男子善女人皆教令得斯陀含阿那含阿羅漢皆令成就云何拘翼其福寧轉倍多不釋提桓因言甚多甚多天中天佛言不如是善男子善女人書般若波羅蜜者持經卷與他人使書若令學若爲讀其福倍益多何以故薩芸若德成

法德一切從般若波羅蜜中學成佛便出生須陀洹道斯陀含道阿那含道阿羅漢道辟支佛道置閻浮利人拘翼置三千大國土如恒邊沙佛國中人若善男子善女人皆令得須陀洹道斯陀含道阿那含道阿羅漢道辟支佛道云何拘翼其福寧多不釋提桓因言甚多甚多天中天佛言不如是善男子善女人書般若波羅蜜者持經卷與他人使書若令學若爲讀其福倍益多何以故皆從般若波羅蜜中學得成薩芸若成法德用是故得佛出生須陀洹道斯陀含道阿那含道阿羅漢道辟支佛道用是故其福轉倍多復次拘翼閻浮利人都盧皆使行佛道已信入佛道學佛道心以生若善男子善女人持般若波羅蜜經卷與他人使書若令學若爲説及至阿惟越致菩薩書經卷授與之其人當從是學深入般若波羅蜜中學智慧般若波羅蜜轉增多守無有極智悉成就得其福轉倍多置閻浮利拘翼三千大國土及如恒邊沙佛國中人皆行阿耨多羅三耶三菩皆發意行佛道若善男子善女人持般若波羅蜜經卷與他人使書若令學若爲説及至阿惟越致菩薩書經卷授與之其人當從是學深入般若波羅蜜中學智慧般若波羅蜜轉增多守無有極智慧悉成就得其福轉倍多復次拘翼閻浮利人都盧皆行阿耨多羅三耶三菩阿耨多羅三耶三菩者皆發意求佛若善男子善女人持般若波羅蜜經卷與他人使書爲解説其中慧教令學乃至阿惟越致菩薩摩訶薩持般若波羅蜜經卷授與使入黠慧

中其福轉倍多置閻浮利三千大國土乃至恒邊沙佛國中人皆行阿耨多羅三耶三菩阿耨多羅三耶三菩者皆發意求佛若善男子善女人持般若波羅蜜經卷與他人使書令學入黠慧中者若有阿惟越致菩薩摩訶薩持般若波羅蜜經卷爲書授與使學入黠慧中其福轉倍多復次拘翼閻浮利人都盧皆令行阿惟越致菩薩阿耨多羅三耶三菩若有善男子善女人教入般若波羅蜜中云何拘翼其福寧多不釋提桓因言甚多甚多天中天佛言從是輩中若有一菩薩出便作是言我欲疾作佛正使欲疾作佛若有人持般若波羅蜜經卷書授與者其福轉倍多置閻浮利三千大國土乃至恒邊沙佛國中人都盧皆令行阿惟越致菩薩阿耨多羅三耶三菩若有善男子善女人教入般若波羅蜜中云何拘翼其福寧多不釋提桓因言甚多甚多天中天佛言若有一菩薩從其中出便作是言我欲疾作佛正使欲疾作佛若有人持般若波羅蜜經卷書授與者其福轉倍多釋提桓因白佛言如是天中天極安隱菩薩摩訶薩疾近佛般若波羅蜜若教人若授與人其福轉倍多何以故天中天佛言其得般若波羅蜜疾近佛者近佛坐須菩提語釋提桓因言善哉善哉拘翼當所作爲尊弟子菩薩摩訶薩作是受疾作佛所作爲者當如佛弟子從中出是輩人不索佛道者菩薩摩訶薩不當於其中學六波羅蜜不學是法不得作佛隨法學疾作阿耨多羅三耶三佛在所問

道行般若波羅蜜經卷第二

音釋

因坻（坻音遲因坻帝釋名也）僻隁（僻匹辟切幽僻也隁烏回切隩也）嬈（爾沼切與擾同亂也）齎（牋西切持也）摩蜒（梵語也藥名蜒渠移切）蟲豸（蟲直引切豸池爾切有足曰蟲無足曰豸）劇難（劇奇逆切甚也難乃旦切阤難也）大祝（祝音呪）蜎（蠉員切蟲飛貌）蠕（音軟蟲動貌）般遮旬（梵語也此云五猶五神通也般音鉢）漚惒拘舍羅（梵語也此云方便漚音鷗惒音和）輮（雨元切車前曲木也）齧（五結切噬也）篋（詰叶切箱匧）掖（以石切）盧（乙合切天名也）

道行般若波羅經卷第三

後漢月支三藏支婁迦讖譯

漚惒拘舍羅勸助品第四

爾時彌勒菩薩謂須菩提言若有菩薩摩訶薩勸助爲福出人布施持戒自守者上其福轉尊極上無過菩薩摩訶薩勸助福德須菩提謂彌勒菩薩復有菩薩摩訶薩於阿僧祇刹土諸佛所而作功德一一刹土不可計佛其般泥洹者乃從本發意已來自致阿耨多羅三耶三菩成至阿惟三佛者乃至無餘泥洹果而般泥洹者然後至于法盡於是中所作功德其功德度無極及諸聲聞作布施持戒自守爲福於有餘功德自致無餘諸有般泥洹佛於其中所作功德至有淨戒身三昧身智慧身已脫身脫慧所現身佛法極大哀不可計佛天中天所說法於其法中復學諸所有功德乃於諸般泥洹佛所作功德都計之合之勸助爲尊種種德中爲極是上其勸助者是爲勸助勸助已持作阿耨多羅三耶三菩以是爲阿耨多羅三耶三菩署是菩薩有德之人持心能作是求阿耨多羅三耶三菩乃至作是心欲有所得彌勒菩薩語須菩提其不作是求乃能有所得其作思想者以爲無黠能生是意用思想悔還用信悔還但用無黠故還墮四顛倒無常謂有常苦謂有樂空謂有實無身謂有身以故思想悔還心悔還信悔還菩薩不當作是心有所求於所求無處所云何求阿耨多羅三耶三菩彌勒菩薩謂須菩提不當於新學菩薩摩訶薩前說是語何以故或亡所信亡所樂亡所喜亡

所行便是從隨當為阿惟越致菩薩摩訶薩說之若久在善師邊者當為是菩薩摩訶薩可說聞者不恐不怖不畏是菩薩摩訶薩能勸助為作薩芸若持心作是勸助心亦盡滅無所有無所見何等心當作阿耨多羅三耶三菩者當以何心作之心無兩對心之自然乃能所作釋提桓因語須菩提新學菩薩摩訶薩聞是或恐或怖若菩薩摩訶薩欲作功德者當云何勸助其福德作阿耨多羅三耶三菩須菩提語彌勒菩薩當作護是菩薩摩訶薩於諸佛所破壞衆惡而斷愛欲等行如一降伏魔事棄捐重擔是即自從所有勤苦悉為已盡其知已脫心即從計從阿僧祇剎土諸佛般泥洹者於其中所作功德福於諸聲聞中復作功德都計之合之勸助為尊種種德中無過勸助其勸助者能為勸助勸助已持作阿耨多羅三耶三菩何所是菩薩摩訶薩想不悔還心不悔還所信不悔還正使菩薩摩訶薩持心作阿耨多羅三耶三菩其心無所想者是菩薩摩訶薩心得作阿耨多羅三耶三菩正使心念自了知是心則為是作是為想悔還心悔還所信悔還正使菩薩摩訶薩持心了知當作是學覺知盡無所有知盡者當持何心有所作當了知心何所心法於法有所作如法者為隨法已於作眞為是作即非邪作是菩薩摩訶薩所作若有菩薩摩訶薩於過去當來今現在佛所作功德若諸聲聞下至凡人所作功德若畜生聞法者及諸天龍閱叉健陀羅阿須倫迦樓羅甄陀羅摩睺勒諸人若非人聞法者發心所作

功德及初學菩薩道都計之合之積累爲上其勸助者能爲勸助是以極尊種種德中無過勸助是故勸助所當勸助能爲勸助持勸助福用作阿耨多羅三耶三菩正使復知是爲盡法於法無所生無所滅無處所持無所生法得作阿耨多羅三耶三菩是法不與法有反用作阿耨多羅三耶三菩故是爲無想不悔還心亦不悔還所信不悔還作是無所求衆所不還是爲阿耨多羅三耶三菩所作若有菩薩摩訶薩不諦曉了知作福德者所以者何於身恍惚於勸助福德亦復恍惚菩薩了知恍惚無所有是故爲菩薩摩訶薩般若波羅蜜若於諸般泥洹佛所而作功德持是功德欲作所求其智自然能爲阿耨多羅三耶三菩諸佛天中天所知不著想過去已滅亦無有想而不作想其作想者爲非德菩薩摩訶薩當學漚惒拘舍羅未得般若波羅蜜者不得入已得般若波羅蜜乃得入勿爲身作識用之有滅以是故無有身有德之人有想便礙反欲苦住怛薩阿竭阿羅訶三耶三佛不樂作是德持用勸助何以故用不正故視般泥洹佛而反有想以是故爲礙所作功德爲不及逮爲反苦住其不作想者是怛薩阿竭阿羅呵三耶三佛之德其作想者譬若雜毒何以故若設美飯以毒著中色大甚好而香無不喜者不知飯中有毒愚闇之人食之歡喜飽滿食欲消時久久大不便身不知行德者甚之爲難不曉將護不曉誦讀不曉中事不能解知作是行德者爲如雜毒之食佛語善男子善女人過去當來今現在佛

持戒身三昧身智慧身已脱身脱慧所現身及於聲聞中所作功德佛天中天所説若復於辟支佛所而作功德都勸助之勸助已持是福德作阿耨多羅三耶三菩持所爲想用是故譬如雜毒菩薩摩訶薩當作是學何所過去當來今現在佛功德當云何勸助作福德成得阿耨多羅三耶三菩是菩薩隨怛薩阿竭教者是即爲作知佛功德所生自然及其相法所有持是福德作勸助因其勸助自致得阿耨多羅三耶三菩菩薩摩訶薩作是施者無有過上終不離怛薩阿竭阿羅呵三耶三佛作是施者爲不雜毒怛薩阿竭阿羅呵三耶三佛所説皆至誠復次菩薩摩訶薩當作是施如淨戒如三昧如智慧如已脱如脱慧所現身無欲界無色界亦無無色界亦無過去當來今現在亦無所有所作施亦復無所有其作是施爲已如法法亦無所有作是施者爲成所施無有雜毒其作異施者爲作反施是菩薩摩訶薩所施以如法者佛天中天所知是則爲施得作阿耨多羅三耶三菩佛言善哉善哉須菩提所作爲如佛是則爲菩薩摩訶薩所施三千大千國土人悉念慈哀護等心無過菩薩摩訶薩上頭所施是即爲極尊復次須菩提三千大千國土人悉作阿耨多羅三耶三菩使如恒邊沙佛刹人皆供養是菩薩震越衣服飯食牀卧具病瘦醫藥如恒邊沙劫供養隨其喜樂作是布施云何須菩提其福寧多不須菩提言甚多甚多天中天佛言勸助功德福過其上不可計須菩提白佛言代勸助功德福者如恒邊沙

佛刹不能悉受佛言善哉善哉須菩提若有菩薩持般若波羅蜜者所作施爲過其本所布施上已無能過勸助所施上百倍千倍萬倍億倍巨億萬倍爾時四王天上二萬天人悉以頭面著佛足皆白佛言極大施天中天菩薩摩訶薩漚惒拘舍羅乃作是施其功德甚大尊何以故是菩薩摩訶薩學般若波羅蜜於中勸助故忉利天上諸天人持天華名香擣香澤香雜香燒香天繒華蓋旛幢妓樂持用供養娛樂佛供養已皆白佛言極大施天中天菩薩摩訶薩漚惒拘舍羅乃作是施大德之功德何以故是菩薩摩訶薩學般若波羅蜜於中勸助故炎天上諸天人持天華名香擣香澤香雜香燒香天繒華蓋幢旛妓樂持用供養娛樂佛供養已皆白佛言極大施天中天菩薩摩訶薩漚惒拘舍羅乃作是施極大德之功德何以故是菩薩摩訶薩學般若波羅蜜於中勸助故兜術天上諸天人持天華名香擣香澤香雜香燒香天繒華蓋幢旛妓樂持用供養娛樂佛供養已皆白佛言極大施天中天菩薩摩訶薩漚惒拘舍羅乃作是施極大德之功德何以故是菩薩摩訶薩學般若波羅蜜於中勸助故尼摩羅提天上諸天人持天華名香擣香澤香雜香燒香天繒華蓋幢旛妓樂持用供養娛樂佛供養已皆白佛言極大施天中天菩薩摩訶薩漚惒拘舍羅乃作是施極大尊之功德何以故是菩薩摩訶薩學般若波羅蜜於中勸助故波羅尼蜜和耶拔致天上諸天人持天華名香擣香澤香雜香燒香天繒華蓋幢旛妓

樂持用供養娛樂佛供養已皆白佛言極大施天中天菩薩摩訶薩漚惒拘舍羅乃作是施極大尊之功德何以故是菩薩摩訶薩學般若波羅蜜於中勸助故梵天梵迦夷天梵富樓天梵波利產天摩訶梵天盧天波利陀天盧波摩那天阿會亘脩天首訶天波利首訶天訶波摩首訶天首訶迦天比伊潘羅天阿比耶陀天須陀施尼天乃至阿迦尼吒天等諸天人悉已頭面著佛足皆言甚善天中天菩薩摩訶薩學般若波羅蜜極爲大施之功德何以故是菩薩摩訶薩學般若波羅蜜於中勸助故佛語首陀衛諸天人置三千大千國土中菩薩摩訶薩及如恒邊沙佛刹人悉作阿耨多羅三耶三菩復有異恒邊沙佛刹人都共供養是輩菩薩摩訶薩震越衣被飲食牀卧具病瘦醫藥供養如恒邊沙劫隨所喜樂作是施與若復過是者不及菩薩摩訶薩勸助之所施爲過去當來今現在佛淨戒身三昧身智慧身已脫身脫慧所現身及諸聲聞在其中者所作功德都共計之合之不及勸助者若勸助者以是極尊無能過者作是勸助勸助已持作阿耨多羅三耶三菩須菩提白佛言屬天中天所說都共計之合之極尊無過勸助悉代勸助勸助已菩薩摩訶薩從是中得何等佛語須菩提菩薩道德之人當知過去當來今現在法無所取亦無所捨亦無所知亦無所得其法者爲無所生法亦無有滅法亦無所從生法亦無所從滅於法中了無有生者法亦無所從有而滅是者法之所法我代勸助之是爲勸助作是施

者疾得作阿耨多羅三耶三菩是故須菩提菩薩摩訶薩勸助爲尊復次須菩提菩薩摩訶薩於過去當來今現在佛所代作布施者勸助之代持戒忍辱精進一心智慧如勸助之代巳脱者勸助之代脱慧所現身勸助之作是代勸助其脱者是爲布施其脱者是爲持戒其脱者是爲忍辱其脱者是爲精進其脱者是爲一心其脱者是爲智慧其脱者是爲脱慧其脱者是爲脱慧所現身其脱者是爲巳脱其脱者代其勸助其脱者是爲法是故當來有如其脱者今阿僧祇刹土諸佛天中天現在者其脱者是即諸佛弟子其脱者以過去諸佛弟子其脱者今現在諸佛弟子於是法中無著無縛無脱如是法者持作阿耨多羅三耶三菩所施爲從中無有能過者無有能壞者是者須菩提菩薩摩訶薩勸助之爲尊如恒邊沙佛刹中菩薩悉壽如恒邊沙佛劫恒邊沙佛刹人都悉供養諸菩薩摩訶薩衆越衣被飯食牀卧具病瘦醫藥乃至恒邊沙劫須菩提皆持戒成忍辱於精進而不懈於禪悉得三昧百倍千倍萬倍億倍若干巨億萬倍不如勸助之功德福最尊出其上

泥犁品第五

舍利弗白佛言般若波羅蜜者多所成天中天因般若波羅蜜無不得字者天中天般若波羅蜜爲極照明天中天般若波羅蜜爲去冥天中天般若波羅蜜爲無所著天中天般若波羅蜜爲極尊天中天無目者般若波羅蜜爲作眼目天中天其迷惑者般若波羅蜜

悉授道路天中天薩芸若者即般若波羅蜜是天中天般若波羅蜜者是菩薩摩訶薩毋天中天無所生無所滅即般若波羅蜜是天中天具足三合十二法輪爲轉是般若波羅蜜天中天般若波羅蜜其困苦者悉安隱之天中天般若波羅蜜於生死作護天中天般若波羅蜜於一切法悉皆自然菩薩摩訶薩當云何於般若波羅蜜中住天中天佛謂舍利弗世多羅者因般若波羅蜜住其敬佛者當自歸般若波羅蜜釋提桓因心念尊者舍利弗何因發是問即時釋提桓因謂舍利弗何因尊者乃作是問舍利弗謂釋提桓因拘翼般若波羅蜜者是菩薩護因其勸助功德福持作薩芸若過菩薩之所作爲若布施持戒忍辱精進禪定譬若如人從生而盲若百人若千人若萬人若千萬人無有前導欲有所至若欲入城者不知當如行如是拘翼五波羅蜜者亦如盲無所見離般若波羅蜜者如是欲入薩芸若中不知當如行般若波羅蜜者即五波羅蜜之護悉與眼目般若波羅蜜是護令五波羅蜜各得名字舍利弗白佛言當云何守入般若波羅蜜中佛語舍利弗色者不見所入痛癢思想生死識亦不見所入視五陰亦不見所入是爲守般若波羅蜜如是者天中天以爲守般若波羅蜜作是守者爲逮何法佛語舍利弗無所守是爲逮法守爲般若波羅蜜釋提桓因白佛言般若波羅蜜不逮薩芸若者亦不能得逮若所問般若波羅蜜不逮薩芸若亦不能得逮亦不逮字於生死亦無所逮當云何逮天中天佛言

無所逮故能爲逮釋提桓因言少有及者天中天如般若波羅蜜於諸法無所生無所滅當所可住無所住須菩提白佛言菩薩或時作是念便離般若波羅蜜佛語須菩提菩薩儻有所因於所因便念般若波羅蜜知般若波羅蜜空無所有無近無遠是故爲菩薩摩訶薩般若波羅蜜須菩提白佛言信般若波羅蜜爲信何法佛語須菩提信般若波羅蜜者爲不信色亦不信痛癢思想生死識有不信須陀洹道不信斯陀含阿那含阿羅漢辟支佛佛道須菩提白佛言摩訶波羅蜜者天中天即般若波羅蜜是佛語須菩提云何知摩訶波羅蜜因般若波羅蜜是須菩提言於色無大無小不以色爲證亦不爲色作證痛癢思想生死識亦無大亦無小於識不以爲證亦不爲識作證便於怛薩阿竭阿羅呵三耶三佛致十種力即不復爲弱薩芸若者無廣無狹何以故無廣無狹薩芸若知於般若波羅蜜無所行所以者何般若波羅蜜無所有若入於中有所求謂有所有是即爲大非何以故人無所生般若波羅蜜與人俱皆自然人恍惚故般若波羅蜜俱不可計人亦不壞般若波羅蜜亦如是人如般若波羅蜜者便得成至阿惟三佛人亦有力故怛薩阿竭現而有力舍利弗白佛言般若波羅蜜甚深甚深天中天若有菩薩摩訶薩信深般若波羅蜜者不説中短亦不狐疑其人何所來而生是間爲行菩薩道已來幾閒解般若波羅蜜事隨教入中者佛語舍利弗從他方佛剎來生是間是菩薩摩訶薩於他方供養佛已

從受問聞深般若波羅蜜故以是復聞般若波羅蜜自念言我如見佛無異須菩提白佛言般若波羅蜜可得見聞不佛言不可得見聞須菩提問佛是菩薩隨深般若波羅蜜者行已來爲幾聞佛語須菩提是非一輩學各各有行若有已供養若干百佛若干千佛悉見已於其所皆行清淨戒已若有於衆中聞般若波羅蜜棄捨去爲不敬菩薩摩訶薩法佛說深般若波羅蜜其人亦棄捨去不欲聞之何以故是人前世時聞說深般若波羅蜜用棄捨去故亦不以身心是皆無知罪之所致用是罪故若聞深般若波羅蜜復止他人不令說之止般若波羅蜜者爲止薩芸若其止薩芸若者爲止過去當來今現在佛用是斷法罪故死入大泥犂中若干百千歲若干億千萬歲當更若干泥犂中具受諸毒痛不可言其中壽盡轉生他方摩訶泥犂中其壽復盡展轉復到他方摩訶泥犂中生舍利弗白佛言其罪爲墮五逆惡佛謂舍利弗其罪雖有所喻不可引譬若諷誦說深般若波羅蜜時其心疑於法者亦不肯學念是言非但薩阿竭所說止他人言莫得學是爲以自壞復壞他人自飮毒已復飮他人毒是輩人爲以自亡失復亡失他人自不曉知深般若波羅蜜轉復壞他人是曹人者不當見之舍利弗不當與共坐起言語飮食何以故是曹之人誹謗法者自在冥中復持他人著冥中其人自飮毒煞身無異斷法之人所語有信用其言者其人所受罪俱等無有異所以者何用誹謗佛語故誹謗般若波羅蜜者爲悉誹

謗諸法已舍利弗白佛言願聞誹謗法者受形何等像類訖不知其身大如佛語舍利弗是誹謗法人儻聞説是事其人沸血便從面孔出或恐便死因是被大痛其人聞之心便愁毒如自消盡譬如斷華著日中即爲萎枯舍利弗白佛言願爲人故當説當令知其身受形云何當爲後世人作大明其有聞畏懼當自念我不可誹謗斷法如彼人佛語舍利弗是爲示人之大明已所因罪受其身甚大醜惡極勤苦臭處誠不可説其苦痛甚大如久劇是善男子善女人聞是語自足已不敢復誹謗須菩提白佛言善男子善女人常當護身口意人但坐口所言乃致是罪佛語須菩提是愚癡之人於我法中作沙門反誹謗般若波羅蜜言非道止般若波羅蜜者爲止

佛菩薩已止佛菩薩者爲斷過去當來今現在佛薩芸若已斷薩芸若者爲斷法已斷法者爲斷比丘僧已斷比丘僧者爲受不可計阿僧祇之罪須菩提問佛若有斷深般若波羅蜜者天中天爲有幾事佛語須菩提以爲爲魔所中是男子女人之不信不樂用是二事故能斷深般若波羅蜜復次須菩提斷般若波羅蜜者復有四事何謂爲四隨惡師所言一不隨順學二不承至法三主行誹謗四索人短自貢高是爲四事須菩提白佛言少有信般若波羅蜜者天中天不曉了是法故佛語須菩提如是如是少有信般若波羅蜜者不曉了是法故須菩提言云何深般若波羅蜜少有信者佛語須菩提色無著無縛無脱何以故色之自然故爲色痛癢思想生死

識無著無縛無脫何以故識之自然故爲色痛癢思想生死識無著無縛無脫何以故識之自然故爲識過去色無著無縛無脫何以故過去色之自然色故當來色無著無縛無脫何以故當來色之自然色故今現在色無著無縛無脫何以故色之自然色故過去痛癢思想生死識無著無縛無脫何以故過去識之自然故當來識無著無縛無脫何以故當來識自然故今現在識無著無縛無脫何以故識之自然故用是故須菩提般若波羅蜜甚深少有信者

清淨品第六

須菩提白佛言般若波羅蜜少有曉者將未狎習故佛語須菩提如是如是般若波羅蜜少有曉者用未狎習之所致何以故須菩提色清淨道亦清淨故言色清淨道亦清淨痛癢思想生死識亦清淨故言道清淨是故識亦清淨道俱清淨復次須菩提色清淨薩芸若亦清淨故言薩芸若清淨色亦清淨是故清淨色薩芸若亦清淨等無異今不斷前前不斷後故無壞以是故前爲不斷故言痛癢思想生死識清淨薩芸若亦清淨是故薩芸若清淨識亦清淨薩芸若清淨識亦清淨等無異今不斷前前不斷後故無壞以是故前爲不斷舍利弗白佛言清淨者天中天爲甚深佛言甚清淨舍利弗言清淨爲極明天中天佛言甚清淨舍利弗言清淨無有垢天中天佛言甚清淨舍利弗言清淨無瑕穢天中天佛言甚清淨舍利弗言清淨無所有天中天佛言甚清淨舍利弗言於欲而無欲清淨

天中天佛言甚清淨舍利弗言於色而無色清淨天中天佛言甚清淨舍利弗言無所生爲無色甚清淨天中天佛言甚清淨舍利弗言於有智而無智甚清淨天中天佛言甚清淨舍利弗言於智如無智者甚清淨天中天佛言甚清淨舍利弗言於色如有智無有智者甚清淨天中天佛言甚清淨舍利弗言於痛癢思想生死識如有智無有智者甚清淨天中天佛言甚清淨舍利弗言般若波羅蜜甚清淨薩芸若者不增不減天中天佛言甚清淨舍利弗言般若波羅蜜甚清淨於諸法無所取天中天佛言甚清淨須菩提白佛言我者清淨色亦清淨天中天佛言本清淨須菩提言故曰我清淨痛癢思想生死識亦清淨天中天佛言本清淨須菩提言我者清淨

道亦清淨天中天佛言本清淨須菩提言我者清淨薩芸若亦清淨天中天佛言本清淨須菩提言我者清淨無端緒天中天佛言本清淨須菩提言我者清淨無有邊色亦無有邊天中天佛言本清淨須菩提言我者清淨無有邊痛癢思想生死識亦無有邊天中天佛言本清淨須菩提言般若波羅蜜者亦不在彼亦不在是亦不在中間天中天佛言本清淨須菩提白佛言菩薩摩訶薩知是者爲行般若波羅蜜有想者便離般若波羅蜜遠已佛言善哉善哉須菩提有字者便有想以故著須菩提白佛言難及般若波羅蜜天中天安隱決於著舍利弗問須菩提何所爲著須菩提言知色空者是曰爲著知痛癢思想生死識空者是曰爲著於過去法知過去法

是曰爲著於當來法知當來法是曰爲著於現在法知現在法是曰爲著如法者爲大功德發意菩薩是即爲著釋提桓因問須菩提何謂爲著須菩提言心知拘翼持是知心施與作阿耨多羅三耶三菩心者本清淨能可有所作善男子善女人其菩薩者勸人教人爲阿耨多羅三耶三菩爲正法自於身無所失於佛種有所造是善男子善女人以離諸著爲棄本際佛言善哉善哉須菩提令菩薩摩訶薩知本際爲覺著事復次須菩提有著甚深微妙我今說之諦聽諦聽上中下言悉善須菩提白佛言願樂欲聞佛言若善男子善女人於怛薩阿竭阿羅呵三耶三佛念欲作想隨所想者是故爲著過去當來今現在佛天中天於無餘法代勸助之是爲勸助阿耨多羅三耶三菩於法者而無法故曰無過去當來今現在以是不可有所作亦不可有想亦不可作因緣有不可見聞如心可知須菩提白佛言其本甚深清淨天中天佛言本清淨須菩提言今自歸般若波羅蜜佛言法無作者故得阿惟三佛須菩提言諸法實無作阿惟三佛者佛語須菩提無有兩法用之本淨故曰爲一其淨者於一切無有作者乃至無淨於一切亦無作者佛語須菩提是以離諸著爲棄本際須菩提白佛言般若波羅蜜者難及天中天佛言如來無有得阿惟三佛者須菩提言般若波羅蜜不可計天中天佛言如是須菩提非心之所知須菩提言爲無作者天中天佛言無有作者故無所著須菩提問佛菩薩當云何行般若波羅蜜佛言

不想色行爲行般若波羅蜜不想痛癢思想生死識行爲行般若波羅蜜不滿色行爲行般若波羅蜜不滿痛癢思想生死識行爲行般若波羅蜜色不滿爲非色行爲行般若波羅蜜痛癢思想生死識不滿爲非識行爲行般若波羅蜜須菩提白佛言難及天中天於著無所著是著實爲不著佛言不著色行者爲行般若波羅蜜不著痛癢思想生死識行者爲行般若波羅蜜是爲菩薩摩訶薩行於色爲不著於痛癢思想生死識爲不著於須陀洹斯陀含阿那含阿羅漢辟支佛佛道亦不著所以者何以過諸著故復出薩芸若中是爲般若波羅蜜須菩提白佛言所說法甚深難逮天中天若所說者不減不說者亦不減若所說者不增不說者亦不增佛言如是如是須菩提譬如怛薩阿竭盡壽稱譽空空亦不增若不稱譽空空亦不減譬如稱譽幻人者亦不增若不稱譽者亦不減聞善不喜聞惡不怒如是須菩提於法各各諷誦學之法亦不增不減須菩提白佛言菩薩摩訶薩甚謙苦行般若波羅蜜若有守般若波羅蜜者其不懈不恐不怖不動不還何以故守般若波羅蜜者爲守空故一切皆當爲菩薩摩訶薩作禮用被僧那大鎧故與空共戰爲一切人故著僧那鎧與空共鬪是菩薩摩訶薩被極大鎧用一切人故而舉空是菩薩摩訶薩爲大勇猛天中天用空法故自致阿耨多羅三耶三菩得成阿惟三佛有異比丘心念之當自歸般若波羅蜜爲無所生法亦爲無所滅法釋提桓因語須菩提菩薩隨般若波

羅蜜教者爲隨何教須菩提言爲隨空教釋提桓因言何所爲隨空教者須菩提言其欲處寂靜者是菩薩摩訶薩爲知般若波羅蜜釋提桓因言其學般若波羅蜜者當護幾何間須菩提謂釋提桓因云何拘翼能見法當所護者不而言欲護之釋提桓因言不須菩提言隨般若波羅蜜教住者是爲以得護若人若非人終不能得其便須菩提言若菩薩摩訶薩護空者爲隨般若波羅蜜行已云何拘翼能可護響不釋提桓因言不能須菩提言拘翼菩薩摩訶薩行般若波羅蜜者其法亦如響以知是者亦復無想以無想念爲行般若波羅蜜用佛威神三千大千國土諸四天王諸釋梵及諸尊天一切皆來到佛所前爲佛作禮繞竟三帀各住一面諸四天王諸釋梵及諸尊天悉承佛威神念諸千佛皆字釋迦文其比丘者皆字須菩提問般若波羅蜜者皆如釋提桓因

道行般若波羅蜜經卷第三

音釋

恍惚 恍呼晃切惚呼骨切恍惚不明也　盧天 梵語也天名盧安盍切　萎 於爲切蔫也　臰 尺救切惡氣也

道行般若波羅蜜經卷第四

後漢月支三藏支婁迦讖譯

歎品第七

佛言彌勒菩薩摩訶薩作阿耨多羅三耶三菩阿惟三佛時亦當於是處說般若波羅蜜須菩提白佛言云何彌勒菩薩摩訶薩於是處說般若波羅蜜佛語須菩提彌勒菩薩摩訶薩於是成阿惟三佛時不受色說般若波羅蜜不空色說般若波羅蜜不受痛痒思想生死識說般若波羅蜜亦不空識說般若波羅蜜亦不脫色說般若波羅蜜亦不縛色說般若波羅蜜亦不脫痛痒思想生死識說般若波羅蜜亦不縛識說般若波羅蜜須菩提白佛言般若波羅蜜甚清淨天中天佛言色亦清淨須菩提言故般若波羅蜜清淨佛言痛痒思想生死識亦清淨須菩提言故般若波羅蜜清淨佛言如是空之清淨須菩提言故般若波羅蜜清淨佛言色清淨無瑕穢般若波羅蜜亦如是痛痒思想生死識清淨無瑕穢般若波羅蜜亦如是佛言如空無瑕穢故般若波羅蜜亦清淨須菩提白佛言其受學誦般若波羅蜜者終不橫死若干百天若干千天常隨侍之若善男子善女人爲法師者月八日十四日十五日說法時得功德不可復計佛言如是如是須菩提得其功德不可復計若守般若波羅蜜者其功德出是上去何以故須菩提般若波羅蜜者即是珍寶故於法無有作者亦無有得法者亦無有持者何以故法甚深故亦不可見亦不可得亦無有得者須菩提亦不見般若波羅蜜何以

故須菩提亦不可名亦無有見得般若波羅蜜者所索不可得亦不見般若波羅蜜甚深如是亦無有生處般若波羅蜜無所行亦無所不行般若波羅蜜亦無有持法者亦無有守法者如空無所取無所收無所見亦不無觀亦不無見三千大千刹土諸天子飛在上俱皆觀便舉聲共嘆曰於閻浮利地上再見法輪轉佛謂須菩提無兩法輪爲轉亦不想有一法輪轉不轉是者即般若波羅蜜須菩提言如是天中天極安隱摩訶波羅蜜是於菩薩摩訶薩無所罣礙法阿耨多羅三耶三菩阿惟三佛是無有法成阿惟三佛者何所法輪爲轉無所見法爲轉無所還法爲轉亦無法有恐者無有法而憂者何以故若有兩法爲不可得何所法憂者亦無法轉者故諸法如空無所轉亦無法有還者乃至諸法亦爲無所有佛語須菩提空者無所轉亦無轉還亦無相亦無願亦無生死亦無所從生亦不有轉亦不轉還作是說者是爲說法無所說者亦無所得亦無有證作是說法亦不般泥洹作是說法亦無有盡須菩提白佛言無極波羅蜜如空無有極天中天一等波羅蜜者於諸法悉平等天中天二恍惚波羅蜜者爲本空天中天三無上波羅蜜於諸法無所著天中天四無人波羅蜜無有身天中天五無所去波羅蜜無所至天中天六無所有波羅蜜無所持天中天七無有盡波羅蜜無有極天中天八無所從生波羅蜜無所滅天中天九無作波羅蜜無有造者天中天十不知波羅蜜無所得天中天十一無所至波羅蜜無

所到天中天十二無垢波羅蜜用淨故天中天十三無著波羅蜜無所得天中天十四夢波羅蜜無有我天中天十五清淨波羅蜜無瑕穢天中天十六不可見波羅蜜無有處天中天十七定波羅蜜不動搖天中天十八無念波羅蜜悉平等天中天十九不動搖波羅蜜法不移天中天二十無欲波羅蜜本無故天中天二十一無所生波羅蜜無所向天中天二十二寂波羅蜜無有想天中天二十三無恚波羅蜜無有恨天中天二十四無人波羅蜜本無故天中天二十五不觀波羅蜜法無所從起天中天二十六不至邊波羅蜜無所止天中天二十七不腐波羅蜜無有敗天中天二十八無不人波羅蜜諸羅漢辟支佛所不及天中天二十九不亂波羅蜜無有誤天中天三十不可量波羅蜜無有小法天中天三十一無形波羅蜜於諸法無所罣礙天中天三十二不可得波羅蜜無所生天中天三十三無常波羅蜜不有壞天中天三十四無苦波羅蜜於諸法不相侵天中天三十五無我波羅蜜於諸法無所求天中天三十六空波羅蜜於諸法不可得天中天三十七無有想波羅蜜於諸法無所出天中天三十八力波羅蜜於諸法爲有勝天中天三十九不可計佛法波羅蜜於諸法出計去天中天四十自然波羅蜜般若波羅蜜是天中天四十一於諸法亦無自然故

持品第八

釋提桓因作是念其聞般若波羅蜜者皆過去佛時人何況學持諷誦學持諷誦已如教住者是人前世供養若干佛已今復聞深般若波羅蜜學持諷誦如教住其人從過去佛

時問事已是善男子善女人爲更見過去三耶三佛從聞深般若波羅蜜以不疑不恐不難不畏舍利弗白佛言菩薩摩訶薩信受深般若波羅蜜者當視之如阿惟越致何以故天中天般若波羅蜜甚深本用精進信般若波羅蜜故設有輕般若波羅蜜其人前世時亦輕般若波羅蜜已所以者何用不信樂深般若波羅蜜爲不問佛及弟子之所致以是故當知之釋提桓因語尊者舍利弗般若波羅蜜者爲甚深難及其有説深般若波羅蜜若不信者其人爲未行菩薩道反持作難自歸般若波羅蜜者爲自歸薩芸若慧已舍利弗語釋提桓因如是如是拘翼歸薩芸若慧者以爲自歸般若波羅蜜何以故從是中出怛薩阿竭阿羅訶三耶三佛薩芸若薩芸若慧者是般若波羅蜜之所照明於般若波羅蜜中住者無不解慧釋提桓因白佛言菩薩摩訶薩云何行般若波羅蜜云何於般若波羅蜜中住云何解般若波羅蜜中慧佛言善哉善哉拘翼乃作是問令發汝者皆佛威神之所致若菩薩摩訶薩行般若波羅蜜者不住色中如色不住者是即爲行於痛癢思想生死識中不住如是識不住者是即爲行於色中不究竟如色不究竟者爾故不於色中住痛癢思想生死識不究竟如識不究竟者爾故不於識中住舍利弗白佛言般若波羅蜜者甚深天中天般若波羅蜜者難得見邊幅天中天佛語舍利弗色亦甚深不住如色甚深不住如是色甚深不住者是即爲解痛癢思想生死識甚深不住如識甚深不住如

是識甚深不住者是即爲解色亦甚深不隨如是色甚深者不隨如是色甚深不住如色甚深不住是爲色甚深不隨痛癢思想生死識甚深不隨如是識甚深不隨如是識甚深不住如是識甚深不住是爲識甚深不隨舍利弗白佛言般若波羅蜜甚深天中天當於阿惟越致菩薩前説之聞是慧法不疑亦不厭之釋提桓因問舍利弗菩薩摩訶薩未受決者於前説之將有何等異舍利弗言是菩薩求佛已來大久遠爲已受決若未受決聞之便於中受決亦復不久若見一佛若見兩佛便受決作阿耨多羅三耶三菩菩薩摩訶薩未受決者聞是恐畏即捨還去佛語舍利弗如是如是菩薩摩訶薩求佛道已來大久遠若受決未受決者聞深般若波羅蜜舍利弗白佛言我亦樂喜聞是語天中天樂人令得安隱佛語舍利弗若樂者於我前説之舍利弗言譬若是菩薩摩訶薩天中天自見於夢中坐佛座知今近阿耨多羅三耶三菩成至阿惟三佛如是天中天菩薩摩訶薩得聞深般若波羅蜜者是菩薩摩訶薩學已來大久遠今受決不復久其功德欲成滿菩薩摩訶薩當作是知其得深般若波羅蜜者其功德欲成滿佛言善哉善哉舍利弗乃樂作是説皆佛威神之所致舍利弗白佛言譬如男子行萬里天中天若數萬里者到大空澤中是人遥想見牧牛者若牧羊者若見界若見廬舍若見蘩樹作是想念如見郡如見縣如見聚落若欲見聞作是想稍稍前行且欲近之不復畏盜賊菩薩摩訶薩得深般若波羅

蜜者亦如是天中天今受決不復久亦不畏當墮阿羅漢辟支佛道地何以故上頭有想以聞見得深般若波羅蜜譬若男子欲見大海天中天便行之大海若見樹有樹想若見山有山想當知大海尚遠稍稍前行不見樹亦無樹想不見山亦無山想心即念知大海且至亦不久於中道無復有樹亦無樹想無復山亦無山想是男子尚未見大海是應且欲爲至是菩薩摩訶薩當作是知天中天若聞得深般若波羅蜜雖不見佛從受決者是爲今作佛不久若聞得深般若波羅蜜者譬若如春時樹天中天其葉稍稍欲生如是不久當有華實何以故是樹本之相應知不久當有葉若華實閻浮利人者皆大歡喜曾見是樹想知不久葉華實當成熟如是天中天菩薩摩訶薩得見深般若波羅蜜者其功德欲成滿今於般若波羅蜜中自致成就是菩薩摩訶薩當知之過去世時學般若波羅蜜其功德欲成滿之所致以是故復得聞深般若波羅蜜天上諸天無不代喜者想見過去菩薩摩訶薩受決時知是菩薩摩訶薩今復受決不久作阿耨多羅三耶三菩譬若如婦人有娠天中天稍稍腹大身重不如本故所作不便飲食欲少行步不能稍稍有痛語言濡遲卧起不安其痛欲轉當知是婦人今產不久菩薩摩訶薩亦如是天中天其功德欲成滿若得聞見深般若波羅蜜其念行者當知是菩薩摩訶薩今受決不久得作阿耨多羅三耶三菩佛言善哉善哉舍利弗若所說者悉佛威神之所致須菩提白佛言難及也

天中天怛薩阿竭阿羅呵三耶三佛悉豫了了署菩薩摩訶薩佛語須菩提菩薩摩訶薩晝夜念世間悉使得安隱傷念天上天下以是故自致阿耨多羅三耶三菩成作佛時悉爲說法須菩提白佛言如是菩薩摩訶薩天中天行般若波羅蜜者當云何行得成就佛語須菩提菩薩摩訶薩行般若波羅蜜者不觀色過爲行般若波羅蜜不觀痛癢思想生死識過爲行般若波羅蜜不觀色無過爲行般若波羅蜜不觀痛癢思想生死識無過爲行般若波羅蜜不見是法爲行般若波羅蜜亦不見非法爲行般若波羅蜜須菩提白佛言天中天所說不可計佛語須菩提色亦不可計痛癢思想生死識亦不可計不知色者是爲行般若波羅蜜不知痛癢思想生死識者是爲行般若波羅蜜須菩提白佛言誰當信是者天中天是爲菩薩摩訶薩行佛謂須菩提何所爲行正使菩薩摩訶薩行者爲得字耳是菩薩摩訶薩行般若波羅蜜者於力無所近於四事無所畏亦無所近於佛法亦無所近於薩芸若亦無所近何以故力者不可計四事無所畏亦不可計佛法亦不可計薩芸若亦不可計色亦不可計痛癢思想生死識亦不可計諸法亦不可計心亦不可計正使菩薩摩訶薩作是行者爲無所行是爲行般若波羅蜜正使作是行者爲得字耳須菩提白佛言般若波羅蜜者甚深珍寶中王天中天般若波羅蜜者大將中王天中天般若波羅蜜與空共鬬無能勝者天中天從是中不得斷佛言如是如是須菩提欲疾書是

經者至一歲乃竟何以故是善男子於珍寶中多有起魔因緣至使中斷須菩提言於般若波羅蜜中弊魔常使欲斷佛語須菩提正使弊魔欲斷是經者會不能得勝菩薩摩訶薩舍利弗問佛言持誰威神恩弊魔不能中道斷之佛告舍利弗皆佛威神及十方阿僧祇刹土現在諸佛復假威神之恩諸佛悉共念之悉共授之悉共護之菩薩摩訶薩已爲得護佛所授者舍利弗弊魔不能得中道斷之何以故十方阿僧祇刹土現在諸佛皆共護般若波羅蜜若有念說誦者若有學受書者皆是諸佛威神之所致舍利弗白佛言菩薩摩訶薩若有念誦者若持學書者以爲諸佛威神之所擁護佛語舍利弗皆是諸佛威神恩是菩薩摩訶薩學般若波羅蜜者當知

之爲佛所護舍利弗言若有學持誦般若波羅蜜者佛以眼悉視之佛語舍利弗怛薩阿竭以佛眼視學持誦般若波羅蜜者最後若書持經卷者當知是輩悉爲怛薩阿竭眼所見已佛語舍利弗菩薩至德之人學受持是經者是菩薩摩訶薩今近佛坐爲阿耨多羅三耶三菩最後若有書持是經者是輩人極尊得大功德如是舍利弗怛薩阿竭去後是般若波羅蜜當在南天竺其有學已從南天竺當轉至西天竺其有學已當從西天竺轉至到北天竺其有學者當學之佛語舍利弗却後經法且欲斷絕時我悉知持般若波羅蜜者若最後有書者佛悉豫見其人稱譽說之舍利弗問佛最後世時是般若波羅蜜當到北天竺耶佛言當到北天竺其在彼者當

聞般若波羅蜜復行問之當知是菩薩摩訶薩作行已來大久遠以故復受般若波羅蜜舍利弗言北天竺當有幾所菩薩摩訶薩學般若波羅蜜者佛語舍利弗北天竺亦甚多菩薩摩訶薩少有學般若波羅蜜者若有說者聞之不恐不難不畏是人前世時問怛薩阿竭阿羅呵三耶三佛以是菩薩至德之人持淨戒完具欲爲一切人作本多所度脱是輩人索佛道者我知是善男子善女人今近薩芸若作是學者在所生處常學是法續行阿耨多羅三耶三菩是善男子善女人爲極尊貴魔終無耶何不能動還令捨阿耨多羅三耶三菩是善男子善女人聞是波羅蜜者以得極尊勸樂摩訶衍功德逮近阿耨多羅三耶三菩是善男子善女人雖不見我後世得深般若波羅蜜者爲已面見佛說是語無異是爲菩薩行當所施行其有若干百人若干千人索阿耨多羅三耶三菩者當共教之當共勸樂之當爲說法皆令歡喜學佛道佛語舍利弗我勸助是善男子善女人至德學菩薩道有作是教者心心展轉相明是善男子善女人有代勸助者是輩欲行菩薩道者若干百人若千千人索阿耨多羅三耶三菩者當共教之當共勸樂之當令歡喜學佛道是輩善男子善女人心中踊躍歡喜者願生他方佛刹以生異方者便面見佛說法復聞波羅蜜皆悉了了知之復於彼刹教若千千人皆行佛道舍利弗白佛言難及也天中天以過去當來今現在法無所不了悉知當來菩薩摩訶薩行令是輩不懈精進學入六波

羅蜜中佛言是善男子善女人有行是法者所求者必得若所不求會復自得是善男子善女人本願之所致不離是法雖不有所索者自得六波羅蜜舍利弗問佛從是波羅蜜中可出經卷耶佛語舍利弗是善男子善女人深入般若波羅蜜者於是中自解出一一深法以爲經卷何以故舍利弗其有如阿耨多羅三耶三菩教者便能教一切人勸助之爲説法皆令歡喜學佛道是善男子善女人自復學是法用是故所生處轉得六波羅蜜

覺魔品第九

須菩提問佛言善男子善女人於學中當有劾驗天中天當何以覺其難佛語須菩提心不樂喜者當覺知魔爲菩薩摩訶薩心卒妄起者覺知魔爲菩薩摩訶薩書是經時若有雷電畏怖當覺知魔爲菩薩摩訶薩書是經時展轉調戲當覺知魔爲菩薩摩訶薩書是經時展轉相形當覺知魔爲菩薩摩訶薩書是經時左右顧視當覺知魔爲菩薩摩訶薩書是經時心邪念不一當覺知魔爲菩薩摩訶薩心不在經上數從坐起當覺知魔爲菩薩摩訶薩自念我未受決在般若波羅蜜中心亂便起去當覺知魔爲菩薩摩訶薩自念我字不在般若波羅蜜中心不喜樂當覺知魔爲菩薩摩訶薩自念我鄉里郡國縣邑不聞般若波羅蜜及所生處了不聞是其意欲悔便即捨去其人却後當復更劫數乃有所得甫當於若干劫中喜學餘經不住薩芸若棄捨深般若波羅蜜去若學餘經者爲以捨本取其末有學般若波羅蜜者亦知俗法復

知道法譬若狗子從大家得食不肯食之反從作務者索食如是須菩提當來有菩薩棄深般若波羅蜜反索枝掖般若波羅蜜爲隨異經術便墮聲聞辟支佛道地譬若男子得象觀其脚於須菩提意云何是男子爲黠不須菩提言爲不黠佛言是菩薩有德之人爲二輩中有棄深般若波羅蜜去反修學餘經得阿羅漢辟支佛道於須菩提意云何是菩薩爲黠不須菩提言爲不黠佛言如是當覺知魔爲佛語須菩提譬若男子欲見大海者尚未見大海若見大陂池水便言是水將無是大海於須菩提意云何是男子爲黠不須菩提言爲不黠佛言如是菩薩有德之人棄深般若波羅蜜去反學餘經墮聲聞辟支佛道地於須菩提意云何是菩薩摩訶薩爲黠不須菩提言爲不黠佛言是菩薩摩訶薩當覺知魔爲譬若絶工之師能作殿舍意欲揆作如日月宮殿令高無不見者於須菩提意乃能作不須菩提言日月宮殿甚高終不能作佛言於須菩提意云何是男子爲黠不須菩提言爲不黠佛言如是須菩提當來有行菩薩道者得聞深般若波羅蜜不可意便棄捨去反明聲聞辟支佛法於中求薩芸若於須菩提意云何是菩薩爲黠不須菩提言爲不黠佛言是菩薩摩訶薩當覺知魔爲譬若男子欲見遮迦越羅者未見遮迦越羅反見小王想其形容被服諦熟觀之便呼言是爲遮迦越羅於須菩提意云何是男子爲黠不須菩提言爲不黠佛言如是須菩提甫當來有菩薩得聞深般若波羅蜜反不可意便棄

捨去入聲聞法中欲求薩芸若於須菩提意云何是菩薩爲黠不須菩提言爲不黠佛言是菩薩摩訶薩當覺知魔爲譬若男子大飢得百味之食不肯食之更食六十味之食於須菩提意云何是男子爲黠不須菩提言爲不黠佛言如是須菩提甫當來有菩薩摩訶薩得聞深般若波羅蜜而不可意便棄捨去入聲聞法中求薩芸若欲得作佛於須菩提意云何是菩薩摩訶薩爲黠不須菩提言爲不黠佛言是菩薩摩訶薩當覺知魔爲譬如男子得無價摩尼珠持水精比之欲令合同於須菩提意云何是男子爲黠不須菩提言爲不黠佛言如是甫當來有行菩薩道者得聞深般若波羅蜜反持比聲聞法於聲聞法中欲得薩芸若作佛於須菩提意云何是菩

薩摩訶薩爲黠不須菩提言爲不黠佛言是菩薩摩訶薩當覺知魔爲復次須菩提書般若波羅蜜時若有財利起聞是言便棄捨去是菩薩摩訶薩爲自作留難須菩提聞佛如是得書成般若波羅蜜不佛言不能得書成之是善男子當覺知魔爲佛語須菩提若善男子多少書是經者其言我書般若波羅蜜於是中想聞其決欲有所得當覺知魔爲其作想求者爲隋魔界復次須菩提書般若波羅蜜時意念鄉里若念異方若念異國若念王者若念有賊若念兵若念鬬意念父母兄弟姊妹親屬復有餘念魔復益其念亂菩薩摩訶薩意爲作留難當覺知魔爲復次須菩提若有財利起震越衣服飯食牀卧具病瘦醫藥悉具足來聞菩薩耳令意亂不得學誦

書成般若波羅蜜當覺知魔爲復次須菩提有佛經深法魔從次行亂之令菩薩摩訶薩不復樂欲得漚惒拘舍羅便不可意問般若波羅蜜佛言我廣説菩薩摩訶薩事其欲學漚惒拘舍羅者當從般若波羅蜜索之其不可般若波羅蜜便棄捨去爲反於聲聞道中索漚惒拘舍羅於須菩提意云何是菩薩爲黠不須菩提言爲不黠佛言如是菩薩摩訶薩當覺知魔爲復次須菩提若受經之人欲聞般若波羅蜜法師身得不安如是菩薩摩訶薩當覺知魔爲復次須菩提法師適安欲與般若波羅蜜其受經者欲復轉去兩不和合亦不得書成般若波羅蜜如是菩薩摩訶薩當覺知魔爲復次須菩提學經之人來欲受般若波羅蜜其心歡悅法師欲至他方如是兩不和合不得學書成般若波羅蜜如是菩薩摩訶薩當覺知魔爲復次須菩提法師意欲有所得若衣服財利受經之人亦無與心兩不和合不得學成般若波羅蜜如是菩薩摩訶薩當覺知魔爲復次須菩提受經之人無所愛惜在所索者不逆其意法師所有經卷而不肯現亦不順解其受經者便不歡樂兩不和合不得學書成般若波羅蜜如是菩薩摩訶薩當覺知魔爲復次須菩提法師適欲有所説其受經之人不欲聞知如是兩不和合亦不得聞般若波羅蜜如是菩薩摩訶薩當覺知魔爲復次須菩提法師若身疲極卧欲不起不樂有所説受經之人欲得聞般若波羅蜜如是兩不和合不得聞般若受羅蜜如是菩薩摩訶薩當覺知魔爲復次須

菩提若欲書般若波羅蜜若欲説時於衆中儻有來者反説誹謗用是爲學多負勤苦言泥犁禽獸薜荔甚大勤若語人言當早斷生死根如是者菩薩摩訶薩當覺知魔爲復次須菩提若欲書般若波羅蜜若欲説時其有來人坐於衆中稱譽天上快樂五欲悉可自恣其作禪者可得在色天中念空者可得在無色之天是皆無常勤苦之法不如於是索須陀洹道斯陀含阿那含阿羅漢道便不復與生死從事如是須菩提菩薩摩訶薩當覺知魔爲復次須菩提法師念我是尊貴有來恭敬自歸者我與般若波羅蜜若有不恭敬自歸者我不與之受經之人自歸作禮恭敬不避劇難法師意悔不欲與弟子經聞異國中穀貴語受經人言善男子知不能與我俱至彼間不諦自念之莫得後悔弟子聞其所言甚大愁毒即自念言我悉見經巳不肯與我當奈之何如是兩不和合不得學書成般若波羅蜜如是須菩提菩薩摩訶薩當覺知魔爲復次須菩提法師欲到極劇之處語受經人言善男子能知不其處無穀有虎狼多盜賊五空澤中我樂往至彼間諦自思議能隨我忍是勤苦不復以深好語與共語弟子悉當猒巳心不復樂稍稍賜還如是須菩提乃作是礙不得學般若波羅蜜如是菩薩摩訶薩當覺知魔爲復次須菩提法師健行乞丐多有方略殊不肯與弟子經反欲懈墮捨去便語受經人言善男子知不我當有所至則有所問訊如是兩不和合不得學書成般若波羅蜜如是菩薩摩訶薩當覺知魔爲復

次須菩提弊魔常索其方便不欲令有學誦受般若波羅蜜者須菩提問佛弊魔何因常索其方便不欲令有學誦受般若波羅蜜者佛語須菩提弊魔主行誹謗是非波羅蜜言我有一一深經快不可言是故爲波羅蜜如是須菩提弊魔主行誹謗之令新學菩薩輩心爲狐疑便不復學誦書是經菩薩摩訶薩當覺知魔爲復次須菩提魔事一起時令深學菩薩爲本際作證便墮聲聞中得須陀洹道如是菩薩摩訶薩當覺知魔爲

道行般若波羅蜜經卷第四

音釋

廬 力居切舍也 藂 祖紅切聚也 娠 失人切妊也 濡遲 濡汝朱切遲直離切濡遲緩滯也 薜荔 梵語具云薜荔多此云餓鬼薜毗意切荔力霽切 丐 居太切乞請也

道行般若波羅蜜經卷第五

後漢月支三藏支婁迦讖譯

照明品第十

佛言於般若波羅蜜中多有起魔因緣者至使得斷須菩提白佛言如天中天所說若有菩薩多有危害所以者何用極大尊爲難得故至使有害般若波羅蜜亦如是天中天多有起因緣者及新學發意者所知甚少其心不入大法亦不諷誦般若波羅蜜是人以爲魔所得佛語須菩提若如所言新發意者所知甚少其心不入大法亦不諷誦般若波羅蜜是爲魔所得已自起魔因緣至使得斷若善男子善女人取持學般若波羅蜜諷誦讀者悉是佛威神何以故弊魔不能制令得斷是者以爲怛薩阿竭阿羅呵三耶三佛之所制持譬若母人一一生子從數至于十人其子尚小母而得病不能制護無有視者若母安隱無他便自長養其子令得生活寒溫燥濕將護視之是者即世間之示現如是須菩提怛薩阿竭阿羅呵三耶三佛念般若波羅蜜其所持者若有諷誦書者復十方現在諸佛常念般若波羅蜜是者即怛薩阿竭阿羅呵三耶三佛於薩芸若而示現怛薩阿竭阿羅呵三耶三佛者從是中自致得薩芸若其有以成佛者若未成佛甫當成佛皆從般若波羅蜜自致成阿惟三佛怛薩阿竭阿羅呵三耶三佛是薩芸若慧之所致照明皆從般若波羅蜜以是故示現世間須菩提白佛言怛薩阿竭阿羅呵三耶三佛於般若波羅蜜中照明於世間何謂般若波羅蜜照明於世

間何所是怛薩阿竭持於世間佛語須菩提怛薩阿竭持五陰示現世間須菩提言云何於般若波羅蜜示現五陰何所是般若波羅蜜示現於五陰者佛語須菩提無所壞者以是故得示現亦無無壞而示現空者無壞亦無有壞亦無想亦無願亦無壞亦無有壞以是故示現於世間佛語須菩提及不可計人不可計心怛薩阿竭悉曉知皆是自然人如是自然人如是須菩提怛薩阿竭以般若波羅蜜曉知不可計人不可計心怛薩阿竭以般若波羅蜜示現持世間復次須菩提若疾心亂心怛薩阿竭悉知之何謂怛薩阿竭悉知之疾心亂心其法本者無疾無亂以是故知之何謂知疾知亂其有當盡者以盡以是故知之其有愛欲心者知是爲愛欲心其有瞋恚心者知是爲瞋恚心其有愚癡心者知是爲愚癡心知愛欲心之本無愛欲心知瞋恚心之本無瞋恚心知愚癡心之本無愚癡心是者須菩提令我得薩芸若者般若波羅蜜何以故怛薩阿竭無愛欲心用無愛欲心悉知其心之本亦無愛欲心以是故怛薩阿竭心無有愛欲何以故怛薩阿竭無瞋恚心用無瞋恚心悉知其心之本亦無瞋恚心以是故怛薩阿竭心無有瞋恚何以故怛薩阿竭無愚癡心用無愚癡心悉知其心之本亦無愚癡心以是故怛薩阿竭心無有愚癡如是須菩提怛薩阿竭阿羅呵三耶三佛因般若波羅蜜示現持世間復次須菩提怛薩阿竭用人故因般若波羅蜜其心廣大無所不知何謂怛薩阿竭用人故因般若波羅蜜其

心廣大無所不知其心者亦無廣亦無大亦無去亦無所至以是故怛薩阿竭用人故因般若波羅蜜其心廣大無所不知復次須菩提怛薩阿竭用人故因般若波羅蜜廣大其心無所不知何謂怛薩阿竭用人故因般若波羅蜜廣大其心無所不知其心者無所從來亦無所住如是須菩提怛薩阿竭用人故因般若波羅蜜廣大其心無所不知復次須菩提怛薩阿竭用不可計人不可計心故因般若波羅蜜無所不知何謂怛薩阿竭用不可計人不可計心故因般若波羅蜜無所不知其心者無所住亦無所從來滅以無餘故無所不知其心若空故知不可計人不可計心悉知如是須菩提怛薩阿竭以般若波羅蜜知不可計人不可計心悉知復次須菩提

怛薩阿竭用人故因般若波羅蜜知不可見心悉知何謂怛薩阿竭用人故因般若波羅蜜知不可見心悉知其心者本淨故亦無有想如是須菩提怛薩阿竭用人故因般若波羅蜜知不可見心悉知復次須菩提怛薩阿竭用人故因般若波羅蜜知不可見心悉知何謂怛薩阿竭用人故因般若波羅蜜知不可見心悉知其心者不可以眼見如所從來如是須菩提怛薩阿竭用人故因般若波羅蜜知不可見心悉知復次須菩提怛薩阿竭用人故因般若波羅蜜知欲得是者致是悉知何謂怛薩阿竭用人故因般若波羅蜜知欲得是者致是知一切色從不可得獲而生生痛癢思想生死識亦不可得獲而生生如是須菩提怛薩阿竭云何知欲得是者因致

是從死至死是即爲色從死至不死是亦爲色從不死至不死是亦爲色亦不有死亦不無死是亦爲色痛癢思想生死識從死至死是亦爲色識者從死至不死是亦爲色識者從不死至不死是亦爲色識者亦不有死亦不無死是亦爲色識有人無我世者是亦爲色無人有我世者是亦爲色有望無望無我世者是亦爲色亦不有望亦不無望亦無我世是亦爲色有望有我有世痛癢思想生死識是亦爲色無望無我無世無識是亦爲色亦不望亦不有望亦無我識是亦爲色得我世與世是亦爲色我世不可極是亦爲色我世有極無極是亦爲色我與世亦不有極亦不無極是亦爲色痛癢思想生死識亦爾我與世識亦不可極是亦爲色我與世識有極無極是亦爲色我與世識亦不可極亦不無極是亦爲色是命是身是亦爲色非命非身是亦爲色痛癢思想生死識亦爾如是須菩提怛薩阿竭知欲得是者因致是何謂怛薩阿竭知欲得是者因致是怛薩阿竭知色之本無如知色本無痛癢思想生死識亦爾何謂知識知識之本無何所是本無是欲有所得者是亦本無怛薩阿竭亦本無因慧如住何謂所本無世間亦是本無何所是本無者一切諸法亦本無如諸法本無須陀洹道亦本無斯陀含道亦本無阿那含道亦本無阿羅漢道辟支佛道亦本無怛薩阿竭亦復本無一本無無有異無所不入悉知一切是者須菩提般若波羅蜜即是本無怛薩阿竭因般若波羅蜜自致成阿耨多羅三耶三佛照

明持世間是爲示現怛薩阿竭因般若波羅蜜悉知世間本無無有異如是須菩提怛薩阿竭悉知本無爾故號字爲佛須菩提白佛言本無甚深天中天是佛菩薩事悉自曉了誰當信是者獨有得阿羅漢道者若阿惟越致怛薩阿竭成阿惟三佛乃能說之佛語須菩提本無無有盡時怛薩阿竭所說亦無有極盡時釋提桓因與諸欲萬天子俱梵迦夷天與二萬天子俱前至佛所頭面著佛足却住一面諸欲梵天子俱白佛言天中天所說法者甚深云何作其相佛語諸天子言且聽作相著已無想無願無生死所生無所有無所住是者作其相其相者若如空住怛薩阿竭阿羅呵三耶三佛所住相諸天阿須倫龍鬼神不能動移何以故是相不可以手作色者不能作相痛癢思想生死識亦不作相是相若人若非人所不能作佛語諸天子言若說是空有作者寧能信不諸天子白佛言不信有作空者何以故無有能作空者佛言如是諸天子其相者常住有佛無佛相住如故如是住者故怛薩阿竭成佛阿惟三佛故名怛薩阿竭即是本無如來諸天子白佛言是相者甚深怛薩阿竭從是成阿惟三佛其怛薩阿竭所知無所罣礙慧皆從般若波羅蜜是者即佛之藏佛語須菩提怛薩阿竭因般若波羅蜜示現持世間如是須菩提怛薩阿竭恭敬承事是法自致得成皆從般若波羅蜜是故怛薩阿竭之所恭敬因是得佛故是爲報恩何謂是怛薩阿竭之所報恩者怛薩阿竭爲從是行得阿耨多羅三耶三菩成阿

惟三佛皆從是行爲無所著以是故現於報恩復次須菩提怛薩阿竭知諸法無有作者以是故得阿惟三佛亦不無作故成阿惟三佛是爲怛薩阿竭報恩故示現般若波羅蜜怛薩阿竭阿羅呵三耶三佛於諸法無所望皆從般若波羅蜜以是故示現持世間須菩提白佛言諸法不可知不可見何謂般若波羅蜜出怛薩阿竭示現持世間佛語須菩提所說諸法不可知不可見者謂諸法悉空以是故不可知諸法不可護持以是故不可得見諸法不可知不可見者皆從般若波羅蜜如是須菩提諸法不可知不可見爲從般若波羅蜜出怛薩阿竭成阿惟三佛示現持世間故色爲不可見痛癢思想生死識亦不可見是者般若波羅蜜示現持世間須菩提言何謂天中天色不可見何謂痛癢思想生死識爲不可見佛言不色因緣生識是故色爲不可見亦不痛癢思想生死識因緣生識是故識爲不可見如色痛癢思想生死識不見是世間亦不見其相者亦不見是世間示現所有皆從般若波羅蜜何謂是般若波羅蜜示現持世間其憂世間是亦爲空其憂世間是亦爲恍惚其憂世間是亦爲寂其憂世間是亦爲淨是者即爲世間示現

不可計品第十一

須菩提白佛言極大究竟般若波羅蜜不可計究竟不可量究竟無有與等者究竟無有邊究竟佛言極大究竟般若波羅蜜不可計究竟不可量究竟無有與等者究竟無有邊究竟安隱般若波羅蜜不可計究竟怛薩阿

竭無師薩芸若是故般若波羅蜜不可計究竟何等般若波羅蜜不可量究竟不可量怛薩阿竭無師薩芸若不可議不可稱是故般若波羅蜜不可量究竟何等般若波羅蜜安隱究竟無有與等者怛薩阿竭誰能過者是故般若波羅蜜無有與等者究竟何等般若波羅蜜無有邊究竟無有邊怛薩阿竭無師薩芸若是故般若波羅蜜無有邊究竟須菩提白佛言云何怛薩阿竭無師薩芸若不可計不可量無有邊佛言色痛癢思想生死識不可計諸法亦不可計諸法了無所有正是中不可計色痛癢思想生死識不可量諸法亦不可量色痛癢思想生死識無有邊諸法亦無有邊色痛癢思想生死識邊幅了不可得諸法邊幅了不可得用何等故色痛癢思想生死識無有邊幅諸法無有邊幅色痛癢思想生死識邊幅了不可得無有盡處諸法邊幅了不可得無有盡處用何等故色痛癢思想生死識諸法了不可得邊幅無有盡處時云何佛言空處可計盡不耶須菩提言空不可計盡佛言諸法不可計不可稱無有邊幅用是故怛薩阿竭法如是比不可計不可稱無有邊怛薩阿竭發心起學不可計不可稱無有邊本無心無念譬如空無心無念有心有念因隨是生死無有邊怛薩阿竭法如空無有邊是法如空不可計作是說不可計不可稱無有邊佛說是經時五百比丘僧三十比丘尼皆得阿羅漢六十優婆塞三十優婆夷皆得須陀洹道三十菩薩皆逮得無所從生法樂皆當於是婆羅劫中受決須菩提

白佛言般若波羅蜜甚深極大安隱究竟佛言般若波羅蜜甚深極大安隱究竟薩芸若須陀洹斯陀含阿那含阿羅漢辟支佛道悉從是經出譬如遮迦越王所當爲者一切傍臣所有郡國人民皆屬王亦無所復憂阿羅漢辟支佛佛若諸法皆從般若波羅蜜中出皆是經所立佛言色痛癢思想生死識不受不入須陀洹斯陀含阿那含阿羅漢辟支佛薩芸若道不受不入須菩提問佛言何等薩芸若不受何等薩芸若不入佛言云何須菩提見若羅漢所入處不須菩提言不見天中天不見是法我所入處佛言善哉須菩提我亦不見怛薩阿竭所入處如我怛薩阿竭無所入薩芸若亦無所入處愛欲天子梵天子俱白佛言天中天般若波羅蜜甚深難了過去佛時所作功德是輩人於是間聞深般若波羅蜜信者正使三千大千國土人一切所當爲者皆信皆信已來行過一劫於是深般若波羅蜜中樂一日念無量深出彼德有餘佛語愛欲天子梵天子正使復有人聞深般若波羅蜜以得證訣所信樂過一劫其功德不及是輩愛欲天子梵天子皆前以頭面著佛足繞三帀而去却行久遠乃旋各歸天上歌歎佛說功德須菩提白佛言若有菩薩信深般若波羅蜜者從何所來而生是間佛言如是信者心無有疑不猒不喜樂聞念不欲遠離經師譬如新生犢子心終不遠離其母是菩薩從人道中來生是間前世學人今來復得深般若波羅蜜便信樂不遠離也須菩提白佛言若有菩薩有時逮其功德若復從

他方佛刹來若供養佛乃有從彼來生是閒若無佛言有是輩菩薩於他方佛刹供養佛復從彼來生是閒持是功德於是閒便逮得深般若波羅蜜若復有菩薩從兠術天上來生是閒或從彌勒菩薩聞是深經中慧今來生是閒持是功德今逮得深般若波羅蜜若復有菩薩前世佛時聞深般若波羅蜜不問中慧來生是閒聞深般若波羅蜜心續有疑不信樂不問中慧何以故前世有疑故若復有菩薩前世聞深般若波羅蜜問中慧一日二日三日若至七日持是功德今復逮得深般若波羅蜜常樂聞喜問信受若復有菩薩有時欲聞般若波羅蜜或不欲聞其心亂數數轉如稱乍低乍仰是輩人適學未發故使少信不樂得深般若波羅蜜便猒不欲學棄捨去如是終不成就墮羅漢辟支佛道中

譬喻品第十二

佛言譬如大海中船卒破壞知中人皆當墮水没死終不能得度是船中有板若檣有健者得之騎其上順流隨海得出知是人終不没水中死也何以故用得板檣故菩薩有信樂有定行有精進欲逮阿耨多羅三耶三菩不得深般若波羅蜜不學漚惒拘舍羅是菩薩便墮阿羅漢辟支佛道中菩薩有信樂有定行有精進欲逮阿耨多羅三耶三菩得深般若波羅蜜學漚惒拘舍羅是菩薩終不中道懈惰過出阿羅漢辟支佛道去正在阿耨多羅三耶三菩中住譬如有人持坏瓶行取水知是瓶不能久當中道壞何以故瓶未成故若有菩薩有信樂有定行有精進欲逮阿

耨多羅三耶三菩不得深般若波羅蜜不學漚惒拘舍羅知是菩薩終不能逮薩芸若便中道厭却墮阿羅漢辟支佛道中譬若有人持成瓶行取水知當安隱持水來歸至也何以故其瓶已成故若有菩薩有信樂有定行有精進欲逮阿耨多羅三耶三菩得深般若波羅蜜學漚惒拘舍羅知是菩薩終不中道懈惰休止恣心正上阿耨多羅三耶三菩譬若大海中有故壞船不補治之便推著水中取財物置其中欲乘有所至知是船終不能至便中道壞亡散財物若有菩薩有信樂有定行有精進欲逮阿耨多羅三耶三菩不得深般若波羅蜜不學漚惒拘舍羅知是菩薩中道厭便亡失名珍寶更棄大珍寶去何所為大珍寶佛是也是菩薩便中道墮阿羅漢辟支佛道中譬若有黠人挽張海邊故壞船補治之以推著水中持財物置其中便乘欲有所至知是船不中道壞必到所至處若有菩薩有信樂有定行有精進欲逮阿耨多羅三耶三菩得學深般若波羅蜜漚惒拘舍羅知是菩薩終不中道懈惰正在阿耨多羅三耶三菩中住何以故是菩薩一心有信樂有定行有精進故終不復墮羅漢辟支佛道中正向佛門譬若有人年百二十歲老極身體不安若病寒熱寢卧牀褥此人寧能自起居不須菩提言不能也何以故是人老極無勢力故正使病愈由不能自起居行步佛言菩薩有信樂有定行有精進欲逮阿耨多羅三耶三菩不得學深般若波羅蜜漚惒拘舍羅者終不能至佛當中道休墮阿羅漢辟支佛

道中何以故不得學深般若波羅蜜漚惒拘舍羅故佛言若是人風寒病愈身體强健意欲起行有兩健人各扶一腋各持一臂徐共持行其人語病者言安意莫恐我自相扶持在所至到義不中道相棄捨也如是人能到所欲至處不須菩提言能到佛言菩薩有信樂有定行有精進欲逮阿耨多羅三耶三菩得深般若波羅蜜學漚惒拘舍羅是菩薩終不中道懈惰能究竟於是中得阿耨多羅三耶三菩

分別品第十三

須菩提白佛言云何阿闍浮菩薩學般若波羅蜜佛言當與善知識從事當樂善知識當善意隨般若波羅蜜教何等爲隨般若波羅蜜教是菩薩所布施當施與作阿耨多羅三耶三菩莫得著色痛癢思想生死識何以故深般若波羅蜜薩芸若無所著若持戒忍辱精進禪定智慧當持是作阿耨多羅三耶三菩莫得著色痛癢思想生死識何以故薩芸若無所著無得樂阿羅漢辟支佛道阿闍浮菩薩稍入般若波羅蜜中如是須菩提言菩薩慊苦欲得阿耨多羅三耶三菩佛言菩薩慊苦安隱於世間護爲世間自歸爲世間舍爲世間度爲世間臺爲世間導何等爲菩薩爲世間護死生勤苦悉護教度脱是爲世間護何等爲世間自歸生老病死悉度之是爲世間自歸何等爲世間舍菩薩得阿耨多羅三耶三菩阿惟三佛得怛薩阿竭名時爲世間說經無所著是爲世間舍何等爲無所著色無著無縛是色無所從生無所從滅痛癢

思想生死識亦爾諸法亦無著無縛如是何等爲世間度是色非色爲度痛癢思想生死識是識非識爲度度爲諸法須菩提言如佛所説度爲諸法得阿惟三佛何以故無所著耶佛言如是無所著菩薩爲慊苦念法不懈得阿耨多羅三耶三菩阿惟三佛因説經是亦爲世間度何等爲世間臺譬若水中臺其水兩避行色痛癢思想生死識過去當來今現在兩斷如是斷者諸法亦斷設使諸法斷者是爲定是爲甘露是爲泥洹菩薩念法不懈得阿惟三佛是爲世間臺何等爲世間導菩薩得阿惟三佛便説色痛癢思想生死識空説諸法空是亦無所從來亦無所從去諸法空諸法無有想諸法無有處諸法無有識諸法無所從生諸法定諸法如夢諸法如一

諸法如幻諸法無有邊諸法無有是皆等無有異須菩提白佛言般若波羅蜜甚深誰當了是耶佛言菩薩求已來大久遠乃從過去佛時於其所作功德以來如是輩人乃曉知深般若波羅蜜耳須菩提言何謂求已來大久遠佛言去離於色痛癢思想生死識無復有爾乃曉知是深般若波羅蜜須菩提言是菩薩爲世間導耶佛言如是菩薩得阿惟三佛爲不可計阿僧祇人作導須菩提言菩薩爲慊苦是爲摩訶僧那僧涅爲般泥洹不可計阿僧祇人佛言如是菩薩爲慊苦是爲摩訶僧那僧涅是故爲僧那僧涅無縛色痛癢思想生死識無縛亦不於阿羅漢辟支佛亦不於薩芸若諸法無縛是故爲僧那僧涅須菩提言菩薩求深般若波羅蜜不當索三處

佛言何因緣菩薩求深般若波羅蜜不當索三處須菩提言般若波羅蜜甚深亦不可有守者亦不無守者從般若波羅蜜中爲無所出法守般若波羅蜜爲守空守般若波羅蜜爲守諸法守般若波羅蜜爲守無所有守般若波羅蜜爲守無所著佛言在般若波羅蜜中者當知是阿惟越致菩薩於深般若波羅蜜中無所適著終不隨他人語不信餘道心不恐畏不懈怠從過去佛問是深經中慧今聞深般若波羅蜜心續不恐畏不懈怠須菩提白佛言若有菩薩聞深般若波羅蜜心不恐畏不懈怠何因緣當念般若波羅蜜中觀視佛言心向薩芸若是爲觀視般若波羅蜜須菩提言何謂心向薩芸若佛言心向空是爲觀薩芸若觀薩芸若是爲不觀不可計薩芸若如不可計色爲非色如不可計痛癢思想生死識爲非識亦不入亦不出亦不得亦不知亦不有知亦不無知亦無所生亦無所敗亦無所作者亦無所從來亦無所從去亦無所見亦無所在如是不可限空不可計薩芸若不可計無有作佛者無有得佛者無有從色痛癢思想生死識中得佛者亦不從檀波羅蜜尸波羅蜜羼提波羅蜜惟逮波羅蜜禪波羅蜜般若波羅蜜得佛也愛欲天子梵天子白佛言般若波羅蜜甚深難曉難了難知佛語諸天子深般若波羅蜜甚深難曉難了難知怛薩阿竭安隱甚深是經悉知阿惟三佛無有作阿惟三佛亦無有阿惟三佛是經如空甚深無有與等者如諸法無所從來無所從去愛欲天子梵天子等白佛言諸世

間人希有信是深經者世間人所欲皆著慇念之故當爲說是深經耳佛言如是諸天子世間人希有信是深經者所欲皆著慇念是世間人故當爲說深經耳

本無品第十四

須菩提白佛言諸法隨次無所著諸法無有想如空是經無所從生諸法索無所得愛欲天子梵天子白佛言弟子須菩提所說如是怛薩阿竭教但說空慧佛言如是諸天子隨怛薩阿竭教諸天子問佛何謂隨怛薩阿竭教如法無所從生爲隨怛薩阿竭教乎佛言如是諸天子諸法無所從生爲隨怛薩阿竭教隨怛薩阿竭教是爲本無本無亦無所從來亦無所從去怛薩阿竭本無諸法亦本無諸法亦本無怛薩阿竭亦本無無異本無如是須菩提隨本無是爲怛薩阿竭本無怛薩阿竭本無住如是須菩提住隨怛薩阿竭教怛薩阿竭本無無異本無無異也諸法是無異無異怛薩阿竭本無無所罣礙諸法本無無所罣礙怛薩阿竭本無諸法本無礙一本無等無異本無無有作者一切皆本無亦復無本無如是怛薩阿竭本無不壞亦不腐諸法不可得須菩提隨諸法教怛薩阿竭本無諸法本無等無異於眞法中本無須菩提隨怛薩阿竭教怛薩阿竭本無無有過去當來今現在諸法本無過去當來今現在須菩提隨怛薩阿竭教怛薩阿竭本無過去本無當來本無今現在怛薩阿竭本無等無異是等無異爲眞本無菩薩得是眞本無如來名時地爲六反震動怛薩阿竭說本無須菩提隨

怛薩阿竭教須菩提不受色痛癢思想生死識不受須陀洹斯陀含阿那含阿羅漢辟支佛如是須菩提為隨怛薩阿竭教舍利弗言是本無甚深天中天佛言是本無甚深甚深當說本無時二百比丘僧皆得阿羅漢五百比丘尼皆得須陀洹道五百諸天人皆逮無所從生法樂於中立六十新學菩薩皆得阿羅漢道佛言是六十菩薩過去世時各各供養五百佛布施求色持戒忍辱精進求色禪不知空離空不得般若波羅蜜漚惒拘舍羅今皆取阿羅漢道菩薩有道得空得無色得無願是菩薩不得般若波羅蜜漚惒拘舍羅便中道得阿羅漢道不復還譬若有大鳥其身長八千里若二萬里復無有翅欲從忉利天上自投來下至閻浮利地上未至是鳥悔欲中道還上忉利天上寧能復還不耶舍利弗言不能復還佛言是鳥來下至閻浮利地上欲使其身不痛寧能使不痛不耶舍利弗言不能也是鳥來其身不得不痛若當悶極若死何以故其身長大及無有翅佛言正使是菩薩如恒中沙劫布施求色持戒忍辱精進求色禪亦不入空不得深般若波羅蜜漚惒拘舍羅起心欲索佛道一切欲作佛中道得阿羅漢辟支佛道是菩薩於過去當來今現在佛所持戒精進三昧智慧聞佛薩芸若皆念求色是為不持怛薩阿竭戒精進三昧智慧不曉知薩芸若但想如聞聲耳便欲從是作阿耨多羅三耶三菩會不能得便中道得阿羅漢辟支佛道何以故不得深般若波羅蜜漚惒拘舍羅故舍利弗言如佛所說念

中慧菩薩離般若波羅蜜漚惒拘舍羅故便得阿羅漢辟支佛道若有菩薩莊嚴事欲得阿耨多羅三耶三菩阿惟三佛者當黠學般若波羅蜜漚惒拘舍羅愛欲天子梵天子白佛言般若波羅蜜難曉難了難知欲求阿耨多羅三耶三菩難得也須菩提白佛言般若波羅蜜甚深難曉難了難知如我念是中慧求阿耨多羅三耶三菩易得耳何以故無所有當何從得阿耨多羅三耶三菩諸法皆空索之了不可得當作阿惟三佛索法無所得無有作阿惟三佛亦無有得阿惟三佛者若有聞諸法空求阿耨多羅三耶三菩易得耳舍利弗謂須菩提如須菩提所說者阿耨多羅三耶三菩難得也何以故空不念我當作阿耨多羅三耶三菩是法空設易得者何以故如恒沙菩薩悉皆逮須菩提言云何舍利弗用色逮乎不也離色法逮乎不也痛癢思想生死識逮乎不也色本無寧逮不不也色本無有法逮不不也痛癢思想生死識本無寧逮不不也離識本無有法逮不不也是本無使逮不不也離本無有法使逮不不也設是法不可得何所法使逮者舍利弗言如須菩提所說法無有菩薩逮者佛所說三有德之人求阿羅漢辟支佛佛是三不計三如須菩提所說爲一道耳分滿陀尼弗謂舍利弗須菩提說一道當問舍利弗謂須菩提須菩提所說一道我用是故問須菩提言云何於本無中見三道不舍利弗言不見也何以故從本無中不可得三事須菩提言本無一事得乎不也云何於本無中可得一道不不也

設是諦不可得者故復説阿羅漢辟支佛佛爲如是説道本無無有異若菩薩聞本無心不懈怠是菩薩會當得佛也佛言如須菩提所説皆持佛威神使若説是耳菩薩聞本無等無異心不懈怠會當得佛舍利弗言何等爲菩薩成阿耨多羅三耶三菩者須菩提白佛言何等爲成就於菩薩佛言一切人皆等視中與共語言當善心不得有害意向常當慈心與語不得瞋恚皆當好心中心菩薩當作是住

道行般若波羅蜜經卷第五

音釋

燥濕 燥先到切乾也濕失入切潤也 犢 音讀牛子也 檣 音墻帆柱也

黠 胡戛切慧也 拖 託何切拽也 寢 稔切卧也 褥 音辱裀褥也

腋 音亦左右肘脇之間曰腋 翅 音試翼也

道行般若波羅蜜經卷第六

後漢月支三藏支婁迦讖譯

阿惟越致品第十五

須菩提白佛言阿惟越致菩薩當何以比當何以觀其行當何以相當何以從知是阿惟越致菩薩佛言阿惟越致菩薩如逮得禪者不動搖如羅漢辟支佛地佛地是佛地如本無終不動佛說本無聞不言非空是中本無入本無是所本無如本無亦不言非如是入中入中已聞是本無已若轉於餘處聞心終不疑亦不言是亦不言非如是本無如本無住其所語不輕所言不說他事但說中正他人所作不觀視用是比用是相行具足知是阿惟越致菩薩阿惟越致終不形相沙門婆羅門面類不祠祀跪拜天不持華香施於天亦不教他人爲身不生惡處不作女人身常持十戒不煞生强盜婬泆兩舌嗜酒惡口妄言綺語不嫉妬瞋恚罵詈不疑亦不教他人爲身自持十戒不疑復教他人守十戒於夢中自護十戒亦復於夢中面自見十戒阿惟越致心學諸法皆安隱爲世間人說經持深經授與令得分德住悉致願使得經令用分德住阿惟越致聞說深經時終不疑不言不信亦不恐懼所語柔輭微妙至寤少睡卧行步出入心安諦無亂時徐舉足蹈地安隱顧視所斐服衣被淨潔無垢坋無蚤蝨身中無八十種蟲所有功德稍稍欲成滿心極清淨悉受得之其功德過出於世間須菩提白佛言云何菩薩心清淨當何以知之佛言是菩薩所作功德轉增多其心極上自在無所罣

礙悉逮得其功德是心甚清潔清潔過於阿羅漢辟支佛道上如是阿惟越致有來供養者不受用喜一切無慳貪說深經時未甞於中有猒極也正在智中深入若餘所欲有問深經者持是深般若波羅蜜爲說之其有他道所不能正者持是深般若波羅蜜爲正之從是經中所出法悉持無常之事相語之諸世間經書所不能解者持是深般若波羅蜜爲解之用是故弊魔來到是菩薩所便於邊化作八大泥犂其一一泥犂中有若干百千菩薩化作是已便指示之言是輩皆阿惟越致菩薩從佛受決已今皆墮泥犂中佛爲授若泥犂耳設若作阿惟越致受決菩薩者若當受疾悔之言我非阿惟越致若悔之言爾者便不復墮泥犂中當生天上佛言設是菩薩心不動轉者是阿惟越致弊魔復化作其師被服往到菩薩所詭語若前從我所聞受者今悉棄捨是皆不可用也若自悔過受疾悔之隨我言者我日來問訊汝不用我言者終不復來視汝若莫復說是事我不復欲聞是故說是皆非佛所說餘外事耳汝今更受我所語我所說皆佛語佛言菩薩聞是言其心動轉者不從過去佛受決未上菩薩舉中未在阿惟越致地設是菩薩心不動轉者知是深經空所致作是思惟終不信他人語譬若比丘得阿羅漢不復隨他人語悉明見經中證是爲空所致終不可動如阿羅漢辟支佛道所念法終不可復還是菩薩爲在阿惟越致地住正住向佛門終不可復還是爲極度用是比用是相行具足知是阿惟越致菩

薩復有弊魔化作異人往到菩薩所作是語若所求爲勤苦耳不求佛法也若空負是勤苦爲用是勤苦之難爲求于若在惡道中以來大久適今得爲人汝不當於是中思惟不當自患猒耶當復於何所更索是軀汝何不早取阿羅漢道用佛爲求之是菩薩心不動轉者知是阿惟越致弊魔不能動轉捨去更作方便化作若干菩薩在其邊住因指示言若見不耶是悉菩薩皆供養如恒中沙佛以皆與衣被飯食牀卧具醫藥悉具足皆從如恒中沙佛受行法問慧當所施行如法住如法求皆入中作是學作是受作是行悉以尚不能得佛若學以來甫爾當何因得佛菩薩聞是言心不動轉者弊魔復捨去不遠復化作諸比丘示之言是悉阿羅漢過去世時皆

求菩薩道不能得佛今皆取阿羅漢已如是比丘若當何從得佛菩薩聞是語心不動轉如覺知魔爲佛言作是學作是求作是行於是深般若波羅蜜中住心不動轉者如是比相行具足知是阿惟越致佛言菩薩當作是學作是求護是教受佛教當念行於他方聞魔語如是心不動轉不可移覺知魔爲菩薩作是學不得佛者佛語爲有異佛語終不欺也弊魔復往到菩薩所作是詭嬈言佛如空是經不可得邊幅不可得底是經中我悉知已皆空耳若爲是中勤苦若不當覺知魔爲此事魔作是經云何欲於中欲得作佛是非佛所說菩薩當諦覺知是魔所爲菩薩作第一禪第二禪第三禪第四禪三昧越阿惟越致不隨縁是四禪是所禪作三昧越用人入

欲中故禪三昧是菩薩終不隨禪教其功德極過禪上去有共稱譽名字者不用喜不稱譽者亦不用作憂其心終不動亂常念世間人善出入行步坐起常端心正志少婬意在家者與婦人相見心不樂喜常懷恐怖與婦人交接念之惡露臰處不淨潔非我法也盡我壽命不復與相近當脫是惡露中去譬若有人行大荒澤中畏盜賊心念言我當何時脫出是厄道中去當棄遠是淫泆畏懼如行大荒澤中亦不説其人惡何以故諸世間皆欲使安隱故也佛言如是菩薩其福具足得之是皆深般若波羅蜜威神力使作是念是菩薩和夷羅洹化諸鬼神隨後亦不敢近附菩薩終不失志心不妄起身體完具無瘡癩極雄猛終不誘他人婦女若有治道符呪行藥身不自爲亦不教他人爲見他人爲者心不喜也終不説男子共女人爲事亦不説非法之事亦不生惡處用是比用是相行具足知是阿惟越致菩薩須菩提白佛言菩薩用何等故名爲阿惟越致佛言菩薩不與國王若世俗城郭聚落會人從事不與盜賊若軍師兵𠇗從事不與男子女人從事不與餘道人若祠祀諸鬼神酒肉穀食從事不與香及燒香若繒綵利業調戲從事不與海中若諸所欲從事不與弊惡無反復好鬬亂人者從事但與深般若波羅蜜從事心終不遠離薩芸若常在中不忘常行中正無有行時常稱譽賢善者上願常隨善知識不與惡知識相隨常求佛法願欲生異方佛刹用是故常與佛相見供養之從欲處色處空處從彼間來

生中國常於善人黠慧中生在工談語曉經書家生常不好豫世俗之事生不犯法常在大國中生未甞在邊地生也用是比用是相行具足用是故名爲阿惟越致菩薩終不言我是阿惟越致亦不言我非亦不疑我非阿惟越致地亦不言我是阿惟越致地譬若有人得須陀洹道自在其地終不疑魔事適起即覺知魔稍稍來不聽隨在阿惟越致地終不疑不懈怠譬若有人作惡逆盡其壽命心終不可轉使作善不念惡是惡心至死終不休是菩薩住中正在阿惟越致地心不可移動十方終不能復轉其心自有道地終不疑無阿羅漢辟支佛心不念佛難得心大無有極安隱堅住其地無有能降之者作是住無有能過是黠者用是故弊魔大愁毒言是菩

薩心如鋼鐵不可轉便復更作佛形往語菩薩言若何不於是間取阿羅漢證若未受決得阿耨多羅三耶三菩若不得是比不得是相菩薩用是比用是相行具足如是尚不得佛若當何因得之佛言設是菩薩聞魔語若心不動者是菩薩從過去怛薩阿竭受決已得阿耨多羅三耶三菩是故覺知魔作佛形像來言是非佛也魔耳欲使我心搖我心不可轉佛言是菩薩心不可動轉者從過去怛薩阿竭受決已授阿耨多羅三耶三菩住阿惟越致地何以故用是比用是相行具足故知是阿惟越致菩薩悉得法者悉行中正當代不惜身命是菩薩一切法悉受得之過去當來今現在佛所有法悉得持護用是故當爲不惜身命未甞懈怠無有猒時怛薩阿竭

及諸弟子説經時心終不疑亦不言非佛言聞説深般若波羅蜜經心不有疑亦不言非如是菩薩逮無所從生法樂於中立持是功德悉具足用是比用是相行具足是爲阿惟越致菩薩

怛竭優婆夷品第十六

須菩提白佛言阿惟越致菩薩極從大功德起常爲菩薩説深法教入深佛言善哉善哉須菩提若乃内菩薩使入深何等爲深空爲深無想無願無識無所從生滅泥洹是爲限須菩提白佛言泥洹是限非是諸法佛言諸法甚深色痛癢思想生死識甚深何等爲色痛癢思想生死識甚深如本無色痛癢思想生死識本無爾故甚深須菩提言難及也天中天色痛癢思想生死識安消去便爲泥洹佛言甚深與般若波羅蜜相應當思惟念作是住學如般若波羅蜜教菩薩隨是行當思惟念如中教應行一日是菩薩却幾劫生死譬如淫泆之人有所重愛端正女人與共期會是女人不得自在失期不到是人寧有意念之不耶須菩提言其人有念思想當到欲與相見坐起宿止言語佛言其人未到之間能有幾意起念須菩提言是意甚多甚多佛言菩薩念深般若波羅蜜如是一日心不轉者却生死若干劫菩薩學般若波羅蜜如中教如中所説思念隨是行一日爲却惡除罪若有菩薩遠離深般若波羅蜜正使布施如恒中沙劫不如是菩薩隨深般若波羅蜜教一日其功德出彼上若復有菩薩壽如恒中沙劫并持前所布施與須陀洹斯陀含阿那

舍阿羅漢辟支佛佛不得深般若波羅蜜若復有菩薩隨深般若波羅蜜中行如中教其功德出彼上若復有菩薩壽如恒中沙劫布施如前持戒具足若復有菩薩求深般若波羅蜜從念起說經其功德出彼上若復有菩薩持經布施其功德轉上得阿耨多羅三耶三菩是菩薩持經布施以來深入是中隨是教其功德出彼上若復有菩薩以經布施不深入是中轉不及也若復有菩薩持經布施復深入是中未嘗有離時爲般若波羅蜜所護其功德甚多甚多須菩提白佛言所識有著者此二何所功德爲多佛言菩薩所識若求深般若波羅蜜樂於空樂無所有樂盡樂無常念是爲不離般若波羅蜜如是菩薩得功德不可計阿僧祇須菩提白佛言不可計復言阿僧祇有何等異佛言阿僧祇者其數不可盡極也不可計者爲不可量計之了不可得邊涯爾故爲不可計阿僧祇須菩提言佛說不可計色痛癢思想生死識亦不可計佛語須菩提汝所問者有因使色痛癢思想生死識不可計不可量須菩提問佛何等爲不可量佛言於空中計之爲不可量無想無願計之如是不可量須菩提言空計是法不可計佛言云何我常不言諸法空須菩提言如怛薩阿竭所說法悉空佛言諸法悉空不可盡不可計經無有各各慧無有各各異怛薩阿竭但分別說耳空不可盡不可量是想是願是識是生是欲是滅是泥洹隨所喜作是爲說作是示現作是爲教怛薩阿竭所說如是須菩提言難及也天中天經本空耳云

何復於空中說經是經不可逮如我了佛語諸法不可逮佛言如是諸法不可逮佛言如是諸法不可逮空耳是爲不可逮須菩提言如佛說本無不可逮願解不可逮慧有增有減佛言不也須菩提言若有不可逮慧有增有減檀波羅蜜尸波羅蜜羼提波羅蜜惟逮波羅蜜禪波羅蜜般若波羅蜜不增不減若不增波羅蜜者菩薩何因近阿耨多羅三耶三菩何緣得阿惟三佛設不減波羅蜜者菩薩何因近阿耨多羅三耶三菩何緣近阿惟三佛坐佛言是不可逮慧不增不減菩薩求深般若波羅蜜若守者如是漚惒拘舍羅菩薩不念檀波羅蜜增亦不念減復作是念但名檀波羅蜜所布施念持是功德施與作阿耨多羅三耶三菩施如是尸波羅蜜羼提波羅蜜惟逮波羅蜜禪波羅蜜菩薩求般若波羅蜜若守者得漚惒拘舍羅不念般若波羅蜜有增有減是但名爲般若波羅蜜求之若守者發心念持是功德施與作阿耨多羅三耶三菩須菩提白佛言何等爲阿耨多羅三耶三菩佛言本無是也是本無不增不減常隨是念不遠離是即爲近阿耨多羅三耶三菩坐不可逮法不可逮慧若般若波羅蜜皆不增不減菩薩念是不遠離爲近阿耨多羅三耶三菩須菩提白佛言菩薩持初頭意近阿耨多羅三耶三菩若持後頭意近之佛言初頭意後來意是兩意無有對須菩提言後來意初頭意無有對何等功德出生長大佛言譬如然燈炷用初出明然炷用後來明然燈炷須菩提言非初頭明然炷亦不離初頭

明然炷亦非後明然炷亦不離後明然炷佛問須菩提云何如是不須菩提言如是天中天佛言菩薩不用初意得阿耨多羅三耶三菩亦不離初意得亦不用後意得亦不離後意得也佛言云何是為得阿惟三佛不須菩提言阿惟三佛甚深是因緣菩薩不用初意得阿耨多羅三耶三菩亦不離初意得亦不用後意得亦不離後意得也佛言云何心前滅後復生耶須菩提言不也佛言心初生可滅不須菩提言可滅佛言當所滅者寧可使不滅須菩提言不也佛言本無寧可使住不須菩提言欲住本無當如本無住佛言設令在本無中住寧可使發堅不本無寧有心無心不離本無寧有心不見本無不作是求為深求不須菩提言天中天作是求為無所求何以故是法了不可得亦不可見佛言菩薩求般若波羅蜜為求何等須菩提言為求空佛言設不空為求何等須菩提言為求想佛言云何去想不不也是菩薩為不去想須菩提言不作是求忘想何以故求想盡者設想滅者即可滅也便得阿羅漢是為菩薩漚惒拘舍羅不滅想得證向無想隨是教舍利弗謂須菩提若有菩薩有三事向三昧門守三昧門一者空二者無相三者無願是三者有益於般若波羅蜜不但晝日益夜夢中亦當復益何以故佛說晝日夢中等無異須菩提言若有菩薩晝日有益於般若波羅蜜夜夢中亦復有益舍利弗言云何若夢中有所作寧有所得不佛所說經如夢中所有須菩提言夢中所作善覺大喜為益夢中所作惡覺

不喜爲滅舍利弗言設於夢中殺人其心喜覺以言我殺是人快乎如是云何須菩提言不姑爾皆有所因緣心不空爾會有所因緣若見若聞若念爲因緣爾故知耳從是中令人心有所著令人心無所著是爲不忘爾皆有所因緣故舍利弗言所作皆空耳何因心有所因緣須菩提言想因緣是故心因緣從是起舍利弗言菩薩夢中布施持是施與作阿耨多羅三耶三菩如是有施與無須菩提言彌勒菩薩近前在旦暮當補佛處是故知當從問舍利弗白彌勒菩薩我所問須菩提言彌勒菩薩能解之彌勒言如我字彌勒當解乎當以色痛癢思想生死識解慧乎持是身解耶若空若色痛癢思想生死識解慧色痛癢思想生死識空無力當所解是法了不

見也亦不見當所解者是法了不見當得阿耨多羅三耶三菩者舍利弗言彌勒菩薩所說爲得證彌勒言不也我所說法不得證舍利弗便作是念彌勒菩薩所入慧甚深何以故常行般若波羅蜜以來大久遠矣佛問舍利弗云何若自見作阿羅漢時不舍利弗言不見也佛言如是菩薩不作是念我受決是法當於中得阿惟三佛亦無有得阿惟三佛菩薩作是行爲求般若波羅蜜終不恐我不得阿惟三佛隨是法中教求般若波羅蜜用是故畜無所畏菩薩至大劇難虎狼中時終不畏怖心念言設有啖食我者爲當布施行檀波羅蜜近阿耨多羅三耶三菩願我後作佛時令我刹中無有禽獸道菩薩至賊中時終不怖懼設我於中死心念言我身會當棄

捐正令我爲賊所殺我不當有瞋恚爲具忍辱行羼提波羅蜜當近阿惟三佛願我後得佛時令我刹中無有盜賊菩薩至無水漿中時心不畏怖自念言人無德使是間無水漿願我後得阿惟三佛時使我刹中皆有水漿令我刹中人悉得薩芸若八味水菩薩至穀貴中時心不恐怖自念言我當精進得阿惟三佛使我刹中終無穀貴令我刹中人在所願所索飲食悉在前如忉利天上食飲菩薩在疾疫中時心念言我終無恐懼正使我身死是中會當行精進得阿惟三佛令我刹中無有惡歲疾疫者必當降伏魔官屬佛言菩薩聞是阿耨多羅三耶三菩阿惟三佛却後大久遠乃得佛者心不恐怖從本際起意學以來用不爲久也譬如人意一轉頃耳何以故無有本際故佛說是時有優婆夷從坐起前至佛所爲佛作禮長跪白佛言我聞是不恐不怖必降恐怖之處索阿耨多羅三耶三菩得阿惟三佛已當說經佛笑口中金色光出優婆夷即持金華散佛上持佛威神華皆不墮地阿難從坐起更被袈裟前爲佛作禮長跪問佛言佛不妄笑旣笑當有所說佛言是怛竭優婆夷却後當來世名星宿劫是中有佛名金華佛是優婆夷後當棄女人身更受男子形却後當生阿閦佛刹從阿閦佛刹去復到一佛刹從一佛刹復生一佛刹如是無終極譬如遮迦越王從一觀復遊一觀從生至終足不蹈地是優婆夷從一佛刹復到一佛刹未嘗不見佛阿難心念如阿閦佛刹諸菩薩會者是爲佛會耳佛知阿難心所念

佛言是諸菩薩會者悉度生死已是優婆夷後當作金華佛度不可計阿羅漢令般泥洹是時佛刹中無有禽獸盜賊無有斷水漿若穀貴疾疫者其餘惡事悉無有阿難問佛是優婆夷從何佛已來作功德佛言乃昔提和竭羅佛所作功德初發意求佛提和竭羅佛時亦復持金華散佛上願言持是功德施與阿耨多羅三耶三菩者佛言如我持五華散提和竭羅佛上即逮得無所從生法樂於中立授我決言却後無數劫若當爲釋迦文佛是優婆夷爾時見我從佛授決其心亦念我亦當授決得阿耨多羅三耶三菩如是菩薩受決佛語阿難是怛竭優婆夷於提和竭羅佛所初發起本阿耨多羅三耶三菩阿惟三佛阿難白佛言是怛竭優婆夷所求已度佛言已度

守空品第十七

須菩提白佛言菩薩行般若波羅蜜何等爲入空何等爲守空三昧佛言菩薩行般若波羅蜜色痛癢思想生死識空觀當作是觀一心作是觀不見法如是不見法於法中不作證須菩提言佛所說不於空中作證云何菩薩於三昧中住於空中不得證佛言菩薩悉具足念空不得證作是觀不取證作是觀觀人處甫欲向是時不取證不入三昧心無所著是時不失菩薩法本不中道得證何以故本願悉護薩和薩故爲極慈哀故自念言我悉具足於功德是時不取證菩薩得般若波羅蜜護得極大功德悉得智慧力譬若人能勇悍却敵爲人極端正猛健無所不能悉曉

兵法六十四變皆知習之爲衆人所敬若有所至處無不得其力者有所得者轉分布與人其心歡欣若有他事與父母妻子俱去過大劇道乞難之中安隱父母語其妻子言莫有恐懼當俱出是難中既出得送父母妻子歸鄉里不逢邪惡到家莫不歡欣者何以故用是人勇悍多智慧黠健故是菩薩行極大慈心念十方薩和薩是時持慈心悉施人上是菩薩過阿羅漢地出辟支佛地於三昧中住悉愍傷薩和薩無所見於是中不取證入空中深不作阿羅漢菩薩作是行時爲行空三昧向泥洹門不有想不入空取證譬若飛鳥飛行空中無所觸礙菩薩行甫欲向空至空向無想不墮空中不墮無想悉欲具佛諸法譬若工射人射空中其箭住於空中後箭中前箭各各復射後箭各各中前箭其人射欲令前箭墮爾乃墮菩薩行般若波羅蜜爲漚惒拘舍羅所護自於其地不中道取證墮阿羅漢辟支佛地持是功德逮得阿耨多羅三耶三菩功德盛滿便得佛菩薩於經本中觀不中道取證須菩提白佛言菩薩慊苦作是學不中道取證佛言是菩薩悉爲護薩和薩守空三昧向泥洹門心念分別何等爲分別守空三昧無相三昧無願三昧是爲分別漚惒拘舍羅使是菩薩不中道取證何以故漚惒拘舍羅護之故故心念一切薩和薩持是所念故得漚惒拘舍羅不中道取證若菩薩深入觀守空三昧向泥洹門無相三昧向泥洹門無願三昧向泥洹門用是故分別大久遠已來人所因緣想中求得阿耨多羅三

耶三菩為說經當使棄是因緣守空三昧守無相三昧守無願三昧向泥洹門皆不中道取證菩薩如是念久遠人呼常有想常有安想常有我想常有好想各各本我作阿耨多羅三耶三菩時用人故為說經使斷有想有安想有我想有好想悉斷求云何斷是常無常是樂皆苦是身非身是好皆醜菩薩自心念為得漚惒拘舍羅守空守無相守無願三昧向泥洹門不中道取證若有菩薩心念人發久遠已來求因緣求想求欲求聚想求空想求是想皆現在菩薩言我一切欲使世聞無有是用是念人故得漚惒拘舍羅是法觀空相願識無所從生齊限是菩薩不中道取證法當作是知云何菩薩求般若波羅蜜當曉習於法中心當何緣求心當云何入守空三昧守無相三昧守無願三昧向泥洹門皆不中道取證守無識三昧守無所從生三昧是菩薩不得決故守空三昧無相三昧無願三昧無識三昧無所從生三昧念是三昧竟有來問者不即持不可計心為解者知是非阿惟越致菩薩何以故阿惟越致心無央數悉知用是比行不具足知是菩薩未得阿惟越致須菩提白佛言若有菩薩能解是者便為阿惟越致佛言聞深般若波羅蜜若不聞能解者即是阿惟越致須菩提言不可計人求菩薩道少有能解者佛言能解者以受決已於是功德中極姝所知法者阿羅漢辟支佛所不能及諸天阿須倫龍鬼神所不及是為阿惟越致相

道行般若波羅蜜經卷第六

音釋

淫泆（淫夷鍼切蕩也泆弋質切放也）嗜（常利切喜欲也）垢坋（垢古偶切坋古八切坋塵滓也）蚤蝨（蚤子皎切蝨所櫛切並齧人之蟲也）瘡癩（瘡初良切痏也癩落蓋切疥也）鋼（古郎切堅鐵也）[歹古]（苦胡切乾也）矞（王勿切）戹（乙革切阻難也）

道行般若波羅蜜經卷第七

後漢月支三藏支婁迦讖譯

遠離品第十八

佛告須菩提夢中菩薩摩訶薩不入阿羅漢地不入辟支佛地不樂索其中亦不教他人入其中心亦不念般若中諸法夢中視般若中爲證心悉常在佛如是須菩提阿惟越致菩薩摩訶薩當知是阿惟越致相復次須菩提菩薩摩訶薩夢中與若千百弟子共會在中央坐不可數千弟子不可數百千弟子共會在中央坐說經與比丘僧相隨最在前頭怛薩阿竭阿羅呵三耶三佛說經悉見亦復是須菩提阿惟越致菩薩摩訶薩當知是阿惟越致相復次須菩提菩薩摩訶薩夢中在極高虛空中坐爲比丘僧說經還自見七尺光自在所變化於餘處所作爲如佛說經菩薩摩訶薩於夢中作是亦復是須菩提阿惟越致菩薩摩訶薩當知是阿惟越致相復次須菩提菩薩摩訶薩夢中不恐不怖不難不畏夢中若見郡縣其中兵起展轉相攻若火起若見虎狼師子及餘獸若見斷人頭者如是餘變化大勤苦者多困窮者飢者渴者都以厄難悉作是見其心不恐不怖不驚不摇於夢中見以覺即起坐作是念如夢中所見覩是三處我作佛時悉爲說經遍教亦復是須菩提阿惟越致菩薩摩訶薩當知是阿惟越致相復次須菩提何從知是菩薩摩訶薩得阿耨多羅三耶三菩成作佛時其境內一切無有惡心是時須菩提菩薩摩訶薩夢中若見畜生相噉人民疾疫時其心稍稍生逮

得是願作是念我會當作佛如我作佛時使我境界中一切無有惡用是故知亦復是須菩提阿惟越致菩薩摩訶薩當知是阿惟越致相諸惡悉除賜亦復是須菩提阿惟越致相復次須菩提是菩薩摩訶薩於夢中覺已若見城郭火起時便作是念我於夢中所見用是比用是相見不怖用是比用是相行具足菩薩摩訶薩如是是為阿惟越致相持是比持是相行具足是為阿惟越致菩薩摩訶薩令我審應審至審是所向者當無異令是城郭火起用我故悉當滅悉當消悉當去不復現佛言假令火賜滅已賜消已賜去已知是須菩提菩薩摩訶薩受決已過去怛薩阿竭阿羅訶三耶三佛授阿耨多羅三耶三菩知是阿惟越致相假令火不滅不消不去知

是菩薩摩訶薩未受決設火神燒一舍置一舍復越燒一里置一里知是須菩提其家人前世時斷經故所致是輩之人所作宿命悉自見宿命所作惡於是悉除賜從是以來斷經餘殃悉盡是宿命惡悉消如是須菩提知是菩薩摩訶薩未得阿惟越致阿耨多羅三耶三菩復次須菩提用是比用是相行具足菩薩摩訶薩當作是視持是比持是相當為說令知之或時須菩提若男子女人為鬼神所下若為所持是彼菩薩作是念或我受決如過去怛薩阿竭阿羅訶三耶三佛授我阿耨多羅三耶三菩阿惟三佛是阿耨多羅三耶三菩所念悉淨潔故設我當作阿耨多羅三耶三菩阿惟三佛所念皆淨潔是阿耨多羅三耶三菩却阿羅漢心却辟支佛心設却

阿羅漢心已説却辟支佛心已阿耨多羅三耶三菩會當作佛不得不作佛阿耨多羅三耶三菩當作佛者十方阿僧祇剎現在諸佛無不知者無不見者無不證者今怛薩阿竭阿羅訶三耶三佛悉知我所議念我審當作阿耨多羅三耶三菩阿惟三佛審如我所語審如我所爲審如我所言是鬼神當用我故去便告言是男子女人何等鬼神所取持乎鬼神即爲去説是不去者是菩薩摩訶薩説是時當知須菩提是菩薩摩訶薩未受決過去怛薩阿竭阿羅訶三耶三佛不授阿耨多羅三耶三菩佛語須菩提其人審至誠者弊魔往到是菩薩摩訶薩前住作是語言若本作是住若本字某若以受決欲以亂之是菩薩當説是語時我是眞者鬼神當隨我語我審受決爲阿耨多羅三耶三菩審如我至誠者是鬼神即當去是弊魔便作是念我當使鬼神去何以故弊魔極尊有威神鬼神不敢當魔作是念鬼神用魔威神故便捨去如是菩薩作是念用我威神故鬼神即去耳佛言不知用魔威神故去也是彼菩薩摩訶薩以自謂審然便自貢高輕易人形笑人無所錄語人言我於過去怛薩阿竭阿羅訶三耶三佛所受決已其餘人悉未受決用是故自可自貢高反瞋恚起恚怒稍稍增多則離薩芸若大遠失阿耨多羅三耶三菩知是輩菩薩無有漚惒拘舍羅瞋怒更生起是兩地當墮阿羅漢地若墮辟支佛道地是輩須菩提持不成作成是菩薩摩訶薩當覺知魔爲捨善知識去亦不與善知識語亦不與善知識從事

亦不録善知識用是故知爲魔所固如是須菩提菩薩摩訶薩當覺知魔爲何以故當覺是事知魔來在菩薩前魔時時變服往作是語言過去怛薩阿竭阿羅呵三耶三佛授若阿耨多羅三耶三菩若本字某若母字某若父字某若兄字某若婦字某若弟字某若親厚字某若知識字某若父兄字某若七世祖父字某若毋外家字某若父外家字某若在某城生若在某國生若在某郡生若在某縣生若在某鄉生若常濡語若今作是語若乃前世時亦復作是濡語或時高才便復隨形言若前世時亦復高明或見自字或見乞食或時一處飯或時就飯者或時先噉果蓏却食飯或時在丘墓間或時露地或時在樹間止或時有受請者或時不受請或時少多取足或時麻油不塗身或時語聲好或時巧談語魔見如是因依詭言若前世時亦復巧談語如是若前世時施行法亦復如是何以故若前世時淨潔行今逮得若前世時行淨潔故德所致今若逮是功德耳若前世時某家子若種姓亦復字某前世有是行若今世亦復淨潔得是彼菩薩心便作是念想我得無爾乎是弊魔便復作是語言若以受決阿惟越致過去怛薩阿竭阿羅訶三耶三佛若授決已用是故若得淨潔佛語須菩提我所説阿惟越致菩薩摩訶薩持是比持是相持是行用占之我所説者不具足得反自用是當知是菩薩輩終不成就當知爲魔所壞何以故用是比用是相阿惟越致菩薩摩訶薩知是了不得用魔説其功德故説其字故是輩

菩薩摩訶薩聞魔所語心歡欣自謂審然便行形調人輕易同學人自貢高彼菩薩用受是字故便失其本行墮魔羅網復次須菩提用受是字故菩薩摩訶薩不覺魔爲反自呼得阿耨多羅三耶三菩魔復作是語言若當作阿耨多羅三耶三菩若作佛時當字某是菩薩聞是字心中作是念我得無然乎我亦先時念如是我本作是生意以我本作是念已佛言是菩薩如是於智中少是菩薩無有漚惒拘舍羅反作是念是所言我字當作佛時亦如我先時所念我定當作阿耨多羅三耶三菩字如是佛言如魔所教若魔天共作是比爲魔所迷佛語須菩提我所署菩薩用是比用是相我不教令作是爲我所教了不得忘是比失是相反用是字故自意念我是

阿惟越致便輕餘菩薩用是輕易故遠離佛遠離薩芸若遠離阿耨多羅三耶三菩智遠是漚惒拘舍羅忘已般若波羅蜜忘已忘善知識已更得惡知識是菩薩會墮阿羅漢辟支佛道中若後大久遠勤苦能復求佛者用般若波羅蜜恩故當復得阿耨多羅三耶三菩自致作佛佛言爾時發意受是字時不即覺不即改不即悔如是當墮阿羅漢辟支佛道佛言若有比丘教重禁四事法若復他事所犯毀是禁不復成沙門不復爲佛子是壞菩薩輩罪過於比丘四事法是菩薩言我於某國某郡某縣某鄉生作是意生念時其罪最重當作是知置是四事重法是爲五逆惡當意生是念時其罪重是菩薩用受其字故意信生是念故其罪大當作是知如是須菩

提用是字故爲魔入深罪復次須菩提遠離之德菩薩摩訶薩弊魔復往作是語言遠離法正當爾怛薩阿竭阿羅訶三耶三佛所稱譽佛語須菩提我不作是説遠離教菩薩摩訶薩於獨處止於樹間止於閑處止須菩提白佛言云何天中天菩薩摩訶薩遠離何所復有異遠離乎亦不於獨處止亦不於樹間止亦不於閑處止何等爲異遠離佛語須菩提正使各各有阿羅漢隨是行念各各有辟支佛隨是行念各各有菩薩摩訶薩城外行遠離各各行菩薩摩訶薩一切惡不得犯各各行菩薩摩訶薩若當於獨處止若於樹間止若於閑處止了了行菩薩摩訶薩是遠離法我樂使作是行不使遠行絶無人處於中也菩薩摩訶薩持是遠離當晝夜行當了了行是故菩薩摩訶薩遠離於城傍行持是比菩薩摩訶薩當各各行若於獨處止若於樹間止若於閑處止各各行菩薩摩訶薩我所説遠離法如是爾時弊魔當往教行遠離法語言若當於獨處止若於樹間止若於閑處止當作是行是菩薩隨魔教便忘遠離法魔語言道等取阿羅漢法作是念無有異當隨是行辟支佛道作是念無有異亦當隨是行菩薩道作是念無有異亦當隨是行般若波羅蜜難了知入中若當作是行捨般若波羅蜜佛言是菩薩所願未得反隨其行於法中未了知是菩薩摩訶薩反自用是當輕易餘菩薩自念誰能過我者輕易城傍行菩薩城傍行菩薩了了淨潔心所念不入阿羅漢法中住不入辟支佛法中住所有惡心不受禪

悦棄定於三昧中悉逮得所願悉具足度佛言是無有漚惒拘舍羅菩薩正使於百千踰旬空澤中在其中行禽獸所不至處賊所不至處羅刹所不至處在彼間止若百歲若百千歲若百千萬歲正使復過是不知是遠離法會無所益是遠離菩薩不具足自念自用悉得以了不自知爲忘也自用在遠離中立是爲兩舌耳不得遠離也我不喜是菩薩心爾也我所道遠離菩薩摩訶薩不爾也是所遠離不具足知於是遠離中了不得如是爲忘遠離耳如是弊魔便往飛在虛空中立作是語善哉善男子是眞遠離法怛薩阿竭阿羅訶三耶三佛所說正當隨是遠離行如是疾得阿耨多羅三耶三菩阿惟三佛是菩薩聞是語喜便從遠離起去往到城傍遠離菩薩所是菩薩比丘成就有德人也反往輕言若所行法非也佛言如是諸仁者中有了了隨行菩薩摩訶薩反呼非中有反行反呼是不當敬者而敬之當所敬者反瞋向語是菩薩言我行遠離有飛人來語我言善哉善哉若審是遠離法正當隨是行用是故我來相語耳今若當隨我所行如我所行無有比若在城傍行誰當來語若誰當來告若善哉佛言是菩薩有德之人而反輕如是須菩提菩薩當作是知如擔死人種無所復中直反呼是菩薩有短是爲菩薩怨家是爲猒菩薩以是爲天上天下之大賊也正使如沙門被服亦復是賊無異也於菩薩有德人中亦復是賊也是曹輩須菩提不當與共從事也不當與共語言也亦不當恭敬視也何以故多瞋

怒起敗人好心是輩人也當作是知何所須菩提菩薩摩訶薩不捨薩芸若不置阿耨多羅三耶三菩是所菩薩摩訶薩不捨薩芸若故是阿耨多羅三耶三菩阿惟三佛爲一切護薩和薩是彼壞菩薩輩不當與從事不當敬不當與會所當護法當自堅持常當急持淨潔心立心所狎習常當諦持常當正心常當怖畏勤苦處無得入其中無得人三處是彼壞菩薩輩所在彼止處常當持慈心向常當哀之令安隱愍傷之慈念之常當自護自念使我無得生是惡心一切使我心無瑕穢我設有是不善疾使我棄如是須菩提菩薩摩訶薩所有行極上當作是知

善知識品第十九

復次須菩提菩薩摩訶薩在事欲得阿耨多羅三耶三菩阿惟三佛是彼當與善知識從事恭敬承事須菩提問佛菩薩摩訶薩善知識當何以知之佛語須菩提佛天中天是菩薩摩訶薩善知識若有說般若波羅蜜者教人入是經中是菩薩摩訶薩善知識六波羅蜜是菩薩摩訶薩善知識當作是知六波羅蜜是舍怛羅六波羅蜜是道六波羅蜜是護六波羅蜜是一六波羅蜜是將過去怛薩阿竭阿羅訶三耶三佛皆從六波羅蜜出甫當來怛薩阿竭阿羅訶三耶三佛皆從六波羅蜜出今現在十方阿僧祇刹怛薩阿竭阿羅訶三耶三佛亦皆從六波羅蜜出成薩芸若皆於四事中取道用四事護薩和薩何等四事一者布施於人二者歡樂於人三者饒益於人四者等與是爲四如是須菩提菩薩摩

訶薩是故爲舍怛羅是故爲毋是故爲父是故爲舍是故爲臺是故爲度是故爲自歸是故爲導是故爲六波羅蜜是故爲薩和薩之度何因菩薩摩訶薩學六波羅蜜用無有極處人民故悉欲斷其根是菩薩摩訶薩皆於般若波羅蜜中學須菩提問佛何所是般若波羅蜜相佛語須菩提無所罣礙是般若波羅蜜相須菩提言是所相得般若波羅蜜如是相得諸法佛言如是須菩提無所有相得般若波羅蜜是所相得諸法何以故須菩提諸法各各異諸法各各虛空如是須菩提是所相各各虛空是爲般若波羅蜜相諸法各各虛空如是須菩提是所相般若波羅蜜各各虛空隨是相諸法各各虛空須菩提問佛正使天中天諸法各各虛空何緣人民欲生無有盡時各各無有滅時各各無有盡處時虛空無有增時虛空無有息時各各虛空無有阿耨多羅三耶三菩阿惟三佛不從是中各各虛空是法不得阿耨多羅三耶三菩阿惟三佛云何天中天不得阿耨多羅三耶三菩阿惟三佛云何天中天是法當何以知決佛語須菩提爾須菩提晝夜人民欲得是因致是作是求須菩提言如是天中天晝夜人民欲得是因致是作是求佛言云何須菩提若見我欲得是空不須菩提言不也天中天佛言如是不須菩提自作是得是空不須菩提言如是天中天空佛言云何須菩提但用是故欲得是因致是人民用是故勤苦無有解已時須菩提言如天中天極安隱人民欲得是因致是勤苦無有休息時佛言如是須

菩提人民所欲故便著當作是知人民所生本從是生從是中無可取無可取者不作是得是了無所有如是須菩提無有減盡時從是中了無有生增益者作是曉知是爲菩薩摩訶薩行般若波羅蜜須菩提白佛言作是曉知者菩薩摩訶薩爲不求色不求痛癢思想生死識作是曉知行般若波羅蜜菩薩摩訶薩爲悉等行諸阿羅漢諸辟支佛所不能及有德之人所行道是彼極過上是所得愛無有能逮者是菩薩摩訶薩當作是念得般若波羅蜜已當作是行菩薩摩訶薩晝夜行疾近阿耨多羅三耶三菩阿惟三佛佛言云何須菩提閻浮利人民及四面蜎飛蠕動悉令作人各各得人道已皆令求阿耨多羅三耶三菩以發意索佛道各各盡壽作布施持是布施施與作阿耨多羅三耶三菩於須菩提意云何是菩薩摩訶薩作是布施其福寧多不須菩提言甚多甚多天中天佛言不如是菩薩摩訶薩得般若波羅蜜已守一日正使最後守一日如般若波羅蜜中教作是念行其福過彼上或時菩薩摩訶薩得般若波羅蜜已如是法作是念行是都盧於衆中極尊何以故其餘人無有能及是慈者捨諸佛是菩薩摩訶薩無有與等者是善男子深入智中曉了是智悉具足悉見世間勤苦者爾時極大慈傷念眼徹視見不可計人民悉具足無有懈時用不懈故得是行當爾時極大感念悉念薩和薩不用是相住亦不用餘住是所須菩提菩薩摩訶薩其智極大明雖未作阿耨多羅三耶三菩明如是隨是行一切

刹土皆共尊舉正上阿耨多羅三耶三菩終不還若受人衣被飲食牀卧具醫藥悉具足是般若波羅蜜者心在其中立所受施悉除去近薩芸若如是須菩提菩薩摩訶薩所噉無有罪益於薩和薩悉示道徑無有邊無有極處悉明照諸在牢獄中者悉欲度脱薩和薩悉欲示眼是般若波羅蜜中法當念行當隨是教用是念行是般若波羅蜜有入中者不動行不揺行何以故隨是不動揺行莫念想莫得作異念持知入般若波羅蜜中當作是行晝夜入般若波羅蜜中莫懈止譬若須菩提善男子得摩尼珠前時未得却後得是摩尼珠歡欣踊躍得是摩尼珠已却後復亡之用是故大愁毒坐起憂念想如亡七寶作是念云何我直亡是珍寶如是須菩提菩薩摩訶薩欲索珍寶者常當堅持心無得失薩芸若常當入是中念須菩提白佛言設使所念用身亡乎云何菩薩摩訶薩念薩芸若不亡佛語須菩提設是菩薩摩訶薩作是知無爲不失般若波羅蜜何以故須菩提般若波羅蜜虚空是般若波羅蜜亦不增亦不減須菩提言是般若波羅蜜虚空云何生菩薩摩訶薩般若波羅蜜成就其行近阿耨多羅三耶三菩佛言不也須菩提菩薩摩訶薩亦不增亦不減正使須菩提是經中説時菩薩摩訶薩聞是亦不恐亦不怖當作是知是善男子則爲行般若波羅蜜須菩提白佛言如是般若波羅蜜爲空行乎不須菩提有離般若波羅蜜行得不須菩提空行不須菩提離空行不須菩提敗色行不須菩提敗痛癢思想

生死識行不須菩提離色顛所有行不須菩提離痛癢思想生死識顛所有行不須菩提言云何天中天行般若波羅蜜佛言云何須菩提見是法不何所法行般若波羅蜜須菩提言不見也天中天佛言云何須菩提遍見不是般若波羅蜜何所菩薩摩訶薩行須菩提言不見也天中天佛言設使須菩提遍見不是菩薩摩訶薩行般若波羅蜜須菩提言不見也天中天佛言設使須菩提不遍見法有所生處不須菩提言不見也天中天佛語須菩提是菩薩摩訶薩逮無所從生法樂如是樂悉具足無所從生受決阿耨多羅三耶三菩是怛薩阿竭阿羅訶三耶三佛所至處無所復畏悉作是護菩薩摩訶薩作是求作是行是力爲逮佛慧極大慧自在慧薩芸若慧怛薩阿竭慧設是不得佛佛語爲有異須菩提白佛言設使諸法無所從生受決阿耨多羅三耶三菩佛語須菩提不也須菩提白佛言云何菩薩摩訶薩得阿耨多羅三耶三菩佛語須菩提見不所當受決阿耨多羅三耶三菩須菩提言我不見法當作阿耨多羅三耶三菩佛言如是須菩提如是諸法無所從中得菩薩不作是念持是法當受決不受決

釋提桓因品第二十

釋提桓因於衆中白佛言甚深般若波羅蜜難了難知是人民功德不少聞是深般若波羅蜜書者持者學者佛語釋提桓因云何拘翼閻浮利人民是都盧皆持十戒悉具足其功德寧多不持是功德百倍千倍萬倍億萬

倍巨億萬倍不如是善男子善女人聞是般若波羅蜜書持學者時坐中有一異比丘語釋提桓因出拘翼上去已是善男子善女人功德乎釋提桓因報是比丘言時心一反念出我上去已何況聞般若波羅蜜書持學者聞般若波羅蜜以隨是法隨是法教作是立都盧出諸天阿須倫世間人民上都盧於諸天阿須倫世間人民中極尊菩薩摩訶薩行般若波羅蜜不獨過諸天阿須倫世間人民上也乃至須陀洹斯陀含阿那含阿羅漢辟支佛都復過是上菩薩摩訶薩行般若波羅蜜不獨過阿羅漢辟支佛上也亦復至菩薩行檀波羅蜜設無般若波羅蜜無漚惒拘舍羅亦復過是上不獨過檀波羅蜜亦復乃至尸波羅蜜羼提波羅蜜惟逮波羅蜜禪波羅蜜菩薩摩訶薩失般若波羅蜜失漚惒拘舍羅亦復過是上去菩薩摩訶薩行般若波羅蜜正使菩薩摩訶薩狎習般若波羅蜜中行都盧合會諸天諸阿須倫諸世間人民終不能得勝是菩薩摩訶薩行般若波羅蜜菩薩摩訶薩如中所狎習般若波羅蜜作是堅持是菩薩摩訶薩疾近薩芸若是菩薩摩訶薩離怛薩阿竭名不遠是菩薩摩訶薩如是護離佛坐不遠是菩薩摩訶薩所有懈怠不復生是菩薩摩訶薩作是學為學佛不學阿羅漢法不學辟支佛法當作是學菩薩摩訶薩四天王當往問訊言疾學是四部弟子當作所度當於佛座上坐作阿耨多羅三耶三菩當作是學菩薩摩訶薩四天王常自往問訊何況餘天子怛薩阿竭阿羅訶三耶三佛常

念菩薩摩訶薩行般若波羅蜜當作是行菩薩摩訶薩般若波羅蜜或時世間所有勤苦之疾是身了無有怨是爲菩薩摩訶薩般若波羅蜜阿難作是念是釋提桓因自持智說耶持佛威神說乎釋提桓因知阿難心所念語阿難言持佛威神我所說乎佛言如是阿難持佛威神釋提桓因所說乎正是中阿難或時菩薩摩訶薩深念般若波羅蜜行般若波羅蜜行學般若波羅蜜當是時三千大千國土中弊魔一切心中皆愁毒欲共壞亂是菩薩摩訶薩自共議言當何以使是菩薩便中道取證阿羅漢辟支佛道莫使成作佛

道行般若波羅蜜經卷第七

音釋

濡 乳兗切與軟同　果蓏 蓏郎果切在木曰果在地曰蓏　踰旬 梵語也亦云踰繕那此云限量　擔 都紺切負荷也　狎 胡夾切玩熟也

道行般若波羅蜜經卷第八

後漢月支三藏支婁迦讖譯

貢高品第二十一

佛語阿難菩薩隨時欲學般若波羅蜜隨法欲行般若波羅蜜是時一佛界中魔各各驚自念言欲使菩薩中道得阿羅漢果若疾使得阿耨多羅三耶三菩疾使得佛復次阿難弊魔愁毒爲憂見菩薩習行於般若波羅蜜復次阿難是時諸弊魔四面放火風恐怖是菩薩若令畏懼衣毛當起使心一反亂念轉復佛語阿難魔不遍行亂菩薩若有行亂者有不行亂者阿難白佛言何等菩薩爲魔所亂佛語阿難若有菩薩聞深般若波羅蜜不樂者弊魔便行往壞復次阿難若有菩薩聞深般若波羅蜜心疑者自念若有是無有耶如是阿難是菩薩爲弊魔所得便復次阿難若有菩薩遠離於善師是菩薩所聞般若波羅蜜深事不欲聞也亦不了也亦不知也何因守般若波羅蜜用是故阿難是菩薩弊魔所得便者復次阿難若有菩薩與惡師從事用是故弊魔得菩薩便是菩薩言正是我所善師也當成我所願餘多有菩薩非我善厚也用是故弊魔得菩薩便復次阿難聞是深般若波羅蜜時教餘菩薩用是爲學用是爲寫我尚不了其事汝能了耶若有時菩薩與異菩薩轉相輕易言我所行是也汝所行非也爾時諸弊魔歡欣踊躍是時弊魔便作異被服像來嘆菩薩言汝於某國生某種姓家是菩薩聞是語便輕易餘成就不貢高菩薩是貢高菩薩功德薄少無阿惟越致相也是

菩薩於阿惟越致中功德少自貢高輕餘菩薩言卿不及我所行用是故弊魔大歡欣言令泥犂禽獸薜荔墮者不少弊魔當復增其念所語所說多有信用者聞之者無不隨其言者作是學者瞋恚益增心所作爲顛倒用是故身口心所作爲輙反用是故其人在泥犂禽獸薜荔中罪益增用是故弊魔大歡欣踊躍無有極也若求菩薩道家與求羅漢道人共諍爾時弊魔自念菩薩離薩芸若遠雖遠亦不大遠菩薩又與菩薩共諍爾時弊魔念言兩離佛遠佛語阿難未得阿惟越致菩薩與阿惟越致菩薩共諍罵詈阿惟越致菩薩是菩薩罵以隨心所念轉懷怨恨心一轉念輙却一劫菩薩雖有是惡念不捨薩芸若却無數劫極甫當更復從發意起阿難白佛言心所念惡寧可得中悔不當乃却就爾所劫乎佛語阿難於我法中廣大極可得悔佛語阿難若有菩薩念惡有恨自歡欣復語他人是人不可復使悔也若有菩薩若罵詈瞋恨自念咄我所作無狀後終不敢復作是復自考責人道難得用是故悉當忍於人何況乃當與人共諍言乎我當爲十方人作橋令悉蹈我上度去我有是意寧當復與人共諍耶住立當如聾羊諸惡悉當忍諸惡悉不當犯我作佛時悉當安十方人得般泥洹我不復與人共諍瞋恚於人爲用羅漢道故阿難白佛言菩薩菩薩自相與共止法當云何佛語阿難菩薩菩薩轉相視當如視佛心念言共一師共一船共一道是所學我亦當學如是若有餘菩薩欲喜學阿羅漢辟支佛道若

與從事設有是人者我不與從事其有世世欲求佛道者當與相隨如是學為共一法

學品第二十二

須菩提白佛言菩薩學無常為學薩芸若學無所生為學薩芸若學去離淫為學薩芸若學滅為學薩芸若佛語須菩提汝所問學無常為學薩芸若者於須菩提意云何是怛薩阿竭本無隨因緣得怛薩阿竭本無字寧有盡時不須菩提白佛言不佛語須菩提為學薩芸若如是學為學般若波羅蜜如是學為學怛薩阿竭陀為學力為學無所畏為學諸佛法菩薩學如是者悉行諸學法菩薩摩訶薩作是學魔及魔官屬不能中道壞也菩薩如是學為疾得阿惟越致菩薩如是學者為疾近佛樹下坐菩薩如是學為悉學佛道菩薩如是學為習法也菩薩如是學為極大慈哀如是為學等心菩薩學如是三合十二法輪為轉菩薩學如是為學滅度十方天下人菩薩學如是為學甘露法門佛語須菩提不懈怠人乃能學是作是學為學十方天下人道也菩薩學如是者不入泥犁禽獸薜荔中也菩薩學如是終不生邊地如是學不復生愚癡貧窮中如是學不復盲聾瘖瘂傴如是學為不毀十戒也如是學為不隨解除卜問也如是學遠離不持戒人也菩薩如是學不願生尼惟先天上也何以故菩薩有漚恕拘舍羅故般若波羅蜜何等漚恕拘舍羅從般若波羅蜜中出漚恕拘舍羅持漚恕拘舍羅威神入禪不隨禪法菩薩學如是為得淨力為得無所畏力為得佛法淨力須菩提白佛

言佛所有諸法本皆淨何等爲菩薩得法淨佛語須菩提菩薩學如是爲學無所得淨法諸法淨如是須菩提菩薩行般若波羅蜜時不悔不猒是爲行般若波羅蜜未得道者愚癡不曉是法不見是事菩薩用人故常精進人見我亦當効我精進用是故菩薩得力精進無所畏菩薩作是學悉知十方天下人心意所念無能過者譬如地出金銀少所處出耳如是須菩提少所人隨般若波羅蜜法教學譬若須菩提少所人索遮迦越羅處索小國王多如是須菩提少所人隨般若波羅蜜法教學從是中多索阿羅漢辟支佛者有初發意菩薩少有隨般若波羅蜜教者既有學般若波羅蜜少有得阿惟越致者菩薩當作是念我當力學慕及阿惟越致復次須菩提菩薩摩訶薩行般若波羅蜜不持瞋恚意向人不求他人短心無慳貪心不毀戒心不懷恨心不懈怠心不迷亂心不愚癡時菩薩學般若波羅蜜時諸波羅蜜皆悉屬學般若波羅蜜爲照諸波羅蜜爲悉入諸波羅蜜學般若波羅蜜爲具足餘波羅蜜譬如人言是我所便外著十二品如是須菩提菩薩學般若波羅蜜諸波羅蜜皆悉屬譬如須菩提人死時命盡身諸根悉滅如是須菩提菩薩學般若波羅蜜爲學諸波羅蜜皆悉屬菩薩欲學度諸波羅蜜當學般若波羅蜜菩薩欲學般若波羅蜜爲學無極於須菩提意云何一佛界中所有人寧多不須菩提報佛言甚多佛言若有菩薩供養一佛界中乃爾所人供養自盡壽命其福寧多不須菩提白佛言甚多

佛語須菩提不如菩薩守般若波羅蜜如兩指相彈頃佛語須菩提般若波羅蜜極尊用是故疾得佛如是須菩提菩薩欲得阿耨多羅三耶三菩爲十方人中獨尊終視十方貧窮孤獨者欲得求佛境界者欲得佛智慧所樂者欲得如師子獨鳴者欲得佛處者悉欲得是者當學般若波羅蜜菩薩學般若波羅蜜者爲悉學餘法須菩提白佛言菩薩爲復學阿羅漢法耶佛語須菩提雖知阿羅漢法不樂行也不學阿羅漢所作功德云何當得也阿羅漢所行菩薩悉知不學不行不於中住菩薩作是學天下無有能過者悉過阿羅漢辟支佛上如是爲近薩芸若菩薩作是學不離般若波羅蜜遠也爲行般若波羅蜜菩薩作是學於薩芸若法中不增不減離阿羅漢辟支佛道菩薩若復作是念持是般若波羅蜜當得薩芸若有小想爲不行般若波羅蜜亦不有般若波羅蜜之想當持得薩芸若亦無念亦無見亦無所想爲是行般若波羅蜜

守行品第二十三

是時釋提桓因在大會中坐作是念菩薩行十方天下人無有能過者何況自到至佛乎十方人道難得既得壽命爲安隱有一發意行佛道者難得何況至心行佛道者乎欲爲十方天下人作導首者是人難得是時釋提桓因化作文陀羅華取持散佛上散巳作是說行菩薩道者乃向佛道乎所願悉成爲近爲悉護作是行者爲悉成佛諸經法薩芸若經法怛薩阿竭經法悉具足阿惟越致經法

亦爾釋提桓因言人有至心索佛於是法中一反念終不遠也釋提桓因言我欲使人於法中益念不猒生死之苦一切天上天下為苦用人故悉當忍勤苦之行心作是念諸未度者悉當度之諸未脫者悉當脫之諸恐怖者悉當安之諸未般泥洹者悉皆當令般泥洹釋提桓因問佛言新發意菩薩勸人助其歡喜得何等福隨次第上菩薩勸人助其歡喜得何等福乃至阿惟越致上至阿惟顏勸人助其歡喜得何等福佛語釋提桓因言須彌山稱之尚可知斤兩從勸助代初發意菩薩歡喜其福不可量佛語釋提桓因一佛境界尚可稱知斤兩阿閦浮菩薩行勸人助其歡喜其福無有稱限佛語釋提桓因一佛境界中諸海所有水取一髮破為百分從中取一分以一分之髮取海水盡尚可數知幾渧也阿惟越致菩薩行勸人助其歡喜其福不可數佛語釋提桓因阿僧祇佛剎所有境界虛空持一斛半斛一斗半斗一升半升尚可量空知幾所阿惟顏菩薩行勸人助其歡喜其福不可極釋提桓因白佛言為魔所亂闇是不助歡喜魔官屬人間是不助歡喜者從魔天上來下閻是不助歡喜者何以故若有發意索佛者為壞魔境界也有發意索佛者當助其歡喜是為壞魔境界心不離佛不離經不離比丘僧如是當助其歡喜佛語釋提桓因如釋提桓因所言助其歡喜者為近佛用是助歡喜之功德世世所生處為人共欲得供養未常有聞惡聲時不恐當歸三惡道常生天上在十方常尊何以故如是人助菩

薩歡喜者爲悉施護十方人何以故初發意菩薩稍增自致至佛成就作佛已當度脱十方天下人須菩提白佛言心譬如幻何因當得佛佛語須菩提於須菩提意云何汝寧見幻不須菩提言不化幻亦不見幻心離化幻離幻心雖離是見異法當得佛道不須菩提白佛言不見也亦不離化幻離幻心亦不見當得佛亦無法亦無見當説何等法得耶不得乎是法本無遠離亦本無若得若不得本無所生亦無有作佛者設無有法亦不得作佛須菩提白佛言設爾般若波羅蜜離本無對法離本亦無對亦無證亦無守亦無行亦無有法當有所得何以故離般若波羅蜜本無形故本無遠離何因當於般若波羅蜜中得佛佛者離本無所有何所本無所有當得

佛者佛語須菩提如須菩提所言離本般若波羅蜜無所有離本薩芸若無所有佛語須菩提雖知離般若波羅蜜本本亦無所從生菩薩當作是思惟深入守是故離本無所有得作佛佛語須菩提雖知離本般若波羅蜜無所有是爲不守般若波羅蜜不具足行般若波羅蜜者不得作佛也佛言如須菩提所言不用得般若波羅蜜故得佛也亦不用離無離得作佛亦不可離般若波羅蜜得作佛不得般若波羅蜜者不得作佛須菩提白佛言菩薩行般若波羅蜜甚深難及佛語須菩提汝所言菩薩行般若波羅蜜甚深難及菩薩所言勤苦行深奥之法不在取泥洹須菩提白佛言如是所説事菩薩不爲勤苦行也何以故亦無有作證者亦無般若波羅蜜中

得證者亦無有經法得作證者菩薩聞是不恐不怠不難不畏是爲行般若波羅蜜雖作是行亦不見行是爲行般若波羅蜜雖近作佛亦不見是爲行般若波羅蜜遠離羅漢辟支佛亦不見亦不念是爲行般若波羅蜜譬如空中無念若有近若有遠何以故空本無有形故行般若波羅蜜無有離佛遠離佛近何以故般若波羅蜜無有形故譬如幻師作化人化人不作是念師離我近觀人離我遠何以故化人無有形故般若波羅蜜亦如是不作是念羅漢辟支佛道離我遠佛道離我近也何以故般若波羅蜜無有形故譬如影現於水中不作是念何因影現於水中若所有近者不念言近若遠者亦不念言遠何以故影無有形故般若波羅蜜如是亦無是念羅漢辟支佛道爲遠耶佛道爲近乎何以故般若波羅蜜無有形故般若波羅蜜適無所愛適無所憎怛薩阿竭所有無所著無所生般若波羅蜜亦如是亦無所生亦無所著譬如怛薩阿竭化作人不作是念羅漢辟支佛道離我遠亦不言佛道離我近何以故化人無有形故般若波羅蜜亦不作是念羅漢辟支佛道離我遠亦不念佛道離我近何以故般若波羅蜜無有形故譬如工匠黠師刻作機關木人若作雜畜木人不能自起居因對而摇木人不作是念言我當動摇屈伸低仰令觀者歡欣何以故木人本無念故般若波羅蜜亦如是隨人所行悉各自得之雖爾般若波羅蜜亦無形亦無念譬如造作海中大船所以者何作欲度賈客船亦不作是念言

我當度人何以故船本無念故般若波羅蜜亦如是隨人所行悉各自得之般若波羅蜜亦無形亦無念亦如是譬如曠野之地萬物百穀草木皆生其中地亦不作是念言我當生也不生也般若波羅蜜生諸經法亦不念言從中生與不生何以故般若波羅蜜本無形故譬如摩尼珠悉出其寶般若波羅蜜悉出其經法分別教授雖爾般若波羅蜜亦無念譬如日照於四天下其明亦不念言我當悉照也般若波羅蜜悉照諸經法雖爾般若波羅蜜亦無念譬如水無所不至水亦不作是念言我當有所至般若波羅蜜悉至諸經法雖爾般若波羅蜜亦無念譬如風無所不至風亦不作是念言我當有所至般若波羅蜜成就諸經法亦如是雖爾般若波羅蜜亦無念譬如須彌山顛以忉利天爲莊飾須彌山亦不作是念言我當上治忉利天莊嚴般若波羅蜜成就薩芸若雖爾般若波羅蜜亦無念譬如大海悉出諸珍琦寶物海水不作是念言我當從中出珍寶般若波羅蜜悉出生諸經法亦如是雖爾般若波羅蜜亦無念譬如佛出生諸功德悉覆蓽等心加於十方人般若波羅蜜成就於諸經法亦如是

强弱品第二十四

舍利弗問須菩提言菩薩摩訶薩行般若波羅蜜爲高行耶須菩提報言我從佛所聞事菩薩摩訶薩行般若波羅蜜爲無有高行也若千百千愛欲諸天作是念當爲十方人發意爲菩薩道者作禮何以故行般若波羅蜜不中般泥洹故如是菩薩爲勤苦行不於是

法中墮落取證須菩提語諸天言雖不中道墮落取證是不爲勤苦難也爲十方不可計阿僧祇人被法鎧度令得泥洹是乃爲勤苦之難是人本無本無索不可得也如是菩薩作是念爲欲度人度十方人爲欲度空何以故空亦無有遠亦無有近亦無所有用是故以菩薩勤苦行索人本無有欲度人爲度虛空被德鎧用人故被德鎧欲過度人是故菩薩爲被德鎧如佛所說人無有本曉知人本無所有是爲度人菩薩聞是不恐不怖是爲行般若波羅蜜離人本無人離色本無色離痛癢思想生死識本無識離諸經法本無諸經法菩薩聞是不恐不懈是爲行般若波羅蜜佛語須菩提何因菩薩不恐不懈須菩提白佛言本無故不恐本淨故不懈何以故索

懈怠本本無有也所因懈亦復無有菩薩聞說是不懈不怠不恐不怖是則爲行般若波羅蜜菩薩行是時諸天皆爲作禮諸梵天皆爲作禮佛語須菩提不但諸天諸梵天爲菩薩作禮上至阿會亘修波立阿波摩那阿會波羅及上至阿迦膩吒諸天皆爲行般若波羅蜜菩薩作禮十方不可復計阿僧祇現在諸佛悉念行般若波羅蜜菩薩悉共擁護知是行般若波羅蜜菩薩阿惟越致恒邊沙佛剎其中所有人悉使爲魔一魔者化作如恒邊沙人悉使爲官屬設使爾所魔各各乃爾所官屬欲共害行般若波羅蜜菩薩不能中道壞不能中道得便菩薩有二事法行般若波羅蜜魔不能中道斷得便也何謂二事一者諸經法視皆空二者不捨十方人悉護是

爲二事菩薩有二事諸魔不能動何謂二事一者不失本願二者十方諸佛悉護視是爲二事菩薩行般若波羅蜜時諸天往至菩薩所問訊深經之事諸天讚嘆善之今作佛不久也當隨是法教立既隨是法教立者諸有困苦者皆得護諸未得歸者爲得自歸爲人故作法舍無目者使得黠目隨是般若波羅蜜法教立者十方不可復計阿僧祇現在諸佛悉共擁護行般若波羅蜜者諸佛各各於其刹四部弟子中說是菩薩功德各各讚嘆善之佛語須菩提譬若我今讚嘆說羅麟那䟦那佛佛復言今我刹界中菩薩行般若波羅蜜十方諸佛今亦讚嘆說行般若波羅蜜菩薩亦復如是須菩提白佛言諸佛悉讚嘆諸菩薩如是耶佛言不賜讚嘆佛語須菩提有行菩薩道未得阿惟越致者諸佛亦復讚嘆須菩提復問佛何等爲行菩薩道爲佛所讚嘆佛語須菩提有菩薩隨阿閦佛前世爲菩薩時所行及羅麟那䟦那佛前世爲菩薩時所行有菩薩隨是教用是故十方諸佛讚嘆是菩薩復次須菩提菩薩摩訶薩行般若波羅蜜諸經法信本無所從生是菩薩尚未得無所從生法樂於中立信諸法本空是菩薩尚未得阿惟越致信諸經法本無如泥洹是菩薩尚未得入阿惟越致地隨是法教立疾得阿惟越致有應是法行者是故十方諸佛共讚嘆是菩薩菩薩爲度阿羅漢道地辟支佛道地向佛道地若有菩薩應般若波羅蜜行者爲諸佛所讚嘆知是菩薩不久在阿惟越致道地立復次須菩提菩薩聞深般若

波羅蜜信不狐疑菩薩作是念如佛所說諦無異是菩薩却後當復於阿閦佛所聞是般若波羅蜜及餘菩薩所聞亦復爾作是信般若波羅蜜者以爲在阿惟越致地立若有聞般若波羅蜜信者其德甚大不小也何況菩薩隨般若波羅蜜法教立者隨是法教立者爲疾入薩芸若須菩提白佛言設離本本無法不得何所法有作佛者何所法說有說經者佛言如須菩提所言設離本本無法不得何所法有作佛者亦無有法說經者是本無無本何所有於本無中立無者有本無有當得佛者亦無有本法有作佛者本無無有說經者亦不可得釋提桓因白佛言般若波羅蜜甚深菩薩勤苦行乃自致成佛何以故無有字法無所得在本無中立者亦無有法當作佛者亦無有說經者菩薩聞是不恐不怖不疑不猒須菩提語釋提桓因言如釋提桓因所言菩薩勤苦聞深般若波羅蜜信不狐疑不猒須菩提報釋提桓因言拘翼諸經法皆空何所有狐疑猒者釋提桓因語須菩提言如須菩提所說一切爲說空事爲悉無所著譬如射虛空了無所著須菩提所說經亦如是了無所著釋提桓因白佛言如我所說爲隨佛法教耶爲有增減乎佛語釋提桓因拘翼如佛所說法教等無異如須菩提所說但說空事須菩提亦不見般若波羅蜜者亦不見行般若波羅蜜者亦不見得佛者亦不見薩芸若亦不見得薩芸若者亦不見怛薩阿竭亦無有得怛薩阿竭者亦不見無所從生亦不見無所從生證得之者亦不見十種

力亦無有索十種力者亦不見四無所畏亦不見索四無所畏者諸經法本淨亦無所得須菩提隨無所得教立如是須菩提隨無所得教立者是菩薩爲行般若波羅蜜百倍千倍萬倍須菩提菩薩行般若波羅蜜者捨置佛道地衆羅漢辟支佛道地不及是菩薩道地欲爲十方天下人特尊當隨佛法教立如是是時忉利天上數千萬天持化作文陀羅華散佛上散已作是說諸天言我曹亦當隨法教立時坐中百六十比丘起整衣服爲佛作禮作禮已各各手中有化文陀羅華持是華散佛上散已作是說我曹亦當隨法教立是時佛笑口中出若干色其明至十方佛刹悉爲明其明還繞佛三帀從頂上入阿難從坐起整衣服爲佛作禮長跪問佛佛不妄笑既笑當有意佛告阿難是百六十比丘及諸天當於是波羅劫中作佛皆同一字字漚辰那拘尼摩作佛時比丘僧數各各等壽命亦各各等其壽各十萬歲隨次稍稍作佛作佛時各各盡其世雨五色華

累教品第二十五

佛語阿難作是立者無有能過菩薩作是立爲如佛立作是立無有爲作師者是爲薩芸若立欲作是立者當隨般若波羅蜜教有應是般若波羅蜜行者當知是人從人道中來或從兜術天上來是人或從人道中聞般若波羅蜜或從兜術天上聞或從人道中行或從兜術陀天上行何以故佛般泥洹後般若波羅蜜者於十方見若於兜術天上見有行是般若波羅蜜若書者諸佛悉視護之是菩

薩復轉教人勸樂合偶知是菩薩供養若干佛已來不於羅漢辟支佛品中作功德知是菩薩供養若干佛已來學是般若波羅蜜不恐不怖若有受般若波羅蜜若有學若有持若有解中事若有隨知是菩薩如面見佛無異是菩薩不止亦不誹謗般若波羅蜜也知是菩薩供養若干佛已來佛語阿難若有人於佛所作功德持用求羅漢辟支佛會當得佛無異若有菩薩摩訶薩行般若波羅蜜常當遠離羅漢辟支佛道佛語阿難持是般若波羅蜜囑累汝阿難我爲汝所說經捨置般若波羅蜜摩訶漚惒拘舍羅及諸摩訶惟曰羅我每所說餘經汝所受設令悉放悉亡雖有是其過少耳汝所從佛受般若波羅蜜設放設亡其過甚大不小佛語阿難復囑累汝般若波羅蜜受學持法當諦學悉具足受悉念持書字令正無缺減過去當來今現在佛經身等無異阿難當作是念般若波羅蜜莫使缺減何以故今佛現在有慈心佛恩德欲報佛恩具足供養者汝設有慈心於佛者當受持般若波羅蜜當恭敬作禮供養設有是行汝悉爲供養佛報恩以汝爲恭敬過去當來今現在佛已汝慈孝於佛恭敬思念於佛不如恭敬於般若波羅蜜慎莫亡失一句也佛語阿難囑累汝般若波羅蜜以爲信若有不欲離於佛離於經離於比丘僧亦不欲離於過去當來今現在佛者不當遠離般若波羅蜜是佛所教佛語阿難若有受般若波羅蜜持護是爲持過去當來今現在佛教法何以故過去當來今現在佛皆從般若波羅蜜

出生菩薩欲得佛道者當學六波羅蜜何以故六波羅蜜是諸菩薩摩訶薩母也佛語阿難囑累汝六波羅蜜六波羅蜜者佛不可盡經法之藏過去當來今現在佛皆從六波羅蜜出生佛語阿難汝日日教人盡一佛境界中人汝悉教令得阿羅漢道雖有是教尚未報佛恩不如具足爲菩薩説般若波羅蜜汝所教人悉使得阿羅漢此所作功德持戒精進守道雖教乃爾所人其福寧多不阿難報佛言甚多天中天佛語阿難不如持般若波羅蜜具足爲菩薩説雖不能多一日可雖不能一日食時可雖不能食時爲説須臾間可其福勝度爾所阿羅漢也菩薩摩訶薩自於般若波羅蜜念思惟其中事菩薩雖思惟其中事得其功德出衆阿羅漢辟支佛上去雖思惟其中事會當得阿惟越致設不中道還説般若波羅蜜時四部弟子及諸天阿須倫及鬼神一佛境界中持釋迦文佛威神一切悉見阿閦佛及見諸比丘不可計皆阿羅漢諸菩薩亦無央數以後不復見佛語阿難譬如見國中人不復見阿閦佛及諸菩薩阿羅漢諸經法索眼不見亦如是法不見法不念法何以故諸經法無念不見亦無所益佛語阿難諸經法皆空無所持亦不可念譬如幻師化作人諸經法亦如是無念亦無痛何以故無形故菩薩作是行爲行般若波羅蜜作是學爲學般若波羅蜜悉欲得六波羅蜜者當學般若波羅蜜作是學在諸學中最尊無有及者百倍千倍萬倍是爲安十方天下人作是學者困厄苦者悉護視是爲隨佛法學

是爲隨佛教有應是學者持手舉一佛境界復著其處人無有覺知者佛語阿難佛從是般若波羅蜜中學成過去當來今現在佛無所罣礙諸智慧法悉從般若波羅蜜具足成欲得般若波羅蜜限者爲欲得虛空限也何以故般若波羅蜜不可盡十方之事可計般若波羅蜜事不可計也阿難白佛言何以故般若波羅蜜事不可計佛告阿難般若波羅蜜事不可計不可盡般若波羅蜜本淨何以故過去不可復計佛悉從其中成就得佛般若波羅蜜亦不增亦不減甫當來不可復計佛悉從般若波羅蜜成就得佛般若波羅蜜亦不增亦不減十方今現在不可復計佛悉從般若波羅蜜成就得佛般若波羅蜜亦不增亦不減是故般若波羅蜜不可盡虛空亦不可盡

道行般若波羅蜜經卷第八

音釋

盲聾（盲眉庚切目無童子也聾盧紅切耳無聞也）瘖瘂（瘖於禽切瘂倚下切瘖瘂不能言也）傴（委羽切背曲也）數知（數所舉切計也）渧（音滴水點也）賈（果五切坐販曰賈）鎧（可亥切甲也）

道行般若波羅蜜經卷第九

後漢月支三藏支婁迦讖譯

不可盡品第二十六

是時須菩提作是念佛所說般若波羅蜜事甚深是須菩提當作是問須菩提白佛言般若波羅蜜不可盡譬如虛空亦不可盡菩薩當何因思惟般若波羅蜜佛語須菩提色不可盡當作是思惟般若波羅蜜痛癢思想生死識不可盡當作是思惟般若波羅蜜十二因緣不可盡當作是思惟般若波羅蜜佛語須菩提菩薩當作是思惟般若波羅蜜菩薩當作是思惟十二因緣適得其中菩薩初坐樹下時不共法思惟十二因緣是時薩芸若智慧悉具足佛語須菩提若有菩薩行般若波羅蜜時思惟十二因緣不可盡作是思惟者出過羅漢辟支佛道去正住佛道菩薩不作是思惟行般若波羅蜜及思惟十二因緣不可盡設不作是思惟者便中道得羅漢辟支佛菩薩不中道還者用思惟行般若波羅蜜思惟行摩訶漚惒拘舍羅故佛語須菩提菩薩行般若波羅蜜時思惟觀十二因緣不可盡作是觀十二因緣所觀法生者滅者皆有因緣法亦無有作者作是思惟十二因緣行般若波羅蜜時不見色不見痛癢思想生死識不見佛境界無有所因法見佛境界是為菩薩行般若波羅蜜若有菩薩行般若波羅蜜當爾時魔大愁毒譬如父母新死啼哭愁毒憂思菩薩行般若波羅蜜時魔愁毒如是須菩提白佛言一魔愁毒耶餘魔復愁毒乎佛語須菩提一佛境界所有魔各各於其

所止處不安菩薩隨般若波羅蜜教時菩薩應行如是者諸天阿須倫龍鬼神人若非人不能害菩薩若有菩薩欲得佛道者當行般若波羅蜜菩薩行般若波羅蜜爲行檀波羅蜜具足行尸波羅蜜亦爾行羼提波羅蜜亦爾行惟逮波羅蜜亦爾行禪波羅蜜亦爾菩薩摩訶薩行般若波羅蜜具足行漚惒拘舍羅諸波羅蜜菩薩摩訶薩行般若波羅蜜若有魔事起即覺使不至菩薩悉欲得諸漚惒拘舍羅波羅蜜者當行般若波羅蜜當守般若波羅蜜若有菩薩行般若波羅蜜守般若波羅蜜爾時菩薩思惟十方不可計阿僧祇現在諸佛諸佛本行菩薩道時悉從般若波羅蜜出生菩薩作是念如諸佛悉得諸經法我悉當得如是菩薩行般若波羅蜜時作是思惟念如兩指相彈頃若有菩薩布施具足如恒邊沙劫不如是菩薩行般若波羅蜜如彈兩指頃菩薩如是行者亦爲住阿惟越致地是菩薩爲諸佛所念菩薩終不還餘道會當得佛終不歸三惡道是菩薩未曾離諸佛時行般若波羅蜜菩薩如兩指相彈頃間功德如是何況一日守般若波羅蜜者行當如揵陀訶盡菩薩揵陀訶盡菩薩在阿閦佛刹最尊第一

隨品第二十七

須菩提白佛言菩薩何因隨般若波羅蜜教佛語須菩提諸經法無有能壞者菩薩隨般若波羅蜜教當如是虛空不可盡菩薩隨般若波羅蜜教當如是五陰本無形菩薩隨般若波羅蜜教當如是四大本無形菩薩隨般

若波羅蜜教當如是沙羅伊檀六事本虛空無形菩薩隨般若波羅蜜教當如是發心行佛道無有與等者菩薩隨般若波羅蜜教當如是發心行願甚廣大菩薩等心於十方人無有極佛有四事不護各各異端無有極菩薩隨般若波羅蜜教當如是菩薩為諸天阿須倫龍鬼神甄陀羅摩睺勒人及非人作不可計之覆護菩薩隨般若波羅蜜教當如是十方天下人呼為是我所非我所悉斷之菩薩隨般若波羅蜜教當如是虛空之中音響無形菩薩隨般若波羅蜜教當如是譬如大海水不可斗量菩薩隨般若波羅蜜教當如是譬如須彌山巔珍寶各各別異菩薩隨般若波羅蜜教當如是釋梵各自有教菩薩隨般若波羅蜜教當如是譬如月盛滿姝好菩薩隨般若波羅蜜教當如是譬如日明所照悉至菩薩隨般若波羅蜜教當如是諸經法但有字耳無有處所菩薩隨般若波羅蜜教當如是般若波羅蜜本無形但有字耳菩薩隨般若波羅蜜教當如是般若波羅蜜本無所從生菩薩隨般若波羅蜜教當如是般若波羅蜜等無有異菩薩隨般若波羅蜜教當如是幻化及野馬但有名無形菩薩隨般若波羅蜜教當如是地水火風是四事無有極菩薩隨般若波羅蜜教當如是佛身相本無色菩薩隨般若波羅蜜教當如是諸佛境界各各虛空菩薩隨般若波羅蜜教當如是佛諸經本無說無教菩薩隨般若波羅蜜教當如是譬如眾鳥飛行空中而無足跡菩薩隨般若波羅蜜教當如是生死根波羅蜜力諸

覺禪棄脫三昧定入禪具足悉脫愛欲臨作佛時乃得行是菩薩隨般若波羅蜜教當如是諸經法無有極不可盡菩薩隨般若波羅蜜教當如是諸經法無所從生無所因出菩薩隨般若波羅蜜教當如是臨作佛時諸經法悉具足成菩薩隨般若波羅蜜教當如是泥洹虛空無所有菩薩隨般若波羅蜜教當如是諸經法本無淨適無所因菩薩隨般若波羅蜜教當如是佛所作爲變化無有極菩薩隨般若波羅蜜教當如是一切無有索菩薩過者亦無有得佛過者脫無央数人菩薩隨般若波羅蜜教當如是諸佛說經法行道如是菩薩隨般若波羅蜜教當如是佛所教化等無有異菩薩隨般若波羅蜜教當如是佛語須菩提若有菩薩行般若波羅蜜時當作是隨當作是念當作是入當作是視去離諛諂去離貢高去離强梁去離非法去離自用去離財富去離僥倖去離世事棄身不惜壽命適無所慕但念佛所行事安隱菩薩行能如是得佛不久悉得薩芸若功德不久如是輩菩薩不當字爲菩薩當字爲佛何以故今得佛不久故若有菩薩隨般若波羅蜜教甫當來世爲得佛字佛在者亦當隨般若波羅蜜教佛般泥洹後亦當隨般若波羅蜜教如是

薩陀波倫菩薩品第二十八

佛語須菩提疾欲得佛者索般若波羅蜜當如薩陀波倫菩薩於今在上方過六百三十億佛國佛名揵陀羅耶其國名尼遮揵陀波勿薩陀波倫菩薩於彼間止須菩提白佛言

薩陀波倫菩薩本何因緣索般若波羅蜜佛語須菩提乃往久遠世有菩薩名薩陀波倫爲前世施行功德所追逮本願所成世世作功德所致前世以供養數千萬億佛時菩薩卧出天人於夢中語言汝當求索大法覺起即行求索了不能得其意惆悵不樂欲得見佛欲得聞經索之了不能得亦無有菩薩所行法則用是故甚大愁憂啼哭而行譬如人有過於大王所其財産悉没入縣官父母及身皆閉在牢獄其人啼哭愁憂不可言薩陀波倫菩薩愁憂啼哭如是時忉利天人來下在虛空中觀見菩薩日日啼哭天人見菩薩至心啼哭天人即於菩薩父母兄弟親屬交友中字菩薩爲薩陀波倫是時世有佛名曇無竭阿祝竭羅佛般泥洹已來甚久亦不聞經亦不見比丘僧時薩陀波倫菩薩於夢中忉利天人語言前有佛名曇無竭阿祝竭羅是時菩薩於夢中聞佛名即覺覺已大歡喜踊躍即棄捐家室入深山中無人之處棄身無所貪慕而大啼哭自念言我惡所致不見佛不聞經不得菩薩所行法是時薩陀波倫菩薩啼哭時便聞虛空中有聲言善男子可止莫復啼哭有大法名般若波羅蜜若有行者若有守者得佛疾汝當求索是大法汝聞是法若行若守佛所有功德汝悉當得之佛三十二相八十種好汝悉當得之汝悉當持經法教十方天下人薩陀波倫菩薩聞虛空中聲當何因緣得般若波羅蜜當到何方求索當何等方便得之虛空中聲報菩薩言從是東方行莫得休息汝行時莫念左莫念右

莫念前莫念後莫念上莫念下莫念行行時莫念恐怖莫念喜莫念食莫念飲莫念坐莫念行道莫念中止莫念婬莫念怒莫念癡莫念守莫念有所得莫念無所得莫念內莫念外莫念色莫念痛癢思想生死識莫念眼莫念耳莫念鼻莫念口莫念身莫念心意莫念地水火風莫念空莫念人莫念我莫念命莫念有空莫念無空莫念行菩薩道莫念有經莫念無經莫念生天上莫念生世間莫念菩薩善莫念菩薩惡一切所向念悉斷適無所著從是東行悉斷念已作是行不缺者今得聞般若波羅蜜不久過去諸佛行菩薩道時索般若波羅蜜如是得般若波羅蜜隨其教者得佛疾作是精進行者當疾得佛薩陀波倫菩薩聞虛空中教聲大歡喜當隨天人之教虛空中聲復報言莫失是教作是語已便不復聞聲是時薩陀波倫菩薩聞是教法倍踊躍歡喜隨是教即東行心適無所著行道中作是念去是幾所乃當得是般若波羅蜜作是念已住復大啼哭薩陀波倫菩薩作是啼哭時上方虛空中化作佛在空中立言善哉善哉如若所索者甚難如汝作是精進者今得般若波羅蜜不久薩陀波倫菩薩叉手仰向視化佛身有金色身放十億光燄身有三十二相見已大歡喜叉手白化佛言願佛爲我說經法我從佛聞經聞經已諸佛所有經法我皆欲悉得之是時化佛語薩陀波倫菩薩受我所教法悉當念持之諸經法本無恐懼本淨無端緒住諸經法一切無所罣礙本端無所因住諸經法本無所因端緒無所

説住諸經法無所説教如虚空無形本無端緒如泥洹無有異諸經法亦如泥洹無有異無所從生無形住諸經法無所從生無形計如幻無形如水中見影諸經法如水中影現如夢中所見等無有異諸經法如夢中所見等無有異佛聲音都盧見如是當隨是經法教善男子當作是守念從是東行索般若波羅蜜去是間二萬里國名揵陀越王治處其國豐熟熾盛富樂人民衆多其城縱廣四百八十里皆以七寶作城其城七重其間皆有七寶琦樹城上皆有七寶羅縠縵以覆城上其間皆有七寶交露其間垂鈴四城門外皆有戲廬遶城有七重池水水中有雜種優鉢蓮華拘文羅華分那利華須揵提華末須揵提華皆在池水中生其間陸地有薝蔔華

如是衆華數十百種其池中有衆雜奇鳥鳧鴈鴛鴦異類奇鳥數十百種池中有七寶之船其人乘船娛樂戲池中城中皆行列五色幢復懸五色旛復有羅列雜色華蓋城中街巷各各周遍譬若忉利天上帝釋宫殿懸幢旛音樂之聲數十百種日日不絶譬如忉利天上難檀桓戲廬其中有音樂之聲快樂不絶其城快樂亦復如是其城中無有異人皆是菩薩中有成就者中有發意者皆共居其中快樂不可言其中所有服飾玄黄琦珍不可復計其國中有菩薩名曇無竭在衆菩薩中最高尊有六百八十萬天人婇女共相娛樂揵陀越國中諸菩薩常共恭敬曇無竭爲於國中央施高座隨次轉下施座中有黄金座白銀座瑠璃座水精座座上皆布雜色文

繡綩綖座間皆散雜種香華座上皆施雜寶交露之蓋中外周帀皆燒名香曇無竭菩薩常於高座上為諸菩薩說般若波羅蜜中有聽者中有書者中有學者中有諷者中有守者汝從是去到揵陀越國曇無竭菩薩所自當為汝說般若波羅蜜當為汝作師教汝何以故前數千億世常為汝作師是汝本發意時師汝往至師所時若見若聞莫得說其短亦莫念其短汝設見慎莫疑慎莫懈怠何以故汝未曉漚恕拘舍羅當諦覺魔事善男子慎莫隨魔教莫用師在深宮尊貴故敬師當如敬佛無有異當用經法故莫念財利貪意心念所有者當施與師當樂好恭敬於師作是行不缺者令得聞般若波羅蜜不久爾時薩陀波倫菩薩從化佛聞是教即踊躍歡喜用歡喜踊躍故即得見十方諸佛三昧爾時十方諸佛皆讚嘆言善哉善哉善男子我曹本為菩薩時用精進故得聞般若波羅蜜得聞般若波羅蜜便成就得薩芸若亦復當得三十二相八十種好十種力四無所畏四事不護十八事不共我曹爾時亦復得是三昧爾時諸佛亦復讚嘆我曹如是汝行亦當復如我曹作是行者菩薩所有功德汝悉當具足得之薩陀波倫菩薩從三昧覺作是念諸佛本從何所來去至何所作是思惟已便復舉聲大哭復作是念諸佛教我至曇無竭菩薩所薩陀波倫菩薩便從是去中道得一國國名魔所樂國薩陀波倫菩薩便於城外園中止宿自念佛經法實難得何況乃聞耶我當供養盡力於師今我一身加復貧窮亦無

有珍琦好物及華香持用供養於師如我無所有者謂且自賣身持用供養於師作是念已即入城街里自衒言誰欲買我者時魔在城外戲與五萬婇女共遊戲魔遥見菩薩聞自衒賣聲魔即自念言是薩陀波倫菩薩自賣身欲供養曇無竭菩薩持用索佛是人當出我境界脱人衆多令我且壞乎令一國中男女皆不見其形不聞其聲是時薩陀波倫菩薩賣身不售便自宛轉卧地啼哭大呼欲自賣身持用供養於師了無有買者是時釋提桓因遥於天上見薩陀波倫菩薩精進乃爾自念言我當下試之知爲至誠索佛不但諛諂是時釋提桓因來下化作婆羅門問薩陀波倫言善男子何其勤苦乃爾乎用何等故宛轉啼哭薩陀波倫菩薩報言不須問道人婆羅門如是問至三所欲勑使願相語我欲相佐助薩陀波倫菩薩報言道人欲知者我自賣身欲供養於師故婆羅門語薩陀波倫菩薩卿欲供養於師故婆羅門語薩陀波倫菩薩言善男子今我欲大祠欲得人血欲得人肉欲得人髓欲得人心卿設能與我者我益與卿財薩陀波倫菩薩大歡喜報言願相與薩陀波倫菩薩即取刀自刺兩臂血大出持與之復割兩髀裏肉持與之復自破骨持髓與之適復欲自刺胷時樓觀上有長者女遥見之傷愍哀之時長者女與諸妓人婇女五百人相隨來至薩陀波倫菩薩所問言善男子年尚幼少端正如是何以故自割截其身體薩陀波倫菩薩報女言我欲供養於師故用是故出血出肉出髓欲賣持欲供養

於師是時長者女問薩陀波倫菩薩言設供養於師者能得何等福師名爲誰在何方止薩陀波倫菩薩報女言師在東方師名曇無竭當爲我說般若波羅蜜我聞者當行守之當用疾得佛我身當得三十二相八十種好十種力四事不護四事無所畏十八事不共當得法輪轉當度脫十方天下人是時長者女語薩陀波倫菩薩如善男子所言天上天下無有比汝莫自困苦乃爾我自與汝金銀珍寶琦物我自與五百婇女相隨行我亦欲自供養曇無竭菩薩復欲聞經是時婆羅門語薩陀波倫菩薩言善哉善哉善男子如是精進難及欲知我不善男子我是天王釋提桓因故相試耳欲求索何等願我悉與卿薩陀波倫菩薩報天王釋提桓因言欲哀我者

使我身體平復如故菩薩身體即平復如故釋提桓因即自去是時長者女語薩陀波倫菩薩言共歸至我父母所索金銀珍寶琦物弁辭父母去薩陀波倫菩薩即隨至父母舍女歸已具爲父母說是事父母即報女言如汝所說甚快難得聞我亦復欲與汝共行自惟年老不能自行汝所欲得便自說女言我欲得金銀珍寶琦物父母言汝自恣取之女便自取金銀雜寶珍琦好物成擣栴檀名香及餘雜碎諸寶蜜香甚衆多以五百乘車載自重五百侍女自副是時五百侍女皆行報長者女父母欲侍貴女隨菩薩行報已即相隨俱行是時薩陀波倫菩薩與五百女人輩稍稍引導而去遥見揵陀越國有幢旛譬如忉利天上懸幢旛遥聞揵陀越國音樂之聲

復遥見揵陀越國城上皆有七寶緹縵七重其下有七寶交露帳七重一重間者皆懸寶鈴城外周帀圍遶城有七寶樹七重城外皆有戲廬男女遊戲娛樂其中中有乘車妓自樂者中有步行妓自樂者香風四散分布四出無不聞者譬如天香用是故名爲揵陀越國是時薩陀波倫菩薩及五百女人皆遥見如是見已皆大歡喜踊躍自念言我曹義不可於車上載當下步入國耳薩陀波倫菩薩及五百女人共從西城門入薩陀波倫菩薩入城門裏遥見高臺雕文刻鏤金銀塗錯五色玄黄光耀炳然臺四面四角皆反羽向陽懸鈴旗旛音樂相和遥見已問城中出人是何等臺交露七寶服飾姝好乃爾其人報薩陀波倫菩薩言賢者不知耶是中有菩薩名

曇無竭諸人中最高尊無不供養作禮者是菩薩用般若波羅蜜故作是臺其中有七寶之函以紫磨黄金爲素書般若波羅蜜在其中函中有若干百種雜名香曇無竭菩薩日日供養持雜華名香然燈懸幢旛華蓋雜寶若干百種音樂持用供養般若波羅蜜餘菩薩供養般若波羅蜜亦復如是忉利天人晝夜各各三持文陀羅華摩訶文陀羅華供養般若波羅蜜如是薩陀波倫菩薩及五百女人聞是大歡喜踊躍無極俱往至般若波羅蜜臺所持雜華香散般若波羅蜜上持金縷織成雜衣中有持衣散上者中有持衣作㭊者中有持衣搭壁者中有持衣布地者是時薩陀波倫菩薩及五百女人供養般若波羅蜜已便行至曇無竭菩薩高座大會所相去

不遠遥見曇無竭菩薩在高座上坐爲人𨷂少顔貌姝好光耀明照爲數千巨億人中説般若波羅蜜薩陀波倫菩薩及五百女人見曇無竭菩薩已皆大歡喜踊躍持雜種華香散曇無竭菩薩上復持若干種寳散其上復持數百種雜色珍寳衣以上菩薩爲曇無竭菩薩作禮遶八百帀已作是言我曹亦當復逮得尊經亦當復如是爾時曇無竭菩薩持深經好語語薩陀波倫菩薩及五百女人言多賀來到得無疲倦他所勑使所欲得者莫自疑難我是度人之師適無所愛惜薩陀波倫菩薩白曇無竭菩薩言我本索般若波羅蜜時於空閑山中大啼哭於上虚空中有化佛身有三十二相紫磨金色身有十億光耀𨷂出是時化佛嗟嘆我言善哉善哉人索般若波羅蜜當如是也便語我言去是東出二萬餘里其國名揵陀越廣縦四百八十里珍寳交露服飾譬如忉利天上殿舍有菩薩名曇無竭於人中最尊常反覆教人汝往至彼間當得聞般若波羅蜜前世數千巨億萬世常爲汝作師是汝本發意時師是時聞師名聲大歡喜踊躍不能自勝用歡喜踊躍故即得悉見十方諸佛三昧是時諸佛悉讚嘆我言善哉善哉索般若波羅蜜當如是我曹本索佛時索般若波羅蜜如是得般若波羅蜜者自致得成佛如是佛爲我説經已便不復見我自念言佛從何所來去至何所持是事白願爲我解之佛爲從何所來去至何所爾時曇無竭菩薩報言賢者善聽薩陀波倫菩薩報言諾當善聽曇無竭菩薩報言空本無

所從來去亦無所至佛亦如是無想本無所從來去亦無所至佛亦如是無處所本無所從來去亦無所至佛亦如是無所從生本無所從來去亦無所至佛亦如是無形本無所從來去亦無所至佛亦如是幻本無所從來去亦無所至佛亦如是野馬本無所從來去亦無所至佛亦如是夢中人本無所從來去亦無所至佛亦如是泥洹本無所從來去亦無所至佛亦如是想像本無所從來去亦無所至佛亦如是無有生無有長本無所從來去亦無所至欲知佛亦如是無所適本無所從來去亦無所至欲知佛亦如是虛空本無所從來去亦無所至欲知佛亦如是經界本無所從來去亦無所至欲知佛亦如是本端本無所從來去亦無所至欲知佛亦如是爾

時薩陀波倫菩薩聞佛深事法如是比不可計不可念不可量此大法如是爾時即於座上得六萬三昧門何等爲三昧門無處所三昧無恐懼衣毛不起三昧脫諸魔中不恐懼三昧脫於愛欲之本三昧脫出格戰離患三昧不可計向入三昧譬如大海水不可量多慧所入三昧莊嚴須彌山功德莊飾三昧五陰六衰無形觀三昧入諸佛界三昧悉見諸佛三昧菩薩守道三昧諸經法本無形見說三昧珍寶莊飾三昧悉學珍寶入三昧悉念諸佛三昧菩薩上高三昧眞阿惟越致及法輪爲轉三昧莊嚴佛功德三昧無瑕穢悉及淨三昧所聞衆事如大海三昧無所護無有過三昧樂經音聲遍至三昧經法章顯旗旛三昧怛薩阿竭身無形入三昧諸經法無形

遍視三昧菩薩印封三昧怛薩阿竭目視三昧照明諸佛境界所願具足三昧解十方人難三昧臨成佛莊嚴三昧種種雜華異色三昧多珍寶三昧法輪常轉三昧諸音聲遠聞入要三昧入十方人本三昧諸三界悉遍至三昧成諸功德三昧無有能過六波羅蜜三昧菩薩坐樹下時壞餘外道羅網三昧怛薩阿竭現飛三昧不可復計功德度莊嚴三昧諸珍寶智慧功德三昧薩芸若地三昧悉淨因三昧悉遍照三昧悉入十方人生死之根智慧出中三昧過去當來今現在悉等三昧如是比等薩陀波倫菩薩得六萬三昧門如是爾時曇無竭菩薩起入宮中

道行般若波羅蜜經卷第九

音釋

巔都年切山頂也　姝春朱切美好也　諛諂諛羊朱切諂丑琰切佞言也　僥倖僥古堯切倖胡耿切僥倖謂僥求非所當得也　緒徐吕切緒端也　琦音奇珍也　縠胡谷切縐紗也　緹縵緹都奚切丹黃色帛也縵莫半切繒也　綩綖綩於阮切綖夷然切坐褥也　衒黃絹切自矜也　售承呪切賣物去手也　髀部禮切股也

道行般若波羅蜜經卷第十

後漢月支三藏支婁迦讖譯

曇無竭菩薩品第二十九

是時薩陀波倫菩薩安隱從三昧覺起，幷與五百女人共至曇無竭宮門外門外立自念言：今我用經法故起來，師入在内，我義不可卧，不可坐，須我師來出上高座説般若波羅蜜爾乃坐耳。及五百女人亦皆効薩陀波倫菩薩立。是時曇無竭菩薩適教殿中諸女説經道已，沐浴澡洗已，更著新衣，上般若波羅蜜之臺坐，思惟種種三昧，悉入。如是七歲不動不搖。是時薩陀波倫菩薩及五百女人亦復常經行，七歲不坐不卧。七歲已後，天人於上虛空中語之言：却後七日，曇無竭菩薩當從三昧起。是時薩陀波倫菩薩聞天人語聲，自念言：今我當爲師施座，掃灑令淨。薩陀波倫菩薩及五百女人共到説經處，至已，特爲曇無竭菩薩施高座。時五百女人各各自取著身衣布著座上。是時弊魔自念言：未嘗有是，未嘗見是。是時薩陀波倫菩薩爲曇無竭菩薩施高座，特用恭敬求索佛道，精進勇健無有休懈，得道者出我界度脱人不可計。今我且中道壞之。是時弊魔悉壞諸菩薩所坐座，皆令曲戾，雨沙礫石荆棘枯骨。是時薩陀波倫菩薩及五百女人見座曲戾，汙泥不淨，自念言：今曇無竭菩薩當坐説經及諸弟子皆當來聽，今我曹當更掃除整頓坐席。即共掃除整頓諸座已，自念言：今地大有土塵，恐來坌師及諸菩薩，當共灑之。即行索水，不能得。何以故？弊魔所作。自念言：今我曹索水了

不能得當自取身血灑之耳是時薩陀波倫菩薩及五百女人各自取刀處處刺身出血持用灑地用慈孝於經法故是時釋提桓因自念言世間乃有是人耶精進恭敬慈孝經師故是時釋提桓因到薩陀波倫菩薩所嗟嘆言善哉善哉賢者精進誠難及用精進慈孝於師故令聞般若波羅蜜不復久賢者他所敕使願相語有是曹人者我曹悉當護之所欲得者悉當與之是時薩陀波倫菩薩言我欲所得者釋提桓因自當知之是時釋提桓因即化地悉使作瑠璃其上有金沙釋提桓因使薩陀波倫菩薩及五百女人身體完健平復如故於座四面化作瑠璃池水周帀池邊皆有珍寶欄楯及七寶池陛俠陛兩邊皆有珍寶之樹若干百種羅列姝好是時薩

陀波倫菩薩及五百女人爲諸菩薩儲水天雨文陀羅華曼殊顏華摩訶曼殊顏華都雨種種華凡四千石釋提桓因持用與薩陀波倫菩薩語之言持是華供養般若波羅蜜及散曇無竭菩薩及諸菩薩上及天衣五百領曇無竭在座上坐持是上之薩陀波倫菩薩即悉受之便爲呪願是時曇無竭菩薩七歲以後從三昧覺起到高座上弃與四萬億菩薩共坐有於前坐者甚衆多是時薩陀波倫菩薩及五百女人俱皆散華弃持栴檀擣香蜜擣香雜碎珍寶都持散曇無竭菩薩及諸菩薩上前持頭面著足已遶三帀却住以微意視曇無竭菩薩是時曇無竭菩薩都大會辟方四十里滿其中人是時曇無竭菩薩四向視諸來會者薩陀波倫菩薩及五百女人

用欲得經法故即爲薩陀波倫菩薩説般若
波羅蜜言善男子且聽諸經法悉等般若波
羅蜜亦悉等如是諸經法本端不可計如是
怛薩阿竭智慧無所罣礙般若波羅蜜亦無
所罣礙如是譬如幻人無形般若波羅蜜亦
無形如是譬如風無所罣礙般若波羅蜜亦
無所罣礙如是本端不可計般若波羅蜜亦
不可計如是一切我所悉斷本本淨般若波
羅蜜亦本無如是譬如夢中與女人通視之
本無般若波羅蜜亦本無如是所名本無般
若波羅蜜亦本無如是阿羅漢泥洹空無所
生般若波羅蜜亦空無所生如是怛薩阿竭
般泥洹本等無有異般若波羅蜜亦本等無
有異如是譬如然火火即時滅之本無所從
來去亦無所至般若波羅蜜本無從來去亦
無所至如是譬如夢中見須彌山本無般若
波羅蜜亦本無如是譬如佛現飛無所有般
若波羅蜜現無所有如是前於愛欲中相娛
樂計之無所有般若波羅蜜計之亦無所有
如是人名及聲無所有怛薩阿竭亦無所有
於前見者念所作因見般若波羅蜜念所作
本無所有如是譬如幻師化作像本無所有
般若波羅蜜亦本無所有如是譬如虛空適
無所住般若波羅蜜亦適無所住如是譬如
幻師學無所不至般若波羅蜜亦無所不至
如是過去當來今現在亦不可合爲一般若
波羅蜜無過去當作是知名本無形字無有
形般若波羅蜜亦無所不至亦無所不入亦
無所至亦無所入何以故般若波羅蜜空無
所有故譬如虛空無所不至無所不入亦無

所至亦無所入何以故空本無色般若波羅蜜如是般若波羅蜜如是般若波羅蜜者亦入於地亦入於水亦入於火亦入於風亦入於空亦入於彼亦入於此亦入於色亦入於痛癢亦入於思想亦入於生死亦入於識亦入於人亦入於壽命亦入於生亦入於有德亦入於無德亦入於欲亦入於不欲亦入於有亦入於無亦入於想亦入於無想亦入於願中亦入於無願中亦入於生中亦入於不生中亦入於日月亦入於星宿亦入於阿須倫亦入於龍亦入於鬼神亦入於揵陀羅亦入於迦留勒亦入於甄陀羅亦入於摩睺勒亦入於羅刹亦入於鳩垣亦入於薜荔亦入於禽獸亦入於泥犂亦入於蜎飛亦入於蠕動亦入於蚑行亦入於喘息亦入於貧賤亦入於富貴亦入於賢者亦入於仙人亦入於須陀洹亦入於斯陀含亦入於阿那含亦入於阿羅漢亦入於辟支佛亦入於菩薩亦入於佛亦入於泥洹亦入於四意止亦入於四意斷亦入於五根亦入於五力亦入於七覺意亦入於八道亦入於有智亦入於無智亦入於十種力亦入於四無所畏亦入於佛經亦入於世間經亦入於巫祝亦入於不巫祝亦入於宿命亦入於所行亦入於無所行亦入於展轉生死中亦入於勤苦亦入於不勤苦亦入於自在亦入於不自在亦入於度脫亦入於不度脫亦入於好中亦入於不好中亦入於善中亦入於不善中亦入於黠中亦入於不黠中亦入於明中亦入於不明中亦入於過去亦入於當來亦入於今現在亦入

於可見亦入於不可見亦入於教亦入於法亦入於不法亦入於有亦入於無所有亦入於一切有形亦入於一切無形佛語須菩提如是比曇無竭菩薩爲薩陀波倫菩薩說般若波羅蜜所入處如是具足說晝夜七日是時人聽經呼如飯時頃何以故曇無竭菩薩力恩是時薩陀波倫菩薩聞說般若波羅蜜大歡欣踊躍及五百女人共持天衣及八百石雜寶供養上曇無竭菩薩釋提桓因持天摩訶文陀羅華散曇無竭菩薩上及散諸菩薩上持用增益功德是時一佛境界中一切樹木藥樹果樹諸雜寶樹悉復曲躬爲曇無竭菩薩作禮天雨蜜香之華其華之香聞一佛界中一切人聞此華之香各各遥見曇無竭菩薩在高座上坐說經幷復見薩陀波倫菩薩及五百女人一切人心皆柔弱歡欣皆遥爲曇無竭菩薩作禮其國中悉震動是時數千巨億萬人悉得無央數經法不可復計菩薩皆得阿惟越致長者女及五百女人白薩陀波倫菩薩言我曹輩願爲師作婢願持身命自歸願爲師給使共持五百乘車珍寶所有以上師何以故今師爲我故甚勤苦我曹持師以當佛無有異我曹蒙大恩乃得聞尊經好語既聞經已無有狐疑大如毛髮今我曹持身爲師給使如是數千億萬劫尚未能報須臾之恩用得聞尊經故是時薩陀波倫菩薩悉受五百女人及五百乘車珍寶既受用道德故既受已薩陀波倫菩薩欲持上師白曇無竭菩薩言願持身自上及五百女人五百乘車珍寶以上大師哀我曹輩願當

受之當使我曹得功德是時曇無竭菩薩欲使薩陀波倫菩薩成其功德故悉受五白女人及五百乘車珍寶既受已復持反遺薩陀波倫菩薩即自言持五百女人爲汝給使及五百乘車珍寶是時忉利天上諸天人各各而嗟嘆言善哉善哉薩陀波倫菩薩所有者悉施與師是意難得是時數千巨億天人共來到曇無竭菩薩所聽經是時薩陀波倫菩薩大歡欣踊躍即於座上得六萬三昧門何等爲三昧門願樂三昧威儀三昧勸德三昧月盛滿三昧日光熱三昧怛薩阿竭行三昧悉念佛三昧菩薩所生三昧樂智慧三昧度脫堅住三昧諸境界中無所住三昧國土種種嚴入三昧怛薩阿竭相無相入三昧十方人無形印封三昧怛薩阿竭出生三昧無所畏樂三昧棄捐珍寶三昧怛薩阿竭力莊嚴三昧諸經法悉明樂三昧説無所從來解事三昧淨如梵人三昧過去當來今現在悉等入三昧本端當來端無所住三昧莊嚴佛藏三昧佛音聲響悉成三昧如是三昧得六萬門薩陀波倫菩薩從三昧覺得智慧力悉入諸菩薩經法中薩陀波倫菩薩白曇無竭菩薩言師願説佛音聲當何以知之曇無竭菩薩語薩陀波倫菩薩言賢者明聽譬如箜篌不以一事成有木有柱有絃有人搖手鼓之其音調好自在欲作何等曲賢者欲知佛音聲亦如是菩薩有本初發意世世行作功德世世教授世世問佛事合會是事乃成佛身佛音聲亦如是其法皆從因緣起亦不可從菩薩行得亦不可離菩薩行得亦不可從佛

身得亦不可離佛身得賢者欲知佛身音聲共合會是事乃得佛耳復次賢者譬如工吹長簫師其音調好與歌相入簫者以竹爲本有人工吹合會是事其聲乃悲成怛薩阿竭阿羅訶三耶三佛身不以一事不以二事成以若干百千事若世世作功德本願所致亦復世世教人用是故成佛身相及諸好悉見如是譬如佛般泥洹後有人作佛形像人見佛形像無不跪拜供養者其像端正姝好如佛無有異人見莫不稱嘆莫不持華香繒綵供養者賢者呼佛神在像中耶薩陀波倫菩薩報言不在像中所以作佛像者但欲使人得其福耳不用一事成佛像亦不用二事成有金有黠人若有見佛時人佛般泥洹後念佛故作像欲使世間人供養得其福薩陀波倫菩薩報師言用佛般泥洹後故作像耳曇無竭菩薩報言如賢者所言成佛身亦如是不用一事亦不用二事用數千萬事有菩薩之行有本索佛時人若有常見佛作功德用是故成佛身智慧變化飛行及成諸相好成佛如是賢者復聽譬如鼓不用一事不用二事成有師有革有桴有人擊之其聲乃出賢者欲知佛不用一事二事用若干千萬種事乃成之有初發意有六波羅蜜行曉知本無本無無所從生之事坐於樹下降伏於魔諸經法悉曉知如幻無有異用是故成佛身賢者復聽譬如畫師有壁有采有工師有筆合會是事乃成畫人欲知佛身不用一事二事成用數百千事菩薩有本行布施有持戒不犯十事常隨善師常等心念十方人無有能

壞者世世見佛聞菩薩行事堅持不忘世世不諛諂常行至誠賢者欲知成佛身如是賢者復聽譬如阿迦膩吒天上天人所止觀殿光耀悉照天上端正姝好如天上殿舍亦不自作亦無有持來者亦無有作者本無所從來去亦無所至因緣所生其天人本作功德所致用於此間布施故得生其上在殿舍中解止用是故其人得宮觀賢者欲知佛身因緣所生用世間人欲得見佛故其人前世有功德其人遠離八惡處生其人黠慧信於佛賢者欲知成佛身本無所從來去亦無所至無有作者亦無有持來者本無有形亦無所著如阿迦膩吒天上宮殿佛所以現身者欲度脫世間人故賢者復聽譬如山中響聲不用一事亦不用二事所能成有山有人有呼

有耳聽合會是事乃成響聲賢者欲知成佛身如是無有形亦無有著因緣所生世世解空習行空一切死生無死生爲因緣佛智悉曉本無死生本亦無般泥洹者佛作是現世間作是說賢者欲知佛身如是賢者復聽譬如幻師化作一人端正姝好譬如遮迦越羅無有異所語衆人聞之無不歡欣人有從索金銀珍寶者皆悉與之有所愛重被服人索者悉與之王在衆人中起行步皆安諦人有見者莫不恭敬作禮者幻人不用一事二事成有幻祝有聚會人隨人所喜各化現中有黠者同知是爲化人作是現化無所從來去亦無所至知之本空化所作黠者恭敬作禮不著賢者欲知成佛身如是因緣所作用數百千事乃共合成有菩薩之行有功德有勸

助德令十方人使安隱具足菩薩願者欲知成佛身者如是賢者欲知佛爲人故分布經無數授與人各各使行禪三昧思惟分别爲人說經各各使學如是諸天人民聞之莫不歡欣中有自貢高者中有不知慚者中有婬亂者中有慳貪者中有强梁者中有自用者中有喜鬪者中有不用諫者中有爲婬怒癡所覆者中有行惡不可計者佛在衆人中央端正姝好坐起行步安隱佛衆惡已盡但有諸德佛皆使人得安隱佛亦自行佛事本亦自空無所著如幻人所作菩薩現身如是端正姝好雖見之不著亦無諸想之意雖知之無所有恭敬作禮供養無極賢者欲知過去當來今現在諸佛皆從數千萬事各各有因緣而生菩薩當作是念當作是習當作是守

菩薩作是行得佛疾是時曇無竭菩薩說佛身時四萬八千菩薩即解得盡信之行百億菩薩悉得諸陀隣尼法二百億菩薩得無所罣礙問皆能報四百億菩薩皆得阿惟越致菩薩八百億菩薩皆得阿閦浮行住法是時天文陀羅華摩訶文陀羅華雨散曇無竭菩薩及諸菩薩上曇無竭菩薩持威神都盧一佛之界諸有音樂皆自作聲數千萬天人從空中散天衣雨曇無竭菩薩及諸菩薩上諸天於空中作音樂共樂曇無竭菩薩諸天衣皆行列覆一佛界中天燒蜜香遍至其分散亦悉遍至一佛界中地悉震動諸菩薩悉見十方無央數佛是時諸佛悉遥讚嘆曇無竭菩薩言善哉善哉是時諸佛授薩陀波倫菩薩決當作佛時汝却後當來世作佛名迦摩

迦提陀頞羅耶怛薩阿竭阿羅訶三耶三佛汝作佛時正當號如是時五百女人却後稍稍皆當作佛如是曇無竭菩薩世時五百女人即化作男子後世世生者常不離諸佛國薩陀波倫菩薩及五百女人世世常高才常當教十方天下人佛語須菩提若有菩薩在事欲得佛者若見現在佛若佛般泥洹後欲索般若波羅蜜者常精進常當恭敬於般若波羅蜜當如是薩陀波倫菩薩

囑累品第三十

佛以手撫阿難肩三反佛語阿難我囑累汝是般若波羅蜜諦持諦念諦受阿難是般若波羅蜜以相累當持諦了了取字諦了了念書作字莫使缺減諦視書莫左右望一切恐是有難諦是經中莫令字少我囑累汝阿難是般若波羅蜜何以故是經阿難怛薩阿竭阿羅訶三耶三佛過去當來今現在無有盡經藏是經鎮諸法悉從是經中出諸所有阿難怛薩阿竭阿羅訶三耶三佛過去當來今現在所爲人民說經所出不可計經卷種種異慧若干種經卷所見人民若干種所喜各各隨所行人民道徑所入慧所說過去當來今現在佛所說是一切皆從是般若波羅蜜藏中出諸所有經法阿難若干種所見相種種所行若干種根若干種黠若干種癡若干種慧人民輩所求盡所求慧怛薩阿竭悉都盧阿難悉從般若波羅蜜中出悉知悉曉如是阿難般若波羅蜜是怛薩阿竭阿羅訶三耶三佛母是諸慧明是我身皆從是中出從是中出生佛語阿難汝敬我所語敬我法若

敬愛承事我汝自敬身於佛汝有慈於佛汝有孝於佛一切恭敬於佛所汝持是慈孝恭敬於般若波羅蜜中如是阿難汝恭敬於是中悉爲供養諸佛已持是囑累汝阿難汝所當作者悉爲已汝身亦有慈口亦有慈心亦有慈汝有孝於佛不言無有孝汝常得佛時不言不得時汝常如法不言不如法汝心常淨潔無瑕穢汝見佛不言不見佛汝如是悉爲報佛恩已我語汝阿難是般若波羅蜜從中忘失一字汝捨汝縱不書汝都盧以無有慈孝於佛所汝以不復見我阿難汝以不復恭敬於佛阿難汝以不復隨佛教阿難汝以不復承事用佛言阿難汝所恭敬於佛已來爲了無復有供養佛設從是般若波羅蜜中忘一句一言若縱置以爲背佛恩佛語阿難

是般若波羅蜜汝諦受諦念用慈孝於佛故承用佛教故都盧是過去當來今現在佛天中天所施教用是供養若於薩和薩爲極大慈見諸菩薩當視如見佛當恭敬諸佛法汝以親近持佛藏作是諦念是般若波羅蜜當諦取莫得失一字佛般泥洹後汝當護是經莫令減少當持授與菩薩摩訶薩是諸佛經藏阿難我手付汝汝當持授與菩薩摩訶薩持是阿難菩薩所作功德勤苦於生死牢獄悉破壞諸無知者爲繫著悉得救解諸魔官屬無不降伏諸所欲法悉除去正上佛座作阿耨多羅三耶三菩以成佛道諸人民無目者愚癡者悉當開解佛語阿難正第一大道無有兩正是阿耨多羅三耶三菩阿惟三佛慧是爲般若波羅蜜決佛語阿難我般泥洹

後都盧三千大千國界其中人民汝悉教入經法中悉令成就得阿羅漢道日日教乃爾所人如是一切若百劫悉爲説經令般泥洹雖爾汝常不具足承事我汝不如持是般若波羅蜜中一句教菩薩學如是爲具足承事佛已爲具足供養佛言我今於是稱譽汝囑累般若波羅蜜至一劫百劫不能竟我今巍談説耳佛語阿難我今問汝汝當説佛從袈裟中出金色臂舉右手著阿難頭上摩阿難頭持手著阿難肩上語阿難言云何阿難汝慈於佛不阿難言佛天中天自當知如是至三佛復問阿難云何阿難汝孝於佛不如是復三阿難言佛天中天自當知佛言如是阿難汝有慈於佛所以爲報佛恩阿難汝極尊般若波羅蜜致重敬慈於是句心所念句當令了了分明心所念餘悉棄之一切心於是中書是經正字頭有所持時學時當諦授與菩薩摩訶薩與好長素卷善書令經上下句相得書時當得好筆書好素上當自歸承事作禮供養好華好香成擣雜香澤香繒綵華蓋旗旛悉如天上所有香著油麻中所淨潔油麻好燈炷自歸頭面著地却然燈炷加敬作禮承事佛説是般若波羅蜜時在羅閱祇耆闍崛山中在衆弟子中央坐佛年三十時佛十二月十五日過食後説經佛説經已諸弟子諸菩薩諸天諸阿須倫諸龍鬼神諸人民皆大歡欣爲佛作禮而去

道行般若波羅蜜經卷第十

音釋

礫音歷小石也　坌蒲悶切塵埴也　俠陛俠訖洽切左右相夾也陛部禮切升堂之階也　蚑去智切蟲行貌　喘昌兗切疾息也　箜篌箜苦紅切篌戶鉤切樂器也